Sophia T. Barrett
Die Seelen von Copperdeer – Das Echo des Wolfes

AF222423

SOPHIA T. BARRETT

DIE SEELEN

VON

COPPERDEER

DAS ECHO DES WOLFES

Bibliografische Information der Deutschen Nationalbibliothek: Die Deutsche Nationalbibliothek verzeichnet diese Publikation in der Deutschen Nationalbibliografie; detaillierte bibliografische Daten sind im Internet über dnb.dnb.de abrufbar.

1. Auflage

Verlag: BoD · Books on Demand GmbH, In de Tarpen 42, 22848 Norderstedt, bod@bod.de
Druck: Libri Plureos GmbH, Friedensallee 273, 22763 Hamburg

Lektorat und Korrektorat: Nicola Nüchter (www.luchs-lektorat.de)
Buchsatz: Davina Maichel (www.davinas-coverdesign.de)
Coverdesign: Sabine Pöstinger (www.inspiritedbooks.at)

ISBN Print: 978-3-7693-2869-1

PROLOG

Raymond Walker kam im September 1991 an die Leroy Marshall Middle School im US-Bundesstaat Oregon. In dem Jahr, als der Golfkrieg in Kuwait wütete, der mittlere Westen von einer Reihe schwerer Tornados heimgesucht wurde und die Auflösung der Sowjetunion zwar gemunkelt, aber erst im Dezember offiziell bestätigt werden sollte.

Anfang der Neunziger vollführte das *Word Wide Web* sein erstes Debüt, wenngleich nicht jeder die Mittel oder gar das Verständnis besaß, um das tatsächliche Potenzial dahinter zu erkennen. Die ersten Weichen dorthin waren gelegt, doch fehlten den meisten öffentlichen Schulen noch die Mittel und das Budget, um sich mit einem Computer auszustatten. Demnach wuchs Raymond in einer Zeit auf, als das Leben gemächlicher wirkte und er selbst sollte niemals eine Passion für moderne Technologien entwickeln. Denn selbst wenn die Ortschaft Copperdeer, die an den Ausläufern des Mount Hood lag, zum Außenbezirk von Salem zählte, blieb die Großstadt noch eineinhalb Autostunden entfernt und die Gemeinschaft fristete ein eigenbrötlerisches Dasein.

Der beschauliche Ort umfasste gerade so neuntausend Einwohner, zog mit seinem Hügelpanorama von Frühjahr bis Herbst einen Besucherstrom an, der sicherlich im Winter nicht eingebrochen wäre, hätte Copperdeer über eine eigene Schneepiste verfügt. Das Zentrum der Stadt stach durch seine pittoresken Bauten hervor. Die altertümlichen Backsteinhäuser wirkten aneinandergepresst, dennoch versprühten sie mit ihren charakteristischen deckenhohen Sprossenfenstern einen gewissen Charme.

Ihre Anfänge als Arbeitersiedlung zur Erschließung der früheren Kupfervorkommen sah man der Gegend heute nicht mehr an. Denn wo heute die verlassenen Stollen verstaubten, besaß die Familie Martinet viele Hektar Land, überwuchert von Brombeersträuchern und Nesseln, welche die alten Eingänge von damals unpassierbar machten. Oberhalb der Hänge gerieten die Zeugen jener Zeit durch die Weinplantage der Martinet in Vergessenheit. Nur die gusseiserne Statue auf dem Marktplatz vor dem Rathaus erinnerte mit Spaten und Spitzhacke an das beschwerliche Leben der Stadtgründer.

Raymond wuchs Zeit seines Lebens hinter dem ehemaligen Arbeiterviertel im Osten auf. Dort, wo der Fluss die Stadt spaltete und das andere Ufer ausschließlich über die Lunéville Bridge erreichbar war. Den Ort umgaben einige Folklore, die jüngste betraf Evelyn Conrad.

Eine Meile dahinter fand man die ersten Vorgärten der zweistöckigen Reihenhäuser vor, die von niedrigen Mäuerchen umsäumt und die Hinterhöfe von meterhohen, akkurat gestutzten Hecken abgegrenzt wurden. Inmitten dieser Wohnanlagen lebte Raymonds bester Freund Herold Brouwer, den er jeden Morgen auf dem Schulweg abholte, seit ihrer gemeinsamen Zeit an der Elementary School im Ostbezirk. Herold war ein Junge mit dunklen Knopfaugen und einem leichten Überbiss. Zwischen der oberen Zahnreihe lag eine leichte Lücke, weshalb ihn seine Mutter liebevoll *Rabbit* rief.

Raymond selbst lebte an einer Durchfahrtsstraße, die erst vor der alten Ziegelei endete und seit er sich erinnern konnte, bewohnten nur er und sein Vater Daniel Walker das letzte Haus Rechts an der Buckhill Road.

Das alte Petaluma-Anwesen diente einst als Residenz der Ziegeleibesitzer, später als Verwaltungsgebäude und als die

Finanzkrise 1929 die Familie in den Ruin trieb, wurde es zum Versteigerungsobjekt mit vielen notwendigen Schönheitskorrekturen. Daniel Walker sprach stets davon, wie er das Gebäude vorfand.

»Durchlöchert wie ein Emmentaler.«

Doch er hatte sich in das altmodische Landhaus mit den verzinnten Dachgiebeln verliebt, noch bevor die Reifen seines Pick-ups auf dem Grundstück zu erliegen kamen.

Es sei die Umgebung gewesen, meinte er einmal zu seinem Sohn, denn das Haus lag im Zentrum einer ringförmigen Lichtung. Als wäre der Nadelholzwald als Sichtschutz angelegt worden und wo andere Kinder sich gefürchtet hätten, vernahm Raymond an stürmischen Nächten allzu gerne das Pfeifen aus den Baumwipfeln.

Daniel Walker war ein tüchtiger Mann, der leidenschaftlich gern handwerkelte und Hände wie Pranken besaß. Er lüpfte die Holzscheite hinterm Haus wie andere einen Satz Bleistifte. Raymonds schönste Erinnerung mit ihm war, wie sein Vater ihn im Kleinkindalter spielerisch als Hantel verwendete, während er selbst aus dem Jauchzen nicht herauskam. Noch heute, zehn Jahre später, fand Daniel Walker genug Arbeiten an ihrem Heim, um seinen Sohn morgens hämmernd aus dem Schlaf zu reißen. Der Fortschritt am Petaluma-Anwesen hing von der Zeit und dem Geld der überschaubaren Familie ab. Dennoch blieb es ein kleines Paradies für ihre Bewohner. Es musste Schicksal gewesen sein, dass die Stadt gerade ihnen das Gebäude für einen Apfel und ein Ei überließ, denn wirklich wohlhabend war die Familie Walker nicht. Raymonds Vater verdiente seinen Unterhalt mit Spezialanfertigungen aus Holz, wofür er im Schuppen eine Werkstatt besaß. Es kam seinem Geschick zwar zugute, reich wurde er davon aber nicht, weshalb er gelegentliche Aufträge auf örtlichen Baustellen annahm. Das machte ihn zu einem Elternteil, dessen Anwesenheit oft fehlte. Dieser Umstand zwang Raymond früh in die Selbstständigkeit, auch wenn Vater und Sohn damit nicht besonders glücklich waren. Dennoch fand Raymond, es hätte ihn schlechter treffen können. Er besaß einen Vater, zu dem es sich aufzusehen lohnte, auch wenn Daniel Walker mit seiner mürrischen, sogar etwas trübsinnigen Art eigen war.

Den Großteil seiner Kindheit verbrachte Raymond mit Schabernack und Flausen im Kopf — auf abenteuerlichen Erkundungstouren mit Herold, die nicht selten an der alten Waldruine der Ziegelei endeten. Mitte der Siebziger wurde die Fabrik aufgegeben und komplett dem Verfall überlassen. Heute waren ihre Fenster vergilbt, die Holzrahmen spröde und ihr Gemäuer von hartnäckigem Efeu durchwachsen, als forderte Mutter Natur höchstpersönlich diesen Tribut ein. Trotz der traurigen Erscheinung blieb die Fabrik eine willkommene Spielwiese für die beiden Jungen. Sie befand sich an den gemächlichen Ufern des Copper River, der viele Kilometer flussabwärts in den Sandy River überging.

Dass Raymonds Vater seinen Sohn ungern auf dem alten Fabrikgelände sah, tat dabei nichts zur Sache, da Raymond dafür verschrien war, seinen eigenen Kopf zu besitzen. Herolds Mutter Anita Brouwer nannte ihn gerne den *Wildfang*.

Das Urteil seines Vaters fiel weniger milde aus. Bei einer Diskussion rutschte ihm gern über die Lippen, was für ein verbohrter *kleiner Teufel* er doch sei, zumal Raymond darauf verschmitzt grinste. Bei seinem Vater hinterließ dieses Gehabe den Eindruck, als genieße Raymond insgeheim, ihm das Leben schwer zu machen. Nicht selten kam es vor, dass er den rabenschwarzen Haarschopf seines Sohnes durchkämmte, auf der Suche nach zwei Erhebungen.

»Da schau her!«, hieß es dann. »Diese Beule an deinem Kopf muss ein Teufelshorn sein. Mach so weiter und dir wachsen Ziegenfüße.«

Anfangs ließ sich Raymond von dieser Drohung einschüchtern, doch irgendwann kam er dahinter, dass es sich lediglich um eine abschreckende Finte handelte, und bald verkamen die Worte für ihn zu einer leeren Floskel. Sehr zum Unmut seines Vaters, der seinen Sohn kaum gebändigt bekam. Anders als seine Altersgenossen konnte Raymond sich nämlich selten mit den Ungerechtigkeiten des Lebens abfinden und tat seinen Unmut dann lautstark kund.

Das war wohl auch der Grund, weshalb sein erstes Jahr an der Middle School einen holprigen Start annahm, mit seinem ersten echten Nemesis namens Ed Brady. Im zweiten Halbjahr nach Raymonds Einschulung, waren ihm vermehrt Geschichten über diesen besagten Jungen zu Ohren gekommen, denn viele seiner Mitschüler kannten sich bereits aus der angrenzenden Leroy Marshall Elementary School. So auch Christoper Denning und Mitchel Thompson.

Beide gesellten sich sehr früh zu den Neuankömmlingen aus der East Side und besaßen eine heitere, aufgeschlossene Art, auch wenn Mitchel für Raymonds Geschmack manchmal zu direkt war. So fand er die Bemerkung flapsig, ihn für bizarr zu halten, nur weil sie daheim keinen Fernseher besaßen. Einen Gegenstand, den Raymond weder vermisste noch aktiv danach suchte. Selbstverständlich verfolgte auch er die Baseballmeisterschaften, vergötterte Ryne Dee Sandberg und träumte davon, eines Tages den First Pitch im Wrigley Field machen zu dürfen. Doch den Großteil seiner Zeit genoss Raymond im Freien, übte abends seine Würfe – mal auf dem Sportplatz, mal mit seinem Vater – bis seine Haut nach den heißen Sommermonaten denselben braun gebrannten Ton annahm wie jene von Daniel Walker. Und wollte Raymond doch einmal ein Spiel verfolgen, standen ihm die Türen der Familie Brouwer stets offen. Ansonsten war Anita Brouwer der Sittenverfall im Fernsehen ein Dorn im Auge, weshalb die alleinerziehende Mutter Herold lieber draußen vor dem Haus spielen sah, gemeinsam mit seinem *hyperaktiven Companion*. Was Raymond betraf, so war für ihn das einzig Interessante in Herolds Zimmer, seine schlauchartige Trompetenpflanze, der man in seltenen Fällen dabei zuschauen konnte, wie sie die Mücken in ihrem Magen verdaute. Er war kein Mensch, der sich gern auf vier Wände einschränkte. Die Welt war eine Spielwiese, die es zu erkunden galt.

Seine Freunde Christopher und Mitchel schienen jedoch von einem anderen Schlag zu sein, denn beide verbrachten den Großteil ihrer Lebenszeit mit den neuesten Playstation Spielen. Sie debattierten leidenschaftlich über *Medi Evil*, während Raymond daneben saß und den Neid in Herolds Augen aufblitzen sah, weil ihm seine Mutter keine Konsole gestattete. In einem waren sich jedoch die Schüler der gesamten Leroy Marshall Middle School einig. Ed Brady sollte man aus dem Weg gehen.

Er sei ein zorniger Junge, hieß es immer und es kursierten viele Gerüchte um seine Familie. Eine betraf seine vorbestrafte Mutter Elisabeth Brady. Die war eine hagere und nach kaltem Zigarettenqualm stinkende Frau mit filzigem Haar und einem Hass im Herzen, der seinesgleichen suchte.

»Bei der kann man nichts richtig machen«, erklärte Mitchel ihnen einmal. »Wenn sie dir auf dem Gehweg entgegenkommt, schreit sie dich an, weil du nicht genug Platz machst. Wechselst du die Straßenseite, brüllt sie dir hinterher, du würdest dich für etwas Besseres halten. Und sie hasst Ausländer.«

Diese Feindseligkeit entstand allerdings erst, nachdem Mister Brady sie mit zwei Kindern zurückließ, um sich mit der *Consuela vom Diner* aus dem Staub zu machen. Seither bezeichnet Elisabeth Brady alle Mexikaner als Kakerlaken. Selbst gegenüber ihrer afroamerikanischen Arbeitskollegin verhielt sie sich übergriffig, weshalb sie ihren Job als Kassiererin verlor. Seitdem lebte sie vom Wohlfahrtsamt. Bei all den Geschichten hätte Raymond beinahe Mitleid für Ed empfunden, doch Mitchel lachte trocken über seine Aussage.

»Er hat einmal einen Jungen verprügelt, weil er wie ein *Spaghettifresser* aussieht.«

Mitchels Finger setzten die Beleidigung in Anführungszeichen und er versicherte Raymond, dass Ed für diesen Jungen auch kein Mitleid empfunden habe, selbst als er seinetwegen ins Krankenhaus musste.

Die anderen Jungen seiner Klasse lernte Raymond erst im Laufe seines ersten Schuljahres besser kennen. Da war Lewis Boykin, ein rundlicher Knabe mit einem gutmütigen

Buddha Gesicht. Matthys Neleman, hochgewachsen, blond und der Sohn des Direktors. Adrian Engelhardt, den jede Punktzahl, die sich unterhalb des Maximums befand, zum Weinen brachte und Devin Brooks, einer der wenigen Afroamerikaner in seiner Klasse, der selten wahrgenommen wurde, selbst wenn er sich schüchtern auf eine Frage meldete. Selbstverständlich existierten auch weibliche Vertreter seines Jahrgangs, doch Raymond war in einem Alter, dass seinen Klassenkameradinnen keine große Aufmerksamkeit zumaß, noch einen hohen Stellenwert. Nicht einmal den beiden Martinet-Schwestern, von denen eine der schmerzhafteste Stachel in seinem Fleisch werden sollte.

Stattdessen wurde seine erste Herausforderung der sommersprossige Ed Brady, der zwei Jahrgangsstufen über ihm lag und eine sadistische Freude daran besaß, seinen Mitschülern auf dem Hof ein Bein zu stellen oder ihnen ohne Vorwarnung den Kopf in ihr Lunch zu tunken. So manches Kind kam aus einer Begegnung mit Ed mit einer Erbse in den Nasenlöchern heraus, wobei das in Anbetracht seines berüchtigten Nackengriffs noch harmlos wirkte. Den schaute sich Ed bei einem Actionfilm ab, in dem zwei muskelbepackte Soldaten sich in einem Kampf auf Leben und Tod gegenseitig erdrosselten. Seitdem nahm er jede Gelegenheit zum Anlass, um eines der jüngeren Kinder in seine teigige Ellbogenfalte zu zerren, bis der Kopf des armen Tropfs die Färbung eines faulenden Pfirsichs annahm.

Ed war eine Bazille, wie man sie selten fand, und besaß ein Gesicht, das nur eine Mutter lieben konnte. Zu verschlagen waren seine Schweinsäuglein, seine dünnen Strähnen klebten am Kopf und die speckigen Wangen verkamen durch die derbe Hausmannskost zu einer unförmigen Masse. Seine Verdrießlichkeit stand ihm stets ins Gesicht geschrieben. Doch ein Lächeln auf seinen viel zu roten Lippen ließ weitaus größeres Unheil erahnen, denn nur die Aussicht auf ein potenzielles Opfer brachte seine Mundwinkel zum Zucken. Ed war nicht schwer zu durchschauen, nur schwer zu umgehen.

Das musste Raymond bereits in seinem ersten Schuljahr erfahren, als ihm eines seiner Lehrbücher durch seine Unachtsamkeit aus dem Spind stürzte und mit einem Knall vor Eds Füßen landete. Die Neuauflage des *Herrn der Fliegen* lag inmitten des polierten Schulflures und noch bevor Raymond sich danach bücken konnte, spürte er am blasierten Grinsen von Ed Brady den aufkommenden Ärger, als wären Sturmkrähen ihm vorausgeeilt.

Ed verpasste dem Buch einen Tritt, das mit einem schabenden Geräusch quer über den Flur glitt. Sein Freund Miller – in seiner Verschlagenheit genauso niederträchtig, im Alleingang aber ein furchtsamer Feigling lief voraus, fing den Pass ab und trat ebenfalls nach. Schon sauste das Buch im Zickzack über den glänzenden Linoleumboden.

»Komm kleine Fliege! Hol es dir!«

Ed rannte dem Roman hinterher in der Annahme, Raymond würde es ihm gleichtun und er könnte sein Spiel unter grausamen Gelächtern fortführen. Die anderen Schüler sprangen aus dem Weg. Wer es nicht rechtzeitig schaffte, bekam einen Ellbogen zu spüren und bald bildete sich eine Menschengasse, aus lauter Furcht, man könnte unter die Räder geraten. Getuschel lebte auf. Worte wurden hinter hervorgehaltenen Händen gewechselt. Alle Anwesenden warteten in der festen Annahme, dass Raymond seinen ersten Zug tat und ebenso erbärmlich wirken würde wie seine Vorgänger. Wer selbst einmal in dieser Lage gesteckt hatte, konnte die Demütigung gut nachempfinden, besaß jedoch kaum die Courage einzuschreiten. Die meisten wirkten erleichtert, heute nicht Zielscheibe von Eds grausamen Mätzchen geworden zu sein.

Raymond beobachtete Bradys wuchtige Arme, seine geballten Fäuste, die durch die Luft wedelten, das schiefe Grinsen mit dem von Spucke befeuchteten Mundwinkeln und die klägliche Schülerschaft, die sich diesem Primaten und seinen Launen unterordnete. Verachtung überkam ihn. Nicht nur für Brady, sondern auch für die untätigen Schafe um ihn herum. Und da Raymond schon in jungen Jahren weder furchtsam noch sonderlich nachsichtig war, knallte er die Tür seines Spinds zu.

»Na los! Komm, du Pisser!«, hörte er Ed noch sagen.

Brady übergab das Buch mit einem Pass an Miller, im festen Glauben, Raymond würde ihm hinterherhechten. Er rechnete mit allem, aber nicht damit, dass Raymond, der einen Kopf weniger maß und nicht einmal ansatzweise so viel wog, mit der Faust ausholte und Ed seine erste blutige Lippe verpasste.

Rückblickend hätte Raymond ahnen müssen, dass seine Aussichten auf Erfolg chancenlos waren. Er bekam die Tracht Prügel seines Lebens und über die nächsten Jahre hinweg sollten noch viele weitere solcher Konfrontationen folgen. Denn wenn Ed Brady eines nicht mochte, war es die öffentliche Anfechtung seiner Autorität und die zweifelte Raymond bei jeder sich bietenden Gelegenheit an. Er wusste selbst nicht genau, weshalb Eds Machtgehabe ihn triggerte. Das Lehrpersonal verzweifelte an den beiden, sein Vater ebenfalls und viele der Mitschüler rieten ihm, Ed aus dem Weg zu gehen, zumal Raymond aus jedem Handgemenge mit Blut, Prellungen oder einem Veilchen herauskam, was jedes Stiefmütterchen erblassen ließ. Einmal lauerten ihm Ed und Miller auf der Schultoilette auf. Sie verstopften den Abfluss des Waschbeckens, ließen es volllaufen und versenkten Raymonds Kopf im Wasser, bis ihm beinahe schwarz vor Augen wurde. Das Ganze nahm erst ein Ende, als der Hausmeister den Raum betrat und beide Jungen von ihm wegstieß. Selbst Jahre später würde Raymond nicht das Gefühl der steten Panik vergessen, die durch seine Adern kroch, während sein Körper allmählich erlahmte. Ed und Miller bekamen einen vorläufigen Schulverweis, der Raymond jedoch unbefriedigt zurückließ.

Nach diesem Vorfall sollte er erfahren, dass Ed seine Inspiration zu diesem Gewaltakt aus dem Film *The Shawshank Redemption* nahm. Er sah sich offenbar als Wärter einer Schule, die von gestörten Insassen bewohnt wurde – allem voran dem *begriffsstutzigen Walker*, der seinen Platz einfach nicht kannte.

Der Schulverweis störte Ed kaum. Elisabeth gab keinen Pfifferling auf die akademische Laufbahn ihrer Jungen. Ihr Ältester brach die Schule gleich nach der Volljährigkeit ab und auch Ed schien sich ihrer Kontrolle zu entziehen. Und alles, was für Ed Brady zählte, war, Raymond eine Lektion erteilt zu haben. Ihm seine Grenzen aufzuzeigen. Ed glaubte, ihn damit endgültig eingeschüchtert zu haben, denn diese Aktion war bis dahin sein brutalster Akt gewesen, der viele ihrer Mitschüler erschütterte und erzittern ließ. Umso süßer war der Augenblick, an dem Ed Brady wieder einen Schritt auf das Schulgelände tat und dumm aus der Wäsche starrte, weil Raymonds Faust hinter der nächsten Biegung gegen sein Nasenbein prallte.

DER TIMBERWOLF

Vier Jahre später war es ein in Stein gemeißelter Fakt, dass Ed Brady und Raymond Walker in diesem Leben keine Freunde werden würden. Das schien Mister Neleman mehr zu bedauern als Raymond selbst, der sich nach einem weiteren Zwischenfall an jenem Frühjahrsmorgen erneut vor dem massiven Eichentisch seines Direktors befand. Mittlerweile hatte Raymond den Ruf als Raufbold für sich gepachtet, was ihn zum Dauergast innerhalb der Räumlichkeiten des Fakultätsleiters machte. Durch die ständigen Strafarbeiten besaß er ein knackendes Handgelenk, kannte manche Passagen aus Emily Dickinson auswendig und war ziemlich sicher, dass das Polster, auf dem er gerade saß, primär den Abdruck seines eigenen Hintern besaß. Nichtsdestotrotz pochte Direktor Nelemans Zeigefinger auf ein Blatt Papier, das in einer Ecke mit der Rechnungsnummer gekennzeichnet war.

»Der Schulpsychologe verzweifelt an dir. Und die Schulschwester beklagt, dass der Großteil ihres Etats für eure saudummen Reibereien draufgeht. Kochsalzlösungen, antibiotische Salben und Wasserstoffperoxid wachsen genauso wenig auf Bäumen wie die Wundauflagen auf deinem Dickschädel.«

Aus Reflex hob Raymond die Hand und betastete die schmerzhaft pochende Beule unter seiner Kompresse. Heute

15

Morgen nach der zweiten Stunde nutzte Ed die Gelegenheit, um Raymonds Stirn gegen seinen Spind zu donnern, während er nichts ahnend die Zahlenkombination am Schloss eingab. Es folgte ein Handgemenge, indem Raymond Ed einen Kinnhaken verpasste. Er konnte aber nicht verhindern, dass sein Companion Miller ihn von hinten packte. Während Miller ihn im Schwitzkasten hielt, behandelte Ed Raymonds Bauch mit den Fäusten, als wollte er ein Kalbsfilet weichklopfen.

Inzwischen lamentierte Direktor Neleman mit hochrotem Kopf über die unnötigen Kosten und erklärte Raymond, welchen prozentualen Anteil er daran trug. Einen halben.

»Ich würde gerne überrascht tun, aber so beeindruckend klingt das nicht«, gab Raymond trocken von sich.

Direktor Nelemans helles Augenpaar stierte ihn über seine rahmenlosen Brillengläser an. Er besaß eine hohe Denkerstirn, deren Falten sich um die Wette kräuselten, und Raymond beobachtete, wie sich etwas Schaum in den Mundwinkeln seines Gegenübers bildete.

»Bei einer Schülerschaft von knapp neunhundertfünfzig Köpfen ist das schon eine reife Leistung, mein Junge. Das darfst du mir gerne glauben.« Er schob die Rechnung über den Tisch. Raymond blinzelte darauf. »Für deinen Vater.«

»Was?«

»Du hast mich schon verstanden. Nachsitzen, Strafarbeiten, Schulverweise, Psychologen … Das alles fruchtet bei euch hirnlosen Raufbolden nicht. Daher ist es nur fair, euch an meinem Glück teilhaben zu lassen.« Den letzten Teil flötete er amüsiert.

Raymond dachte an das Petaluma-Anwesen und wie es vor zwei Wochen durch den Starkregen in die Dachstube tropfte. Es war keine besonders hohe Rechnung – eigentlich fand Raymond Direktor Nelemans Knauserei fadenscheinig – doch aktuell floss das Geld unkontrolliert aus ihrer Haushaltskasse und sein Vater drehte jeden Penny zweimal um. Es war bitter, ihn rackern zu sehen, ohne dass Land in Sicht kam. Ganz zu schweigen davon, dass mit der

Rechnung eine erneute Debatte darüber losgetreten wurde, wie sein Betragen in der Schule zu bewerten war. Nicht einmal seinem Vater zuliebe vermochte Raymond im Streit gegen Ed klein beizugeben. Die ewigen Standpauken innerhalb ihrer heimischen vier Wände prallten an ihm ab, als wäre sein Gehörgang eine gusseiserne Mauer, gegen die ein Dummy mit hundertachtzig Sachen prallte.

Um diesem Schicksal zu entrinnen aber auch, um diese lächerliche Farce zu beenden – beugte Raymond sich schnaubend zu seinem rechten Sneaker hinab. Die Schnürsenkel gelöst, zog er den Schuh über seinen Fuß. Dabei fiel ihm auf, dass seine Socke auch mal besser roch. Aus den Augenwinkeln heraus beobachtete er, wie Direktor Nelemans Mund sich irritiert verzog. Keine Sekunde später nahm er einen empörten Ausdruck an, weil Raymond den Schuh gegen die makellos polierte Tischplatte klopfte. Zusammen mit der getrockneten Erdkruste aus seiner Profilsohle förderte er die verbliebene Hälfte seines Taschengelds zutage, dieses Mal sicher verwahrt in der Spitze seines Schuhs. Die andere Hälfte hatte Ed ihm letzte Woche geklaut. Er schob die zerknitterten – und wahrscheinlich auch miefenden - Scheine über die Tischplatte, lächelte und erklärte in gönnerhaften Tonfall: »Den Rest dürfen Sie behalten. Sind wir fertig?«

Ein Murren folgte.

»Du hältst dich für besonders schlau, Walker. Geh mir aus den Augen, bevor es nicht bei der Rechnung bleibt.« Mit einer unwirschen Bewegung scheuchte Direktor Neleman ihn hinaus. »Und hol die anderen beiden Nichtsnutze herein! Schlimm genug, dass von eurer Sorte mehrere an dieser Schule existieren.«

Mit Ed und Miller in einen Topf gesteckt zu werden, empfand Raymond nicht als schmeichelhaft. Doch er beließ es dabei, hob sich aus den Polstern und näherte sich der Tür aus Milchglas. Dahinter bewegten sich die Silhouetten der beiden Schultyrannen. Einer verpasste dem anderen einen Hieb gegen die Schulter. Als er in den Flur trat, traf ihn Eds feixendes Gesicht, das unterhalb des speckigen Kinns eine bläuliche Färbung annahm. Das Lächeln verging ihm, als Raymond ihn auf seine Blessuren ansprach.

»Das verbeulte Gesicht steht dir.«

»Du siehst schlimmer aus.«

Raymond musterte ihn und grinste höhnisch. In den zu engen, ausrangierten Klamotten seines älteren Bruders sah Ed wie eine Witzfigur aus. Unterhalb des Sweatshirts lugte sein nach außen gekehrter Bauchnabel hervor.

»Immerhin gibt es Momente, in denen ich gut aussehe.«

Eds Antwort war ein hochgezogener Schleimklumpen, den er Raymond vor die Füße spuckte. Der besudelte Boden veranlasste Miss Dupin, von ihrer Tastatur aufzublicken. Sie war eine Frau in den späten Fünfzigern. Adrett gekleidet, mit einem viel zu roten Lippenstift. Ihre empörte Stimme überschlug sich und die altersgezeichnete Hand mit den vielen Goldkettchen am Gelenk, legte sich erschüttert auf ihre Bluse.

»Was ist das für ein Betragen? Wisch das sofort weg!«

Von der Aufforderung der Schulsekretärin unbeeindruckt, erklärte Ed an Raymond gewandt: »Du bist ein Wurm, Walker. Kenn deinen Platz.«

Anstelle zu antworten, präsentierte Raymond ihm beim Vorbeigehen den Mittelfinger. Wohlwissend das die Retourkutsche nicht lange auf sich warten lassen würde.

Das Verwaltungsgebäude der Leroy Marshall befand sich am äußersten Ende des Schulhofes und wie Raymond die Stufen aus grauem Beton ins Freie schritt, kam ihm in den Sinn, dass die kahle Landschaft nicht besser zu seiner Laune hätte passen können. Die Wintertage waren überstanden, doch die ersten Knospen am Geäst von Bäumen und Büschen waren noch nicht aufgebrochen. Raymond zog den Kragen seiner Jacke höher. Er war sicher, dass Direktor Neleman gerade die beiden Schulrüpel aus Leibeskräften anbrüllte, nur um irgendwann zu resignieren, weil sämtliche Drohungen verpufften.

Wind fegte über den Hof. Nach einem prüfenden Blick fand Raymond eine wartende Gestalt an einem der wenigen Bäume des Schulgeländes vor. Er näherte sich humpelnd. Seine geschundene Seite machte ihm ein agiles Vorankommen unmöglich. Anstelle ein paar tröstende Worte verlauten zu lassen, hob Herold Brouwer nur Raymonds Schultasche in die Höhe, die im Eifer des Gefechts abhandengekommen war.

»Rate mal, wo ich die gefunden habe?«

»Herold, mit meiner Stirn wurden heute ein paar Wände poliert. Mir ist nicht nach Ratespielen. Wenn du nichts dagegen hast, würde ich gerne in den Unterricht, bevor mir Miss Petrova auch noch die Hölle heißmacht.«

Er schnappte sich seine Tasche und die beiden Jungen kamen in Bewegung. Allerdings nicht, ohne dass Herold ihm die Lösung auf das Rätsel verkündete.

»Im Müllcontainer hinter der Schulkantine.«

»Wow. Wann haben die beiden dafür die Zeit gefunden?«

»Keine Ahnung. Das muss irgendwann zwischen deiner zweiten oder dritten Ohnmacht passiert sein. Du weißt selbst, was für ein flinkes Wiesel Miller ist.«

Raymond schnaubte verächtlich. Herolds maßlose Übertreibung grämte ihn. Er versetzte der Eingangstür zum Hauptgebäude einen schwungvollen Stoß, dass es ihn nicht gewundert hätte, wäre sie aus den Angeln geflogen.

»Ich war nicht dabei, aber muss ich noch fragen, was passiert ist?«, hakte Herold arglos nach.

»Funktioniert der Flurfunk heute nicht?«

»Doch. Aber ich will deine Version hören.«

Wie es der Zufall wollte, passierten sie den Abschnitt, an dem Raymond vor wenigen Stunden noch in sein Handgemenge mit Ed vertieft war. Er deutete auf die Delle seiner Spindtür und erklärte: »Ed Brady ist passiert. Was denn sonst?«

Dann lief er Herold voraus den Flur entlang. Die zweite Tür links in seinen Klassenraum stand offen. Miss Petrova war noch nicht eingetroffen und sobald Raymond einen Fuß in das Zimmer setzte, lebte Beifall auf.

»Seht, wer von den Toten auferstanden ist! Halleluja!«

»Danke, Mitchel.« Raymond klopfte beim Vorbeigehen auf dessen Tisch. »Du kauerst dich zwar bei jeder Prügelei zusammen wie ein Hosenscheißer, aber deine Freude über mein Wohlergehen ist nicht geheuchelt.«

Von Mitchel kam ein »Autsch!«. Dann verteidigte er sich mit den Worten: »Ich bin eben nicht lebensmüde.«

»Wenn ich für diese Ausrede doch einen Penny bekäme.« Raymond verdrehte die Augen und nahm frustriert Platz.

Gleich daneben folgte Herold seinem Beispiel. Mit einem Ratschlag, der sicherlich gut gemeint war, allerdings nicht in der Praxis umgesetzt werden konnte. »Kannst du Ed nicht einfach aus dem Weg gehen?«

Es war nicht das erste Mal, dass eine Diskussion zwischen ihnen mit diesen einleitenden Worten begann und auch Herolds offensichtliche Sorge um Raymonds Unversehrtheit machte die Situation nicht besser. »Weißt du, ich will dich nicht immerzu vom Toilettenboden kratzen müssen. Lässt man dich eine Sekunde aus den Augen, bellt ihr beiden euch an. Es kommt mir so unnötig vor.«

Raymond tat einen tiefen Atemzug. Allmählich erkannte er ein Muster in dieser wiederkehrenden Debatte. Herold hinterfragte, ob er nicht ganz unschuldig an der Situation war, während Raymond seine Freunde insgeheim für Feiglinge hielt. Andere Menschen gingen Konfrontation aus dem Weg. Vernünftige Menschen lebten wahrscheinlich länger. Raymond war aber nichts dergleichen. Sicher, er ging aus den Kämpfen als klarer Verlierer hervor. Doch seine Beharrlichkeit blieb dabei in aller Munde, vor allem unter der Schülerschaft. Auch wenn ihn der Großteil davon für dämlich hielt.

»Ed ist einfach nicht deine Gewichtsklasse. Euch beide kämpfen zu sehen, erweckt biblische Szenen zum Leben. Als würde David gegen Goliath antreten.«

»Nur das David seine graue Hirnmasse einsetzt«, hörte Raymond eine Reihe hinter sich den Kommentar. Er tauschte einen genervten Blick mit Herold aus. Raymond brauchte sich nicht umzudrehen, um zu wissen, wer der Urheber dieser Worte war. Matthys Neleman – der jüngste Spross des Direktors und damit Tabu für jeden Rüpel. Raymond sah über dessen Bemerkung hinweg, weil Matthys ohnehin nachplapperte, was er daheim von Papi aufschnappte.

»Was willst du hören?«, wandte er sich an Herold. »Soll ich mich verprügeln lassen?«

»Nein! Um Himmels willen, Raymond, das ist das letzte, was ich möchte. Aber du musst doch zugeben, dass ihr euch aufeinander eingeschossen habt.«

»Man muss solche Menschen in die Schranken weisen!« Raymond haute mit der Faust auf den Tisch. Einige Mitschüler wandten die Köpfe zu ihnen, um kurz darauf mit einem Achselzucken von dem Spektakel abzulassen. Der gelegentliche Anblick seines lädierten Gesichts mit all den farbenfrohen Blutergüssen und Wundkrusten hatte bei seinen Kameraden an Schrecken verloren.

Unterdessen schob Mitchel Thompson seinen Stuhl heran und nahm mit der Rückenlehne voraus neben Raymond Platz.

»Deinen Kampfgeist in allen Ehren, aber das nimmt richtig hässliche Züge zwischen euch an. Schalt doch einfach mal einen Gang herunter.« Raymonds düsterer Gesichtsausdruck ließ Mitchel entschuldigend die Hände heben und ein »Ich mein ja nur« dahinter setzen.

»Toller Ratschlag«, fuhr Raymond ihn barsch an. »Die Bradys verbreiten ihren Terror und Eds Kumpel Miller pickt sich die Rosinen heraus. Warum auch nicht? Wir machen es diesem Abschaum viel zu einfach, aus lauter Angst, sich ein blaues Auge einzufangen. Warum lassen wir nicht gleich unsere Spinde offen, damit die Bradys sich bedienen können?«

»Ich weiß ja nicht, wie es mit deinem Schmerzempfinden aussieht, aber meine Messlatte liegt relativ niedrig«, gestand Herold. »Denk an deine Verhaltensnoten. Die waren letztes Jahr unterirdisch.«

Doch der Ratschlag war Raymond herzlich egal. »Eines Tages bekommt Ed sein Fett ab«, schwor er. »Dafür sorge ich.«

»Du verzettelst dich.«

Das hörte Raymond nicht zum ersten Mal. Doch in den letzten Jahren entwickelte er einen solchen Zorn gegenüber Ed Brady, dass er sogar mit der Wunschvorstellung zu Bett ging, ihn plärrend vor seinen Füßen zu erleben. Sofort drehten sich seine Gedanken um jene Nächte, die ihm besonders in Erinnerungen blieben.

Einmal lauschte Raymond im Dunkeln seines Zimmers dem Blätterrauschen des angrenzenden Waldes und beobachtete, wie die Äste vor seinem Fenster wundersame Schattenspiele an die Decke warfen. Irgendwann übermannte ihn der Schlaf und er sah sich durch die dunklen Schulflure schreiten, um jene Orte aufzusuchen, an denen die letzte Prügelei stattfand. Er kniete vor der Stelle, wo sein Kopf in seiner Erinnerung auf dem Boden aufprallte, betastete das harte Material und wunderte sich darüber, wie echt sich das Linoleum unter seinen Fingerkuppen anfühlte. Dabei setzte sich der Wunsch nach Rache tief in seinem Herzen fest, wie eine Zecke. Wenn Hass ein Mindestmaß besaß, musste das Wort für Raymond neu definiert werden.

Mitchel gab einen fröstelnden Laut von sich, als würde ihm eine Gänsehaut eiskalt den Rücken hinunterjagen, und riss Raymond damit aus seinen Gedanken. »Ehrlich, Walker. Ich will dich niemals zum Feind haben«, gluckste er vor sich her. »Wenn deine Blicke töten könnten …«

»Böse Blicke helfen ihm nicht gegen die Bradys«, kommentierte Matthys Neleman ungefragt das Gespräch. An Raymond gewandt sprach er: »Würdest du genauso viel Energie in deine Bildung stecken wie in deine armseligen Versuche, Ed zu verprügeln, wärst du heute ein Einser Kandidat.«

Raymond überlegte, was er Gehässiges entgegnen könnte. Auch wenn die allgemeine Meinung vorherrschte, er sei auf den Kopf gefallen, wusste er sehr wohl, welche Konsequenzen es nach sich zog, wenn er den Sohn des Direktors verprügelte. Matthys Anwesenheit besaß etwas Belehrendes, was Raymond in manchen Situation besser vertrug als sonst. Heute war keiner dieser Tage. Mit einer angriffslustigen Bemerkung auf den Lippen drehte er sich zu dem Großmaul um. Doch bevor er seine Entgegnung loswerden konnte, riss Herold das Ruder an sich.

»Nun hör sich mal einer den Lackaffen an! Lebt ein ruhiges Leben, während andere jeden Tag mit dem Gesocks kämpfen, dass sein Vater nicht aus der Schule schmeißt. Sag mal, Neleman, hat einer der Bradys dich jemals auf dem Heimweg abgefangen? Ist wohl kaum möglich, wenn Mami dich nach der Schule in ihrem schicken SUV abholt.«

Matthys Lippen formten sich zu einer schmalen Linie. Er besaß die hellgrauen Augen seines Vaters, die sich gekränkt verzogen. »Für eure Armut kann ich nichts.«

In dieser Nacht träumte Raymond wieder. Wie so oft begann sein Traum in seinem Zimmer, mit dem rechteckigen Grundriss und dem tief liegenden Kniestock. Der Raum roch nach ihm. Ob das jetzt gut oder schlecht war, konnte er nicht beurteilen. Zunächst blieb sein Blick an dem Schreibtisch hängen. Wie schon viele Male zuvor wunderte er sich über die Detailtreue seines Traums, denn die Maserungen an der Schreibtischoberfläche hatte er in frühen Kindertagen mit einem Edding nachgezeichnet. Die dicken Linien konnte er mit dem einfallenden Mondlicht gut ausmachen.

Hinter Raymond lag sein ruhender Körper. Er trat näher an das Bettgestell heran und beobachtete, wie die voluminöse Daunendecke sich bei jedem Atemzug hob. Sein Abbild glich ihm bis aufs kleinste Haar, als würde Raymond in einen Spiegel blicken. Er fand es faszinierend, zu was der menschliche Verstand fähig war. Sein Unterbewusstsein hatte eine exakte Kopie seiner selbst erschaffen. Mit jedem Atemzug entstiegen dem Abbild kalte Nebelschwaden aus dem Mund, dabei war der Abend mild. Raymond streckte seine Hand aus. Er fühlte warme Haut, von Bettwärme angereichert, und beobachtete, wie sich die feinen Härchen auf dem Arm seines schlafenden Zwillings hoben. Bald wurden ihm die heimischen Vierwände jedoch zu langweilig.

Raymond huschte aus seinem Zimmerfenster ins Freie, wo ihn eine herrliche Mondnacht empfing. Der Kiefernwald um das Petaluma-Anwesen war dunkel und geheimnisvoll – so wie Raymond es mochte.

Er durchstreifte das winzige Wäldchen, in dem Fuchs und Kautz seinen Weg kreuzten, bis die Bäume der Landwirtschaftsfläche hinter der Stadt wichen. Dort durchkämmte er die entlegensten Winkel, hinaus zu den Silos und den Feldern der Familie Fitzner mit ihren mehreren Hektar Land, auf dem die ersten Sojabohnensetzlinge durch die Erdkruste brachen. In der kühlen Frühlingsnacht roch Raymond viele intensive Düfte. Feuchte Schotterwege, den grünen Lack der frisch gestrichenen Zäune, gedüngte Äcker und die Aromen von saftigen Weideflächen.

In Momenten wie diesen zweifelte Raymond daran, ob er wirklich noch träumte. Bis eine schillernde Gestalt am nächtlichen Firmament ihn vom Gegenteil überzeugte. Ein Vogel. Klar und geisterhaft. Er rauschte über ihn hinweg Richtung Berghänge – zu unwirklich und schön, um real zu sein.

Am nächsten Tag, während der Wartezeit auf den Schulbus, erzählte Raymond seinen Freunden von dem gestrigen Traum.

»Du hast dich im Schlaf selbst beobachtet?«, wiederholte Herold. Er klang irritiert.

Daher vermied Raymond, wie häufig ihm das mittlerweile widerfuhr. Die Realitätsnähe seiner Träume kam ihm noch nie absonderlich vor, da er sich von klein auf mit ihrer Intensität konfrontiert sah. Herolds Reaktion ließ ihn zum ersten Mal darüber nachdenken. »Ja, du noch nie?«

»Nein! Niemals!« Herold schüttelte sich. »Klingt echt schräg. Ich habe von Patienten gehört, die bei einer Nahtoderfahrung über dem Operationstisch schwebten. Erinnert mich daran. Hat dich Ed etwas härter erwischt, als du zugeben möchtest?«

Raymond schnalzte verärgert. »Natürlich nicht.« Er überwand die erste Stufe in den Schulbus, denn am heutigen Tag stand der Besuch im Mount Hood National Forest an. Während die Schülerschaft sich ungelenk durch den inneren Korridor zwängte, geriet der Bus durch den Besucherstrom ins Wanken. Als Raymonds Augen die Sitzreihen nach zwei freien Plätzen durchforschten, begegneten ihm viele unbekannte Gesichter aus der Parallelklasse.

»Vielleicht solltest du das untersuchen lassen?«

Herold klang besorgt. Das kam in letzter Zeit häufiger vor, was nicht in Raymonds Sinne lag. Sie waren zusammen aufgewachsen und wie immer sich Geschwisterbande anfühlen mochten, die Freundschaft zu Herold kam dem nahe.

»Warst du beim Arzt?«, wollte er von Raymond wissen.

»Mit welcher Begründung? Herr Doktor, ich träume. Kann man was dagegen machen?«

Seine Aussage führte prompt dazu, dass seine Freunde nun ebenfalls von ihren nächtlichen Erlebnissen schilderten. Im Gegensatz zu seinem Traum wirkten die anderen wirr und bizarr. Herold träumte regelmäßig davon, dass ihm seine Hose abhandenkam und Adrian Engelhardt gab schüchtern zu, seinen Schwarm im Traum berührt zu haben. Wer jegliche Logik vermissen ließ, war dagegen Mitchel.

Während er Raymond mit einer Handbewegung dazu drängte, sich schneller für einen Platz zu entscheiden, erklärte er: »Diese Nacht war ich Teil eines SWAT-Teams. Ich sollte eine Bombe entschärfen.«

»Hat es geklappt?«

»Nein! Habe den falschen Draht erwischt. Aus irgendeinem Grund war dann auch noch mein Lunchpaket im Gebäude, also bin ich zurückgerannt, solange der Countdown tickte.«

»Du würdest für dein Lunch in ein explodierendes Gebäude zurückrennen?«

»Hallo! Es war ein Truthahnsandwich.«

Raymond hielt inne und starrte mit hochgezogener Braue über seine Schulter hinweg zu Mitchel. Hinter dem flachsblonden Haarschopf versteckte sich ein Haufen irrsinniger Gedankengänge. Er wollte gar nicht wissen, welche unterbewussten Themen der Junge damit verarbeitete.

»Was? Warum schaust du so?«, fragte Mitchel.

Raymond zuckte arglos mit den Schultern. »Nur so.«

Dann murmelte er vor sich her: »Und *der* nennt mich schräg.«

Raymond wollte weitergehen, wurde aber von Herold aufgehalten, der für eines der bereits sitzenden Mädchen einen heruntergefallen Stift aufhob. Sie bedankte sich mit einem gnädigen Lächeln und während der Trott in Bewegung kam, dachte Raymond an seine eigenen Träume zurück. Die wirkten nie so obskur. Gelegentlich waren sie bevölkert von filigranen Gestalten, die durch den natürlichen Glanz in ihrem Zentrum voll erhabener Eleganz wirkten.

Während der Busreise in den National Forest starrte Raymond mit einem zufriedenen Ausdruck aus dem Fenster.

Die winterkahle Landschaft, die vor wenigen Wochen noch die Außenwelt dominierte, legte ihr grünes Kleid an. Raymond war kein Wintermensch. Laue Sommernächte mit langen Tagen waren eher nach seinem Geschmack.

Er und Herold saßen in einer Reihe, debattierten über Footballspieler und was zuerst da gewesen war, American Football oder die verkorkste Variante aus Europa. Doch Raymond fiel zunehmend auf, dass seine Konzentration nachließ. Die Wildnis vor dem Fenster kam ihm weitaus interessanter vor. Da das Petaluma-Anwesen sich in einem Wäldchen befand, besaß Raymond selten einen freien Blick auf den Mount Hood, der noch immer eine weiße Spitze vom Schneegestöber der letzten Wintermonate besaß. An einem Punkt schlängelte sich die Route 26 an einer Anhöhe entlang, die ein wundervolles Panorama von oberhalb der Wälder zuließ. Es wirkte wie ein grüner Teppich mit dutzenden Nuancen, aus dem sich dieser gigantische Koloss erhob, wie ein von Mutter Natur erschaffenes Monument.

Christopher Denning fand den Anblick weniger prickelnd. Er saß eine Reihe vor Raymond, gemeinsam mit Mitchel und verkündete unbeeindruckt: »Erinnert mich an einen überdimensionalen Maulwurfshügel. Meine Oma würde Böller hineinwerfen.«

»Und ihr findet meine Familie seltsam?«, fragte Raymond.

»Ihr seid seltsam! Wohnt am Arsch der Welt, in diesem finsteren Wäldchen, wo euch niemand bei eurem Hexensabbat stört.«

»Plapperst du nach, was deine hochreligiöse Mami faselt?«, wollte Raymond mit einem schiefen Grinsen wissen. Christophers Wangen verfärbten sich, während Mitchel ein »Amen, Bruder!« hinzufügte.

Inmitten der jugendlichen Sticheleien fiel ihm auf, wie Herold geradezu gebannt zum Mädchen starrte, deren Stift er zuvor aufgehoben hatte. Sie besaß makellose Haut und ihre adrette Frisur erinnerte an ein herausgeputztes Porzellanpüppchen.

»Kennst du sie?«, wollte Herold wissen.

»Nein. Die gehört zur Parallelklasse.«

Es interessierte ihn auch nicht sonderlich. Jedoch änderte sich etwas an Herolds Art. Enttäuscht sank er in seinem Sitz zurück und wäre Raymond nicht von der Wildnis um ihn herum fasziniert gewesen, hätte er in den brennenden Wangen ein erstes Indiz auf Herolds tatsächliche Empfindungen erkannt.

Den Großteil der Fahrt verbrachte Raymond damit, aus dem Fenster zu schauen und eine Landschaft zu verfolgen, die zunehmend wilder wurde. Der Anblick der immergrünen Tannen, gepaart mit den an Kraft gewinnenden Blättern der Laubbäume, löste etwas in ihm aus, was er zu jenem Zeitpunkt nicht in Worte fassen konnte. Raymonds Herz schlug laut. Er vernahm das Pochen seines Bluts in den Ohren. Auf seiner Brust lag eine schmerzliche Sehnsucht und er kam sich zwischen den Plätzen eingezwängt vor, während etwas in der Ferne echote. Außerhalb der metallenen Karosserie. Er versuchte sich auf das Geräusch zu konzentrieren.

Erst Mitchels Stimme brach den Bann, denn mit seiner typischen hibbeligen Art sprang er vom Sitz auf und rief: »Ich sehe den Eingang zum Park.«

Ein gewaltiges hölzernes Gebilde innerhalb eines Palisadenwalls tauchte zwischen den Bäumen auf.

»Wow! Sieht ja aus wie bei Jurassic Park.«

»Thompson, hinsetzen!« Die harsche Anweisung von Miss Petrova ließ Mitchel hinter der Rückenlehne seines Vordermanns in Deckung verschwinden.

Raymond spähte zwischen den Sitzreihen hindurch. Auf Mitchels Gesicht lag ein breites Grinsen samt dem Schalk in den dunklen Knopfaugen, während er mit Christopher Denning gackerte. Dann raunte er: »Vielleicht sehen wir einen Timberwolf? Die sind cool.«

Als Raymond später dem Bus entstieg, empfingen ihn Düfte, die so viel intensiver waren als in den asphaltierten Gassen von Copperdeer. Das Aroma von Kiefernharz lullte den Wald ein, dazu kamen die Überbleibsel des vergangenen Herbstes. Zertretenes Laub und ausgetrocknete Zapfen, feuchtes Moos, was über umgestürzte Baumstümpfe hinwegwuchs. In kürzester Zeit gewann der sprießende Farn an Höhe, ebenso wie der Hahnenfuß am Wegesrand. Der wilde Mix berauschte Raymond und mit geschlossenen Augen inhalierte er die Gerüche, bis seine Lungen zu bersten drohten.

Die Tage zuvor hatte es geregnet. Es mochte kindisch sein, doch während ihrer Wanderung machte sich Raymond so manches Mal einen Spaß daraus, mit vollem Elan in die Pfützen zu springen. Er hörte ein »Igitt!« und »Ähh!«. Einige Klassenkameraden schüttelten den Kopf.

Matthys Neleman trottete händchenhaltend mit seiner Freundin Nicole Ede voraus und wie nicht anders zu erwarten, musste auch er sein Kommentar dazugeben. »Typisch Walker. So ein Kindskopf.«

Um seinem Ruf gerecht zu werden, trampelte Raymond neben Matthys in eine Pfütze, sodass die Tropfen in hohem Bogen auf dessen Hose spritzten. Damit kassierte er die erste Verwarnung von Miss Petrova. Die Lehrerin hatte an diesem Tag keine Freude an seinem Verhalten. Fortlaufend ermahnte sie ihn. »Bleib auf dem Weg! Renn der Gruppe nicht voraus! Klettere nicht den verdammten Baum hoch!«

Das ärgerte Raymond. Das Moos unter seinen Sohlen war abseits der vorgetretenen Pfade viel saftiger. Dort, wo die Landschaft keine Wege kannte, uraltes Wurzelwerk den Boden aufbrach und von Borkenkäfern ausgehöhlte Stämme geradezu darum baten, mit einem übermütigen Sprung überwunden zu werden. Miss Petrova sprach davon, dass die Versicherung nicht zahlte, wenn er sich abseits der Straße den Hals brach. Es gab nichts, was Raymond weniger interessierte.

Genauso wie die Angst vor Ungeziefer, die den Großteil seiner Mitschüler einen weiten Bogen um die hohen Gräser machen ließ. Der Ort war größer als das Waldstück hinter dem Petaluma-Anwesen. Tausendfach wilder. Und er schien regelrecht darum zu betteln, von ihm erforscht zu werden. Bald erblickte Raymond einen geborstenen Stamm, der durch einen Blitzeinschlag gekippt und über eine schmale Kluft baumelte. Ein paar Meter weiter bildete sich auf dem Wanderpfad an der Brücke eine Menschentraube. Es staute sich. Einige Schüler behinderten das Vorankommen durch das Knipsen ihrer Polaroids. Also sah Raymond keinen Grund, sich nicht anderweitig einen Weg über die Kluft zu bahnen. Doch noch bevor er dem Impuls folgen konnte, packte ihn Miss Petrova am Kragen.

»Denk nicht mal dran!«

»Was denn?«

»Spiel hier nicht die Unschuld. Du bleibst schön hier, Walker. An *meiner* Seite. Wo ich dich im Auge behalten kann. Und wenn du nicht mit deinen waghalsigen Manövern aufhörst, erkläre ich deinem Vater, dass er dich auf ADHS untersuchen soll.«

Unter dem Gelächter der anderen Mitschüler wurde Raymond am Kragen vor ihr hergetrieben, während Miss Petrova darüber schimpfte, dass ihr ein solches Betragen noch nie untergekommen sei. »Du bist ein Wildfang, den man kaum gebändigt kriegt. Und das meine ich nicht im positiven Sinne!«

Dabei verstand Raymond gar nicht, wo das Problem lag. Wenn er mit seinem Vater eine Wanderung unternahm, ermunterte der ihn sogar, auch mal abseits der vorgeschriebenen Pfade zu wandeln. »Unerforschte Orte entdeckt man nicht auf asphaltierten Straßen«, war dessen Motto.

Dennoch gab Raymond irgendwann Ruhe und als er Miss Petrova versprach, sich zu benehmen, durfte er sich zu Herold in die Reihe gesellen. Dessen Stirnrunzeln ließ Raymond erahnen, dass auch er wenig Verständnis für ihn aufbrachte.

»Was ist los mit dir?«

»Was meinst du?«

»Merkst du es nicht? Du bist total unruhig.«

Raymond kreiste die Schultern, horchte in seinen Körper hinein und tatsächlich fühlte er sich ziemlich angespannt. In etwa so wie zu seiner Kinderzeit, als die Weihnachtstage näher rückten und die bevorstehende Bescherung seine Augen zum Leuchten brachten. Etwas Wundervolles bahnte sich an, dessen war er gewiss, obwohl ihm nicht so richtig klar war, woher seine Vorfreude stammte.

Im Zweiergespann marschierte die Schülerschaft der Reihe nach auf den Trampelpfaden. Der Wildpark-Ranger hielt vor jedem Gehege inne, um ihnen vom tierischen Bewohner hinter dem Zaun zu berichten. Einige seiner Klassenkameraden kicherten, weil Miss Petrova dem uniformierten Mann ganz offensichtlich schöne Augen machte. Sie war Mitte dreißig, Single und das Gerücht kursierte, dass sie gerne flirtete. Das machte Miss Petrova zur Zielscheibe von gelegentlichem Spott. Hauptsächlich durch Mitchel und Christopher, die ihre Klassenlehrerin hinter deren Rücken nachahmten, indem sie die Lippen zu einem Kussmund spitzten und mit den Wimpern klimperten. Christopher führte einen albernen Tanz auf und richtete sich mit den Händen die Brust, als ob er darunter einen Büstenhalter tragen würde.

Während die Schüler sich an den Mätzchen erfreuten, hielt Raymond durch den Maschendrahtzaun Ausschau nach jeder Bewegung auf der anderen Seite des Geheges. Er erblickte eine Hirschkuh, eine Wildsau in Gefolgschaft ihrer Frischlinge und schwarzgraue Eichhörnchen, die sich gegenseitig an den Hacken klebten und einen Stamm hinaufjagten. Unter den Mädchen brach pure Verzückung aus. Das Auftauchen der tollenden Nager ließ die meisten aus der Reihe tanzen und in der Nähe des Zauns entstand Gedränge, im Kampf um den besten Blickwinkel. Einige Schüler hantierten an ihrer Einwegkamera. Dadurch entstanden Streitereien, weil der richtige Schusswinkel schnell mal durch den Rücken eines unachtsamen Kameraden verdeckt wurde. Wer weniger Glück mit seiner Position besaß, begnügte sich damit, auf den Zehen zu balancieren oder auf einen Stein zu klettern. So wie Herold.

Raymond stand dagegen nicht der Sinn, sich der Ansammlung anzuschließen. Er ließ das Gedränge vorbeiziehen, um sich heimlich von der Gruppe abzusetzen und dem nächsten Gehege zu widmen. Dort studierte er an einem Holzverschlag den Steckbrief des dortigen Waldbewohners.

Der Timberwolf.

Sein Blick huschte über das Feld hinter dem Zaun. Vom Bewohner fehlte jegliche Spur. Raymond überflog den Text, nur um über eine Auswahl von unterschiedlichen Namen in verschiedenen Sprachen zu stolpern. Der wissenschaftliche Begriff lautete *Canis lupus lycaon* und er gehörte zur Gattung der Wölfe und Schakale. Seine Ernährung bestand ausschließlich aus Fleisch, die Fellfärbung reichte von cremeweiß bis schwarz und ein Rudel konnte zwischen zwanzig bis dreißig Tiere beherbergen. Bei der Jagd erreichte der Timberwolf eine Geschwindigkeit von sechzig Stundenkilometer, was sich in Raymonds Ohren schnell anhörte. Auf absonderliche Art faszinierte ihn dieser Gedanke. Zu gerne wäre er einmal Zeuge einer Jagd geworden. Doch der letzte Abschnitt auf dem Steckbrief machte diese Hoffnung zunichte. Timberwölfe wurden vorwiegend in der Dämmerung aktiv, was Raymond enttäuschte, obwohl er erst heute Morgen von dieser Gattung erfuhr.

Ein Geräusch ließ ihn den Kopf heben. Das Echo. Es kam unerwartet und doch deutlich aus dem Waldstück hinter dem Zaun. Leicht verzerrt, wie durch eine schlechte Verbindung übertragen. Sein Puls pochte laut gegen seine Schläfe. Eine innere Sehnsucht drängte Raymond dazu, den Zaun zu überwinden. Doch er maß mehrere Meter und wurde oberhalb mit nach innen gerichtetem Stacheldraht gesichert. Seine Augen durchstreiften jeden Winkel des gewaltigen Areals. Bevor die geschwungenen Wiesen in den Wald übergingen, galt es einen Hang zu überwinden, der den Blick von seinem Standpunkt aus stark einschränkte. Auf der Infotafel hieß es, dass den Wölfen ein mehrere Hektar großes Gebiet zur Verfügung stand. Das sei für eine artgerechte Haltung zwingend notwendig, denn auch in der freien Wildbahn würden die Tiere viele Kilometer zurücklegen. Die Einwohner jenes Geheges bestünden aktuell aus sechs Mitgliedern, von dem sich aber keines zwischen den hohen Gräsern zeigen wollte. Die einzelnen Fotos mit Namen waren am Holzverschlag angepinnt und hinter einer Glasscheibe sicher vor den Wettergegebenheiten verwahrt. *Dekota, Wisconsin, Oklahoma, Alaska, Florida* und das Alphatier *Washington.*

Raymond schmunzelte über den letzten Namen, fand ihn aber passend. Das Alphatier nach dem Sitz des Staatsoberhauptes zu benennen, war ein nette Idee.

Obwohl das Gehege unbewohnt wirkte, konnte er sich nicht des Gedankens verwehren, aus den Schatten heraus beobachtet zu werden. Raymonds Blick lauerte förmlich nach einer Regung und desto tiefer sein Fokus in den Wald drang, desto mehr bekam er den Eindruck, in die Dunkelheit hineingesogen zu werden. Das dumpfe Pochen gegen seine Schläfen wurde härter und auch seine innere Unruhe meldete sich zu Wort.

»Du sollst dich nicht von der Gruppe entfernen.«

Raymonds Antwort war ein unwirsches Murren, denn seine Konzentration brach in sich zusammen wie ein Kartenhaus. Die vorwurfsvollen Worte entstammten einem hellen Stimmchen, deren Besitzerin ein Lächeln nicht geschadet hätte. Es war dasselbe Mädchen, das Herold im Bus aufgefallen war. Er schaute das schmächtige Ding an und fand ihr überhebliches Näschen unangebracht, ganz speziell die harsche Tonart.

»Bist du mein Kindermädchen?«

»Du störst den Unterricht.«

»Lass mich raten … Der Liebling der Lehrer?«

Ihre Braue zuckte. Volltreffer. Auf seine Worte ging sie nicht ein, dafür schweifte ihr Blick in die Ferne, an einen Punkt, von dem Raymond glaubte, er habe ihn zuvor ebenso intensiv fokussiert.

»Wenn du die Wölfe sehen möchtest, hast du Pech. Es sind Dämmertiere.«

»Ich kann lesen. Warum wird das Rudel überhaupt eingepfercht, wenn die Öffnungszeiten gar keinen Blick darauf zulassen?«

»Öffnungszeiten sind dem natürlichen Rhythmus von Tieren herzlich egal.«

Nun schnaubte Raymond. Einfach, weil ihre Art belehrend wirkte. Als würde er einem weiblichen Exemplar von Matthys gegenüberstehen. Gleichzeitig kam Raymond etwas an ihrem Gesicht bekannt vor und das nicht erst seit der Busfahrt. Er grübelte intensiv und erinnerte sich an eine Werbereklame auf dem Freeway, die Copperdeers Produkte anpries. Von regionalen Unternehmen, welche den Wert der Familie einen hohen Stellenwert zumaßen. Das Motiv setzte sich vor seinem inneren Auge zusammen. Ein älterer Gentleman, mit hochgekrempelten Ärmeln, zwischen sommerlichen Reben flanierend. Auf den Armen seine kindliche Enkelin haltend, die schüchtern in die Kamera lächelte. Es waren Jahre seit dem Foto vergangen. Doch Raymond besaß ein gutes Gedächtnis, was Gesichter betraf.

»Martinet Wein. Der edelste Tropfen aus der Alten Welt«, rezitierte er die Worte auf der Reklame.

Mit einem überraschten Blinzeln wandte sie das Gesicht vom Gehege ab, während er ungerührt hinzufügte, dass der Slogan ziemlich reißerisch klang.

»Da muss das Produkt schon viel hergeben.«

»Kann ich nicht beurteilen.«

Eine schlichte Kette lag um ihren Hals. Ein in Silber eingelassener blauer Stein. Gerade so groß wie die Spitze von Raymonds kleinem Fingernagel. Er war in Tropfenform geschliffen, womöglich als Anspielung auf den Slogan und sah edel aus. Davon ließ sich Raymond nicht beeindrucken.

»Noch nie euren Wein gekostet?«

»Ich bin erst vierzehn.«

»Und ziemlich langweilig. Wenn deine Familie ein solches Tamtam um euren Wein macht, würde ich zumindest wissen wollen, ob es nicht heiße Luft ist.«

»Jemand mit einer so lockeren Faust sollte nie in die Nähe von Wein kommen. So zieht man eine Generation aus gewalttätigen Trinkern heran.«

Mit seiner ruckartigen Drehung standen sie sich von Angesicht zu Angesicht gegenüber. Er hätte ihr liebend gerne einen Schubs verpasst, doch dafür besaß sie das falsche Geschlecht und obendrein hätte das ihre These unterstrichen. Raymond bereute, die Kompresse noch nicht abgenommen zu haben. Doch die Beule darunter war kein schöner Anblick.

Er schaute auf ihre Mundwinkel, die sich kaum regten und den Eindruck erweckten, als habe sie seinen Groll einkalkuliert.

»Auf eurer Reklame wirkst du freundlicher. Kannst du einfach gut schauspielern?«

Darauf ging sie nicht ein. Sie ermahnte ihn nochmals innerhalb der vorgeschriebenen Pfade zu bleiben, denn es gäbe Schüler, welche demnächst einen Aufsatz über den Ausflug verfassen müssten. Das war Raymond neu. Er beobachtete die Schüler aus der Parallelklasse, deren Gesichter wesentlich ernster wirkten. Manche machten Notizen. Dann vollführte er einen übertriebenen Hofknicks und sprach voller Theatralik: »Jawohl, werte Hoheit.«

Allerdings blieb sein Sarkasmus unbeachtet. Der Sprössling aus dem Hause Martinet kam offenbar zu dem Schluss, dass Raymond sich zu einer Zeitverschwendung gestaltete, bis die Ankunft eines neuen Waldbewohners beide ablenkte.

Innerhalb des Geheges landete ein farbenfroher Buntkardinal auf einem Baumstumpf. Die leuchtenden Nuancen seines Gefieders wurden seinem Namen gerecht und er blickte die Kinder mit einer Neugierde an, die geradezu drollig wirkte. Die pechschwarzen Kugeln in den Augenhöhlen glichen zwei winzigen Perlen.

Das Gesicht der jungen Martinet entspannte sich, verlor an Strenge. Sie wirkte zugänglicher.

Bis der Moment zerstört wurde, als aus dem Dickicht ein Schatten sprang. Es genügte ein Wimpernschlag, da wurde der Vogel gepackt und die hohlen Knochen zwischen einem starken Gebiss zermalmt. Raymond hörte einen Aufschrei neben sich. Er konnte aus den Augenwinkeln beobachten, wie die junge Martinet die Hände vor den Mund hob.

Allerdings haftete sein Blick primär auf dem eingetroffenen Räuber. Der Timberwolf war dunkel wie die Nacht, mit einem grauen Kragen, kraftvoll und seine Augen wirkten wie reinstes flüssiges Silber. Es war das beeindruckendste Wesen, was er jemals erblickte, selbst mit den Überresten seiner Beute zwischen dem blutverfärbten Gebiss. Beide sahen sich an. Das Tier fletschte die Zähne in seine Richtung. Und als der Wolf mit wehenden Sprüngen davon hechtete, umgriffen Raymonds Finger die Maschen des Zauns und er starrte ihm fasziniert hinterher.

DAS ECHO DES WOLFES

Der Tag im National Forest stellte einen Wendepunkt in Raymonds Leben dar. Was immer dieses Erlebnis in ihm wachrüttelte, es hinterließ bleibende Eindrücke und noch Wochen später lebhafte Erinnerungen. Während die blutigen Daunen auf der Wiese dazu führten, dass Mitchels Euphorie über den Timberwolf unverhohlenem Ekel wich, entwickelte Raymond eine echte Faszination. Die nicht dadurch getrübt wurde, dass das Tier jene Fangzähne nutzte, die Mutter Natur ihm zur Verfügung stellte. Nicht das der Vogel kein Mitleid verdient hätte, ganz im Gegenteil. Raymond wollte für kein Geld der Welt mit dem geflügelten Häppchen tauschen. Doch nichts ernährte sich von Luft und Liebe, was auch der Wildpark-Ranger ähnlich kommentierte. Über die bestürzten Gesichter lachte er trocken und riet Miss Petrova, den nächsten Ausflug in einen Schlachtbetrieb zu unternehmen.

»Wölfe mögen Raubtiere sein. Doch der Spitzenprädator bleibt der Mensch. Nur weil ihr Kinderlein nicht seht, wie euer Fleisch auf den Teller landet, fällt es nicht vom Himmel. Etwas muss dafür sterben.«

Das klang in Raymonds Ohren logisch. Und so wie Herold am nächsten Schultag sein Sandwich mit edelstem Parmaschinken verschlang, schien er sich nicht ernsthafte Gedanken darüber zu machen. Beide saßen am Mittagstisch in der Schulkantine, während Raymond seine Frage des vorangegangenen Tages aufgriff.

»Erinnerst du dich an das Mädchen aus dem Bus?«

»Nein.«, Herolds Augen huschten zu Mitchel, der neben ihnen in eine Debatte mit Christopher vertieft war.

Es ging um eine Konsole. Beide stritten darüber, welcher Hersteller die besseren Grafikkarten verwendete. Und da Raymond manchmal naiv war, verstand er nicht sofort den Wink, runzelte die Stirn und fragte: »Wie kannst du sie vergessen? Ich meine das Mädchen aus dem Bus, nach der du gefragt hast. Das Puppengesicht. Sie ist eine Martinet.«

»Oh, schön zu wissen.«

»Und arrogant. Trägt die Nase bis hoch über die Wolken.«

»Ah!« Mehr kam nicht. Herold knabberte lustlos an seinem Sandwich, während Raymond auffiel, dass seine Ohren an den Rändern dunkelrot anliefen.

Die darauffolgenden Wochen verbrachte Raymond mit Recherchen in der Schulbibliothek. Er zog jedes Lexikon zur Rate, um mehr über ein Tier zu erfahren, dass Monate zuvor noch keinen Platz in seinem Leben besaß. Zum ersten Mal fand er auch Gefallen am neuen Internetzugang der Schule, mit dem er diverse Foren nach weiteren Informationen durchkämmte und in seinem Klassenkameraden Lewis Boykin einen überraschend fähigen Lehrer fand. Raymond hatte sich schon länger gefragt, wohin der rundliche Junge sich über die Mittagspause verkroch. Während sich andere Schüler von einer extracurricularen Aktivität zur nächsten schleppten, schien Lewis Boykin seinen Frieden gefunden zu haben, indem er in die schweigsamen Welt zwischen den Bücherregalen eintauchte.

Durch das Internet eröffneten sich Raymond völlig neue Möglichkeiten, die er zwar zu schätzen lernte, jedoch aus unerfindlichen Gründen auch ermüdeten. Als würde ihn das Starren auf den flimmernden Bildschirm seiner Vitalität berauben. Sobald dieser Punkt erreicht war, saß er mit Lewis in der hintersten Ecke des großflächigen Raumes, verborgen hinter dutzenden Regalreihen und dem wachsamen Blick der Bibliothekarin, wo ihre leisen Gespräche kaum jemanden störten. Einmal übermannte Raymond die Neugierde und er wollte von Lewis wissen, weshalb er sich nie zu ihnen auf den Schulhof gesellte.

»Der Platz steht dir frei. Ich kenne niemanden, der etwas dagegen hätte.«

»Ed«, antwortete Lewis.

»Schikaniert er dich?«

»Er hat mir mal den Arm gebrochen. Seinetwegen musste ich vor Jahren die Osterferien im Virginia verbringen.«

Damit war das örtliche Hospital gemeint. Raymond kam diese Geschichte bekannt vor und prompt atmete er auf.

»Du warst das?«

»Der *Spaghettifresser*. Ja.«

Dabei waren Lewis Eltern gebürtige Waliser. Doch Ed Brady war ein Meister darin, fadenscheinige Begründungen für seine Schikanen zu finden. Lewis begann an seinen Fingern zu knabbern. Ein nervöser Tick, den Raymond häufig bei ihm beobachtete.

»Gab es Konsequenzen nach dem Vorfall?«

Lewis schüttelte den Kopf.

»Gar keine. Ich habe meinen Eltern gesagt, ich bin vom Fahrrad gestürzt.«

»Warum?«

»Ed hat mir mit Schlimmerem gedroht, gemeinsam mit seinem Bruder. Foster ist ein Ekel. Glaub mir, der Typ ist irre.«

Das konnte Raymond kaum glauben, doch er war Eds älterem Bruder noch nie begegnet. »Das darfst du dir nicht gefallen lassen.«

»Ich bin nicht wie du, Walker.«

Bedauerlicherweise hörte Raymond das häufig. Es war wie ein Fluch, unter dem die gesamte Schülerschaft litt, und da niemand aufbegehrte, stand er allein auf verlorenem Posten. Die Zahl seiner Verbündeten ließ sich an einer Hand abzählen. Das einzig Gute, was er der aktuellen Situation abgewinnen konnte, war, dass seine Passion für den Timberwolf ihn des Nachts von seinem Groll über Eds Schikanen ablenkte. Er wälzte sich seltener mit knirschendem Kiefer im Bett. Vielmehr nahm die Vorstellung in seinem Geist Formen an, wie der Wolf sich des Nachts durch das Dickicht schlich und nach seiner Beute witterte. Dieser Wunsch musste sich in seinem Unterbewusstsein manifestiert haben. Denn als er eines Abends die Augen schloss, geleitete ihn ein gespenstisches Echo in den Schlaf, dass dem Heulen eines Wolfs glich. Wenig später träumte Raymond davon, wie er mit übermenschlichen Sprüngen die nächtlichen Straßen von Copperdeer zurückließ, dem Ursprung des Schalls entgegen. Seine Schritte waren großzügig und weit. Er fühlte sich leicht und schwerelos wie Neil Armstrong auf dem Mond. Und bald befand sich Raymond vor dem massiven Palisadentor des National Forest. Inmitten der dunklen Wälder des Mount Hood. Er fühlte sich zuhause.

Mit jeder weiteren Woche gewannen die Tage an Länge und die Temperaturen stiegen. Der erste Pollenflug zog vorbei und Herold ächzte wie jedes Jahr zu dieser Zeit unter einem unappetitlichen Heuschnupfen, der manche Mitschülerin das Gesicht verziehen ließ.

Inzwischen trieb Raymond seine heimliche Faszination für den Timberwolf jede Nacht an die Füße des Mount Hood, wo seine Träume derart lebendig wirkten, dass er den wilden Thymian mit seinem unverkennbaren Aroma förmlich auf der Zunge schmeckte. Wäre er nicht so beschäftigt mit seinen sonderbaren Träumen gewesen, hätte er früher bemerkt, wie eigenartig sich sein Vater dieser Tage verhielt.

Alles begann mit einem Anruf nach Mitternacht, der Raymond aus seinen Träumen riss und ihn gereizt zum Stöhnen brachte. Er stand kurz davor, sich dem Timberwolf aus dem National Forest zu nähern, den er zwischen dem Dickicht des Waldes heraus an einem schmalen Bachlauf trinken sah. Der Moment verpuffte, als der Anruf ihn weckte. Er vernahm im Flur die Schritte seines Vaters, die schlaftrunken die knarzenden Stufen zum Erdgeschoss hinabstiegen. Bald erstarb das penetrante Klingen, gefolgt von Murmeln. Dann hektisches Raunen. Irgendwann wurden Raymonds Lider schwer, sodass sein Kopf zur Seite kippte. Ohne dem Gedanken nachzugehen, wie absonderlich diese Uhrzeit für einen Anruf war. Die Müdigkeit übermannte ihn, doch anders als die Nächte zuvor geleitete ihn nicht das Echo des Wolfes in den Schlaf. Ein Motor heulte vor dem Petaluma-Anwesen auf. Für eine Sekunde öffneten sich Raymonds Augen zu einem Spalt. Er sah sein Zimmer getaucht in vorbeirauschendem Scheinwerferlicht.

Es sollte nicht der erste Anruf dieser Art werden. Bald folgten weitere. Des Abends wurde sein Vater nun mehrfach aus dem Haus geklingelt, bis Raymond eines Morgens die Stufen zum Eingangsbereich hinabschritt und sich darüber wunderte, wo sein Vater abgeblieben war. Für gewöhnlich hinterließ er eine Nachricht am Kühlschrank.

Also war Raymonds erster Impuls in der Küche nach einer Botschaft zu schauen, die unordentlich gefaltet unter einem Magneten am Kühlschrank haftete. Seine Augen überflogen die Nachricht. Darin stand, sein Vater habe eine dringende Angelegenheit zu klären, für ihn sei aber gesorgt. Er solle in der Schule keinen Ärger machen und abends bei Anita Brouwer essen, die bereits ihr Einverständnis gegeben habe.

Bleib anständig, kleiner Teufel. Raymond blinzelte auf den letzten Satz, etwas zwiegespalten darüber, was er von diesem kryptischen Verhalten halten sollte. Genaugenommen war er sicher, dass der Gesetzgeber so etwas als Kindeswohlgefährdung sah, obwohl er zugeben musste, mittlerweile ganz gut alleine zurechtzukommen. In einer Sache war sich Raymond sicher. Etwas spielte sich im Hintergrund ab, worin er nicht involviert wurde.

Es waren die Augen seines Vaters. Sie wirkten dieser Tage immerzu geschwollen, kummervoll, rot umrändert. Und als Raymond ihn nach einer Woche endlich einmal abends zuhause antraf, saß er in der Küche, den Blick lethargisch in die Ferne gerichtet. Sein Bartwuchs war länger geworden. Er bedurfte dringend Pflege. Einige der krausen Härchen stachen wirr und ergraut aus dem Geflecht hervor und die dunklen Augenringe zeugten von Schlafmangel. Der Anblick hatte etwas von einem verwahrlosten Tier. Die rauen Hände umschlossen ein Glas, in dem die letzten honigfarbenen Tropfen am Bodensatz kreisten. Er führte die Bewegung wie in Trance aus.

Während der Abwesenheit seines Vaters war Raymond etwas verärgert gewesen und es lag ihm bereits eine Standpauke auf der Zunge, die er sich für dessen Heimkehr zurechtgelegt hatte. Sein verlottertes Erscheinungsbild ließ Raymond sein Vorhaben überdenken. Andernfalls hätte er sich gefühlt, als würde er nach einem am Boden liegenden Mann treten. Raymond legte seine Hand auf den Arm seines Vaters. Er fühlte die Muskeln unter dem Flanellstoff zucken.

»Dad?«

Es war wie ein gebrochener Bann. Sein Vater blinzelte die Schliere vor seinen Augen fort und setzte ein Lächeln auf, dass nicht über seine Sorgen hinwegtäuschen konnte.

»Hey, mein Junge. Du schläfst noch nicht?«

»Es ist Freitag. Du erwartest hoffentlich nicht, dass ich pünktlich zu Bett gehe?«

»Freitag, ja – Nein, natürlich nicht!« Er fuhr sich über den Mund. Raymond bekam den Eindruck, sein Vater habe jegliches Zeitgefühl verloren. »Wann bist du nach Hause gekommen?«

»Ich weiß nicht genau. Vor einer Stunde?«

»Und, wo warst du?«

Sein Hemd spannte sich unter dem Atemzug. Dann erklärte sein Vater: »Jemand ist verstorben. Bei einem Unfall.«

»Oh!« Etwas beunruhigt hakte Raymond nach: »Jemand aus Copperdeer?«

»Nein. Aber jemand, der mir viel bedeutet hat. Es galt viele Angelegenheiten zu klären und es sind noch so viele Fragen offen.« Sein Vater rieb sich über die Augen. Raymond war sicher, ihm täte eine Mütze Schlaf gut. »Und diese Bürokratie. Meine Güte, Raymond, du kannst dir gar nicht all die Hürden vorstellen. All der Papierkram. Dabei bleibt keine Zeit zu trauern.«

Das konnte sich Raymond tatsächlich nicht vorstellen. Vielmehr beschäftigte ihn der Gedanke, wessen Tod seinen Vater so vereinnahmt hatte, dass er wie ein Häufchen Elend in ihrer Küche hockte.

»Kenne ich diese Person?«

»Nein. Aber ich wollte sie dir eines Tages vorstellen.«

Raymond holte tief Luft. Er wusste gar nicht, weshalb. Selbstverständlich wünschte er seinem Vater alles Glück der Welt, doch insgeheim fragte er sich, woher er die Zeit nahm, seine weiblichen Kontakte zu pflegen. Er konnte auch nicht ganz vermeiden, etwas Neid zu verspüren, immerhin glänzte sein Vater sonst mit Abwesenheit. Es wäre womöglich besser zu ertragen gewesen, hätte Raymond seine Mutter gekannt. Etwas unbeholfen stand er da und verspürte den Wunsch, ein paar tröstende Worte zu finden. Doch alles, was ihm dazu einfiel, war ein abgedroschenes: »Tut mir leid.«

Und nach einer unangenehmen Stille folgte: »Warum hast du sie mir nicht vorgestellt?«

»Es musste Gras über die Sache wachsen.«

»Über welche Sache?«

Sein Vater schaute ihn bewusst, gar nachdenklich an. Im Gegensatz zu Raymond besaß er eine moosgrüne Iris, die von bräunlichen Furchen durchsetzt war. Manchmal beschlich Raymond das Gefühl, hinter diesem Blick spiele sich eine Welt voller eventueller Szenarien ab, an deren Sorgen er nicht teilhaben durfte. Auf seine Art war sein Vater geheimnisvoll. Der trauernde Ausdruck verschwand hinter seinen Augenlidern.

»Das ist schwer zu erklären.« Er rieb sich über die Schläfe. Dann lachte er freudlos. »Versprich mir niemals etwas hinauszuzögern, weil dein alter Herr deine Entscheidung missbilligt. Egal wie sehr ich tobe. Bekommst du das hin, mein Junge?«

»Als würde ich jemals etwas anderes machen.«

Seine unverblümte Ehrlichkeit ließ seinen Vater auflachen. Er besaß eine tiefe Stimme, die in solchen Momenten wie ein gurgelnder Bach klang. »Warum dieses Versprechen?«

»Einfach so. Belassen wir es dabei. Die Woche war hart. Und mir hängt der Tankstellenfraß aus dem Hals. Lass uns zu Abend essen.«

Gemeinsam setzten sie sich um Mitternacht an den Küchentisch. Raymond schilderte seine Erlebnisse der vergangenen Tage. Von seinen Fächern in der Schule, den gewöhnungsbedürftigen Kochkünsten Anita Brouwers und seinen ersten holprigen Versuchen mit dem Internetzugang der Schulbibliothek. Er sprach von den Baseballspielen hinter dem Feld seiner Middle School, bei dem er einen Homerun erzielte und von Matthys Neleman, den er damit zur Weißglut trieb.

»Der Junge kann echt nicht verlieren.«

»Was du ihm wahrscheinlich unter die Nase gerieben hast?«

»Das macht er mir auch einfach.«

Sein Vater verdrehte die Augen, doch Raymonds schadenfrohes Grinsen brachte ihn ebenfalls zum Schmunzeln.

Wenige Tage darauf sollte Raymond an diesen Abend zurückdenken und die traute Zweisamkeit ihres Männerhaushalts vermissen.

HANA

Kurz vor den Sommerferien blickte die amerikanische Gesellschaft ausnahmsweise nicht auf die Geschehnisse innerhalb ihrer eigenen Grenzen, sondern wagte den Blick über den Tellerrand hinaus - auf den ersten schwarzafrikanischen Präsidenten Südafrikas. Nelson Mandela, der nach langer Inhaftierung in einem demokratischen Verfahren gewählt wurde, war ambitioniert. Seine Beharrlichkeit und Courage sorgte für Aufsehen und weltweit fand man bewundernde Worte vor der Kamera.

Auf Raymond besaß dieses Ereignis keinen großen Einfluss. Es war sein Mitschüler Devin Brooks, der in Mandela eine Symbolfigur für seinesgleichen sah, denn in einer Stadt voller Weißer gehörte seine Familie zu einer Minderheit. Die Geschichte dieses Mannes schien dem schüchternen Jungen eine Stimme zu geben und seine Mitschüler bemerkten, dass Devin häufiger am Unterricht mitwirkte, anstelle sich hinter seinem aufgestellten Lehrbuch zu verkriechen.

Raymonds und Herolds Abschlussreferat befasste sich mit den Studien von Lucyan David Mech und dessen Ergebnissen bei der Verhaltensforschung von Polarwölfen. Jedoch wurden beide durch Devins Beitrag zu Nelsons Mandelas Lebensgeschichte in den Schatten gestellt. Der Junge arbeitete nicht allein. Devins Partner war Adrian Engelhardt. Allerdings war es eindeutig, dass Adrian von

Devins Passion zu dem Thema profitierte. Raymond hatte gemeinsam mit Herold ein Plakat entworfen und hielt das bereits für eine solide Leistung. Devin fuhr aber viel härtere Geschütze auf. Mit Schaubildern, chronologisch sortierten Zeitungsartikeln, einem historisch korrekten Zeitstrahl und feinsäuberlich notierten Karteikarten. Anlässlich seines Referats bekam er sogar als Leihgabe einen der modernsten Videoprojektoren von seinem Onkel aus Portland zugesandt, der dort einen Elektrofachhandel betrieb. Auf dem spielte Adrian das Videomaterial von Mandelas Reden ab und sogar einige Szenen seiner Verhaftung.

Der introvertierte Devin Brooks schien in dem Thema aufzugehen. Er war ein guter Redner, was Raymond neidlos eingestehen musste. Der Junge stand vor der Tafel mit kerzengeraden Rücken. Seine von Überzeugung strotzenden Worte schallten durch den Klassenraum, während Adrian ganz zufrieden damit war, dass sein Partner den Löwenanteil an ihrem Projekt trug und er sich nur um die Gerätschaft zu kümmern brauchte. Hinter ihnen prangerte an der Wand ein Poster von Mandela und an ihrer Brust steckte ein Button mit dem Satz: *Endlich frei!*

Die Rede war so mitreißend, dass Raymond den Impuls verspürte, mit Plakaten bewaffnet auf die Straße zu gehen. Es kam selten vor, dass er für etwas Bewunderung empfand, doch in diesem Moment konnte er Devin Brooks Fleiß nur honorieren. Als der Junge sich zurück auf seinen Platz begab, drehte Raymond sich zu ihm um.

»Du lässt uns alle ganz schön dumm dastehen.« Ein schiefes Grinsen umspielte Raymonds Lippen.

Devin erstarrte und stotterte: »Entschuldigung.«

»Wofür entschuldigst du dich?« Raymond lachte. »Der Erfolg gibt dir Recht. Gut gemacht, Devin.«

Schüchtern senkte Devin den Blick, doch um seine Mundwinkel spielte ein verlegenes Zucken.

Leider war Devin Brooks bald weniger zum Lachen zumute. Denn als Raymond zusammen mit Herold eine Woche später ihren Klassenraum betrat, fiel ihm sofort die Gruppe auf, die sich um Devins Platz bildete. Dazwischen erkannte er Mitchel und Christopher mit nachdenklich zusammengezogenen Brauen, während Adrian Engelhard wild gestikulierend eine abenteuerliche Schilderung von sich gab.

»Was ist passiert?« Raymond stellte den Rucksack neben sein Pult und Adrian ließ nicht lange mit der Antwort auf sich warten: »Die Schnapsdrossel hat zugeschlagen!«

Raymond wusste sofort, wer damit gemeint war. In Copperdeer lief Elisabeth Brady unter diesem Pseudonym.

»Inwiefern?«

»Sie ist heute Morgen auf Devin losgegangen!«

Das war neu. In all den Jahren war Devin Brooks nie mit einem der Bradys aneinandergeraten. Irgendwie war es ihm gelungen, ihnen aus dem Weg zu gehen.

Raymond lag der Kommentar auf der Zunge, was Adrian erwartet habe. Die Bradys waren eine tickende Zeitbombe. Solange alle Bewohner der Stadt um des Friedens willen über deren Eskapaden hinwegsahen, häuften sich solche Vorfälle.

Adrian war blass und mit bebenden Nasenflügeln führte er seine Erläuterung fort. »Elisabeth hat geglaubt, Devin hätte den Projektor geklaut.«

Wer Elisabeths schräge Gesinnung kannte, musste nicht lange überlegen, was sie zu diesem Irrglauben verleitete.

Auf Devins geschwollener Wange trocknete eine Tränenbahn und der Anblick erregte Raymonds Mitleid – zumindest etwas.

Eigentlich sollten Adrian und Devin auf Miss Petrovas Bitte ihr Referat in der Parallelklasse wiederholen. Ein kurzer Blick auf den Projektor und Raymond begriff, dass nichts aus dem Vortrag werden würde. Das Gerät lag demoliert auf Devins Platz. Die Oberfläche besaß mehrere Dellen. Auf eine der halbmondförmigen Kerben tippte Adrian.

»Hier. Da ist sie draufgetreten. Mit ihrem fetten Absatz.«

»Absichtlich?«, fragte Herold.

»Natürlich! Das Biest war sturzbetrunken. Hat den Projektor Devin aus der Hand geschlagen. *Ich mach dir dein Diebesgut madig*, hat sie gesagt.«

»Immerhin trifft sie selbst besoffen ihr Ziel«, scherzte Mitchel und fing sich dabei einen bösen Blick von Adrian ein. »Kein guter Witz?«

Raymond beugte sich über den Projektor. Ein Schnalzen entwich aus seinem Mund. Es waren Schrauben flöten gegangen und das Glas besaß einen tiefen Sprung.

Devin stierte auf das kaputte Gerät und murmelte kopfschüttelnd vor sich her: »Mein Onkel bringt mich um.«

Mitchel und Christopher inspizierten, ob noch etwas zu retten war. Mit bloßen Fingern versuchten sie, das Gehäuse geradezubiegen. An den Kanten wölbte es sich.

Herold spähte über ihre Schulter. »Soll ich einen Schraubenzieher vom Hausmeister besorgen? Mister Dunckley trägt immer einen an seinem Gürtel.«

»Netter Einfall, aber wir brauchen mehr als einen Schraubenzieher.« Christopher zog eine bedauernde Miene. Er hatte eine seiner Konsolen einmal auseinandergenommen, weil er sich die Kosten für die Reparatur sparen wollte. Von ihrer Gruppe besaß er die meiste fachliche Expertise. Sein Urteil war jedoch vernichtend. »Die Platine muss komplett gewechselt werden. Die kann Dunckley nicht auf Vorrat haben, da sind Ersatzteile vom Hersteller nötig. Das Gehäuse könnte man vielleicht noch mit einem Hammer glätten. Mit leichten Schlägen, um die Dellen herauszuarbeiten. Aber das Glas ist hinüber. Es zerbröselt wie ein furztrockener Cookie.«

Devin raufte sich die Haare. Alles, was Raymond von ihm vernahm, war ein »Scheiße!«. Immer wieder. Der Junge stand komplett unter Schock und merkte nicht einmal, dass er am linken Ohr einen verkrusteten Blutfleck besaß. Sein Auge schwoll an. Raymond starrte darauf und verzog schmerzlich das Gesicht. Er hatte genug handgreifliche Auseinandersetzungen hinter sich, um zu wissen, wie Devin morgen aussehen würde.

»Das gibt ein Veilchen. Wie ist das passiert?«

»Elisabeth hat ihn dort mit einer Schnapsflasche erwischt«, erklärte Adrian.

»Kam wohl aus dem Liquid Store«, murmelte Herold. »Warum habt ihr nicht die Polizei gerufen?«

»Die Alte hat doch selbst um Hilfe geschrien! Als wären *wir* die Verbrecher. Die ganze Straße hat den Tumult mitbekommen, aber jeder stand nur blöd herum!«

»Sie standen herum, weil ich schwarz bin.« Devin spie das bittere Urteil aus. Doch Raymond lag noch etwas anderes auf der Zunge. Etwas, das er schon so viele Jahre predigte.

Glücklicherweise kündigten die klackernden Absätze von Miss Petrova ihr baldiges Erscheinen an, bevor ihm sein taktloser Gedanke über die Lippen kam. Vom Flur aus vernahm Raymond das Schnattern der Mädchengruppe, die sich in den Pausen immer vor den Toiletten versammelte. Angeblich, weil man dort *private* Themen besser besprechen konnte. Die Tür fiel hinter der kichernden Meute polternd ins Schloss und Miss Petrova scheuchte ihre Schülerinnen in den Unterrichtsraum. Auch Raymond und Herold eilten auf ihre Plätze, ebenso wie der Rest seiner Freunde.

»Matthys Neleman ist für die erste Stunde entschuldigt«, verkündete Miss Petrova lautstark und murmelte dann kaum hörbar: »Der feine Herr hat einen Zahnarzttermin. Offenbar ist es für Rektorenkinder in Ordnung, solche Termine innerhalb der herkömmlichen Schulzeiten zu planen. Aber wer bin ich, dass ich die Obrigkeit hinterfrage. Mama Neleman verpasst sonst bestimmt ihren Kosmetiktermin.«

Miss Petrovas lederne Aktentasche landete polternd auf dem Lehrerpult. Mit ihrem strengen Dutt wirkte sie, als sei mit ihr kaum gut Kirschen essen. Doch gegen die Anweisungen des Fakultätsleiters kam auch sie nicht an. So unfair dieser Umstand auch war. Ihr prüfender Blick überflog die Reihen und die Gesichtszüge entglitten ihr, als sie Devins aufblühendes Veilchen sah. »Um Himmels willen, Brooks! Hast du dich geprügelt?« Ihr Blick schnellte vorwurfsvoll zu Raymond, dem üblichen Verdächtigen.

Das tat weh. Er war über ihren ersten Verdacht etwas brüskiert. Unschuldig hob Raymond die Hand und meinte: »Ganz falsch! Das geht auf Elisabeth Bradys Konto.«

»Bitte?« Miss Petrova hielt bestürzt die Hand an die Brust. Ihre Augen schnellten zur anderen Ecke des Klassenraums, in der Adrian Engelhardt sich zu Wort meldete und in Kurzfassung schilderte, was passiert war.

Es lebte Getuschel im Raum auf. Diejenigen, die von den morgendlichen Ereignissen noch nichts wussten, debattierten untereinander, während Miss Petrova mitfühlend den Kopf wiegte. Sie lief zwischen den schmalen Pulten auf Devin zu und dirigierte ihn von seinem Platz.

»O Devin. Wie mir das leidtut. Komm! Das soll sich Misses Baxley anschauen.«

»Mein Referat …«

»Ich kläre das. Wir kümmern uns erst einmal um dich.«

Nicole Ede war eines der Mädchen, dass sich vor dem Unterricht noch draußen im Flur befand. Devins lädiertes Gesicht entlockte ihr einen Laut wie ein winselnder Yorkshire. Der Junge trottete mit hängendem Kopf vor Miss Petrova her, wirkte aber wie ein Geist. Noch immer murmelte Devin, dass sein Onkel ihn umbringen würde. Selbst dann noch, als seine Lehrerin ihm versicherte, dass dem nicht so sei.

»Ich werde ein gutes Wort für dich einlegen.« Am Türrahmen hielt Miss Petrova noch einmal inne und ihr Finger hob sich mahnend zum Rest der Klasse. »Historical Geology, Seite vierunddreißig, Aufgabe sechs. Wenn ich zurückkomme, wird die *späte Paläozoische Ära* besprochen. Verhaltet euch ruhig!«

Doch gemeinsam mit Miss Petrova verschwand auch ihre Warnung hinter der Tür. Christopher Denning drehte seinen Stuhl an Devins Platz und hantierte an dem Projektor, während Adrian betonte, wie übel die Familie Brady doch sei. Raymond konnte sich darauf ein Schnauben nicht verkneifen.

»Willst du was sagen, Walker?«

»Nein, alles in Ordnung.« Er schnaubte erneut.

»Was? Hätten wir die Alte verprügeln sollen?«

Raymond stand auf und wandte sich Adrian zu. Nach langer Überlegung erklärte er unverblümt: »Ich hätte es Elisabeth zumindest nicht so einfach gemacht. Wäre sie an mich geraten, hätte ich ihr den Projektor auf den Fuß geworfen.« Noch bevor eine empörte Antwort folgen konnte, fiel Raymond Adrian ins Wort. »Ehrlich, wie oft haben wir diese Unterhaltung schon geführt? Findet ihr es nicht lächerlich, wie wir hinterher immer die Opfer beklagen und morgen so tun, als sei nichts gewesen?«

»Ich glaube kaum, dass wir das morgen vergessen haben.«

»Wir werden es vergessen. In dem Moment, in dem die Bradys ein neues Opfer finden.« Raymond stampfte mit dem Fuß auf. »Das ist so armselig!«

»Wir? Armselig?«, empörte sich Adrian.

»Ich finde uns *alle* armselig. Merkt ihr überhaupt, dass die Gründe für die Übergriffe wahllos werden? Eds Mutter sucht genauso nach Krawall wie ihre dummen Söhne. Jetzt vergreift sie sich schon an Teenagern, als hätten wir mit Ed nicht genug Probleme.« Raymond sah Herolds gekräuselte Stirn.

Er dachte wohl ähnlich, wagte aber nicht laut auszusprechen, was ihm wirklich durch den Kopf ging. Stattdessen murmelte er: »Elisabeth hat sich bestimmt auf Kinder verschossen, weil ihre letzte Attacke gegenüber einem Erwachsenen sie den Job gekostet hat. Vielleicht sollte Devin Anzeige erstatten? Das ist doch definitiv Körperverletzung.«

Doch Adrian schüttelte den Kopf. »Er will nicht.«

»Warum?«

»Das fragst du noch? Devin hat Angst vor den Bradys!«

»Mit anderen Worten - es wird nichts passieren.« So sah die Situation für Raymond aus. »Niemand zeigt klare Kante. Niemand sagt: Bis hier her und nicht weiter!«

Eine Schraube klimperte geräuschvoll aus dem Gehäuse des Projektors. Christopher schnappte danach, als ob er sich an die Hoffnung klammerte, noch irgendetwas unternehmen zu können, solange er alle Teile beieinander hielt. Neben ihm schüttelte Mitchel den Kopf.

»Ich verstehe, was du meinst. Aber ehrlich Raymond, es ist nicht unsere Aufgabe für Ordnung zu sorgen. Wenn Sheriff Reynolds den Bradys nicht ihre Grenzen zeigt, können wir nichts tun.«

Raymond überlegte. Seine Augen wurden zu wachsamen Schlitzen. Doch eine Frage formte sich in seinem Kopf, die er nach einem prüfenden Blick zu seinen Mitschülern leise in die Runde warf. Er beugte sich über Devins verlassenen Platz. »Wer sagt das?«

Es kostete Raymond beinahe die komplette Stunde und viel Überzeugungskraft, um seinen Standpunkt klarzumachen. Es wurden Köpfe geschüttelt, abweisende Handbewegungen gemacht und mancher wunderte sich über seine kriminelle Energie. Doch die neueste Tat der Bradys war noch frisch in ihren Köpfen und die Empörung darüber groß. Also nutzte Raymond all seine Argumente und erkannte bald in einigen Augenpaaren einen grübelnden Ausdruck, ganz nach dem Motto: Und wenn doch?

»Nein! Das wäre verrückt«, tat Christopher seinen Vorschlag mit einem verlegenen Lächeln ab. »Das widerspricht komplett meiner presbyterianischen Erziehung.«

»Du bist doch gar nicht religiös«, entfuhr es Raymond auf seine Scheinheiligkeit. Der Junge besaß ein Konsolenspiel, in dem Jesus der Endgegner war und mit Kruzifixen warf.

»Ja, aber das weiß meine Mutter nicht. Wenn sie hört, was wir vorhaben, bringt sie mich um. Oder noch schlimmer, ich muss die Sommerferien im Bibelcamp verbringen.«

Doch nach einigem Hin und Her war der Erste, bei dem der Gedanke fruchtete, Lewis Boykin. Er sprach von seinen Erlebnissen mit den Bradys. Von Foster, dem Ekel und Ed, dem er einen Sommer mit gebrochenem Arm verdankte. Das wahrlich Schmerzhafte an der Geschichte sei, beide herumstolzieren zu sehen, als hätte diese Angelegenheit keine Konsequenzen für sie gehabt. Und dass niemand gesagt habe: »Ihr geht zu weit.«

Seiner Auffassung nach war den Bradys nicht einmal bewusst, wie unbeliebt sie in Copperdeer waren. Es gehörte zu ihrem Lebensstil, sich mit anderen anzulegen.

»Und genau das ist der springende Punkt«, griff Raymond seine Worte auf. »Wo kein Kläger, da kein Richter.

Wir können nicht erwarten, dass sich die Dinge zum Besseren wenden, wenn uns Arme gebrochen werden und wir es mit einem Nicken hinnehmen.« Raymond schaute mit verschwörerischem Ausdruck in die Runde aus zusammengesteckten Köpfen. »Es ist unser verdammtes Recht, nicht gute Miene zum bösen Spiel zu machen. Leute, wir dürfen wütend sein!«

Er pochte auf Devins Platz, der an jenem Morgen angegangen wurde, weil er schwarz war. Anschließend deutete er auf Lewis, der nicht im Entferntesten verdient hatte, als *Spaghettifresser* bezeichnet zu werden – und doch war er Opfer von Eds Schikanen geworden. Nur wegen den Bradys verkroch er sich in der Bibliothek und das Abteil würde bald ausgebaut werden müssen, sollten sich die Dinge nicht bessern.

»Vielleicht erwischt dich Ed einmal in deinem Sonntagsanzug, Christopher. Hast du Lust, ein paar Bibelseiten zu essen? Wäre nicht das erste Mal, dass er jemanden dazu zwingt«, untermalte Raymond seine Argumentation. Es war ein Gerücht aus den oberen Klassen, doch Raymond fand, es sah Ed ähnlich.

Christopher starrte mit offenem Mund vom kaputten Projektor auf und tatsächlich schien er zu glauben, dass er sich selbst dafür auch verprügeln würde. Es war allgemein bekannt, dass er die wöchentlichen Besuche hasste. Den geschniegelten Sakko ebenso wie die langatmige Sonntagsschule und den zur Seite gekämmten Scheitel. Dazu kam, dass seine Mutter bei jeder Gelegenheit ihre gottesfürchtigen Predigen hielt, selbst dann, wenn niemand fragte.

»Und was schwebt dir vor?«, wollte er wissen.

Raymond haute demonstrativ in seine Handfläche. »Wir müssen Elisabeth eine Warnung senden. Lasst uns bei Mitchel eine Übernachtungsfeier abhalten. Von dort aus kommen wir auf dem schnellsten Weg zur Brady Baracke.«

So nannte man innerhalb ihrer Stadtgrenzen das verwahrloste Haus in der Claremont Ave, mit der morschen Veranda und dem frauenfeindlichen Graffiti von Foster auf dem Garagentor.

»Im Morgengrauen lassen wir einen Steinhagel auf die Baracke regnen, der hoffentlich einige Fenster zu Bruch bringt. Auf jeden Stein schreiben wir ein Wort. Ein nettes Rätsel, das Elisabeth sich zusammenlegen darf. Etwas wie *verschwindet aus unserer Stadt!*«

»Rache für Devin!«, schlug Herold vor.

Raymond schüttelte den Kopf. Seiner Auffassung nach musste der Satz allgemein gehalten werden, um niemanden in Schwierigkeiten zu bringen. Mit einer solchen Botschaft würden die Bradys die Verdächtigen in Devins Umfeld suchen.

»Die Bradys haben viele Feinde. Das können wir uns zunutze machen«, erklärte Raymond. Christopher warf frustriert eine Schraube auf den Tisch und fuhr sich über das Gesicht. »Leute wollen wir das wirklich machen?«

»Ich bin dabei«, erklärte Herold.

»Ernsthaft?«

»Hey, wir haben es auf die diplomatische Tour probiert. Lasst es uns einmal auf die Walkertour versuchen. Wenigstens fängt sich so niemand ein blaues Auge ein.«

Raymond grinste verschmitzt, während Christopher seine Bedenken äußerte, weil die Baracke sich inmitten eines Wohnviertels befand. Doch Raymond kannte jeden Winkel von Copperdeer und erinnerte sich an alle verschlungen Wege, wohin auch immer sie führten.

»Die Baracke grenzt an den dahinterliegenden Wald. Dort existiert ein schmaler Trampelpfad, der in der Nähe vom Nachbarhaus der Thompsons endet.«

Raymonds Einwand ließ Mitchel irritiert blinzeln.

»Woher weißt du das? Der Pfad ist im Sommer vollständig überwuchert. Ich kenne ihn selbst erst seit ein paar Monaten, obwohl ich direkt daneben wohne.«

Raymond stutzte über seine Worte, bis ihm klar wurde, sich einmal im Traum auf diesem Pfad befunden zu haben. Doch vielleicht erinnerte er sich auch falsch. Er tat Mitchels Einwurf mit einer unwirschen Handbewegung ab und sprach: »Das spielt jetzt keine Rolle. Was brauchen wir alles? Und das Wichtigste – wie werden wir nicht erwischt?«

Vier Tage später trampelte Raymond an einem Samstagnachmittag die Treppe zum Eingangsbereich des Petaluma-Anwesens hinab und überwand die letzten Stufen mit einem halsbrecherischen Sprung. Er war allein im Haus. Im Laufe der Nacht, musste sein Vater das Grundstück verlassen haben. Beide hatten am Vorabend zusammen gegessen, doch heute Morgen fand Raymond ihn nicht im Haus vor. Manchmal zwang ein Auftrag auf dem Bau seinen Vater frühzeitig aus dem Bett, daher stellte Raymond keine Fragen. Ohnehin kam ihm dessen Abwesenheit heute gelegen. So besaß er genug Zeit, ungestört seinen Rucksack zu packen, ohne dass der Inhalt für Verwunderung sorgte. Ein altes Paar Sneaker schaute zwischen dem Reißverschluss hervor. Die Sohle hatte Raymond mit einem Feuerzeug angesengt, damit vor der Brady Baracke keine Fußabdrücke anhand der Profilsohle identifiziert werden konnten. Die Schuhe würde er im Brennofen der alten Ziegelei entsorgen. Ein dunkler Hoodie mit Kapuze wurde von ihm eingepackt, den er bei ihrem Vorhaben überziehen wollte. Raymond war in der Küche zugange, verstaute Handschuhe und eine Taschenlampe im Rucksack, während er im Kopf seinen Plan durchging. Als er den Reißverschluss seiner Tasche zu ziehen wollte, streifte sein Blick den handgroßen Pflasterstein, der mit karmesinrotem Schriftzug versehen war. Jeder aus der Gruppe brachte einen zu Mitchel mit. So verteilte sich die Last auf mehrere Rücken und Misses Thompson würde nicht fragen, warum einer der Jungen mit einer vom Gewicht ausgebeulten Tasche ins Haus kam.

Die Steine hatte die Gruppe aus dem Baumarkt geklaut. Adrian Engelhardt erlebte einmal mit, wie Ed und sein Bruder Foster dort durch ein Loch im Zaun schlüpften und sich ebenfalls an den Pflastersteinen bedienten. Raymond hoffte, dass dieser Umstand Elisabeth Brady davon abhalten würde, Anzeige zu erstatten. Sonst müsste sie zugeben, den Ursprung des Diebesguts zu kennen.

Er fuhr mit dem Daumen über den Schriftzug, der aus der ersten Silbe des Wortes *Vendetta* bestand. Herold bezweifelte, dass Elisabeth das Wort überhaupt kannte. Dagegen fand Raymond, die alte Schnapsdrossel könne ihre grauen Gehirnzellen ruhig einmal anstrengen.

Als er von der Eingangstür das leise Drehen eines Schlüssels vernahm, zischte Raymond ertappt und zog den Reißverschluss seiner Tasche zu. Die Tür zum Eingangsbereich öffnete sich und Raymond kam aus der Küche geeilt, um seinem Vater von seinen Übernachtungsplänen zu berichten. Er setzte sein unschuldigstes Lächeln auf, wie wohlerzogene Söhne es taten, wenn sie um Erlaubnis baten. Dann entglitten ihm die Gesichtszüge, als eine winzige Gestalt seinem Vater ins traute Heim folgte.

»Sei nicht schüchtern. Komm herein. Nimm dir alle Zeit, die du brauchst, um dich an das Haus zu gewöhnen.«

Sein Vater sprach mit einem vorsichtigen Tonfall, als wäre ihr eingetroffener Gast aus feinstem Porzellan. Er dirigierte ein Mädchen herein. Gerade mal so groß, dass es Raymond bis zur unteren Bauchpartie reichte. Irritiert blinzelte er auf das Kind, bis sein Vater ihn im Türbogen zur Küche erspähte. Zunächst wirkte er unschlüssig, sogar etwas unbeholfen. Dann winkte er Raymond herbei und bat ihn näherzutreten.

»Sehr gut, da bist du. Ich muss dir jemanden vorstellen.«

»Wer ist das?«, stellte Raymond die Frage.

»Erinnerst du dich an die Bekannte, die verstorben ist?«

»Ja.«

Raymonds Blick huschte abwechselnd zu seinem Vater, dann zu dem Mädchen, dass ihn nicht weniger verunsichert anstarrte. Beide wussten nicht, was sie voneinander halten sollten, bis sein Vater ihm das Kind als seine jüngere Halbschwester vorstellte.

»Die Bekannte und ich ... Nun, das ist unsere gemeinsame Tochter. Hana.«

Raymond klappte der Mund auf. »Wie bitte?«

Doch bald sah er die Ähnlichkeit. Das gleiche Augenpaar, den gleichen dunklen Haarschopf, lediglich die prallen Apfelbäckchen hatten weniger mit den Walkers gemein.

»Ist das ein Scherz?«

»Nein.«

Raymond erwartete noch mehr. Doch da kam nichts. Dass sein Vater kein Mensch hochtrabender Worte war, damit hatte er sich längst abgefunden. Vieles behielt er für sich. Raymond unterstellte ihm nicht einmal Böswilligkeit. Er war einfach wortkarg. Wie ein alter Hund, der kaum bellte. Doch ausgerechnet jetzt sah er seinen Vater in der Pflicht, das Schweigen zu brechen. Der schien mit sich zu hadern.

Eine unangenehme Stille trat auf und Raymond beobachtete, wie die Finger seiner zuvor unbekannten Halbschwester sich am Hosenbein seines Vaters festkrallten. Der musste sich erst einmal sortieren. Er stellte behutsam einen Reisekoffer ab und zog ebenso langsam seine Jacke aus, als wüsste sein Vater insgeheim, auf welch dünnem Eis er sich bewegte. Raymond starrte ihn an und da keine weitere Erklärung folgte, meinte er: »Kommt da noch mehr? Du kannst nicht so eine Bombe platzen lassen und einfach still bleiben!«

Sein Vater atmete aus. Die Jacke landete achtlos neben der Garderobe, während er nach Worten suchte, welche die unangenehme Situation entschärften.

»Wo fange ich an?« Er fuhr sich ratlos über die Stirn. »Zunächst einmal muss ich etwas klarstellen, Raymond. Mir war nicht bewusst, dass ich Hana heute schon heimbringen darf. Bis heute Morgen war noch nicht einmal klar, ob ich das Sorgerecht bekomme.«

»Sorgerecht.« Raymond wiederholte das Wort wie im Reflex. Sein entsetzter Verstand kam allmählich in Bewegung. »Warte! Warst du den ganzen Morgen beim Gericht?«

»Ja. Hanas Großeltern wollten ursprünglich das Sorgerecht. Sie wollten mich heimlich übergehen. Dagegen habe ich heute geklagt.«

In Raymonds Ohren klang das nicht nach einer plötzlichen Wendung. Sicher, er war kein Fachmann des amerikanischen Rechtssystems, doch das ein solches Verfahren nicht kurzfristig eingeleitet wurde, war für ihn logisch. Er starrte auf das bedürftige Geschöpf zur Seite seines Vaters und ihm wurde das ganze Ausmaß klar. Daniel Walker hatte das Sorgerecht. Sie würde bleiben. Dieses *mickrige Ding* würde in ihrem Haus leben.

Ein Kind war aus der Verbindung mit seinem Vater und der ominösen Bekanntschaft entsprungen. Eine tiefe Kränkung wallte in Raymond auf. Womöglich, weil man es nicht für nötig hielt, ihn in dieser komplizierten Familiendynamik mit einzubeziehen. Seine Meinung nicht einmal berücksichtigt wurde. Es mochte ein egoistischer Gedanke sein, doch bisher glaubte Raymond, er sei der Mittelpunkt im Leben seines Vaters. Nun bekam er den Eindruck, lediglich eine unwichtige Statistenrolle zu spielen.

»Du bist wütend«, stellte sein Vater fest. Sein Groll stand ihm offenbar ins Gesicht geschrieben. Raymond gab ein trockenes Lachen von sich und fragte, ob man ihm das verdenken könne.

»Schließlich hast du dir irgendwo eine neue Familie aufgebaut. Eine, in der dein ältester Sohn nicht in die Gleichung passt.«

»Das hat nichts mit dir zu tun«, beteuerte sein Vater. Das sah Raymond anders. Er verschränkte die Arme vor der Brust und erklärte: »Ich bin auch Teil dieser Familie. Jedenfalls dachte ich das bisher.«

»Natürlich! Das bist du immer gewesen.«

»Fühlt sich aber nicht so an.«

Sein Vater starrte erschüttert. Ein Kopfschütteln folgte, sein Zeigefinger hob sich. »Nein! So darfst du nicht einmal denken. Niemals!«

»Was soll ich dann denken?« Raymonds Stimme wurde zu einem giftigen Zischeln. »Du stellst mich vor vollendete Tatsachen! Erwartest du wirklich, dass du mir diese Kröte heimbringst und ich mich freue?«

»Sprich nicht so von deiner Schwester!« Die Stimme seines Vaters donnerte durchs Haus.

»Ach, jetzt ist sie meine Schwester? Nachdem du jahrelang ihre bloße Existenz verheimlicht hast? Das kannst du vergessen! Da spiele ich nicht mit.« Raymond konnte fühlen, wie seine Schläfe vor Zorn pochte und die lautstarke Tonlage ließ Hana zurückweichen, bis ihr Rücken die nächste Ecke fand. Dabei stürzte ein Schirmständer um. Raymond schaute in ihre Richtung, beobachtete die bebenden Lippen. Sein Kiefer malte, doch er mäßigte sich. Ebenso wie sein Vater den harschen Tonfall zügelte. Beiden wurde klar, welch erschreckenden ersten Eindruck sie abgaben und sich nicht mit Ruhm bekleckerten. Nach einem tiefen Schnaufen trat Raymond an die Garderobe, scheuchte das Kind mit einer Handbewegung zur Seite. Noch während er in seine Sportschuhe schlüpfte, sprach er: »Sie ist nicht erst seit gestern da. Du hattest so viele Gelegenheiten, mir die Wahrheit zu sagen. Erwarte nicht, dass ich deine Fehler ausbügle.«

»Wo gehst du hin?«

»Zu Freunden.«

»Wohin genau?«

»Das geht dich nichts an!«

»Ich bin dein Vater und habe jedes Recht zu wissen, wo du dich herumtreibst.«

»Zum Teufel mit dir! Zum Teufel mit allen Vätern! Kümmere dich um deinen kleinen Nestbeschmutzer und lass mich in Ruhe! Das kannst du doch sonst so gut.«

Damit stürmte Raymond hinaus. Die Vorrichtung der eichenen Eingangstür fiel hinter ihm schwer ins Schloss.

VENDETTA

Die Brady Baracke sollte die kompletten Sommerferien in aller Munde bleiben und während Raymond sich auf sein erstes Jahr an der High School vorbereitete, berichtete der *Mountain-Echo* regelmäßig von Elisabeth und ihrer Brut, die auch heute auf dem Titelblatt mit bekümmerten Gesichtern in die Kamera linsten. Auf dem Foto deutete Elisabeths Finger auf die Steine, die zusammengelegt das Wort »Vendetta« ergaben. Die Aufnahme von der Tatnacht wurde ziemlich häufig bei der fortlaufenden Berichterstattung verwendet.

Als Raymond an einem Kiosk zum ersten Mal die Aufnahme sah, stellte er verwundert fest, dass die Familie Brady es verstand, im geeigneten Moment, den geprügelten Hund zu mimen. Eds sommersprossige Bäckchen zierte eine getrocknete Tränenbahn, als habe er bitterlich geweint, wie Aschenputtel, das nicht zum Ball durfte. Bei den Bradys war man sich eindeutig für nichts zu schade.

Tatsächlich gehörten Devin und Raymond auch für kurze Zeit zu den engeren Verdächtigen. Bei Devin war die Sache naheliegend. Mehrere Augenzeugen hatten die Handgreiflichkeit zwischen ihm und Elisabeth Brady beobachtet und Raymond stand in Verdacht, weil er sich regelmäßig mit dem jüngsten Spross des Hauses prügelte. Glücklicherweise blieb es nicht dabei. Denn die Liste an potenziellen

Verdächtigen wurde lang und das örtliche Sheriff Department öffnete eine wahre Büchse der Pandora, indem sich immer weitere Streitthemen herauskristallisierten. Die Beschwerden gegen die Bradys überwogen.

Da war die spanische Kassiererin aus dem örtlichen Diner, welche in der Vergangenheit mehrere Beschimpfungen auf offener Straße über sich erdulden musste. Die letzte sogar in Gegenwart ihrer verängstigten Kinder. Auch die Familie Mackanzie, die das Haus neben der Baracke bewohnte, besaß verständliche Gründe, um sich irgendwelchen Rachefantasien hinzugeben. Sie wurden regelmäßig um Milch, die tägliche Morgenzeitung und sogar den eigenen Parkplatz erleichtert. Manchmal wunderten sie sich über die hohe Wasserrechnung. Nach einer ausgiebigen Prüfung der Mackanzies stellte sich heraus, dass Foster sich regelmäßig an ihrem Gartenschlauch gütlich tat, vorzugsweise wenn er seinen ausrangierten Nissan in der Einfahrt wusch.

Die anderen Nachbarn fanden ebenfalls keine wohlwollenden Worte. Ein kompletter Abschnitt behandelte sämtliche ihrer Zitate. Bei der Befragung durch einen Deputy fiel häufig der Ausdruck *asozial* im Zusammenhang mit den Bradys. Elisabeths Brut stand im Verdacht, die braven Bürger ihrer Straße wie die Elstern zu beklauen.

Raymond faltete den Zeitungsbericht zusammen und reichte ihm seinem Nebenmann mit einem zufriedenen Nicken.

»Nichts über uns?«, fragte Herold.

»Nicht die kleinste Anmerkung.«

»Geil!«

Herold straffte die Zeitung vor sich und Raymond beobachtete schmunzelnd, wie seine Augen jeden Satz aufsogen.

Der Herbst zog ein. Desto länger der Vorfall zurücklag, desto mehr ließ die Anspannung von Herold ab. Dabei konnte sich Raymond noch gut an das Zaudern erinnern, als alle vor der Brady Baracke standen und keiner den ersten Stein werfen wollte.

»Wollen wir das wirklich machen?«, hatte Herold in die Runde gefragt. Da niemand die Initiative ergriff, packte Raymond kurzerhand den ersten Pflasterstein, der mit einem gezielten Wurf seinen Weg direkt durch Elisabeths splitterndes Wohnzimmerfenster fand.

Dabei empfand Raymond bis heute keinerlei Reue. Ihm war zwar bewusst, dass er eine Straftat begangen hatte, doch seiner Auffassung nach war die Botschaft wichtiger. Der Zweck heiligte die Mittel. Also streckte er sich genüsslich auf den Stufen zum Haupteingang der Leroy Marshall, während Mitchel und Christopher sie beim Vorbeigehen grüßten. Sie nickten sich kurz angebunden zu. Eine seltsame Stimmung herrschte seit dem Vorfall in der Gruppe. Nicht unangenehm. Eher verschwörerisch. Sie alle teilten dieses Geheimnis wie bei einer Blutsbrüderschaft und Raymond erinnerte sich, wie Adrian einmal sagte, er fühle sich wie ein echter Draufgänger. Aus seinem Mund klang das etwas albern, denn er war als der kleinste Junge des gesamten Jahrgangs verschrien.

»Wer hätte gedacht, dass unser bestes Alibi die tausend anderen Anwohner sind, mit denen sich die Bradys angelegt haben?«, murmelte Herold vor sich her. »Ich meine hier, allein dieser Absatz. *Der von seinen Nachbarn gebeutelte Mister Mackanzie gibt offen zu, dass es nur eine Frage der Zeit war, bis einem der Anwohner der Kragen platzt. Er bezeichnet die Bradys als Bodensatz unseres schönen Copperdeers.* Autsch! Harte Worte.«

»Der Mann spricht mir aus der Seele.«

Die Schulglocke läutete und Herold verstaute den Bericht in seinem Rucksack. Beide erhoben sich von den Stufen und betraten das Schulgebäude, um zu ihren Spinden zu laufen.

Seit dem Vorfall an der Baracke marschierte Ed Brady noch griesgrämiger durch die Flure, was wahrscheinlich daran lag, dass ihn andauernd das schadenfrohe Kichern eines Mitschülers begleitete. An der Leroy Marshall schien man sich einig zu sein, dass der Vorfall zwar skandalös, aber sicherlich niemand Besseren hätte treffen können. Allerdings handelte sich einer von Eds Klassenkameraden ein blaues Auge ein, weil er es mit seinen Scherzen soweit trieb, dass die Brady-Brüder ihm auf dem Schulweg auflauerten und ihn mit dem Kopf voraus in einer Abfalltonne versenkten.

Dem Spott tat das keinen Abbruch. Denn auch heute passierte Raymond die Schulflure und fand den ausgeschnittenen Artikel des *Mountain-Echo* an Eds Spind vor, gleich unter dem Bericht der diesjährigen Weinprinzessin. Eds bekümmerter Miene hatte man zwei Teufelshörner hinzugefügt und Raymond kam nicht umhin, darüber schadenfroh zu grienen. Wer behauptete, dass Rache keine Lösung sei, war noch nie in den Genuss des anschließenden Triumphes gekommen.

Er gab seine Zahlenkombination ein, allerdings nicht ohne sich umzuschauen. Seit der letzten Prügelei mit Ed war er vorsichtig bei seinem Spind geworden. Dort zierte eine tiefe Delle die Oberfläche. Manchmal erlag Raymond einer Art Phantomschmerz. Wann immer er den Abdruck sah, schmerzte seine Stirn.

Inmitten seiner wachsamen Blicke fiel ihm Herold ins Auge. Er stand an seinem eigenen Spind, beugte den Oberkörper leicht zurück, um im Schutze seiner offenen Türklappe einen unverfänglichen Blick auf eine Mädchengruppe zu riskieren.

»Was dabei, das dir gefällt?«, überraschte ihn Raymond.

Mittlerweile ahnte er, dass etwas Herold umtrieb. Dessen fahriger Blick wandte sich dem Inhalt seines Spinds zu. »Nichts! Ich hänge nur so meinen Gedanken nach.«

»Und hat der Gedanke einen Namen?«, wollte Raymond wissen. Herold zuckte mit den Schultern. Doch seine Ohren verfärbten sich hellrot. Er verkroch sich mit dem Kopf voraus im Spind.

»Keine Ahnung was du meinst. Du interpretierst zu viel. Ach, weißt du was? Ich muss mich gar nicht rechtfertigen. Halt die Klappe!«

»Wie du meinst.« Flötete Raymond, zog sein Buch hervor und wandte sich mit Herold der entgegengesetzten Richtung zu, wo Devin Brooks auf beide wartete. Er hielt sich vor Eds Spind auf mit skeptisch aufgezogener Braue. Nach langem Zaudern zog er den Zeitungsartikel von der Tür.

»Das ist nicht gut«, erklärte er. Auf Raymonds fragenden Blick hob Devin den Artikel. »Der Ausschnitt liegt überall herum. Gestern beim Mittagessen hat ihn jemand Ed gegen den Nacken geworfen.« Er zerknüllte das Papier und seufzte schwer. »Das fühlt sich wie eine Hexenjagd an. Egal wen es trifft - es ist mies. Und bösartig.«

Raymond seufzte. Er hatte schon immer den Eindruck, dass Devin Brooks einen tadellosen moralischen Kompass besaß, der alle anderen um ihn herum in den Schatten stellte. Auch ihn selbst. Der Junge gehörte heiliggesprochen. Es war einer der Gründe, weshalb Raymond ihn nicht bei ihrem Vorhaben dabeihaben wollte. Um sie alle zu schützen und um Devins Seelenheil. Ähnlich verhielt es sich mit Matthys, allerdings aus anderen Gründen. Die Gruppe hätte ihm zugetraut, dass er bei seinem Papi petzte.

Devin schaute besorgt. Für einen Moment war Raymond gewillt, seine Tat zu überdenken, bis ihm auffiel, dass er das falsche Buch in den Händen hielt. Die Schulglocke läutete zum letzten Mal und die Jugendlichen strömten in ihre Klassen zurück.

»Geht voraus! Ich habe das falsche Fach erwischt.« Raymond eilte zurück, hantierte an der Zahlenkombination, tauschte die Bücher aus und ließ das Schloss einrasten. In dem Moment traf ihn eine Faust in die Magenkuhle.

»Ich weiß, dass du es warst, Walker!«

Raymond hielt sich gekrümmt den Bauch. Der Schmerz strahlte in seinen gesamten Körper aus und seine Finger tasteten nach der Blechwand seines Spinds. Dennoch fand er die Kraft, mit einem feixenden Ausdruck aufzuschauen. »Beweis es!«, presste er hervor.

Ed holte mit der Faust aus, als Direktor Neleman am Ende des Flures auftauchte. Sein zitternder Arm senkte sich und Raymond nutzte die Gunst der Stunde, um verschwörerisch zu zwinkern. Das Eds fleischige Lippen zu einer blassen Linie wurden, half ihm über den Schmerz hinweg.

Die Wochen verflogen. Die Lage entschärfte sich. Allmählich zog der Herbst ein und sein Vater schöpfte keinerlei Verdacht, dass er an dem Vandalismus beteiligt war. Ohnehin kümmerte er sich mehr um den kleinen Störenfried, dem er ein eigenes Bett schreinerte, samt Nachtschrank und Kommode. Während Raymond keinen Finger krümmte oder sich irgendwie anbot. Lag er nachmittags mit den Hausaufgaben im Bett, die offene Zimmertür im Blickfeld, huschten seine Augen kritisch auf die andere Flurseite. Dort verschwanden die sperrigen Schränke aus dem Büro. Das Mobiliar wanderte in den Keller, um einem waschechten Mädchenzimmer Platz zu machen.

Anita Brouwer kam vorbei, um am Himmelbett Maße für die Stoffbahnen zu nehmen. Nebengewerblich verdingte sie sich ein zusätzliches Einkommen als Schneiderin und Raymond kam nicht umhin, Hana um die süßliche Art zu neiden, mit der man sie ansprach.

Mädchen schienen es weitaus einfacher im Leben zu haben.

Was Hana betraf, so ignorierte Raymond den Eindringling. Noch Wochen nach ihrer Ankunft beäugte er voller Argwohn, wie sich das fremde Kind in seinem Territorium einnistete. Es war schwer für ihn zu akzeptieren, dass er die heimischen vier Wände, welche er zuvor die meiste Zeit für sich allein beanspruchte, nun mit diesem Fremdkörper teilen sollte. An die Stille und Leere der Räume hatte Raymond sich ebenso gewöhnt wie an die Tatsache, dass der Vater des Hauses sich gerne herumtrieb. Es machte für ihn keinen Sinn, an diesem Zustand etwas zu ändern, wo er doch lieben gelernt hatte, sein eigener Herr zu sein. Zudem verstand er Hanas Art nicht. Wenn alle Mädchen so waren, mussten es traurige Geschöpfe sein.

An manchen Tagen brach er zur Schule auf und sah sie im Wohnzimmer auf dem Teppich hocken, während sein Vater ihr milde zusprach. Sie stierte dann lustlos und mit herabhängendem Kopf auf ein mitgebrachtes Ragdoll Püppchen in einer pastellgelben Latzhose.

Hana selbst schien keine Muße zu besitzen, sich Raymond anzunähern. Darüber war er ganz froh, auch wenn seine Abneigung ihr gegenüber, die Stimmung zwischen ihm und seinem Vater verhagelte. Sie sprachen kaum miteinander. Offenbar kam sein Vater zu dem Schluss, dass nur die Zeit Raymonds Groll lindern konnte und beschäftigte sich vermehrt mit Arbeiten am Haus. Und das zu den absonderlichsten Zeiten.

So wurde Raymond mitten in der Nacht geweckt, weil sein Vater unter seinem Fenster am Gartenzaun mit einer Schaufel hantierte. Mit festen Spatenstichen grub er neben jedem Holzpfosten eine Kuhle aus, wühlte in der aufgelockerten Erde, bis er etwas fand, was klimpernd in einem verbeulten Zinkeimer verschwand. Die einzigen Zeugen dieses absonderlichen Verhaltens blieben er und der kühle Halbmond hinter der porösen Wolkendecke.

Was sich in jenen Tagen hingegen nicht veränderte, war Raymonds Faszination am Timberwolf und seine präzisen Träume vom Wildtiergehege im National Forest. Die Düfte veränderten sich. Zwischen moderndem Geäst und feuchtem Moos brachen die ersten Pilzkappen aus der Erdkruste, vorwiegend Pfifferlinge und vereinzelte Morcheln. Die einheimische Flora und Fauna stellte sich auf den Herbst ein. Das ließ Raymond jeden Morgen mit der Frage aufwachen, ob die Blätter des Ahorns sich im National Forest tatsächlich rot verfärbten. Noch immer kamen ihm seine Träume zu wahrhaftig vor, doch mittlerweile störte er sich kaum daran. Zu schön waren die Stunden in den nächtlichen Wäldern. Er allein. Tollend, hüpfend, sprintend. Auf den Spuren jenes Tieres, das ein Abenteuer verhieß. Allerdings unterschätzte Raymond, wie gewaltig das Revier des nachtaktiven Jägers war. Die artgerechte Haltung war zwar eine feine Sache, doch so erstreckte sich das Gehege auch über viel unwegsames Gelände. Bergauf, bergab. Hinein in das dunkle Dickicht und zwischen mondbeschienenen Lichtungen, die in trügerischer Schönheit dalagen. Dennoch besaß der Ort auf Raymond eine absonderliche Anziehungskraft. Selbst in den finstersten Ecken kam er sich unangreifbar und gleichzeitig wohlbehütet vor. Doch wo immer der Timberwolf sich herumtrieb, noch wollte er sich Raymond nicht zeigen. Und dass, obwohl sein Ruf ihn jede Nacht in den Schlaf begleitete.

Eines Nachts war Raymond dann sicher, kurz vor einem Durchbruch zu stehen. Er spürte förmlich die nahende Zusammenkunft, bis ein Gewitter in Copperdeer heraufzog und die reißerischen Winde so laut gegen sein Zimmerfenster trommelten, dass der Krach ihn in seinem Bett hochfahren ließ. Mit weit aufgesperrtem Blick saß er da und brauchte einen Moment, um sich zu orientieren. Am Mount Hood war der nächtliche Himmel wolkenlos gewesen, was ihn beim Aufwachen irritierte. Raymond rieb sich die Augen und blinzelte verträumt zum Fenster, wo der Regen schiefe Wasserbahnen auf der Scheibe hinterließ. Dicke Tropfen prasselten geräuschvoll gegen das Glas.

Während Raymond sich fragte, ob das Wetter in den Bergen ebenso umschlug, vernahm er außerhalb seiner Räumlichkeiten ein Knarzen vor der Tür. Das Petaluma-Anwesen besaß noch immer die alten Dielen der ursprünglichen Besitzer, die sein Vater bei ihrem Einzug in mehreren Schleifvorgängen von der alten Schicht befreit und mit einem Gemisch aus Öl und Wachs versiegelt hatte. Sie sahen gepflegt aus. Dennoch gaben die Dielen an manchen Punkten unter dem kleinsten Druck nach, weshalb das Haus sehr hellhörig war.

Raymonds Blick huschte zum Spalt unter seiner Tür. Dort meinte er tippelnde Schritte auszumachen, die sich hektisch ins Badezimmer bewegten. Er wollte sich hinlegen, vernahm das Geräusch aber erneut. Einmal, zweimal, dreimal.

Dann kehrte Ruhe ein. Doch etwas an dem kurzzeitigen Tumult vor seiner Tür störte ihn. Er grübelte darüber und aus lauter Neugierde schwang er die Beine aus dem Bett, um nach dem Ursprung zu schauen.

Als Raymond die Tür öffnete, war außer dem schlichten Teppichläufer mit seinem ländlichen Muster nichts im Flur auszumachen. Seine Augen huschten nach links, dann nach rechts. Den Gang hinauf und wieder hinunter, bis ihm das spärliche Licht aus dem Badezimmer auffiel. Er ahnte, um wen es sich handelte. Raymond umgriff seinen Türknauf, haderte jedoch damit, sein Zimmer zu verschließen.

Hana blieb nach wie vor das Problem seines Vaters. Doch nach einem verdächtigen Laut beschloss er, zumindest nach ihrem Befinden zu fragen. In einem Punkt hatte sein Vater Recht. Raymond war auf ihn wütend. Nicht auf sie. Daher kündigte er sein Erscheinen mit einem leisen Klopfen gegen die Badezimmertür an. Nichts rührte sich. Kein *Herein*. Aber auch kein *Gehweg*.

»Hana?«

Sie antwortete nicht. Doch als er sein Ohr gegen das Holz presste, schnappte er das laute Hochziehen einer Nase auf. »Ich komme jetzt herein.«

Zögerlich öffnete Raymond die Tür. Als er durch den Spalt lugte, saß da ein kleines Häufchen Elend am Badewannenrand gelehnt. Hanas Hände pressten sich auf ihren Hosenboden. Doch den dunklen Fleck dort konnten sie nicht verbergen.

»Hast du ins Bett gepinkelt?«

Sie presste die Lippen aufeinander. Ein verzweifelter Versuch, nicht zu weinen. Doch desto fester sie presste, desto mehr quellten die stummen Tränen aus ihren Augen. Als Raymond eintrat, sah er einen Teil ihres Lakens aus der Wäschetrommel ragen. Sie hatte versucht, die verräterischen Beweise auf eigene Faust zu entfernen. Und scheiterte an der Technik.

»Verstehe.«

Nach langem Zögern hob er die Hand und forderte den Störenfried auf mitzukommen. Er tauschte ihr Outfit, warf die Maschine an, wechselte Spannlaken und Wäsche, während Hana mutlos auf dem Boden ihres Zimmers hockte.

»Wirst du petzen?«, wollte sie wissen.

»Ich bin keine Petze.«

DER ANDERE TEIL

Die Stimmung zwischen Raymond und seinem Vater verbesserte sich in zaudernden Schritten und als Hana ihre erste Woche in der Kindertagesstätte ohne größere Krokodilstränen meisterte, gelang es auch ihm, sich mit dem Plagegeist abzufinden. Sicher, Raymond war noch immer gekränkt. Doch allmählich wurde ihm klar, dass das Mädchen eben da war und es sich den Umständen anzupassen galt.

So überraschte Raymond seinen Vater, indem er eines Samstagmorgens mit Hana am Küchentisch saß und beide sich über einer Schale Cornflakes hinweg misstrauisch anschwiegen. Es mochte kein Durchbruch sein, doch immerhin mehr, als sein Vater zuvor von ihm gewohnt war.

Nach Wochen der Distanz spürte Raymond dessen Hand endlich wieder auf seiner Schulter. Hinter seinem Rücken vernahm er einen tiefen Atemzug, als würde sich ein Knoten im Brustkorb seines Vaters lösen. Raymond gab ein Murren von sich und zog die Schulter weg. Das war ihm peinlich. Mit offenen Gefühlsausbrüchen hatten es beide Männer des Hauses nicht besonders.

Und eines Abends vor dem Kaminfeuer ihrer Wohnstube – als Hana längst in ihrem neu gezimmerten Himmelbett schlief – bat ihn sein Vater, bei ihm Platz zu nehmen. Raymond liebte ihre Wohnstube. Sie strahlte mit ihren warmen

Tönen und den kunstvollen Schnitzereien an den Holzsäulen eine gemütliche Atmosphäre aus. Der prunkvolle Kamin der ursprünglichen Eigentümer fügte sich perfekt ein. Elektronische Geräte vermisste man in diesem Raum. Lediglich ein batteriebetriebenes Radio existierte.

»Ich schätze, wir sollten uns aussprechen. Es ist überfällig. Bist du noch wütend?«

Raymond hockte vor dem Kamin und stierte in die Flammen. Er horchte in sich hinein und verspürte noch immer eine tiefe Kränkung – erinnerte sich aber auch an Herolds Meinung zu seiner aktuellen Situation. Nämlich, dass Vergebung nicht zu seinen Stärken zählte.

»Ich bin zumindest nicht glücklich«, gestand er.

»Das verstehe ich. Hätte ich gekonnt, hätte ich vieles anders gemacht.«

»Das ist dann wohl die entscheidende Frage. Konntest du wirklich nicht?«

Sein Vater schwieg. Nach langen Überlegungen warf er einen Holzscheit in die Flammen. Schließlich erklärte er: »Ich schätze, du bist Opfer der aktuellen Umstände geworden. Die Wochen nach Isabelles Tod waren so turbulent, dass ich keinen klaren Gedanken fassen konnte. Gerichtstermine, Sorgerechtsstreitigkeiten, Beerdigungskosten, dazwischen mehrere Automeilen, die uns trennten. Ich war ihr Notfallkontakt - für eine Situation, mit der ich nie gerechnet hatte.«

»Isabelle«, wiederholte Raymond. Und so bekam das Phantom in seinem Kopf einen Namen. »Wie war sie?«

»Wundervoll. Mit ihr war alles so viel einfacher.«

Raymond entging nicht, wie sein Tonfall einbrach. Allein der Gedanke daran, dass diese Frau nicht mehr unter ihnen weilte, schien seinem Vater den Hals zuzuschnüren.

»War Isabelle besser als ... sie? Als Mutter?«

»Sie war ganz anders als deine Mutter.« Er lachte freudlos. »Als würde man Äpfel mit Birnen vergleichen.«

Raymond hatte einmal nach ihr gefragt und war von der Reaktion seines Vaters entsetzt gewesen. Er bezeichnete seine Mutter als *grausam*. Es war ein vernichtendes Urteil von einem Mann, der sich sonst hütete, vorschnelle Kritik zu äußern. Und auch heute stand ihm offenbar nicht die Muße, sich mit Raymonds Mutter zu befassen. Er schilderte Isabelles Tod als einen Unfall. Es sei mysteriös gewesen und in den letzten Wochen saß er dem Department im Nacken, weil er die Aufklärung der Umstände forderte. Doch die Beweise sprachen für sich.

»Manchmal passieren einfach schreckliche Dinge.«

»Die Stunden, die du nicht hier warst …«

»War ich bei Hana«, gestand sein Vater.

»Ist – nein *war* Isabelle der Grund, weshalb wir nie genug Geld im Haus hatten?«

»Gewissermaßen. Hana war eine Überraschung. Eine schöne, aber auch unvorhergesehene Überraschung. Sie ist meine Tochter. Es ist meine Pflicht, sie zu versorgen. Ebenso wie dich. Nichts ernährt sich von Luft und Liebe.«

Von Herold wusste Raymond, dass Anita Brouwer sich über die unregelmäßigen Unterhaltszahlungen ihres Ex-Mannes aufregte. Er war nicht sicher, ob Stolz oder Groll angebracht war. Wenigstens kam sein Vater seinen Verpflichtungen nach. Selbst wenn Raymond dadurch mit der Vorstellung aufwuchs, jeden Penny wohlüberlegt ausgeben zu müssen. Inzwischen wusste er auch manche Anzeichen zu deuten, wie das ständige Drucksen, wenn Herold die junge Martinet erblickte. Daher stellte er die eine Frage, die ihn schon lange umtrieb.

»Hast du Isabelle geliebt?«

Sein Vater schmunzelte. Seine Lider senkten sich, doch folgte ein müdes Nicken.

»Warum hast du sie mir dann nie vorgestellt?«

»Du darfst nicht glauben, dass es an dir lag«, versicherte er. Raymonds Vorwurf war nicht vergessen. »Unsere Familie ist furchtbar kompliziert. Es ist so anstrengend. Auch etwas seltsam.«

»Du und ich?«

»Nein, wir nicht. Der *andere* Teil.«

Raymond wusste, dass er noch mehr Verwandtschaft besaß, doch wann immer die Rede von ihnen war, sprach sein Vater nur vom *anderen Teil*. Raymond beobachtete, wie er den Schürhaken nahm und den Holzscheit ins Zentrum der Glut schob.

»Doch in einem hast du Recht«, gestand sein Vater. »Ich habe zu lange gewartet. Hätte ich Isabelle zu mir geholt, hättest du die Mutter bekommen, die du verdienst.«

Raymond blinzelte irritiert, unschlüssig, was er davon halten sollte. Er kannte nicht einmal die eigene Mutter, was sollte er dann mit einer anderen?

Nach kurzem Schweigen erklärte sein Vater wehmütig: »Nun gut. Die Dinge sind, wie sie sind. Es gibt noch eine Sache, die ich mit dir besprechen muss?«

»Noch eine?«

»Hana ist nun zu uns gestoßen. Ich liebe das Kind. Ich hoffe, das kannst du irgendwann auch.«

Raymond verkniff sich ein Schnauben. Zwischen lieben und jemanden dulden, standen Welten. Aktuell musste er sich erst einmal an eine Fremde gewöhnen.

»Doch die Wahrheit ist, dass ihr Aufenthalt auch Probleme mit sich bringt. Finanzielle Probleme. Isabelles Beerdigung hat ein klaffendes Loch in unsere Haushaltskasse gerissen. Ich habe eine Lösung dafür aber die gefällt mir nicht.«

»Und welche?«

»Im *Mountain-Echo* habe ich eine Annonce für einen Baustoffbetrieb in Salem gefunden.«

»Salem? Das liegt eine Autostunde von hier.«

»Damit hast du recht, doch man erwähnt gute Zuschläge. Zwei Nachtschichtwochen dort und die Kosten für die Beerdigung wären beinahe gedeckt. Außerdem wirst du älter, Raymond. Die Tage kommen, in denen du dich fragen musst, was du aus deinem Leben machst?«

Raymond wand sich auf seinem Platz. Er schaute von den Flammen weg, deren Hitze wohlig warm auf seiner Haut prickelte. Natürlich machte er sich Gedanken, doch er blieb realistisch. Sofern sich seine Noten nicht verbesserten, blieb ein College eine närrische Illusion. Sein Vater machte ihm, was das betraf, keinen Druck. Doch Raymond wusste, dass er für den Fall Geld auf die Seite legte. Er besaß einen Collegefond, der wahrscheinlich nie angerührt wurde.

»Raymond, wovon träumst du nachts?«, wollte er auf einmal wissen. »Gibt es etwas, das dir durch den Sinn geht? Etwas Spezielles?«

»Äh, nein!« Zu seiner Verwunderung stellte Raymond fest, dass sein Vater enttäuscht wirkte. Um vom Thema abzulenken, fragte er: »Also würdest du nach Salem pendeln?«

»Eigentlich dachte ich an einen Umzug.«

Raymond rutschte das Herz in die Hose, während sein Vater erläuterte, dass Petaluma-Anwesen verkaufen zu wollen, um in die Stadt zu ziehen.

»Durch die Renovierungsarbeiten hat das Haus an Wert gewonnen und ich wäre nicht gezwungen, euch so lange alleine zu lassen. Gerade Hana benötigt Betreuung. Sie ist nicht so eigenständig wie du.«

Doch alles, woran Raymond denken konnte, waren enge Blockbauten und der Mangel an wilden Mischwäldern. Und sein Entschluss, dass das keine Option für ihn war.

»Ich bin alt genug. Ich werde mich um Hana kümmern.«

»Vor wenigen Tagen wolltest du noch nicht einmal in einem Raum mit ihr sein.«

»Mag sein. Aber nach Salem ziehe nicht. Dann passe ich lieber auf den nervigen Stöpsel auf.«

Sein Vater gab ein kurzes Lachen von sich. »Das ist nicht deine Aufgabe, Raymond. Du bist vierzehn.«

»Glaubst du wirklich eine Großstadt ist die bessere Alternative zu Copperdeer? Hier sind unsere Wurzeln, Dad. Du hast dieses Haus mit deinen eigenen Händen instand gesetzt, als jeder es für einen hoffnungslosen Fall hielt. Ich will hier nicht weg!«

Er sprach mit Vehemenz, weshalb sein Vater bestürzt dreinblickte. Da fügte Raymond noch die Frage an: »An welchem Ort kannst du deine Kinder ohne Sorge auf den

Straßen lassen? Ich bezweifle, dass Salem uns eine solche Sicherheit bietet. Mit seinen hunderttausend Einwohnern.«

Sein Vater verfiel in Grübeleien. Hier in Copperdeer gab es wachsame Nachbarn wie die neugierige Witwe Houbert, die Kollegen vom Bau oder Anita Brouwer, die sich so hilfsbereit anbot, wenn es um den besten Freund ihres Sohns ging. Schließlich versprach sein Vater, eine Lösung zu finden.

»Eine Lösung ohne Salem?«

Er lächelte. »Zumindest kein Umzug. Aber lass dir eines gesagt sein, du wirst so manche bittere Pille schlucken müssen. Ich erwarte, dass du dich morgens um Hana kümmerst und sie pünktlich an der Kinderkrippe abgibst und auch abholst.«

Raymond hob zum feierlichen Schwur die Hand und damit war der Umzug vom Tisch. Und eine Person gab es, von der Raymond noch gar nicht ahnte, wie tatkräftig sie der Familie unter die Arme greifen sollte.

DIE WEISSE DAME

»Es spukt hier.« Raymond blickte von seinem Abendessen auf und starrte mit aufgezogener Braue zu Hana hinüber.

Mittlerweile hatte sich der Störenfried eingelebt und redete sich bereits frühmorgens den Mund fusselig. Sie verkam zu einer plappernden Klette und tatsächlich bereute Raymond in manchen Situationen das Versprechen gegenüber seinem Vater.

»Wie kommst du darauf?«

»Ich sehe sie. Jede Nacht. Es ist eine weiße Dame.«

Raymond hatte eine beschwichtigende Bemerkung auf den Lippen, als er das Knarzen an der Treppe vernahm. Sein Vater kam in einem Overall in den Raum, tätschelte den Kopf seiner Tochter, während Raymond ihm von den Neuigkeiten berichtete.

»Schon gehört? Neuerdings spukt es hier.«

»Ist das so?«

»Ja! Deine Tochter sieht Gespenster.« Raymond konnte sich noch nicht überwinden, Hana als seine Schwester zu betiteln. Nicht aus Bosheit. Nach vierzehn Jahren als vermeintliches Einzelkind war es seltsam, sich plötzlich umzustellen.

Sein Vater goss sich aus der aufgebrühten Kanne etwas Kaffee in einen Thermobecher. Seine Schicht begann bald und zuvor erwartete ihn eine lange Autofahrt. Aktuell kam es Raymond vor, als würde sein Vater für zwei Personen arbeiten. Abends verließ er das Haus und morgens traf er rechtzeitig ein, um seine Kinder mit einem Frühstück zu überraschen. Das Petaluma-Anwesen glänzte. Dabei schlief er tagsüber.

»Das Gespenst macht mir Angst, Papa. Kannst du heute zuhause bleiben?«

Er schnalzte bedauernd und erklärte dem Nesthäkchen liebend gerne daheimbleiben zu wollen, doch leider müssten Erwachsene Geld verdienen. »Wenn du einen Baum findest, an dem Pennys wachsen, können wir noch einmal darüber sprechen.«

»Sie schaut in unsere Zimmer.«

»Vielleicht passt sie auf euch auf? Wie auch immer. Raymond, ich darf davon ausgehen, dass du hier die Stellung hältst?«

»Ja, Sir!«

»Du schließt die Türen ab. Keine offenen Fenster im Untergeschoss. Es wird niemandem aufgemacht. Anita Brouwers Telefonnummer hängt am Kühlschrank, ebenso wie die meiner Firma und …«

»Denk an den Türriegel«, äffte Raymond ihn nach.

Er bekam einen Klaps gegen den Hinterkopf.

»Frechdachs.« Dann drängte sein Vater Hana zur Eile. Er wollte ihr noch eine Geschichte vorlesen, denn Raymond gab sich keine Mühe, wenn es darum ging, irgendwelche blöden Tiergeräusche nachzuahmen.

»Papa ist der bessere Erzähler«, warf Hana ihm einmal vor. Raymond entgegnete daraufhin flapsig, er könne kleine Mädchen dafür besser zum Heulen bringen.

Während er lustlos in seinem Abendessen stocherte, fiel ihm auf, wie sich die Qualität der Speisen je nach Tageszeit änderte. Morgens war das Frühstück üppiger. Abends fiel es karg aus. Sein Vater war ein pragmatischer Koch, der gerne zu Konserven oder gebratenem Ei mit Speck griff. Das war dann aber auch schon das höchste Maß seiner Kochkünste.

Gegenüber von ihm quietschten die Stuhlbeine über den Boden. Sein Vater hob Hana aus dem Stuhl, um sie hinauf in ihr Zimmer zu bringen. Sie musste früher zu Bett gehen.

»Raymond, denk bitte daran, rechtzeitig schlafen zu gehen. Spätestens um elf Uhr ist für dich Schluss.«

»Ich bin vierzehn. Brauche ich wirklich feste Bettzeiten?«

»Schlaf ist wichtig.«

Immerhin eine Sache, in der sich beide einig waren.

Anders als in den Tälern von Copperdeer war der Winter über den Mount Hood hereingebrochen. Als Raymond seine nächtliche Suche seit langem fortsetzte, lag eine dicke Schneeschicht auf den Wiesen hinter dem Gehege. Die Hügellandschaft, die zum Wald hinaufführte, erinnerte an eine makellose weiße Daunendecke und der pulverartige Schnee tänzelte vom Himmel und tat sein Bestes, die nächste gefrorene Schicht aufzutürmen. Hätte Raymond noch geglaubt, seine Träume seien real, wäre er spätestens jetzt von seinem Irrglauben abgefallen. Seine Schritte hinterließen im Schnee keine Spuren und der einzige Grund, weshalb er den Zaun umständlich hinaufkletterte, war sein Mangel an Vorstellungskraft. Bald waren die Grenze und die ersten Hänge überwunden, da tauchte Raymond auch schon in den winterlichen Nadelwald ein. Mit der kalten Jahreszeit kam eine Stille auf, die er selbst in Copperdeer nie erlebte. Dort herrschte niemals ein solcher Frieden. Selbst wenn es nicht direkt vor der Haustür passierte, schallte jedes Geräusch aus dem alten Arbeiterviertel bis zum entlegensten Winkel der Buckhill Road. Ein aufheulender Motor, eine zuschlagende Wagentür, das Klackern von Absätzen auf dem Gehweg, ein knackender Roller auf dem Weg zum Highway.

Hier war es anders und Raymond erkannte, wie glücklich es ihn machte, Zeuge dieser vollendeten Idylle zu sein, bis ein flatterhaftes Geräusch ihn aufhorchen ließ. Der Ursprung war schnell gefunden. Dort, wo der Störenfried gelandet war, stürzten walnussgroße Schneeklumpen vom Geäst und Raymond erkannte einen Vogel, silbrig schimmernd wie eine unwirkliche Geistergestalt. Ein Blauhäher.

Es war nicht das erste Mal, dass sie sich im Gehege begegneten. Für gewöhnlich hielt er sich weit zurück. Manchmal, wenn ihre Blicke sich trafen, flatterte das Federvieh krächzend davon, als fühlte es sich ertappt. Auch heute Nacht beobachtete es ihn, doch Raymond war nicht willens, sich von seiner Erscheinung ablenken zu lassen. Er suchte den Boden nach jenen Spuren ab, die ihm von einem Foto aus einem Buch über den Timberwolf bekannt waren.

»Was suchst du hier? Draußen im Wald, bei Nacht. Allein?«

Raymonds Blick richtete sich erstaunt auf den Blauhäher, bis er sich in Erinnerung rief, in einem Traum zu sein. Alles war in Träumen möglich. Wenn Mitchel davon träumte, ein Bombenkommando zu leiten, konnte Raymond von plappernden Vögeln träumen.

»Einen Wolf.«

»Warum?«

»Warum nicht?«

»Hast du überhaupt eine Ahnung, was du hier tust?«

Raymond spähte argwöhnisch über seine Schulter. Der Vogel neigte ebenfalls den Kopf. Beide schienen vom Verhalten des anderen gleichermaßen verwirrt.

»Verfolgst du mich?«, wollte er wissen.

»Vielleicht.«

»Wieso?«

»Du stellst dich wie ein Anfänger an.«

»Okay, dann zieh los und such meinen Wolf.«

»Nicht wenn du so unfreundlich bist«, entgegnete der Vogel brüskiert. Raymond schnaubte verächtlich und wandte sich um. Was sich hier abspielte, passierte alles in seinem Kopf und es kostete ihn schon im Alltag viel Überwindung, seinen Mitmenschen gegenüber nicht allzu forsch zu sein.

»Ich flehe keine Fantasiegestalt an.«

»Fantasiegestalt?«

»Das bist du doch, oder?«

Der Vogel wirkte starr. Seine Reaktion ließ Raymond fragend aufschauen. Dann schüttelte sich das Tier, bis das Gefieder sich bauschte. Wenige Flügelschläge später schoss es durch das Geäst und verschwand aus seinem Sichtfeld, während Raymond sich über die absonderliche Konversation wunderte.

Er dachte sich nichts dabei. Sein Blick tastete den Schnee nach jenen Zeichen ab, die er schon so lange suchte. Was er brauchte, waren Trittsiegel. Die entstanden durch eine spezielle Gangart, die Wölfe im Winter verwendeten. Die Hinterpfoten traten dabei in die Spuren der Vorderpfoten, was es den Tieren ermöglichte, ausdauernd und über weite Strecken hinweg zu wandern. Das Ergebnis hinterließ ein Bild im Schnee, das an aufgefädelte Perlen an einer Schnur erinnerte. Doch leider unterschätzte Raymond erneut die Größe des Geheges. Es gab zu viele Rückzugsorte und er wusste noch genau, wie lange seine Klasse brauchte, um das Areal hinter dem Zaun zu umrunden.

Die Suche nach den Spuren gestaltete sich erfolglos und Raymond befürchtete bereits, dass der Morgen graute, bevor er Gelegenheit fand, den Timberwolf zu finden. Dabei war der innere Drang allgegenwärtig, samt dem Echo, das ihn jeden Abend in den Schlaf geleitete. Bald war Raymond an einer Lichtung angekommen und überlegte, ob seine Vorstellungskraft genügte, um ihm im Traum eine Taschenlampe zur Verfügung zu stellen. Der Himmel war so wolkenverhangen, dass es ihm schwerfiel, etwas in der Dunkelheit auszumachen. War das nicht das Wundersame an Träumen, dass sie einem alles ermöglichten?

Raymond kniff mehrmals die Augen zusammen und hoffte, eine Lichtquelle in der Hand zu halten, wenn er sie wieder öffnete. Doch nichts änderte sich, bis ein nahendes Rascheln ihn hoffnungsvoll aufhorchen ließ. Er fand den Ursprung in einem Strauch mit runzligen Blättern, dessen immergrünes Gestrüpp unter einer dicken, festgefrorenen Schneeschicht steckte, während der Hauptstamm schwarz darunter hervorstach. Von dort aus starrte ihn ein milchig weißes Augenpaar an. Raymond keuchte auf, bat das Tier näher zu kommen. Doch irgendwie kam ihm die Erscheinung wie eine Sinnestäuschung vor. Kein Wesen der Welt konnte seinen Kopf so stillhalten, auch wenn ein kurzes Blinzeln ihn vom Gegenteil überzeugte. Raymond versuchte den Körper auszumachen, doch zwischen dem Schatten der Äste ließ sich schwer sagen, was zu den Gliedmaßen und was zu den Auswüchsen der Pflanze gehörte.

Irgendwann wich er enttäuscht zurück. Selbst wenn die Augen ähnlich waren, es waren nicht die seines Timberwolfs. Was er damals sah, glich reinstem Silber, das hier eher einem trüben Tümpel. Als hätte man Wasser mit einem Schuss Milch vermengt. Es mochte zwar nicht sein Timberwolf sein, doch es weckte seine Neugierde. Also trat Raymond näher, um das Geschöpf begutachten zu können.

Das Tier hätte die Größe eines Wildschweins haben können, wären da nicht die eulenartigen Augen mit ihrem viel zu großem Umfang.

»Was bist du?«

Entgegen besserem Wissen hoffte Raymond auf ein Rudelmitglied gestoßen zu sein, obwohl ihn die Intensität, mit der ihn sein Beobachter anstarrte, ein flaues Gefühl im Magen gab. Für gewöhnlich ignorierten ihn sämtliche Waldbewohner, bemerkten nicht einmal seine Anwesenheit. Tatsächlich kam sich Raymond die vergangenen Monate inkognito vor, was ihm ein Gefühl von Macht verlieh.

Heute schien ein Waldbewohner seine Gegenwart zu spüren und desto länger er in das milchige Augenpaar starrte, desto schwerer fiel es ihm, sich davon loszureißen. Etwas ging darin vor. Es wirkte wie ein Wirbel aus Wolken, indem sich winzige Arme, blasse Köpfe und aufgesperrte Münder in einem trägen Sog drehten. In seinen Ohren vernahm er das lauter werdende Echo von Stimmen und doch kroch Raymond näher heran. Die Rufe galten ihm. Es kam Raymond vor, als wolle jemand ihm etwas von immenser Wichtigkeit mitteilen. Gleichzeitig befiel ihn eine ungekannte

Müdigkeit, was schon ironisch war, denn er schlief bereits. Das Bedürfnis, sich vom Sog mitreißen zu lassen, wurde mit jeder Sekunde unwiderstehlich, bis ihn klauenartige Krallen packten und zurückwarfen. Schon drehte sich die Welt um ihn herum. Raymond stürzte einen Abhang hinab, rollte und rollte, bis er gegen einen Stamm prallte.

»Genau das habe ich kommen sehen!« Die Schwingen des Blauhähers rauschten zornig in der Luft, hinterließen bei jedem Schlag einen unwirklichen Lichteffekt, während er tadelnd auf Raymond hinabstarrte. Die pechschwarzen Augen waren zu schmalen Schlitzen geformt und die Stimme triefte vor Hohn. »Geh dorthin zurück, wo du hergekommen bist! Für Debütanten ist dieser Wald der denkbar schlechteste Startpunkt.«

»Das ist mein Traum! Ich kann machen, was ich will.«

»Du träumst von der Königsklasse? Das tun sie alle!«

Noch bevor Raymond fragen konnte, was damit gemeint war, wich sein Blick den Hang hinauf. Dort erhob sich eine Gestalt, mit einem Rücken, so dürr und gekrümmt, es hätte sich dabei genauso gut um ein hervorstehendes Rückgrat handeln können. Finger dünn wie Espenlaub, mit einer ledernen Haut von moderner Färbung tasteten nach der ersten Kletterhilfe. Mit einem unnatürlichen, drahtigen Körperbau kroch die Monstrosität auf allen vieren die Böschung hinab. Dem Schädel fehlte die Nase. Ein Augenpaar existierte, doch es wirkte erblindet. Der Albtraum war beinahe kahl mit einem hauchdünnen Tuch aus Strähnen, das an das Netz einer Baldachinspinne erinnerte. Was Raymond ursprünglich für Augen hielt, befand sich inmitten eines aufgesperrten Mauls wie bei einem Lampenfisch, der in der Tiefsee seine Beute anlockte. Raymond erkannte ein Gebiss aus dunkel verfärbten Reißzähnen, die eng anliegend und gebogen abstanden. Die milchigen Kugeln steckten weit hinten beim Gaumenzäpfchen und hielten nach ihm Ausschau. Raymonds Herz raste und ein tieferer Instinkt ermahnte ihn zur Vorsicht. Er wich zurück.

»Es ist nur ein Traum«, versuchte er sich einzureden.

Zunächst gelang es ihm, die Ruhe zu bewahren. Voller Zuversicht wiederholte er die Worte wie ein Mantra. Er brachte sogar seine Mundwinkel zum Zucken, denn die Situation kam ihm wie ein schlechter Scherz vor. Doch das Ungetüm näherte sich. Und bald überwog der innere Impuls, seine Beine in die Hand zu nehmen. Erst recht, als die von Furchen übersäten Finger wenige Schritte von ihm entfernt im Schnee versanken – ganz ohne Spuren zu hinterlassen - konnte Raymond seine Selbstkontrolle nicht aufrechthalten. Er sprang auf. Das Ungetüm lag ihm im Nacken. Seine heftige Reaktion spürte Raymond nicht nur hier in den Bergen, sondern auch auf seinen ruhenden Körper in Copperdeer übergreifen. Laute Atemzüge drangen an sein Ohr, als würde seine physische Hülle daheim im Bett hyperventilieren.

»Vergiss den Wolf!«, hörte Raymond den Blauhäher sagen. Dann vollführte der Vogel ein wagemutiges Flugmanöver. Er stürzte pfeilschnell hinab und traf das Ungetüm am Schädel.

Einmal links. Einmal rechts. In einem irrsinnigen und rasanten Tempo. Seine Flugbahn hinterließ einen abflauenden Lichtstreifen in der kalten Winterluft. Raymonds Verfolger jaulte. Doch noch bevor er die nächste Attacke des Blauhähers miterleben konnte, saß Raymond kerzengerade und mit einem Aufschrei im Bett. Schweißgebadet, die Fäuste nach dem Ungetüm schlagend und erst zur Besinnung kommend, als er seine Nachttischlampe umwarf. Das bauchige Porzellanstück rollte Richtung Tischkante. Gerade noch rechtzeitig bewahrte Raymond es vor dem Absturz. Seine zitternden Finger suchten nach dem Schalter am Kabel und sobald sich der Raum erhellte, richtete er den Lichtkegel in jede dunkle Ecke seines Zimmers. Erst mit der Gewissheit allein zu sein, konnte er sich schweratmend gegen sein Bettgestell lehnen und den Traum Revue passieren lassen. Seine Stirn war feucht, die Strähnen klebten daran. Raymond konnte sich nicht erinnern, wann er jemals eine solche Furcht verspürte.

Lange blieb er allein mit seinen Gedanken. Die bebenden Finger ruhten auf dem bauchigen Porzellan der wärmespendenden Lampe. Er versuchte sich mit denselben Floskeln zu beruhigen, wie es alle Menschen in einem solchen Moment taten.

Es war nicht real. Nur ein Traum.

Doch das Zittern konnte er nicht unterbinden und durch seine hechelnden Atemzüge kam ihm seine Kehle ausgedörrt vor. Raymond fuhr sich hüstelnd über den Hals, tastete nach dem Wasserglas, das er jeden Abend auf der Kommode bereithielt. Nur um festzustellen, dass es seiner Panikattacke zum Opfer gefallen war. Der Läufer vor dem Bett sog sich mit der klaren Flüssigkeit voll und hinterließ einen dunklen Fleck. Raymond beugte sich zum Glas, bis ihn etwas hellhörig werden ließ. Er meinte Wasserrauschen zu vernehmen, dann ein leises Klimpern. Als würde jemand im Erdgeschoss den Abwasch machen. Nach kurzem Zögern verließ er sein Zimmer, hielt sich noch eine Weile im Türrahmen auf und horchte in die Geräuschkulisse des Hauses hinein.

Nein, er irrte nicht. Er vernahm deutlich, wie Besteck klapperte. Ein Einbrecher? Seine Finger tasteten nach seinem Baseballschläger, der griffbereit neben dem Türrahmen lehnte. Doch als Raymond den ersten Schritt in den Flur tat, gab eine der Dielen ihr verräterisches Knarzen von sich. Der Wasserstrahl erstarb. Er hörte ein Gurgeln, dem ein letztes finales Klappern folgte. Raymond blieb unschlüssig auf dem Treppenabsatz zurück und da er sich allein wegen Hana verpflichtet fühlte, nach dem Rechten zu schauen, überwand er vorsichtig die Stufen ins Erdgeschoss.

Die Küche lag im Dunkeln. Er betätigte den Lichtschalter und bemerkte keine Regung im Raum. Doch auf der Küchenzeile glänzte das saubere Geschirr vom Abendessen.

Raymond blinzelte darauf. Er war sicher, das dreckige Besteck in die Spüle gelegt zu haben, sah aber keinen logischen Grund, weshalb ein Einbrecher ihren Abwasch machen sollte. Das ergab keinen Sinn. Doch als Raymond näher an die Spüle trat, sah er den feuchten Stöpsel und wie das verbliebene Wasser durch den Abfluss sickerte.

HERR DER FLIEGEN

Am nächsten Morgen inspizierte Raymond das Geschirr. Ein Teller wies am Rand tatsächlich die gewohnte Kerbe auf. Er erinnerte sich, den Teller in der vergangenen Nacht auf dem Stapel neben der Spüle vorgefunden zu haben. Doch heute Morgen holte er ihn aus dem Oberschrank heraus, als er den Frühstückstisch deckte.

»Hast du den Abwasch gemacht?«, fragte Raymond skeptisch.

Sein Vater saß frisch geduscht im Morgenmantel neben Hana und versuchte ihr das Frühstück schmackhaft zu machen. Es gab Pancakes mit Butter, dazu gebratenen Speck, Rührei und geraspelte Hash Browns.

»Natürlich.«

»Wann?«

»Heute Morgen.«

»Du warst das?«

»Wer denn sonst?«

Raymond hatte eine andere Theorie, die er nicht auszusprechen wagte. Doch er sah keinen Grund, weshalb sein Vater lügen sollte. Nicht bei diesem Thema. Er starrte ratlos auf den Teller, platzierte ihn auf dem Küchentisch und noch nie kam ihm sein Heim so eigenartig vor. Sein Blick huschte über die makellos gereinigte Küchenzeile, die gestern noch von Wasserflecken übersät war. Er drehte sich auf seinem

Stuhl und spähte durch den Torbogen zum Eingangsbereich. Ihm fiel erst jetzt auf, dass auf der Kommode Staub gewischt wurde. Früher machte er sich einen Spaß daraus, seinem Vater auf der Schmierschicht eine Botschaft zu hinterlassen, wenn der Dreck überhandnahm. Sätze wie »*Putz mich*« oder »*Hat schon bessere Tage erlebt*«.

Raymond bemerkte aus dem Augenwinkel, dass sein Vater ihn beobachtete.

»Ist etwas?«, fragte er.

Er hätte sich lieber auf die Zunge gebissen, als vor Hana die merkwürdige nächtliche Beobachtung zuzugeben. Gestern meinte Raymond noch großspurig, sie sei ein Angsthase.

»Alles gut. Ich habe nur schlecht geträumt.«

»Inwiefern?« Das Interesse seines Vaters kam ihm übertrieben vor. Sein Blick durchbohrte ihn regelrecht.

Raymond machte eine wegwerfende Handbewegung und erklärte, von einem neunmalklugen Vogel geträumt zu haben.

»Verstehe. Vielleicht hältst du dich besser fern von ihm«, schlug sein Vater vor.

»Wie soll das gehen? Es war ein Traum.«

»Versuch es einfach.« Damit schien das Thema erledigt.

Tatsächlich war auch Raymond unschlüssig, ob er noch einmal in den National Forest zurückkehren wollte. Zumindest im Schlaf.

Die Warnung des Blauhähers verfolgte ihn noch den ganzen Morgen und obwohl Raymond sich einredete, wie abstrus es war, einem Hirngespinst solche Bedeutung zuzumessen, beschränkte er seine nächtlichen Ausflüge in den nächsten Wochen auf den sicheren Hafen seiner Heimatstadt.

Ohnehin bot Copperdeer diese Tage viel Potenzial für mögliche Entdeckungen. Es waren noch wenige Wochen bis zu den Winterferien und die Innenstadt gestaltete sich zu einem zauberhaften Ort voller Lichter, Girlanden, versteckter Mistelzweige und hübsch drapierten Schaufenstern, welche die Sehnsüchte nach Kinkerlitzchen und zart schmelzender

Vollmilchschokolade weckten. Tagsüber erlagen Raymond und seine Freunde auf ihrem Heimweg regelmäßig den Versuchungen der bunten Reklamen. Nicht selten kam es vor, dass einer aus der Gruppe urplötzlich vermisst wurde, angezogen wie eine Motte vom Licht durch die verführerischen Düfte aus dem Weihnachtsdorf vor dem Rathaus. Kandierte Äpfel, Lebkuchen und Zimtkringel brachten ihre Mägen ebenso zum Knurren wie der herzhafte Geruch von französischem Flammkuchen, Ofenkartoffeln mit Kräuterquark und über der Flamme geräuchertem Lachs.

Raymond gelang es einige Zeit, den Versuchungen zu widerstehen, bis ihm Hana einmal auf dem Heimweg abhandenkam. Erst vor einem Waffelstand fand er die kleine Tagträumerin – mit aufgesperrter Kinnlade, in der sich der Speichel vor Gier sammelte.

Langsam erwärmte sich Raymond für den Störenfried. Deshalb ließ er Gnade vor Recht ergehen und zog aus seiner Hosentasche einige Scheine hervor, um dem Vielfraß ihren mit Puderzucker bestreuten Wunsch zu erfüllen. Wenig später biss Hana mit einem breiten Grinsen in ihr Gebäck, als ihm der Gedanke kam, das Geben tatsächlich seeliger war als Nehmen. Und waren es nicht gerade Kinder, die sich zu Weihnachten ein Geschenk erhofften?

Den Morgen darauf fand sich Raymond in Begleitung von Herold und Christopher Denning in der Innenstadt. Christopher hatte sich angeschlossen, weil Mister Stanley auch Gaming Zeitschriften verkaufte und eine davon die Demoversion eines begehrten Rollenspiels enthielt. Raymond war dagegen auf ein farbenfrohes Kartonetui aus, mit vierundzwanzig unterschiedlichen Aquarellstiften. Es lag in der Vitrine von Stanleys Schreibwarenladen, einem winzigen und sehr ursprünglich gehaltenen Store, der an ein leer stehendes Gebäude grenzte, was ein Schuster in der Vergangenheit bewohnte. Als das Handwerk sich nicht mehr rentierte, war der Laden leer geblieben. Das fand Raymond etwas schade, denn das Schaufenster besaß ein eindrucksvolles Buntglasgemälde. Obwohl die Jahre ihre Spuren hinterließen, tat es den schillernden Farben keinen Abbruch. Über dem Laden bot eine Tanzschule ihre Dienste an, von der Herold ihm erklärte, dass beide Martinet-Schwestern in den Sommermonaten dort Ballettstunden nahmen.

Diese unnötige Information ließ Raymond die Augen verdrehen. Doch wer war er, sich ein Urteil über anderer Leute Frauengeschmäcker bilden zu dürfen. Also mimte er weiterhin den Ahnungslosen, obwohl ihm klar wurde, welche amourösen Gefühle Herold herumtrieben.

Er fokussierte sich lieber auf sein eigenes Geschenk. Das Schaufenster von Stanleys Gemischtwarenladen wirkte gerade zur Weihnachtszeit hoffnungslos überladen. In allen Winkeln schimmerten Funken, Glitter und Christbaumkugeln um die Wette. Dennoch machte gerade das den Liebreiz der Räumlichkeiten aus und Raymond war nicht entgangen, wie oft Hana vor dem Schaufenster stand, sich auf die Zehenspitzen stellte und mit ihrer kindlichen Neugier ein neues Detail entdeckte. Mal hing ihr Blick an der mechanischen Werkstatt des Weihnachtsmanns mitsamt seinen zappelnden Elfen, dann am kunstvoll zur Schau gestelltem Bastelbedarf. Ein anderes Mal an den Kunstperlen und Glitzerdosen, mit all seinen unterschiedlichen Nuancen und Größen. Doch letzten Endes waren es immer die Aquarellstifte, die Hana am sehnsüchtigsten betrachtete und Raymond sah ihr an, welche Verwendungszwecke sich ihr junger Geist dafür ausmalte.

»Ich glaube, damit machst du nichts falsch«, stimmte Herold ihm zu, als Raymond ihm von seiner Idee berichtete.

»Das will ich auch hoffen. Fünfundzwanzig Doller sind ein stolzer Preis.«

»Woher hast du so viel Geld?«, hakte Christopher argwöhnisch nach. Seine Stimme überschlug sich vor Neid.

Doch Raymonds Antwort fiel knapp aus. »Ich bin sparsam und behalte mein Taschengeld beisammen.«

»Davon bleibt am Ende der Woche bei mir nichts übrig. Allein das neue Final Fantasy hat mein Erspartes gefressen«, jammerte Christopher.

»Mich interessiert so etwas nicht.«

»Stimmt. Ich vergesse immer, dass ihr hinterm Mond lebt.«

Raymond schnalzte verärgert, beließ es jedoch dabei. Tatsächlich beruhte das Unverständnis auf Gegenseitigkeit. Wie Christopher Denning unbegreiflich war, dass Raymond ohne moderne Medien aufwuchs, so konnte dieser nicht nachvollziehen, woher das zwanghafte Verhalten seines Klassenkameraden herrührte, stundenlang in einen flackernden Bildschirm zu starren. Nicht dass er es nicht versucht hätte. Doch es dauerte keine halbe Stunde, da fühlte sich Raymond unruhig und ausgelaugt. Irgendwann reagierte er gereizt.

Anstatt eine sinnlose Diskussion loszutreten, wandte sich Raymond an Herold. »Warum wolltest du in den Laden?«

Er sah den Überbiss seines Freundes hinter fest zusammengepressten Lippen verschwinden. Seine murmelnde Antwort führte dazu, dass Raymond ein verständnisloses »Hä?« hinterhersetzte.

»Ich brauche etwas.«

»Und was?«, Raymond grinste breit.

»Stell nicht immer so viele Fragen!«, zischte er.

Herolds Ohren verfärbten sich an den Rändern, was Aufschluss über seine tatsächlichen Absichten gab – und dass Raymond ihn bewusst damit triezte. Es entwickelte sich zu einem Spiel, indem beide darauf warteten, dass einer von ihnen zugab, was der andere schon wusste.

Herold presste zwischen einem gekünstelten Lächeln ein »Das weißt du genau« hervor. Doch Raymond zuckte arglos mit den Schultern. Sein Freund zog eine mürrische Miene. Dann tippte er auf einen anderen Punkt am Schaufenster.

Raymond folgte dem Wink, um zu erkennen, was ihm aus seinem Blickwinkel verborgen blieb. An einem Drehständer baumelten mehrere Schlüsselanhänger mit heimischen Tiermotiven, dessen Verkauf normalerweise auf Touristen abzielte.

»Okay.«

»Nicht gut?« Verzweifelt hoben sich Herolds Brauen.

»Keine Ahnung. Ich weiß nicht für wen«, stellte Raymond sich doof. »Es sieht jedenfalls nach einem sehr *femininen* Geschenk aus.«

Herolds Wangen brannten.

Vor allem, als Christopher loslachte und die Frage stellte: »Will der *kleine Rabbit* seine Mami beschenken?«

Dafür kassierte er einen Hieb gegen die Schulter. Raymond schmunzelte darüber und dachte an das Puppengesicht aus dem Bus. Er überlegte, welches Motiv am besten zur Geltung käme. Nachdem der Wolf seine Beute zerfleischt hatte, würde das Tier schlechte Erinnerungen bei ihr wachrufen. Wo hingegen das Erscheinen des Federviehs die strengen Gesichtszüge der Martinet geglättet hatte. Aus einem Impuls heraus sprach er: »Nimm den Vogel!«

»Sicher?«

»Ja! Mädchen stehen auf so etwas. Das ist kitschig.«

»Wenn du meinst.« Herold wirkte dankbar, dass er den Namen nicht offen aussprach.

Die drei begannen in ihren Taschen nach den Geldbündeln zu suchen, bis Christopher in der Bewegung stoppte und mit aufgezogener Braue fragte: »Mädchen?«

Ertappt hielt Herold inne.

Armer Tropf, dachte Raymond. Heute war nicht sein Tag. Das verfrühte Weihnachtsgeschenk von Herolds Großmutter entpuppte sich als quietschgelbe Daunenjacke anstelle der Konsole, auf die er gehofft hatte. Raymond musste miterleben, wie sein Freund voller Vorfreude das Geschenkpapier aufriss, nur damit seine Gesichtszüge entglitten und Anita Brouwer verzückt sprach, er solle die Jacke gleich anprobieren. Nicht dass es Raymond sonst besser traf. Zu seinem Geburtstag trudelten Geschenke von Verwandten ein, deren Gesichter er kaum kannte. Eines davon war ein Notizbuch, in dem mit feinsäuberlicher Schrift ein Brief beigelegt wurde, der den Absender als eine Tante namens Beth identifizierte. Die hatte offenbar von seinem

Vater erfahren, dass seine akademischen Leistungen zu wünschen übrig ließen und riet ihm, sich die Hausaufgaben besser zu notieren. Wenigstens besaß sein Geschenk einen praktischen Nutzen.

Bei Herold sah die Lage anders aus. Schlimm genug, dass mit der Jacke auf eine Meile Entfernung Sichtkontakt zu ihm hergestellt wurde – er wirkte wie eine Leuchtreklame - nun zog sich die Schlinge um seinen Hals noch fester, weil Christopher ihn über das *Mädchen* ausfragte. Herold stotterte vor sich hin.

Zwischen seinem Gestammel vernahm Raymond ein altbekanntes Geräusch, der Griff um seine Scheine wurde fester. Harte Schritte, halbstarkes Gehabe und das fiese Gackern von Miller, der wie ein höriger Köter an Eds Fersen klebte. Raymond hob den Blick von seinen Scheinen, horchte auf und es musste die Erfahrung von unzähligen Konfrontationen gewesen sein, die ihn rechtzeitig das nahende Unglück erahnen ließ. Als die Schritte in einen Spurt verfielen, ballte sich seine andere Faust. Einen Wimpernschlag später legte sich eine wulstige Hand um das Bündel in seinen Fingern. Doch Raymond reagierte schnell genug, um Ed so rasch gegen den Mund zu fahren, dass der grienende Ausdruck aus dessen Gesicht schwand. Die Lippe platzte auf, färbte die Vorderzähne rot und er stürzte gegen einen Wagen. Eds massiger Leib brachte das Auto zum Wackeln. Die Alarmanlage heulte los und aufgeschreckte Passanten drehten sich zu der Gruppe um.

»Lass das, Miller!« Herold reagierte nicht schnell genug.

Miller riss an seinen Scheinen. Beide Jungen tänzelten mit schlitternden Schritten auf der schmierigen Neuschneeschicht. Mit der Schulter voraus warf sich Raymond gegen Miller. Die Kundschaft in Stanleys Laden fuhr zusammen, als der Junge mit einem dumpfen Poltern gegen die Scheibe prallte. Seine Wangen hinterließen einen fettigen Abdruck.

Kurz darauf war auch Ed zur Stelle, nahm Raymond von hinten in den Schwitzkasten und brüllte Miller zu: »Schnapp dir das Geld vom *Bastard!*«

93

Von Miller folgte ein Fausthieb direkt gegen Herolds Kiefer, während Christopher sich in einer Ecke zusammengekauert hielt. Herold jaulte auf und landete rücklings im Schnee. Hinter dem Schaufenster drängelte sich der alte Stanley im Verkaufsraum an der Kundschaft vorbei. Er bellte dem Treiben vor seinem Laden ein Ende bereiten zu müssen.

Noch immer im Schwitzkasten, sah Raymond seinen Freund stöhnend im Schnee kriechen und stieß sich mit einem zornigen Aufschrei vom Boden. Inmitten seines Hüpfers musste sein Hinterkopf Eds Gesicht getroffen haben. Der Griff löste sich. Ed stürzte dieses Mal so heftig gegen den Wagen, dass man hätte meinen können, er wäre mit übermenschlicher Gewalt dagegen geworfen worden. Raymond hörte ein knackendes Geräusch. Nur einen Schrei später hielt Ed sich mit geröteten Augenrändern die Nase. Er versuchte dem Druck der aufkommenden Tränen Herr zu werden, scheiterte jedoch mit einem Schluchzen.

Für eine Sekunde kehrte Stille ein. Keiner der Jungen konnte fassen, was er sah. Nicht Herold, nicht Miller, nicht der bibbernde Christopher Denning in seiner Ecke unter dem Treppenabsatz. Dennoch wurden alle Zeugen davon, wie der gefürchtete Schulrüpel unter Tränen seine leckende Nase hielt. Das rote Rinnsal vermischte sich mit der Wunde an seinen Lippen.

Raymond fletschte den Kiefer. Er bäumte sich auf und schubste Ed vor sich her. »Verpiss dich, du Scheißer!«

Er spie die Worte förmlich heraus. Es war jener Satz, den Raymond die letzten Jahre häufiger erdulden musste. Die Ironie dahinter wurde auch Ed klar. Seine Schweinsäuglein blinzelten bösartig unter der Tränenschliere, während er vor Raymond herumstolperte.

»Ich bring dich um, Walker!«

»Versuch es!«

Es war ihrer beider Glück, dass der alte Stanley das Geschehen auflöste. Sein Erscheinen ließ Miller die Beine in die Hand nehmen und mit schlitternden Schritten den Gehweg entlanghasten. Noch bevor Stanley Ed packen konnte, ergriff auch er die Flucht. Allerdings nicht ohne eine letzte Drohung: »Das wirst du bereuen, Walker!«

Der alte Stanley half Herold auf die Beine.

»Du hast Ed zum Heulen gebracht!« Er stand kaum gerade, als der Satz über seine Lippen kam. Immer wieder. In seinen Augen blitzte übermütige Schadenfreude. Diese Leistung wirkte auf Herold so gewaltig, dass er eine Erwähnung im *Mountain-Echo* verdiente.

Erst viel später sollte er auf den Gedanken kommen, dass ihn Miller um sein Geld erleichtert hatte. Sie saßen in Stanleys Laden, der gerade ihre Eltern kontaktierte und sie ermahnte, sich nicht von der Stelle zu rühren. Raymonds Freund starrte beklommen auf die ausgestellten Schlüsselanhänger und sein geprügelter Ausdruck veranlasste Raymond dazu, seine Hand in die Jackentasche zu stecken. Er zog das Bündel heraus, zählte es zwischen seinen Fingern, teilte es auf und drückte eine Hälfte davon seinem Nebenmann in die Hand.

»Reicht. Oder?«

Herold starrte auf die Scheine. Christopher hielt seine schüchtern fest, als habe er die Befürchtung, Raymond könne dasselbe von ihm erwarten.

»Ist das nicht für deine Schwester?«, fragte Herold.

»Es ist ihr erstes Geschenk. Wenn es kleiner ausfällt, bleibt mehr Luft nach oben.«

Außerdem war es das erste Mal, dass Herold sich freiwillig mit Ed anlegte. In Raymonds Augen musste Courage honoriert werden.

DER FLIEGENFÄNGER

Am Abend nach der erfolgreichen Schlacht gegen Ed - lange nachdem die letzte Standpauke gesprochen wurde - lag Raymond in seinem Bett und ließ den Tag Revue passieren. Er dachte an die Prügelei, das gestohlene Geld und das unterschiedliche Verhalten der Eltern, nachdem der alte Stanley ihnen von den Vorkommnissen berichtete.

Mister und Misses Denning wirkten besorgt. Nicht nur wegen Christophers aufgeschürften Knien, sondern vorwiegend wegen der Gewalt in ihrem Ort, welche besonders unter den Jugendlichen zunahm. Es war kein Geheimnis, das die Zwischenfälle sich häuften. Die nächstgrößere Stadt Portland besaß seit den frühen 90er-Jahren ein Problem durch den wachsenden Drogenkonsum. Und die Befürchtung, die Kriminalitätswelle könne in ihr beschauliches Copperdeer schwappen, fand auch Ausdruck in einem Bürgerbrief an die Stadtverwaltung. Was Misses Denning betraf, rümpfte sie jedes Mal die Nase, wenn ihr süßer Christopher sich im Beisein von Raymond befand. Solange er allein die Prügel von Ed bezog, schien sie über seine wilde Art hinwegschauen zu können. Doch an jenem Tag war es ihr eigener Junge gewesen, der in die Streitereien hineingezogen wurde, was sie als besorgte Mutter selbstverständlich nicht dulden wollte. Dass Christopher selbst kein Haar gekrümmt wurde, spielte dabei keine Rolle.

Raymond wusste, dass Misses Denning ihn nicht mochte. Es war eigenartig, wie präzise er den Charakter einer Person deuten konnte – wie Hunde, die instinktiv ahnten, wann ihnen jemand unsympathisch war. Auf der Autofahrt nach Hause sprachen Vater und Sohn kaum über den Vorfall, bis Raymond von ihm wissen wollte, ob er enttäuscht sei.

»Hat Ed dich einen Bastard genannt?«

Raymond nickte.

»Dich bedroht?«

Raymond nickte. Wieder.

»Deine Freunde geschlagen? Dich versucht zu beklauen?«

»Ja, ja und nochmals ja!«, erklärte Raymond.

»Dann hast du alles richtig gemacht. Selbstverständlich ist Gewalt keine Lösung«, fügte sein Vater hinzu. »Aber es ist keine Schande, sich gegen seine Angreifer zu wehren. Dieser Ed Brady ist gewalttätiger, als ich vermutet habe.«

Anders als die Monate zuvor schien ein Umdenken bei seinem Vater stattgefunden zu haben. Seit Jahren schilderte Raymond von solchen Situationen, aber bisher stieß er auf taube Ohren, als wäre er ein Kind, was lediglich dramatisierte.

»Ich habe ihn unterschätzt. Entschuldige, mein Junge.«

Dass Raymond endlich Anklang fand, seinen Worten Gehör geschenkt wurde, stimmte ihn zufrieden. Auch wenn ihm während der Autofahrt auffiel, niemals erwähnt zu haben, dass Ed ihn einen Bastard nannte.

Nichtsdestotrotz lag Raymond nun mit einigen Blessuren im Bett, fühlte sich aber wie der Held eines glorreichen Epos. Im Grunde genommen verlief der Tag gar nicht so schlecht. Sicher, Herold wurde um einige Scheine erleichtert. Doch es gab Zeugen und gewissermaßen war Millers Tat ziemlich dämlich gewesen. Ed und Miller hatten geglaubt, die Scheine bei einem raschen Spurt entwenden zu können, als wären beide schnell genug, um unerkannt zu verschwinden. Mit Herolds energischer Gegenwehr schien niemand gerechnet zu haben. Und der Anblick von Eds entstelltem Gesicht war für Raymond ein Gedicht gewesen. Zum ersten Mal sah sein

Gegner nach einer Auseinandersetzung schlimmer aus als er. Raymond grinste in sich hinein, löschte die Lampe auf der Nachtkommode und senkte seine Augenlider. Wer Ed Brady zum Weinen brachte, dem konnten auch Albträume nichts anhaben und er entschied, einen weiteren Ausflug zum Mount Hood zu wagen.

Im Gegensatz zur Stadt hatte sich das Wildtiergehege kaum verändert. Es gab niemanden, der hier den nahenden Festlichkeiten huldigte, oder einen Gedanken an Lichterketten, Weihnachtsschmuck und gemütlichen Verkaufsbuden mit gebrannten Mandeln darin verschwendete. Die Natur kannte keine Feiertage. Und so verwunderte es Raymond kaum, dass die verschneiten Hügel noch ebenso jungfräulich dalagen wie vor wenigen Wochen, als er der grausigen Gestalt inmitten des Geheges ins Antlitz starrte.

Womöglich war die Schneedecke höher geworden, was allerdings das absolute Maß an Veränderung war, dass der Wald bot. Hier brachte der Winter die Zeit zum Stillstand und doch, inmitten dieser trügerischen Ruhe, musste Raymond daran denken, was sich zwischen Gestein, Dickicht und Stämmen rekelte. Er versuchte sich in Erinnerung zu rufen, an welchem Fleck des Waldes er dem Monstrum begegnet war, stellte jedoch fest, dass er seinen Weg stets sorglos bestritt, ohne darauf achtzugeben, wohin ihn seine Füße trugen. Das war zuvor auch nie nötig gewesen. Er musste nur aus seinem Traum aufwachen, um sich zuhause im Bett zu finden.

Irgendwann fiel Raymond auf, dass er schon so lange in Grübeleien vertieft war, dass man es als Zaudern hätte bezeichnen können. Etwas, das er von sich nicht kannte. Inmitten dieser Überlegung gestand er sich schmerzlich ein, dass es seine Furcht war, die ihn zurückhielt. Ein Gefühl, was ihm sonst fremd war. Er hörte einmal davon, dass sich in Träumen unterschwellige Ängste manifestierten und begann sich zu fragen, weshalb ihn sein Unterbewusstsein vor solche Herausforderungen stellte.

Wofür mochte das Monstrum stehen?

Für Ed und seine Schikanen? Die hatte er heute überwunden. Es gab also keinen Grund, diesem Ungetüm
weiterhin aus dem Weg zu gehen. Er dachte an Mitchel
und Christopher mit ihren Videospielen, die regelmäßig irgendwelche Figuren auf der Konsole gegen Zwi-
schengegner antreten ließen. Also stellte Raymond sich
vor, ebenfalls auf einer solchen Odyssee zu sein und das
Monstrum im Wald als Hindernis anzusehen, nicht aber
als Unüberwindbarkeit. Mit diesem Gedanken bezwang er
zuerst den Zaun zum Wolfsgehege, danach die Hügel vor
dem Wald und tauchte wie zuvor zwischen den Sträuchern
und Bäumen ab.

Selbst in seinem Traum, konnte er die winterliche Kälte
spüren, die seinen schlafenden Körper frösteln ließ. Gänsehaut kroch seinen Nacken hoch. Wäre Hana heute zu ihm
ins Bett geschlichen, hätte sie seinen bibbernden Leib bemerkt.

Vorsichtig huschte er zwischen den Stämmen hindurch,
immer auf der Hut nach jedem verräterischen Rascheln, was
ein nahendes Unheil ankündigte. Tiefer im Wald, es mochte
bereits eine Stunde vergangen sein, begann er zu zweifeln,
ob sein Vorhaben nicht zu tollkühn war. Gleichzeitig verspürte er einen inneren Zwang. Unerträglicher als je zuvor.
Sein Blick trübte sich. Für einen Moment sah er nur den
finsteren Wald. Der Weg vor ihm glich einer lockenden Stimme, die tief aus dem Wald mit ihm sprach. Raymond wagte
einen Schritt voraus, hielt kurz inne, bevor er sein Vorhaben
in die Tat umsetzte.

War das wirklich das Echo seines Wolfes? Oder fiel er
gerade einer Täuschung zum Opfer? Genau wie bei seinem
letzten Besuch, als er sich beinahe mit dem Kopf voraus
ins Maul des Monstrums stürzte. Er dachte an die grau-
en Wirbel im Rachen des Geschöpfs, wie der Anblick des
Stroms ihn klammheimlich in den Bann zog. Raymond
wich zurück. Manche Orte strahlten eine Faszination des
Grauens aus, ähnlich wie bei einem Spukhaus. So auch

hier. Es war einfach anders. Nicht dieselbe Faszination, die der Timberwolf auf ihn ausübte. Es erinnerte ihn an Herolds Zimmerpflanze, die mit ihrem lockenden Duft darauf wartete, dass ein Insekt sich in den schlauchförmigen Rachen verirrte.

»Wie eine Fliegenfalle …«, flüsterte er den Gedanken.

Als hätten seine Worte etwas angelockt, vernahm er ein vertrautes Flattern an seinen Ohren und wenig später landete der Blauhäher auf einem Felsvorsprung. Direkt auf seiner Augenhöhe. Hätte Raymond es nicht besser gewusst, hätte er geglaubt, das Tier schaue ihn vorwurfsvoll an.

»Geh nicht da lang!«

»Ist der Fliegenfänger dort?«

»Der Fliegenfänger?«

»Das Ungetüm vom letzten Mal. Auf mich wirkt es wie eine fleischfressende Pflanze.«

Der Blauhäher neigte sein Köpfchen und spähte über seine Schulter hinweg in jene Richtung, die Raymond zuvor beschreiten wollte. Er wägte seine Antwort sorgfältig ab. »So habe ich es noch nie betrachtet. Aber ja, ich sehe Parallelen. Warum bist du zurückgekommen? Für dich allein ist das kein sicherer Ort.«

»Ich habe Gründe.«

»Man könnte meinen, du bist lebensmüde. Wer ist dein Mentor? Wo treibt er sich herum?«

»Was denn für ein Mentor?« Raymond blinzelte verwirrt. »Ich will einfach meinen Wolf finden.«

Der Blauhäher schaute ihn lange an.

»Warum?«

»Das kann ich dir nicht erklären. Es ist zu kompliziert.«

Raymond wusste die Antwort selbst nicht. Der Drang war da – und unwiderstehlich. Punkt!

Der Vogel öffnete den Schnabel für Widerworte. Doch Raymond fuhr ihm dazwischen.

»Ich bin dir auch keine Erklärung schuldig. Du kannst mich für verrückt halten, aber ich muss seinem Ruf folgen. Ich lasse mich nicht abwimmeln!«

Der Blauhäher schwieg. Raymond fragte sich, ob die Mimik eines Vogels ausreiche, um Mitleid auszudrücken, denn etwas am Blick des Tieres änderte sich. Mit einem Seufzen durchbrach der Vogel die Stille zwischen ihnen.

»Der Fliegenfänger – oder wie immer du ihn nennst - ist seit deinem letzten Besuch aktiver geworden. Er ist vor einem halben Jahr in diesen Wald aufgetaucht. Ich glaube, er stammt aus der Region um Portland.«

»Warum erzählst du mir das?«

»Weil er mit dem ersten Schneefall ruhig geworden ist. Ich dachte, er wäre gestorben. Doch es scheint nur eine Art Winterschlaf gewesen zu sein, der durch dein Erscheinen unterbrochen wurde.«

Raymond glaubte eher an ein metaphorisches Zeichen. Nach dem Vorfall bei der Brady Baracke war es lange um Ed und seine Familie still geworden. Womöglich hatte Elisabeth ihre Söhne ermahnt, sich in nächster Zeit bedeckt zu halten. Sein Nemesis lag symbolisch im Schlummer – wie der *Fliegenfänger*, den er geweckt hatte. Das erschien Raymond zumindest logisch.

»Sei vorsichtig bei jedem Schritt, den du tust.«

»Heißt das, du kommst mit?«

»Ja, Aber verhalte dich ruhig! Wir flüstern besser.«

»Es ist doch nur ein Traum.« Raymond lachte.

»Weder du noch ich wissen, was ein echter Traum ist. Sonst stünden wir beide nicht hier.«

»Was meinst du damit?«

Raymonds Frage beunruhigte den Blauhäher. Das kleine Geschöpf blieb starr. Es warf einen Blick über die Schulter, danach empor zum Himmel.

»Ich bin die falsche Person für diese Frage. Klär das mit deiner Sippe.«

Raymond blinzelte verständnislos. In all den Jahren gab es nie einen Traum, indem seine Familie eine zentrale Rolle spielte. Sein Vater tauchte häufiger darin auf. Die Monate vor Hanas Einzug – bevor er die Nachtschichten in Salem antrat – fand ihn Raymond meistens schlafend in seinem

Bett vor. Der Traum hatte so realistisch gewirkt, dass er manchmal glaubte, einfach nur Schlaf zu wandeln, bis die heimischen Vierwände ihm zu klein für seine Traumwelt wurden. Von da an durchforstete Raymond die Wälder.

»Wie alt bist du eigentlich?«, fragte der Vogel. Er neigte seinen Kopf und wandte Raymond ein schwarzes Auge zu. »Achtzehn? Neunzehn?«

»Vierzehn.«

Das dunkle Knopfauge weitete sich.

Über die Reaktion verwundert, schaute Raymond an sich hinunter. »Ist mein Alter nicht offensichtlich?« Dann fiel ihm ein, dass manche Menschen davon sprachen, sich in Träumen nie selbst zu erblicken. Manche standen auch mit heruntergelassenen Hosen herum. Gut möglich, dass Raymonds Unterbewusstsein ihn anders manifestierte als in der Realität.

Seine Frage blieb unbeantwortet. Der Vogel wandte den Blick zum Himmel. Er kam Raymond angespannter vor als beim letzten Treffen. Dennoch, was immer in dem Köpfchen vorging, er wollte nicht Gefahr laufen, durch eine unnötige Konversation in die Arme des Fliegenfängers zu geraten.

»Wollen wir los?«

»Von wollen, kann keine Rede sein. Aber gut.«

Raymond schnaubte. Dennoch fand er den Gedanken erquickend, dass ihm sein Unterbewusstsein eine Art Begleiter zur Seite stellte. Zwar wäre ihm der Timberwolf lieber, doch was nicht war, könnte vielleicht werden. Eine schöne Vorstellung.

Der Blauhäher erwies sich auch als nützlich. Wann immer Raymond drohte, auf die Lockrufe des Fliegenfängers hereinzufallen, ermahnte der Vogel ihn, sich nicht von der falschen Empfindung leiten zu lassen. Er solle auf seinen Urinstinkt hören. Mit dem Monstrum sei es wie mit einer Tasse Tee, der zu viel Honig beigemischt wurde. Die süßliche Note überlagere den ursprünglichen Geschmack, bis man nicht einmal Gift herausschmeckte.

»Konzentrier dich auf deinen inneren Kompass. Auf das Echo. Wenn der Wolf dich ruft, müsstest du ganz von allein den richtigen Weg einschlagen.«

»Woher weiß ich, was das richtige Gefühl ist?«

»Das kannst allein du wissen. Was ist dein Impuls? Was versprichst du dir von dem Wolf?«

Raymond dachte nach. Zum ersten Mal stellte er sich selbst diese Frage. Er dachte an Ed, dessen Schikanen ihm seit Jahren das Leben schwer machten – sich und seinen Mitschülern. An Herold, der sein Geld durch Miller verlor und an Hana, deren erstes Weihnachtsgeschenk deshalb nicht in dem Maß ausfiel, wie Raymond es ihr gönnte. Er wollte mehr tun, als Scheiben mit Steinen zu zerschlagen, um sich danach heimlich aus dem Staub zu machen. Die Familie Brady sollte spüren, dass sie sich mit dem Falschen anlegte.

»Ich möchte stärker werden«, sprach Raymond schließlich die Erkenntnis aus. »Für mich. Für meine Freunde. Meine Familie. Aktuell laufen manche Dinge nicht so, wie ich es möchte. Und ich habe das Gefühl, der Wolf kann mich leiten. Ich weiß gar nicht, warum ich das glaube. Es ist nur eine Vermutung. Ist das dumm?«

»Es ist verständlich«, antwortete der Blauhäher gnädig.

Raymond bemerkte, wie der Laut seiner Flügel ihm die Angst vor dem Ungewissen nahm. Irgendwann, als er unter der Anleitung seines Begleiters tatsächlich eine Art Intuition entwickelte, fand er endlich die ersehnten Spuren, auf die er so lange wartete.

Trittsiegel. Tiefe Abdrücke im Schnee. Von vorsichtig angehobenen Pfoten, die in die hinterbliebenen Kuhlen der Vorderpfoten gesunken waren. Dazwischen zog sich eine zarte Linie, wann immer die Krallen die Schneedecke streiften. Raymond spähte aufgeregt der Schrittfolge nach und erkannte einen Wildwechselpfad. Es war das erste Lebenszeichen. Über die Erkenntnis lachte er auf. Was er hier erblickte, stammte entweder von einem Rudelmitglied oder jenem Timberwolf, dem er seit Monaten hinterherirrte.

»Das ist nicht gut«, sprach der Vogel ernst.

»Wovon redest du? Das sind Wolfsspuren!«

»Aber auch andere Spuren.« Der Vogel landete auf einem Ast, dessen Färbung sich deutlich vom restlichen Wildwuchs abzeichnete. Er pickte kurz gegen die Borke, schon ächzte der Baum unter der Berührung.

Ein Riss tat sich in der Rinde auf – wie bei einer klaffenden Wunde. Darunter kam eine ölige Schicht zum Vorschein, unnatürlich verfärbt und von ranzigem Gestank.

Raymond erinnerte sich an den Ausflug seiner Klasse. Miss Petrova hatte den Schülern erklärt, dass der Wald seit kurzem von einem üblen Pilzbefall geplagt wurde, ausgelöst durch verseuchtes Grundwasser. Es klang wie eine logische Erklärung, kam Raymond dennoch falsch vor. Denn hinter jenem Baum fand sich eine Kiefer, die ebenso tot wirkte. Raymond erkannte an ihrer Rinde einen schwarzen Abdruck von einer Hand mit langen spinnengleichen Fingern. Er berührte den Abdruck. Nur zaghaft. Und wie beim Picken des Vogels brach auch dieses Mal das gesamte Konstrukt in sich zusammen, entblätterte sein faulendes Unterholz wie ein herabfallender Vorhang vor einer hässlichen Kulisse. Es war einer jener wiederkehrenden Momente, in denen Raymond den Gedanken hegte, dass seine Empfindungen zu real waren.

»Als du vorhin gesagt hast, wir wüssten nicht, was ein Traum ist, wie war das gemeint?«

Der Blauhäher blieb stumm. Er starrte Raymond mit den dunklen Augen an. Etwas ging dem Geschöpf durch den Sinn, ein Wissen, dass es nicht teilen wollte. Erneut ein Blick zum Himmel. Wieder hielt es nach etwas Ausschau.

»Beeil dich! Der Morgen bricht bald an.«

Doch kurz darauf kam der unheimliche Nebel. Er brachte eine Beklemmung mit, die selbst Raymond nicht geheuer war. Auch sein Begleiter schien keinen Flügelschlag weitergehen zu wollen, denn er verkündete: »Ich fürchte, du bist zu spät.«

»Wie meinst du das?«

»Diese Nebelbank kommt vom Fliegenfänger. Wenn das Echo dich hineinführt, ist er bei deinem Wolf.«

»Woher willst du das wissen?«

»Ich beobachte den Fliegenfänger schon länger. Und dieser Nebel … er ist nicht natürlich.«

Diesen Eindruck konnte Raymond nur bestätigen, trotzdem half ihm das nicht. Inmitten der trüben Sicht erahnte er ein knorriges Geflecht aus Wurzelwerk, was durch seine übermäßige Vorstellungskraft an eine obskur gekrümmte Gestalt erinnerte. Seine Fantasie ging allmählich mit ihm durch und die Worte seines Begleiters machten es nicht besser. Er war gewillt umzukehren, bis der nächste Satz des Blauhähers ihn aufhorchen ließ.

»Ein trauriges Schicksal.«

»Was meinst du?«

»Der Nebel taucht auf, wenn dieses *Ding* frisst.«

Raymond überlegte, was als Nahrungsquelle infrage kam. Doch die Antwort ließ seinen Körper den Atem halten. Er horchte in die Umgebung. Es mochte Einbildung sein, aber ihm kam es vor, als ob das Echo des Wolfes bereits über einen längeren Zeitraum verklungen war. Die Monate zuvor geleitete es ihn in einem gleichbleibenden Takt.

Ein Hilferuf.

Die Erkenntnis schlug wie ein Blitz bei ihm ein und wie von selbst kam Raymond in Bewegung.

Der Blauhäher gab einen überraschten Klang von sich und kurz darauf vernahm er dessen mahnenden Ruf. »Komm zurück!«

Doch Raymond beschleunigte seine Schritte, während ihm die Bewohner des Wolfsgeheges durch den Sinn gingen. Er rief sich die Bilder von der Tafel in Erinnerung, ordnete sie dem passenden Tier zu, auf der Suche nach dem Namen jenes Geschöpfs, das er rufen wollte.

»Washington!«

Ein blöder Name. Doch es war *sein* blöder Name. Noch einmal rief er ihn zwischen der Nebelbank, aus deren Mitte

die schwarzen Stämme der Bäume hervortraten wie stramm-
stehende Zinnsoldaten. Sie kamen und gingen. Rauschten
an Raymond vorbei, während er seinen Wolf rief. Da vernahm er einen Laut, der ihm den Magen umdrehte. Ein
schlürfendes, saugendes Geräusch. Dazwischen ein leises
Jaulen.

Er tauchte vor ihm auf. Ein riesiger, hässlicher Buckel.
Spindeldürr. Mit Haut, die um die Rippen flatternde Falten
warf. Der Fliegenfänger lag gebeugt über der Silhouette seines Wolfes, der mit glasigem Blick geschehen ließ, was das
Ungetüm ihm antat. Dessen Finger hatten sich verändert.
Sie klebten an jeder Hand so eng aneinander, dass die Arme
einer biegsamen Pieke glichen, die ihre Spitze in das Fleisch
des Tiers rammte. Bald verstand Raymond das Prinzip.

Es war wie bei einer Stechmücke. Die Arme saugten an
dem Tier und labten sich an etwas, was in den Adern des
Wolfes glomm, wie köchelndes Magma. Er wirkte krank.
Nein, dieses *Mistvieh* machte ihn krank. Der bloße Gedanke
brachte Raymond in solche Rage, dass er nach einer Waffe
tastete. Es gab nicht viel, was er berühren konnte. Meistens
glitten die Stöcke durch seine Finger.

Doch irgendwann fand er einen dieser glimmenden Triebe, die so häufig in seinen Träumen am Wegesrand wucherten. Ein Ast brach und zufrieden hielt Raymond ihn in den
Händen. Er näherte sich dem Fliegenfänger hinterrücks.

Es war so in seine Schlemmerei vertieft, dass es die nahende Attacke erst bemerkte, als Raymond ihm den Ast
mit einem hörbaren Schnallen über den Schädel zog. Ein
Schrei entwich. Es war eine widerliche Kakofonie aus wirren
Stimmen, die in unterschiedlichen Sprachen fluchten und
kreischten.

Der Erfolg gab Raymond recht. Das Biest ließ von Washington ab, der müde zurückblieb. Erschöpft und reglos,
als stünde er kurz vorm Ende.

Raymond zuckte zusammen. Er glaubte noch genug Zeit
zu haben, um sich auf die Attacke vorzubereiten. Doch folgte der Angriff des Fliegenfängers auf dem Fuße, denn er

drehte Raymond den Schädel zu, um hundertachtzig Grad, als wäre sein Nacken aus Gummi. Seine Fratze bläkte das Gebiss, griente Raymond an. Er fiel zurück und widerstand dem Impuls, den beiden Kreisen in seinem Maul zu viel Beachtung zu schenken.

Aus Washingtons Leib trat inzwischen eine helle Materie wie eine seichte, warme Flamme. Es musste die Nahrungsquelle des Fliegenfängers sein. Das Ungetüm stemmte sich auf die Beine – mit den spitzen Stummeln einer Spinne gleichend – und lief rückwärts auf Raymond zu, das Maul weit aufgesperrt, als wolle es sagen: »Schau her! Schau hinein!«

Offenbar war es seine Jagdtaktik. Raymond schlug mit dem Ast nach ihm und tatsächlich wich das Biest zurück. Doch die Aussicht auf menschliche Nahrung war so verlockend, dass es wiederholt zum Sprung ansetzte. Sie taktierten sich. Raymond hielt den Blick gesenkt, um nicht in falsche Versuchung zu geraten, hieb mit dem Ast aus und erinnerte sich, dass die meisten Raubtiere allein von Lärm verscheucht wurden. Also brüllte er aus voller Kehle, schwenkte den Ast und schrie dem *Mistvieh* entgegen, sich von Washington fernzuhalten. Die Drohgebärde reichte, um den Fliegenfänger auf Abstand zu halten, nicht um ihn in die Flucht zu schlagen.

Das gelang erst, als Raymonds Begleiter dazustieß. Es war unglaublich, wie hart die Attacken dieses winzigen Geschöpfs waren. Der Blauhäher sauste auf den Schädel des Fliegenfängers zu, sodass jeder Aufprall wie ein Peitschenschlag durch den Wald schallte. Der Kopf des Ungetüms schnellte von einer zur nächsten Seite. Links und rechts. Immer wieder. Und Raymond sah eine Möglichkeit, ihm die Spitze des Astes in die dargebotene Brust zu rammen. Er zielte und traf.

»Hab ich dich!«, rief Raymond.

Sämtliche Augen des Fliegenfängers vibrierten. Das falsche blinde Paar an der Seite seines Schädels quellte hervor und die beiden Kreise im Zentrum seines Rachens zitterten unter einem gellenden Schmerzensschrei. Raymond riss an dem Ast – seine Waffe wollte er nicht verlieren – und weitete die Wunde im Leib des Ungetüms.

Als er in das klaffende Brustloch blickt, ließ er entsetzt von seiner Waffe ab. Inmitten der Wunde hockte ein nacktes, abgemagertes Männchen, das mit ausgehungertem Blick in Raymonds Richtung starrte.

»Sieh mich an!«, spie es. Es streckte eine gebrechliche Hand aus. »Ich bin vollkommen. Ich bin das Zentrum der Welt! Füttere mich! Füttere mich!«

Ein Ruck genügte. Der Ast lag wieder in Raymonds Hand. Er setzte dem Schrecken ein Ende. Zielsicher trieb er die Astspitze dem Männchen ins Gesicht. Und damit war der Spuk vorbei.

Kurz vor dem Morgengrauen wurde Raymond klar, weshalb seine Suche nach dem Timberwolf so beschwerlich und erfolglos blieb. Der Timberwolf lag im Sterben. Was immer der Fliegenfänger mit ihm anstellte, es machte das Tier krank. Sein Fell war stumpf, ohne jeglichen Glanz, der Blick erschöpft geradeaus gerichtet. Er lag auf der Seite und hechelte. Washington wirkte alt. Ein silbriger Dunst entstieg seinem Leib mit einer Farbe, die Raymond an die unwirklichen Halos einer Vollmondnacht erinnerte – und an dasselbe Element, aus dem sein Begleiter bestand. Er zählte Eins und Eins zusammen. Dennoch wollte er von seinem Begleiter wissen, was mit dem Timberwolf geschah: »Stirbt er?«

»Ich fürchte ja. Der Fliegenfänger hat sich zu lange an ihm festgesaugt. Er hat ihn krank gemacht.«

Das ergab Sinn. Denn entgegen der weitläufigen Meinung waren Wölfe keine Einzelgänger. Washington allein vorzufinden, konnte nur bedeuten, dass er sich von seinem Rudel losgelöst hatte, um einen ruhigen Ort zum Sterben zu suchen.

Es tat weh, ihn so zu sehen. Raymond fand dieses Ende würdelos und bekam das Bedürfnis, sich neben den Timberwolf zu setzen und seinen Kopf mitfühlend auf dessen breiten Nacken zu legen. Daheim in Copperdeer bildete sich ein schwerer Kloß in seinem Hals. Er war sicher, dass sein schlummernder Körper einen nassen Tränenfilm auf den Wangen besaß. Die rasselnden Atemzüge an seinem Ohr kamen Raymond viel zu real vor und verleiteten ihn zu jener Frage, die schon so lange unterschwellig in seinem Bewusstsein spukte.

»Ich träume nicht. Oder?« Der Blauhäher schwieg und Raymond wurde ungehalten. »Warum antwortest du mir nicht? Sag etwas!«

Sein Begleiter schaute empor zum Himmel. Erst nachdem er dort oben eine Gewissheit fand, die Raymond nicht sehen konnte, sprach er aus, was beide wussten – oder zumindest ahnten.

»Was du hier erlebst, ist eine außerkörperliche Erfahrung. Kein Traum. Du bist wahrscheinlich nie in der Lage gewesen, wahrhaftig zu träumen. Wir beide besitzen die Veranlagung dazu nicht. So wie andere nicht mit der Zunge rollen können.«

Raymond runzelte die Stirn und schaute auf. Sein Augenmerk richtete sich auf den leblosen Leib des Fliegenfängers, der schauderhaft verkrümmt im Schnee lag. Er hinterließ keine Spuren. Keine Abdrücke, nichts. Ebenso wie Raymond.

»Wir befinden uns auf der luziden Ebene. Es ist dieselbe Welt wie immer … und doch irgendwie anders. Auf einer Sphäre, wo die feinstofflichen Elemente sichtbar sind. Zumindest für unsersgleichen.«

Raymond blinzelte auf den Dunst, der dem Körper des dahinscheidenden Tieres entstieg. Feinstoff. Seine Finger fuhren durch den zarten Schleier und aus einem ihm unerfindlichen Grund kam ihm diese Berührung sehr persönlich vor. Als glitte er durch die Seele des Tieres. Leichte Erinnerungsfetzen kamen in Raymond hoch, aus einem Leben, das nicht ihm gehörte. Washington war nicht in diesem Gehege geboren worden, das konnte er mit einer unerklärlichen Gewissheit sagen. Einst befand er sich außerhalb dieser

Zäune hoch oben in den Bergen des Mount Hood. Ein Jäger hatte ihn unerlaubt angeschossen und der dortige Ranger ihn rechtzeitig gefunden. Er wurde in eine Auffangstation gebracht, gepflegt und betreut, aber niemals in die Heimat entlassen, stattdessen zusammen mit einem fremden Rudel eingepfercht.

Raymond atmete tief aus, fühlte unendliche Empathie für dieses Geschöpf. In jenem Moment kam ihm dieses Los bitter vor. Dieses Tier wollte nicht sterben. Nicht hier, zwischen Zäunen. Es mochte keine Grenzen. Und wie eine leise Bitte, ihn aus dem Gehege hinauszuführen, heftete sich der Dunst an ihn, erklomm seine Seele, ohne dass Raymond den Wunsch verspürte, sich dagegen zu sträuben. Etwas änderte sich. Auf einmal roch er den Wald viel intensiver. Die Feuchtigkeit, die durch den Winter in der Luft hing, durchzogen von schlammigem Untergrund und welkem Geäst. Er blickte auf den wuchtigen Leib des Timberwolfes hinab und sah den letzten Lebensdunst entschwinden. Ebenso wie den Nebel.

OUT OF BODY

Als Raymond den Wald verließ, tat er dies nicht ohne ein Versprechen. Denn für seine geleistete Unterstützung erwartete der Blauhäher, dass der Junge sich von nun an vom Wildtiergehege fernhielt. Auf die Frage nach dem weshalb, erklärte der Vogel, Raymond sei in einem Stadium der Entwicklung, das es ihm nicht gestattete, gefahrlos durch dieses Gebiet zu streifen. Er habe seinen Wolf gebunden. Damit solle er sich nun zufriedengeben.

»Meinst du nicht gefunden?«, fragte Raymond. Doch behielt der Vogel seine Gedanken für sich. Er ermahnte Raymond, seine Worte zu beherzigen.

»Setz nie wieder einen Schritt in den National Forest. Jedenfalls nicht auf dieser Ebene. Halte dich fern von diesem Ort. Immerhin hast du jetzt, was du brauchst.«

Damit mochte der Blauhäher vielleicht richtig liegen. Dennoch, Raymond war gekränkt. Eigentlich hatte er sich von seinem kurzfristigen Begleiter mehr Informationen erhofft, vielleicht sogar eine zaghafte Freundschaft. Der Vogel schien mehr zu wissen, als er zugeben wollte. Als Raymond ihm das unverblümt ins Gesicht sagte, präsentierte ihm der Blauhäher die kalte Schulter und schüttelte ablehnend den Kopf.

»Sei nicht so undankbar! Du willst mehr als ich dir gestatten darf. Gib dich endlich zufrieden.«

»Ich bin dankbar. Aber was spricht dagegen, wenn du mir etwas beibringst?«

»Das ist nicht meine Aufgabe. Klär das mit deiner Sippe.«

Damit hob der Vogel ab und ließ Raymond an den Hügeln zum Wildtiergehege zurück, die durch die aufkommende Morgensonne in warme Töne aus Gold und Pastellrot getaucht wurden.

Raymond schaute dem Geheimniskrämer mit zusammengezogenen Brauen hinterher und fragte sich, wie er seinem Vater erklären sollte, dass ihm ein Blauhäher aus dem National Forest riet, ein ernsthaftes Gespräch mit ihm zu führen. Sein Vater würde ihn für verrückt halten.

Als Raymond in seinem Bett in Copperdeer die Augen aufschlug, starrte er zuerst grübelnd an die Decke. Er dachte darüber nach, wie viel Wahrheitsgehalt hinter den Worten des Blauhähers steckte.

Weder du noch ich wissen, was ein echter Traum ist. Sonst stünden wir beide nicht hier.

Raymond erhob sich langsam aus den Kissen, mit der Morgensonne im Rücken. Ihre Strahlen brachen sich in den Scheiben seines Sprossenfensters, während sich etwas in ihm anders anfühlte. Er konnte nicht benennen, was genau, denn ihm kam es nicht wie ein körperliches Befinden vor. Raymond fuhr sich über die Brust und ihm wurde klar, welche Tragweite es besäße, wenn die Worte des Blauhähers der Wahrheit entsprachen. Im Prinzip wurde ihm damit unterstellt, noch nie in seinem Leben geträumt zu haben und sich des Nachts auf Wanderung zu befinden.

Womit eigentlich? Mit seiner Seele?

Alte Erinnerungen kamen in ihm hoch. Nächte aus seiner frühen Kindheit, in denen er sich heimlich aus seinem Bett schlich, um ein Märchenbuch durchzublättern, von dem sein Vater versprach, es erst am nächsten Abend fortführen zu wollen. Bis dahin kannte Raymond meistens schon die Handlung. Er erinnerte sich auch an Momente, in denen er schuldbewusst seine Neugierde gestand, sein Vater ihm jedoch erklärte, er habe lediglich schlafgewandelt. Diese kindlichen Erinnerungen waren Opfer der Zeit geworden. Er massierte sich die Schläfen, schüttelte den Kopf und lachte über seine eigene Dummheit.

Nein, allein der Gedanke war abstrus. Und er konnte seinen Vater nicht wegen der bloßen Behauptung einer Traumgestalt um Informationen bitten. Er würde in Sorge verfallen, wenn nicht sogar ihn für verrückt halten. Sein Vater besaß ohnehin andere Probleme. Das Dach leckte an einer Stelle im Obergeschoss und für die Reparatur wollte er zusätzliche Wochenendschichten übernehmen. Dennoch fand Raymond, dass nichts gegen weitere Recherchen in der städtischen Bibliothek sprach. Der Begriff *außerkörperliche Erfahrung* war ihm geläufig. Es hätte ihn gewundert, wenn sich nicht der eine oder andere Autor fand, der sich mit dieser Thematik befasste.

Motiviert schwang er die Füße aus dem Bett, zog sich Oberteil und Jeans über und das dickste Paar Socken für die kalten Temperaturen vor dem Haus. Er rannte die Treppe hinab in die Küche, voller Vorfreude ein paar Hash Browns mit Speck vorzufinden.

Raymond stutzte, als er seinen Vater mit Hana am Küchentisch sitzen sah und lediglich der Geruch von gebackenen Dosenbohnen an seine Nase drang. Ihm wurde schmerzlich bewusst, dass es Samstagmorgen war, die Bibliothek durch die anstehenden Feiertage geschlossen blieb und das reichhaltige Frühstück der letzten Wochen ihn wählerisch machte. Außerdem war er mit Herold verabredet.

Drei Stunden darauf befand er sich zusammen mit seinem Vater, Hana und Herold unter dem Vordach ihrer Werkstatt, die am Wegesrand der Einfahrt in einem Nebengebäude lag. Raymond erinnerte sich, dass bei ihrem Einzug zerbrochene Holzräder im Raum standen und Hufeisen, die von einer Wandhalterung baumelten. Daher ging sein Vater davon aus, dass die Scheune zu Zeiten der ursprünglichen Besitzer als Unterstand für eine Kutsche diente. Er ersetzte die heruntergestürzten Dachbalken und nach einem halben Jahr

Arbeit schuf er sich eine Handwerkerhöhle, deren Ritzen voll von den Spänen seiner vergangenen Werke waren. Im letzten Herbst hatten Raymond und Herold beobachtet, wie sein Vater darin einen Tisch für einen Kunden zimmerte und als er ankündigte, dass das nächste Projekt ein Regal für seine Tochter sei, waren beide erpicht darauf, ihm dabei zu assistieren.

Die vier betraten die Werkstatt und fingen gleich mit der Arbeit an. Sie schliffen die Bretteroberflächen glatt, waren mit dem Holzhobel zugange, frästen Löcher, hämmerten Dübel hinein und ließen sich in einem Moment von jugendlichem Übermut dazu hinreißen, zwei Stöcke als Übungsschwerter zu nutzen, bis Herold sich einen Splitter einfing.

Anfangs war Raymond enttäuscht, dass er nicht in die städtische Bibliothek konnte. Doch nun war es ausgerechnet er, der voller Eifer bei der Sache war, denn nach dem Traum mit dem Fliegenfänger, bezwungen durch seine eigene Hand, fühlte er sich unbesiegbar. Herold staunte über seine Energie. Sein Vater verdrehte die Augen, allerdings mit einem leichten Schmunzeln.

»Jungs, konzentriert euch!«, ermahnte er die beiden Spaßvögel, vor allem wenn sie Gefahr liefen, sich versehentlich mit dem Hammer auf die Finger zu klopfen.

»Ja, Mister Walker«, hieß es dann von Herold mit breitem Grinsen. Der Kontakt zu seinem Vater war nach der Scheidung eingebrochen und so nahm Herold jede Gelegenheit dankend an, um von Raymonds Vater einige handwerkliche Lehrstunden zu bekommen. Jedoch nicht ohne Hintergedanken, wie Raymond später bemerkte.

Er entfernte gerade etwas Rinde von einem Stamm, als Raymond Herolds Frage aufschnappte, ob Holzschnitzereien bei Mädchen gut ankamen. Sein Vater gluckste und erklärte: »Es ist bestimmt eine nette Geste. Ich habe selbst einer Dame damit sehr imponiert.«

Raymond verkniff sich die Frage, ob es sich dabei um seine Mutter handelte. Ihm gegenüber erwähnte sein Vater einmal, dass der Beginn ihrer Ehe weder romantisch noch von besonderer Zuneigung geprägt war. Raymond stellte sich taub und nahm seiner Schwester ein Werkzeug aus der Hand, zu dessen Benutzung sie eindeutig nicht befugt war. Hana durfte zwar nicht mitarbeiten, doch sie saß auf einem Haufen gestapelter Holzbretter, ließ die Füße in ihren Winterstiefeln baumeln und machte große Augen, wenn ihr Vater einen Holzscheit mit einem gezielten Beilhieb spaltete.

Es war der Morgen vor Heiligabend und sicherlich hätte es günstigere Tage gegeben, um sich bei Minusgraden und leichtem Schneefall an die Konstruktion zu wagen. Doch die Wochenendschichten seines Vaters sollten im Januar losgehen, daher wollte er sein Versprechen frühzeitig einlösen. Wer konnte schon sagen, wann sich bei seinem überfüllten Kalender die nächste Gelegenheit ergab.

Raymond überkam das Gefühl, dass seinen Vater Gewissensbisse plagten. Denn bevor Hana in ihr Leben trat, konnten beide viele solcher Momente verbringen. Um die Schläfen seines Vaters zeichneten sich einzelne verblasste Strähnen am Haaransatz ab. Sein dunkelbrauner Bart war dichter geworden und Raymond fragte sich, ob er bei zunehmender Alterung, wie der Weihnachtsmann aussehen könnte. Nur etwas schlanker.

Irgendwann verkündete Hana: »Ich bin müde! Und saukalt ist es auch. Ich mag nicht mehr!«

»Nicht mit dieser Wortwahl, junge Dame.« Ermahnte ihr Vater. Doch Hanas Wangen waren rot, sie wirkte bockig vor Müdigkeit und die Augen wurden winzig. Also trug sein Vater Hana ins warme Haus, um ihr in der Wohnstube auf der Couch eine gemütliche Ecke einzurichten. Die beiden Jungen führten die Arbeit fort, als Herold wissen wollte, wann Raymond das Geschenkpapier für Hanas Aquarellstifte brauche.

»Hast du es heute dabei?«

»Ist in meinem Rucksack.«

»Dann kannst du nachher mit auf mein Zimmer kommen.«

Beide ergriffen ein Brett, das sie über eine Vorrichtung legten. Herold nahm mit Hammer und Nagel darauf Platz, um die Konstruktion zu verbinden. Da beide unter sich waren, sah Raymond die Gelegenheit gekommen, ganz unverfänglich zu fragen: »Hast du das Geschenk für das Puppengesicht auch schon verpackt?«

Herolds nächster Hieb ging ins Leere, ganz knapp an seinen Fingern vorbei. Das Werkzeug entglitt ihm. Er versuchte den Hammer aufzufangen, während sich sein Gesicht verfärbte.

»Du bist ein Sinnbild der Unauffälligkeit«, scherzte Raymond. »Warum machst du so ein Geheimnis darum?«

»Ich will einfach nicht, dass es sich herumspricht!«

»Wann habe ich jemals ein Geheimnis ausgeplaudert? Dass wir uns eine Dose Heineken geteilt haben, weiß bis heute niemand.«

Herold verdrehte die Augen und erklärte: »Es gibt einen himmelweiten Unterschied zwischen heimlichem Biertrinken hinter der Sporthalle und einem Mädchen ein Geschenk zu machen. Das eine ist witzig – irgendwie cool – beim anderen kann man sich einen Korb holen. Schlimmstenfalls wird man zur Lachnummer. Schaut mal dort, Rabbit ist abgeblitzt. Jetzt rennt er heulend zu Mami. Ne, lass mal!«

»Das klingt nicht nach mir.«

»Du hast Christopher vor Stanleys Laden erlebt. Er zerreißt sich mit Mitchel das Maul über mich.«

Die beiden waren unreif, da lag viel Wahres dran.

»Ich halte still, versprochen. Und überhaupt sollte Christopher nicht mit Steinen werfen. Gerade dieses Mamasöhnchen zeigt mit dem Finger auf andere.«

Herold hämmerte mit hochroter Miene verbissen auf dem Nagel, als könne der höchstpersönlich etwas für seine Misere. Er schüttelte den Kopf und murmelte: »Ich will nicht ausgelacht werden. In meiner Lage ist das wahrscheinlich.«

»Wie kommst du darauf?« Herold zuckte mit den Schultern. Doch Raymond kam von selbst drauf. »Du bist genauso gut wie eine Martinet. Lass dir nichts anderes einreden.«

Die verkniffenen Gesichtszüge seines Freundes glätteten sich. Mit herabhängenden Schultern ließ er von seiner Arbeit ab.

»Danke, das ist nett von dir. Aber eigentlich ist das nicht wahr. Wir wissen beide, dass ich aus anderen Verhältnissen stamme. Alle nennen es das alte Arbeiterviertel, doch unsere Seite des Flusses bleibt der armselige Stadtteil. Ich meine, schau dir die Leute um uns herum an. Was hier alles lebt … Arme Witwen, Trucker, alleinerziehende Eltern, einige Sozialfälle und dann auch noch kurz hinter der Grenze diese beschissenen Bradys. Als hätte die andere Flussseite auch dieses Pack auf uns abgewälzt. Denkst du, ich habe nicht bemerkt, wie Misses Denning uns nach der Prügelei beäugt hat?« Herold seufzte. »Im Grunde weiß ich genau, dass eine Martinet nicht in meiner Liga spielt. Grace ist ihr Name – wie schön das klingt. Ich muss dabei an Grace Kelly denken. Aus ihr wird bestimmt eine feine Dame.«

Raymond zuckte unbeeindruckt mit den Schultern.

»Du trägst eine rosarote Brille. Es ist ein Name. Mehr nicht. Und er klingt plump. Wie das Krächzen eines Raben.«

»Ich habe gehört, sie hat Verwandtschaft in Paris.«

Das interessierte Raymond noch weniger. Er warf die alles entscheidende Frage in den Raum: »Wann hörst du mit deiner Schwärmerei auf und gehst die Sache an? Ist doch egal, ob sie auf Rosenblättern schläft oder in einem Schuhkarton. Du kannst weiterhin hier hocken und dich kleinreden oder deiner Herzdame dein Geschenk überreichen. Im schlimmsten Fall wird es ein Korb. Na und?«

Herold starrte ihn an. Sein Blick huschte zum Eingang des Schuppens, als fürchte er einen unerwünschten Zuhörer. Dann raunte er Raymond zu: »Ich habe mir etwas überlegt. Ich bin nur unsicher, ob ich es tun soll. Was hältst du von morgen? Meine Großeltern kommen mittags auf ein Weihnachtsessen. Opa muss gegen siebzehn Uhr seine Medikamente nehmen, deshalb bleiben beide nie lange zum Essen. Danach könnte ich zu den Martinets laufen.«

Raymond überlegte. Der erste Weihnachtstag. Keine Schule. Keine Möglichkeit für ihre Mitschüler, sich in überfüllten Klassenräumen das Maul zu zerreißen, falls Herold einen Korb bekam. Der einzige Wermutstropfen war die Strecke.

»Willst du zum Weingut laufen? Das ist in den Bergen.«

»Es ist ein ganzes Stück von hier, aber macht die Mühe nicht meinen Charme aus?«, grinste Herold verlegen. »Ich kann ja beiläufig erwähnen, wo ich wohne. Das könnte sie beeindrucken.«

Raymond hätte ihn für blöd gehalten. Doch vielleicht fehlte ihm die romantische Veranlagung.

»Ja, warum nicht? Mädchen stehen bestimmt auf so etwas. Lass das mal als Nebensatz fallen. Du läufst sicher eine Stunde dorthin, das soll die feine Dame ruhig wissen.«

»Ich müsste dich um ein Alibi bitten. Falls meine Mutter fragt, wo ich bleibe, kannst du behaupten, ich bin hier? Du kannst ja erzählen, ich wäre gerade auf der Toilette und das ich nicht persönlich ans Telefon kann.«

»Das könnte schwierig werden. Ich müsste aufpassen, dass mein Vater nicht zuerst nach dem Hörer greift.« Ein Paar große Augen schaute ihn hoffnungsvoll an. »Okay, ich kriege es hin. Notfalls kampiere ich neben dem Telefon. Aber sicher, dass ich nicht mitkommen soll?«

»Nein! Es gibt Dinge, die ein Mann selbst tun muss.«

Herold reckte mit aristokratischen Zügen sein Kinn, dass Raymond losprusten musste. Mit seinem kindlichen Überbiss wirkte er noch weit davon entfernt, wie ein waschechter Mann auszuschauen. Herold setzte zum Schlag mit dem Hammer an, als ihm noch etwas einfiel. »Hast du nicht vor kurzem davon erzählt, dass du dich selbst nachts schlafen siehst?«

Raymond horchte auf. »Ja, warum fragst du?«

»Mir ist gestern etwas eingefallen. Vor Jahren habe ich eine Episode aus *Beyond Belief* geschaut. Da wurde dieses Phänomen besprochen. Mich hat das Thema damals so fasziniert, dass ich selbst Recherchen dazu angestellt habe. Dabei bin ich in der städtischen Bibliothek auf ein Buch von Robert Allen Monroe gestoßen.«

Hätte Raymond nicht solche Angst gehabt, wie ein Spinner dazustehen, wäre er vor Freude im Kreis gesprungen. Aus einer unerwarteten Ecke bekam er ein Indiz für weitere Nachforschungen.

»Allerdings ist das schon drei Jahre her und das Thema ist echt kompliziert.« Herold verzog das Gesicht, als sei allein die Erinnerung daran ein Grund für Schweißausbrüche. »Damals musste ich jeden Satz drei Mal lesen, weil ich nichts verstanden habe. Ohne Lexikon hätte ich nicht einmal die Einleitung geblickt.«

»Erinnerst du dich an den Inhalt?«

»Kaum. Ich musste es abbrechen. Es war zu schwierig.« Herold hob hilflos die Hände und erklärte, das Buch ungelesen zurück in die städtische Bibliothek gebracht zu haben. Da fasste Raymond den Entschluss, seine vermeintliche Gabe, diese Nacht auf die Probe zu stellen. Noch Jahrzehnte später sollte er auf diesen Tag zurückblicken und sich fragen: Was wäre wenn?

Den Heiligabend verbrachte die Familie zum ersten Mal im Dreiergespann. Und obwohl sein Vater sich selbst als Agnostiker bezeichnete, legte selbst er Wert darauf, seinen Kindern ein schönes Fest zu ermöglichen. So gehörte es auch zu ihrem Brauch, einen Baum zu schmücken. Allerdings stand dieser fest verwurzelt draußen im Garten, worüber die beiden Männer eine Lichterkette warfen und Hana als Neuzuwachs die Ehre zufiel, einen gläsernen Stern an der Spitze zu befestigen.

Als sein Vater den Störenfried über seine Schultern hob, bemerkte Raymond einen Anflug von Neid, denn ihm wurde schmerzlich bewusst, dass er nicht mehr das Nesthäkchen des Hauses war. Doch drinnen vor dem Kamin, als die Familie Bescherung feierte, verflog der Gedanke. Sein ungeschickt verpacktes Geschenk, mit den viel zu vielen Klebestreifen, löste in Hana einen Freudentaumel aus. Raymond sah sie noch nie über einen längeren Zeitraum hinweg so still und konzentriert. Sie lag bäuchlings auf dem Boden. Ihre neuen Aquarellstifte kratzten über das Papier und sie störte sich nicht daran, dass es die sparsame Variante mit zwölf Stiften war. Nicht nur Hana war von dem Geschenk begeistert. Auch sein Vater strahlte darüber, als habe Raymond ihn damit ebenfalls beschenkt.

Für seine Kinder hatte auch er etwas vorbereitet. Die Jüngste erhielt ein Puppenhaus, selbst gemacht und umfangreicher, als es jedes Fabrikat hätte sein können.

»Einige Möbel sind von meiner eigenen Schwester«, erläuterte sein Vater Hana und deutete auf einen winzigen Tisch, der sich perfekt in die winzige Küche des Häuschens fügte. »Deine Tante Beth hat als Kind auch viel mit Puppen gespielt.«

Hana legte die Stirn in Falten, als hätte sie nie daran gedacht, dass ihr Vater ebenfalls mal in ihrem Alter war.

Jetzt, wo Raymond darüber nachdachte, kam ihm dieser Gedanke auch seltsam vor.

Sein Geschenk wirkte zunächst etwas unspektakulär. Raymond packte einen wuchtigen Wälzer aus, dessen Einband in die Jahre kam. Was er vorfand, trug den Titel *Wildes Kanada* und nach einem neugierigen Blick hinein, fand er atemberaubende Fotografien von der dortigen Wildnis. Sie wirkten zu unrealistisch für wahrhaftige Orte. Ein Kapitel beschäftigte sich mit dem Rocky Mountain Wolf, als hätte sein Vater seine Passion für diese Tiere erahnt. Während Raymond die Seiten umwandte, bemerkte er so manchen Kantenknick und gekritzelte Randnotiz. Auf seine Nachfrage, woher die stammten, grinste sein Vater.

»Von mir. Ich war selbst mal in Kanada.«

»Wirklich? Wann war das?«

»Lange, bevor du geboren wurdest.« Er nahm neben Raymond auf dem Teppich vor dem Kamin Platz. Im Licht des prasselnden Feuers deutete er auf manche Bilder und schwärmte davon, dass die Realität um ein Vielfaches schöner aussah.

»Das glaube ich dir nicht.«

»Und doch ist es so. Nirgendwo auf der Welt wirst du solch klare Flüsse finden. Manche Seen reichen mehrere Meter tief, dabei wirkt es, als könntest du knietief darin stehen. Keine Kamera der Welt kann den eigenen Blick ersetzen.«

Während sein Vater von seinen Erlebnissen aus jenen Tagen schilderte, knabberte Raymond aus einer Dose einige

Orangenplätzen, deren Absender die ominöse Tante Beth war. Doch ab und an schlich sein Blick auf die Uhr über dem Türrahmen.

Heute Nacht fielen Raymond die Sprünge in seinem Traum auf dem Weg zur städtischen Bibliothek leicht – vielleicht auch zu leicht. Aus unerfindlichen Gründen rauschte er förmlich über den Asphalt hinweg, als habe er durch den Kampf mit dem Fliegenfänger einen Geschwindigkeitsboost erhalten. Den galt es noch zu kontrollieren. Bei einem Sprung verfehlte er sein Ziel, schoss weit darüber hinaus und landete im Gewässer unter der Lunéville Bridge. Den Hang erklomm er relativ zügig, doch ihm wurde mulmig bei dem Gedanken, hätte er sich nicht in seinem Traum befunden. Die Gesetze der Physik wirkten sich auf seinen feinstofflichen Körper unterschiedlich aus. Oder sein Körper reagierte auf seine Umwelt anders. In einer anderen Situation wäre er nicht ohne ein gebrochenes Genick aus der Nummer herausgekommen.

Nach diesem Schrecken beschränkte sich Raymond darauf, die tollkühnen Manöver zu unterlassen. Er schritt vorbei an der presbyterianischen Kirche mit den merkwürdigen Bibelversen, die draußen am Eingang hingen, und begab sich ins Stadtzentrum. Die kalkweißen Stufen zur städtischen Bibliothek hinauf, einem Gebäude im klassischen griechischen Stil, mit vielen massiven Säulen und einem ausladenden Vordach an der Front.

Von seinem Standpunkt aus konnte Raymond die gläserne Kuppel auf dem Dach ausmachen, die zu den Öffnungszeiten hell erleuchtet wurde. Wie ein übergroßer Heiligenschein. Kurz vor den Feiertagen hatte man den Betrieb eingestellt und hinter den deckenhohen Fenstern regte sich nichts mehr.

Da Raymond früh zu Bett gegangen war, herrschte noch reichlich Gedränge auf den Straßen. Hinter ihm auf dem Marktplatz schlossen die ersten Stände des Christmas-Village. Das lukrative Geschäft an Heiligabend wollten die Budenbesitzer sich bis zur letzten Stunde nicht entgehen lassen.

Raymond spähte die steilen Stufen hinunter. In der presbyterianischen Kirche brannte Licht und dem Gesang nach zu urteilen, wurde eine Nachtmesse abgehalten. Wahrscheinlich saß dort auch die Familie Denning mit einem griesgrämigen Christopher und stimmte in die Kirchenlieder ein. Auf den letzten Stufen kam Raymond ein Passant entgegen und zum ersten Mal fragte er sich, ob seine Anwesenheit bemerkt wurde. Er streckte seine Finger aus und berührte ihn. Der Mann im Mantel blieb kurz stehen, schauderte und ging ungeachtet seines Weges. Das hatte Raymond bisher nie versucht. Dennoch konnte er deutlich die Körperwärme spüren.

Er richtete seinen Blick wieder auf die städtische Bibliothek, die von ihrem Hügel aus einen erhabenen Eindruck machte. Vor dem Gebäude spähte Raymond durch die Scheiben und bemerkte, wie sein Atem das Glas beschlug. Das fand er eigenartig und auch unheimlich. In einer anderen Situation hätte Raymond sich vor sich selbst gegruselt. Er tastete die Kalksteinfassade ab, in der Annahme, wie ein Gespenst durch Wände gehen zu können. Dem war aber nicht so. Er drückte sich dagegen, doch nichts tat sich. Falls die Gesteinsart einen Unterschied machte, kam er hier jedenfalls nicht weiter. Ratlos spähte er auf die kunstvollen Verzierungen der Eichentür. Er überlegte, wie es ihm sonst gelang, einen Ort zu betreten. Meistens geschah dies intuitiv. Heute schien ihm sein erwachtes Bewusstsein wortwörtlich Steine in den Weg zu legen.

Raymond spähte wieder durch die Scheibe. Im Inneren brach das kühle Mondlicht durch die Kuppel, ließ die Staubpartikel in der Halle tänzeln. Sein Blick huschte ratlos über die schweren Schreibtische, tastete die mit Regalen zugestellten Wände ab, bis er über einem Druckerkasten ein eingeklapptes Fenster fand. Hastiger als nötig stieß Raymond sich ab und umrundete das Gebäude. Die Hinterseite wirkte nicht ansatzweise so spektakulär wie die elegant inszenierte Front. Das Fenster war schnell gefunden. Es befand sich in der Nähe der Müllcontainer. Um besser hinaufklettern zu können, verpasste Raymond einem Container einen Schubs und tatsächlich bewegte er sich. Er kletterte auf den Deckel und fand sich vor einem neuen Problem. Das Fenster war schmal und länglich. Es erinnerte an eine Luke. Raymond dachte an den Timberwolf zurück und den blassen Dunst, den der sterbende Körper absonderte. Er konnte nicht durch Wände gehen, aber sich womöglich wie Rauch durch eine Ritze zwängen. Und genauso gelang es ihm.

Er ließ sich durch den Spalt fallen wie flüssiger Stickstoff und landete schwerelos auf dem Marmorboden. Sobald sich sein feinstofflicher Leib zusammenfügte, kniete er auf allen vieren – sein Glück kaum fassend. Raymond dachte an all die Male zurück, als er umständlich den Zaun des Wildtiergeheges hochkraxelte, dabei stand ihm nur seine eigene Vorstellungskraft im Weg.

Mit einem zufriedenen Grinsen richtete Raymond sich auf. Er durchmaß den Raum, der durch die Ansammlung der eingestaubten Literatur eine besondere Note aufwies. Raymond überraschte sein eigener Geruchsinn. Die mit Leder gebundenen Exemplare konnte er aus der anderen Ecke des Raumes erschnüffeln, ebenso altes Papier, die Druckerschwärze der Kopierstation und die kühle Nachtluft, die durch das Fenster eindrang.

Im Zentrum bewunderte Raymond die Kuppel. Es war nicht das erste Mal, dass er diesen Raum betrat, aber das erste Mal, dass er ihn für sich hatte. Ihm offenbarten sich gerade viele Möglichkeiten. Er brauchte sich gar nicht auf das Petaluma-Anwesen zu beschränken. Wozu falsche Höflichkeit, wenn niemand ihn wahrnahm?

Er wollte mehr wissen. Viel mehr.

Raymond ging zum Karteikasten, öffnete die Schublade mit dem entsprechenden Buchstaben und suchte nach Monroe. Doch es gab viele Autoren mit diesem Nachnamen und er hatte nicht daran gedacht, Herold nach dem Titel zu fragen. Raymond hatte sich nur Monroe gemerkt, was ihn im Nachhinein grämte. Es war umständlich, die einzelnen Werke aus dem Regal zu ziehen und auf das richtige Thema zu prüfen.

Mitten im Saal entstand ein riesiger Bücherstapel, den Raymond zu späterer Stunde einsortieren wollte. Er wusste, dass ein Exemplar über außerkörperliche Erfahrungen in der städtischen Bibliothek existierte. Obwohl auch die Möglichkeit bestand, es könne über die Feiertage verliehen sein.

Bald fand Raymond, was er brauchte. Mit einem Jubelruf nahm er auf dem Tresen im Zentrum des Raumes Platz und blätterte großzügig über die ersten Seiten hinweg, in denen der Autor sich selbst vorstellte. Doch er merkte schnell, wie fatal sein mangelhaftes Vokabular war. Die fachlichen Sätze lasen sich wie ägyptische Hieroglyphen. Mehrmals kam ein »Hä?« und »Was?« über seine Lippen. Er verstand nur Bahnhof. Für diese Lektüre bedurfte es eindeutig einen Doktortitel. Raymond stand auf, um sich ein Wörterlexikon zu suchen, genau wie Herold damals.

Er durchmaß gerade den Raum, als das laute Zufallen einer Tür ihn zusammenzucken ließ. Dem folgte ein Kichern und Tuscheln. Schockstarr hielt Raymond inne, blickte auf seine Finger und fragte sich, wie es aussehen mochte, wenn jemand die Unordnung mitbekam, die in den letzten Stunden entstanden war.

Er nahm die Beine in die Hand, brachte das Lexikon zurück, rannte zum nächsten Bücherstapel und ließ Robert Allen Monroes Werk ebenso in einem Regal verschwinden. Er versuchte sich die Reihe zu merken. Als im Flur des Hintereingangs ein Licht anging, erhaschte Raymond zwei lang gestreckte Schatten auf dem Marmor. Reflexartig drückte er sich gegen ein Bücherregal. Was er sah, war seine Klassenlehrerin Miss Petrova in Begleitung des örtlichen Bibliothekars Mister Andrew. An dem dümmlichen Grinsen der beiden wurde Raymond klar, dass sie sich bei einem Date befanden, das in die nächste heiße Phase ging. Mister Andrew prahlte mit seinem Wissen über Literatur und den Werken der hiesigen Bibliothek, während Miss Petrova lieblich mit den Augen klimperte und an seinen Lippen hing. Sie trug ihr Haar offen. Raymond hatte seine Lehrerin noch nie ohne strengen Dutt erlebt.

Als sie in mädchenhafter Manier den Intellekt ihrer Verabredung umschmeichelte, verzog Raymond angeekelt das Gesicht. Im Klassenraum hätte er Kotzlaute von sich gegeben. Er spähte um die Ecke und sah die beiden Turteltauben eingehakt durch die Reihen schlendern. Mister Andrew dirigierte seine Begleitung zu einem Regal, über dessen Eingang der Bereich für Poesie und Belletristik plakatiert wurde. Dabei hielt er ihr einen Vortrag über die großen Dichter der Welt und zitierte seine Lieblingszeilen von *Pablo Neruda*. Um dem Gehabe die Krone aufzusetzen, wiederholte er die Floskeln in Spanisch.

Ob Mister Andrew Miss Petrova damit imponierte, wusste Raymond nicht. Dazu hätte er Spanisch können müssen. Doch das Paar war abgelenkt. Er nutzte die Gelegenheit, um die verbliebenen Bücher hinter dem Tresen im Rückgabefach zu verstauen. Das kam ihm unauffälliger vor, als einen wackligen Bücherstapel in der Luft zu balancieren. Ein Band nach dem anderen wanderte in die leere Regalreihe. Raymond fragte sich, wie das auf Fremdstehende aussehen mochte. Wenn sein Körper nicht zu sehen war, flogen die Bücher dann wahllos durch die Luft? Die Antwort folgte, als Miss Petrova einen spitzen Schrei von sich gab und ihr Verehrer einen Satz zurückmachte.

»Was ist?«

»Da!«

»Wo?«

»Na da! Sieh doch!«

Die letzten drei Bücher nahm Raymond auf einmal mit, was wohl zu auffällig wurde. Er blieb wie angewurzelt stehen. Mister Andrews Pupillen suchten den Raum nach dem Ursprung des Tumults ab, während Miss Petrova mit zittrigem Finger in Raymonds Richtung deutete. Ihre Stimme wurde höher - eine Hundepfeife käme nicht dagegen an - und was an Lauten aus ihrem Mund drang, glich einem erstickten »Didididi« in siebenfachen Oktaven. Es sollte wohl *die* Bücher heißen. Da hing Mister Andrews Blick auch auf dem Stapel, der wenige Zentimeter über dem Tresen schwebte. Seine Augen weiteten sich und Raymond begriff, dass das Kind in den Brunnen gefallen war.

»Scheiß drauf.« Er ließ die Bücher aus seinen Händen gleiten und rannte zum Fenster, die verursachte Panik hinter seinem Rücken ignorierend. Auf seinem Weg hinaus stieß er einen Papierkorb beim Fotokopierer um, was Miss Petrova ein spitzes Kreischen entlockte. Raymonds kopflose Eile zwang ihn schnell durch den Fensterspalt. Er kam auf der anderen Seite auf, spürte den kühlen Rasen in seinem Rücken und rollte sich wieder auf die Beine. Hinter der Fensterscheibe lebte inzwischen Licht auf. Mister Andrew schien den umgestürzten Papierkorb zu untersuchen, in der Hoffnung, eine plausible Erklärung zu finden, während Miss Petrova kreischte: »Hier sind Geister am Werk! Wir brauchen einen Pfarrer! Renn zur Kirche hinunter!«

Er konnte Mister Andrew noch stottern hören, verstand aber nicht die Antwort. Mehr aus Reflex machte sich Raymond in geduckter Haltung vom Staub. Sobald er das Gebäude umrundete, erstrahlte die Kuppel von neuem. Raymond hechtete zu den Stufen, die er in einem solchen Satz überwand, wie es ihm noch nie gelungen war.

Einmal, zweimal, dreimal. Schon meisterte er fünfzig Stufen in drei Sprüngen, rauschte an den trällernden Sternensängern vorbei, um die Fußgängerampel in ihrer Grünphase zu erwischen.

Im Christmas-Village wunderte sich glücklicherweise niemand über das Treiben oben in der städtischen Bibliothek. Dutzende gackernde Grüppchen bummelten mit Glühwein in den Händen durch die künstlichen Gassen, während Raymond daheim noch immer sein Herz laut gegen den Brustkorb hämmern hörte. Miss Petrovas schrilles Kreischen hallte in seinen Ohren nach, die ihm viel empfindlicher vorkamen als üblich. Raymond versuchte sich einzureden, dass niemand ihn sehen konnte. Dennoch stieß er im Menschengewirr gegen einige Passanten, die sich abrupt zu ihm umwandten, auf der Suche nach einer Erklärung. Zwei Betrunkene brachen seinetwegen im Streit aus.

Dann, inmitten des dichten Gedränges, rannte er gegen eine Gestalt seiner Größe. Ein Wesen verschwommen und unwirklich, mit zwei tiefblauen Strudeln als Augen. Zwischen all der Beleuchtung war es kaum auszumachen. Es streckte eine Hand aus, die so surreal wirkte wie der feine Qualm eines Räucherstäbchens.

»Ruhig, Junge! Brav!«

Doch Raymond dachte bei der trügerischen Gestalt an den Fliegenfänger. Er taumelte rückwärts, hörte sein eigenes Jaulen und stolperte in schnellen, ausladenden Schritten durch die Menschenmassen davon. Die altertümlichen Mauerwerke der Innenstadt rauschten an ihm vorbei. Raymond wusste gar nicht, woher er die Ausdauer für diesen rasenden Kraftakt nahm. Er schoss um die Ecke an der katholischen Kirche vorbei, in der eine andere Messe gerade endete und die heimkehrenden Besucher ihm den Gehweg versperrten. Ohne Rücksicht auf Verluste schob sich Raymond durch die Gruppe. Dabei haute es einen Messdiener von den Füßen. Er landete rücklings auf dem Bordstein, während sich mehrere Helfer fanden, um ihn hochzuziehen. Raymond sauste inzwischen zur Brücke, in das alte Arbeiterviertel, weiter Richtung Buckhill Road.

Hinter ihm legte sich der Pulverschnee wie eine Wolke über die Straße. Vor dem Petaluma-Anwesen versuchte Raymond die Geschwindigkeit zu drosseln. Jedoch rauschte er gegen die Eingangstür, die durch die Wucht geräuschvoll aufsprang und seinen Vater erschrocken aus dem Sessel in der Wohnstube hob. Er hielt einen Mitternachtssnack in der einen und eine dampfende Tasse Tee in der anderen Hand. Raymond hätte schwören können, dass sein Vater seinetwegen große Augen machte. Aber anstatt sich darum zu scheren, polterte er die Treppe hinauf und in seinen Körper zurück. Denn was hätte sein Vater schon anderes sehen können, außer einem Schneegestöber im Flur.

EXKURSIONSSEELE

Nach seiner überstürzten Flucht aus der Innenstadt verbrachte Raymond die restlichen Stunden bis zum Sonnenaufgang im Zimmer - stets mit wachsamen Augen und den Geräuschen vor seinem Fenster lauschend. Es war ein Weihnachtsabend wie aus dem Bilderbuch. Dicke Schneeflocken tanzten vor dem Fenster, die er unter seiner wärmenden Daunendecke gut aushalten konnte.

Dennoch sprang Raymond bei jedem Laut auf, um argwöhnisch durch die Scheibe zu spähen, auf der Suche nach einer blassen Gestalt, deren Augen wie reißende Strudel wirkten. Wohlwissend das ihm im Wachzustand nichts passieren konnte. Die Erkenntnis, erneut ein solches Geschöpf inmitten ihres beschaulichen Örtchens vorgefunden zu haben - zwischen all den nichts ahnenden Bewohnern - war für Raymond ein Schock. Er hatte den Fliegenfänger getötet und doch tauchte ein neues, wenn auch kleineres Exemplar davon in ihrem schönen Copperdeer auf. Dabei nahm Raymond an, es handle sich um eine unterbewusste Angst aus seinem Traum. Er redete sich ein, das Geschöpf stehe für eine andere Furcht. Vielleicht für Millers diebische Finger, tiefe Gewässer oder Clowns – die mochte er am allerwenigsten. Aber eigentlich freundete Raymond sich gerade mit der Theorie des Blauhähers an, was alles umso verstörender machte.

Bestand die luzide Ebene überall aus gefräßigen Fliegen-fängern? Wenn ja, hätte ihm das nicht viel früher auffallen müssen?

Das Geschöpf vom Markt kam Raymond nicht besonders angriffslustig vor. Beinahe menschlich. Trotzdem war ihm das nicht geheuer. Er überlegte bereits, sein Versprechen zu brechen. Den Blauhäher im National Forest aufzusu-chen, um ihn darum zu bitten, auch diesen Fliegenfänger zu erledigen. Gemeinsam hatten sie sich gut geschlagen, wie Raymond fand.

Also bemühte er sich einzuschlafen. Er war in einem un-ruhigen Dämmerzustand angekommen, als das Knarzen seiner Zimmertür ihn die Augen aufreißen ließ. Eine Hand legte sich auf seinen Haarschopf, wohlbekannt und warm. Raymond tat einen erleichterten Atemzug.

»Gut, du bist wach.«

»Ich muss aber noch nicht aufstehen. Wir haben Weih-nachten.«

»Trotzdem komm mit! Wir müssen reden.«

Eigentlich wollte Raymond nicht. Er war müde und wäre es nicht nobler, zum National Forest zu eilen, um sich einen Mitstreiter gegen den Fliegenfänger zu holen? Das konnte er seinem Vater gegenüber aber nicht als Ar-gument vorbringen. Lustlos stemmte sich Raymond aus den Kissen und folgte der Bitte. Im Flur fühlte er einen kühlen Luftstrom. Sein mit Bettwärme angereicherter Körper schauderte. Aus dem Badezimmer erhellte ein schräger Lichtstrahl die Dielen. Es klapperte, als würde jemand an der Waschmaschine hantieren. Raymond blieb zurück, spähte neugierig hinein, doch der Raum war leer. Die einzige Bewegung dort kam von der rotierenden Wä-schetrommel.

»Komm!«, bat sein Vater.

Raymond gehorchte, hatte aber den Eindruck, er sei zu-vor von ihm beobachtet worden. Er wurde ins Erdgeschoss dirigiert, wo die Morgensonne noch nicht das Küchenfens-ter erreichte.

Raymonds Blick fiel auf ein Sammelsurium an Zutaten, die ungeordnet auf dem Tisch lagen und darauf warteten, zum heutigen Frühstück verarbeitet zu werden. Er sah Mehl, Milch, Eier, Vanillezucker, Sirup und war froh, dass sein Vater offenbar vorhatte, seine Kinder an diesem Weihnachtsmorgen mit Pancakes zu verwöhnen. Er hatte befürchtet, es gäbe Erbseneintopf aus der Dose.

Mit einer Handbewegung bat ihn sein Vater Platz zu nehmen und reichte ihm eine warme Tasse frisch zubereiteten Kakao. Raymond trank die ersten Züge, fühlte die köstliche Flüssigkeit warm seine Kehle hinabgleiten, stellte jedoch fest, dass sein Vater mit sich haderte. Sein Blick war auf ihn gerichtet und er suchte eindeutig nach einer Möglichkeit, ein verfängliches Thema anzusprechen. Von oberhalb vernahm Raymond noch immer Geräusche. Er hob die Brauen und fragte: »Ist dort oben jemand?«

»Darüber reden wir noch«, entschied sein Vater. Raymond wollte einen Schluck nehmen, als ihm ohne Umschweife die Frage gestellt wurde: »Wie war dein nächtlicher Ausflug?«

Zunächst blickte er starr über den Tassenrand. »Bin ich schlafgewandelt?«, fragte Raymond. Die Befürchtung nagte noch immer an ihm.

»Wir wissen beide, dass es nicht so ist.« Sein Vater lächelte wissend, als habe er ihn bei einer Lüge ertappt.

Raymond ging durch den Sinn, was der Blauhäher ihm erzählte. Der Gedanke war so groß, dass er ihn kaum zu denken vermochte.

»Du hast mich also gesehen?«

»Auf allen vieren. Wie ein waschechter Wolfsjunge.«

Das war Raymond nicht aufgefallen und dass sein Vater gerade diese Formulierung wählte, ließ ihn angesichts der Vorkommnisse in den Bergen stutzig werden. Er dachte an sein Weihnachtsgeschenk und die vielen Knitter im Kapitel über die Wölfe Kanadas. Etwas unschlüssig senkte er die Tasse. Irgendwie bekam er den Eindruck, als würde der sprichwörtliche Elefant im Raum stehen, jedoch niemand den ersten Schritt wagen.

»Ich hatte die letzten Monate seltsame Träume«, gestand er zögernd. »Über einen Wolf in den Wäldern des National Forest.«

Sein Vater hob die Brauen. »Warum ausgerechnet dort?«

»Meine Klasse hat einen Ausflug dorthin gemacht. Und dabei ist mir dieser Timberwolf aufgefallen. Washington hieß er. Von dem habe ich jede Nacht geträumt.«

Er vermied die Formulierung: *Als wolle er mich rufen.* Es klang zu eigenartig.

Vaters Blick schweifte nachdenklich in die Ferne. Er nickte und fragte: »Hat dich ein Echo in den Schlaf begleitet?«

»Dann weißt du tatsächlich etwas darüber!«, raunzte Raymond ihn vorwurfsvoll an. Voller Entrüstung darüber, dass ihm ein solches Geheimnis verschwiegen wurde, stellte er seine Tasse unsanft ab. Das Scheppern hallte in der Küche.

»Solche Stimmen liegen in unserer Familie.«

»Menschen, die Stimmen hören, geht man normalerweise aus dem Weg«, gab Raymond skeptisch von sich.

»Es sind nicht *solche* Stimmen.« Sein Vater schmunzelte.

Dass er in dieser Situation amüsiert mit den Augen rollte, gab Raymond wenigstens das Gefühl, sich nicht um seine geistige Verfassung sorgen zu müssen.

»In unseren Kreisen wird es als *Echo der Wildnis* bezeichnet. Ich tue mich allerdings schwer mit diesem Begriff. Es wäre auch gelogen zu behaupten, dass es etwas Alltägliches ist. Prozentual betrachtet gibt es nur wenige Menschen auf der Welt, die Echos hören. Genaugenommen sind wir in jeglicher Hinsicht eine Minderheit. Leg mich nicht auf eine Zahl fest. Eine Volkszählung wirst du nicht finden.«

»Weil es eine Wahnvorstellung ist? Das Echo? Die nächtlichen Träume?«

»Du bist nicht verrückt, Raymond. Sei unbesorgt. Wir bleiben nur gerne im Verborgenen. Die Vergangenheit hat gezeigt, dass es besser für uns ist.«

Sein Vater sprach so entschieden, dass Raymond sich nach kurzem Hadern zurücklehnte und fragte, was er dann sei. »Ist es menschlich, so intensiv zu träumen?«

Ein Kopfschütteln war die Antwort. Da wurde ihm etwas versichert, was er so ähnlich schon einmal gehört hatte.

»Wir können nicht träumen. Jedenfalls nicht wie andere Menschen. Ich kann dir nicht sagen, wie sich ein echter Traum anfühlt.«

»Was tue ich dann jede Nacht? Eine Art ...« Er versuchte sich an Herolds Schilderung zu erinnern. »Außerkörperliche Erfahrung?«

»Das reicht viel tiefer.«

Mit einem schweren Seufzen hob sein Vater sich aus dem Stuhl. Erst jetzt bemerkte Raymond, dass auf dem Herd eine Kanne köchelte. Daneben standen zwei Tassen, die sein Vater mit dem Wasser befüllte. Das Geschirr auf den Untertassen balancierend kam er zurück und platzierte eine vor sich. Die andere in einer Ecke, außerhalb von Raymonds Reichweite. In seiner Tasse schwamm ein Teebeutel. In der anderen nichts. Sein Vater schnippte darüber, als würde er etwas hinzufügen, was Raymond selbst nicht sah.

»Ehrlich gesagt bist du mit deinen Ausflügen zu früh dran. Normalerweise beginnen die Streifzüge etwas später. In der heißen Phase der Pubertät, wenn die Findungsphase richtig im Gange ist. Ich hatte gehofft, es wäre erst nächstes Jahr so weit. Du scheinst dir deines Charakters aber sicherer zu sein als andere Jungen deines Alters.«

»Was hat das mit dem Wolf zu tun?«

»Es ist eine Art Symbiose. Charakteristische Eigenschaften, die identisch sind, als hätte man einen seelischen Zwilling vor sich. Wie eine Mischung, die sich bis zum winzigsten Gramm Mehl gleicht. Dein Wolf lag im Sterben, wollte aber noch nicht. Und seine Lösung war, sich an eine ähnliche Seele zu heften. Alles andere hätte ihn abgestoßen.«

»Sprechen wir von Besessenheit?«

»Nein! Um Himmelswillen!« Sein Vater lachte. »Du hast einfach einen Untermieter auf Lebenszeit. In antiken Stämmen hätte man es ein Seelentier genannt. Womöglich sogar einen Geistführer. Du hast Glück, Raymond. Einige Menschen bräuchten zwei Leben, um sich so gut zu kennen. Du befindest dich immerhin noch im Wachstum. Das muss aber nichts Schlechtes sein. Nichtsdestotrotz möchte ich nicht, dass du dich allein in den Bergen herumtreibst. Das hätte nicht passieren dürfen.«

Raymond schaute auf die dampfende Tasse in der anderen Ecke und fragte: »Warum ist das so schlimm?«

»Weil es nicht ungefährlich ist. Dort, wo du dich herumtreibst – auf dieser *anderen* Ebene - kann es Dinge geben, denen du allein schutzlos ausgeliefert bist. Es ist wichtig, sich wehren zu können. Glücklicherweise hast du dafür nun einen Begleiter. Nutze den Timberwolf im Zweifelsfall. Er schützt dich.«

Raymond überlegte, ob er vom Fliegenfänger erzählen sollte. Er ließ es bleiben. Frei nach dem Motto: Was der Vater nicht weiß, macht ihn nicht heiß. Er starrte stirnrunzelnd auf die überflüssige Tasse.

»Für wen ist die?«

Ein Geräusch aus dem Eingangsbereich lenkte ihn ab. Er beugte sich vor, meinte Hana die Stufen hinabkommen zu hören. Das Holz knarzte, doch ein Blick durch den Türbogen belehrte ihn eines Besseren. Der Eingangsbereich war leer und sein Vater beobachtete ihn wieder. Stirnrunzelnd. Abwartend.

»Kommt dir das Haus in letzter Zeit auch seltsam vor?«, fragte Raymond. Ohne fremde Einwirkung schob sich der Stuhl neben ihnen lautstark zurück. Er sprang auf. »Heilige Scheiße!«

Das Polster der Sitzfläche bog sich unter einem körperlosen Gewicht. Und schon erwiderte eine feminine Stimme, dass Raymonds drittes Auge zu wünschen übrig ließ.

Zunächst blinzelte er schockstarr. Dann fiel er ruckartig auf die Knie, um unter der Tischplatte nach einer Erklärung zu suchen. Eine Tonbandaufnahme, womöglich eines dieser überteuerten Mobiltelefone, mit denen neuerdings Geschäftsmänner durch die Straßen eilten.

»Du wirst nichts finden.«, versicherte ihm sein Vater.

»Jemand ist mit uns im Raum und sitzt auf diesem Stuhl. Ich kann sie sehen. Du offensichtlich noch nicht.«

Argwöhnisch tauchte Raymond unter der Tischkante auf, um zu beobachten, wie sich die Tasse auf dem Untertellerchen drehte. Als würde jemand die Position wechseln, um besser an den Griff zu gelangen. Unter Raymonds geweiteten Blick hob sich das Porzellan, während sein Atem stillhielt. Er beobachtete zarte Wellen auf der Wasseroberfläche, als würde jemand dagegen pusten. Dann hörte er einen Schluck.

»Ah! Soulfood.«

»Bist du Hanas weiße Dame?«

»Der Titel schmeichelt mir zwar, aber ich bin deine Tante Beth.« Die Tasse leerte sich in winzige Zügen.

Raymond neigte sich vor und sah die Flüssigkeit ins Nichts verschwinden. Dicht neben seinem Gesicht folgte ein Räuspern. »Schätzchen, deine Nase schwimmt fast in meiner Tasse. Es wäre nett, wenn du mir etwas Freiraum gönnst.«

Entschuldigend hob Raymond beide Hände und nahm Platz, schaute dabei hilflos zu seinem Vater. Der rührte allerdings grübelnd in seinem Tee, als sei diese Situation für ihn nicht ungewöhnlich.

Tante Beth also. Da war eine wage Erinnerung aus frühkindlichen Tagen. Seine Tante mit den walnussfarbenen Locken und dem ebenso dunklen Blick. Eine Frau mit Grübchen und markanten Brauen, deren Gesicht ihm deshalb bekannt war, weil ihr Foto eingerahmt neben alten Kinderbildern in der Wohnstube stand. Raymond besaß so viele Fragen, doch sie überschlugen sich in seinem Kopf.

»Bist du ein Art Geist?«

»Oh, diese Frage musste kommen.« Die Tasse stellte sich von selbst ab. Sein Vater tauschte mit der unsichtbaren Tante Blicke aus, die Raymond nicht deuten konnte, weil ihm dieses sogenannte dritte Auge fehlte. Stattdessen erläuterte die Stimme: »Ich bin wie du.«

Raymond überlegte. Er dachte an den Passanten im Stadtzentrum, den er berührte und die beiden Betrunkenen, die sich seinetwegen im Christmas-Village prügelten.

»Also schläfst du gerade?«

»Daheim in meinem Bett. Neben deinem Onkel Floyd.«

»Du bist auch diejenige, die jeden Abend das Haus in Schuss hält?«

»Ich versuche es. Wenn nicht gerade jemand mitten in der Nacht den Wunsch verspürt, mir einen Baseballschläger über die Rübe zu hauen.« Raymond zog die Luft ein, während Beth erklärte, er habe ihr den größeren Schrecken eingejagt. »Mir wäre beinahe der Teller aus der Hand gefallen.«

Sie klang nicht wütend, eher amüsiert. Daher lächelte Raymond verlegen, während sein Vater sich zu Wort meldete.

»Erinnerst du dich an unser Gespräch nach unserem Streit? Als die Stelle für Salem frei wurde? Ich hatte dir versprochen, eine Lösung zu finden. Das ist sie. Beth hält abends die Stellung, während ich bei den Nachtschichten bin. So musste ich mir keine Sorgen machen, weil ihr zu lange allein wart und ein Umzug blieb uns erspart.«

»Okay, aber ich verstehe noch nicht, was *genau* von ihr hier ist. Wovon sprechen wir?«

»Schätzchen, du bist eine Freiseele«, erläuterte seine Tante geradeheraus. »Genaugenommen ist das sogar nur der Überbegriff. Viel treffender ist die Bezeichnung *Exkursionsseele*. Ein Name, der bereits aus dem alten Rom stammt und eine Seele beschreibt, die während einer Trance, Ohnmacht oder auch im Schlaf ihren Körper verlässt und auf Wanderung geht. Das hat nichts mit Geistern gemein. Die existieren nicht. Jedenfalls nicht in der Form, wie die Allgemeinheit glaubt.«

Raymond nickte, allerdings aus einem nervösen Tick heraus. Aktuell war das für ihn harte Kost. Sein Blick schweifte zu seinem Vater, in der Hoffnung, er würde Witze machen. Dann drehte er sich um und durchsuchte den Raum mit huschenden Pupillen.

»Was suchst du?«, wollte sein Vater wissen.

»Die versteckte Kamera. Du verschaukelst mich.«

»Ich weiß. Es ist schwierig, Raymond. Gerade zu Anfang. Ich wollte dir eher Bescheid sagen, aber das ist nichts, was man einfach so zwischen Tür und Angel erklären kann. Man muss den geeigneten Moment abpassen. Besonders Kinder sollte man so lange wie möglich von dem Thema fernhalten. Sie quatschen leichtsinnig und ehe du dich versiehst, steht die neugierige Nachbarschaft vor deiner Tür.«

»Ist das schlimm?«

»Wir wollen das nicht«, kam es unisono. Dabei bemerkte Raymond eine Ähnlichkeit in der Tonlage. Hier lag eindeutig eine Verwandtschaft vor, während Beth hinzufügte: »Es hat in der Vergangenheit schwierige Jahre gegeben, die unsere Art beinahe ausgerottet hat.«

»Schwierige Jahre?«, wiederholte Raymond. Er schaute verwirrt auf seinen Vater, der ihm einen wissenden Blick zu warf. Beinahe so, als müsste er von selbst darauf kommen.

»Überleg doch, mein Junge. Erinnere dich an die Geschichten aus der *Hexenstadt* in Massachusetts«

So nannte man das andere Salem in ihrer Region. Wegen der bewegten Vergangenheit der Hexenverbrennung fühlten sich viele Bewohner angegriffen, wenn man die gleichnamige Großstadt in ihrem Bundesstaat mit der *Hexenstadt* verwechselte. Da ging Raymond mit einem »Scheiße, nein!« ein Licht auf.

Sein Vater nickte.

Und Beth erklärte mit einem Klang, als würden ihre Fingernägel gegen die Tischplatte trommeln: »Es kann einfach böse enden. Gerade weil wir nichts dafürkönnen. Unsere Seelen sind nicht fest mit dem Körper verwoben wie bei herkömmlichen Menschen. Sie sind flexibel, leichter, mit einem größeren Freiheitsdrang. Einem tieferen Verständnis der Natur um uns herum. Du wirst schon selbst bemerkt haben, dass sie auf der luziden Ebene etwas wundersam wirkt. Ein toter Baum trägt dort Früchte. Ein Setzling ist bereits ein riesiger Stamm. Unser anderes Dasein – nenn es von mir aus unsere Seele – besteht aus Feinstoff, der auf der luziden Ebene sprießt und gedeiht. Unser Feinstoff sitzt locker. Das ist angeboren. Nicht zwangsläufig böse. So wie ...«

»Manche Menschen mit der Zunge rollen?«, erinnerte sich Raymond an den Satz.

Beth stimmte zu. Und tatsächlich hätten bei den Verbrennungen einige ihr Fett nicht umsonst abbekommen. Ihres Wissens gab es tatsächlich zwei Familien, die diesen Umstand böswillig genutzt hatten. Jedoch sei das ein winziger Anteil im Vergleich zu der von Massenhysterie erzeugten Opferschar. Das musste Raymond erst mal verdauen.

»Es gibt weitere Sippen. Doch wir sind wenige. Eine Anzahl, die kaum der Rede wert ist«, erklärte sein Vater. »Wir bleiben unter uns. Meistens meiden wir die anderen Familien. Selbstverständlich kennt sich die eine oder andere besser, doch eine richtige Zusammenkunft fand nie statt. Ich wüsste nicht einmal, unter welchem Namen etwas Derartiges stattfinden sollte.«

Raymond stellte sich ein leeres Zelt vor, in dem nachts die Teller umherschwebten und mit Bierkrügen angestoßen wurde, während Tausende unsichtbarer Füße zum Square Dance steppten. Nein, dafür fand auch er keinen Namen.

»Als Isabelle starb, blieb mir nichts anderes übrig, als Beth um Hilfe zu bitten. Sie war schon immer meine Lieblingsschwester.«

»Ach, alter Charmeur.«

»Du weißt, es ist wahr. Ich bin dir dankbar.« Er legte die offene Handfläche auf den Tisch, wie als Aufforderung, Beth möge ihre dazulegen. Offenbar tat sie es. Denn er tätschelte mit der anderen Hand über die Stelle.

Und an Raymond gewandt erklärte sein Vater: »Zuvor war es Isabelle, die gelegentlich ein Auge auf dich hatte. Zumindest abends, wenn ich auf dem Bau gearbeitet habe. Sie ist dabei sehr diskret vorgegangen, um dich in jungen Jahren nicht zu verunsichern oder gar für unnötige Schauergeschichten um deine Person zu sorgen.«

Raymond klappte der Mund auf.

»Hanas Mutter war hier?«

»Wir haben uns abgewechselt. Ich ging Hana besuchen, Isabelle kam hier her, um dich besser kennenzulernen. Die Entfernung zwischen uns war im Schlaf leichter zu bewältigen.«

Raymond hatte nie gefragt, wo Isabelle wohnte. Nun, als ihm die Frage in den Sinn kam, antwortete sein Vater, sie habe in Santa Barbara gelebt.

»Ich habe Isabelle kennengelernt, als sie vor sieben Jahren hier in Copperdeer mit befreundeten Kommilitonen aus der Stanford Universität Urlaub machte. Oben auf dem Weingut der Martinet. Sie kam jedes Jahr zwischen den Semesterferien. Wir verbrachten gemeinsame Nächte, bis Hana sich auf einmal ankündigte.«

Seine Stimmung änderte sich wie seine Mimik. Mit einem bitteren Zug um den Mundwinkeln erklärte sein Vater: »Danach drehte Isabelles Sippe ihr den Geldhahn zu und sie konnte sich keine Besuche nach Copperdeer leisten. Sie wollte auch nicht mehr kommen. Aber das ist eine andere Geschichte. Wir schweifen ab.«

Er verwarf den Gedanken mit einer Handbewegung, während Raymond versuchte, sich zu erinnern, wie viele Autostunden Santa Barbara entfernt lag. Bei gutem Verkehr und ohne Zwischenstopps waren es vierzehn Stunden, sofern man sich auf dem Weg dorthin nicht verfuhr.

»Uff«, schnaufte Raymond.

Ihm wurde gerade das ganze Ausmaß klar. Er lehnte den Kopf in den Nacken, verschränkte die Arme und starrte an die Decke. Es lag tatsächlich nie an ihm, dass er Isabelle nicht persönlich kennenlernen konnte, sondern schlicht an der Entfernung. Ihm wurde bewusst, dass sein Vater geplant hatte, sie einander vorzustellen, wenn Raymond in der heutigen Phase angekommen war. Was durch Isabelles plötzlichen Tod zunichtegemacht wurde. Das war bitter.

Im gleichen Zug begriff er, welche immensen Strecken sich als *Exkursionsseele* bewältigen ließen. Dadurch offenbarten sich ihm vollkommen neue Möglichkeiten. Die bloße Vorstellung brachte seine Füße zum Kribbeln. Er hätte die Unterhaltung an dieser Stelle gerne abgebrochen, um nach draußen zu gehen und seine Grenzen zu testen. Wohin mochte ihn seine Seele tragen – bis zum Big Apple? Über den Atlantischen Ozean nach Europa. Er wollt schon immer das Kolosseum sehen. Inmitten dieser Gedankengänge war Raymond sehr schweigsam geworden. Lediglich das Ticken der Wanduhr hallte in der Küche.

»Und was geht dir jetzt durch den Kopf?«, holte sein Vater ihn aus seinen Überlegungen.

»Dass das Frühstück viel zu gut war, um von dir zu sein.«

Neben Raymond ertönte ein heftiges Prusten, dann vibrierten die Tassen. Beth schien gegen den Tisch zu hauen. Ihr helles Lachen echote durch das Haus. Raymond schmunzelte, er mochte seine Tante.

DAS LETZTE ECHO

Später erfuhr Raymond, dass bei der letzten Prügelei mit Ed Brady sein Vater die Finger im Spiel hatte. Der Vorteil an den Nachtschichten sei, dass – wenn er sich nach der Arbeit ins Bett legte – sein Vater nicht nur das Haus für sich allein besaß, sondern auch wenn die Langeweile ihn übermannte, als Exkursionsseele seinen beiden Kindern über die Schultern schauen konnte. So stieß er gerade dazu, um zu beobachten, wie Raymond arglos vor Stanleys Schreibwarenladen stand, bis die beiden Rüpel um die Ecke bogen.

»Hast du Ed die kaputte Nase verpasst?«

»Ich habe ihn bloß von dir weggezerrt. Wenn der Bengel sich dabei etwas aufschlägt, geht das nicht auf meine Kappe. Allerdings«, fügte sein Vater verlegen hinzu, »war ich selbst über den Schaden überrascht. Es dauerte nicht lange, bis mich Stanleys Anruf danach geweckt hat.«

Die folgende Stunde verbrachte Tante Beth damit, das Frühstück vorzubereiten, während sein Vater ihn über die Umstände ihrer Familie aufklärte. Zumindest versuchte er es, denn manche Vokabeln, mit denen er um sich warf, waren Raymond zu wissenschaftlich und hätten ebenso gut aus dem Werk von Monroe stammen können. Zudem lenkte ihn Tante Beths immaterielle Anwesenheit ab, auch wenn er hätte meinen können, dass eine unsichtbare Frau weniger Aufmerksamkeit auf sich zog.

Zwischen fliegenden Schüsseln und rührenden Schneebesen erfuhr Raymond, dass die Walkers ihren eigentlichen Sitz in Montana besaßen. Auf seine wiederkehrende Frage, weshalb die Familie sich auseinandergelebt habe, entgegnete Beth etwas provokativ: »Ja, Danny! Erklär dem Jungen, wie du den alten Drachen zur Weißglut getrieben hast.«

Sein Vater gab einen zischenden Laut von sich und ermahnte seine Schwester, sie solle nicht einen Streit vom Zaun brechen. »Zwischen uns hat es so schön angefangen und ich will meine lobenden Worte nicht bereuen.«

»Ist ja gut! Reiß mir nicht den Kopf ab«, antwortete Beth genervt und schwenkte die Pfanne. »Ich muss ohnehin aufbrechen. Der *kleine Krümel* oben im Zimmer ist etwas aufmerksamer als dein Sohn.«

»Wie meinst du das?«, wollte Raymond wissen.

»Deine Schwester hat ein vortreffliches drittes Auge. Etwas zu gut für meinen Geschmack. Das ist wirklich heikel, weil ich aufpassen muss, nicht in ihr Sichtfeld zu geraten«, meinte Beth. Wieder vollführte die Pfanne vor Raymonds Augen einen Schlenker. »Die ersten Wochen habe ich mich leichtsinnig angestellt. Ich dachte wirklich, Hana würde meine Seele nicht wahrnehmen. Diese Fähigkeit kommt erst in deinem Alter und wird in unseren Kreisen, dass dritte Auge genannt. Das Erkennen von anderen Präsenzen im Wachzustand. Nun, Hana hat mich gesehen und Angst bekommen.«

»Und was ist mit mir?«

»Das weiß ich nicht. Solche Fortschritte sind von Kind zu Kind unterschiedlich. Manche können früher laufen. Andere früher sprechen. Ich habe drei hyperaktive Söhne mit Freiseelen daheim und jeder von ihnen entwickelt sich anders.«

»Ah.« Raymond stellte sich den Alltag in Tante Beths Haushalt vor. Wenn sein Vater sich schon zierte, ihn über die Umstände aufzuklären, wie mochte es dann seinen Vettern ergangen sein? Tollten sie nachts in den Wäldern von Montana, auf der Suche nach ihrem Leittier? Inmitten dieses

Gedankens wandte sich Raymond an seinen Vater: »Besitzt du auch ein Seelentier?«

Sein Vater nickte. Mit einem milden Lächeln und auch etwas Stolz erklärte er: »Seit zwanzig Jahren habe ich einen Rocky Mountain Wolf an meiner Seite. Er ist etwas wortkarg, doch das mag ich.«

Das klang ganz nach ihm. Es erklärte auch die Knicke im Kapitel von Raymonds Buch. Irgendwann musste sein Vater sich ebenso lebhaft mit der Thematik eines Geistführers auseinandergesetzt haben. Womöglich in Raymonds Alter?

»Wölfe als Seelentiere sind ein wiederkehrendes Phänomen bei uns Walkermännern.« Erklärte sein Vater. »Beth dagegen ist ein Rotfuchs. Das hat sie von Mutter. Es passt auch hervorragend zu ihr, sie kann ein gewieftes Biest sein.«

Die herrenlose Pfanne hielt in der Luft inne. Nachdem der Pancake in einer schnellen Rotation auf dem Teller landete, drohte Beth seinem Vater, ihm das Teflon über die Rübe zu ziehen. »Lass du meine Worte auch nicht bereuen, Danny!«

Sein Vater hob entschuldigend die Hände und raunte Raymond zu, Beth könne manchmal eine Zicke sein. Kurz darauf klatschte ein Pancake in sein Gesicht.

»Ich habe verdammt gute Ohren«, erklärte sie. »Das ist übrigens auch ein Vorteil von Seelentieren. Viele von uns besitzen dadurch schärfere Sinne, die eher intuitiv als organisch funktionierten. Wie ein Impuls aus dem Hinterkopf. Eine kleine Stimme, die einem ihre eigenen Eindrücke zuraunt. Dein Vater gehört beispielsweise unter die Dusche. Du stinkst, Danny!«

Damit war ihre Retourkutsche ausgesprochen. Er hob sich murrend. Doch Raymond hielt seinen Vater zurück.

»Eine Frage noch! Du meintest, es könnte dort draußen gefährlich sein. Wovon hast du gesprochen?«

»Kann das nach meiner Dusche warten?«

Raymond überging die Bitte.

»Ich habe gestern eine seltsame Gestalt im Christmas-Village gesehen.«

»Wie meinst du das?« Die Dusche war vergessen. Sein Vater setzte sich und legte den Kopf schief, schaute ihn skeptisch an. Raymond beschrieb die Größe, das Aussehen und die seltsamen Augen jenes Wesens aus dem Stadtzentrum.

»In etwa so groß, in etwa so breit.« Seine Arme hoben und senkten sich. Die Antwort auf seine Beschreibung überraschte ihn.

»Klingt nach einem Kind. Da macht wohl noch jemand im Ort sein Debüt.« Doch sein Vater brummte auf Beths Vermutung. Er wirkte nicht überzeugt von ihrer These. Was Raymond zu der Frage verleitete, woher seine Tante diese Gewissheit nahm.

»Kinderseelen sind anfangs schwammig und dunstig. Dazu noch unfähig, ihrem Feinstoff eine feste Form zu verleihen. Außerdem verlassen sie selten das Haus, denn ähnlich wie bei Kleinkindern fühlen sie sich im Beisein von Familienmitgliedern wohler. In unseren Kreisen bezeichnen wir diese zarten Geschöpfe als *Irrlicht*. Vor wenigen Monaten warst du selbst noch eines.« Tante Beth seufzte wehmütig. »Wie schnell werden die Kinderlein doch groß.«

»Nein, nein! Nicht so voreilig, Beth.« Sein Vater hob den Finger und drehte sich zu seiner Schwester um. Etwas an der Beschreibung störte ihn. »Eine Seele, die aus flüchtigem Rauch besteht, könnte auch eine Nahtoderfahrung sein. Ein menschliches Echo.«

Wenig später berieten Tante Beth und sein Vater, ob man der Angelegenheit auf den Grund gehen solle, immerhin gehöre das zu einer fürsorglichen Nachbarschaft dazu. Doch der Morgen war längst angebrochen und oben im Flur vernahmen die Familienmitglieder Hanas tapsige Schritte. Angelockt vom süßen Duft der Pancakes kam sie schlaftrunken die Treppe hinunter. Raymond nannte sie den kleinen Elefanten, denn morgens trat sie mit den Fersen hart auf den Stufen auf. Damit entschied Beth, ihren Besuch zu beenden.

»Ich wache jetzt auf. Meine Jungs warten auch auf ihr Frühstück.«

Sein Vater senkte den Kopf, dankte für ihre Mithilfe und Beth versprach, baldmöglichst vorbeizuschauen. Ihre Stimme verhallte nach einem: »Bis zum nächsten Mal, Jungs.«

Und wo Raymond zuvor den Hauch einer angenehmen Aura verspürte, kam die Kühle eines geräumten Platzes auf. Zurück blieb der Gedanke an die sterbende Kinderseele im Christmas-Village, während Hana sich auf den Platz setzte, der zuvor Beth galt. Ihre Fingerchen zogen einen reich gestapelten Teller heran und sie gab ein anerkennendes »Mmmm« von sich. Seine Schwester wirkte mit dem Ergebnis zufrieden. Sie hinterfragte auch nicht den Ursprung. Es war eigenartig, Hana in der Ecke sitzen zu sehen, wo zuvor Beths körperlose Präsenz mit ihm sprach. Raymond wusste nicht genau, wie er sich angesichts der neuen Situation vor Hana verhalten sollte. Ihm lagen haufenweise Fragen auf der Zunge. Etwas zögerlich sprach er ein weiteres Mal das Irrlicht an. Oder Echo? Was das betraf, schien sich niemand sicher.

»Es ist also ungefährlich?«

Sein Vater wischte Hana gerade etwas Sirup vom Mundwinkel, die ihre Lippen in Richtung Serviette spitzte. Er brauchte einen Moment, um Raymonds Gedankengängen zu folgen. Dann nickte er.

»Aber eine Nahtoderfahrung klingt nicht gerade prickelnd«, hakte Raymond nach.

»Es kommt leider vor. Anfangs kriegt man einen Schreck. Durch das Medical Center tauchen öfters solche Gestalten auf. Entweichender Feinstoff, der unkontrolliert durch die Gegend fliegt und sich entweder in seine Einzelteile zersetzt oder mit etwas Glück zurück in seinen Körper schlüpft.«

Beth hatte gemeint, es gäbe keine Geister. Für Raymond klang das aber danach. Auch wenn sein Vater es beschrieb, als würden dem Körper nach dem Tod lediglich harmlose Flatulenzen in Feinstoffform entweichen.

»Das ist kein Furz, Dad. Das ist eine Seele!«, flüsterte Raymond. Wenngleich etwas schockiert über dessen Gleichgültigkeit. Sein Vater war dabei, Hanas Pancake in mundgerechte Happen zu schneiden, als er seinen Sohn dümmlich anstarrte.

Er blinzelte, sein Blick huschte zur Decke und nach einem kurzen Räuspern gestand er: »Raymond, du hast natürlich Recht. In unseren Kreisen sind solche Erscheinungen so banal, dass wir ihnen keine große Bedeutung zumessen.«

Er lachte kurz.

»Weißt du, vor über zwanzig Jahren habe ich etwas Ähnliches zu meinem Vater gesagt. Nun sieh mich an. Es ist gut, wenn uns die jüngere Generation einen frischen Blick auf solche Situationen gibt. Nach dem Frühstück werde ich der Sache auf den Grund gehen. Das kann aber dauern, tagsüber sind sowohl Irrlichter als auch Echos schlechter auszumachen. Gib bitte während meines Streifzugs auf Hana acht.«

Wann immer sein Vater schlafen ging, brühte er sich kurz zuvor einen Tee auf. Das wurde Raymond erst jetzt bewusst. Er sah ihm dabei zu, wie er in einem Topf Wasser kochte und darin ein Sieb mit getrockneten Lavendelblüten aufbrühte.

Kaum war das Frühstück beendet, erklärte er nach oben in sein Zimmer zu gehen. »Desto länger du mir unsere Prinzessin vom Hals hältst, desto länger kann ich suchen.«

»Was suchen?«, wollte Hana wissen.

»Daddy sucht im Traumland nach Einhörnern.«

Hana gab ein »Uh!« von sich. Schon war ihre Neugierde gestillt, während Raymond versicherte, auf seine Schwester achtzugeben. Doch zu aller Ehrlichkeit gehörte auch, dass er viel lieber mit seinem Vater den Ausflug gewagt hätte, anstelle mit Hana in der Wohnstube zu hocken, selbst wenn das knisternde Kaminfeuer Gemütlichkeit versprach. Die Gelegenheit wäre perfekt gewesen, um sich von seinem Vater einige Verhaltensmuster auf der feinstofflichen Ebene abzuschauen. Andererseits wollte er bei der Suche kein Hindernis sein. So gab sich Raymond damit zufrieden, gedankenverloren in seinem Geschenk zu blättern, während Hana ihre Stifte mit einer Freude benutzte, die ihresgleichen suchte.

Es war der erste Weihnachtstag und ihm ging etwas gelangweilt durch den Sinn, dass er sich heute mit Herold verabredet hätte, wäre der nicht damit beschäftigt, sich der kleinen Martinet mit einem Geschenk anzunähern. Raymond bewunderte ein Bild aus der Region Nunavut, am nördlichsten Punkt Kanadas, von wo aus ganzjährig ein wunderbarer Blick auf die Polarlichter möglich war. Er verstand, was seinen Vater am Norden faszinierte, und hoffte, eines Tages ebenfalls seinen Weg dorthin zu finden. Seine Finger fuhren gedankenverloren über eine der Notizen, als er dicht an seinem Ohr, das Knurren eines Wolfes vernahm.

Irritiert schaute Raymond auf. Da brach etwas hinter ihm durch die Scheibe. Ein lautes Klirren erschreckte ihn als auch Hana. In der Küche zerbarst eine weitere Scheibe. Kurz darauf traf ein Stein das nächste Fenster in der Stube. Draußen hörte Raymond das Gackern und stemmte sich ohne Umschweife aus seinem Sessel. Auf bloßen Sohlen riss er die Haustür auf und wurde knapp von einem dicken spröden Brocken verfehlt, der ihrer antiken Tür den Lack zerkratzte. Hana weinte im Wohnzimmer, doch Raymond scherte es nicht. Er stürmte hinaus, spürte den kalten Schnee zwischen seinen Zehen und vernahm Millers spöttisches Gehabe.

»Fröhliche Weihnachten!«

»Hier ist deine Bescherung, Walker!«, stimmte Ed mit ein. »Deine ganz persönlichen Weihnachtsmänner. Wie gefällt dir deine eigene Medizin, du Bastard?«

Ed hielt die Bruchstücke eines Ziegels in den Fingern und warf ihn zwischen seinen Händen hin und her. Er wartete darauf, dass Raymond losstürmte, dann hätte er einen Grund gehabt, ihm den Stein gegen die Stirn zu werfen. Zumindest wäre es ihm zuzutrauen. Ed nahm eine kämpferische Pose ein und winkte Raymond mit einer Hand heran. Ein Kind mit Verstand wüsste um die Konsequenzen. Doch Ed war dumm.

Und Dummheit war bekanntlich am gefährlichsten.

Raymonds Augen huschten zu dessen Stiefeln, daneben lag ein weiterer Steinstapel. Er bezweifelte, dass Ed ihn aus dieser Entfernung traf, daher musste Raymond ihn dazu bewegen, den ersten Stein zu werfen. Bevor das speckige Ärmchen seines Widersachers sich hinabbeugte, wäre Raymond schon bei ihm, um Ed die nächste blutige Lippe zu verpassen. Seine dunklen Pupillen huschten zu der eingepackten Nase. Ein abfälliges Feixen schlich auf Raymonds Gesicht.

»Die kaputte Nase steht dir. Was hat deine Säufermutter dazu gesagt?«

Ed besaß wenig Impulskontrolle. Normalerweise war sein erster Gedanke, den Stein im Zorn zu werfen. Doch der Verstand hinter den Schweinsäuglein hatte dazugelernt. Er nickte zu Miller, der sein Wurfgeschoss gegen das Petaluma-Anwesen hob und die Scheibe ihrer Außenbeleuchtung traf.

Hanas Kreischen schallte nach draußen. Sie hatte neugierig durch das Fenster gespäht und duckte sich weg, als neben ihr das Glas samt Glühbirne splitterte. Raymond hörte ihr Jammern, während sie hoch ins Obergeschoss zu ihrem Vater eilte.

»So läuft das jetzt also, Brady? Die erste blutige Nase und du steigst auf Wurfgeschosse um?«

»Wer von uns beiden hat den ersten Stein geworfen?«

»Eurer hässlichen Baracke tut das keinen Abbruch.«

»Du gibst es also zu?«

»Irgendwelche Beweise?«

»Das war ein Geständnis!«

»Na dann geh doch zur Polizei und erstatte Anzeige.« Raymond breitete provokativ die Arme aus und hob angriffslustig sein Kinn, in der Gewissheit, dass sein arrogantes Gehabe Ed zur Weißglut trieb.

Der fuhr sich mit der Zunge über die Lippen. Das unzufriedene Zucken um seine Mundwinkel konnte er dadurch nicht verbergen. »Mir ist aber danach, einen Stein in deine dumme Fresse zu werfen.« Ed hob den Ziegel, schloss ein Auge und zielte auf Raymonds Stirn. »Genau dorthin. Ob du das überlebst?«

Es war eine Einschüchterungstaktik. Ein unerklärlicher Instinkt in Raymond wusste es einfach. Er rührte sich nicht, behielt das Grinsen bei und tat eine Geste, als würde er sagen: Komm schon! Mach doch!

Eds Brauen zogen sich zusammen. Er holte aus, ohne zu werfen. Raymond hielt still. Ed holte wieder aus, erneut ohne zu werfen. Raymond zuckte nicht einmal.

Und beim dritten Anlauf wusste er, dass Ed die Schmach nicht mehr ertrug. Brady wollte ihn tanzen sehen. Raymond duckte sich fort, der Stein verfehlte ihn um einige Meter, doch bevor er Ed mit mahlendem Kiefer erreichen konnte, stieß ihn etwas von seinem Widersacher zurück. Er landete rücklings im Schnee, versank in den tiefen Schichten.

Kurz darauf wurde Raymond Zeuge, wie Brady und Miller in der Luft baumelten. Der Kragen ihrer Daunenjacke zog sich unter ihrem Gewicht in die Länge. Die Gliedmaßen der beiden zappelten wild, um sich freizubekommen, während ihre knabenhaften Stimmen sich vor Panik überschlugen.

Es machte *Dong*, als sein Vater die Unruhestifter mit der Stirn voraus gegeneinander warf. Kurz darauf flogen beide Jungen durch die Luft. Es mochten zwei oder drei Meter gewesen sein. Es entstanden gewaltige Kuhlen, wo sie gelandet waren, als hätte man in einen Plätzchenteig übergroße Formen gestochen.

Raymond hob die Hand gegen das Sonnenlicht, doch er konnte keine Umrisse ausmachen. Er hätte gerne das dritte Auge seiner Schwester besessen, die echote nämlich vom obersten Stockwerk aus, dass ihr Papa es den Rüpeln zeigen solle. Doch selbst nach mehrmaligem Blinzeln sah Raymond nichts vor Augen, nur das Fluchen der beiden Halbstarken schallte über den Hof.

Ed kam aus seiner Schneekuhle hervor und stierte mit fahrigem Blick zu ihm hinüber. Raymonds Grinsen wurde noch breiter. Er hob sich aus dem Schnee.

»Beweg deinen Arsch von unserem Grundstück! Die Rechnung für die Scheiben kommt mit der Anzeige.«

Miller wollte das Weite suchen. Er zerrte an Eds Daunen-jacke, um schnellstmöglich von dem Grundstück zu kommen, doch Brady stieß die Hand mit einem Aufschrei fort.

»Ich mach dich fertig, Walker!«

»Das höre ich nicht zum ersten Mal. Bisher hast du mich nicht beeindruckt, du Versager!«

Das Wort brachte eine heftige Reaktion mit sich. Anscheinend war es Eds Triggerpunkt. Er versuchte sich von Miller loszureißen, mit hässlichen Zornesflecken auf den Wangen.

»Lass es, Ed! Merkst du nicht, dass es hier nicht mit rechten Dingen zugeht? Entweder kommst du mit oder ich haue allein ab!«

Millers Ansage brachte ihn zur Vernunft. Ed riss sich aus seinem Griff. »Du bist tot, Walker.«

Mit einem letzten vernichtenden Blick in Raymonds Richtung heftete sich Ed an die Fersen seines Kumpels, der ihm vorausgeeilt war. Raymond schaute ihnen nach. Dann schritt er jauchzend ins Haus zurück, in dem sein aufgewachter Vater bereits mit Hana auf dem Arm die Treppe hinunterkam. Ihr Gesicht war gerötet und sie plapperte wild drauf los, was die bösen Jungen vor der Haustür angestellt hatten. Raymond dachte, sein Vater würde sich von seiner Euphorie anstecken lassen. Doch seine Brauen waren tief ins Gesicht gezogen und er fragte mit strafendem Blick: »Hast du ein Geständnis abzulegen? Wer hat den ersten Stein geworfen, Raymond?«

Die darauffolgende Debatte mit seinem Vater gestaltete sich zu Raymonds Ungunsten. Natürlich war es nicht in Ordnung, wenn die beiden Lümmel ihr Haus mit Ziegeln bewarfen. Doch sein Vater nahm an, dass Raymond so viel Menschenverstand besaß, um diese Regel auch bei fremdem Eigentum zu beherzigen. Wann immer Raymond einwarf, was alles durch Ed und Miller am Petaluma-Anwesen zu Bruch ging, hob sein Vater das Kinn.

»Und bei den Bradys? Was glaubst du, wie viele Scherben Elisabeth wegkehren musste?«

Raymond knirschte wütend mit dem Kiefer.

»Wirst du wenigstens Anzeige erstatten? So eine Gelegenheit bekommen wir nie wieder!«

Noch wollte er die Hoffnung nicht begraben, dass der nächste Bericht des *Mountain-Echos* sich mit dem Überfall auf ihr Haus befassen würde. Für Raymonds Attacke auf die Brady Baracke gab es keine Beweise. Doch Ed hatte sich unsagbar blöd angestellt. Im Beisein von Zeugen war er am helllichten Tag aufgetaucht. Er servierte ihnen den eigenen Sargnagel förmlich auf dem Silbertablett.

Doch sein Vater schüttelte mit düsterem Ausdruck den Kopf. »Ich werde dein Verhalten nicht belohnen, indem ich dir diese Genugtuung lasse. Und das Geld für die kaputten Scheiben kürze ich dir vom Taschengeld!« Seine Faust knallte polternd auf die Küchentischplatte.

Hana spähte vorsichtig um den Türbogen in den Raum. Sie schien glücklich zu sein, nicht in Raymonds Haut zu stecken, auch wenn sie nicht begriff, worum es ging. Der Finger seines Vaters deutete zur Treppe und er befahl: »Für den Rest des Tages will ich dich nicht im Erdgeschoss sehen! Du gehst ohne Abendessen zu Bett!«

Raymond stieß sich fauchend vom Tisch. Sein Stuhl quietschte über den Boden und er trampelte die Stufen hoch. Aus purer Gehässigkeit trat er absichtlich hart mit den Fersen auf. Oben angekommen knallte er die Tür zu und legte sich auf sein Bett, in der Hoffnung, seinen Vater mit dem Lärm zur Weißglut zu treiben.

Der verbrachte den ersten Weihnachtstag wahrscheinlich damit, die Scherben im Haus fortzukehren. Mal vernahm Raymond einen Besen, etwas später den Staubsauger oder wie unten gehämmert wurde. Raymond fand, dass der Aufwand ihm ganz recht geschah.

Bis die Läden öffneten, konnten die Fenster nur provisorisch geflickt werden. Sie würden die gesamte Weihnachtszeit frierend verbringen. Doch hier oben in seinem Zimmer, blieb Raymond weitestgehend davon verschont und fand etwas Positives an seinem Arrest. Er nahm an seinem

Schreibtisch Platz und grübelte über einem Aufsatz, den er ursprünglich bis zum letzten Ferientag hatte hinausschieben wollen. Es war kurz vor dem Abendessen, als das Telefon unten klingelte. Doch Raymond ignorierte die antwortende Stimme seines Vaters, den er an diesem Tag als den Ursprung allen Übels sah, und auch, wie sein Wagen wenig später polternd die Einfahrt fortfuhr. Ihm wurde von Herold einmal vorgeworfen, dass er in seinem Zorn sehr ungerecht werden konnte und auch in jenem Moment meinte er, die Stimme seines Freundes dicht am Ohr zu hören. Raymond schüttelte den Kopf und verfasste Stichpunkte zu einem Aufsatz von *The Outsiders* – was wie die Faust aufs Auge zur aktuellen Situation passte - bis ihm die Lider schwer wurden und er über seinen Notizen einschlief.

Wie die unzähligen Male zuvor wachte Raymond neben seinem Körper auf und fragte sich sogleich, ob sich sein Hausarrest auch auf die nächtlichen Ausflüge beschränkte. Eigentlich fand er nicht, dass ihm jemand vorschreiben durfte, wohin er mit seiner Exkursionsseele ging. Er öffnete das Fenster, was einige Anläufe benötigte - manchmal glitten seine Finger nutzlos durch die Vorrichtung durch – und schob sich langsam über den Rahmen. Theoretisch könnte er ohne seinen Vater das Irrlicht suchen und der Gedanke gefiel ihm, die Kinderseele auf eigene Faust zu finden, auch wenn er nicht sicher war, wie es anschließend weitergehen würde. Es hätte aber etwas Heroisches, bis Raymond sich zweier Augen gewahr wurde, die ihn milchig weiß von der Kante seines Bettes aus anstarrten. Neben ihm am Schreibtisch gab sein Körper einen erschrockenen Laut von sich, zeitgleich mit seiner Seele. Er sah zwischen seinen physischen Lippen einen kalten Atem aufsteigen. Raymond blinzelte perplex auf die Gestalt, war drauf und dran, um Hilfe zu rufen, bis er Herold erkannte. Blass und fahl. Sein Freund starrte geradeaus in seine Richtung, ohne auch nur einmal zu blinzeln. Doch eigentlich sah er Raymond nicht wirklich, als stünde er selbst unter Schock.

»Kannst du Grace mein Geschenk bringen?« Herolds Stimme klang merkwürdig entfernt. Sie schallte, wie ein Echo.

Raymond fühlte, wie seinem Körper die Nackenhaare zu Berge standen. Mit einem bangen Stottern fragte er: »Ist etwas passiert?«

Doch Herold antwortete nicht, starrte geradeaus.

»Warum machst du es nicht selbst?«

»Ich kann es nicht mehr.«

»Ist alles in Ordnung?«

»Ich glaube nicht.« Herold blickte auf seine Finger und murmelte: »Ich habe das Geschenk an der Lunéville Bridge verloren.«

Dann schaute er durch das Fenster, wo die Flocken vom Himmel fielen. »Du bist mein bester Freund, Raymond. Sag meiner Mama, dass ich sie lieb habe.«

»Ich …«

Einen Wimpernschlag später war das Trugbild verschwunden. Es entglitt ihm ohne Vorwarnung und ließ Raymond allein im Zwielicht zurück. Er blieb wie angewurzelt stehen. Nach einer Weile trat er vom Fenster weg und durchmaß die wenigen Quadratmeter seiner heimischen Vierwände. Er drehte sich im Kreis.

»Herold?« Dann mit Nachdruck. »Herold!«

Eine schreckliche Vorahnung kroch in ihm hoch. Ein Gedanke, den er kaum auszusprechen wagte. Die anfängliche Wut auf seinen Vater wich der Sorge über den vermeintlichen Vorboten. Raymond vergaß seinen Stolz, riss die Zimmertür auf und rannte die dunklen Stufen hinab ins Erdgeschoss.

»Dad! Komm schnell her, bitte!«

Im Eingangsbereich hielt er jäh inne. Raymond erwartete seinen Vater in der Wohnstube vorzufinden, denn seine nächste Nachtschicht sollte erst zwischen den Feiertagen beginnen. Dort lag alles im Dunkeln. Ihm fiel etwas ein. Das Telefon hatte vorhin geklingelt. War danach nicht ihr Truck vom Hof gefahren? Das letzte Mal, als sein Vater so überstürzt aufbrach, war, als er die Nachricht von Isabelles Tod bekam. Was hatte ihn dieses Mal aus dem Haus gescheucht?

Er schüttelte sich. Nein, das durfte nicht sein. So redetet es sich Raymond zumindest ein, bis ein aufgedrehter Wasserhahn ihn aufschrecken ließ. Er spähte zur Küche. Und da traf er sie zum ersten Mal auf der luziden Ebene – seine Tante Beth. Sie war eine hochgewachsene Frau in ihrer feinstofflichen Gestalt, deren Haar trotz fehlendem Windzug von einer Seite zur anderen schwebte.

Raymond hatte sich eine Seele anders vorgestellt. Tatsächlich spukte durch seinen Kopf das Bild eines angsteinflößenden Gespenstes.

Beth war aber nichts dergleichen. Ihre Seele wirkte wie eine Ansammlung wohlduftender Rauchfäden, die in einem unsichtbaren Rahmen gehalten wurden. Als würde Qualm in einem Glas aufbewahrt werden und das Gefäß besaß die Proportionen eines Menschen. Dennoch erkannte Raymond scharfkantige und gewundene Konturen, die am Kopf deutlich ein Gesicht ergaben, umrahmt von merkwürdigen Ornamenten. Dadurch wirkte seine Tante wie ein lebendig gewordenes Tribal Motiv.

Es war das erste Mal, dass sich Beth ihm bewusst präsentierte. Ohne Scheu oder Sorge, ihrem Neffen könne zu viel preisgegeben werden. Eine helle Erscheinung mit Grübchen, die sich bei dem aufkommenden Lächeln vertieften. Ihre Iris wirkte wie aus flüssigem Harz.

Wie Katzenaugen. Nein, *Fuchsaugen.*

Raymond hätte weiterhin gestarrt, wäre ihm nicht etwas anderes am Herzen gelegen.

»So sehen wir uns also in Persona«, spöttelte Beth inzwischen heiter. »Dein Vater war weg, als ich kam. Weißt du, wo er abgeblieben ist?«

In der Spüle lag das Geschirr vom Abendbrot gestapelt, das ihre leuchtenden Finger mit einem Schwamm bearbeiteten. Raymond überwand die letzten Meter zur Küche, hielt sich taumelnd am Türrahmen fest. Ihre neckischen Züge wichen. Sie runzelte die Stirn und erkannte an seinem angespannten Ausdruck, dass etwas nicht stimmte.

»Was ist passiert?«

Er fand kaum Worte dafür. Wie auch? Er wusste selbst nicht, was sich in seinem Zimmer abgespielt hatte.

»Da oben … Da war etwas.«

»Was denn, mein Junge?«

Auf einmal klang etwas laut in seinen Ohren nach, gefolgt von einer Gefühlsschwankung, die Raymond so noch nie ergriff. Eine fremde Person zwang ihm einen unerträglichen Schmerz auf. Er zog sich wie ein Dolchhieb durch seine Brust und kein Schrei der Welt konnte ansatzweise so viel Kraft aufbringen, um dem Gefühl in seiner Lunge Ausdruck zu verleihen. Er erstickte schier daran.

Beth ließ den Teller fallen, der klirrend auf dem Boden landete. Auch sie vernahm es. Sie stürzte zu Raymond.

»Bleib ruhig! Es ist gleich vorbei«, hörte er seine Tante sagen, während sein Körper oben im Bett um Luft rang.

Beths Arme legten sich um seinen Kopf, warm und behütend. Etwas passierte, was seine junge Seele vor den äußeren Einwirkungen verschonte. Er fühlte, wie Beths heilende Präsenz ihm die Last nahm, wie ein Schutzschild. Der Schmerz ebbte ab, seine Seele und der Körper konnten wieder atmen. Und als der Schrei in seinen Ohren verklang, fragte Raymond: »Was zur Hölle war das?«

»Ein Verlust«, erklärte Beth. Sie war schockiert. »Ein ganz furchtbarer.« Etwas Banges lag in ihrer Stimme. Sie wusste mehr, als sie zugab. Er fragte hoffnungsvoll: »Beth, besteht wirklich keine Möglichkeit, dass ich träume?«

»Warum fragst du?«

»Weil ich Herold gesehen habe. Meinen Freund. Meinen besten Freund. Er war blass und fahl.« Raymond wagte kaum, den Satz zu beenden. »Wie ein Geist.«

Beth entgegnete nichts. Er vernahm ihren rasselnden Atemzug, der leider schon Antwort genug war.

DAS KLEINE IRRLICHT

Es war der letzte Tag von den Winterferien, als Raymond sich in ein schwarzes Hemd zwängte, dass sein Vater ihm gestern zum Anlass dieses traurigen Morgens kaufte. Die Schuhe der Männer waren blank poliert. Hanas Kleid knitterfrei gebügelt und während sein Vater ihm die Krawatte umband, konnte Raymond nur auf jenen Platz in seinem Zimmer starren, wo sich die Seele seines Freundes von ihm verabschiedete. Er vernahm Herolds Stimme im Hinterkopf. Einen seiner letzten Sätze.

Du bist mein bester Freund, Raymond.

Er dachte daran, wie viel sich am fünfundzwanzigsten Dezember zutrug. Nichts davon würde jemals an Herolds Ohren kommen. Er war fort.

»Ich hätte ihn begleiten sollen.«

»Das möchtest du dir vielleicht einreden. Doch letztendlich werden wir niemals wissen, ob das etwas geändert hätte.« Sein Vater kämpfte mit der Krawatte, stellte sich aber ungeschickt an. Nach einem unwirschen Murren zog er den Stoff von Raymond Kragen, um sich die Schlaufe selbst umzulegen. »Ich kann das nicht bei anderen.« Er positionierte sich vor Raymonds Spiegel und hantierte an dem Knoten.

Seit ihrem Streit kam sein Vater ihm griesgrämig vor, denn bisher gab es noch keine Aussprache zwischen ihnen.

Da Raymond nicht die Muße besaß, sich an so einem Tag zu streiten, bat er ihn um Entschuldigung.

Sein Vater hielt irritiert inne. »Wofür?«

»Die Sache bei den Bradys. Und das Ed meinetwegen hier war.«

»Ach das.« Sein Vater schüttelte den Kopf. »Es waren nur Scherben.«

»Warum bist du dann sauer?«

»Ich bin nicht auf dich wütend, Raymond.« Endlich saß der Knoten. Er musste bloß noch festgezogen werden. Sein Vater nahm die Schlaufe vom Hals, um sie Raymond umzulegen. »Solche Anlässe machen mich wütend. Seit Evelyn Conrad wussten alle Bescheid. Die Brücke gehört saniert. Von der maroden Brüstung wusste man nicht erst seit gestern und überhaupt fängt die Absperrung bei einer solchen Steigung viel zu spät an. Wenn Kälte und Nässe aus dem Gehweg eine tödliche Rutsche machen, braucht sich niemand wundern, dass es einen jungen Menschen über den Abhang treibt.« Sein Vater zog die Schlaufe um seinen Hals zu. »Wenn du jemandem Schuldgefühle einreden möchtest, dann den alten grauen Männern im Stadtrat. Nicht dir.«

Das mochte sein. Es änderte aber nichts an Raymonds Empfindungen. Ein unerträglicher Gedanke setzte sich fest, redete ihm ein, er hätte sich eines Versäumnisses schuldig gemacht.

»Wird die Kundgebung fruchten?«

»Ich will es hoffen. Die Brücke liegt auf eurem Schulweg. Das hätte jedem von euch passieren können.« Sein Vater umfasste seine Schultern. »Ich fühle mich schlecht, dass zuzugeben. Doch ich bin froh, dass es nicht eines meiner Kinder getroffen hat. Auch wenn es mir um Anita leidtut.«

Raymond schaute wieder auf die Stelle. Dort, wo Herold seine letzten Worte sprach.

»Ich vermisse ihn.«

»Das weiß ich.«

Anita Brouwer sollte eine Entschädigung von der Stadt erhalten. Ob aus Mitgefühl oder um sie von einer Klage abzuhalten, sei dahingestellt. Raymond war allerdings sicher, dass das ihren Kummer nicht lindern würde und die Rede von Stadtrat Clerence kam ihm fadenscheinig vor. Er war unschlüssig, ob Anita Brouwer das überhaupt merkte. Die sonst so heitere Frau saß an vorderster Front der Kirche, ihre Familie hielt sie umarmt. Anita bekam sich nicht unter Kontrolle. Ihre Schultern bebten, sie klammerte sich wie eine Ertrinkende an einen ergrauten Mann Raymond vermutete, Herolds Großvater in ihm zu erkennen. Viele munkelten, dass ihre Mutter und Schwester sämtliche Planungen übernehmen mussten und Raymond graute vor dem Totenschmaus in ihrem Haus, wozu auch seine Familie eingeladen wurde. Es war eine gute Gelegenheit, Anita um den Schlüsselanhänger für Grace zu bitten, doch Raymond wusste bereits, dass das Haus sich ohne Herold falsch anfühlen würde. Anitas haltloses Weinen war manchen Besuchern zu viel. Einige hoben sich aus den Reihen mit einer Tränenschliere im Gesicht, angesteckt von der trauernden Mutter. Dicht neben Raymond rauschte Miss Petrova Richtung Ausgang und murmelte ihrer Begleitung zu: »Das ertrage ich nicht. Lass uns bitte draußen warten.«

Einer der wenigen, der die Fassung wahrte, war Sheriff Reynolds. Ein hochgewachsener Mann mit stahlblauem Blick, dem die Jahre des Gemeindedienstes einen bitteren Zug um die Mundwinkel einbrachten. Bei der Inspektion der Unfallstelle sei auch er beinahe ins Schlittern gekommen. Sein Deputy bekam ihn rechtzeitig zu fassen, bevor Reynolds den Hang hinabrutschte konnte. Mit Argusaugen wachte er über die Trauergesellschaft und nickte Raymonds Vater zu. In einer Kleinstadt wie Copperdeer kannte man sich untereinander.

Im rechten Flügel erspähte Raymond seinen Schulkameraden Christopher Denning, der leichenblass geradeaus starrte. Vor der Kirche erklärte Mitchel ihm, er fühle sich elend, weil er Herold gern aufgezogen hatte. Jeder kämpfte auf seine Art mit irrationalen Schuldgefühlen. Auf einmal legte man jeden achtlosen Scherz auf die Goldwaage.

Raymonds Blick richtete sich wieder auf Anita. Er dachte an den Tag von Herolds Tod zurück und wie das Bersten ihrer gebrochenen Seele bis zum Petaluma-Anwesen schallte. Beth hatte ihm erklärt, dass es Schmerzen gab, die den Feinstoff aus dem Körper katapultierten, wie eine Druckwelle. Was er an jenem Abend fühlte, war Anitas gebrochenes Herz. Der Grund, weshalb Beth nicht so sensibel darauf reagierte, war ihrer Lebenserfahrung geschult. Während Raymond noch lernen musste, seine empathischen Sensoren zu kontrollieren, konnte Beth das nahende Unheil zwar spüren, wusste sich der gewaltigen Welle aber zu entziehen.

Der Priester beendete seine Predigt mit dem Vers: »Denn er heilt die gebrochenen Herzen und verbindet ihre Wunden.«

Raymond fühlte weder das eine noch das andere. Der Satz kam ihm wie purer Hohn vor. Und wenn er so auf Anita Brouwer blickte, war er sicher, dass es ihr ähnlich ging.

Später trieben Anitas Eltern sie behutsam den Weg zum Friedhof vor sich her, wie ein Lämmchen, was gar nicht ahnte, wohin die Reise ging. Manchmal gaben ihre Knie nach, dann stützte sie ihr Vater – mit einem wehmütigen Laut.

»Komm weiter, bitte! Du hast es fast geschafft.«

Raymond beobachtete, wie Herolds Großvater die Stirn seiner Tochter küsste. Er bat Anita, stark zu bleiben. Für Herold. Daneben schluchzte ihre Mutter in ein Taschentuch.

Raymond fragte sich, woher die Familie die Kraft nahm, dem Gespann, der den eichenen Sarg trug, zu folgen. Glücklicherweise war der Weg nicht weit. Der Friedhof grenzte direkt hinter die katholische Kirche. Bald verteilten sich die Trauernden um das ausgehobene Loch.

Sein Vater gehörte zu den Sargträgern, daher blieb Raymond mit Hana etwas abseits.

Seine Schwester starrte auf die Grube und nestelte nach seinen Fingern. »Mama ist auch dort unten.«

Die vergangenen Monate erlag Raymond dem Irrglauben, Isabelle sei aus Hanas Bewusstsein verdrängt worden. Doch das ausgehobene Grab löste etwas in seiner Schwester aus.

Hanas Blick wanderte zum Himmel. »Alle sagen, sie ist dort oben. Warum gräbt man Menschen dann ein?«

»Gute Frage.« Die Logik erschloss sich ihm ebenfalls nicht. Tatsächlich fand er den Gedanken beklemmend als der Sarg beigesetzt wurde. Wohlwissend das sein bester Freund in diesem Loch verschwand.

»Ist es schön dort?«, wollte sie wissen.

»Ich weiß es nicht«, antwortete er wahrheitsgetreu. »Ich hoffe es.«

Hana lehnte ihren Kopf an seine Brust. Und obwohl Raymond sich für keinen Freund von großen Gefühlsbekundungen hielt, legte er seinen Arm um sie.

Nach der Beisetzung saß Anita Brouwer daheim in einem Sessel und konnte sich bei jeder Beileidsbekundung zu nichts mehr als einem müden Nicken durchringen. Der engste Freundeskreis war im Hause Brouwer eingeladen. So auch die Familie Walker.

Als die Gelegenheit angebracht schien, sich der Mutter seines verstorbenen Freundes zu nähern, erkannte Raymond, wie fahl und gealtert Anita wirkte. Die Augenränder waren ein verquollener roter Kranz um einen leeren Blick. Raymond bekam nicht den Eindruck, als ob die Beileidsbekundungen seines Vaters an sie herandrangen. Erst als er ihr versicherte, jederzeit behilflich zu sein, sollte seine gute Freundin ein offenes Ohr brauchen, hob Anita den Blick.

»Danke, Daniel. Da wäre tatsächlich etwas.«

»Was immer du willst, Anita.«

»Kannst du nach meinem Haus sehen? Ich muss den Ort vorerst verlassen. Diese Erinnerungen … Sie sind zu viel. Ich brauche Abstand.« Sie tupfte sich mit einem Taschentuch über die Augenränder. »Ich halte es hier drinnen nicht aus. Ich bilde mir Dinge ein. Schritte, Stimmen. Ohne meinen Herold ist das Haus nicht dasselbe und eine Brücke mit seinem Namen auf dem Gedenkstein macht die Sache schlimmer. Der ganze Ort schreit nach ihm.«

»Das verstehe ich. Wohin wirst du gehen?«

»Zu meiner Schwester nach Nevada. Bis mir klar wird, wie das Leben weitergehen soll.«

»Es ist nicht vorbei, Anita.«

»So fühlt es sich aber an.«

Diese Aussage fand Raymond bitter. Es klang, als habe sich ihr gesamtes Dasein um Herold gedreht. Ihren kleinen *Rabbit*. Da fand Anitas Blick Raymonds. Sie streckte die Hand nach ihm aus und tätschelte seinen Arm.

»Nimm dir, was du möchtest. Mitchel und Christopher durften sich auch bedienen. Die Geodensammlung mochtest du doch, oder?«

Das war Jahre her, noch während ihrer Zeit an der Elementary School. Damals hatte Raymond seinen Freund um die ungewöhnlichen Steine beneidet. Irgendwann war die Sammlung nur noch verstaubt und die Eifersucht in Vergessenheit geraten. Es kam ihm falsch vor, sich daran zu bedienen.

»Ich weiß nicht, ob das in Herolds Sinne wäre. Wir lagen uns deshalb einmal in den Haaren. Ich habe die Echtheit bezweifelt.«

Doch Anita wollte die Sammlung nicht im Haus. Es erinnerte sie daran, wie ihr Sohn als Kind die Steine reflektieren ließ und bunte Lichtflecken an seiner Zimmerdecke entstanden. Raymond wusste, wovon sie sprach. Dieses Bild kannte er, noch bevor Herold dem Hobby entwuchs und begann, sich für elegante Mädchen zu interessieren.

»Liegt in seinem Zimmer auch ein Schlüsselanhänger?«

»Nicht, dass ich wüsste. Warum fragst du?«

»Es sollte ein Weihnachtsgeschenk werden. Für ein Mädchen, das er mochte. Sie muss wissen, was er für sie empfand.«

Anita Brouwer hob sich aus dem Sessel und ihr Blick weitete sich. »Hat er deshalb über seinen Aufenthaltsort gelogen?«

Raymond nickte zaudernd, bat aber darum, den Namen für sich behalten zu dürfen. »Ich habe Herold versprochen, es nicht weiterzuerzählen. Auch ihnen nicht. Entschuldigen sie, Miss Brouwer.«

Zum ersten Mal an jenem Tag wirkte ihr Lächeln milde. Anita Brouwer fuhr mit ihren Fingern wehmütig über Raymonds Wange und erklärte an dessen Vater gewandt: »Was für einen loyalen Jungen hast du doch großgezogen, Daniel. Eines Tages wird ein stattlicher Mann aus ihm. Lern fleißig, Raymond. Ich wünsche mir, dass du die Welt aus den Angeln hebst.«

»Herold hat sie geliebt. Das sollten sie wissen.«

Damit war auch diese letzte Nachricht ausgesprochen. Anitas Mundwinkel verzogen sich schmerzlich und sie gestatte Raymond in Herolds Zimmer hinaufzugehen.

»Was immer du als Andenken willst, nimm es dir.« Sie sackte zurück in den Sessel und Raymond überließ sie seinem Vater.

Oben in Herolds Zimmer schaute er sich betroffen um und wagte kaum etwas anzufassen. Auch die Geodensammlung ließ er unberührt. Vielleicht würde Anita ihre Meinung noch ändern. Wenn nicht, würde sein Vater den Haustürschlüssel haben und er könnte die Sammlung zu einem späteren Zeitpunkt holen. Ihm war, als könne Herold sonst tadelnd um die Ecke kommen.

Raymond setzte sich auf das Bett und in seinem Kopf sah er so viele Stunden aus seiner frühen Kindheit aufleben. Die schlauchförmige Fliegenfalle am Fenster war verdorrt, alles andere sah aus wie zuvor. Er schloss die Augen und unterdrückte den aufkommenden Tränenfilm. Für einen Moment blieb Raymond allein mit seinen Überlegungen. Das Stimmengewirr aus dem Erdgeschoss war alles, was das Haus lebendig hielt.

»Es tut mir leid, Herold. Ich hätte da sein müssen.«

Er hob sich vom Bett und durchsuchte den Schreibtisch. Doch den Schlüsselanhänger fand er trotz intensiver Suche nirgends. Den sollte er, nachdem die Unfallstelle wieder freigegeben wurde, im feuchten Gras unterhalb der Brüstung vorfinden.

Einen Monat später hatte die Schule längst begonnen. Jene Schüler, die über die Winterferien in einem anderen Bundesstaat zu Familienbesuch waren, bekamen noch nicht den Artikel aus dem *Mountain-Echo* zu lesen. Der hing mittlerweile in der Aula an einer Pinnwand. Daneben stand ein Gedenktisch, der regelmäßig eine Schülerschar anlockte. Neben Herolds Bild platzierte Direktor Neleman eine Spardose, mit dem schriftlichen Aufruf, der trauernden Mutter in Form von Spenden beizustehen.

Die geplante Kundgebung hatte vor dem Rathaus stattgefunden und die damalige Debatte war hitzig gewesen. In der öffentlichen Stadtratssitzung stritt die Bevölkerung über den schlechten Zustand der Brücke, während einige Anwohner des Arbeiterviertels den Vorwurf äußerten, die Verantwortlichen würden die Sanierungen vernachlässigen, weil sie den *falschen* Kreisen nutzte.

Inzwischen rückte Raymonds fünfzehnter Geburtstag näher. Doch ihm war beim besten Willen nicht danach, ohne Herold zu feiern. Nie wieder. Selbst wenn sein Vater ihn vom Gegenteil überzeugen wollte.

»Ich verstehe, wenn du dieses Jahr den Zeitpunkt unangebracht findest, doch *nie wieder* ist ein starkes Versprechen.«

Raymond zuckte auf seine Worte mit den Schultern und hatte lustlos in seinem Frühstück gestochert. Auch dann, als sein Vater meinte, er könne es sich noch einmal überlegen.

»Für deine Freunde ist es sicher eine nette Ablenkung.«

Doch die Wahrheit war, dass die meisten sich von ihm zurückzogen. Wahrscheinlich, weil Raymond es ebenso hielt oder auch niemand wusste, wie man mit der Situation umgehen sollte. Christopher war einmal vorbeigekommen. Herolds plötzlicher Tod schien seine Sicht auf das Jenseits geändert zu haben, denn er brachte Raymond eine Bibel mit. Womöglich hatte Christophers Mutter ihm geraten, seinem Freund göttlichem Beistand zu bieten. Das war das Letzte, was Raymond gerade brauchte. Zwar bedankte er sich für die Bibel, doch sobald Christopher das Haus verließ, warf er das Buch neben seinem Schreibtisch in den Papierkorb. Raymond war nicht gut auf *Gott* zu sprechen. Mit seinem Vater führte er eine Unterhaltung darüber, wohin die Seelen nach dem Tod gingen, doch selbst ein Mensch mit einer Exkursionsseele würde Raymond diese Frage nicht beantworten können.

»Es gibt Dinge, die sind größer als wir.« Sein Vater hatte Raymond mitleidig bedacht, doch auf ihn wirkte es, als habe er sich die einfachste Antwort gewählt. Ihm kam es merkwürdig vor, dass Menschen mit ihren Fähigkeiten dieser Frage nie auf den Grund gingen. Etwas hatte ihn bei Herolds Tod in seinem Zimmer aufgesucht. Wo war es also hin?

Irgendwann kam ihm in den Sinn, selbst die Dinge in die Hand zu nehmen, wenn sein Vater schon nicht aktiv nach Antworten suchte.

So fand sich Raymond des Nachts auf einer neuen Odyssee in der Hoffnung, Herolds Geist auf der luziden Ebene ausmachen zu können. Zunächst suchte er den Ort seines Todes auf. Denn sollte er den urbanen Schauermärchen glauben, wandelten verstorbene Seelen dort, wo sich ihr plötzliches Ableben zutrug.

Raymond hockte sich auf das niedrige Gemäuer, ließ den seichten Verkehr an sich vorbeiziehen und harrte über Stunden an der Absturzstelle aus. Auch hier nahmen die Bewohner der Stadt Anteil, indem sie Kerzen, Blumen und Stofftiere ablegten. Das Grünzeug war welk geworden, die Kerzen heruntergebrannt und die Stofftiere von den Wetterbedingungen ausgebleicht. Der Schnee war geschmolzen, doch das Wetter noch immer rau. Der Wind pfiff durch die Gassen der Ortschaft und vom Frühling war im kahlen Geäst der Bäume nichts zu erkennen. Bis auf den fehlenden Schnee schien an der Absturzstelle alles beim Alten. Und doch bemerkte Raymond jeden Abend eine neue Kerze.

Er brauchte nicht lange zu überlegen, wer sie dort aufgestellt hatte. Vor seinem inneren Auge sah er Anita Brouwer in gekrümmter Haltung vor dem Fundort ihres Sohnes trauern. Das einsame Licht ihrer Kerze flackerte die ganze

Nacht und war der Docht heruntergebrannt, erblickte Raymond von der Brücke aus die Morgenröte und sah sich gezwungen, in seinem Bett die Augen zu öffnen.

Herolds Geist tauchte kein einziges Mal am Fundort seines Leichnams auf, als würde er selbst den Platz meiden. Also versuchte es Raymond auf dem Friedhof bei seinem Grabstein, der seltsamerweise des Nachts keinerlei Grauen auf ihn ausübte. Insgeheim stellte sich Raymond die Frage, ob er selbst einem Geist nicht am ähnlichsten kam, wenn schon das, was ihn in seinem Zimmer aufsuchte, keiner war.

Er streifte durch die Reihen aus Marmor, Granit und Schieferstein. Hielt Ausschau nach einer Gestalt, die seiner eigenen in der Beschaffenheit ähnelte. Nur um seine Erwartung in Tante Beth erfüllt zu sehen, die ihn eines Nachts in einer feinstofflichen Fuchsgestalt aufsuchte. Dessen Fellzeichnung wies am Gesicht ein Muster auf, das Raymond stark an die Ornamente auf Beths Seele erinnerte.

»Hier treibst du dich also herum?« Beim Sprechen bewegte sich ihr Kiefer nicht, ähnlich wie beim Blauhäher aus dem National Forest.

»Tante Beth?«

»So hast du mich noch nie erlebt, nicht wahr?«

»Ich wusste gar nicht, dass wir das können.«

»Mit etwas Übung gelingt es auch dir.«

In einem anderen Moment wäre Raymond Feuer und Flamme dafür gewesen. Doch sein Herz war klamm vor Trauer und ihm stand nicht die Muße für eine Lehrstunde. Weder in der luziden noch auf der physischen Ebene.

»Raymond, bitte komm nach Hause. Was du hier tust – das hat keinen Sinn.«

»Das weißt du doch gar nicht.«

»Schätzchen, du kannst hundert Jahre hier warten. Deinen Freund wirst du nicht finden. Was du brauchst, ist deine Familie. Keine Antworten auf eine Frage, die selbst die klügsten Köpfe vor ein Rätsel stellt. Ich lasse deine Schwester ungern unbeaufsichtigt. Lass uns gehen.«

Raymond schüttelte energisch den Kopf und bat seine Tante zurückzukehren. »Mir geht es gut. Kümmere dich um Hana.«

Doch Beth überwand die wenigen Meter zwischen ihnen und aus dem Fuchs entwuchs eine Frauengestalt, die ihre Stirn gegen seine lehnte. »Vergiss vor lauter Kummer nicht die Lebenden um dich herum.«

»Ich weiß. Aber er war mein bester Freund.«

»Und das verstehe ich. Es gibt nichts Schlimmeres, als eine junge Seele aus dem Leben scheiden zu sehen. Es schmerzt und wahrscheinlich wirst du immer mit Wehmut an deinen Freund zurückdenken. Aber er ist tot. Und du lebst. Dich in rhetorischen Fragen zu verlieren, wird dir keine Heilung bringen.«

Im Grunde seines Herzens erkannte Raymond die Wahrheit. Doch er war noch nicht bereit, Beths Worten Folge zu leisten.

»Bitte geh und mach dir keine Sorgen. Ich bleibe innerhalb der Stadtgrenzen. Hier bin ich sicher. Lass mir die Zeit und geh nach Hause.«

Sie war enttäuscht. Doch gab sich Tante Beth geschlagen, wenn auch widerwillig. »Denk daran. Du hast eine Familie, die dich liebt.«

Die hatte Herold auch gehabt. Doch Raymond verkniff sich diesen Satz. Er sah Tante Beth in ihre Fuchsgestalt schlüpfen und mit federleichten Sprüngen Richtung Arbeiterviertel entschwinden. Ihr heller Schweif zog eine schimmernde Bahn hinter sich her. Da beschloss Raymond, sich zumindest die Beine zu vertreten. Er stieg von der Stufe eines quaderförmigen Mausoleums herab und streifte durch das nächtliche Copperdeer.

Das Weihnachtsgeschäft war schon längst vergangen und durch das fehlende Blätterwerk der Bäume wirkte die Innenstadt trostlos, was Raymond allerdings auch auf seine trübsinnige Laune schob. Die Fassaden kamen ihm trister vor, ebenso wie die feuchten Straßen und der graue Asphalt. Erst an Mister Stanleys Schaufenster fiel ihm auf, dass er sich eines Versäumnisses schuldig machte. Graces Geschenk lag noch immer in seinem Zimmer.

Er schaute betreten vom Schaufenster fort und gestand sich ein, dass er nicht wirklich das Geschenk vergessen hatte, sondern die Aufgabe vor sich hinschob. Mittlerweile konnte Raymond nachempfinden, was Herold so lange zaudern ließ, denn wie sein Freund besaß auch er Schwierigkeiten, die junge Martinet allein in der Schule anzutreffen. Er fand nie die Gelegenheit, sie zu einem Gespräch unter vier Augen zu bitten. Raymond wollte auf keinen Fall einen falschen Eindruck erwecken – zumal es hierbei nicht um ihn ging - oder die junge Martinet in irgendeiner Art glauben lassen, sie sei es wert, dass er bis zu ihrem snobistischem Weingut lief. Für jemanden, der ihr den Hof machen wollte, war das vielleicht eine Option, doch Raymond hatte mit ihr nichts am Hut. Er wandte sich grübelnd von Stanleys Laden ab und kickte eine leere Dose vor sich her, ohne sich um zwei Passanten zu scheren. Der seltsame Anblick einer gegen den Wind rollenden Dose ließ beide mit ratlosem Gesicht zurück.

Bald fand sich Raymond vor den Stufen zur Bibliothek. Er spähte den gepflegten, mit einer hübschen Grünanlage umsäumten Weg hinauf und überlegte, ob er in Monroes Werken nachschlagen könne, wohin sich Feinstoff nach dem Tode hinbegab. Wie er aus dem ersten Kapiteln verstanden hatte, sprach Monroe davon, selbst einmal eine außerkörperliche Erfahrung gehabt zu haben. Da er aktuell nach jedem Strohhalm griff, setzte Raymond seinen Fuß auf die erste Stufe, bis ihn ein Kreischen zusammenfahren ließ. Er wandte sich erschrocken um, rannte um die nächste Häuserecke und fand das kleine Irrlicht vor, was mit einem schadenfrohen Gackern einer Passantin den Rock hob. Es musste eine Krankenschwester des Virginia Medical Centers sein, denn ihre Haare waren unter dem typischen weißen Häubchen zurückgesteckt. Die arme Frau verstand die Welt nicht und für einem hoffnungsvollen Moment rannte Raymond auf das Irrlicht zu und rief Herolds Namen.

»Bitte wer?«

Der Stoff sank zurück und die Dame suchte aufgebracht das Weite. Ihre Absätze klackerten auf den Pflastersteinen davon und Raymond konnte hören, wie sie darüber fluchte, dass es in dieser Stadt nicht mit rechten Dingen zuging.

»Herold, bist du das?« Raymond war schon lange der Gedanke gekommen, dass es sich bei dem Irrlicht im Christmas-Village vielleicht um seinen verblichenen Freund handeln könnte. Der Zeitraum passte nicht, das war ihm klar. Doch wer konnte schon sagen, was noch alles auf der luziden Ebene möglich war, und sprach sein Vater nicht von einer Nahtoderfahrung? In seinem Kopf malte er sich ein unschlüssiges Zeitreise Szenario aus.

Doch das Irrlicht hing nur in der Luft. Seine flackernden Gliedmaßen waren wage Erscheinungen, die nach kurzem Auftauchen verblassten, ähnlich wie das Zischen einer Flamme. Raymond fragte sich, woran ihn der Anblick erinnern mochte.

»Nein, so heiße ich nicht. Tut mir leid.«

Die Antwort war ein fernes Echo und Raymond schaute bestürzt. Jetzt wurde ihm klar, weshalb der Blauhäher keinen Jugendlichen in ihm erkannte. Wenn er vor wenigen Monaten im gleichen Zustand durch die Wälder schlich, konnte man das Alter schwerlich einschätzen. Dennoch, seine Enttäuschung war groß.

»Siehst du mich?«, wollte das Irrlicht wissen.

Raymond bejahte, wenngleich kurz angebunden.

Ein überraschtes »Oh!« folgte der Aussage und das Irrlicht gestand: »Damit habe ich nicht gerechnet. Das ist mir jetzt doch etwas peinlich.« Es lachte verlegen. »Also ich bin kein Perverser, falls du das jetzt glaubst. Die Frau hat es wirklich verdient! Ich habe beobachtet, wie sie im Medical Center etwas Geld aus der Spendenkasse geklaut hat.«

»Aha!« Raymond zuckte desinteressiert mit den Schultern, während das Irrlicht erklärte: »Solchen Leuten muss man einen Denkzettel verpassen. Logisch, oder?«

»Vor mir brauchst du dich nicht rechtfertigen.«

»Cool. Danke dir.« Das Irrlicht klang wie ein unreifes Kind mit Flausen im Kopf.

Raymond zog die Brauen hoch, schaute es an und wollte wissen: »Hast du auch eine Exkursionsseele?«

»Keine Ahnung, wovon du sprichst. Liegst du im Koma?«

Raymond blinzelte und schüttelte den Kopf. »Du etwa?«

»Ja! Da drüben im Medical Center.« Ein Arm entwuchs dem Irrlicht. Die Geste wirkte wie eine Eruption auf der Oberfläche der Sonne. Raymonds Blick folgte dem Fingerzeig und er spähte an den Berghängen hinauf, auf denen das Gebäude vor zwölf Jahren abseits der Stadt am Waldrand erbaut wurde. Einzelne Straßenlaternen flankierten den Weg ebenso wie den gläsernen Eingangsbereich mit seiner Drehtür und den ausladenden Gebäudeflügeln. Der westliche Teil von Copperdeer, einschließlich der Innenstadt, befand sich in einer Talsohle. In den Zwanzigerjahren hatten die Bewohner begonnen, die Berghänge zu bebauen, was dem Ort viele verwinkelte Gassen einbrachte. Und oberhalb einer jenen Klüfte stand nun das Virginia Medical Center, ein steriles, auch modernes Gebäude, das sich nicht wirklich in das malerische Gesamtbild der Stadt fügte.

Raymond hatte Verständnis dafür, dass das Krankenhaus kein schöner Ort war, dennoch verleitete ihn das Irrlicht zu einer Frage: »Wenn du im Koma liegst, was suchst du dann hier unten? Solltest du nicht dort oben sein?«

»Könnte ich.«

»Aber du willst nicht?«

»Vielleicht.«

»Wie alt bist du eigentlich?«

»Sieht man mir das nicht an?«

»Nein.« Jetzt verstand er, warum der Blauhäher so unwirsch auf ihn reagierte. Diesem Debütanten musste man alles erklären. Doch im Gegensatz zu ihm wollte Raymond den armen Tropf vor sich nicht im Ungewissen lassen. »Du bist ein Irrlicht. Ich sehe nicht einmal, ob du Junge oder Mädchen bist.«

»Davon höre ich zum ersten Mal.«

Etwas zögerlich riet Raymond: »Dann solltest du in deinen Körper zurück. Du könntest eine Nahtoderfahrung haben.«

Doch zu seiner Verblüffung erklärte der Nachtschwärmer schon längst zu wissen, dass er sich zwischen der Schwelle zu Leben und Tod befand.

»Und wie lange streifst du schon hier herum?«

»Keine Ahnung. Lass es vier Monate sein.«

»Vier Monate?«, entfuhr es Raymond entsetzt. »Warum bleibst du freiwillig im Koma? Du hättest schon längst aufwachen können.«

»Vielleicht will ich das nicht?«

»Warum?« Das Irrlicht drehte sich weg und Raymond war sicher, dass es grimmig dreinblickte, denn die Strudel, die es anstelle der Augen besaß, verkniffen sich zu argwöhnischen Schlitzen.

»Ich wollte nie hierher«, gestand es. »Wir sind vor einem halben Jahr aus Vancouver hergezogen. Dabei möchte ich gar nicht in Copperdeer leben. Hast du eine Ahnung, wie ätzend eine Stadt ist, die nicht einmal eine funktionierende Spielhalle besitzt?«

Das war für Raymond kein Grund, um ein Koma zu verlängern. Er dachte an Anita Brouwer, die alles darum gegeben hätte, ihren Sohn noch einmal zu halten, während hier dieses rotzfreche Irrlicht stand, dass seine Eltern aus purer Gehässigkeit quälte.

»So was Saublödes habe ich noch nie gehört!«, grollte er.

»Ach ja? Nun … Du musst es auch nicht verstehen! Von einem Hinterwäldler hätte ich auch nichts anderes erwartet!« Das Irrlicht rauschte beleidigt davon und echote durch die Straßen: »Copperdeer ist ein beschissenes Kuhkaff!« Dann huschte es in eine enge Spalte zwischen zwei Gebäudekomplexen und war von da an nicht mehr gesehen.

BITTERSÜSSER WEIN

Auf dem Weg zum Martinet-Anwesen hatte Raymond am Fundort von Herolds Leichnam innegehalten und seinem verblichenen Freund versprochen, heute seinen letzten Wunsch zu erfüllen. Es war der erste warme Frühlingstag, daher schien ihm der Zeitpunkt günstig. Auch entschuldigte er sich bei Herold dafür, seinen letzten Willen vor sich hergeschoben zu haben. Er zündete eine mitgebrachte Kerze neben dem eingerahmten Foto an und überlegte, ob ein Gebet angebracht war. Doch Raymond kannte keines, noch glaubte er daran, dass seine Worte zu seinem Freund durchdringen würden. Hier zu stehen und mit seinem Bild zu sprechen, befriedigte lediglich seinen Wunsch, noch einmal eine Konversation mit ihm zu halten - selbst wenn der Gesprächspartner nie antworten würde. Immerhin fühlte er sich danach ermutigt, seine Mission zu beenden.

Das Weingut der Familie Martinet war stadtbekannt und eines jener Ausflugsziele, das Touristen magnetisch anzog. Das Hauptgebäude präsentierte sich im Stil eines charmanten Landhauses. Die großflächige Steinterrasse am Eingang wurde von einem Holzkonstrukt geschützt, deren Säulen üppiger Blauregen umsäumte, der dieser Tage allerdings noch wenig Blüten besaß. Der Anblick war Raymond von den beliebten Motiven der Postkarten im Stadtzentrum vertraut. Vorzugsweise zum Sonnenuntergang, wenn der

Horizont sich verfärbte und hinter den abfallenden Hügeln die ersten Lichter in den Wohnhäusern Copperdeers auftauchten. Er konnte sich gut vorstellen, welch ein angenehmes Erlebnis es sein mochte, unter einem Baldachin aus Blättern eine der kostspieligen Weinproben abzuhalten.

Grace Martinet lebte vornehm. Damit hatte Herold nicht übertrieben. Doch zwischen all den künstlich angelegten Terrassen vermisste Raymond die wahrhaftige Wildnis. Der gesamte Landstrich unterwarf sich dem Willen seiner Besitzer. Er fand keine Kiefern, kein Laub oder irgendwelchen Pilzwuchs. Zwischen den Reben erblickte er die Mützen von tüchtigen und auch zahlreichen Hilfsarbeitern, deren Köpfe hin und wieder aus ihrer gebeugten Haltung auftauchten. Sie wirkten Mitten in den Vorbereitungen für die nächste Saison, denn die ersten Setzlinge wurden gestutzt oder mit Draht festgezurrt.

Man sagte dem Erdboden hier nach, er sei *von Fortuna geküsst*, weshalb Raymond doch neugierig war, was den Geschmack des Weines betraf. Mit Alkohol hatte er kaum Berührungspunkte. Er teilte einmal ein Heineken mit Herold, dass aber im Abfalleimer landete. Es schmeckte scheiße.

Das Anwesen bestand aus mehreren, über das Grundstück verteilten Nebenbauten, was ihn eher an eine Siedlung erinnerte. Dabei fragte Raymond sich, welches Gebäude er ansteuern sollte. Er stand in seinem durchgeschwitzten Sweatshirt auf einem Grundstück, das ihm größer vorkam als die Schulfläche der Leroy Marshall.

Inmitten der edlen Terrasse bekam selbst Raymond das Bedürfnis, sich vor dem Eintreten die Schuhe abzuwischen. Erst dann schwang er die gläserne Eingangstür auf, die das Läuten einer Türglocke mit sich brachte.

Er fand sich in einem beeindruckenden Foyer mit deckenhohen Verzierungen, welche die Geschichte des Weinguts porträtierten. Durch die großen altertümlichen Fenster fiel großzügig Sonnenlicht ein. Die Decke reflektierte den polierten Fußboden, was den Raum noch mehr Größe verlieh und selbst mit seiner bescheidenen Kenntnis erkannte

Raymond das gehobene Interieur. Vom Marmor zu seinen Füßen bis zu den vergoldeten Deckenleuchten über seinem Kopf.

Raymond fühlte sich wie ein Passagier zweiter Klasse, der auf die oberen Decks der Titanic durfte. Er stand in einem Verkaufsraum. Neugierig nahm er eine der in Szene gesetzten Weinflaschen aus ihrem Verkaufsstand. Zwischen Ranken und Trauben glänzte auf dem Etikett der Familienname im vergoldeten Schriftzug und versprach vollmundigen Genuss.

»Leg das bitte zurück!« Die Stimme hinter ihm kämpfte mit schierer Schnappatmung.

»Entschuldigung! Ich dachte, die stehen zum Verkauf.«

»Für Erwachsene. Nicht für Kinder.« Raymond verdrehte die Augen und stellte die bauchige Flasche zurück in ihre Halterung. »Darf man dem jungen Mann helfen?«

Aus einer Nebentür trat ein Angestellter an den polierten Tresen. Raymond konnte seine Reflektion darin erkennen. Einen vollgeschwitzten und offensichtlich auch aus bescheidenen Verhältnissen stammenden Jungen allein hier drinnen vorzufinden, sorgte scheinbar für Argwohn. Raymond spürte intuitiv die Abneigung gegen seine Person. Er hielt sich deshalb kurz und fragte nach der Tochter des Hauses.

»Welche von ihnen?«

»Gibt es mehrere?«

»Die Martinets haben zwei Töchter.«

»Ich glaube, sie heißt Grace.«

»Die junge Dame wirst du hier nicht antreffen.«

Das hatte Raymond befürchtet. Auf dem Grundstück befanden sich fünf Gebäude, von denen zwei den Anschein machten, als handle es sich um reine Lagereinrichtungen. Noch ein ganzes Stück weiter die Straße hinab war ihm ein geräumiges Herrenhaus ins Auge gesprungen, das er deshalb nicht ansteuerte, weil ihm die Hitze zu schaffen machte. Es schien ihm das kleinere Übel zu sein, erst einmal im Hotel nachzufragen.

»Worum geht es denn, junger Mann?«

»Ich muss Grace Martinet etwas bringen.«

»Das wäre?«

Der wachsende Argwohn ärgerte Raymond, zumal er vollkommen ungerechtfertigt war. Entsprechend pampig fiel seine Antwort aus. »Das brauchen sie nicht zu wissen.«

»Und warum?«

»Sind wir bei der Inquisition?« Raymonds Augen huschten zum Namensschild mit dem vergoldeten Rahmen. »Mister Hendricks.«

»Aber, aber … Nicht so schnippisch. Die Familie mag Diskretion, mein Kleiner.«

»Und ich mag nicht, wenn man mir blöde Fragen stellt, mein Großer«, äffte Raymond ihn nach. Seinem Gegenüber klappte der Mund auf. Kurz darauf zogen sich die blonden Brauen zusammen und aus seinen Lippen wurde eine verkniffene Linie. »Wo sind deine Eltern?«

Raymond dachte nach. Er bekam den Eindruck, dass sein Vater einen Anruf davon entfernt war, das Jugendamt auf den Hals gehetzt zu bekommen. Seit Herolds Tod war eine Debatte losgetreten worden, ob den Jugendlichen des Ortes nicht zu viel Freiraum gewährt wurde, weshalb einige Bewohner überzogen reagierten. Daher kramte er das Geschenk aus seiner Jeans und platzierte es auf dem Tresen.

»Deshalb bin ich da.«

»Das ist?«

»Ein Geschenk.«

»Das soll wohl ein Scherz sein?«

»Nein! Warum sollte es?«

Mit einem Kugelschreiber fädelte Mister Hendricks den Anhänger auf. Der von Dreck strotzende Vogel baumelte vor seiner Nase an der Kette, zwischen der Öse hing ein Grashalm. In jenem Moment fiel auch Raymond auf, dass er das Geschenk hätte herausputzen können, denn es war bei Herolds Absturz in Mitleidenschaft geraten.

»Von dir?«, wollte Mister Hendricks wissen.

»Von einem Freund.«

»Sicher. Ein Freund.« Er glaubte Raymond nicht.

»Ich muss ihn Grace übergeben.«

»Ich erledige das schon.«

Hendricks log, das wusste Raymond. Seine Augen huschten für eine Millisekunde zu der Ecke mit dem Abfalleimer.

»Tun sie das immer?«

»Von was sprichst du?«

»Menschen einfach so ins Gesicht lügen.«

Mit einer solchen Direktheit hatte Hendricks nicht gerechnet. Ihm wich die Farbe aus dem Gesicht. Er blinzelte, und das viel zu oft.

»Das ist eine schwere Anschuldigung!«

Doch Raymond wusste, dass selbst seine Beteuerungen an den Haaren herbeigezogen waren. Seine Intuition war in derlei Hinsicht überdeutlich. Ein gekünsteltes Lachen später wurde Hendricks der Debatte überdrüssig.

»Du gehst jetzt besser. Für neunmalkluge Jungen ist auf diesem Weingut kein Platz.«

»Besser neunmalklug als verlogen.«

»Jetzt verschwinde, du Pestbeule!«

»Ich muss doch bitten, Mister Hendricks. Nicht vor unseren Gästen.« Eine mahnende Stimme erfüllte den Raum und der ergraute Mann, der eintrat, kam offenbar in Begleitung seiner Enkelin herein.

Raymond erspähte Graces helles Augenpaar, deren Blick nachdenklich auf ihm ruhte, bis sie sein Gesicht zuordnen konnte. Inzwischen redete sich Hendricks stotternd um Kopf und Kragen, während der ältere Gentleman ihn aufforderte, sich nicht so vulgär vor Besuchern zu äußern. Das sei ihrem Etablissement unwürdig.

»Wir sind ein Familienbetrieb. Wo kommen wir hin, wenn das erste Gesicht am Empfang, wie ein Taxifahrer in der Bronx flucht?«

Hendricks war abgelenkt und in Erklärungsnot. Ohne großartig um Erlaubnis zu bitten, schnappte Raymond den Anhänger. Er drehte dem stotternden Concierge den Rücken zu und hielt Grace das Geschenk vor die Nase. So dicht, dass das Mädchen beinahe ins Schielen geriet. Ohne weitere Umschweife kam er auf den Punkt.

»Herold wollte, dass ich ihn dir gebe.«

»Herold? Der Junge der …«

»Im Dezember gestorben ist.«

»Was?« Sie wich zurück und blinzelte irritiert.

Doch Raymond beeilte sich, dieser Posse ein Ende zu bereiten. Zum einen wusste er nicht, wann er rausgeschmissen wurde, zum anderen war nie die Rede davon gewesen, die Botschaft romantisch zu verpacken.

»Er war in dich verliebt. Das hier sollte sein Weihnachtsgeschenk für dich werden. Herold war an seinem Todestag auf den Weg zu dir. Aber nun ja … Ich muss nicht sagen, was ihm dazwischengekommen ist, oder?«

Graces Gesichtszüge entglitten. Raymond tat eine auffordernde Geste und erst nach anfänglichem Zögern hob sich ihre Handfläche. Betroffen starrte sie auf das Geschenk, während sich der alte Mann zu ihrer Seite brüskierte.

»Das ist grotesk, Junge!«

»Es war Herolds Wille. Ich muss das respektieren, Sir.« Raymond reckte sein Kinn. »Tut mir leid, wenn ihre Enkelin es auf diesem Weg erfährt. Ich bin mir sicher, Herold Brouwer hatte sich das auch anders vorgestellt.«

Für einen Moment kehrte Stille ein, die erst unterbrochen wurde, als sich Hendricks für den Überfall entschuldigte. Er sprach den Mann mit Mister Martinet an, was auf einen der Inhaber schließen ließ. Raymond erwartete von Grace keinen Dank. Tatsächlich wirkte sie nicht, als ob sie in diesem Leben noch einmal ihre Stimme finden würde. Daher schob sich Raymond mit einem halbherzigen Abschiedsgruß an ihr vorbei. Hinaus in die Freiheit. Wo er endlich das Gefühl besaß, seine Verpflichtungen gegenüber Herold nachgekommen zu sein.

Am selben Abend ärgerte sich Raymond noch immer über das unfreundliche Gehabe auf dem Weingut. Die Martinets verstanden es, unerwünschten Besuchern den Ausgang zu zeigen und insgeheim grämte ihn der Gedanke, dass Herold, hätte er das Grundstück lebenden Fußes erreicht, tatsächlich mit dem Gefühl heimgekehrt wäre, etwas Minderwertiges zu sein. Zumindest kam sich Raymond so vor. In einem Anflug von Groll erlag er der Fantasie, wie er mit einem Millionengewinn das Grundstück aufkaufte und alle vornehmen Bewohner vor die Tür setzte. Mister Hendricks hätte er persönlich am Kragen gepackt.

Mit diesem Gedanken lag er im Bett, bis eine innere Vorahnung Beths Anwesenheit ankündigte. In den letzten Monaten seit Herolds Tod war ihre tröstende Aura ein wahrer Segen geworden. Wann immer sein Vater abends zu der Nachtschicht aufbrach, tauchte ihre Präsenz nach einigen Stunden auf und erfüllte das Haus mit ihrer Wärme. Raymond bemerkte, dass er allmählich weniger Probleme damit besaß, Tante Beths Anwesenheit zu spüren. Manchmal lag er im Bett, las eine Lektüre und wusste aus einem inneren Impuls heraus, dass sie soeben eingetroffen war. Manchmal hörte er seinen Wolf nach ihr wittern. Beths Präsenz war wie eine eigene Duftnote, die sich wohltuend in den Fluren verteilte. Er meinte Lavendel in der Luft zu riechen.

Raymond schaltete das Licht aus und schloss die Augen. Sobald er schlief, galt sein erster prüfender Blick seiner Schwester, die mit allen Vieren von sich gestreckt in ihren Laken verknotet im Kinderzimmer schlummerte.

»Guten Abend, Raymond.« Beth kam die Stufen hinauf. Obwohl nur ihre Seele anwesend war, knarzten die Dielen am Treppenabsatz.

Raymond wurde mittlerweile darüber aufgeklärt, dass Feinstoff ein Gewicht besaß. Tante Beth meinte einmal, es hänge mit dem emotionalen Ballast zusammen. Manche Freiseelen würden mit so vielen Sorgen kämpfen, dass ihre Schritte laut durch ein Gebäude hallten, andere dagegen federleicht blieben.

»Warum bist du heute hier?«

»Bin ich unerwünscht?« Beth besaß ein keckes Lächeln und Raymond merkte, dass sie gerne mit Neckereien antwortete.

»Nein! Auf keinen Fall. Du bist aber am Wochenende sonst nie bei uns.«

»Dein Vater möchte wieder einen Ausflug mit dir unternehmen. Wölfe unter sich. Du verstehst?«

Das tat Raymond. Und es freute ihn. Seit er von seiner Exkursionsseele wusste, streiften Vater und Sohn gerne gemeinsam durch die Wälder. Raymond kam es vor, als wäre seinem Vater mit der Wahrheit eine Last vom Herzen gefallen. Zuvor musste er sich im eigenen Haus wie auf Eierschalen bewegt haben, um niemanden mit seiner Anwesenheit zu verängstigen.

Tante Beth warf einen prüfenden Blick in Hanas Zimmer, in dem das Nesthäkchen der Familie sich schmatzend zur Seite drehte. »Der Schlaf der Gerechten.«

»Wann kommt ihre Seele heraus?«

»Oh, das kann noch dauern. Deine Schwester ist zu jung. Ihre zarte Seele wächst in der schützenden Hülle heran wie ein Falter in seinem Kokon.« Beths Finger legten sich auf Raymonds Schultern. »Und nun hinunter mit dir. Ich halte die Stellung. Daniel wartet.«

Sein Vater erklärte ihm, Mitte der Siebziger seinen Geistführer gefunden zu haben, als er sich in einem Auslandsjahr in Kanada befand. Sechs Jahre vor Raymonds Geburt. Der Rocky Mountain Wolf besaß eine beachtliche Statur und konnte sich auch unabhängig von der Seele seines Wirtes bewegen. Diese Begabung nannte sein Vater einen Seelensplitt, der allerdings an einen bestimmten Radius gebunden war. Eine Fähigkeit, die sonst nicht in ihrer Familie vorkam.

Der Wolf marschierte zwischen ihnen. Er reichte Raymond bis zu den Hüften und verströmte denselben Kiefernharzduft wie die Seele seines Vaters. Auch er besaß ähnliche Ornamente wie sein Wirt, doch erinnerten sie Raymond eher an das Muster eines knorrigen Wurzelwerks. Der Rocky Mountain Wolf witterte den belaubten Waldboden ab und heulte ohne Vorwarnung den Vollmond an.

»Es ist wichtig, unseren Seelentieren diese Momente in der Wildnis zu gönnen. Die tierischen Instinkte zu unterbinden könnte zu Zwistigkeiten innerhalb unserer Symbiose führen«, erklärte Raymonds Vater dieses Verhalten. »Wenn du also das Gefühl hast, dass es dich ins Freie zieht, wird das wahrscheinlich dein Geistführer sein, der dir einen Impuls sendet.«

Inzwischen gelang es Raymond, selbst in die Gestalt eines Wolfes zu schlüpfen. Jedenfalls glaubte er es. Das Problem war, dass er keine Ahnung hatte, wie er aussah. Auf der luziden Ebene funktionierten Spiegel nicht. Seine Tante bezeichnete sein Erscheinungsbild aber einmal als *ziemlich wild*. Der Wolf seines Vaters schnupperte an seiner Seele und Raymond kraulte ihm hinterm Ohr.

»Warum ausgerechnet Kanada?«, wollte er wissen.

»Wegen der Wildnis dort. Sie besaß eine unwiderstehliche Anziehungskraft auf mich.«

»Und das hat Großvater dir erlaubt?« Raymond formulierte bewusst diese Frage, um mehr über seinen väterlichen Stammbaum zu erfahren. Tante Beth hüllte sich in ähnliches Schweigen, wenn es um seinen Großvater ging.

»Es war nicht einfach. Tatsächlich sorgte es für einigen Diskussionsstoff zwischen mir und meinen Eltern. Meine Mutter bekam Angst um meine Sicherheit. Mein Vater …« Er suchte nach der richtigen Wortwahl. »Ich schätze, er wollte mich nicht außerhalb seiner Kontrolle wissen. Irgendwann gab mir deine Großmutter ihren Segen und mein Vater lenkte ein. Allerdings stellte er klar, dass er keinen Penny dafür ausgeben wollte. Wenn es mich so dringend nach Kanada verschlug, dann nur unter der Prämisse, dass ich das Geld allein auftrieb.«

Mit einem halsbrecherischen Sprung überwanden beide eine Kluft, welche flussabwärts ihre Heimatstadt in zwei Lager spaltete. Weiter unten tauchte die Lunéville Bridge auf. Für einen flüchtigen Moment dachte Raymond darüber nach, wie einfach Herold seinem Schicksal entronnen wäre, hätte er solche Sprünge unternehmen können.

Vater und Sohn landeten wohlbehalten auf der anderen Seite. Mittlerweile gelang es Raymond sich sicheren Fußes mit seiner Seele zu bewegen. Sein Vater nickte zufrieden. Dann fuhr er mit seiner Erzählung fort: »Damals habe ich den Wert harter Arbeit zu schätzen gelernt. Dein Großvater hat nicht schlecht gestaunt, als ich in einem halben Jahr das Geld beisammenhatte.«

»Warum wollte er nicht, dass du deinem Echo folgst?«

»Das war keine Frage von wollen. Ich vermute, er wollte testen, wie ernst es mir war. Das Echo eines Geistführers ist eine sehr persönliche Sache. Niemand anderes außer dir selbst kann den Ruf exakt interpretieren. Für einen Außenstehenden ist es unmöglich zu beurteilen, ob ein Geistführer jemanden ruft oder es sich lediglich um einen fixen Gedanken handelt.«

»Können wir mehr als ein Seelentier besitzen?«

»Wenn sich unser Charakter im Laufe der Jahre verändert, kann es vorkommen, dass wir nicht mehr kompatibel sind. Doch von einem Harem aus Seelentieren halte ich wenig.«

Seine abfälligen Worte hinterließen bei Raymond den Eindruck, es könne sich dabei um nichts Gutes handeln.

»Jedenfalls war mein erster Job bei einem Umzugsunternehmen. Ich habe von Sommer bis Winter Kühlschränke, Tische und Stühle getragen, bis ich abends mit Schmerzen ins Bett fiel.« Sein Vater deutete auf seine Oberarme und ließ die Muskeln spielen. »Die haben erst nach diesen Tagen erste Formen angenommen. Im Jahr darauf verabschiedete ich mich zuerst an die kanadische Grenze nach Cranbrook und nahm jede Gelegenheit dankend an, die mich in den Norden brachte. Immer näher an die Orte von meinen Postern, mit denen ich damals mein Zimmer plakatiert habe.« Er schmunzelte. »Andere Jungen meines Alters hängten Spitzensportler und Filmstars an ihre Wände. *Der weiße Hai* und *Rocky* waren damals in aller Munde. Ich saß jeden Abend vor meinen Postern, stellte mir die frische Bergluft in meinen Lungen vor und empfand tiefe Sehnsucht nach einem Abenteuer.«

»Was war dein Ziel?«

»Lake Louise.« Er sprach es ehrfürchtig aus. »Den Ort kann man nicht in Worten beschreiben. Das erste Mal, als ich die Kulisse aus meinen Büchern in natura erlebte, fühlte ich mich in der rauen Region geborgen. Die Welt kam mir nicht mehr überrannt von Menschen vor. Ich hielt mich nie lange an einem Ort auf, unternahm ausgiebige Wandertouren und fand auch Anschluss in den entlegensten Dörfern. Meine antrainierte Arbeitsmoral kam mir damals zugute. Das war auch so ziemlich alles, was ich anbieten konnte. Bald freundete ich mich mit einem Jungen namens Gorden an, dessen Familie aus Illinois stammte. Die gemeinsame Kindheit in den Staaten schweißte uns zusammen, auch wenn sich Gorden für seine neue Heimat nicht begeistern konnte.«

»Warum?«

»Es gibt solche und solche Menschen, Raymond. Was für den einen ein Paradies ist, kann für den anderen pure Langeweile sein. Gorden kam ursprünglich aus Chicago und war mit Haut und Haaren ein Stadtkind.«

Raymond blinzelte auf den Baldachin aus Blättern über ihm, und als sich das kühle Mondlicht zwischen einigen Baumwipfeln brach, fühlte er sich mehr denn je zuhause. Die Stadt wäre kein Ort für ihn. Seine Seele tat einen tiefen Atemzug und er war sicher, sein Körper daheim im Bett hielt es ebenso.

»Gorden hat Science-Fiction Literatur geliebt. Marvel und DC Comics vorwiegend und er hat mit einem merkwürdigen Feuereifer jede Geschichte von Spider-Man verfolgt. Er war schon ein schräger Vogel.« Sein Vater gluckste. »Mit seinen Vorlieben blieb er in dem verschlafenen Kaff jedoch allein. Sehr zum Unmut seines Onkels, der seine Waffenvernarrtheit aus den USA mitgebracht hat.« Der Rocky Mountain Wolf knurrte ohne ersichtlichen Grund. Raymond schaute verwirrt, während sein Vater seinem Geistführer beschwichtigend zusprach. »Dieser Onkel war kein sympathischer Charakter. Oswald war sein Namen. Er schrieb sich auf die Fahne, Gorden zu einem echten Mann zu erziehen. Damals war mir nicht bewusst, welche Ausmaße das annahm.«

»Warte. Meinst du, er hat Gorden misshandelt?«

»Er hat es mir gegenüber nie angedeutet, doch ich hatte eine Vermutung. Andauernd besaß der Junge irgendwo blaue Flecken. Wenn ich ihn darauf ansprach, wurde er nervös. Damals konnte ich die Zusammenhänge nicht richtig verstehen. Heute ist mir einiges klarer.«

Raymond schüttelte sich. Er dachte an die letzte Beule, die er Ed zu verdanken hatte und wie tief die Schmach darüber saß.

»Eines Tages bat mich Gorden, ihn auf die Jagd zu begleiten. Nein! Es war kein Bitten, sondern ein Flehen. Die Vorstellung, mit Oswald allein in den Bergen unterwegs zu sein, versetzte den Jungen in solche Panik, dass ich gar nicht anders konnte, als der Bitte nachzukommen.«

»Ich habe dich noch nie jagen gesehen.«

»Ich kann mit einer Schusswaffe umgehen und kenne mich mit einzelnen Modellen aus. Als Hobby lehne ich es ab.«

»Verstehe.«

»Im Nachhinein betrachtet, war das auch die beschissenste Idee meines Lebens. Denn schon während der Fahrt fiel mir auf, dass ich Oswald nicht ausstehen konnte. Vielleicht hast du es schon bemerkt, aber uns Walkers liegt eine gewisse Intuition im Blut. Wie bei Hunden, wenn ihnen von vornherein klar wird, dass jemand böse Absichten hat. Es ist eine Art Erbfähigkeit. Bei Oswald schlug sie Alarm. Er wirkte verärgert, dass ich dabei war, führte uns aber in das Jagdgebiet *Alberta*.«

Raymond dachte noch über die *Erbfähigkeit* nach. Tatsächlich spürte er bei Mister Hendricks auch diese Abneigung. Wenn den Walkermännern der Wolf im Blut lag, hing diese Fähigkeit womöglich damit zusammen. Generationen aus Walkern waren hochintuitiv geworden. Da sprach sein Vater: »Auf der Fahrt nach Alberta ist es sehr früh zu Reibereien gekommen. Der anstrengende Trip endete erst, nachdem Oswald in den Wäldern seine Beute schoss. Meinen Rocky Mountain Wolf.«

Raymonds Augen weiteten sich. Sein starrer Blick haftete am Seelentier seines Vaters, dessen vorheriges Knurren er nun besser verstand. Offensichtlich erinnerte sich das Tier ungerne an diese Geschichte, denn sein Vater musste ihm beruhigend über den massiven Schädel kraulen.

»Ich hatte ihn von weitem schon gesehen. Wir waren gerade an den Gestaden des Bow River, um uns das Abendessen zu angeln. Auf der gegenüberliegenden Uferseite sah ich ihn zwischen einer Böschung herausschleichen. Er stillte seinen Durst an den Fluten, hob den Blick in meine Richtung, ohne sich von meinem Erscheinen beeindrucken zu lassen. Es war ein wundervolles Tier. So gewaltig und doch ruhig. Jegliche bösartigen Absichten fern. Dann kam der Schuss ...«

Raymond verzog den Mund und mit grollender Stimme sprach sein Vater: »Es war der traurigste Anblick in meinem Leben. Ich erinnere mich, wie sich das Blutrinnsal mit der Strömung vermischte. Die verfärbten Ufersteine und das letzte Zucken seines Hinterlaufs. Obwohl ich damals wusste, worauf ich mich einließ, begriff ich erst da die Sinnlosigkeit dieses Unterfangens. Vor allem als das tote Tier später auf der Ladefläche des Pick-ups landete.«

Ein kühles Lachen später sprach er: »Gordens Onkel brüstete sich im weiteren Verlauf des Tages als Krönung der Schöpfung. Dabei kam mir der Kampf unfair vor. Aus sicherer Entfernung ein Raubtier zu erlegen, ist keine Kunst. Er hätte wenigstens für Chancengleichheit sorgen können.«

Der letzte Satz blieb Raymond im Hinterkopf hängen. Chancengleichheit. Das war etwas, das er bei seinen Kämpfen gegen Ed Brady ebenfalls vermisste. Der Junge, dem nachgesagt wurde, er würde dieses Jahr wieder sitzenbleiben und sich hauptsächlich an den jüngeren Jahrgängen vergriff. In geraumer Zeit könnte er ebenfalls zu einem Oswald heranwachsen. Einem Geschöpf mit verzerrter Wahrnehmung seiner selbst.

»Auf dem Heimweg habe ich Gordens Onkel meine Meinung darüber gesagt. Das kam nicht gut an. Dass seine Leistung ungewürdigt blieb, sorgte für eisiges Schweigen im Wagen und als die Debatte entbrannte, rutschte mir heraus, dass er ein Affe mit mickrigen Hoden sei.«

»Harte Worte.« Raymond grinste.

»Mit Folgen. Das Aas warf mich aus dem Wagen. Die restlichen acht Meilen musste ich zu Fuß zurücklegen, mitsamt der schweren Campingausrüstung auf meinen Schultern.«

Raymond konnte nicht anders als darüber zu lachen. Vor seinem inneren Auge sah er seinen jugendlichen Vater einen vollbepackten Seesack über den Asphalt ziehen.

»Hast du es bereut?«

Sein Vater schüttelte den Kopf. »An meinem Standpunkt konnte das nichts ändern. In derselben Nacht haben mich dann die sterbenden Laute des Tieres bis in den Schlaf verfolgt. Der Schuss, das kurze Winseln, das Gefühl der Ungerechtigkeit. Alles ließ den Zorn in mir anschwellen wie bei einem bösen Geschwür.«

Sein Vater warf einen Stein und als würde es sich um einen gewöhnlichen Hund handeln, rannte sein Wolf los. Raymond blickte dem Geistführer seines Vaters nach, wie er lautstark in einem Gebüsch verschwand und ein paar Mäuse aufscheuchte.

»Das kummervolle Jaulen lockte meine Seele aus dem Körper und zog mich wie von selbst vor Gordens Haus. Dort war Oswald in der Garage zugange, weidete das Tier aus, um es für seine Sammlung zu präparieren. Ohne zu ahnen, dass die Seele des Wolfes ihn umkreiste. Rastlos, blutdürstend und mit gefletschtem Gebiss.«

Der Geistführer seines Vaters apportierte so brav den Stein, dass Raymond daran zweifelte, er könne jemandem ein Haar krümmen. Geradezu bedacht platzierte er seine Beute in die Handfläche seines Vaters.

»So fand ich zum ersten Mal meinen Geistführer vor. Ihm schien noch nicht klar gewesen zu sein, dass er tot war.

Auch verstand er nicht, weshalb dieses nach Räucherspeck stinkende Geschöpf auf zwei Beinen sich an seinem Leib zu schaffen machte. Tiere begreifen den Sinn von Präparaten nicht«, sein Vater schüttelte den Kopf. »Sie verstehen Hunger, den Wunsch ihre Brut zu schützen, Revierverhalten und auch Dominanzkämpfe. Aber du wirst niemals erleben, dass ein Wolf sich sagt, er will einen Hirschkopf an seine Höhlenwand hängen. Das hat mit Eitelkeit und Stolz zu tun. Menschliche Unarten. Und es war dieses Unverständnis, das unsere Seelen einte. Ebenso wie der Wunsch nach Vergeltung.«

Es musste der Augenblick gewesen sein, als sein Vater dem Wolf einen Platz in seiner Seele bot. So wie Raymond es geschehen ließ, als sein Geistführer sich an ihn heftete.

»Und habt ihr euch gerächt?«, wollte er wissen.

»Bedauerlicherweise.« Die Antwort überraschte Raymond, während sein Vater schwer seufzte. »Von jenem Moment an suchten wir Gordens Onkel in meiner neugewonnenen Gestalt auf. Auf der niedrigsten luziden Ebene, auf der sich zwei Menschen treffen können. In seinen Träumen. Dort drehte ich den Spieß um und gab dem Hobbyjäger seine eigene Medizin zu schmecken, trieb ihn schutzlos vor mich her. In einer neblig düsteren Moorlandschaft aus unwegsamen Dickicht und mit Teer verklebtem Geäst.«

Die präzise Beschreibung irritierte Raymond.

»Hat er jeden Abend von demselben Ort geträumt?«

»Nein. Ich habe seinen Traum manipuliert. Jede Nacht drängte ich seinen Geist an einen Ort, von dem ich ahnte, dass seine menschliche Logik ihn als beschwerlich und unwegsam betrachten würde. Er musste erleben, wie ich als Wolf auf ihn zutrabte, während seine Stiefel im schlammigen Morast untergingen und die Flinte außerhalb seiner Reichweite lag. Wenn ich ihn zu fassen bekam …« Sein Vater stockte. »Ich habe Schlimmes mit Oswald angestellt. Dinge, die ich auf der physischen Ebene niemals einem Menschen antun würde. Doch ich dachte mir: *Es ist nur ein Traum. Und er ein Ekel. Was soll passieren?*«

Raymond war nicht klar gewesen, dass ihre Fähigkeiten so weit reichten und tatsächlich blitzten seine Augen für einen kurzen Moment auf. Allein die Vorstellung, Ed Brady samt dessen verkorksten Sippe in eine ähnliche Traumwelt zu entführen, kam ihm äußerst verlockend vor. Doch sein Vater erriet seine Gedankengänge, hob mahnend den Finger und versicherte ihm, dass diese Art des Klarträumens ein herber Eingriff in die Seele eines Menschen sei.

»Solche Attacken auf die Psyche eines Menschen können einen Stein ins Rollen bringen, ohne die Möglichkeit, ihn zu stoppen. Das war auch ausschlaggebend, weshalb manche von unserer Art bei den Hexenverbrennungen in Massachusetts unter die Räder kamen. Wenn die Menschen von Hexen sprechen, die zur Walpurgisnacht ihre Körper verlassen, um mit dem Teufel zu tanzen, halte das nicht für ein bloßes Ammenmärchen. Jede Legende hat irgendwo ihren wahren Kern. Hüte dich davor, in die Köpfe anderer Leute einzusteigen.«

»Und wenn ich vorsichtig bin?«

»Niemals, Raymond!« Sein Blick war mahnend, die Stimme energisch. »Lass dich nicht dazu hinreißen. Du könntest den Zeitpunkt verpassen, an dem du zu weit gehst.«

»Du hast es doch auch getan.«

»Ich war jung. Die Konsequenzen waren mir nicht klar.«

»Welche Konsequenzen sollen das sein? Es sind nur ein paar Albträume gewesen.«

Doch der Ausdruck seines Vaters wirkte ernst. Die heitere Stimmung von zuvor wich Bedrückung.

»Manche Menschen sind labiler, als sie nach außen hin zeigen. Es genügt dann ein winziger Tropfen, um ein ganzes Fass aus purem Wahnsinn bersten zu lassen.«

Der Vergleich ließ Raymond verunsichert aufhorchen.

»Was ist aus Gordens Onkel geworden?«

Sein Vater zögerte lange und erklärte irgendwann, dass Oswald kein guter Mensch gewesen sei. Der Tag seines Todes sei für seinen Neffen ein Freudenfest gewesen. Doch für seinen Vater wurde Oswald ein Mahnmal dafür, dass ihre Fähigkeiten mit Vorsicht zu genießen waren.

»Wie ist er gestorben?«

»Erhängt in seinem Schuppen.«

CURTIS OWENS

Damit hatte sich ein weiteres Geheimnis um seinen Vater gelüftet und Raymond verstand, woher die Schwermütigkeit herrührte, die für ihn so charakteristisch war. Das Geständnis über den in den Wahnsinn getriebenen Oswald jagte ihm eine Gänsehaut über den Rücken. Dennoch genoss er von nun an jedes Wochenende, indem beide die Zeit fanden, durch den Wald zu spazieren. Unter der Woche verbrachte Raymond seine Nächte mit Tante Beth in der Stube, studierte einige Bücher zum luziden Träumen aus der städtischen Bibliothek oder erledigte seine Schulaufgaben, die er mittlerweile absichtlich für die Nacht aufschob. Das Wunderbare am Dasein einer Exkursionsseele war, dass ihm am Tag nun weitaus mehr Stunden zur Verfügung standen, was seine akademischen Leistungen tatsächlich verbesserte. Denn Beth machte es sich zur Aufgabe, seine Defizite auszumerzen. Sie erwies sich als gescheite Frau und geduldige Lehrerin. Gerade was Mathematik, Chemie und Biologie betraf, besaß sie ein weitgefächertes Wissen, was Raymond schwer beeindruckte. Und als sich seine erste gute Note ankündigte, jauchzte seine Tante über den Erfolg, als habe sie selbst die Arbeit geschrieben.

Für Beth hatte sein Vater Magazine, Garn, Häkelnadeln und aus unerfindlichem Grund dutzende leere Einmachgläser aus dem örtlichen Gemischtwarenhandel besorgt.

Sofern sie die Muße besaß, setzte sich seine Tante mit Raymond in die Stube und häkelte bei knisterndem Kaminfeuer. Allerdings konnte Raymond nicht verhindern, dass Hana sich tagsüber ebenfalls an den Nadeln vergriff. So kam es leider vor, dass Beth sich abends über die Knoten in ihrer Arbeit ärgerte oder einen ganzen Schal aufgedröselt vorfand. Dann gab sie ein motziges Murmeln von sich und versuchte sich daran, das Chaos zu entwirren. Eines Nachts als Raymond bereits zu Bett gegangen war, überraschte sie ihn sogar mit feinstofflichem Garn. Das fand Raymond schon kurios, denn sie erklärte ihm: »Eine Exkursionsseele ist in manchen Situationen ebenfalls den Wetterbedingungen unterworfen. Gerade Wasser ist ein Element, das vieles durcheinanderbringen kann, also hüte dich mit deiner Seele, in stürmischen Gewässern zu baden. Strömungen bestehen aus Feinstoff, der uns weit davontreiben kann. Ebenso wie Hurrikans. Dein Großvater schwört darauf, einen Onkel gehabt zu haben, der durch einen Tornado quer durch den halben Bundesstaat gefegt wurde.«

»Warum ist er nicht einfach aufgewacht?«

»Er war am Abend zuvor sturzbesoffen. Wie im Delirium. Ich lege meinen Jungs deshalb immer nahe, Alkohol zu meiden.«

Beth winkte Raymond heran. Sie bat ihn, einen Arm auszustrecken und so beobachtete er verwundert, wie seine Tante den Faden mit einer herkömmlichen Nadel in seinen Feinstoff einarbeitete. Dadurch bekam Raymond den Eindruck, eine Tätowierung zu erhalten. Das Ergebnis wurde zu einem Muster, das einem ihrer Ornamente glich.

»Der Faden dient zur Stärkung deiner Abwehr. Wie ein Schutzschild. Zumindest ein einfacher. Der sollte deine Seele vor emotionalen Schockwellen wie jener von Anita Brouwer bewahren.«

Während Beths schimmernden Finger bei der Arbeit ähnlich wie der Faden glommen, kam bei Raymond die Frage auf: »Was wohl ein Einbrecher denkt, wenn er durch unser Fenster späht und deine schwebende Nadel sieht?«

Das brachte Beth zum Schmunzeln und sie schilderte ihre Studienzeit, wo sie gemeinsam mit fünf Kommilitoninnen in einer Studentenverbindung wohnte und jede Nacht vor eben jenem Problem stand.

»Du musst wissen, dass meine Mitbewohnerinnen ein wildes Leben führten. Manch eine kam nicht vor dem Morgengrauen heim. Wenn ich dann noch schlief, musste meine Seele entweder das Haus verlassen oder aufpassen, dass alle Gegenstände auch an ihrem ursprünglichen Platz lagen.«

»Das muss man sich aber merken können«, sprach Raymond seine Gedanken laut aus.

»Exakt. Meinen Jungs predige ich immer, dass eine Exkursionsseele zur Ordnung verpflichtet. Du nimmst ein Lehrbuch aus dem Schrank, grübelst über einem Referat auf der Küchenzeile und wenn sich der Schlüssel im Schloss dreht, musst du schnell genug sein, um deine Arbeitsmittel zurückzulegen. Am besten platzierst du die Sachen, mit denen du dich nachts beschäftigen willst, schon vor dem Schlafengehen dort, wo du sie brauchst. Man wird über dich schimpfen, weil du alles herumliegen lässt. Das ist aber besser, als wenn deine Schultasche vermeintlich schwerelos durch den Raum fliegt.« Beth ermahnte ihn niemals die Aufmerksamkeit seines Umfelds zu unterschätzen. »Etwa fünfundneunzig Prozent der Menschen gehen zu Bett, ohne am nächsten Morgen zu merken, dass die Haustürschlüssel zuvor einen Haken weiter in ihren Halterungen hingen. Doch die fünf Prozent, die es bemerken, auf die gilt es, Acht zu geben. Eine meiner Mitbewohnerin ist so paranoid geworden, dass sie jeden Abend ihr WG-Zimmer abfotografierte und beim Aufwachen prüfte, ob sich etwas selbstständig bewegt hat. Versuch in einem fremden Haushalt so wenig wie möglich anzufassen. Es sollte sich nach deiner Berührung auch nichts mehr bewegen oder auf der Tischplatte wackeln. Das erschreckt die Leute und ehe du dich versiehst, werden Parapsychologen eingeladen.«

»Mir ist etwas Ähnliches in der Bibliothek passiert«, gestand Raymond sein Missgeschick ein.

Beth zuckte achtlos mit den Schultern und meinte: »Das kommt in den besten luziden Familien vor. Im schlimmsten Fall denken deine Besucher, es spukt.«

»Passiert dir das auch noch?«

»Frag deine Schwester.«

Beide schmunzelten. Und Beth kannte noch weitere Anekdoten, die sich ihrer Meinung nicht vermeiden ließen, wenn man mit einem Haufen sturer Chaoten zusammenlebte.

»Meine beiden Jüngsten haben bei einer Übernachtungsparty eines Freundes dafür gesorgt, dass alle Gäste lauthals aus der Wohnung stürmten. Ich hatte von Anfang an kein gutes Gefühl dabei, aber dein Onkel Floyd wollte unbedingt, dass ich die Jungen von der Leine lasse. *Gib ihnen einen Vertrauensvorschuss.*« Beth mimte die Stimme ihres Gatten nach. Dann schüttelte sie den Kopf. »Ich kenne meine Söhne und wusste, das gibt Ärger. Aber mein Mann nannte mich eine Glucke, also dachte ich mir, er könne ruhig schauen, wohin seine Leichtsinnigkeit führt.«

»Lief wohl nicht so gut?«

»Natürlich nicht. Es war ein Desaster!« Beth wirkte darüber kaum bekümmert. Sie schien sich an dem Gedanken zu erfreuen, im Recht gewesen zu sein.

»Mitten in der Nacht – in einem fremden Haushalt – überkam meine Söhne das Bedürfnis, den Fernseher einzuschalten. Gleichzeitig wurden sich die beiden Strolche nicht einig, welches Programm sie schauen wollten, weshalb ein Streit zwischen ihnen entbrannte. Die Fernbedienung flog zwischen den beiden durch die Luft, während die Kanäle auf dem Bildschirm wechselten, bis einer der aufwachenden Gäste auf den flimmernden Fernseher aufmerksam wurde. Du kannst dir denken, wie das ausging. Meine Jungs sind liebe Kinder, aber manchmal habe ich den Eindruck, zwischen ihren Ohren befindet sich ein Hohlraum.«

Auf die trockene Bemerkung prustete Raymond los.

Er erfuhr mehr über die familiären Hintergründe seiner Tante. Sie besaß drei Söhne, von denen der mittlere ungefähr im selben Alter wie Raymond war. Sie lagen nur wenige Monate auseinander. Die beiden Älteren konnten sich laut Beth selbst versorgen und das Nesthäkchen nahmen Vater und Brüder inzwischen unter ihre Fittiche. Das ermöglichte es ihr, sich nachts aus dem Haus zu bewegen, um *Kleindanny* unter die Arme zu greifen, wie Beth ihren Bruder gerne neckisch nannte. Auch wenn sein Vater darüber die Nase rümpfte. Selbstverständlich verfügten ihre Söhne ebenfalls über eine Exkursionsseele und sie befanden sich in einem Alter, wo das heimische Nest langweilig wurde und es spannender war, sich nachts mit ihrem Mann Floyd herumzutreiben.

»In Wolfsgestalt?«, wollte Raymond wissen.

»Nein, beide haben ihre Geistführer noch nicht gefunden.« Beth schüttelte den Kopf. »Wie gesagt, du bist deiner Zeit voraus. Aber ich glaube, Jamie bandelt momentan mit einem Kojoten an. Gewissermaßen ein Wolf in Spee.«

Der Gedanke, auf Gleichgesinnte seines Alters zu treffen, klang für Raymond verlockend. Mit seinen Freunden konnte er nicht über derlei Themen sprechen.

»Kann ich deine Familie irgendwann kennenlernen?«

»Das hoffe ich.« In Beths Stimme schwang etwas Wehmut. »Es ist kompliziert. Danny und dein Großvater kommen nicht miteinander klar. Sicher, beide tragen eine Mitschuld an der Situation, aber ich würde lügen, wenn ich behaupte, dass der alte Mann nur harmlose Ecken und Kanten hat. Papa kann so …« Beth schaute von ihrer Arbeit auf und suchte nach den richtigen Worten. »… ignorant sein. Und hartherzig.«

»Kommst du mit ihm klar?«

»Ich würde sonst nicht bei ihm wohnen. Seine Mädchen trägt dein Großvater auf Händen.« Ein mildes Lächeln huschte über Beths Gesicht, das mit den nachkommenden Sätzen erstarb. »Es sind die Söhne, an die er hohe Erwartungen knüpft. Selbst wenn sie daran zerbrechen. Wäre ich an Dannys Stelle, womöglich hätte ich nicht anders gehandelt. Aber lass uns nicht darüber sprechen. Dein Vater möchte das nicht.«

Raymond ließ es darauf beruhen. Selbstverständlich lagen ihm noch Fragen auf der Zunge. Doch die Beziehung der beiden Walkermänner war so heikel, dass er sich bloß zaghaft herantraute. »Ihr wohnt also zusammen. Das muss dann aber ein großes Haus sein?«

»Oh, wir haben eine stattliche Ranch.« Beth grinste. »Viele Hektar Land und Vieh. Saftige Weideflächen und mehrere Stallungen. Du würdest Augen machen.«

Raymond schaute überrascht. Er stellte sich seine Tante bei einem Viehtrieb vor. Doch weiter ging Beth nicht auf das Thema ein. Auch dann nicht, als Raymond um Einzelheiten bat. Stattdessen erfuhr er, dass Beth nach dem Pharmaziestudium bis zur Hochzeit in einer Apotheke arbeitete.

»Was hat dich denn gerade zu diesem trockenen Gebiet gebracht?« Es hörte sich langweilig an. Doch seine Tante schmunzelte darüber. »Hast du bemerkt, dass manche Pflanzen auf der luziden Ebene anders wirken?«

Raymond hatte bereits darüber nachgedacht und erinnerte sich, fluoreszierende Triebe an manchen Bäumen gesehen zu haben, die auf der physischen Ebene nicht existierten. Eine dieser Pflanzen hatte sich im Kampf gegen den Fliegenfänger als nützlich erwiesen. Hinter ihrem Haus stand ein Kirschbaum, dessen Geäst seit Jahrzehnten karg und ausgedörrt wirkte, auf der luziden Ebene jedoch von Blütenpracht strotzte. Seine Tante erklärte: »Auch Pflanzen haben eine feinstoffliche Existenz. Nur macht sich die anders bemerkbar. Beispielsweise wachsen manche auf der luziden Ebene weiter oder bekommen Knospen, obwohl ihre Art eigentlich keine Früchte trägt. Diesen Faden hier, den habe ich sogar aus Fasern unseres Familienstamms gesponnen.«

Raymond wusste nicht, welche Vorstellung ihn mehr verwunderte. Es ließ ihn die Frage in den Raum werfen, ob Pflanzen ebenfalls eine Seele besaßen, was Tante Beth mit einem Schulterzucken beantwortete.

»Wer weiß, Raymond. Wer weiß. Diese Welt ist ein wundersamer Ort, gerade auf der nächsten Ebene. Und dort ist so vieles unerforscht, dass ich es mir zur Aufgabe gemacht habe, die feinstofflichen Triebe abzuschneiden und daheim in meiner Werkstatt zu studieren. Meine Notizbücher quellen über.«

Raymond hatte nachts des Öfteren beobachtet, wie Beths geisterhafte Gestalt die Fauna am Waldrand durchstöberte, um die schimmernden Triebe in ihrer Seele mitzunehmen. Manche Kräuter lagerte sie bewusst auf dem Petaluma-Anwesen. Seine Tante erklärte ihm einmal, es gäbe seelische Leiden, die eine luzide Pflanze kurieren könne. Ein Vorrat sei daher keine schlechte Idee. So füllten sich die Einmachgläser in ihrer Küche im Laufe der Zeit mit Wurzeln, Zweigen und Knollen, die auf der physischen Ebene zwar unsichtbar waren, auf der luziden Ebene jedoch in einem schaurigen Glanz glühten.

Die Nächte blieben idyllisch, die Nachrichten dafür weniger. Denn im Vorjahr schockierte der rechtsradikale Timothy McVeigh das Land, als er in Oklahoma City einen Bombenanschlag verübte, dem hundertachtundsechzig Leute zum Opfer fielen. Nun, im April 1996, sollte ihm endlich der Prozess gemacht werden, was sämtliche verbliebenen Überlegungen an Herold Brouwers Tod verdrängte. Viele Bewohner von Copperdeer zogen durch die aktuellen Ereignisse Parallelen zu ihrem eigenen rechtsradikalen Problem, das dieser Tage auch noch Zuwachs in Form vom Curtis Owens erhielt. Elisabeth lernte den siebzehn Jahre älteren Trucker auf einem Treffen der *National Alliance* kennen, der nach wenigen Wochen bereits bei ihr einzog. Die Bradys waren für sich allein schon kein Lichtblick, doch mit Curtis fand Elisabeth einen Verbündeten, der ihre Ideologie teilte und gerne seine Schusswaffen vor den Augen der Nachbarschaft polierte.

»Es heißt, das sei seine Art, Einbrecher abzuschrecken.« Raymond saß gemeinsam mit seinen Klassenkameraden in der Schulkantine und stocherte in seinem unappetitlichen Mittagessen, während Mitchel ihnen von seiner Beobachtung an jenem Morgen berichtete. »Ich war gerade auf dem Schulweg. Da habe ich Sheriff Reynolds Jeep vor der Brady Baracke stehen sehen. Curtis hat auf der Veranda sein Jagdgewehr gesäubert und manchmal zielt er damit auf Passanten.«

»Nicht auf alle Passanten«, korrigierte ihn Devin Brooks. Er klang nervös und das zurecht. Raymond hörte von dem Gerücht, dass Elisabeths neuer Freund sich einen Spaß daraus machte, eine ganz spezielle Bevölkerungsgruppe ins Visier zu nehmen.

»Genau darauf hat ihn Reynolds auch angesprochen«, erzählte Mitchel. »Curtis hat geantwortet, er könne in Zukunft auch auf weiße Kinder zielen. Damit sich niemand benachteiligt fühlt.«

Raymonds Nackenhaare richteten sich auf. Das klang nach einem ganz gemeinen Kaliber und er fragte: »Warum unternimmt Reynolds nichts?«

»Auf seinem Grund und Boden darf Curtis überall seine Waffe polieren. Zumindest hat er das Reynolds gegenüber behauptet. Wäre dem nicht so, hätte der Sheriff wohl widersprochen. Aber das ist noch gar nicht das Schlimmste!« Mitchel legte eine dramatische Pause ein. »Reynolds hat verlangt, dass Elisabeth ihren Jungen wieder in die Schule schickt. Wir wissen alle, welchen der *charmanten* Brady-Brüder ich meine, oder?«

»Ed!«, echote die Runde. Der gefürchtete Schulrüpel ließ sich seit Monaten nicht blicken. Es kam häufiger vor, dass er mit Abwesenheit glänzte, allerdings überraschte es die Gruppe, wie lange dieser Zustand bereits anhielt. Der Schule war es jedenfalls ein Dorn im Auge, denn Mitchel erklärte: »Sheriff Reynolds hat gesagt, wenn Ed noch länger im Unterricht fehlt, bekommt Elisabeth eine Geldstrafe. Es sei egal, dass Ed wiederholen muss, sie soll ihn zum Unterricht schicken. Leute ist euch klar, was das bedeutet?«

Raymond erblickte viele schluckende Kehlköpfe. Trotz der Parallelklasse lagen die Chancen wie bei einem Münzwurf, dass sie in wenigen Monaten ihre Räumlichkeiten mit

Ed Brady teilen mussten. Einige unter ihnen trugen daran Schuld, dass die Fensterscheiben von Eds Elternhaus demoliert wurden, und das trübte die Aussichten auf ein friedliches neues Schuljahr. Raymond beobachtete, wie Devin seine Plastikgabel zur Seite legte. Ihm verging der Appetit und er verkündete: »Mir wird schlecht.«

Es war der Moment, indem Raymond klar wurde, dass er es sich nicht leisten konnte, weiterhin um seinen verblichenen Freund zu trauern. Das nächste Schuljahr würde eine Härteprobe werden.

Die Nacht darauf, als Raymond seinen Körper verließ und die Stufen hinab zur Wohnstube stieg, war Beth bereits im Wohnzimmer zugange und rollte die Teppiche für den Frühjahrsputz ein. Sie hatte vor, die Läufer am Waldrand über einen Ast zu hängen, damit Hana nicht wach wurde, falls sie etwas härter mit dem Teppichklopfer ausholte. Mittlerweile hatte Raymond einen Entschluss gefasst. Er stand unschlüssig auf dem Fleck und fragte: »Wärst du mir böse, wenn ich heute Nacht zu Herolds Gedenkstätte gehe, anstelle dir zu helfen?«

Beth hielt in ihrer Bewegung inne. Dann ließ sie mit einem Seufzen vom zusammengerollten Läufer ab. »Schätzchen, natürlich bin ich dir nicht böse.«

»Zufrieden wirkst du aber auch nicht.«

»Das verstehst du falsch. Ich würde dir niemals verbieten, die Gedenkstätte eines Freundes aufzusuchen. Wie könnte ich auch? Doch Raymond, du darfst bitte keinen falschen Hoffnungen erliegen.«

Er schüttelte den Kopf und erklärte: »Ich habe die Suche nach Herolds Geist aufgegeben. Ich weiß, dass er nicht mehr hier ist.«

»Was möchtest du dann dort?«

»Einen Schlussstrich ziehen. Mich verabschieden und ihm sagen, dass er ein guter Freund war. Vielleicht hört er es. Vielleicht auch nicht. Zumindest habe ich es dann ausgesprochen.«

Die Mundwinkel seiner Tante verzogen sich mitleidig. Sie nickte, da sie wusste, solange er es für sein Seelenheil tat und nicht zur Selbstgeißelung, konnte es nichts Schlechtes sein. Sie begleitete Raymond bis zum Anfang der Buckhill Road. Es war eine kühle Frühjahrsnacht. Das Blätterwerk raunte leise am Wegesrand mit dem Wind und Raymond stellte sich vor, wie gespenstisch ihr Erscheinen auf Außenstehende wirken mochte. Am Ende der Straße erklärte Beth: »Weiter sollte ich nicht. Deine Schwester ist allein zu Hause. Kommst du klar?«

»Copperdeer ist meine Heimatstadt. Ich kenne jeden Winkel.«

»Na dann zieh los, junger Walker. Und vergiss nicht, was ich dir beigebracht habe.«

Raymond grinste und machte zwei gewaltige Sätze. Beim dritten Sprung fand er sich in seiner Wolfsgestalt.

Die letzten Wochen verbrachte Beth damit, ihm mittels eines altertümlichen Reims, aus seinem instabilen Irrlichtstadium herauszuhelfen. Nun glich seine Seele seinem physischen Leib. Er besaß richtige Gesichtszüge, Gliedmaßen und zeitgleich lehrte Beth ihn, sich einwandfrei in einen Wolf zu verwandeln. Zuvor erinnerte seine Metamorphose an eine Art Chimäre.

Bevor Raymond aufbrach, rief er seiner Tante zu: »Mach dir keine Sorgen, ich bleibe innerhalb der Stadtgrenzen.«

Ihre blasse Gestalt nickte und entschwand in ihrer Fuchsgestalt die andere Richtung davon.

Raymond lief im bequemen Galopp durch das Arbeiterviertel, vorbei am leer stehenden Haus von Anita Brouwer, deren Begonien im Vorgarten ausgezehrt den Kopf hängen ließen. Mit Herolds Dahinscheiden verlor das Haus seinen Frohsinn. Die backsteinerne Fassade wirkte fahler, der Wildwuchs nahm im Beet überhand und wann immer Raymond den Bordstein davor passierte, hoffte er vergebens hinter den Gardinen das Gesicht des verblichenen Freundes auszumachen. Einmal fragte er seinen Vater, ob es irgendwann besser werde und die Trauer beim Anblick des Gebäudes von ihm abließ. Sein Vater strich ihm mitfühlend über den Haarschopf und erklärte, dass er momentan eine Lektion lerne, die Kindern für gewöhnlich länger verwehrt blieb. Da sei eine Wunde in seiner Seele und wie bei einem körperlichen Leiden, würde sie heilen, aber eine Narbe bleiben. An manchen Tagen spüre er nichts, doch wenn die Erinnerung ihn übermannte, könne er nicht verhindern, dass die Narbe zwickte. Sein Vater nannte es Wehmut.

Und wie er prophezeite, konnte Raymond sich auch dieses Mal nicht dagegen wehren, selbst als er andächtig und mit gesenktem Kopf an dem welken Beet vorbeischritt.

Ein satter Vollmond kämpfte sich hinter einer porösen Wolkendecke hervor, tauchte Raymonds Weg in kaltes Licht. Es war Mittwochabend und die meisten Bewohner auf den Straßen waren auf ein Feierabendbierchen aus. Er traf wenige Spaziergänger, die meist in Begleitung ihrer Hunde waren und augenblicklich bellten, wenn Raymond an ihnen vorbeihuschte.

Tiere besaßen eine bessere Intuition, lehrte ihn sein Vater einst. Mit diesem Gedanken bog Raymond zur Lunéville Bridge ein, wo der Flusspegel durch das Schmelzwasser aus den Bergen an Höhe gewann. Die dunklen Fluten rauschten den Kanal hinab und drangen schon frühzeitig an seine Ohren. Kurz vor seinem Ziel musste Raymond jedoch feststellen, dass jemand ihm seinen Platz heute Nacht streitig machte.

Er hielt inne. Erblickte eine dunkle Silhouette, die neben der Gedenkstätte kauerte, eingepackt in einen weiten Hoodie, mit dem Kopf unter der Kapuze verborgen. Wer dort stand, wollte nicht viel Aufhebens um seine Person machen. Wann immer ein Wagen die Brücke passierte, erhaschte Raymond einen verstohlenen Seitenblick. Dann zuckten die Finger hinauf, zogen den Stoff noch tiefer ins Gesicht.

Unschlüssig hielt sich Raymond zurück. Im ersten Moment glaubte er Anita Brouwer vorzufinden, die er keinesfalls bei ihrem Besuch belauschen wollte. Doch die Gestalt kam ihm kleiner, schmächtiger, geradezu zierlich vor. Außerdem hätte eine trauernde Mutter keinen Grund gehabt, sich für ihr Erscheinen zu schämen. Der Gedanke an ein Kind schien ihm zunächst abstrus, bis er eine Mädchenstimme vernahm. Sie wünschte Herold einen schönen Abend und bat um Verzeihung nicht tagsüber gekommen zu sein.

»Meine Eltern haben es mir nicht gestattet.«

Raymond blieb zurück, wagte nicht, sich zu nähern, aus Anstand dem trauernden Gast gegenüber. Doch die geschärften Sinne seines Wolfgeistes vernahmen jedes Wort überdeutlich und erkannten eine Person, die in den letzten Tagen aus seinem Bewusstsein verschwunden war. Als ihm klar wurde, wer sich dort im Schutz der Nacht herumtrieb, ging ein Aufatmen durch seinen Körper.

Das Geräusch eines Feuerzeugs erklang.

Einmal, zweimal, dreimal. Dann tauchte das tänzelnde Kerzenlicht Grace Martinets Antlitz in einen warmen Schein. Raymond erspähte ihre zitternden Lippen. Die Nacht mochte frisch sein, doch er schob das Beben ihres dürren Leibs auf die Anspannung. Ihre unverhoffte Erscheinung zupfte gewissenhaft das feuchte Laub von Herolds Bild, drapierte Fotos, Kränze, verfilzte Stofftiere und die mitgebrachte Kerze neu. Die Finger sittsam zusammengefaltet, sprach sie zunächst ein Gebet für den Verstorbenen. Es klang nicht christlich. Nicht lateinisch. Viel altertümlicher. Ihre flüsternde Stimme war ein gespenstischer Laut um Mitternacht in einer Sprache, die Raymond ein Rätsel blieb. Die Silben wurden von den Fluten beinahe verschluckt. Und nachdem sie den letzten Vers sprach, deutete sie kein Kreuz an, kein Amen. Grace hob lediglich die Hände auf Brusthöhe, schloss die Augen und neigte ihr Haupt. Es folgte eine gedenkvolle Stille, die lange nach der merkwürdigen Geste anhielt.

Gott allein mochte sagen, was dem Mädchen durch den Kopf ging. Raymond konnte nur raten. Er nahm Platz und beobachtete. In der Hoffnung der Stätte als nächstes einen Besuch abstatten zu dürfen.

Grace blickte nachdenklich auf das tänzelnde Kerzenlicht, bis sie mit flüsternder Stimme gestand: »Ich bin mir nicht sicher, wie man eine solche Unterhaltung führt. Das ist mein erstes Gespräch dieser Art. Ich hoffe, das kannst du mir verzeihen.«

Und das glaubte ihr Raymond. Grace wirkte unsicher.

»Ich hätte früher kommen sollen. Doch ich wollte nicht mit leeren Händen dastehen. Nicht nach deinem Geschenk.«

Grace griff zu ihrer Seite zu etwas, das Raymond von seinem Standpunkt aus verborgen blieb. Er hörte einen Reißverschluss und mit behutsamen Fingern platzierte sie ein Mitbringsel vor Herolds Foto.

»Ich habe lange überlegt, worüber du dich gefreut hättest. Miss Petrova musste mir einen Tipp geben. Sie meinte, du wolltest Pilot werden. Im Kunstraum hat sie mir dein Bild von der Einschulung gezeigt.«

Raymond erinnerte sich. Auf dem einfachen Zeichenblatt war eine Lockheed F-16 abgebildet. Die Farbgebung war viel zu kräftig gewesen, bunt und schrill mit einem überdimensionierten Rumpf und grauen Kreisen an den Flügelenden, durch Herolds ungeschickten Versuch, die Bombenlast des Fliegers darzustellen.

»Miss Petrova musste weinen, als ich ihr von meiner Bitte erzählt habe. Sie nannte dich einen lieben Jungen. Irgendwie scheinen die Wunden überall noch frisch zu sein. Du wirst auf jeden Fall vermisst.« Ein Wagen rauschte vorbei. Grace hielt inne, doch Raymond sah sie nach dem Fahrzeug lauschen, als befürchte sie, ein misstrauischer Fahrer könne anhalten und unangenehme Fragen stellen. Erst nachdem die Scheinwerfer hinter der nächsten Biegung verschwanden, lebte ihre Stimme erneut auf.

»Ich kenne mich mit Flugzeugen nicht aus. Entschuldige, falls es nicht das richtige Modell ist. Ich hoffe, es gefällt dir trotzdem.« Ihr Blick wich ratlos zur Seite, als suchte sie die richtigen Worte, bis sie zugab: »Deine Geste … Die hat mich tief berührt. Dass du den ganzen Weg auf dich nehmen wolltest, nur um hier …« Sie stockte. Wagte nicht, den Satz zu beenden. »Mich nicht bei dir persönlich bedanken zu können, ist wirklich schmerzhaft. Und auch eigenartig, weil wir uns kaum kannten. Für mich warst du der Junge aus dem Bus. Deinen Namen wusste ich nicht. Es ist so bitter. Erst durch die Nachrichten habe ich ihn erfahren. Am Tag deines Todes. Als ich dein Foto sah.«

Grace schwieg betroffen. In ihren Gedanken versunken. Die verpasste Gelegenheit schien an ihr zu nagen, denn in die Stille der Nacht fragte sie: »Wie unser Zusammentreffen wohl abgelaufen wäre? Wenn du es bis zu meiner Haustür geschafft hättest. Ich habe den Eindruck, einen wirklich anständigen Jungen versäumt zu haben.« Raymond vernahm einen tiefen Atemzug. »Ich wünschte, wir hätten uns kennengelernt«, gestand sie. »Und es ist mir egal, was Mama sagt, dein Geschenk ist hübsch und ich will es in Ehren halten. Wo immer du jetzt bist, ruhe in Frieden, Herold Brouwer.«

Einen Moment blieb Grace still, beinahe so, als erwarte sie eine Antwort. Eine Zustimmung, einen Abschiedsgruß. Vielleicht auch ein Danke. Doch die Toten behielten ihre Gedanken für sich, das musste Raymond die letzten Monate selbst einsehen.

Grace seufzte und griff nach ihrem Rucksack. Sobald er übergeworfen war, alles an Ort und Stelle saß, richtete sie einen letzten Blick auf Herolds lächelndes Foto. Dann schlug sie mit raschen Schritten den Heimweg ein, die Kapuze tief ins Gesicht gezogen und von der Straße abgewandt, vor allem dann, als ein Truck auf der Gegenspur vorbeirauschte. Raymonds Blick blieb an ihrem Rucksack hängen. An einer Öse baumelte Herolds Geschenk mit dem markanten schillernden Steinchen.

Er kannte das Mädchen kaum, doch blieb zuversichtlich, dass sie ihren Worten Taten folgen ließ. Wer die elterlichen Regeln auf diese Art ignorierte, empfand eine hohe Schuldigkeit dem Verblichenen gegenüber. Da wollte Raymond auch glauben, dass Herolds Andenken bei ihr in guten Händen lag. Immerhin gab es ihm das Gefühl, den beschwerlichen Ausflug zum Martinet-Anwesen nicht umsonst gemacht zu haben.

Er näherte sich der Gedenkstätte auf leisen Sohlen, begutachtete das schnittige Modell der Lockheed F-16, die Herold zu Lebzeiten sicherlich erfreut hätte - von dem ersten Mädchen, dem er zugetan gewesen war. Raymond musste gestehen, dass er die Geste aufmerksam fand.

»Sie hat wirklich einen anständigen Jungen verpasst«, pflichtete Raymond bei. Mit der Erwartung, dass seine Worte von Grace ungehört blieben. Doch die letzte Silbe war kaum über seine Lippen, da erhaschte Raymond aus den Augenwinkeln ihre ruckartige Bewegung. Sie starrte in seine Richtung, mit einem ungewöhnlichen Argwohn und wider besseren Wissens kam Raymond sich beobachtet vor.

»Wer ist da?«

Raymond verblüffte, wie schnell ihre Stimme in einen scharfen Tonfall wechseln konnte. Von dem lieben Mädchen zu einer Person mit harten Zügen um den Mundwinkeln.

»Ich weiß, dass du das bist«, zischte sie.

Nein, das kannst du nicht, redete sich Raymond ein. Es war unmöglich. Denn die Stimmen der anderen Ebene blieben für ihresgleichen ungehört, waren nicht mehr wie ein leiser Luftzug. Das hatten ihm Beth und sein Vater erklärt. Dennoch fühlte Raymond sich ertappt. Für den Bruchteil einer Sekunde meinte er etwas auf Graces Stirn aufblitzen zu sehen. Etwas, das sich mit dem nächsten Wimpernschlag verflüchtigte.

»Ich mag es nicht, wenn man mir auflauert!«

Raymond lag bereits eine Antwort auf der Zunge, doch die Worte waren vergessen, sobald er ein Klicken hörte, wie von einem Schalter, der betätigt wurde. Kurz darauf blinzelte Grace in den grellen Lichtkegel einer Taschenlampe. Ihre Augen schmälerten sich und prompt hoben sich die Finger schützend vors Gesicht. Raymonds Wolfsgestalt warf keinen Schatten. Seine Augen folgten der Lichtschneise zu seinen Füßen und erblickten einige Meter hinter sich eine hagere, hochgewachsene Gestalt, eingepackt in einer schlecht gealterten Kunstlederjacke, deren spröde Oberfläche an den Nähten abblätterte.

Der Truck von zuvor war, ohne dass beide es bemerkten, auf dem rechten Fahrstreifen zum Stehen gekommen. Auf der Plane erkannte Raymond das ausgeblichene Logo einer Stahlfabrik aus Salem. Der Warnblinker blitzte sekündlich und der Halter des Fahrzeugs ließ den Lichtkegel seiner Taschenlampe mehrmals an Graces Statur entlanggleiten. Auf und Ab. Viel häufiger als nötig wie Raymond fand. Er vernahm ein Schmatzen. Einen kauenden Kiefer.

»Was treibt sich neuerdings auf unseren Straßen herum?«

»Ich wollte die Unfallstelle besuchen.«

»Zu so einer unchristlichen Stunde?«

Die Taschenlampe blendete wieder in Graces Gesicht. Sie hob schützend die Hand und schnalzte erbost mit der Zunge, bat darum, dieses Gehabe zu unterlassen.

»Gehabe?«

»Anders kann man das wohl kaum nennen.«

Für ihr Alter besaß sie eine scharfe Zunge, das wollte Raymond ihr nicht streitig machen. Doch etwas daran passte ihm gerade nicht. Der Wolf in Raymonds Seele sträubte sich gegen den Neuankömmling. Ohne es selbst kontrollieren zu können, fletschte sich sein Kiefer und liebend gerne hätte er Grace geraten, ihr Mundwerk zu halten. Als hätte Raymond es geahnt, näherte sich der Fahrer mit zwei zügigen Schritten, blieb jedoch zurück, als Grace ruckartig von ihm Abstand gewann.

»Bleib weg!«

Sofort schossen seine Hände in die Höhe. Die Stimme triefte vor gegaukelter Empörung.

»Ganz ruhig! Ich komme nur meiner Bürgerpflicht nach.«

»Das können Sie auch von dort.«

»Warum so gereizt? Periode oder was?«

»Fahren Sie einfach weiter!«

»Kann ich nicht. Wie gesagt, Bürgerpflicht.«

»Was denn für eine Bürgerpflicht?«

»Na, was glaubst du? Da fahre ich nichts ahnend Heim und kriege den Schreck meines Lebens, als mir deine blasse Gestalt am Bordstein auffällt«, er nickte zu Herolds Gedenktafel. »Warst du eine Freundin von ihm?«

»Ich? Ich weiß nicht«, sagte sie zaudernd. Die Frage warf Grace aus dem Konzept, als befürchtete sie, eine falsche Antwort könne Herold aus dem Grab holen. »Nein, eigentlich nicht.«

»Dir ist klar, dass dieser Ort nichts für Kinder ist? Passieren schlimme Dinge hier.«

»Ich bin kein Kind.«

»Aha. Und wie alt bist du?«

»Vierzehn.«

»Ah, ganz frisch und blutjung. Wissen Mama und Papa, wo du dich herumtreibst?«

»Natürlich.«

Er blinzelte sie an, überrascht, wie unverfroren die Lüge über ihre Lippen kam. Dann verzogen sich die Mundwinkel zu einem Feixen mit stark vernachlässigten Raucherzähnen. Raymonds Blick haftete an seinen Händen, die sich langsam senkten. »Kleine Schwindlerin. Eine Ausreißerin bist du.«

Grace empörte sich darüber und erklärte: »Kümmern sie sich um ihre eigenen Angelegenheiten!«

»Gegenvorschlag. Wir rufen den Sheriff. Der wird schon wissen, wie man mit dir umgeht.«

»Tun sie sich keinen Zwang an.« Ein kühnes Schulterzucken war ihre Antwort. »Ich gehe jedenfalls heim. Einen schönen Abend noch.« Grace entfernte sich, blieb aber geistesgegenwärtig genug, ihm nicht den Rücken zuzuwenden.

Raymond fühlte intuitiv eine zornige Woge im Leib ihres Gegenübers aufwallen. Grace Mischung aus Hochmut und Gleichgültigkeit, löste etwas im Trucker aus, dass mit zunehmendem Abstand an Überhand gewann. Ein Triggerpunkt.

Die Situation gefiel Raymond nicht. Und dem Herrn mit dem knirschenden Kiefer noch weniger, dessen Schritte in Fahrt kamen. Ein alter Dieselmotor kündigte einen

Wagen an. Er bog knatternd auf die Lunéville Bridge ein und ließ den Fremden in seiner Bewegung erstarren. Raymond erkannte sein hervorquellendes Augenpaar, wie es dem Insassen des Wagens nachschaute. Die Hand hob sich für einen unverfänglichen Gruß und es war jener Moment, den Grace für sich nutzte.

Mit einem Satz machte sie auf dem Absatz kehrt, jagte die Brücke hinunter Richtung Stadtzentrum, während der Wind ihre Kapuze vom Kopf riss. Raymond erkannte einen wehenden Pferdeschwanz. Dann horchte er hinter sich und fand sich inmitten einer beunruhigenden Situation. Er musste mitansehen, wie der Trucker mit weiten Sätzen aufholte, sobald er sich unbeobachtet fühlte.

Copperdeers Straßen waren Raymond von klein auf bekannt. Daher brauchte er nicht lange, um zu ahnen, dass Grace kaum eine Chance besaß, rechtzeitig von der alten Landstraße herunterzukommen. Er schnappte zu, als das Bein ihres Verfolgers an ihm vorbeirauschte. Ein Jaulen dröhnte durch die Nacht, wurde vom donnernden Fluss überschallt. Raymond rammte seinen Kiefer in die Wade, hätte schwören können, das Blut auf seiner Zunge zu schmecken, während der andere Fuß ausholte, auf der Suche nach einem Angreifer, der dem menschlichen Auge verborgen blieb. Ein Stiefel rauschte durch Raymond, ohne ihm zu schaden.

Inmitten der ungleichen Rangelei richtete sich seine Aufmerksamkeit auf Grace, die am Ende der Brücke ausharrte und sich ihren Teil dazu denken mochte. Vielleicht glaubte sie, ihr Verfolger habe einen heftigen Wadenkrampf, einen schmerzhaften Bänderriss oder sie gab sich der puren Schadenfreude hin.

Da von ihrer Seite keine Anstalten kamen, sich zu entfernen, sah Raymond sich gezwungen, die Angelegenheit zu beenden. Er schleifte ihren Verfolger über den Gehweg, ignorierte das Jammern, die hilflosen Finger, die sich in den Bordsteinrillen zu verkeilen versuchten und vorbei an Herolds Gedenkstätte. Die ließ einen furchtbaren Verdacht in seinem Opfer aufkommen, beflügelte dessen Fantasie. Mit einem gellenden »*Neein!*« schrie er sein Grauen hinaus. Dann flehte er: »Es war ein Scherz! Bitte Brouwer, lass mich los!«

Raymonds Blick heftete sich auf das Foto seines Freundes, auf dessen harmloses Grinsen mit dem leichten Überbiss. Die Vorstellung, ein so gutmütiger Charakter wäre zu einem solchen Spuk im Stande, verblüffte ihn dermaßen, dass Raymond von der Wade abließ.

Mehr war auch nicht nötig, denn von dieser kurzen Aktion war der Trucker geläutert. Er hob sich zittrig auf die Beine, bedankte sich tausendfach bei Herolds Foto für die Gnade, was Raymond wiehern ließ. Zufrieden schaute er zu, wie der Mann zurück humpelte, unter Schmerzen sein Fahrerhäuschen bestieg und mit mehr Kraft als nötig den Motor aufheulen ließ. Die nächste Biegung nahm er in einem rasanten Manöver, dass Raymond befürchtete, sein Fahrzeug könnte zur Seite kippen.

GRACE MARTINET

Im Nachhinein betrachtet, musste Raymond feststellen, dass die Nacht auf der Brücke eine weitere Offenbarung für ihn wurde. Mit seinen Fähigkeiten freundete er sich inzwischen an, verstand aber kaum das Ausmaß, noch nicht einmal die Möglichkeiten, die sich damit ergaben. Selbstverständlich hatte Raymond vieles bereits geahnt. Vor allem, als er zusehen durfte, wie Ed und Miller vor seiner Haustür von seinem Vater in die Schranken gewiesen wurden. Doch ihm wurde nach diesem Vorfall nahegelegt, es nicht mit solchen Eingriffen zu übertreiben. Allein aus Respekt gegenüber seinen Mitmenschen gebot der Anstand, niemals handgreiflich zu werden, denn der Körper eines Menschen sei sein Eigentum, sein Tempel. Ganz gleich in welchem Zustand.

Sein Vater habe Ed nur angegriffen, weil er *ihren* Tempel betreten hatte, ihr Heim. Doch Raymond dürfe dies nicht als Freifahrtschein betrachten. Der Schutz der Familie sei für jedes Mitglied oberste Priorität, egal auf welcher Ebene sie sich befanden.

Als Raymond jedoch beobachtete, wie der Blick des Truckers an jenem Abend Herolds Foto streifte und das Grauen in ihm hochkroch, aus Angst, einem rachsüchtigen Geist gegenüberzustehen, wurde ihm klar, wie viele Schauergeschichten der letzten Jahrzehnte ihre Ursprünge in einer solchen Auseinandersetzung fanden. Zu gerne hätte er gewusst, welchen Anteil seine Familie daran trug. Entsprangen sämtliche urbanen Legenden der Region, lediglich durch einen Fehltritt einer unachtsamen Exkursionsseele? Jagten sämtliche Medien, die sich dem Paranormalen verschrieben, einem Irrglauben hinterher? Und würde die Stadt Copperdeer nun regelmäßig davon sprechen, dass der Geist von Herold Brouwer keine Gewalt an seiner Unfallstelle duldete?

Nicht das Raymond sein Eingreifen leidtat, ganz im Gegenteil. Für den Rest des Abends kam er sich wie der Protagonist seines eigenen Heldenepos vor. Inmitten seiner Euphorie ließ Raymond sich sogar dazu hinreißen, die Jungfer in Nöten auf ihrem Heimweg zu begleiten. In der neuen Rolle als unsichtbarer Rächer fühlte er sich unbesiegbar und seinen Wolfsinstinkten verbundener denn je.

Doch ausgerechnet Grace Martinet holte ihn auf den Boden der Tatsachen zurück. Als Raymond ihr in sicherer Entfernung auf dem Heimweg folgte, hätte er es bereits merken müssen. Doch zu diesem Zeitpunkt galt seine Aufmerksamkeit der eingeschlagenen Route, die Raymond deshalb so interessant fand, weil sie ihm unbekannt war.

Grace Martinet quälte sich nicht die kilometerlange Schotterpiste zu ihrem Familiensitz hinauf, sondern besaß eine Abkürzung, die ihm bei seinem vergangenen Besuch verwehrt blieb. Am alten Schacht zur Kupfermine, dort wo der meterhohe gusseiserne Zaun die Öffentlichkeit von dem Grundstück fernhielt, existierte eine altertümliche Treppe. Sie war tief in den Hang eingearbeitet und durch die dichten Brombeersträucher ringsherum vor fremden Blicken verborgen. Raymond dachte zuvor, das Gebiet sei komplett unzugänglich und von der Stadt abgeriegelt, damit neugierige Kinder nicht in Versuchung gerieten, die alten Schächte zu betreten. Doch zu seiner Überraschung besaß Grace den Torschlüssel. Mühsam drehte sie ihn im Schloss, das durch die Witterung von Rost befallen war. Krächzend schwang die Tür auf, da konnte Grace noch so behutsam sein. Dann schlüpfte sie durch den Spalt. Ihre Bewegungen waren flink. Um die alte Kupfermine herum lag ein Wohngebiet, das vor sieben Jahren unterhalb der Hänge errichtet wurde und deren Bewohner sie keinesfalls wecken wollte.

Augenscheinlich lag es im Interesse der Familie Martinet, dass die Gemeinschaft keinen Wind vom alten Pfad bekam, denn Grace vergewisserte sich mehrmals, ob sie das Tor auch ordnungsgemäß verriegelt hatte und niemand ihr Treiben beobachtete. Nach einem letzten Ruckeln an den Gittern wirkte sie zufrieden. Vorsichtig schlüpfte Grace zwischen der Schneise im Gebüsch hindurch und erklomm die Stufen. Obwohl Raymond sicher war, dass für das Mädchen keine Gefahr bestand, war es jetzt seine Neugierde, die ihn auf ihrer Fährte hielt.

Warum auch nicht? Streng genommen sah er Grace in seiner Schuld. Da war es das Mindeste, wenn sie einige ihrer Familiengeheimnisse lüftete. Bald fand er sich in einer engen Kluft zwischen den einzelnen Weinbergterrassen, die mit jeder Etage an Höhe gewannen. Hinter sich konnte Raymond den nächtlichen Anblick der Stadt genießen und die vorbeiziehenden Lichter auf den Straßen des Highways.

Etappenweise ebnete sich der Erdboden für wenige Meter. Behutsam tastete sich Grace in der Finsternis an den Steinwällen entlang, bis sich dazwischen eine Lücke mit Stufen auftat. Raymond war sicher, dass sie nicht zum ersten Mal im Schutze der Nacht auf den Weinterrassen spazierte. Ihre Schritte setzte sie gezielt und geschult. Grace wusste genau, was sie tat, obwohl ihm das Unterfangen etwas halsbrecherisch vorkam. Nur der Mond beleuchtete ihren Weg.

Inmitten der altertümlichen Konstruktion kam bei Raymond die Frage auf, vor wie vielen Generationen die Plantage angelegt worden war. Der Steinwall wirkte uralt und die Stufen wie ein unebenes Provisorium aus dem überschüssigen Geröll der Mauer. Eine weitere Absonderlichkeit fiel ihm auf. Wenige Zentimeter unter dem Erdboden durchzog ein netzartiges Geflecht die Oberfläche, deren feinstoffliche Verästelung glimmende Partikel mit sich trugen. Ihm wurde klar, dass eine luzide Pflanze auf dem Grundstück der Martinet gedieh, größer als jeder Trieb, den seine Tante jemals gefunden hatte. Es hätte Beth sicherlich in den Fingern gejuckt, eine Probe davon zu nehmen und Raymond dachte sich, es sei eine nette Geste, ihr bei Gelegenheit diesen Wunsch zu erfüllen.

Je höher er sich begab, desto mehr befiel ihn ein seltsames Gefühl. Eine innere Anspannung, die ihn drängte, in seinem Bett daheim die Augen aufzuschlagen. Zunächst schüttelte er den Kopf darüber, tat die Empfindung als eine Art Einbildung ab, bis jede Stufe ihn näher an die Schwelle des Erwachens trieb. In einem unachtsamen Moment geriet seine Tatze an poröses Gestein, das sich in einem sandigen Gefälle über die Stufen ergoss.

»Du bist also noch hier.«

Kein unsicheres Flüstern. Grace sprach ihre Vermutung deutlich aus – weder furchtsam noch böse, nicht einmal überrascht. Anders als die Stunde zuvor, als sie ihren Verfolger an der Lunéville Bridge zur Rede stellte.

Raymond spähte über seine Schulter, doch dieses Mal durfte er sicher sein, dass niemand ihnen gefolgt war. Ihm kam es klüger vor, sich ruhig zu verhalten, schließlich wollte er Grace auf ihrem beschwerlichen Pfad nicht in unnötige Hektik versetzen. Als Zeugin eines übernatürlichen Phänomens wirkte sie ausgesprochen gelassen. Doch wer konnte schon sagen, ob es dabei blieb, sobald sie sich von dem vermeintlichen Geist bedroht fühlte.

Er vertraute darauf, dass sie die Geräusche auf vorbeihuschende Wühlmäuse schob, einen Kauz oder gar ein Rebhuhn, vielleicht sogar einen Marder. Ihr Blick wanderte über die zurückgelegten Stufen und streifte auch den Punkt, an dem Raymond sich befand – wurde aber nicht fündig. Er sah ihre Braue argwöhnisch zucken und sie stellte mit fester Stimme klar: »Ich weiß das du hier bist. Deine Geheimniskrämerei hilft dir nicht.«

Darüber konnte Raymond nur schmunzeln. Er führte ihr merkwürdiges Verhalten darauf zurück, dass der vorangegangene Überfall sie leicht paranoid machte. Also harrte er aus, Unwillens umzukehren, während sie ihm auf einmal erklärte: »Ich höre deine Atemzüge, deine vorsichtigen Tritte, das Schnauben deiner Nüstern, wann immer die Abstände der Stufen zu hoch für dich werden.«

Noch immer suchte ihr Blick nach ihm. »Du bist nicht besonders groß. Womöglich noch ein Welpe. Du bewegst dich auf vier flinken Beinen und folgst mir seit der Lunéville Bridge, richtig?«

Schweigen war Gold, darauf verließ sich Raymond. Doch Grace ließ sich nicht beirren. Und sie war erschreckend präzise.

»Du bist aber auch unvorsichtig. Fühlst du dich deiner Sache nicht etwas zu sicher? Allein die Art, wie du nach dem Trucker gepackt hast. Himmel, es erinnert mich an das Schnappen eines Hundes, wenn er den Briefträger zum Stolpern bringt.«

Der Gedanke amüsierte sie und zum ersten Mal kam Raymond ihre Kühnheit sonderbar vor. Beide befanden sich auf den Stufen zur höchsten Ebene, die auf dem Plateau unweit des Martinet-Anwesens endete. Raymond sah ihre schmalen Finger im Mondlicht, die das im Hang eingelassene Geländer fest umschlossen. Kein Zittern. Er tat einen Schritt zurück, als sein Hinterlauf ins Leere trat und er die letzten drei Stufen hinabschlitterte. Ein kurzes Heulen entwich ihm. Und wie zuvor auch, wusste Grace das Geräusch genau zu deuten.

»Verstehe. Kein Hund. Du bist etwas Größeres, aber noch nicht ausgewachsen. Ein junger Wolf.« Ihr Blick traf ihn. Zumindest bildete er es sich ein. Dann vernahm er Graces Aufatmen. »So ist das also. Damit sind wir wohl quitt.« Sie führte ihren Aufstieg fort und riet Raymond, nach Hause zu gehen: »Es gehört sich nicht, fremdes Eigentum zu betreten. Außerdem ist dein Verhalten ungezogen. Man darf Menschen nicht grundlos ausspähen. Egal in welcher Gestalt. Da musst du wohl noch einiges an höflichen Etiketten nachholen.«

Raymond schüttelte sich und fühlte den Trotz in sich aufsteigen. Dann ließ er alle Vorsicht fahren. »Deine Schuld ist überhaupt nicht beglichen! Ich kann tun und lassen, was ich will. Mir stehen alle Möglichkeiten offen und jetzt mach Platz! Ich werde mir Copperdeer von eurem versnobten Thron anschauen.«

Damit drängte er sich in vollem Galopp an Grace vorbei. Sie geriet ins Schwanken, hielt sich aber aufrecht. Stufe um Stufe, Raymond kam fast oben an. Und öffnete die Augen in seinem Bett.

An jenem Abend versuchte Raymond noch vier weitere Male auf das Grundstück der Martinet zu gelangen. Nach wenigen Minuten fand er sich aber hellwach in seinem Bett. Es war ein Teufelskreis. Wann immer er sich dem Ziel näherte, entglitt es ihm vor den Augen. Als verschwände es hinter einer Nebelbank, um einer anderen Szenerie den Platz zu überlassen. Dabei war Raymond sicher, alles wie gewohnt gemacht zu haben. Dennoch gab es oberhalb der Hänge kein Vorankommen, egal welche Route er zum Betreten des Grundstücks nutzte. So rannte er noch einige Male in Wolfsgestalt an seiner verdutzten Tante vorbei, während er Grace Martinet als *miese Hexe* verteufelte. Die Brücke entlang bis zur Kupfermine erklomm Raymond Stufe um Stufe bis zum höchsten Plateau hinauf. Keine Sekunde später lag er mit offenen Augen da. Eingehüllt in seine warme Daunendecke, bis ihn der Groll nicht einschlafen ließ.

Die Morgendämmerung kündigte sich an und einen weiteren Versuch gab Raymond allein deshalb auf, weil Hanas quietschende Stimme inzwischen durch die Flure trällerte. Er hatte so viel Zeit vergeudet, dass noch nicht einmal Beth im Haus war. Ihre Präsenz war aus dem Petaluma-Anwesen verschwunden und überließ seinem Vater das Feld. So stapfte Raymond grollend die Stufen herab, die Holzdielen unter seinen Fersen bebten.

In der Küche nahm er wortkarg am reich gedeckten Esstisch Platz, während sein Vater mit Hana beschäftigt blieb.

Sie saß im Pyjama auf der Küchenzeile, sperrte den Mund weit auf und deutete auf einen wackligen Milchzahn, den er inspizierte. Sein Zeigefinger tippte gegen die kleine Spitze und der Morgengruß kam als flüchtige Randbemerkung über seine Lippen, viel zu abgelenkt von dem Wehwehchen seiner Jüngsten. Anstelle einer Erwiderung kam Raymond sofort auf den Punkt: »Warum kann ich das Anwesen der Martinets nicht betreten?«

Hana schrie vorwurfsvoll auf. Der Satz brachte seinen Vater so aus dem Konzept, dass er mit dem Zeigefinger zu viel Druck auf den Zahn ausübte. Seine Tochter schimpfte und schrie: »Aua, aua, aua!« Er entschuldigend sich überschwänglich, küsste ihre Stirn, während Raymond mit einem Löffel auf die Tischplatte haute und ungeduldig eine Antwort forderte. »Du bist wohl mit dem falschen Fuß aufgestanden?«

»Lenk nicht ab! Warum komme ich nicht auf das Grundstück?«

»Aus demselben Grund, warum die Martinets nicht bei uns hereinkommen.«

Raymond blinzelte verdutzt. Doch wenige Minuten später fiel der Groschen. Er atmete hörbar aus. Kurz darauf erklärte sein Vater: »Jede Familie hat das Recht auf ihre Privatsphäre. Das halten wir Walkers nicht anders. Auch unser Grundstück ist gegen Eindringlinge aus der anderen Ebene verriegelt. Außer Beth kommt aktuell niemand unaufgefordert zu uns, man muss sich vorher bei mir ankündigen. Vorzugsweise physisch. Es gehört zur guten Sitte hereingebeten zu werden.«

»Was ist eine andere Ebene?«, fragte Hana.

Aber sein Vater hielt ihr beschwichtigend die Hand vor den Mund. »Das werde ich dir irgendwann erklären.«

Raymond ließen die neuen Erkenntnisse nicht los, weil ihm klar wurde, dass wenige Kilometer von ihnen entfernt eine weitere luzide Familie lebte. »Die Martinets sind also Freiseelen?«

Wieder fragte Hana nach, doch gingen ihre dumpfen Worte hinter der hervorgehaltenen Hand ihres Vaters unter.

»Eine sehr alte Linie sogar.«

»Warum sagst du mir das nicht?«

»Die englische Queen hat auch einen alten Stammbaum. Mir war nicht klar, dass dich die Familienverhältnisse anderer Leute um den Schlaf bringt.«

»Das ist doch etwas ganz anderes. Die Martinets sind wie *wir*! Wir sind selten.«

Sein Vater schnalzte mit der Zunge und schüttelte den Kopf. »Manch eine Krebserkrankung ist noch weitaus seltener. Das schließt nicht zwangsläufig aus, dass irgendwo auf der Welt zwei arme Pechvögel bei einem Bierchen zusammensitzen und ihr gemeinsames Leid beklagen.«

»Du meinst, es ist purer Zufall?«

»Es ist das Leben. In manchen Gebieten wirst du mehrere von uns finden, in manchen weniger. In Großstädten sind selbstverständlich die Ballungsgebiete. Hier draußen in Copperdeer kannst du uns an einer Hand abzählen – wenn überhaupt. Es gibt keine gleichmäßige Verteilung über den Globus.«

Raymond sackte in seinem Stuhl zurück. Das musste er erst einmal verdauen. Die Martinets also. »Aber warum sollten wir uns schützen müssen? Warum schützen *sie* sich?«

»Du weißt von meinem Fehltritt und erkennst nicht die logischen Konsequenzen daraus?« Sein Vater klang verärgert. Er hob seine Tochter von der Küchenzeile und bat sie darum, sich oben umzuziehen. Sobald Hana um die Ecke bog und ihre Schritte auf den Stufen verklangen, griff er das Thema auf. »Ronald DeFeo ist dir ein Begriff?«

»Nein.«

»Ein Mehrfachmörder aus Amityville im Suffolk County. Er brachte seine gesamte Familie in den heimischen Vierwänden um. Stimmen hätten es ihm befohlen.«

»Puh! Ganz schön harte Kost, so früh am Morgen«, gestand Raymond ein. Eigentlich wollte er um Milch für seine Cornflakes bitten, doch bei der schauderhaften Erzählung verging ihm der Appetit.

»Es hört nicht damit auf. Das Haus stand später zum Verkauf. Die darauffolgende Familie floh nach wenigen Tagen. Paranormale Ereignisse hätten sie dort schier um den Verstand gebracht. Das Haus stand wieder leer. Die verzweifelten Leute wollten es günstig abstoßen und nun wurde es förmlich verramscht. Die nächste Familie zog dort ein und plötzlich kehrte Ruhe ein. Wie siehst du diesen Fall?«

Raymond zögerte. Es musste einen Grund geben, weshalb sein Vater diese Geschichte aufgriff. Er versuchte den Fall unter dem Gesichtspunkt einer Exkursionsseele zu betrachten. Raymond dachte nach – sehr lange. Dann atmete er auf. »Wollte jemand anderes das Haus besitzen? Jemand mit luziden Kräften?«

Sein Vater nickte. »Niemand zieht freiwillig in ein Haus, das seine Besitzer angeblich in den Wahnsinn treibt. Und nichts sorgt bei Immobilien für einen größeren Wertverlust als ein Mord.«

»Das ist furchtbar! Ich meine … Sollte das nicht vor Gericht landen?«

»Wo kein Kläger, da kein Richter.« Sein Vater seufzte schwer. »Wem willst du etwas beweisen? Eine Exkursionsseele hinterlässt keine Fingerabdrücke und taucht auf keiner Überwachungskamera auf. Sie flüstert dir heimtückische Sätze ins Ohr und ist das Opfer ohnehin schon labil, kann das böse Konsequenzen haben. Zumindest von unserer Perspektive aus betrachtet. Die luziden Eigentümer dürften sich über den günstigen Erwerb des Hauses freuen, immerhin trieben sie den Wert ins bodenlose.«

Sein Vater nahm neben ihm Platz, während Raymond das Ausmaß dieses finsteren Kapitels erst wahrhaftig begreifen musste. Jemand hatte ohne Skrupel den Besitzer eines Hauses zum Mord angestiftet, um den Wert seines Heims zu senken. Potenzielle Käufer wurden beim Gedanken an die Geister der Ermordeten mulmig zumute. Exkursionsseelen ließen sich davon nicht beirren. Das war krank. Und im Grunde gestand sein Vater damit ein, dass die luzide

Ebene eine rechtsfreie Zone blieb, da ihre Existenz in keinem Gesetzbuch berücksichtigt wurde.

»Raymond, es ist doch ganz simpel. Es gibt solche und solche Menschen. Eine Exkursionsseele bleibt keine Garantie auf einen rechtschaffenen Charakter. Und selbstverständlich wollen auch wir keine ungebeten Geste in unserem Heim. Das ist unser Zuhause.«

»Was könnte denn passieren?« Er zauderte vor der Antwort.

»Das fragst du noch? Unsere Körper schlafen hier! Unsere Tempel.« Es schien eine Redewendung zu sein. Auch Beth bezeichnete ihre Körper so. Sein Vater hätte sicherlich weitere erschreckende Geschichten auf Lager, doch Hana kündigte sich auf der Treppe an. So beließ er es lediglich bei seinen vagen Andeutungen.

Doch Raymond begriff. Nachdenklich blickte er auf seine Schale und auf die Pfannkuchen, die auf einem Teller gestapelt lagen und durch die Hände seiner körperlosen Tante entstanden waren. In seiner Erinnerung sah er Beth mit Löffel, Gabel und dem Messer hantieren. Und ja, aus einem naiven Impuls heraus, war Raymond tatsächlich dem Irrglauben erlegen, dass jede Freiseele einem Mädchen in Nöten helfen würde. Dass ihre wundersame Fähigkeit so viel Verantwortungsbewusstsein mit sich brachte. Auf einmal stellte Raymond sich vor, wie der Abend verlaufen wäre, hätte ein anderer - nicht gewissenhafter Charakter - auf der Brücke gestanden. Es folgten weitere Hirngespinste.

Er dachte daran, wie grausig der Gedanke wäre, sollte eine bösartige Exkursionsseele sich Eintritt in ihr Heim verschaffen, während er selbst außerhalb seines Körpers einen Streifzug unternahm. Ohne zu ahnen, dass ein Fremder neben seinem Bett stand. Schlagartig wurde ihm bewusst, weshalb sowohl Beth als auch sein Vater partout darauf achteten, dass stets jemand daheim auf ihre schlummernden Körper achtete. Raymonds Mund stand offen. Er starrte auf sein Frühstück und fragte: »Gab es in der Vergangenheit schon häufiger solche Übergriffe?«

»Ich schätze, es hält sich in Grenzen. Dazu sind wir zu wenige. Und wir haben einen Vorteil, den normale Menschen nicht besitzen«, sprach sein Vater beruhigend auf ihn ein. »Doch man hört auch Geschichten in unseren Kreisen. Und Streitereien gibt es immer. Manche lassen sich dazu hinreißen, ihre offenen Rechnungen auf einem anderen Weg zu begleichen. Daher schadet es nicht, sich gegen Eindringlinge zu schützen und ein Auge auf jede Freiseele zu haben, die ihr Unwesen in unserer Nachbarschaft treibt. Wir müssen unsere Körper schützen, egal auf welcher Ebene.«

»Egal auf welcher Ebene«, wiederholte Raymond. Er stocherte lieblos in seinem Essen, bis er seinem Vater den Vorfall der letzten Nacht schilderte. Von der Brücke, dem Trucker, seinem Einschreiten und den erfolglosen Versuchen, Zugriff auf das Gebiet der Martinet zu erhalten.

»Grace konnte mich sehen«, meinte er schließlich, schüttelte dabei jedoch den Kopf. »Nein! Es war nicht wirklich Sehen, es war wie eine Ahnung.«

»Das wird es wahrscheinlich auch gewesen sein.«

»Aber woher wusste sie, dass ich ein Wolf bin?«

Sein Vater hatte sich einen Kaffee aufgebrüht. Er lauschte seiner Schilderung über den Rand der Tasse hinweg. Doch wie das mit Elternteilen so war, verstand er schneller als Raymond, was ihn grämte. Zum Glück interessierte Hana das Thema nicht sonderlich. Sie verputzte schmatzend ihr Frühstück, während sich sein Vater zu ihm setzte und die schwere Hand auf seine Schulter legte.

»Erinnerst du dich, was deine Tante Beth dir einmal gesagt hat? Manche Kinder können früher laufen, andere früher sprechen. Ich weiß, dass die luzide Ebene auf dich wie ein wundersamer Ort voller Abenteuer wirkt. Natürlich bist du neugierig. Das darfst du auch. Und du lernst in vielen Punkten schneller als ich in deinem Alter. Doch Raymond, denk daran, Menschen sind keine Massenware. Das gilt auch für unseres Gleichen. Es mag sein, dass wir uns in bestimmten Fähigkeiten ähneln, aber Unterschiede wird es immer geben. Da ist nun also ein Mensch, der etwas besser kann als du. Macht dich das deshalb schlechter?«

»Natürlich nicht«, antwortete Raymond.

»Dann mach dir keine Gedanken. Dein drittes Auge ist nicht ausgereift. Doch dafür hast du früher als alle Walkermänner vor dir einen Geistführer gefunden. Vielleicht sogar früher als alle luziden Menschen? Ist das nicht diesen einen Wermutstropfen wert?«

Es war sicherlich ein wohlgemeinter Rat, ein Versuch, sein Selbstvertrauen zu stärken und zu verhindern, dass Raymond der Neid zerfraß. Doch was sein Vater nicht ahnte - Raymond wurde in jenem Moment klar, weshalb Grace Martinet keine Notwendigkeit sah, ihre Schuld ihm gegenüber zu begleichen.

VOLLMOND

Das Osterfest legte den Alltag der Stadt für mehrere Tage lahm. Dabei wünschte sich Raymond noch nie so sehnlichst, das Schulgelände betreten zu dürfen. Während in Copperdeer die Vorbereitungen zur alljährlichen Frühjahrsparade sowohl Einwohner als auch Touristen anlockte, glänzten die Reihenhäuser im alten Arbeiterviertel mit farbenfrohem Osterschmuck. Aus den Gärten klang helles Kinderlachen bei der Eiersuche. Dagegen war Raymond damit beschäftigt, sich die Unterlagen über ihren Ausflug zum National Forest noch einmal zu Gemüte zu führen.

In diesem Jahr konnte er den Feierlichkeiten wenig abgewinnen. Damit war Raymond auch zufrieden. Es war sonst Anita Brouwer gewesen, die eine Feier in ihrem Garten ausrichtete. Diese Tradition war mit Herold gestorben. Da die Walkers keine Kirchengänger waren, blieb der Familie genug Zeit, um sich anderweitig zu beschäftigen.

Sein Vater zimmerte schon früh in der Werkstatt. Am Karfreitag weckte er Raymond mit dem Kreischen seiner Holzsäge zu einer wahrhaftig unchristlichen Stunde. Er schien erpicht darauf, das Haus zum Glänzen zu bringen. Würde die Witwe Houbert direkt neben ihnen wohnen, hätte sie empört die Lippen geschürzt, auch wenn sie ihnen nichts verbieten konnte. Es war ihr Glück, dass das

Petaluma-Anwesen soweit vom Schuss lag, denn der umliegende Wald verschluckte den Lärm.

Während Raymond seine Erinnerungen auffrischte, auf der Suche nach dieser einen Information, die ihm beim Ausflug in den National Forest belanglos vorgekommen war, hörte er etwas im Hof klappern. Raymond trat aus seinem Zimmer, überwand die Stufen zum Eingangsbereich und beobachtete seinen Vater durch die offene Haustür. Die Arbeiten in der Werkstatt waren beendet. Nun platzierte er nacheinander zwei Bänke und einen Klapptisch im Hof. Möbelstücke, die durch die Lagerung im Geräteschuppen Staub angesetzt hatten. Sein Vater eilte ins Haus und kreuzte seinen Weg.

»Wofür sind die ganzen Vorbereitungen?«, wollte Raymond von ihm wissen.

Die Antwort war ein wissendes Lächeln. Er klopfte sich den Staub vom Jeansstoff. »Wirst du sehen. Du kannst mir zur Hand gehen. Nimm dir einen feuchten Lappen und befrei die Gartenmöbel von den Spinnweben.«

An der Spüle half Hana bereits bei den Kartoffeln aus, die sie unter einem kühlen Wasserstrahl von der Erde befreite, mit einem Kinderlied aus der Vorschule auf den Lippen.

Raymond fragte: »Weißt du, wen wir erwarten?«

Doch Hana zuckte lediglich mit den Schultern. Es war typisch für sie, keine Fragen zu stellen.

Hinter dem Küchenfenster beobachtete Raymond, wie sein Vater draußen den alten Kohlegrill aufstellte und das Feuer darin zum Prasseln brachte.

Als Raymond später seine Arbeit an den Gartenmöbeln beendete, wrang er gerade den nassen Lappen über einem Eimer aus, als das Knirschen von Autoreifen auf dem Schotterweg ihn aufschauen ließ. Ein geräumiger Ford F-150 kam angefahren und kündigte sich schon von weitem mit blinkender Lichthupe an. Auf dem Rücksitz machte Raymond die Schatten von drei Köpfen aus, die den wild herumfliegenden Händen nach zu urteilen in eine Rangelei verwickelt waren. Erst als das Fenster zur Beifahrerseite herabglitt, das

Geschnatter von streitenden Knabenstimmen aus dem Wagen schallte und er die wilde Föhnfrisur seiner Tante wiedererkannte, sprang Raymond mit einem Freudenruf auf. Er eilte Beth entgegen, die aus dem eingeparkten Wagen stieg. Zuerst kam ein gestiefelter Fuß zum Vorschein. Dem folgte eine Figur, die genauso gut einem Western hätte entspringen können. Beth besaß augenscheinlich einen Faible für Jeans. Sowohl Bluse als auch Hose bestanden aus demselben Material.

Kaum dem Wagen entstiegen, lagen Raymond und Beth sich in den Armen und seine Tante zum ersten Mal in Persona zu erleben, empfand Raymond als unverhofftes Glück. Er fühlte einen mütterlichen Kuss auf seiner Stirn. Einmal, zweimal, bis seine Tante ihm verspielt in die Wangen kniff, wie Blutsverwandte es ebenso taten.

»Schau uns an, Raymond! Da stehen wir. Von Angesicht zu Angesicht.«

Während die Jungen noch immer lauthals im Wagen stritten und den Pick-up mit jeder Bewegung zum Wackeln brachten, winkte Beth wild gestikulierend ihren Mann herbei, der gerade Raymonds Vater überschwänglich begrüßte. Beide Männer waren sich bekannt und offenbar wohlgesonnen. Raymond musste schmunzeln, da sie ein ähnliches Flanellhemd trugen.

Floyd klopfte sich auf den Bauch und sprach davon, aus Solidarität zu seiner Frau bei jeder Schwangerschaft ein paar Pfunde zugelegt zu haben, während Raymonds Vater witzelte, dass seine Solidarität keine Grenzen kannte.

Ein dröhnendes Lachen hallte über den Platz. Floyd haute seinem Schwager auf die Schulter und meinte: »Deine Schwester kocht zu gut. Das muss ich dir aber nicht sagen. Du machst sie mir jede Nacht abspenstig.«

»Und du hast dafür etwas gut bei mir. Ohne Beth würden wir aktuell am Hungertuch nagen.«

»Dafür nicht, Danny. Dafür nicht. Die Familie hilft sich.«

Dann wandte Floyd sich an Raymond und freute sich, einen der Gründe kennenzulernen, weshalb seine Frau jeden

Abend in Copperdeer weilte. Sein Händedruck war stark, wenngleich die Finger sich etwas speckig anfühlten. Er war Raymond nicht unsympathisch, ihn irritierte nur, dass er fülliger ausschaute als auf den Familienfotos, die er aus der Wohnstube kannte. Dafür besaß Floyd einen wachen Blick und strahlte pure Lebensfreude aus, was wohl auch daran liegen mochte, dass sein dichter sonnengebleichter Haarschopf aus der Masse der dunklen Walker Frisuren hervorstach. Er schwelgte in alten Jugenderinnerungen, als hätten sie sich erst gestern zugetragen und das mit dem selbstironischen Hinweis, dass der Zahn der Zeit auch an ihm nicht Halt machte. So nahm er Raymond schnell in Anspruch, begutachtete den *jungen Mann* gründlich von allen Seiten und sprach vom Tag seiner Geburt.

»Du weißt es wahrscheinlich nicht mehr. Aber das letzte Mal, als ich dich in den Händen hielt, warst du ein winziges Bündel, das noch nicht einmal den Kopf heben konnte. Fünf Minuten habe ich dich gehalten, da hast du auf mich gekotzt. Da fällt mir ein, du schuldest mir ein Hemd.« Er holte grölend mit der Hand aus.

Was als wohlwollende Geste gemeint war, endete damit, dass Raymonds Kinn gegen die Wagentür prallte. »Autsch!«

Sein Onkel entschuldigte sich hastig. »Herrje! Meine fürsorgliche Art kommt bei Rindern wohl besser an.«

Im Innern des Wagens herrschte dadurch für fünf Sekunden Ruhe. Raymond hörte Gekicher. Floyd klopfte gegen die Scheibe und forderte *die Lümmel* auf herauszukommen.

»Nicholas nimmt mir meine Sachen weg!«

»Niemand nimmt dir etwas weg, Jamie. Jetzt steigt aus! Ihr macht einen furchtbaren ersten Eindruck.« Floyds Lächeln wirkte verlegen.

Vom Rücksitz aus verkündete jemand: »Mir doch scheißegal!«

Onkel Floyds freundliches Gesicht wurde eine starre Maske. Seine Mundwinkel zuckten verdrossen. Dann bat er: »Schau mal kurz weg, Raymond. Das wird jetzt hässlich.«

Floyd riss die Wagentür auf. Eine Sekunde später brach auf dem Rücksitz Krieg aus. Seine drei Vettern jaulten und schimpften, während Raymond einen unsicheren Blick auf Beth warf. Die ließ das Getöse ungerührt, streckte die Hände nach Hana aus, um das Nesthäkchen des Hauses zu begrüßen. Floyd beförderte mittlerweile seine Söhne ans Tageslicht. Einer nach dem anderen wurde am Ohr hinausgezerrt. Dem vorlauten Jungen versetzte er einen Klaps gegen den Hinterkopf. »Gerader Rücken, Hände aus den Hosentaschen. Stellt euch ordentlich vor! Du zuerst, Jamie!«

Damit war das Großmaul gemeint. Der Größte im Bunde streckte Raymond halbherzig seine Hand entgegen. Dann fuhr er sich verwegen durchs dunkle Haar. Das Gesicht glich seinem Vater. Gebräunte Haut und blaue Augen, die ihn sicherlich zum Blickfang aller Mädchen machte. Sein Name war so oft gefallen, dass eine Vorstellung sich erübrigte, dennoch stellte er sich als *Jamie* vor. Und Jamie klang ziemlich gelangweilt.

Hinter seinem Rücken verdrehte Floyd die Augen und erklärte: »Teenager. Selbst eine anständige Begrüßung macht zu viel Arbeit. Nun gut, dieses wortkarge Geschöpf ist unser ältester Sohn. Du bist vierzehn, Raymond?«

»Fünfzehn«, korrigierte er.

»Stimmt, du hattest erst Geburtstag. Jedenfalls wird Jamie dieses Jahr siebzehn. Er sucht noch sein Seelentier.«

Raymond sah einen bitteren Zug um die Mundwinkel seines Vetters.

»Ich bin aber fast so weit. Dieses Jahr finde ich meinen Geistführer«, betonte Jamie.

Raymond erinnerte sich, dazu etwas von Beth aufgeschnappt zu haben. »Wolltest du nicht den Kojoten?«

»Nein! Habe mich umentschieden.«

»Oh, warum?«

»Kojoten sind langweilig.«

Raymond stutzte über den Satz. Er hätte seinen Timberwolf niemals unter dem Kritikpunkt ausgesucht, ob er einen besonderen Unterhaltungswert bot. Primär ging es ihm darum, von dessen Lebensweise zu lernen.

Das sah Onkel Floyd ähnlich. »Du suchst dir kein Haustier aus, Junge.«

»Eben! Ein Löwe flößt Respekt ein. Ich will ein Berglöwe werden, vor dem alle anderen Familien zittern.«

»Als wärst du ein Berglöwe.« Gab einer seiner Brüder geringschätzig von sich.

Jamie drohte ihm mit der Faust, was zu einem unbeeindruckten Achselzucken führte. Also boxte er seinen Bruder. Beide verfielen in eine Rangelei, die Floyd mit einem Machtwort beendete. Er versuchte es zumindest.

Anstatt den Trubel zu beachten, sprang der Dritte seiner Söhne aus der Reihe und streckte Raymond aufgeregt eine Hand entgegen. »Hi, ich bin Nicholas!« Seine Augen sprühten vor Übermut. Er schüttelte Raymonds Hand und das ohne Unterlass. »Du bist der Timberwolf, oder?« Der Tumult hinter ihm legte sich. Doch die Zeit für eine Antwort ließ er Raymond nicht, stattdessen plapperte Nicholas weiter. »Mama hat von dir erzählt. Das ist so cool mit deinem Wolf. Großvater hat richtig gestaunt. Du musst mir unbedingt ein paar Tipps geben. Sonst darf ich nachts nie allein hinaus. Ich bin noch ein Irrlicht, weißt du? Darfst du allein hinaus?« Raymond öffnete den Mund, doch: »Ich hoffe, mein Geistführer wird Charly. Das ist unser Nachbarshund. Er ist ein Husky. Er hat einem Einbrecher mal in den Arsch gebissen. Oh! Mama mag nicht, wenn ich *Arsch* sage. Ich meine Hintern. Jedenfalls ist Charly ein echter Held. Wie hast du deinen Wolf gefunden? Mama sagt in einem Nationalpark?«

»Um Himmels willen, Niki, mach doch mal eine Pause!« Der letzte im Bunde löste Nicholas Griff, um Raymond etwas Freiraum zu gönnen. »Entschuldige meinen kleinen Bruder. Mit seiner hyperaktiven Art stellt er jedes Frettchen in den Schatten. Ich bin übrigens Zachary.«

»Schön, euch kennenzulernen.« Und tatsächlich empfand Raymond eine aufgeregte Vorfreude auf die kommenden

Gespräche. Die drei Jungen redeten so offen über ihre Exkursionsseelen, wie er es mit seinen Freunden nie tun konnte und die Gemeinsamkeit sorgte für reichlich Gesprächsstoff.

Bald wurde ihr Besuch von seinem Vater zu den Bänken dirigiert, Getränke gereicht und vom Grill stieg ein köstlicher Duft auf. Es war ein seltener Anblick in ihrem Heim. Raymond kannte die Grillfeiern von Anita, jedoch keine im Beisein seiner Familie. Der Gedanke ließ ihn zwischen Freude und Schwermut wanken. In der angenehmen Gesellschaft kam ihm sogar sein Essen köstlicher vor. Floyd verströmte mit seinen Witzen so viel Heiterkeit und seine Söhne hätten nicht unterschiedlicher sein können.

Jamie kam wie die Art Teenager herüber, die sich zu cool für alles hielt. Seine Frisur hing ihm wild in die Stirn und er schwang am Tisch große Reden darüber, dass ein Berglöwe seiner würdig war. Das ließ seine Brüder so manches Mal die Augen verdrehen. Es schien Jamie jedenfalls nicht an Selbstbewusstsein zu mangeln. Zachary gab sogar Kotzlaute von sich, bis Beth ihn ermahnte, solches Gehabe am Tisch zu unterlassen. Nicholas schwärmte weiterhin von Charly, denn er könne prima apportieren. Zwar belehrte ihn Jamie, dass das keine spektakuläre Eigenschaft sei, doch Nicholas erklärte kindlich, er wolle trotzdem Charly haben.

»Er ist lieb und lässt sich gerne kraulen. Außerdem sind Hunde loyal. Mama sagt, loyal zu sein, ist nichts Schlechtes.« Seine Brüder wieherten los.

»Mamakind!«, echoten sie, bis Beth ihnen einen strafenden Blick zuwarf. Offensichtlich hatte ihr Jüngster eine schwierige Stellung unter den Söhnen. Nicholas besaß einen kindlichen Ausdruck mit rundlichen Knabenwangen. Raymond fand, er habe tatsächlich den treuen Blick eines Hundes und versicherte ihm daher gnädig: »Charly ist bestimmt eine gute Wahl.«

Das ließ Nicholas Knopfaugen strahlen, wobei er die Lücke von einem ausgefallenen Milchzahn entblößte.

Der mittlere Sohn besaß den Spitznamen *Einstein* nicht umsonst, denn er eiferte der akademischen Laufbahn seiner

Mutter nach. Raymond fiel schnell seine gewitzte Art auf, die manchmal sogar etwas neunmalklug wirkte und tatsächlich merkte sein Vater an, dass beide Jungen sich ähneln würden.

»Ich schaue ihn an und sehe Raymond.«

»Ist das etwas Schlechtes?«, wollte Beth von ihrem Bruder wissen. »Nein! Aber diese vorlaute Klappe …«

Sein Vater fuhr sich stöhnend über die Augen und verursachte damit schallendes Gelächter am Tisch. Anstelle beleidigt zu reagieren, grinste Raymond bis über beide Ohren. Das war eigenartig, denn es war lange her, seitdem er sich so offen über etwas amüsierte. Er betastete seine Mundwinkel, als wären die Muskeln dort durch die Monate der Trauer eingeschlafen und hoffte, Herold möge es ihm vergeben.

Tante Beth blieb mit ihrer Familie die gesamten Ostertage, was das Petaluma-Anwesen mit einer Lautstärke erfüllte, die Raymond so nicht kannte und auch irgendwie auf seine Schwester abfärbte. Durch die andauernden Reibereien der Verwandtschaft animiert, rannte Hana meistens schrill hinter den Jungen her.

Onkel Floyd war da keine Hilfe. Immerzu blödelte er mit seinen Söhnen herum. Es hatte etwas von einem wilden Rudel, das bei harmlosen Rangeleien ihre Grenzen austestete und bald fand sich auch Raymond in dem spielerischen Kräftemessen. Floyd sprach immer davon, dass die Jungen sich wehren sollten. Das wurde oft betont und spielte gerade in ihrer feinstofflichen Gestalt eine feste Rolle. Dort übten die Jungen mit Onkel Floyd intensiv, aber auch spielerisch. Er versprach Raymond sogar, ihm zeitnah etwas aus seiner Werkstatt zu senden, was er immer nahe seiner Seele tragen solle. Denn Feinstoff sei in der Lage, Gegenstände zu absorbieren und nach Bedarf auszuspucken. Den Gedanken fand Raymond faszinierend und er übte an kleineren Gegenständen wie Bleistiften, Zahnpastatuben und Schlüsseln. Letzteres brachte seinen Vater zur Weißglut, weil er sich fortwährend fragte, wohin er seinen Schlüsselbund verlegt hatte.

Einen mulmigen Moment gab es, als Hana ihre Tante während des Frühstücks aufmerksam anstarrte, die Brauen fragend aufzog und von ihrem Vater wissen wollte, warum die Frau mit der wilden Frisur wie das Gespenst ausschaute, dass jeden Abend ihre Wäsche einräumte. Beth beugte sich zu ihrer Nichte vor, streichelte ihr liebevoll über die prallen Bäckchen und meinte: »Weil ich dich beschütze, kleine Maus. Jede Nacht.«

Das verstand Hana noch nicht. Dabei steckte so viel Wahrheit hinter Beths Worten. Doch immerhin lernte sie ihre Tante ebenso schnell lieben, wie Raymond es getan hatte. Natürlich besaß seine Schwester einen unwiderstehlichen Niedlichkeitsfaktor, dem sich seine Tante kaum entziehen konnte, zumal sie offen gestand, sich auch ein Mädchen gewünscht zu haben. Es schien ihr schon längst ein Bedürfnis zu sein, sich Hana in physischer Form zu zeigen, da deren unerfahrene Seele nachts noch nicht aus ihrem Zimmer kam.

Manchmal verdrehte Raymond über das süßliche Gurren die Augen, vor allem wenn er daran dachte, welche Tritte seine Schwester austeilte, wenn sie zu einem ins Bett kroch. Hana war dieser Tage so auf Tante Beth fixiert, dass Floyd kurzfristig auf die Couch zog, damit das Kind bei seiner Frau im Bett schlafen konnte. Einen *Mädchenabend* nannten die beiden es verschwörerisch. Raymond mochte es seiner Schwester nicht neiden, denn insgeheim vermutete er, sie vermisse noch immer Isabelle. Als seine Tante am zweiten Morgen dann die Treppe herunterhumpelte, konnte sich Raymond eine spitze Bemerkung nicht verkneifen.

»Hat das Goldstück dich wachgehalten?«, fragte er süffisant. Tante Beth murrte und brühte sich einen Kaffee auf. Die voluminöse Mähne stand ungekämmt in alle Himmelsrichtungen ab und sie beklagte sich über ihre blauen Flecken am Schienbein. »Mit deiner Schwester in einem Bett zu liegen, ist wie neben einem Rodeo Bullen zu schlafen.«

Raymond verbrachte den Großteil der Zeit mit seinen Vettern, auch wenn sich der Älteste von ihnen wirklich wichtig nahm. So betonte Jamie immer wieder, die

Gesellschaft der Erwachsenen vorzuziehen, als jene seiner unreifen Brüder und rümpfte über jede Albernheit die Nase. Das änderte nichts daran, dass weder Zachary noch Nicholas seinen Worten große Bedeutung zumaßen und immerzu trieben sie den ältesten Bruder zur Weißglut. War dieser Punkt erreicht, scheuchte Raymonds Vater die Bande hinaus, auch wenn sich Jamie selten anschloss. Das fand Raymond gut so, denn in Gegenwart von Zachary und Nicholas fühlte er sich am wohlsten. Beiden stand die Lust nach Abenteuern ins Gesicht geschrieben. Dann streifte die Walker Truppe durch die Wälder von Copperdeer, kletterte an der Efeufassade der alten Ziegelei hinauf oder machte das Stadtzentrum unsicher, während Raymond ihnen seine Schule und das Rathaus zeigte und vom Martinet-Anwesen schilderte, auf dem die andere luzide Familie der Stadt residierte.

»Wie sind die so?«, wollte Zachary wissen. Sie schlenderten gerade über den Marktplatz vor dem Rathaus.

»Ich kenne nur eine. Und die ist eingebildet«, brauste es unverblümt aus Raymond heraus. Und schon berichtete er von seiner kürzlichen Begegnung mit Grace, wie haarscharf sie einem Triebtäter entkam und doch das feine Näschen emporhielt, als könne Gott und die Welt ihr nichts anhaben. Obwohl alle sich einig waren, dass das Mädchen dumm gehandelt habe, wich manch betretener Blick zu Boden, als die Jungen hörten, wie geschärft ihre Sinne waren.

»Ich bin noch nicht sehr intu…« Nicholas stolperte über das Wort und sein Bruder eilte ihm behilflich zur Seite: »Intuitiv, Niki.«

»Genau das. Mama sagt, mit unseren Geistführern wächst unsere Begabung. Ich glaube ihr. Charly kann ein Sandwich drei Häuser weiter riechen. Vielleicht wird es mit ihm leichter.«

»Das ist der Geruchssinn. Intuitiv ist etwas anderes«, belehrte ihn sein Bruder erneut. Er wandte sich an Raymond und erklärte: »Wenn Niki noch nicht schläft, erschreckt er sich nachts vor unseren Eltern, wenn sie als Feinstoff durch

das Haus schleichen. Einmal hat er sich auf die Toilette gesetzt, ohne zu merken, dass Mama noch im Raum war. Er
hat vor ihr …«

»So genau muss ich das nicht wissen.« Raymond lachte.

Doch Zachary machte es Spaß, seinen Bruder zu triezen. Er imitierte dessen Pupsgeräusche, während Niki
vor Scham rot anlief. Der verteidigte sich mit den Worten:
»Mama meint, wir müssen nicht alles können! Es ist wie
beim Sport. Der andere wird Handballer, der nächste spielt
Eishockey.«

»Großvater sieht das anders«, warf Zachary ein.

»Großvater sieht *alles* anders. Sagt Mama.«

Das war offenbar Nicholas Lieblingssatz. *Sagt Mama.* Die
vorangegangene Information verleitete Raymond zu einer
anderen Frage: »Warum sprechen Großvater und Dad nicht
miteinander?« Doch beide Jungen zuckten mit den Schultern und Zachary erklärte: »Wissen wir nicht. Vielleicht
kann sich Jamie noch erinnern?«

Sie waren zu jung, als der Bruch passierte. Das enttäuschte Raymond. Er beobachtete, wie am Rathaus zwei freiwil-
lige Helfer eine Girlande am Torbogen befestigten.

»Ich wette, Großvater kennt die Martinets«, warf Zachary ein. »Er kennt alle Familien. Und er hat viele Ver-
bindungen.«

»Gibt es außer euch weitere luzide Familien in eurer
Gegend?«

»In Montana? Kaum.« Zachary schüttelte den Kopf. »Ein
oder zwei unwichtige Zweige. Mehr nicht. Die meisten
stammen aus den Hauptlinien ab.«

Damit war Raymond nicht vertraut und auf seinen fragenden Blick erklärte ihm sein Vetter: »Ein Großteil der luziden Familien pflegt einen uralten Stammbaum, der bis
auf die ersten Siedler zurückgeht. Viele kennen sich untereinander. Manche mögen sich, manche weniger. Die Walkers sollen früher hier in der Gegend gelebt haben, bis wir
verdrängt wurden. Großvater nannte es einen *Revierkampf*.
Vielleicht waren die Martinets der Grund?«

»Revierkampf?«, wiederholte Raymond das Wort. Er dachte darüber nach. Ihm ging durch den Sinn, dass es zu Problemen kommen könnte, wenn sich zu viele ihrer Art an einem Ort häuften. Menschen ohne luzide Begabung würden die vermeintlichen paranormalen Ereignisse missverstehen. Erst Zacharys Worte holten ihn aus dieser Überlegung heraus: »Wir haben uns danach in Montana angesiedelt, weil dort kaum Konkurrenz herrscht. Ist mir auch lieber. Wir haben so viele wilde Tiere in der Gegend, das wird es uns einfach machen, einen Geistführer zu finden.«

»Welche Konkurrenz?«, wollte Raymond wissen. Doch Zachary zuckte ebenso ratlos mit den Schultern. »Ich wiederhole nur, was Großvater sagt. Was genau damit gemeint ist, wirst du ihn selbst fragen müssen.«

»Er will dich kennenlernen.« Sprach Nicholas aufgeregt. »Unsere Eltern wissen es nicht, aber wenn wir ein Foto von dir mitbringen, will uns Großvater Westernreiten beibringen. Schenkst du uns eines? Bitte, bitte!«

Dagegen konnte Raymond nichts einwenden. »Tante Beth meint, er sei etwas anstrengend.«

»O ja! Und wie! Er ist ein alter Griesgram.«

Nicholas und Zachary schnatterten los und imitierten Großvaters mahnende Worte, seine Drohgebärden mit zittrigen Fingern und erzählten Raymond von den buschigen Brauen, die sich gerne zu einer Monobraue zusammenzogen.

Irgendwann deutete Zachary auf den Berg hinauf zum Martinet-Anwesen und meinte: »Großvater würde deren Gehabe niemals dulden. Er hält viel von Hierarchien und gerade von anderen Familien lässt er sich nicht auf der Nase herumtanzen. *Das kannst du nicht auf dir sitzen lassen. Zeig den Martinets, wer das Sagen hat!*«, äffte Zachary ihn nach. Obwohl Raymond wusste, dass es lediglich als Scherz gemeint war, beteuerte er: »Werde ich auch nicht!«

»Was hast du vor?«

Er zuckte mit den Schultern, ohne seinen Verdacht zu äußern. Der Besuch hinderte ihn daran, seiner Vermutung nachzugehen. Deshalb wich Raymond aus.

»Ich werde mir schon irgendetwas einfallen lassen.«

Sie setzten ihre Führung durch Copperdeer fort. So lief die Gruppe später auch Mitchel und Christopher über den Weg. Beide saßen im städtischen Park auf einer Bank und diskutierten über die unlogische Handlung eines kürzlich veröffentlichten Comicbuchs, mit einer Ausgabe davon in den Händen.

Seit Herolds Tod war der außerschulische Kontakt zwischen ihnen zurückgegangen, weshalb Raymond von den beiden eine unangenehme Stimmung aufschnappte. Sie senkten die Köpfe. Raymond vermutete, weil sie ihn nicht gefragt hatten, ob er sich ihnen anschließen wolle. Als sich die Gruppe nach einem kurzen Small Talk löste, bemerkte auch Zachary die angespannte Situation. Seine Intuition wirkte ausgereifter als die seines kleinen Bruders.

»Wofür schämen die beiden sich?«

Raymond wollte nicht über Herolds Tod sprechen, daher zuckte er mit den Schultern. »Keine Ahnung. Es ist schade, dass ihr nicht öfters hier seid. Die beiden sind in Ordnung, aber … Ich kann mit ihnen nicht *darüber* reden.«

Natürlich verstanden beide, was mit *darüber* gemeint war. Seine Vettern grinsten, bis Zachary sprach: »Das wird sich ändern. Immerhin sind wir genau deshalb für den Ostersonntag gekommen.«

Raymond stutzte über den Satz.

»Was ist so besonders am Ostersonntag?«

»Vollmond«, erklärte Zachary geheimnisvoll.

Erst am späten Nachmittag kam die Gruppe aus der Stadt zurück. Auf ihrem Heimweg wurden sie Zeugen, wie die ersten Festwagen für die Frühjahrsparade Richtung Rathaus zogen, von wo aus am nächsten Tag die Kolonne starten würde. Der Ort war in Feierlaune. Sie passierten bei mildem Wetter viele Gärten, in denen fröhliche Familien saßen.

Zu seiner Überraschung sollte Raymond erfahren, dass die Walkers einer ganz eigenen Ostertradition frönten. Anfangs schien ihre Art des Feierns sich kaum von jenen der

Nachbarn zu unterscheiden. Doch als die Gruppe auf den Hof trat, sah Raymond, wie sein Vater und Floyd schwere Zementbrocken huckten, ihre Oberteile bis zum Unterhemd verschwitzt. Raymond verstand nicht, woher der Schutt kam, bis Jamie einen Eimer aus dem Keller brachte und den Inhalt hinter dem Haus auf einen beeindruckenden Erdhaufen stülpte.

»Wird auch Zeit, dass ihr Drückeberger kommt«, war sein erster Satz. Dann deutete er auf die Fassade, an der ein Pickel, eine Schaufel und ein weiterer Eimer lehnten. »Macht euch an die Arbeit. Dieses Jahr packt ihr auch an!«

Nicholas und Zachary kamen in Bewegung, während Beths Stimme aus der Küche schallte. »Ist Raymond heimgekommen?«

»Ja!«, rief Jamie Richtung Haustür. Dann folgte wieder aus der Küche: »Schick ihn zu mir!«

»Du hörst die Lady.«

Damit verschwand Jamie in den Keller, während Raymond Beths Stimme in die Küche folgte. Auf der Arbeitsplatte hockte seine Schwester, die mit gequältem Ausdruck das Gesicht verzog. Beth sprach beruhigend auf sie ein und hantierte in Hanas Mundraum am wackelnden Milchzahn. Raymond stieg ein metallischer Geruch in die Nase. Den Ursprung fand er in einer Schüssel auf dem Esstisch, befüllt mit rötlich trüben Wasser, das bis zum mittleren Fingerknöchel stand. Raymond kniff die Augen zusammen, als ihm etwas auf dem Behälterboden auffiel und gab einen angeekelten Laut von sich.

»Igitt! Beth, wessen Zähne sind das?«

»Unser aller Zähne. Einer von jedem.«

»Was machst du damit?«

Sie schaute über ihre Schulter zu ihm und schmunzelte. »Einen Moment Geduld, bitte.«

Kurz darauf zuckte Hana zusammen, als ihr der überfällige Milchzahn gezogen wurde. Sie wimmerte leise, in ihren Augen schwammen Tränen. Doch Beths liebevolle Art half ihr schnell über den unangenehmen Moment hinweg.

»War es sehr schlimm?«

»Nein, hat kaum wehgetan.« Sie gab sich tapfer.

»Es ist auch schon vorbei.« Beth hielt den Zahn in die Höhe und Raymond verzog das Gesicht. Ein feines Blutrinnsal tropfte beinahe zu Boden, den Beth mit der anderen Hand auffing.

»Kein Tropfen darf verschwendet werden«, erklärte sie konzentriert und tauchte die Hand in das mit Blut besudelte Gewässer. Hanas Milchzahn sank zu den anderen auf den Schüsselboden, während seine Tante ihre Hände an der Spüle wusch. Erst danach hob sie Hana von der Küchenzeile.

»Schau nach deinem Vater, Schätzchen.«

»Warum?«

»Wenn Männer arbeiten, muss immer eine wachsame Frau ein Auge darauf haben. Sonst werden sie faul.«

Sie kniff ihrer Nichte verspielt in die Wange, die Beths Worte etwas zu ernst nahm. Hana marschierte mit geschürzten Lippen und gereckter Brust Richtung Keller. Bereits am Treppenabsatz verkündete sie: »Faules Pack!«

Erst als ihr kindliches Schimpfen dumpf aus dem Keller drang, wandte sich Beth ihrem Neffen zu.

»Dein Vater hat mir von deinem nächtlichen Besuch im Martinet-Anwesen erzählt. Oder sollte ich es besser als Einbruch bezeichnen?«

»Es war kein Einbruch. Jedenfalls war ich mir dessen nicht bewusst. Dad übertreibt.«

»Du klingst bockig.«

»Weil die Martinet mich geärgert hat!«

»Das gibt dir kein Recht, fremdes Revier zu betreten. Grenzübergriffe sorgen nicht selten für Streitigkeiten unter uns. Das ist auch logisch. Du willst genauso wenig, dass deine Nachbarn über den Zaun klettern. Lass in Zukunft von solchen Aktionen ab. Eine Fehde ist das Letzte, was dein Vater in dieser Region gebrauchen kann. Ihr seid die einzigen Walkers hier. Vergiss das nicht!«

»Eine Fehde? Ist das nicht etwas übertrieben?«

»Keinesfalls.« Beth trocknete ihre Hände an einem Geschirrtuch. »Du darfst eines niemals vergessen. Die luzide

Ebene taucht in keinem Gesetzbuch auf. Welche Probleme dort auch immer auftauchen – wir müssen sie untereinander lösen. Wenn böses Blut zwischen den Sippen fließt, kann dir kein Sheriff zur Hilfe eilen. Dein Vater meinte, eine der Töchter hätte dich erwischt?«

Raymond fühlte sich wie im Kreuzverhör, auch wenn Beth keinen harschen Tonfall an den Tag legte. Als er ihr in Kurzfassung von dem Vorfall berichtete, wirkte seine Tante milder gestimmt.

»Verstehe. Das könnte uns zugutekommen. Ein Mädchen, das sich ohne Erlaubnis hinausgeschlichen hat, wird den Teufel tun und ihren Eltern von dir erzählen. Hoffen wir, sie merkt sich, wer ihr Retter in der Not war. Womit wir bei einem anderen Punkt wären.«

Beth winkte ihn näher an die Schüssel heran. Etwas widerwillig beugte sich Raymond darüber, während sie erklärte: »Mit Hanas Milchzahn sind die Weichen gelegt, um euer Heim gegen Eindringlinge abzuriegeln. *Feinstoffliche* Eindringlinge wohlgemerkt. Die Martinets haben kein Patent darauf, wie man seine Grenzen schützt. Was die können, können wir auch. Und genau heute am Ostersonntag ist der perfekte Zeitpunkt, um eine längst überfällige Tradition zu erneuern - die Blutlinie.«

»Klingt gruselig.« Raymond hatte keine Angst. Doch wohl war ihm bei dem Gedanken auch nicht, als Beth von der Küchenzeile ein Jagdmesser schnappte. Raymond zuckte zurück. Auf seinen argwöhnischen Blick strich sie behutsam über seinen Haarschopf und meinte: »Keine Sorge. Niemanden passiert etwas. Du musst das Prinzip dahinter verstehen. Der Grundgedanke einer Blutlinie ist, dass jedes Familienmitglied etwas Blut spendet. Diese Tradition stammt noch von deiner Großmutter. Mama war eine schlaue Frau. Mit dieser Erfindung hat sie uns das Leben so viel leichter gemacht. Und sicherer!«

Raymond wusste inzwischen, dass seine Großmutter vor Jahren gestorben war. Eines der wenigen Dinge, die sein Vater ihm über ihre Familie erzählte.

»Unser Elternhaus verfügt auch über diese Linie. Dein Vater und ich kennen das Prozedere von klein auf. Meine Söhne und Floyd ebenfalls. Selbst dein Onkel in Europa achtet tunlichst darauf, einmal im Jahr diese Tradition in seiner Wohnung zu ehren.«

»Mir schwant Übles.«

»O bitte! Nun hab dich nicht so.« Beth verdrehte die Augen. Ihr Anblick hätte beinahe heiter gewirkt, wäre das Jagdmesser nicht zwischen ihnen. »Du hast es nie bemerkt – wie auch, du warst zu jung – aber dein Vater hat bei eurem Einzug auf diesem Grundstück ebenfalls eine Blutlinie gelegt. Jeder Milchzahn, den du jemals verloren hast, wurde in einem Kreis um das Anwesen herum vergraben. Das ist die simpelste Form, eine Linie zu ziehen und andere davon abzuhalten, ungefragt in euer Heim zu kommen.«

Raymond atmete auf. In seiner Erinnerung sah er seinen Vater um Mitternacht die Gräben um ihr Heim heben. Das klirrende Geräusch, als er die Hand über dem Eimer öffnete, mussten die Milchzähne gewesen sein, die er eingesammelt hatte. Seine eigenen und jene von Raymond. Daraus schlussfolgerte er: »Du konntest das Grundstück nicht betreten, solange sie eingegraben waren.«

»Kluger Junge.« Tante Beth tätschelte seine Wange. »Damit ich abends zu euch kommen konnte, musste dein Vater die alte Linie auflösen. Sie war ohnehin sehr einfach gehalten, geradezu schlampig. Danny war nie bewandert in solchen Dingen. Er hat die unzuverlässigste Art gewählt, eine Blutlinie zu ziehen. Hätte ein wildes Tier einen eurer Zähne ausgegraben, wäre eine Lücke entstanden und die Grenze nutzlos. Im schlimmsten Fall sogar ein Zahn weg. Wir Walkers heben alle unsere Zähne auf. Die sind für uns so wertvoll wie Gold!«

Beth schüttelte den Kopf. Sie schien sich über ihren jüngeren Bruder zu grämen. »Heute Nacht ziehen wir die Linie neu. Mit einigen Verbesserungen.« Sie ergriff Raymonds Hand. Die Klinge schwebte dicht über seiner Haut. »Dafür braucht es Knochen *und* Blut. Deine Schwester hat ihren

Beitrag gerade geleistet. Wir hatten Glück, dass sie kurz vor der Osternacht einen Milchzahn verloren hat. Vorher konnten wir die Linie nicht ziehen und einen Schnitt mit dem Messer wollte ich ihr noch nicht zumuten. Wenn sie das im Kindergarten herumerzählt, sitzt Danny das Jugendamt im Nacken.«

Bei Hanas Plappermaul ergab das Sinn. Raymond fragte sich, was geschah, wenn eine luzide Seele innerhalb einer Blutlinie war, ohne zuvor Knochen und Zähne gespendet zu haben. Der Gedanke verflog, denn Beth deutete mit der Klinge auf die Kellertür. »Unten wirst du das restliche *Ritual* finden. Mein Geschenk an euch. Aber ich greife vorneweg. Jetzt in diesem Moment bitte ich dich, mir zu vertrauen. Ich schwöre dir, es schadet nicht.«

Raymond verzog verstimmt das Gesicht, nickte aber letztendlich. Ein kurzes Stechen. Etwas Druck auf der Wunde. Und schon vermischte sich sein Blut mit dem seiner Familienmitglieder.

Kurz vor Mitternacht, als Hana schon lange in ihrem Bett schlief, versammelten sich die Walkers im Kellergeschoss des Petaluma-Anwesens, wo Raymond einen Graben im Fundament ihres Kellers vorfand. Er reichte bis zu jenem Punkt, an dem der feuchte Erdboden zutage kam und ließ Raymond staunend zurück. Während sein Vater und Floyd darüber berieten, ob sowohl Sonne als auch Mond zu jeder Jahreszeit den Weg durch das Fenster in die Furche fanden, eilten Zachary und Beth mit zwei Kübeln aus Farn und Pilzen die Treppe herunter. Auf Raymonds Nachfrage erklärte sein Vetter: »Das sind gezüchtete Pflanzenhybride meiner Mutter. Auf den ersten Blick schauen beide wie getrennte Organismen aus. Doch auf der luziden Ebene sind die Wurzeln fest ineinander verwachsen und werden zu einer neuen Art. Eine coole Barriere gegen sämtliches Gesindel. Als ob man Mücken mit Lavendel fernhält.« Er reichte Onkel Floyd einen der Kübel in den Graben, der ihn behutsam im Erdboden platzierte. Dabei sprach Zachary:

»Daheim in Montana ist unser gesamter Hof von dem Geflecht umwuchert.«

»Es ist ein Teil von unserem *Familienstamm*!«, erläuterte Nicholas neben Raymond hibbelig. Er und Jamie standen schon eine ganze Weile mit Eimer und Schaufel am Rand der Grube und warteten auf Anweisungen. Der letzte Kübel wurde im Erdboden platziert. »Falls du jemals auf unsere Ranch kommst, kannst du auf der luziden Ebene sehen, wie alle unsere Wände leuchten. Das sieht toll aus!«

»Als wäre das eine große Sache«, gab sich Jamie unbeeindruckt. »Das blöde Unkraut hat auch seine Schattenseiten.«

Raymond beobachtete, wie ein Runzeln auf Beths Stirn entstand. Sie schaute ihren Ältesten strafend an. »Das *dir* das Unkraut ein Dorn im Auge ist, war mir klar.«

Jamies Wangen verfärbten sich puterrot. Seine Lippen schürzten sich erbost. Anscheinend gab es eine Hintergrundgeschichte dazu. Raymond beugte sich zu Zachary vor und wollte wissen, was damit gemeint war. Sein Vetter grinste breit und flüsterte: »Wenn dein Zahn bei den Wurzeln liegt, kann man die Seelen von Familienmitgliedern zum Stamm rufen.«

»So was geht?« Raymond machte große Augen, während Zachary eifrig nickte. Er hielt die Hand vor den Mund und tuschelte: »Da ist eine Klassenkameradin, die Jamie mag. Mama hat ihn dabei erwischt, wie er sich auf der luziden Ebene heimlich in ihrem Zimmer umgesehen hat. Er hat versucht, ihr Tagebuch zu lesen. Ich glaube, weil er wissen wollte, ob sie ihn auch mag. Mama hat ihn verwarnt. Jamie wollte nicht hören. Da hat sie ihn an der Wurzel nach Hause gezerrt. Seitdem herrscht dicke Luft zwischen den beiden.«

Das Thema wurde gewechselt, als Jamies Blick in ihre Ecke huschte. Zachary war ein guter Schauspieler, denn er fuhr mit seinen Erläuterungen über die Hybridpflanze fort, als hätten sie nie ein Wort über seinen älteren Bruder verloren. Beth gab ihr Wissen großzügig an ihre Söhne weiter, denn er erklärte Raymond im Detail genau, wie der Vorgang vonstatten ging. Die Furche wurde deshalb im

Kellergeschoss gegraben, da ansonsten jemand von außerhalb an die Triebe herankommen könnte.

»Die Pflanzen schützen das Haus vor feinstofflichen Angreifern. Aber nicht vor jemandem mit einem richtigen Körper. Was auf der luziden Ebene Gesindel fernhält, muss auf der physischen Ebene sicher verwahrt bleiben.«

Die Setzlinge geschützt im Keller zu halten, sei daher die beste Möglichkeit zu garantieren, dass niemand Unbefugtes sie entwurzelte, um des Nachts sein Unwesen auf ihrem Anwesen zu treiben. Zachary reichte Onkel Floyd einen Sack mit frischer Blumenerde, um die Pflanzen gut einzubetten und auch Raymond schloss sich dem Unterfangen an. Während beide Jungen die Säcke huckten, erklärte ihm sein Vetter: »Nach dem Einpflanzen sind zwei Sachen wichtig. Die Zähne der Familie müssen als geschlossener Kreis um die Setzlinge herum in der Erde platziert werden. Danach muss die Pflanze trinken. Mama sagt, sie ist wie ein Baby, das um Milch bittet.«

Raymond sah die Schüssel mit dem Blut und sparte sich die Nachfrage, was genau getrunken werden musste. Ihm schauderte. Doch Zachary ging mit dem Thema so unverfänglich um, als würde er vom Wetter sprechen.

»Wer sie zum Vollmond füttert, ist Teil ihres Stamms und wird geschützt. Zumindest jeder, der sich im Umkreis ihrer Wurzeln befindet. Und damit steht auch schon die Barriere.«

Raymond erinnerte sich an das glühende Wurzelwerk an den Hängen der Martinets. Damit war auch geklärt, was ihn vom Grundstück fernhielt. Die luzide Pflanze dort musste sich seit Generationen um ihre Weinberge spannen, denn der Setzling zu Raymonds Füßen war noch klein und würde Zeit brauchen, um Wurzeln zu schlagen.

Inmitten dieser Überlegung schnappte Raymond ein Gespräch zwischen seinem Vater und Floyd auf. Sein Onkel wollte mit gedämpfter Stimme wissen, ob der *eine* Zahn wirklich fernbleiben sollte.

»Seit Jahren liegt ihr beide im Klinsch. Es sind so viele böse Worte gefallen. Wäre es nicht eine versöhnliche Geste, wenn du ihm den Eintritt gestattest?«

Onkel Floyd schaute bittend drein. Doch Raymond sah seinen Vater darüber nachdenken. Seine Stirn kräuselte sich. Und nach langem Zaudern schüttelte er den Kopf.

»Die Tür ist geschlossen. Das sollte sie bleiben.«

»Er ist alt.«

»Aber nicht ungefährlich.«

»Himmel, Daniel, du übertreibst! Es sind auch seine Enkelkinder. Er kennt noch nicht einmal ihre Gesichter.«

»Gerade deshalb ist Vorsicht geboten. Dieser Wolf beißt sich nicht in meinem Fleisch und Blut fest.«

Sein Vater kletterte aus der Furche heraus, klopfte sich die staubigen Hände ab, während Floyd ihm unglücklich nachschaute. Erst jetzt bemerkte Raymond die geöffnete Holzschatulle in dessen Hand. Rechteckig mit geschnitzten Verzierungen. Sie wirkte altertümlich. Im Innern erspähte er viele Fächer, gefüllt mit den Zähnen aus mehreren Generationen von Walkern. Onkel Floyds Blick traf den von Beth, die ebenso unzufrieden schaute.

»Ich habe es versucht, Liebling.« Damit schloss er die Schatulle.

ADELE

Mit dem Ende der Osternacht war der Höhepunkt der familiären Festlichkeiten erreicht und die Abfahrt von Raymonds Verwandtschaft rückte näher. Der letzte Abend klang mit einem ausgelassenen Schmaus ab, der viele Gänge beinhaltete und ihre Mägen im Übermaß füllte. Und als die Feierlichkeiten anderorts mit einer Gutenachtgeschichte endeten, rauschte Raymond in seiner Wolfsgestalt mit seinen Vettern durch die Wälder. Deren geisterhafte Erscheinungen jagten ihm johlend hinterher, während die Erwachsenen in der Wohnstube bei einem gemütlich knisternden Kaminfeuer beisammensaßen.

In der Nacht, bevor seine Verwandtschaft aufbrach, löste Floyd gegenüber seinen Söhnen ein längst überfälliges Versprechen ein und zeigte der Gruppe, wie man Poker spielte. Dem schlossen sich auch Beth und Raymonds Vater an, der die Spielregeln bereits kannte. Es war göttlich mitzuerleben, wie die beiden Geschwister sich nichts untereinander schenkten. Beth war eine clevere Spielerin, die *Kleindanny* gerne auf die falsche Fährte lockte. Es überraschte Raymond, dass seine Tante die Lehrstunde überhaupt tolerierte, aber immerhin wurde nicht um Geld gespielt.

Raymond besaß auch nie die Ambition Poker zu lernen. Doch es machte Spaß, die gesamte Familie um Mitternacht beisammen sitzen zu sehen, während Nicholas Irrlicht aufgeregt zwischen den Seelen herumsprang. Er spähte über die Schultern seiner Brüder und verplapperte sich, wenn sie ein gutes Blatt besaßen. Die geisterhafte Runde hätte so manchen paranormalen Wissenschaftler ungläubig die Augen reiben lassen.

Tatsächlich schlug sich Raymond auch gar nicht schlecht. Nachdem er die Spielregeln verstand, heimste er dreimal in Folge einen Sieg ein.

»Alle Achtung! Dein Junge hat ein waschechtes Poker-face, Danny. Hat knallhart geblufft.«

Raymond grinste ihm gewieft entgegen, als sich die Ge-sichter am Küchentisch hoben und zum Eingangsbereich spähten. Er wandte sich ebenfalls auf seinem Stuhl und er-haschte einen Lichtpunkt, gerade mal so groß wie der Kopf eines Säuglings, der dicht über dem Treppenlauf schwebte. Zunächst starrte Raymond mit offenem Mund darauf. Wenn es sich um ein Irrlicht handelte, war es kleiner als Nicholas, wie ein weit entfernter Stern.

»Ihr Orb«, hauchte Beth ehrfürchtig neben Raymond.

Er spähte zu seiner Tante hinüber und bekam mit, wie sie nach der Hand seines Vaters tastete. Die Geschwister blinzelten ergriffen auf den scheuen Neuankömmling, der unschlüssig über der letzten Stufe schwebte, angelockt von dem Stimmengewirr aus dem Erdgeschoss.

Raymonds Vater hob sich vom Stuhl. Vorsichtig, als wol-le er eine streunende Katze anlocken, bat er: »Komm herein, Hana! Alles ist gut.«

Am Tag ihrer Abreise ahnte Raymond, dass ihm die Anwe-senheit seiner Verwandten fehlen würde, besonders Zacha-ry und Nicholas, die an ihm einen Narren gefressen hatten. Beide gaben ihm das Gefühl einer Gemeinschaft. Er konnte mit ihnen jene Dinge besprechen, die ihn interessierten und Erfahrungen austauschen. Zu gern hätte er weiterhin spie-lerisch mit den beiden gelernt. Bei ihrer Abreise überkam Raymond daher eine Woge des Kummers, die seinem Onkel Floyd nicht entging. Während die Besucher ihre Koffer auf den Pick-up warfen und Floyd die Plane über der Lade-fläche befestigte, legte sich seine Hand nach getaner Arbeit väterlich auf Raymonds Schulter.

»Du darfst nicht glauben, das sei der letzte Besuch gewe-sen«, versicherte er Raymond in tröstendem Tonfall. »Mit der neuen Blutlinie stehen die Tore für weitere Besuche offen. Ihr seid ein wunderbarer Anreiz für unsere Söhne, an ihren Fähig-keiten zu feilen und auch entferntere Strecken zu meistern. Das haben meine Nesthocker die letzten Monate vernachlässigt.«

»Darf ich euch auch besuchen?«

Es war ihm ein ehrliches Bedürfnis und Raymond konnte nicht verhindern, dass eine gewisse Traurigkeit in seiner Stimme mitschwang. Onkel Floyds Stirn kräuselte sich. Er spähte verstohlen zu seinem Vater hinüber, der in ein Ge-spräch mit Tante Beth vertieft war. Dann dirigierte er Ray-mond unauffällig ein paar Schritte zur Seite und flüsterte: »Wenn du die Strecke hinbekommst? Stell dir das aber nicht einfach vor. Deine Tante beherrscht die Astralreise. Du nicht. Es ist ein langer Weg bis Montana. Gerade für eine unerfah-rene Exkursionsseele könnte die Gebirgskette dazwischen schwierig werden. Aber versprich mir, dass vorher mit *ihm* abzusprechen.« Floyd nickte zu seinem Vater hinüber.

»Keine Alleingänge. Verstanden?«

Raymond versprach es.

Und kurz vor dem Abschied steckte er Zachary noch ein Foto von sich zu, mit der Entschuldigung, dass es kein aktuelleres Bild von ihm gab.

»Dad ist da nie hinten dran gewesen. Die einzigen Bilder, die von uns existieren, sind vom Fototag in der Schule. Das hier habe ich aus meinem Jahrbuch ausgeschnitten.«

»Hast du ein Veilchen auf dem Bild?«

Zachary stierte fragend auf den Schnipsel. Raymond hat-te gehofft, er würde es nicht merken, denn zwei Wochen vor der Aufnahme machte sich Ed einen Spaß daraus, einige seiner Mitschüler zu verprügeln. Raymond war einer der Kandidaten. Ed fand den Gedanken damals witzig, seine Opfer für das Jahrbuch zu *markieren*.

»Lange Geschichte. Von Hana habe ich noch keines. Sie ist erst letztes Jahr eingeschult worden und das kurz nach dem Fototag.«

Doch Zachary tat eine wegwerfende Geste und scherzte: »Das Foto hier ist genau richtig. Großvater wird dich für einen Raufbold halten. Damit verdienst du dir Pluspunkte.«

»Alles einsteigen!«, verkündete Beth. Sie scheuchte Nicholas vor sich her. Der suchte seinen Rucksack. Im Laufe seines Aufenthalts kam das häufiger vor. Ständig vergaß der Junge, wo er seine Sachen abstellte.

»Ich werde die Astralreise üben«, versprach Zachary, als er den Ford bestieg. »Dann komme ich wieder. Ich stelle mir einfach eure Haustür vor. Das wird mein Fixpunkt werden, wenn ich einschlafe. So wie es Mama tut.«

»Ich werde auch üben.«

»Wer zuerst das Haus des anderen erreicht, schuldet ihm eine Pizza. Ach, und wenn ich komme, dann schnappen wir uns den Kerl, der dir das Veilchen verpasst hat. Ein Walker lässt so was nicht auf sich sitzen.«

Beide grinsten sich verschwörerisch an und tauschten einen Handschwur aus. Sobald der Wagen über die Schotterpiste Richtung Arbeiterviertel verschwand, die winkenden Arme aus den Fenstern nicht mehr zu sehen waren, kehrte eine Ruhe ein, die der ganzen Familie unheimlich vorkam. Auch wenn der Alltag sich schnell wieder ankündigte.

Anders als in den meisten Schulbezirken dauerten die Ferien an der Leroy Marshall keine komplette Woche. So befand sich Raymond am Dienstagmorgen auf dem Schulweg, die Gedanken noch immer beim fröhlichen Osterwochenende. Seine Euphorie wurde erst getrübt, als er die Brücke mit Herolds Foto passierte. Obwohl seine Zweifel irrational waren, kam er sich etwas schuldig vor. Immerhin war es das erste Mal, dass er nicht mit seinem Freund feiern konnte. Und dennoch waren es wunderbar aufregende Tage gewesen. Raymond hielt einen Moment inne.

Tote waren bekanntlich die besten Geheimniswahrer, daher erzählte er Herold von seinen Verwandten, dem nächtlichen Jagen im Wald und von der Blutlinie, die neuerdings in ihrem Keller lag.

»Es ist spannend. Irgendwie auch gruselig. Es hätte dir bestimmt gefallen … Ich wünschte, ich hätte es dir zu Lebzeiten erzählen dürfen.«

Inmitten dieses Gedankens erinnerte sich Raymond an Grace und auch an die offenen Fragen. Allerdings bot sich ihm bisher keine Möglichkeit, in der Schule an sie heranzukommen. Grace Martinet schien nicht unbeliebt zu sein, zumindest blieb sie innerhalb des Radius einer dreiköpfigen Mädchengruppe. Da Raymond Wochen zuvor erlebte, wie die Gerüchteküche hochkochte, nachdem Adrian Engelhardt einem Mädchen die Tür aufhielt, ging er lieber behutsam an die Sache heran.

»Weißt du, Herold. Deine Herzdame ist mit allen Wassern gewaschen. Hinter dem Puppengesicht steckt mehr, als man meint.« Da schoss ihm der naheliegendste Weg in den Sinn, wie er seiner Vermutung auf den Grund gehen könnte.

Am Abend sah Raymond die beste Möglichkeit, in die Berge zurückzukehren. Seine Tante würde heute dem Petaluma-Anwesen fernbleiben, denn ihre Familie befand sich noch auf dem Heimweg. Die dreizehnstündige Strecke erforderte mehrere Pausen und Beth erklärte, sie könne im Auto schlecht einschlafen. Das andauernde Ruckeln würde sie wecken, weshalb es keinen Sinn machte, sich im Haus zu manifestieren, um Sekunden später ihrem Traum entrissen zu werden. Und von seinem Vater wusste Raymond, dass seine Nachtschicht heute begann. Als er aufbrach, bat er seinen Sohn, diese Nacht daheimzubleiben.

»Die Blutlinie ist zwar gelegt, aber ich habe kein gutes Gefühl dabei, wenn kein Erwachsener zuhause ist. Sollte ein Einbrecher sich nähern, darfst du ruhig von deinem Recht Gebrauch machen und ihm als Wolf in den Hintern beißen.«

»Und wenn sich herumspricht, dass es hier spukt?«, fragte Raymond breit grinsend.

»Umso besser.« Sein Vater zwinkerte ihm zu.

Mit dem Blutkreis im Keller wirkte er entspannter. Zuvor war sein Vater immerzu besorgt und nach langer Zeit vertraute er sein Heim wieder seinem Ältesten an. Dennoch ermahnte er Raymond: »Öffne niemals die Tür. Jedenfalls physisch nicht. Und wenn es hart auf hart kommt, ruf bei mir auf der Arbeit an. Ich habe Mittel und Wege, um zu euch zu gelangen.«

Damit war wohl der Blister mit Schlaftabletten gemeint, den Raymond einmal auf der Beifahrerseite im Handschuhfach ihres Wagens fand.

Sobald die Eingangstür im Erdgeschoss leise ins Schloss fiel, die Reifen ihres Pick-ups über den Schotterweg holperten, vergewisserte Raymond sich, dass Hana tatsächlich schlief. Ihre winzige Gestalt lag mit offenem Mund unter der dicken Daunendecke, während sich auf dem Teppich einige ihrer Bauklötze von selbst stapelten. Das erste Mal, als Raymond Zeuge davon wurde, bekam er einen furchtbaren Schreck. Mittlerweile war er mit dem Anblick vertraut. Tante Beth meinte, es sei ein gutes Zeichen, wenn sich seine Schwester näher mit ihrer Umgebung befasse. Kindliche Neugierde sei die beste Möglichkeit, aus dem Schneckenhaus herauszukommen.

Ruhigen Gewissens verließ Raymond ihr Zimmer, legte sich in sein Bett und stellte sich den Eingang zum Wildtiergehege vor, dessen Schriftzug durch die Witterung allmählich verblasste. Tante Beth hatte ihm erklärt, dass sie die Strecke von Montana aus mittels Astralreise bewältigte. Es sei der schnellere Weg, der allerdings nur in der Einschlafphase funktioniere. Er solle sich die Umgebung zusammen mit früheren Erinnerungen ins Gedächtnis rufen.

So stellte sich Raymond Mitchels vertraute Stimme vor und die Euphorie, die ihn packte, als er bei ihrem Ausflug das Schild erblickte, gefolgt von Miss Petrovas mahnenden Worten, er möge sich auf der Stelle wieder hinsetzen.

Kurz darauf befand sich Raymond nicht direkt vor dem hölzernen Palisadentor, doch zumindest lag die Hälfte der

Strecke hinter ihm. Immerhin. Er hatte nicht damit gerechnet, bei seinem ersten Versuch eine Punktlandung hinzulegen. Er eilte zu seinem Ziel, dessen markanter Eingangsbereich bald in Sichtweite auftauchte.

Unweit des Tors hing am hohen Zaun das Schild mit den Öffnungszeiten, Eintrittspreisen, dem Foto der Rangers, den Investoren und den Grundstückseigentümern. Bei den letzten zwei Punkten fand er wie erwartet, den Namen der Familie Martinet eingraviert. Raymonds Finger strichen über den Namenszug und er lachte kopfschüttelnd in sich hinein. Er kam sich dumm vor. Die Antwort lag all die Monate direkt vor seiner Nase, es mangelte ihm lediglich an der Fähigkeit, die richtigen Schlussfolgerungen zu ziehen. Ein Mitglied aus der Martinet Familie saß im Schulkomitee, da erübrigte sich auch die Frage, wer den Vorschlag für den damaligen Ausflug in den Raum geworfen hatte.

Sein Wolf nahm die Witterung auf. Eine frische Bergbrise mit einer leichten Note von Lupinen. Er erkannte Parallelen zur Lunéville Bridge. Raymond lehnte seine Seele gegen den Palisadenzaun und floss durch die Ritzen zwischen den Pfählen – wie Wasser durch ein Sieb. Auf der anderen Seite schlüpfte er in seine Wolfsgestalt.

Wenig später fand Raymond sich inmitten des Geheges, jenem Ort, an dem der Großteil seiner luziden Erfahrungen begann. Mit seinen jungen Jahren verfiel er bei dem Anblick beinahe in eine Art Nostalgie. Es gab wenig Veränderungen, lediglich die Jahreszeiten gestalteten das Antlitz der Landschaft neu. Doch eine Sache sprang ihm schnell ins Auge. Denn anders als im Wäldchen um das Petaluma-Anwesen sprossen die luziden Pflanzen im Wildtiergehege in einer Vielfalt, die Tante Beth in Verzückung versetzt hätte. Der Frühling hauchte der Welt auch auf der höheren Ebene Leben ein. Ein Pollenflug aus feinstofflichen Samen zog sich durch den Wald, den Raymond in dieser Menge noch nie erlebte. Die Masse setzte sich zu einer fluoreszierenden Nebelbank zusammen, die träge zwischen den Stämmen tänzelte und durch einen aufkommenden

Windstoß aufgelockert wurde. Die Samen hatten Ähnlichkeit mit denen des Löwenzahns.

Für einen Moment ließ sich Raymond dazu verleiten, dem Schauspiel mehr Aufmerksamkeit zu schenken, als er sollte, bis er sich des eigentlichen Vorhabens entsann und in Bewegung kam. Seine Wolfsohren zuckten nach jedem Geräusch in der unmittelbaren Nähe.

Zu seinem Bedauern musste er feststellen, dass mit dem Tod des Fliegenfängers der Fäulnis im Wald nicht Einhalt geboten wurde. In dem sonst so üppigen Paradies klaffte noch immer eine kurvenreiche Schneise und markierte die Pfade, die das Ungetüm einst durchwanderte. Manche Birken und Eichen büßten ihr Blätterwerk ein, machten es Raymond aber auch einfacher, nach kurzer Suche die altbekannte Gestalt auszumachen, die im kahlen Geäst hopste. Der Blauhäher wirkte wie ein heller Funke, der sich zwischen seinen flinken Sprüngen entlud. Raymonds Augen konnten seiner Flugbahn kaum folgen. Ihn beschlich der Eindruck, Grace Martinet sei noch schneller geworden.

Zu seiner Überraschung war sie dieses Mal in Begleitung eines feinstofflichen Wesens in der Größe einer Elster. Es flog hinter ihr her, wenngleich in weitem Abstand. Auch etwas ungeschickt. Die Flügel manövrierten sich nicht so galant um die Kurven, wie es bei Grace der Fall war. Raymond vernahm das haltlose Geplapper aus dem Schnabel des Tiers, das offenkundig keine Muße besaß, sich weiterhin im Wald aufzuhalten. Fortlaufend drängelte es nach Copperdeer zurückzukehren, während Grace dazu nicht der Sinn stand.

»Geh doch einfach! Ich bin dir deshalb nicht böse.«

»Du nicht. Papá schon. Er wird das anders sehen, wenn seinem Goldstück etwas passiert.«

Die Art, wie die Elster *Papa* aussprach, kam Raymond fremdartig vor. Es ähnelte der Ausdrucksweise, wie man sie von manchen westeuropäischen Touristen kannte, wenn sie sich nach Copperdeer verirrten.

»Hör auf, das zu behaupten. Es ist nicht wahr.«

»Wenn du meinst. Ich will jedenfalls keinen Ärger bekommen, nur weil ich unsere Prinzessin aus den Augen gelassen habe. Nun komm endlich heim.«

»Es schlägt um sich.«

»Was?«

»Die Fäulnis. Schau!«

Raymond vernahm ein Klopfen auf hohles Holz, wie von einem Specht. Etwas löste sich. Er sah Rinde, die von einem Stamm stürzte, worunter die schwarzen Wucherungen hervorkamen. Grace sprach offen ihre Beunruhigung darüber aus, während die Elster schnatterte: »Das ist doch nun wirklich nicht unser Problem!«

Auch wenn ihr Kommentar unbeachtet blieb.

»Vielleicht können die Triebe unseres Anwesens Abhilfe schaffen«, rätselte Grace.

Ihr mangelndes Interesse ärgerte die Elster, denn als die Stimmen sich langsam entfernten, konnte Raymond noch hören, wie sie sich über Grace brüskierte. Raymond pirschte sich aus seinem Versteck voran, um nichts von dem Gespräch zu versäumen.

»Ich will nach Hause! Hörst du schlecht?«

»Das geht nicht mit rechten Dingen zu. Sieh doch, wie am Bachlauf alles verwest. Als würde eine offene Wunde im Wald klaffen. Letzten Monat war dort alles in Ordnung.«

»Was schert es dich?«

»Es befällt alles! Die Bäume verrotten. Selbst die Gewässer werden trüb. Wenn die Tiere davon trinken, werden sie krank. Machst du dir keine Sorgen?«

Ein genervtes Stöhnen war die Antwort. Dann erklärte die Elster: »Du nimmst dich furchtbar wichtig! Es ist ein Graus, sich mit dir zu befassen. Immer spielst du dich als Weltenverbesserin auf, als Moralapostel! Jemand wird sich schon darum kümmern. Jemand mit der nötigen Expertise. Im Gehege kommt es ohnehin nur auf die Tiere an, die fliegen können. Alles andere wird verkauft …«

Erneut entfernten sich ihre Stimmen. Argwöhnisch hob Raymond die Braue. Hatte er sich eben verhört? Es hätte ihn schwer gewundert, wenn die Familie Martinet das Gehege verkaufen wollte. Leider bewegten sich beide Vögel viel zu schnell, als dass er den letzten Teil richtig mitbekam.

Raymond huschte aus seinem Versteck, um den Anschluss nicht zu verlieren. Damit er zwischen den dunklen Ästen nicht auffiel, fand er einen Weg, sich vor den Blicken der anderen zu tarnen. Er nahm sich die feinstofflichen Pflanzen zunutze, die im Gehege vielerorts blühten. Zwischen dem glimmenden Geäst fiel sein eigenes Erscheinungsbild kaum auf. Die Nebelbänke taten ihr Übriges und ermöglichten ihm, beide Vögel auf sicherer Distanz zu verfolgen. Deren Diskussion ging in die nächste Phase über, denn Grace fühlte sich offenbar gekränkt.

»Schluss damit, Adele! Darf ich keine Nacht für mich allein sein? Du hackst ständig auf mir herum und versuchst mich in Copperdeer festzuhalten. Dabei ist der National Forest gerade zu dieser Jahreszeit wunderschön. Sieh dich doch um! Der Bärlauch blüht. In wenigen Tagen wird der Waldboden unter einer weißen Blütendecke verschwinden.«

Doch *Adele* besaß kein Auge dafür. Die Elster plusterte sich und meinte: »Drauf geschissen.«

»Wenn Papá wüsste, wie du sprichst …«

»Ach, sei still. Blöde Streberin. Ich brauche dich in Copperdeer. Komm mit!«

»Ich will nicht. Such dir jemand anderen für deine gemeinen Spiele! Die Nächte ohne dich sind die Schönsten.«

Raymond runzelte die Stirn. Was auch immer die Elster von Grace verlangte, sie fühlte sich damit unwohl.

»Sei nicht so eigenbrötlerisch.«

»Bin ich nicht. Ich will nur das *du* heimfliegst.«

»Als wäre sonst jemand da, der auf dich aufpasst. Hier draußen bist du allein.«

Es war gewiss abschreckend gemeint, bewirkte jedoch das Gegenteil. »Umso besser. Ich begrüße die Einsamkeit. Dein nervendes Zetern nimmt dem Ort den Zauber. Und mit dem Fliegenfänger bin ich allein klargekommen. Dafür brauche ich dich nicht.«

»Hör sich einer unsere Heldin an! Sogar einen Namen hat sie dem Ungetüm gegeben.« In der Stimme schwang ein grausamer Hohn, mit dem ein theatralisches Lachen folgte.

Den aufkommenden Zank nutzend, wollte Raymond zum nächsten Gebüsch voranpirschen, als ein Schatten aus einem Erdloch huschte. Eine Waldmaus auf Futtersuche sprang durch Raymonds luziden Leib und verursachte in ihm einen unangenehmen Schauer. Dieses Mal schnellte Graces Blick in seine Ecke. Der Blauhäher spannte die Flügel und stürzte sich auf ihn, noch bevor die Elster verstand, worum es überhaupt ging. Als Adele seine Wolfsgestalt im Dickicht erblickte, begann sie lauthals zu krähen. Raymond sah sich einem Schnabel gegenüber, der wie die messerscharfe Spitze einer Pieke durch sein Fell drang. Anscheinend wusste Grace, wo sie treffen musste, um Raymond ins Straucheln zu bringen. Es waren gezielte Punkte, die seine Seele aufrüttelten und seinen ruhenden Körper daheim in Copperdeer mit den Lidern zucken ließen. Er stand kurz davor aufzuwachen. Ein Übergriff auf seine Seele. Raymonds Kiefer schnappte zu, biss jedoch ins Leere. Keine Chance. Grace war ein Pfeil. Schnell und treffsicher.

Der Blauhäher begab sich aufwärts, um das nächste Manöver zu starten, als auch die Elster sich einmischte. Das winzige Geschöpf sauste tollkühn mit dem Schnabel voraus gegen Raymonds Schläfe. Einmal, zweimal, doch beim dritten Mal verließ sie das Glück.

Raymond bekam das Federvieh zu fassen und kurz darauf zappelte der mickrige Leib unter seiner Pranke. Es war sonderbar, die Seele eines anderen in den Händen zu halten, als hätte man den verletzlichsten Moment eines Menschen abgepasst. Das feinstoffliche Dasein einer einzelnen Person reduziert auf diese winzige Existenz.

Grace brach ihre nächste Attacke ab.

Er konnte ein ersticktes »Adele!« hören. Zunächst hielt sich Grace in der Luft, ihren Blick ratlos auf die zappelnde Begleiterin gerichtet, bis sie zum nächsten Ast flatterte. Von dort aus taxierte sie Raymond argwöhnisch und gab ein verstimmtes Krähen von sich.

»Ich warne dich! Krümmst du ihr eine Feder, wirst du es bereuen.« Adele zuckte unter seiner Tatze, fluchte und schimpfte. Sie besaß ein loses Schandmaul. Und nach einem kurzen Moment der Einkehr weitete sich Graces Blick. Es war verblüffend, wie schnell sie die richtigen Schlüsse zog.

»Wir kennen uns.«

»Woran hast du es bemerkt?«

»Deine Präsenz.«

Raymond spürte ebenfalls jede Nacht, wenn die Seele seiner Tante das Haus betrat. Daher nahm er an, Grace gelang das ebenso. Ihr schien etwas klar zu werden, denn ihr Blick huschte vorsichtig zu Adele. »Lass meine Schwester los.«

»Ich höre kein Bitte.«

»Wie kindisch. Aber gut, bitte!«

Raymond wiegte seinen Kopf und ließ Gnade vor Recht ergehen, allerdings nicht ohne eine Warnung verlauten zu lassen. »Leg dich nicht mit mir an. Verstanden?« Damit entließ er Adele.

Sie flatterte ungelenk aus seiner Reichweite, ließ dabei einige Daunen fallen und verfluchte ihn anschließend von der Spitze einer Tanne aus. Mit einem Mundwerk, das der Lieblichkeit eines Vogels nicht gerecht wurde. Das ging so lange, bis Graces strenge Tonlage ihn zur Rede stellte.

»Ich hatte dich gewarnt, nicht zurückzukommen.«

»Hattest du.«

»Trotzdem bist du hier.«

»Bin ich.«

»Ist auf dein Wort gar kein Verlass?«

»Meine Freunde können sich auf mich verlassen«, erklärte Raymond stoisch. »Ich bin auch nur hier, weil mich interessiert, welche weiteren Geheimnisse deine Familie hat. Liegt sonst noch eine Leiche begraben, von der ich nichts weiß?«

»Was schert es dich?«

»Man sollte seine Nachbarn kennen. Zumindest wenn sie einen vom Grundstück jagen.«

»Reden wir noch immer von dem Vorfall von letzter Woche?«

»Du hast mich wie einen Idioten dastehen lassen!«, platzte es aus Raymond heraus. Doch Graces Antwort fiel äußerst ungnädig aus, schlimmer noch, er meinte ein kurzes Kichern zu vernehmen, dass schnell unterdrückt wurde.

»Du bist selbst schuld. Grenzen müssen respektiert werden. Wenn du dich auf fremde Grundstücke schleichst, musst du damit rechnen, hinausgeworfen zu werden.«

»Deine Familie beansprucht den halben Nordhang für sich. Euer Gebiet ist viel zu groß!«

»Mag sein. Es bleibt aber Privatbesitz. Passt es dir nicht, ist das dein Problem.«

Mit der eingeschränkten Mimik eines Blauhähers ließ sich schwer sagen, was Grace durch den Kopf ging. War sie wütend oder gleichgültig? Ihre Stimme blieb jedenfalls ruhig. Raymond hätte sich gewünscht, dass sie aus ihrem Geistführer herauskam, um etwas aus ihren menschlichen Zügen lesen zu können. Stattdessen fragte sie: »Warum bist du hier? Mit deinem Eingreifen auf der Brücke sind wir beide quitt und können getrennte Wege gehen. Für mich ist damit alles in Ordnung.«

»Quitt?«, wiederholte Adele verwirrt. »Womit?«

»Das spielt keine Rolle. Geh nach Hause! Das hier geht dich nichts an.«

Da war der Moment. Diese eine Sekunde, in der Grace zu viel von sich preisgab. Die hektische Art, wie sie ihre Begleiterin abwimmelte, ließ Raymond begreifen, dass die kleine Martinet nicht nur ihn gerne im Ungewissen hielt. Seine Augen fokussierten ihre Schwester, die sich motzend aufplusterte und schon übermannte ihn sein gekränkter Stolz.

»Weißt du es nicht?«, plauderte er arglos aus. »Grace hat sich letztens mitten in der Nacht auf die Lunéville Bridge geschlichen und sich von einem Trucker ansprechen lassen.«

»Ist nicht wahr!«

»Das hätte böse ausgehen können. Wäre ich nicht in der Nähe gewesen, würde sie heute wahrscheinlich irgendwo tot in einem Straßengraben liegen. Ihr solltet ihr beibringen, nicht mit Fremden zu sprechen.«

»Interessant.«

Mit einem kurzen Sinkflug glitt Adele an Graces Seite, die ihr eitles Köpfchen wegdrehte. Ihr geschmälerter Blick verriet, wie sehr seine Offenheit sie grämte.

Adele hackte zweimal nach dem blauen Gefieder und wollte mit süßlich süffisanter Stimme wissen: »Wovon redet der Köter dort unten, Schwesterchen? Erzähl!«

Doch mit einem Flattern schlug Grace die Sticheleien barsch von sich. »Verschwinde!«

»Was hast du denn? Man könnte meinen, du bist wütend.«

Raymond überlegte schon die ganze Zeit, woher er den Namen Adele kannte. Und endlich formte sich ein Bild dazu vor seinem inneren Auge. Zwei Jahrgangsstufen über ihm, brünett, mit einem Gesicht, von dem die ersten Jungen in seiner Klasse bereits schwärmten. Frech nannte sie Mitchel einmal, aber auf eine kecke Art. Sie habe Klasse und einen großartigen Charme. Davon merkte Raymond relativ wenig, doch immerhin bekam er die Genugtuung, Grace verärgert zu haben. Geradezu begehrlich bat Adele um Details, die Raymond ihr allzu willig gab. Er musste zugeben, sie war eine gute Zuhörerin. An den richtigen Stellen kam ein überraschter Ausruf, ein bedauerndes Kopfschütteln und auch so manch gehässiges Kichern.

»Furchtbar. Ganz furchtbar«, war eine ihrer liebsten Floskeln. Und während Grace auf ihrem Ast beleidigt fortschaute, so manches Mal beteuerte, der Ablauf habe sich anders zugetragen, schilderte Raymond penibel genau, wie prekär ihre Situation gewesen war.

Nur eine Sache behielt er für sich. Jene Worte, welche seinem toten Freund gegolten hatten. Es lag ihm fern, etwas zu entweihen, was Herold zu Lebzeiten glücklich gemacht hätte, und Adele ging so sehr in ihrer Häme auf, dass er befürchtete, sie würde nach jedem Strohhalm greifen, um ihre Schwester zu triezen.

»Warum warst du eigentlich in unserer Gegend?«, stellte Adele die Frage. »Lebst du in unserer Nachbarschaft?«

Raymond dachte an die mahnenden Worte seines Vaters und hielt es für besser, eine vage Ortsangabe zu geben. »In der Umgebung.«

Adele ließ allerdings nicht locker. »Nun zier dich nicht. Nenn mir doch bitte deinen Namen«, fiepte sie zuckersüß.

Raymond seufzte schwer und erklärte: »Mein Nachname ist Walker.« Dabei beließ er es auch.

Die Reaktion war ohnehin wie erhofft. Der Blauhäher sperrte die Augen weit auf und schüttelte sich. Grace war sein Name ein Begriff und sie erkannte in ihm jenen Jungen, der ihr Herolds Geschenk brachte.

Adele dagegen konnte mit seinem Namen nichts anfangen. »Es gibt doch gar keine Walkers in unserer Gegend. Hatten die ihren Sitz nicht in Alaska?«

»Montana«, korrigierte Raymond altklug.

»Alles dasselbe.«

Er verkniff sich einen sarkastischen Spruch zu ihren geografische Kenntnissen. Stattdessen fragte er Grace: »Weshalb hast du bei unserem ersten Aufeinandertreffen so ein Geheimnis um deine Identität gemacht?«

»Weil sie so viel Herzlichkeit besitzt wie ein toter Fisch«, meinte Adele schnippisch.

Raymond dachte an die Lunéville Bridge zurück und fand diese Meinung hart. Allerdings lag es nicht in seiner Absicht, sich in die Sticheleien zweier Schwestern einzumischen. Schon gar nicht, wenn die Jüngste mit den Worten »Das höre ich mir nicht länger an« drohte, kehrt zu machen.

Noch bevor Grace sich zum Abflug bereit machte, warf Raymond noch die Frage nach: »Warum hast du mir überhaupt geholfen meinen Wolf zu finden, wenn du mir offensichtlich aus dem Weg gehen willst?«

»Weil du dich dumm angestellt hast!«, war ihr harsches Urteil. Damit flatterte Grace davon, während ihre Schwester den Kopf schüttelte.

»Da fliegt die Mimose.« Doch Adele machte keine Anstalten, sich dem Blauhäher anzuschließen.

Raymond schaute Graces Gestalt nach, und nachdem sein gekränkter Geist wieder zur Vernunft fand, verspürte er leichte Gewissensbisse.

»Das war nicht meine Absicht«, erklärte er.

Doch Adele war der Meinung, ihre Schwester würde es verkraften, schließlich habe er selbst mitbekommen, dass sie nicht auf den Mund gefallen sei. Dann hopste sie von ihrem Ast und landete in Menschengestalt neben ihm.

Raymond fiel gleich auf, dass Adeles Präsenz anders als jene seiner Tante war. Beth besaß Wärme, Mütterlichkeit und er spürte ihre Weisheit in jedem Fitzel ihrer Seelenfaser. Sie war ihm vertraut. Bei Adele war das anders. Er vermochte nicht zusagen, woran es genau lag, doch als sie ihn aufforderte, ebenfalls aus seinem Geistführer zu entsteigen, schüttelte Raymond unwillig den Kopf.

»So schüchtern?«

»Meine Familie meint, ich soll nicht.«

»Natürlich nicht bei jedem. Wir beide kennen uns jetzt aber schon.«

Adele streckte die Hände nach seinem Schädel aus. Raymond erblickte grazile Finger und dennoch sträubte sich etwas in ihm. Er knurrte die Finger an. Es war wie ein innerer Instinkt, der mehr aus seiner Wolfsseele herauskam als von ihm selbst.

»Hab dich nicht so.« Sie wurde unwirsch und griff zu.

In einem inneren Zwiespalt um die Oberhand, unterdrückte er dennoch den Impuls zuzubeißen. Er ließ zu, dass Adeles Finger sich unter seinen Kiefer schoben. Bald wurde ihm klar, was seinem Wolf missfiel. Ihr Duft wirkte künstlich. Als würde man eine Vanillekerze anzünden, die zwar wohlriechend erscheinen mochte, aber durch ihre Dominanz den Raum einlullte, bis man das Gefühl bekam, daran zu ersticken. Sie drehte seinen Wolfsschädel. Einmal nach links, dann nach rechts. Ihre Augen schmälerten sich und tatsächlich bemerkte auch Raymond das hübsche Gesicht mit den vollen Lippen.

»Wann hast du deinen Wolf noch mal bekommen?«

»Letzten Winter.«

»Aha. Und die Mimose hat dir geholfen. Warum?«

»Das wollte ich von ihr wissen.«

»Aber das dürfte dich doch nicht überraschen, sofern du mit den Regeln vertraut bist.«

»Welche Regeln?«, entfuhr es Raymond.

Adeles Lippen öffneten sich. Dann weitete sich ihr Blick. Ihre Finger ließen von seinem Schädel ab und ein breites Grinsen tauchte auf. »Deine Familie hat nicht bezahlt.«

»Für was?«

»Für den Wolf. Deshalb hat sie dich ermahnt, dass du nicht zurückkommen sollst. *Du* hast dich letztes Jahr heimlich auf unser Grundstück geschlichen. Während Grace Wache hielt. Und du hast dir einen unserer Wolfsseelen aus dem Gehege gekrallt. Direkt unter ihren Augen!«

»Gekrallt? Das klingt, als hätte ich ihn geklaut.«

»Hast du auch.«

»Das stimmt nicht! Seine Seele gehört zu mir!« Er wich zurück und keifte Adele an. »Ich bin seinem Echo gefolgt. Dem Ruf der Wildnis. Wir sind seelenverwandt.«

»Und, was lässt du dir die Verwandtschaft kosten?«

Sie rieb ihre Finger aneinander, als wolle sie Geld sehen. Raymond stutzte über die Frage. Dann traf es ihn wie ein Schlag. Er dachte an Nicholas, der unbedingt seinen Charly wollte und verstand den Sinn hinter dem Wildtiergehege. Die Martinet handelten nicht aus reiner Nächstenliebe oder um einen Beitrag zum Artenschutz zu leisten, sondern horteten innerhalb der Zäune potenzielle Tierseelen für sich selbst. Und für den Nachwuchs anderer luziden Familien - selbstverständlich gegen einen Preis. Es war wie eine Katalogbestellung. Neulinge drehten ihre Runden durch die Anlage und für jenes Tier, zu dem die Verbindung am stärksten war, wurde das Scheckheft gezückt.

»Für wie viel verkauft ihr die Seelen?«

»Das hängt von dem Exemplar ab. Wer knapp bei Kasse ist, bekommt für einen Tausender einen unserer

Waschbären. Dein Timberwolf ist schon eher ein maßgeschneiderter Maserati.«

Raymond japste bei dem Gedanken. Er wusste noch nicht einmal, ob er das Recht besaß, dieses Vorgehen zu beklagen. Die Gebräuche ihrer Gesellschaft und deren Verhaltenskodex im Umgang miteinander war ein Thema, womit er sich erst jetzt so langsam vertraut machte. Zumindest verstand Raymond, weshalb sein Vater ihm die Ausflüge in das Wildtiergehege untersagte. Offensichtlich wollte er tunlichst vermeiden, dass die Walkers für den Wolf zur Kasse gebeten wurden. Höchstwahrscheinlich tolerierte er diese Geschäfte auch nicht.

»Warum riegelt ihr den Bereich dann nicht ab? So wie euer Anwesen in Copperdeer.«

»Um Himmels willen, du bist ja noch ganz grün hinter den Ohren.« Adele lachte auf. Dann erklärte sie: »Wie stellst du dir das vor? Papás Kundschaft muss wenigstens die Möglichkeit geboten werden, sich mit den Tierseelen vertraut zu machen. Wäre der Bereich abgeriegelt - ähnlich wie auf unserer Plantage - kämen seine Klienten kaum an die potenziellen Geistführer heran. Einen Wagen kauft man auch nicht vor der Probefahrt.«

Sie umkreiste ihn.

»Wir haben Kunden, die seit zwanzig Jahren durch die Nacht streifen, um sich mit einem Tier in freier Wildbahn zu verbinden. Und doch landen sie letzten Endes hier. Wir erleichtern den Prozess, indem wir die Ware vor Ort halten und sie nur noch zu wählen brauchen.«

Raymond senkte die Augenlider. Er wollte gar nicht wissen, inwieweit der Prozess verkürzt wurde.

Und Adele blieb gnadenlos. Sie deutete mit strafendem Finger auf ihn. »Dein Wolf war jemandem versprochen. Jemand, der jetzt richtig wütend ist. Und *du* bist ein heimtückischer Dieb, Walker.«

DIE HOBERMANS

Als Raymonds Augenlider am nächsten Morgen mit den aufkommenden Sonnenstrahlen blinzelten, wachte er mit dem Gefühl von unendlicher Schwere in seinem Brustkorb auf. Die Diskussion mit Adele hatte Stunden angedauert und sie betonte immerzu, dass sie ihrem *Papá* vom Verbleib des Timberwolfs berichten müsse. Das habe keine persönlichen Motive, gewissermaßen gab sie sogar zu, Raymond sympathisch zu finden. Doch was nicht rechtens war, war nicht rechtens und Grace habe nicht die Befugnis gehabt, einfach solch teure Almosen an herumlungerte Irrlichter zu verteilen.

Es war eine Lüge. Das wusste nicht nur Raymond, seine Wolfsseele witterte förmlich die Wahrheit. Selbstverständlich ging es Adele nicht um ihn - sein Timberwolf war ihr herzlich egal - sondern um den Wunsch der jüngeren Schwester in den Rücken zu fallen. Wo auch immer die Feindschaft zwischen den beiden herrührte, Raymond war ungewollt zwischen die Fronten geraten und sein erster wacher Gedanke war, sich schnellstmöglich seinem Vater anzuvertrauen. Die Überlegung verwarf er, als ihm klar wurde, dass er in zweierlei Punkten entgegen dessen Erlaubnis gehandelt hatte.

Geh nicht mehr in den National Forest zurück. Pass heute Nacht auf das Haus auf.

Zwei Forderungen, die Raymond ignoriert hatte und ihn streng genommen in diese Bredouille brachten. Stöhnend fuhr er sich durch den dunklen Haarschopf und fluchte über seine eigene Dummheit.

Als im Erdgeschoss das klackernde Schloss der Eingangstür die Rückkehr seines Vaters ankündigte, zuckte er schuldbewusst zusammen und versuchte sich später am Frühstückstisch nichts anmerken zu lassen. Nur zu einer Frage ließ Raymond sich hinreißen: »Dad, wie viel kostet ein neuer Maserati?«

Sein übermüdeter Vater prustete in den Morgenkaffee, schnappte nach Luft und verstand den Wink glücklicherweise falsch.

»Bitte sag mir, dass du keinen Maserati beschädigt hast!«

»Nein! Nur aus Neugierde. Angenommen, wir hätten etwas Geld übrig und würden uns einen neuen Wagen suchen. In welchem Preisrahmen würde sich ein Maserati bewegen?«

»Weit über unserem Budget. Du willst mir wohl endgültig das Genick brechen.« Sein Vater blätterte murmelnd in der Morgenausgabe des *Mountain-Echo* und schüttelte den Kopf über Raymonds irrsinnigen Wunsch. »Einen Maserati. Nicht einmal, wenn wir das Haus verkaufen würden. Das ist doch verrückt.«

Raymond lachte verlegen. Ihm verging schlagartig der Appetit. Er würgte nur deshalb seine Portion Cornflakes hinunter, um nicht einen reumütigen Eindruck zu machen. Das ging so lange, bis sein Vater schockiert in seiner Zeitung blätterte, als bestünde die morgige Wettervorhersage aus der Warnung vor fliegenden Kuhfladen. Raymond schielte argwöhnisch auf das Titelblatt und fand anfangs nichts absonderlich. Es war nur eine kleine Randbemerkung, noch nicht einmal der Aufhänger auf der Titelseite. Doch unter der Überschrift zu den aktuellen Wahlkandidaten für das Amt des Bürgermeisters war ein Klappentext abgedruckt, der auf Seite acht fortgeführt wurde.

Der Abschnitt genügte, um Daniel Walkers Stirn in Falten zu legen. Seine Brauen zogen sich zusammen und irgendwann fragte er gedankenversunken in die Frühstücksrunde: »Raymond, wann hast du das herumstreifende Irrlicht zum ersten Mal gesehen?«

»Ich glaube um den zweiten Advent herum. Das Weihnachtsdorf stand schon auf dem Platz vor dem Rathaus.«

Sein Vater blieb stumm. Raymond hätte ebenso gut gegen eine Wand reden können, denn die Pupillen seines Vaters klebten am Artikel, bewegten sich mit jeder weiteren Zeile, bis er seinen Kindern auftrug, aufzuessen und zur Schule zu gehen. Kurz darauf schob er seinen Stuhl zurück und verschwand in der Wohnstube. Neugierig zog Raymond die aufgeschlagene Zeitung heran.

»Das Elend der Hobermans« stand dort in fett gedruckten Lettern. Den Titel fand Raymond etwas reißerisch. Der Artikel thematisierte die gleichnamige Familie, welche im Oktober letzten Jahres zugezogen war und seitdem vom Pech verfolgt wurde. Für die Eröffnung ihres Feinkostladens stehe nach Aussage des Familienvaters Walter Hoberman noch immer kein Termin fest. Anscheinend hatte der *Mountain-Echo* bereits letzten Sommer über den Neubeginn der Familie berichtet, denn es wurde ein vorangegangen Artikel erwähnt. Die Kommune versprach sich durch den neuen Store - mit Delikatessen aus der Region um Copperdeer - eine breit gefächerte Plattform ihrer Produkte, die speziell bei Touristen für Anklang sorgen sollte. Raymond dachte darüber nach und tatsächlich erinnerte er sich, an das zugeklebte Schaufenster in der Fußgängerzone der Innenstadt, wo zuvor der Schuster seinem Handwerk nachging. Seit Wochen kündigte dort ein Plakat die überfällige Eröffnung an. Im *Mountain-Echo* schrieb man, sie sei durch den Unfall eines Familienmitglieds auf unbestimmte Zeit verschoben worden. Seitdem stünde den Hobermans nur noch Ärger ins Haus, besonders bei der Renovierung des Ladens. Im Altbau ginge es nicht mit rechten Dingen zu, wurde einer der Handwerker zitiert. Ein Kollege habe sich die Finger gequetscht, als durch einen heftigen Windstoß eine Metalltür zufiel und kürzlich sei ein weiterer Arbeiter von einer Leiter gestürzt, weil eine der Sprossen angesägt war. Dazu kamen unerklärliche Brände.

Die Zeitung sprach offen von Sabotage, vor allem, als die kürzlich restaurierte Fensterscheibe mit einem Stein eingeschlagen wurde. Das sei insofern tragisch, weil die Familie Wert darauf gelegt habe, den Charme des Gebäudes zu erhalten und in Portland eine Spezialanfertigung dafür in Auftrag gab. Durch den Umzug greife der Versicherungsschutz zudem noch nicht. Die Familie bleibe auf den Kosten sitzen. Sheriff Reynolds sei in der Sache bereits involviert, allerdings auf Hinweise aus der Bevölkerung angewiesen, denn wer auch immer auf der Baustelle sein Unwesen trieb, hinterließ keine Spuren. Die Zeitung zitierte ihn mit den Worten, es sei eine Schweinerei, was man der Familie antat, denn nach dem Unfall ihres Sohnes Joshua kämpften die Hobermans an allen Fronten.

Raymonds Augen weiteten sich, als er weiter las. Der Junge lag ein Dreivierteljahr im Koma und auch der Bürgermeister fragte sich, weshalb man der zugezogenen Familie so übel mitspiele. Es gäbe keinen Grund für derlei Anfeindung. Mit ihrer Geschäftsidee waren sie ein Unikat.

Es sei denn, man bezweckt das Projekt aus anderen Gründen zu stoppen, ging es Raymond durch den Sinn. Sein Vater war ihm offenbar mit dem Gedanken voraus, denn er vernahm dessen Stimme am Telefon, die sich über die Vermittlung zu einem Walter Hoberman in Copperdeer verbinden ließ. Wenig später bot er sich als Handwerker für die Wochenenden an. Er habe aus der Zeitung von den Problemen der Familie erfahren und käme ihnen mit seinem Stundenlohn gerne entgegen. Er müsse sich keine goldene Nase daran verdienen, sondern wolle als guter Nachbar helfen.

»Ihr Sohn Joshua, wie alt ist er?«

Obwohl auch Raymond die Geschichte mit den Hobermans zum Grübeln brachte, war er größtenteils mit seinen eigenen Problemen beschäftigt und da sein Vater der Sache bereits auf der Spur war, sah er keinen Grund, sich ebenfalls einzumischen. Sollte es sich tatsächlich bei dem Irrlicht um den jungen Joshua handeln, kam er Raymond wie ein verzogener Bengel vor. Wie man seinen Eltern so böse mitspielen konnte, war ihm unbegreiflich, bis Raymond siedeheiß einfiel, dass die Walkers seinetwegen bald am Hungertuch nagen könnten. Bei dem Gedanken biss er sich schmerzhaft auf die Lippe. Auf dem Schulweg quälte ihn die Vorstellung, er könne bald in einem rostigen Wohnwagen neben der Bradys Baracke leben.

An Herolds Gedenkstätte hielt er inne, um seinem Freund mit niedergeschlagenem Gesicht mitzuteilen, seine Familie könne demnächst vom Wohlfahrtsamt leben. Es verleitete seine Schwester zu der Frage: »Was ist ein Wohlfahrtsamt?«

»Hoffen wir, du erfährst es nie.«

Raymond tätschelte ihr den Kopf, mit dem schrecklichen Gefühl, Hanas Zukunft zerstört zu haben. Das Schlimme an der Situation war, dass er nicht wusste, wann die Bombe einschlagen würde.

Adele war nicht sonderlich konkret geworden. Sicher, sie müsse ihrem *Papá* etwas sagen, doch Raymonds Glück war, dass Mister Martinet dieser Tage bei Verwandtschaft an der Ostküste unterwegs sei. Es war ein schwacher Trost, denn wenn seine Tante Beth sich von Montana aus im Petaluma-Anwesen manifestieren konnte, würde das Familienoberhaupt der Martinet das womöglich auch können. Raymond erinnerte sich schmerzlich an den Moment, als er seinen gesamten Stolz hinunterschluckte und Adele darum bat, ihrem Vater nichts zu erzählen. Er hatte noch nie in seinem Leben betteln müssen. Nicht einmal vor Ed. Doch sie schüttelte den Kopf mit heimtückisch zuckenden Mundwinkeln. Auch dann noch, als er ihr anbot, sich in irgendeiner Form zu revanchieren.

Du hast mir nichts zu bieten, waren ihre hochtrabenden Worte gewesen.

Eine Viertelstunde später, nachdem Raymond seine Schwester vor ihrem Klassenzimmer abgeliefert hatte, trottete er mit schleifenden Sohlen zum umzäunten Bereich der High School. Seine Augen huschten über den von Jugendlichen überrannten Hof auf der Suche nach Adeles Gestalt, während seine Hand sich halbherzig zum Gruß hob, sobald er einen Klassenkameraden von weitem erkannte. Das ging so lange, bis er angerempelt wurde. Raymond stolperte zwei Schritte vorwärts mit einer unwirschen Bemerkung auf der Zunge, hielt sich jedoch zurück, als er Grace in der Masse vor sich verschwinden sah. War sie das gewesen? Mit Absicht?

Er starrte ihr hinterher und ihm wurde klar, dass durch seine nächtliche Plauderei auch Grace in der Bredouille saß. Adele wusste, was sich an der Brücke abgespielt hatte. Und ihr *Papá* würde nicht erfreut sein, wenn er Wind davon bekam, was sein Nesthäkchen spätabends trieb. Da tat sich vor Raymond ein Hintertürchen auf.

Er setzte an, um Grace zu folgen, als ihn Adeles Anblick zögern ließ. Sie schlenderte in bester Laune an ihm vorbei. Gemächlich und schnatternd. Mit knielangem Rock und einem dünnen Jäckchen um die Hüften gebunden. Sie bemerkte ihn kaum. Raymond war nicht einmal sicher, ob sie ihn überhaupt erkannte.

Mit ihren grazilen Gesten betörte Adele einen Jungen, der förmlich an ihren Lippen hing. Ihr folgte eine Entourage aus Jugendlichen verschiedener Klassenstufen. Der Unterschied zu Grace machte sich hauptsächlich durch den Körperbau bemerkbar. So maß Adele zwei Köpfe mehr, während Grace sich inmitten der Schülerschar kaum ausmachen ließ. An die weiblichen Proportionen ihrer älteren Schwester kam sie noch nicht heran. Dadurch wirkte Grace mädchenhafter. Unscheinbarer. Adele dagegen wie eine Katze, die sich genüsslich im Glanz ihrer Sonne rekelte.

Nun, da Raymond vertrauter mit den Umständen war, schenkte er der Gruppe mehr Interesse. Er pirschte sich zwischen den Schülern unauffällig vorwärts, um die Konstellation genauer beurteilen zu können. Tatsächlich kam ihm Grace zwischen den älteren Jahrgängen deplatziert vor.

Nicht wie ein Teil davon. Sie schien von ihrer Schwester Abstand gewinnen zu wollen, doch ein kurzes Schnipsen mit dem Finger dirigierte Grace zurück an Adeles Seite.

Sie hob ihren Sportbeutel.

»Grace, der ist zu schwer. Trag ihn.«

Eine müde Geste später und die jüngere Schwester empfing das Gepäckstück. Adele bemerkte weder den Groll des Nesthäkchens, noch das Raymond in unmittelbarer Nähe lauerte. Grace hob das Näschen und verschwand hinter dem Eingang, ohne ihre Schwester die Höflichkeit zukommen zu lassen, die Tür für sie aufzuhalten, was Adele schnaubend zurückließ.

»Das Mädchen kennt kein Benehmen. So bäuerlich. Ein Trampel, wie es im Buch steht. Ich kann kaum glauben, dass wir verwandt sind«, kommentierte Adele die Verfehlung ihrer Schwester. Die Retourkutsche folgte auf den Fuß. Sie wandte sich ihrer Clique zu. »Habe ich euch eigentlich erzählt, was Fräulein Neunmalklug angestellt hat?«

»Nein, Adele! Erzähl!« Die Forderung im Chor wirkte wie einstudiert. Als bestünde der gesamte Alltag ihrer Clique daraus, sich Adeles neuesten Tratsch anzuhören.

Raymond konnte der Situation jedoch etwas Gutes abgewinnen. Adele war umzingelt von einer Schülerschar, die ihren Worten lauschte, gleichzeitig eine blickdichte Mauer abgab. Er tat, als müsse er sich die Schuhe binden, horchte jedoch genau dem Gespräch hinter seinem Rücken zu.

»Ach, ich sollte das nicht erzählen«, gab sich Adele zurückhaltend. »Aber andererseits ist es ein Mahnmal für alle Mädchen, die sich spätabends herumtreiben. Meine süße kleine Schwester war vor kurzem an der Unfallstelle von Herold Brouwer.«

»Wann?«

»Warum?«

»Wieso?«

Raymond verdrehte die Augen. Adeles Entourage erinnerte an einen Hühnerstall.

»Leute, einer nach dem anderen! Lasst mich bitte zu Wort kommen«, forderte Adele. Raymond spähte über seine Schulter und erhaschte ihren Gesichtsausdruck. Ein breites Lächeln lag darauf. Offensichtlich gefiel sich Adele in der Rolle als selbsternannte Nachrichtensprecherin. »Herold Brouwer war in meine Schwester verknallt. Am Abend, an dem er gestorben ist, war er auf dem Weg zu ihr.«

Ein ungläubiges Echo ging durch die Runde, während Raymond in seiner Haltung erstarrte. Er spürte, wie seine Wangen vor Zorn zu brennen begannen. Genau diese Situation hatte Herold gefürchtet. Dass die Schule sich das Maul über ihn zerriss.

»Jedenfalls wollte er Grace ein Geschenk machen. Am Abend seines Todes. Irgendeinen Anhänger oder so. Kam leider nur noch auf Umwege bei meiner Schwester an. Ihr versteht schon warum, oder? Und das Dummerchen hat sich deshalb so mies gefühlt, dass sie zu seiner Unfallstelle gelaufen ist, um sich bei ihm zu bedanken.«

Ein lang gezogenes, aber unehrliches »Oh!« kam von der Gruppe. Und jemand stellte die Frage: »Warte. Deine Eltern haben das erlaubt? Und das nachts?«

»Natürlich nicht. Grace hat sich hinausgeschlichen.« Adele klang gereizt, als sei allein die Frage dumm. »Schalt mal deine Hirnzellen ein, Clara.«

Raymond konnte nicht noch länger vorgaukeln, dass er sich die Schuhe zuband. Er hob sich aus der Hocke und begann in seinem Rucksack nach etwas zu suchen. Ihm fiel es schwer, das zornige Zittern seiner Finger zu verhindern. Gleichzeitig kam er sich schäbig vor. Aus gekränkter Eitelkeit heraus hatte er Grace ans Messer geliefert und nun tratschte die Meute nicht nur über sie, sondern auch über Herold.

»Ist natürlich gekommen, wie es kommen musste. So ein widerlicher Trucker hat meine Schwester angesprochen. Sie ist wahrscheinlich knapp einem Triebtäter entkommen. Die ganze Geschichte habe ich gestern durch Zufall erfahren.«

»Wie hast du das herausgefunden?«

»Ich habe meine Quellen.« Adele zwinkerte das Mädchen namens Clara an.

Ich bin die Quelle, gestand sich Raymond schmerzlich ein. Er fuhr sich verzweifelt durch den Haarschopf. Adele bejammerte noch lang und breit ihr schreckliches Los, denn immerzu müsse sie auf ihre Schwester achtgeben. Es läutete. Die Gruppe kam in Bewegung und verschwand hinter der Eingangstür, während Raymond – vertieft in seine Gedanken – zurückblieb. Ihn beschlich die Vermutung, dass Grace die Geschwätzigkeit ihrer Schwester ebenso wenig gefiel.

Vier Stunden darauf läutete die Schulglocke zur Mittagspause. Raymonds Schuhsohle wippte nervös auf dem Fußboden, während er den letzten Sätzen von Mister Tibbet lauschte, der die Hausaufgaben diktierte und die Gelegenheit nutzte, um in zwei Wochen eine Matheklausur anzukündigen. Seine Mitschüler gaben ein einstimmiges Stöhnen von sich, allem voran Mitchel, der in seinem Stuhl zusammensackte und sich lautstark darüber brüskierte, überhaupt kein Licht am Ende des Tunnels zu sehen. Seine Noten waren miserabel und sicherlich wären es Raymonds auch gewesen, hätte Tante Beth sich nicht im letzten Halbjahr intensiv mit ihm befasst. So erläuterte sie ihm am Küchentisch jede Nacht Algebra mit einer Engelsgeduld, bis der Knoten bei ihm platzte. Mittlerweile hielt Raymond sie für die bessere Lehrerin, auch wenn Mister Tibbet sichtlich bemüht war, die Fähigkeiten seiner Schüler zur Lösung von mathematischen Problemen zu schärfen. Es war einfach die Quantität an Zuhörern, die es ihm nicht erlaubte, auf jede Person einzeln einzugehen. Dennoch fundierte der größte Teil von Raymonds Kenntnissen auf den Lehren seiner Tante, weshalb er halbherzig die Seitennummer für die Hausaufgaben notierte und die guten Ratschläge überhörte.

Bald rauschte der Lehrer hinaus und Raymond wollte hinterher, um in die Schulkantine zu verschwinden. Er war schon fast bei der Tür, als Adrian ihn bat, seine letzte

Gleichung noch einmal anzuschauen. Inzwischen war in der Klasse das Gerücht aufgekommen, er sei besonders bewandert in Mathematik. Dabei resultierte dieses Gerede nur daraus, dass man ihn oft herumlungern sah, während andere noch daheim über ihren Aufgaben grübelten. Matthys Neleman brüskierte sich darüber, woher er die Zeit nahm, sich von morgens bis abends draußen zu betätigen und trotzdem mit einem tadellosen Schulheft glänzte. Das ihm im Gegensatz zu seinen Mitschülern mehr Stunden vom Tag zur Verfügung standen, konnte Matthys natürlich nicht wissen.

In seiner Eile beugte sich Raymond über Adrians Gleichung und schüttelte den Kopf. Er tippte auf die fehlerhafte Zeile und erklärte: »Du hast das falsche Vorzeichen übernommen.«

Adrian schielte auf sein Blatt, als wäre vorübergehende Kurzsichtigkeit das Problem.

»In der vierten Zeile?«

»Die Zweite.«

»Dann ist alles danach falsch?«

»Ja, leider.«

Er stöhnte und Raymond sah bereits die Bitte auf sich zu kommen, ihn bei den Hausaufgaben zu unterstützen, als das Poltern von Füßen und herumrückenden Stühlen darauf hindeutete, dass die Parallelklasse ebenfalls den Unterricht beendete. Noch bevor die Gelegenheit sich auftat, eilte Raymond durch die Tür hinaus und schloss sich dem Schülerstrom im Flur an, der sich zur Kantine begab. Ohne die irritierten Blicke seiner Freunde zu beachten, denen er sich sonst doch immer anschloss. Aus der oberen Etage kamen die ersten Schüler die Treppe hinab. Raymond stand dort Spalier und erwartete jeden Moment Grace zu erspähen, die nicht lange auf sich warten ließ – erneut umzingelt von einer Mädchenschar.

Er schnaufte schwer und konnte sich nicht dazu überwinden, sie vor ihren Mitschülerinnen anzusprechen, auch dann nicht, als ihre Blicke sich trafen. Er fühlte förmlich die Woge der Abneigung, mit der Grace ihn strafte. Zugegeben, Raymond trug einen gerechtfertigten Anteil daran Schuld.

Er folgte der Gruppe in weitem Abstand. Anders als am Morgen zuvor verhielt sich Grace im Beisein dieser Mädchen offener. Raymond bemerkte, wie die Stile der beiden Schwestern sich unterschieden. Adele schminkte sich, legte Lippenstift, Mascara und kräftigen Lidschatten auf. Grace wirkte zurückhaltender. Achtete auf ein angemessenes Kleid mit schwarzen Lackschuhen, als ginge sie zur Sonntagsmesse. Ein Püppchen wie aus Porzellan. Eine ihrer Mitschülerinnen hakte sich bei ihr unter und flüsterte Grace etwas ins Ohr. Doch Raymond erkannte, dass es daran lag, weil seine Blicke bemerkt wurden. Selbstverständlich zog man die falschen Schlüsse daraus. Ein Kichern folgte. Er verdrehte die Augen und kam nicht umhin, Graces Begleiterin albern zu finden. Dennoch ließ Raymond sich zurückfallen als die kleine Martinet ihn warnend anfunkelte.

Bleib weg von mir, hörte er sie förmlich sagen.

Seine prekäre Lage ließ ihn geflissentlich darüber hinwegsehen. In der Schulkantine bildete sich bereits eine Schlange vor der Ausgabe und Raymond sah seine Möglichkeit, sich einen Platz vor Grace zu ergattern. Ihre Klassenkameradinnen verteilten gerade noch die Tablettes untereinander, als Raymond sich ebenfalls eines schnappte und in der Reihe vorwärts drängelte. Ein empörtes Flüstern entflammte hinter ihm, während er ganz zufrieden damit war, nicht als Gentleman zu gelten. Als nächstes griff Raymond nach einem sauberen Teller. Länger als nötig begutachtete er den Inhalt der Töpfe und zischte leise an Grace gewandt: »Wir müssen reden.«

Ihre Lippen wurden zu einer schmalen Linie. »Davon weiß ich nichts«, presste sie dazwischen hervor.

»Nur fünf Minuten.«

Sie tat es ihm gleich. Allerdings musste Grace sich auf die Zehen stellen, um die dampfenden Töpfe im Blick zu haben. Während hinter ihr angeekelte Stimmen über das heutige

Mittagsmenü klagten, fragte sie ganz beiläufig: »Weil du dir dein eigenes Grab geschaufelt hast?«

In Raymonds Brustkorb bildete sich ein tiefer Atemzug, gefüllt mit dem Groll und der Reue vergangener Stunden. Er nickte kurz.

»Du warst gewarnt.«

»Und du hättest präziser sein können. Ich wusste nicht, auf was ich mich einlasse.«

»Unwissenheit schützt nicht.« Grace schnappte sich eine Getränkedose, die viel härter auf dem Tablett aufkam als nötig.

Raymond war sicher, dass auch sie der Heimkehr ihres Vaters mit gemischten Gefühlen entgegen harrte. Er konnte sich nicht vorstellen, dass es in ihrem Ermessen lag, die ältere Schwester gewinnen zu lassen. Raymond dachte an das Bild vor der Schule, als Adele das Mädchen wie einen Packesel herumkommandierte.

»Und was machen wir jetzt?«

Sie hielt inne und dieses Mal starrte Grace ihn direkt an. »Es gibt kein *wir*«, stellte sie klar. »Komm mir nie mehr unter die Augen, Walker!«

Offenbar war sie nachtragend. Noch bevor Raymond Einwände erheben konnte, rauschte Grace an ihm vorbei und dirigierte ihre Gruppe in unmittelbarer Nähe eines Tisches, an dem Adele ihren Wortwitz versprühte – wohlwissend das Raymond ihr nicht dorthin folgen wollte.

Er blieb wie vom Donner gerührt zurück, starrte lange auf Adele. Nein, das Risiko war ihm zu heikel. Solange es sich hinauszögern ließ, wollte er unerkannt bleiben. Dann schaute Raymond zu Grace und durfte miterleben, wie sie ihm demonstrativ den Rücken zukehrte. Also nahm Raymond schnaubend an einem anderen Tisch Platz, während sich sukzessiv seine Freunde zu ihm gesellten. Sie witzelten darüber, ob er daheim nichts zu essen bekam, um dem *Kantinenfraß* so entgegenzufiebern. Raymond lächelte halbherzig, doch überlegte insgeheim, ob es Sinn machte, Grace im Wildtiergehege aufzulauern. Sie besaß wohl eine Schwäche für den Ort. Jedoch würde Adele dort vermutlich ebenfalls warten und die Plantage konnte Raymond nicht betreten. Die Zeit spielte gegen ihn. Jeden Abend könnte Adeles heiß geliebter *Papá* zurückkehren. Raymond stocherte grübelnd in seinem Essen und tatsächlich sah das Mittagsmenü in der klumpigen braunen Lake ungesund aus. Er atmete laut auf. Ihm kam eine Idee.

DER WOLF IM RAUM

An jenem Abend traf Raymond die Vorbereitungen für seinen Plan, noch bevor seine Tante sich in ihrem Heim manifestierte. Es war das erste Mal, dass Beth nach den Ostertagen wieder ins Petaluma-Anwesen kam. Als sein Vater vor Beginn seiner Nachtschicht Hana zu Bett brachte, saß Raymond in der Küche über den Hausaufgaben gebeugt und mimte den pflichtbewussten Schüler.

Sein Vater wirkte überrascht, ihn bereits in seinem physischen Körper beim Lernen zu erleben. »Geh nicht zu spät ins Bett! Du bist einer der wenigen, der von sich behaupten kann, seine Aufgaben im Schlaf erledigen zu können. Ein ausgeruhter Körper ist die halbe Miete zum Erfolg.«

Raymond grinste. »Ich werde es nicht übertreiben.«

Die massige Hand seines Vaters pochte auf seiner Schulter. »Mach's gut, Raymond!« Danach marschierte er aus der Eingangstür.

Raymond horchte, ob der Motor ihres Pick-ups im Hof aufheulte. Er vernahm wendende Reifen, knisternden Kies und sobald sich das Geräusch entfernte, ließ er Stift und Block fallen und sprang eiligst von seinem Stuhl.

Ohne sich umzuziehen, allein mit einem dünnen Shirt und Jogginghose bekleidet, schnappte er sich die Haustürschlüssel aus der Halterung und öffnete die schwere Eingangstür. Eine kalte Nachtbrise empfing ihn. Es

schüttelte ihn, als er mit bloßen Zehen die erste Schiefer-
stufe berührte.

Es war Eile geboten, denn Raymond erwartete seine Tante
innerhalb der nächsten Stunde. Die scharfen Kanten des Kie-
ses zwickten unangenehm in seine Fersen und so manches
Mal konnte er sich ein »Autsch!« nicht verkneifen. Dennoch
behielt Raymond das Tempo bei, durchstreifte den düsteren
Wald auf jenen Pfaden, die ihm durch seine nächtlichen Ausflüge als Wolf allzu bekannt waren. Er spürte weder Furcht
noch Argwohn. Jeder Stamm war ihm vertraut und bald tat
sich eine Schneise im Wald auf, von der das klare Rauschen
des Copper River näher an sein Ohr drang. An dessen Ufern
suchte er die seichteste Stelle, während seine Füße sich vorsichtig auf den schmierigen und von Moos bewachsenen
Steinen entlangtasteten. Er sog die kalte Nachtluft durch die
Zähne und hielt sich insgeheim für verrückt. Doch was tat
man nicht alles, um die Familie vor dem Ruin zu bewahren?

Raymond legte sich ins eiskalte Gewässer und blieb dort.
So lange, bis seine Glieder taub und die Finger steif wurden.
Der Copper River führte Schmelzwasser aus den Bergen.
Die Kühle stach förmlich durch seine Haut, wie tausend
kleine Nadeln.

Der spärliche Stoff an seinem Leib klebte und das Bib-
bern seiner Lippen bekam er nicht mehr in den Griff. Fünf
Minuten hielt er durch. Dann erhob sich Raymond, lief sich
warm, hauchte in die verfrorenen Finger, um das Spiel zu
wiederholen. Insgeheim hielt er sich für einen Masochisten.
Anders konnte er sein Verhalten nicht deuten. Er entstieg
schwerfällig den Fluten, bemerkte die Trägheit seines Körpers und dessen Wunsch, sich in wohlwollendere Gefilde zu
begeben. Obwohl er dicht am Ufer lag, besaß er unerwartete
Schwierigkeiten, sich die Böschung hinaufzubewegen. Sein
Körper wirkte träge, das eigene Gewicht erdrückend. Dabei
wollte sich Raymond keineswegs den Tod holen. Es genügte
eine ordentliche Grippe.

Auf dem Weg zum Petaluma-Anwesen atmete er schwer.
Der kühle Frühjahrswind beraubte ihn seiner verbliebenen

Körperwärme und Raymond drängte sich das Gefühl auf, das seine stocksteifen Füße über den belaubten Boden schleiften.

Als er sich endlich ins Haus begab, entstieg er seiner triefenden Kleidung mit der Gewissheit, nicht ohne Konsequenzen aus der Nummer herauszukommen. Unter seinen Zehennägeln war die Haut dunkelblau angelaufen, ebenso wie die Zehen selbst. Während er die Wäsche in der Badewanne auswrang und im Waschkorb versteckte, spürte er die wiederkehrende Blutzirkulation in seinen steifen Fingern. In seinem Zimmer zog er sich frische Kleidung über. Der weiche Stoff fühlte sich wie Balsam auf seiner strapazierten Haut an. Erst danach rollte Raymond seinen zitternden Leib unter der Decke zusammen, ohne sich die Mühe zu machen, das feuchte Haar zu trocknen. Als er eingeschlafen war, nahm er in seiner feinstofflichen Form am Küchentisch Platz und empfing Tante Beth mit einem breiten Grinsen.

»Guten Abend, Raymond. Wie geht es dir?«

»Bestens.«

Wenige Stunden darauf, kurz bevor sein Vater heimkehrte, stand Raymond neben seinem schlafenden Leib und starrte zufrieden auf die Anzeige des Fieberthermometers. Er war definitiv krank. Seine Wangen glühten und manchmal schüttelte es ihn im Schlaf. Raymond graute es vor dem Gedanken zurück in seinen fiebrigen Körper zu müssen. Doch als er die Stimme seines heimgekehrten Vaters aus dem Erdgeschoss vernahm, wusste er, dass es sich nicht länger hinauszögern ließ. Raymond brachte das Fieberthermometer zurück ins Badezimmer, wohlwissend, dass es bald zum Einsatz kam, und huschte zurück in sein Zimmer. Beth hatte sich bereits verabschiedet. Der Duft ihrer Pancakes erfüllte das Haus und niemand war unten, der sich darüber hermachte. Das würde auffallen. Der erste Ruf seines Vaters ließ nicht lange auf sich warten: »Raymond?«

Er antwortete absichtlich nicht.

Dann: »Kinder? Euer Essen wird kalt. Seid ihr beide etwa noch im Bett?«

Schon hörte Raymond die Schritte seines Vaters auf den knarzenden Stufen. Der Moment war gekommen. Etwas widerwillig brachte Raymond es hinter sich. Er sprach sich Mut zu und schlüpfte zurück in seinen Körper. Was ihn empfing, waren Kopfschmerzen, Müdigkeit und üble Gliederschmerzen, als habe er bei sengendem Sonnenlicht einen tagelangen Marathon durchlaufen. Ihm war schlecht. Er stöhnte laut. Nicht um die Aufmerksamkeit seines Vaters zu bekommen, sondern wegen des schrecklichen Unwohlseins, das ihn zu stark empfing. Er hatte zwar damit gerechnet, war von der Intensität trotzdem überrascht. Es brauchte auch nicht lange, bis sich seine Zimmertür aufschob und sein Vater fragend durch den Spalt schaute. Das Problem war schnell erkannt.

Er eilte an Raymonds Bett und legte die schwielige, aber auch warme Hand prüfend auf seine Stirn. Wie nicht anders zu erwarten, verschwand sein Vater kurz darauf ins Badezimmer, um das Fieberthermometer zu holen. Keine fünf Minuten später kam er zu demselben Schluss wie Raymond zuvor. Hanas quiekende Stimme hallte aus dem Flur und klingelte unerträglich in Raymonds Ohren.

»Sie ist so laut«, krächzte er. »Warum muss sie frühmorgens immer singen?«

»Sie weiß es nicht besser.« Sein Vater tätschelte wohlwollend seinen Kopf. »Du bleibst heute daheim. Gönn dir eine Auszeit, Champ.«

Wann immer Raymond krank wurde, nannte sein Vater ihn *Champ*. Er wusste nicht, weshalb. Nur, dass es in dieser Situation gut tat. Dennoch fragte Raymond ganz unverfänglich: »Darf ich als Wolf zum Unterricht?«

»Eigentlich solltest du Körper und Geist schonen.«

»Wir schreiben eine Matheklausur. Ich will nur zu dieser einen Stunde.«

Das war noch nicht einmal geflunkert. Raymond versuchte stets so nah wie möglich an der Wahrheit zu bleiben, selbst dann, wenn er log. Sein Vater bedachte ihn, tastete noch einmal mit dem Handrücken Raymonds Wangen ab. Erst dann nickte er.

»Du wirst ohnehin schlafen müssen. Bevor du dich im Haus langweilst …«

Als Elternteil musste ein Kind mit einer Exkursionsseele eine Herausforderung sein, immerhin musste es sowohl im wachen als auch im schlafenden Zustand beschäftigt werden. Sein Vater erklärte, Hana für die Schule vorbereiten zu wollen, vielleicht noch ein kurzes Frühstück hinunterzuschlingen, sofern es die Zeit zuließ. Sobald beide aufbrachen, könne Raymond sich ihnen anschließen.

»Dazu musst du nur schlafen.« Er lächelte milde.

Während Vater und Tochter im Haus zugange waren, drehte sich Raymond auf die Seite und verkniff sich ein Stöhnen. Seine Waden schmerzten. Als hätte sein Vater das Elend geahnt, kam er wenig später mit einem Satz feuchter Handtücher in den Raum und wickelte sie seinem Ältesten um die Beine. Ein Teller mit Pancakes und Sirup folgte auf seinem Nachtisch. Nach getaner Arbeit schaute sein Vater in die andere Zimmerecke, in der Raymonds Seele bereits auf dem Schreibtisch saß und mit den Füßen baumelte. Er beobachtete die väterliche Fürsorge und lächelte.

»Lass uns gehen, Champ.«

An jenem Morgen spähte Hana argwöhnisch über die Schulter und Raymond hätte es nicht gewundert, wenn sie ihn sehen konnte. Zumindest schien sie etwas zu ahnen. Er konnte seine Schwester dabei beobachten, wie sie mit den Fäusten ihre Augen rieb und mit verkniffenem Ausdruck zu ihm auf den Gehweg schielte. Die neugierige Witwe Houbert, die in ihrem Vorgarten zugange war, fragte deshalb unverblümt: »Was stimmt nicht mit ihr? Hat das Mädchen eine Sehschwäche?«

»Mit ihr ist alles in Ordnung, Ida.«

Raymonds Vater hatte es eilig weiterzukommen. Die Witwe Houbert war für ihre Geschwätzigkeit ebenso bekannt wie für ihre nonchalante Art.

»Wo ist denn der Junge abgeblieben?«

»Er schläft. Hat sich eine Erkältung eingefangen.«

»Wundert mich nicht. Der streunt den ganzen Tag nur herum. Scheint kein Sitzfleisch zu haben.«

»Er ist jung und voller Energie.«

»Das waren meine Söhne auch und die konnten still sitzen. Hast du schon mal daran gedacht, ihn auf ADHS zu untersuchen? Vielleicht braucht der Junge Ritalin?«

Raymond fauchte ein: »Alte Gewitterziege!«

Die Witwe Houbert kniete und gab mit ihrem schutzlosen Rücken ein so verführerisches Ziel ab, dass Raymond kurz seinen Hinterlauf gegen sie stieß.

»Autsch!«

Sie machte ein Hohlkreuz und jaulte, hielt sich die schmerzende Stelle und jammerte über ihren unteren Rückenwirbel.

»Die Bandscheibe! Nicht schon wieder …«

Selbstverständlich warf sein Vater ihm einen vernichtenden Blick zu. Er wünschte der Witwe Houbert einen angenehmen Tag und nahm schnell die Beine in die Hand. Kaum außer Hörweite, zischte er Raymond zu: »Das hätte nicht sein müssen. Benimm dich!«

»Die hat es verdient. Alte Hexe.«

»Du verbohrter kleiner Teufel.«

So schnell wurde er also vom Champ herabgestuft.

Wenig später schloss sich der Gruppe ein Strom aus Eltern an, deren Anblick den Schulweg säumte. Ihre plappernden Kinder liefen dicht neben ihnen her, während sich vor dem Schulgebäude eine Fahrzeugkolonne bildete. Die Schülerlotsen winkten, gestresste Mütter scheuchten ihre Kinder aus dem Wagen und bald verabschiedete sich Raymond von seinem Vater.

»Mach keinen Blödsinn«, ermahnte der ihn unauffällig.

Es waren die einzigen Worte, zu denen sich sein Vater in der Öffentlichkeit hinreißen ließ. Raymond rollte mit den Augen und zog von dannen.

Wie am Morgen zuvor überquerte er den Hof zum nächsten Gebäudekomplex. Eine Cheerleaderin rannte durch seine Seele direkt in die Arme ihres Freundes, was sich für Raymond wirklich merkwürdig anfühlte. Als hätten sich ihre widersprüchlichen Energien für einen Moment vermischt, mit all den pubertären Empfindungen einer Sechzehnjährigen. Raymond schüttelte die verstörenden Gefühle weg, blieb aber wie angewurzelt stehen, als ihm Adeles vertraute Stimme ans Ohr drang. Beinahe reflexartig duckte er sich in der Annahme, sie könne ihn ebenso sehen, wie es Grace gelungen war. Raymond ließ ihren Trupp neben sich vorbeiziehen, ohne dass Adeles dunkle Augen ihn streiften. Sie bemerkte ihn nicht. Es war anders als mit Hana, die kaum glauben konnte, dass ein Wolf ihr folgte. Um seine Vermutung zu testen, trappte Raymond vorsichtig neben der Gruppe und ließ ein kurzes Heulen erklingen. Niemand auf dem Schulhof reagierte. Auch Adele nicht. Kein Zucken, kein wachsamer Blick.

Sie neigte sich zu ihrem Begleiter und hauchte ihm etwas ins Ohr, was beide breit grinsen ließ. Raymond vernahm die Frage nach einem Treffpunkt und die Worte: »Wie immer.«

Er lauschte den beiden Turteltäubchen und konnte sich ein Feixen nicht verkneifen. Offensichtlich war Grace die begabtere Martinet. Ihr wäre solch ein fataler Fehler nicht unterlaufen.

Die Schulglocke läutete fünf Minuten vor Acht, als die Lehrerschaft die letzten Nachzügler ins Gebäude scheuchte. Manch einer von ihnen fand sich noch in den Fluren, um sich mit einem Kollegen über den Stundenplan zu unterhalten und als Raymond durch das Erdgeschoss schlich, kam ihm Miss Petrova mit klackernden Absetzen auf dem Weg ins Lehrerzimmer entgegen. Sie war für ihre Unpünktlichkeit bekannt. Da die aktuelle Situation für Raymond sehr ungewohnt war, konnte er seine Neugierde nicht zügeln und riskierte einen unverfänglichen Blick auf seine Mitschüler im Erdgeschoss. Dort wunderte sich Christopher, wo Raymond abgeblieben war.

»Vielleicht ist er krank«, hörte er Adrian sagen. »Er war gestern schon seltsam.«

»Er ist doch immer seltsam«, entfuhr es Matthys.

Der Satz ließ Raymond knurren. Manchmal bekam er das Gefühl, seine bloße Existenz würde Matthys stören. Er überlegte bereits, ihm in die Wade zu beißen, als Miss Petrova mit einem »Guten Morgen« in den Raum rauschte.

»Mister Walker ist mir auf dem Parkplatz begegnet und hat Raymond offiziell abgemeldet. Mitchel, notiere dir bitte die heutigen Hausaufgaben für deinen kranken Mitschüler.« Ihre Hand verpasste der Zimmertür einen Schwung und der Anblick seiner Klasse verschwand dahinter.

Obwohl Raymond gern weiterhin Mäuschen gespielt hätte, entschied er sich, die Treppe ins Obergeschoss zu nehmen, um sein Vorhaben in die Tat umzusetzen. Die oberen Flure waren ihm unbekannt. Er suchte eine Weile nach dem richtigen Klassenzimmer und entschied sich, seine Wolfsgestalt zu verlassen, um auf Augenhöhe mit den Namensschildern neben den Türen zu bleiben. Er fand die Bezeichnung seiner Parallelklasse vor einem der Eingänge. Hinter dem verschwommenen Milchglas machte er den Schatten einer Lehrkraft aus, deren Gesten sich dem Takt der eigenen Stimme anpassten. Raymond prüfte die geschlossene Klassentür und fand genug Puffer zwischen dem Rahmen, um sich langsam hindurchzuzwängen. Die dumpfe Stimme auf der anderen Seite gewann an Klarheit. Raymonds Seele quoll wie Rauch durch die Ritzen und verschaffte sich Einlass.

Was er vorfand, war eine Schulklasse, die hoch konzentriert den Schilderungen einer ihm unbekannten Lehrkraft lauschte. Wenn er dem Schriftzug auf der Tafel Glauben schenken durfte, wurde der Inhalt von Harper Lees Klassiker, *Wer die Nachtigall stört*, thematisiert.

Raymonds Blick schweifte über die Schar aus gesenkten Köpfen, die eifrig ihre Vermerke machte, bis er Grace Martinet an der Fensterfront erblickte. Ihre hellen Augen beobachteten den menschenleeren Schulhof und es hätte ihn nicht gewundert, wenn sie inmitten ihrer Tagträumereien als Blauhäher ihre Bahnen darüber flog.

Wie Raymond unbemerkt an der Tür lauerte, kam er nicht umhin, sich wie ein Fremdkörper zu fühlen. Niemand achtete auf ihn. Dennoch besaß er eine gewisse Skrupel davor, sich dem Unterricht anzuschließen, als müsste er erwarten, jederzeit ermahnt zu werden. Er zwängte sich zwischen den einzelnen Reihen und die Blicke der Schüler glitten durch ihn. Aus einem neugierigen Impuls heraus versetzte er einem Bleistift einen Schnipser, der gefährlich nah auf der Kante eines Pults lag. Der Besitzer murrte, beugte sich lustlos zu Boden. Ohne ihn dafür zu tadeln. Wie auch, er war für ihn nicht existent.

Raymond bahnte sich seinen Weg und bemerkte eine Regung in Graces Mimik. Zuerst zuckten ihre Brauen, dann blinzelte sie zu oft. Letztlich wandte sie ihr Gesicht vom Fenster. Ihre Augen begannen zu suchen, kniffen sich leicht zusammen. Sie ahnte, dass jemand sich näherte. Jemand ihresgleichen. Dann weitete sich ihr Blick. Die pure Verblüffung stand ihr ins Gesicht geschrieben. Ihr Rücken begradigte sich und sie starrte unverwandt in jene Richtung, aus der sich Raymond näherte. Die Hand mit dem Stift zitterte über einem karierten Collegeblock. Sie hatte keine Angst. Raymond fühlte ihren Zorn. Ohne lange Umschweife gab er sich zu erkennen.

»Du weißt, dass ich hier bin.«

Sie verdrehte die Augen. Natürlich bemerkte ihn die hochintuitive Grace Martinet.

»Gut. Ich habe dir gesagt, wir müssen reden. Wenn du mir nicht zuhören willst, werden wir das auf diese Art klären.«

In einer anderen Situation hätte er sich einen Stuhl zurechtgerückt und großspurig angekündigt, ein ernstes Wort mit der feinen Dame wechseln zu müssen. Das ging jetzt aber nicht. Grace presste ihre Lippen zusammen. Sie konnte nicht frei sprechen. Das kam ihm zugute.

»Wir haben beide ein Problem. Deine Schwester Adele. Sie will deinem Vater erzählen, was im Wildtierpark passiert und wir wissen beide, dass meine Familie sich das nicht leisten kann.«

Ein kurzes Auflachen war zu hören, so leise wie das Schniefen einer Katze. Graces Nachbar kratzte sich ungerührt am Kopf und notierte sich die Themen des aktuellen Romans. Rassismus, Gerechtigkeit und Moral wurden von der Lehrkraft diktiert. Alle Schüler schrieben sich die drei Stichpunkte auf, doch Grace notierte etwas anderes. Sie tippte auf den Satz.

Dein Pech!

Raymonds Blick klebte an den beiden Wörtern und am liebsten hätte er ihr den Block vom Tisch gefegt. Gleichzeitig dachte er an seinen Vater. Dieses Arbeitstier, das seinetwegen in finanzielle Nöte geraten könnte. Er musste mit Grace auskommen. Mit diesem Gedanken im Hinterkopf unterdrückte er jeglichen Zornausbruch.

»Mir ist aufgefallen, dass dich Adele ganz schön herumscheucht. Lass mich raten. Sie hat dir gedroht, eurem Vater von dem Vorfall mit dem Trucker zu erzählen, wenn du nicht machst, was sie will?«

Ihre Brauen zogen sich zusammen. Es war Antwort genug. Dennoch schabte ihr Stift erneut über das Papier.

Vielen Dank dafür.

Raymond konnte förmlich den Sarkasmus dahinter hören. Er schnalzte bedauernd.

»Ja! Das war mies von mir. Es war aber nicht meine Absicht, dass die Situation außer Kontrolle gerät. Ich wollte dich bloß aufziehen. Um ehrlich zu sein, war ich auch wütend auf dich.«

Bei dem letzten Satz sah er Grace verblüfft blinzeln. Ein Fragezeichen folgte auf den karierten Zeilen. Raymond dachte darüber nach, denn eigentlich wusste er selbst nicht genau, warum ihr abweisendes Verhalten ihn grämte. Bis er sich der Worte seiner Tante bewusst wurde. Manche Kinder können früher laufen, andere früher sprechen. Grace schien alles zu können und zu besitzen. Das wollte er vor ihr jedoch nicht zugeben.

Er tat eine unwirsche Bewegung mit der Hand und meinte: »Das spielt jetzt keine Rolle. Ist es wirklich in deinem Sinn, wenn eure Familie Tierseelen teuer verscherbelt? Das hätte ich von einer überkorrekten Person wie dir niemals erwartet.«

Er hätte schwören können, einen traurigen Zug um ihre Mundwinkel zu beobachten. Nein, natürlich nicht. Grace brauchte nichts zu erwidern, Raymond verstand auch so. Es musste einen Grund geben, warum Adele sie als Moralapostel verschrie. Nach wie vor stand die Frage im Raum, ob die Käufer der Seelen wirklich bis zum natürlichen Tod der Tiere abwarteten. Es hätte Raymond nicht gewundert, wenn Grace darüber mehr wusste, als ihr lieb war.

Er ging in die Hocke, näher an ihr Gesicht heran und wollte wissen: »Hast du mitbekommen, ob Adele bereits mit eurem Vater gesprochen hat?«

Nach langem Zögern und einem verstohlenen Seitenblick folgte ein unauffälliges Kopfschütteln.

Raymond atmete hörbar aus, denn er konnte sich nicht vorstellen, dass sie log. Hätte Adele beide bereits verraten, wäre Grace gar nicht bereit, sich von ihr herumschubsen zu lassen. Daher vergaß er seinen Stolz und bat sie nun offen um Hilfe.

»Adele hat uns in der Hand. Mich wahrscheinlich mehr als dich. Ich kann den Timberwolf nicht zurückgeben – ich will es auch nicht – aber wenn tatsächlich eine Rechnung dieser Art in unser Haus flattert … Das ruiniert meine Familie. Du hast mir schon einmal geholfen, kannst du es nicht wieder tun?«

Sie dachte darüber nach. Er beobachtete ihre blinzelnden Augen und ahnte, wie die Antwort ausfallen würde. Auf dem Blatt Papier erschien eine Frage.

Warum sollte ich dir helfen? Du warst gewarnt. Du wolltest nicht hören!

Das Ausrufezeichen dahinter wurde groß betont.

»Ich weiß. Es tut mir leid. Aber warum hast du mich überhaupt zu meinem Wolf geführt, wenn dir klar war, was für ein Nachspiel das Ganze hat? Warum warst du nicht ehrlich?«

Ihre Stirn legte sich in Falten. Und Raymond ahnte, dass es vieler Worte bedurfte, um ihm diese Geschichte zu erläutern. Hier reichte Papier nicht mehr aus. Graces Blick wich zur Seite und als die nächsten Stichpunkte notiert wurden, schrieb sie einen längeren Satz.

Adele bleibt still, wenn ich mache, was sie will. Ich riskiere zu viel, wenn ich dir helfe.

Beim Lesen wog er den Kopf. »Und das glaubst du ihr?«

Raymond konnte den inneren Konflikt hinter ihrer Stirn erkennen. Er wusste nicht, ob es an seinen luziden Fähigkeiten lag, doch er meinte, Menschen gut einschätzen zu können. Und Adeles Präsenz ließ seine Nackenhaare zu Berge stehen und das nicht auf eine gute Art.

Grace kritzelte einen Satz, der an Naivität nicht zu überbieten war.

Wir sind Schwestern.

Raymond dachte darüber nach. Waren seine Blutsbande zu Hana ihm anfangs nicht egal gewesen? Es kostete ihn viel Überwindung, sie in sein Leben zu lassen. Er schüttelte über den Satz den Kopf. »Adele ist das herzlich egal. Hätte meine Schwester solchen Ärger am Hals, würde ich schützend die Hand über sie halten. Adele tritt nach.«

Grace schluckte schwer. Und tatsächlich bekam Raymond das Gefühl, sie mit seinen Worten verletzt zu haben.

»Adele ist seltsam. Es tut mir leid, wenn ich es dir sage, aber deine Schwester umgibt etwas Eigenartiges. Ich kann dir nicht erklären, woher ich das weiß. Spürst du das nicht? Gerade du?«, fragte er ratlos.

Doch dann wurde es Raymond klar. Grace wollte es nicht sehen, vielleicht blieb ihr auch keine andere Wahl, als darüber hinwegzuschauen. Etwas betroffen sah er sich um und überlegte, wie man einen Menschen überzeugen sollte, der einer Wunschvorstellung nachjagte. Obwohl er sich der Grausamkeit bewusst war, schien ihm die beste Möglichkeit zu sein, mit der Wahrheit herauszurücken.

»Du hast ihr den Vorfall an der Brücke gestanden, nicht wahr? Das war ein Fehler. Adele zerreißt sich das Maul über dich. Sie amüsiert sich auf deine Kosten. Und auf Herolds. Ihr Mundwerk hält nicht mal für Tote still.«

Raymond konnte ihre huschenden Augen sehen. Ein kurzer Seitenblick zu ihrem Nebenmann. Grace kritzelte ein Wort. *Wann?*

»Ich habe es gestern auf dem Schulhof beobachtet.«

Ihre Brauen zuckten verärgert. Sie starrte auf ihre Tischkante, die Hand mit dem Stift bebte. Da flüsterte Raymond bedauernd: »Adele wird nicht still halten. Ich kenne solche Menschen. Je länger du dir das gefallen lässt, desto schlimmer wird es. Du musst sie in die Schranken weisen.«

Grace überlegte. Sehr lange. Irgendwann schob sich ihre Hand hinauf. Ein Kreis wurde um das Fragezeichen gesetzt. Sie tippte auf die Stelle.

»Du willst wissen, wie?«

Ein trotziger Ausdruck lag auf ihrem Gesicht. Da erzählte Raymond, was er an diesem Morgen neben Adele aufgeschnappt hatte. Von ihrem geheimen Treffpunkt und was ihre Clique dort trieb.

Grace blinzelte nachdenklich, einen Moment entglitten ihr sogar die Gesichtszüge. Dann kritzelte sie einen Satz zu Papier.

Wir müssen wirklich reden.

INFINITY HOUSE

Es war Freitagabend. Während andere Jugendliche sich zu ihren Freunden begaben, lag Raymond noch immer mit Fieber im Bett. Er hatte sich eine waschechte Lungenentzündung eingefangen und besaß noch kaum eine Stimme. Ihn überkam das Gefühl, es in seinem Eifer übertrieben zu haben. Auch sein Vater konnte sich nicht erklären, wie Raymond so stark erkrankte. Die Mittagszeit verbrachten beide im Wartezimmer ihres Hausarztes, der ihnen bescheinigte, dass die Erkrankung nicht lebensbedrohlich war, allerdings mit Antibiotika behandelt werden müsse.

Vor Raymonds Nase schwebte ein Wasserglas mit einer Tablette, die ihm von seiner Tante schmackhaft geredet wurde. Immerzu betonte Beths körperlose Präsenz, es würde seinem Befinden nicht schaden. Doch Raymonds Hals war geschwollen und das Schlucken fiel ihm schwer, weshalb seine Tante ihr Vorhaben mit einem Grollen aufgab.

»Du willst wohl nicht gesund werden!«

»Doch. Aber es tut weh.« Seine Stimme war ein Krächzen.

»Sei nicht so wehleidig. Vom Jammern wird's nicht besser.«

Das war leicht gesagt, wenn man nicht in seiner Haut steckte. Nachdem seine Seele heute Morgen aus der Schule zurückgekehrt war, kam ihm die Last seines eigenen Fleisches unerträglich vor. Am liebsten hätte er sich wieder aus seinem Körper verflüchtigt, doch nachdem Raymond stundenlang geschlafen hatte, war sein Rhythmus durcheinandergeraten, was für Langeweile und Schlaflosigkeit sorgte.

Glücklicherweise kamen Mitchel und Christopher ihn nachmittags besuchen. Beide erklärten ihm seine Schulaufgaben, während Hana vorsichtig durch den Türspalt spähte und den blond gelockten Christopher mit großen Augen betrachtete. Raymond bekam den Verdacht, sie habe an ihm einen Narren gefressen. Wann immer seine Schwester sich zu weit ins Zimmer lehnte, zog sie schnell den Kopf ein, sobald Christophers Blick sie streifte. Dann hörten sie ihre kleinen Fersen polternd ins gegenüberliegende Zimmer rennen, während Mitchel ihr Verhalten mit einem sarkastischen »Gar nicht auffällig« kommentierte.

Wenig später verabschiedete sich auch dieser Besuch.

Sein Vater war zur Arbeit aufgebrochen und Hana lag bereits im Bett, als Raymond ein Geräusch aus dem Badezimmer vernahm. Seine Tante leerte den Wäschekorb und kam mit den verräterischen Überbleibseln seines nächtlichen Badeausflugs ins Zimmer.

»Raymond, warum ist deine Wäsche nass?«

»Weiß nicht.«

»Wie kannst du das nicht wissen? Alles trieft!«

»Keine Ahnung. Ich habe viel geschwitzt.«

»Schweiß – in diesem Ausmaß? Das Wasser steht im Korb.«

»Ich weiß nicht, was ich dir darauf sagen soll, Beth.«

Obwohl Raymond seine Tante nicht sehen konnte, hätte er schwören können, dass sie ihn misstrauisch aus dem Türrahmen heraus anstarrte. Das nasse Wäschestück schwebte auf demselben Fleck und irgendwann hörte er ein argwöhnisches »Aha«. Er ahnte, dass *sie* etwas ahnte. Trotzdem konnte Beth ihm nichts beweisen. Ihr schien es ohnehin wichtiger zu sein, ihn aufzupäppeln.

Die ganze Nacht verbrachte sie damit, ihm schmerzlindernde Tees oder eine deftige Hühnersuppe einzuflößen. Die Herdplatte glühte unentwegt und an seinen Waden wechselten sich die Wickel im Stundentakt. Dazwischen huschten Raymonds Augen zu seinem Wecker, denn die Verabredung mit Grace stand heute Nacht an.

Nach seinem Monolog in ihrem Klassenzimmer hatte Grace leichte Übelkeit vorgetäuscht, damit beide sich auf dem Schulhof beraten konnten. Das Gespräch war kurz, aber aufschlussreich gewesen. Adele hatte versehentlich den Namen ihres geheimen Treffpunkts vor Raymond ausgeplaudert, dessen Adresse er aber nicht kannte. Grace dagegen schon.

Raymond erinnerte sich, dass er nervös wurde, als er Grace seinen Plan schilderte und sie um ihre Unterstützung bat. Das ganze Unterfangen hing von ihrem Wohlwollen ab. Sie hatte lange nachgedacht. Doch bevor Grace den Rückweg in ihren Klassenraum antrat, versicherte sie ihm zu bringen, was er für seinen Plan benötigte.

Trotzdem saß Raymond nun wie auf Kohlen. Er befürchtete, Grace würde kalte Füße bekommen und nicht am Treffpunkt auftauchen. Seine Angespanntheit musste man ihm anmerken, denn während Tante Beth ihm Sirup gegen den Husten einflößte, fragte sie: »Gibt es einen Grund für deine verstohlenen Blicke auf die Uhr?«

Er hätte sich beinahe verschluckt. Die Folge war ein Hustenanfall, den er mit Müh und Not in den Griff bekam, während Beth etwas spitzfindig feststellte: »Ich bezweifle, dass du in deinem Zustand noch ausgehen möchtest.«

»Natürlich nicht! Sieh mich an, Beth! Ich gehe nirgendwohin.«

»Auch nicht als Wolf?«

Raymond dachte lange nach. Zu lange. Sein Mund klappte auf und zu. Das braune Fläschchen mit Sirup schwebte auf seine Kommode und schon wollte seine Tante wissen: »Hat es etwas mit den Martinets zu tun?«

Er geriet ins Stottern. »Wie kommst du darauf?«

»Eine Uhrzeit behält jemand im Blick, wenn er sich zu einem bestimmten Zeitpunkt mit einer anderen Person trifft. Und es gibt nicht viele luzide Begabte in diesem County.

Wenn du dich also nicht gerade auf allen vieren hinausquälen möchtest, wirst du wohl heute Nacht einen Streifzug auf der luziden Ebene planen.«

Beth wurde ihrem Fuchs gerecht. Raymond fühlte, wie seine Ohren heiß wurden. Betroffen schaute er auf sein Bettlaken, während sie schnaufte. »Hast du dich mit einem Martinet angefreundet?«

Raymond überlegte.

»Das kann ich gar nicht so genau sagen. Wie eine richtige Freundschaft fühlt es sich nicht an. Wir unterhalten uns ab und zu.«

»Ist es das Mädchen von den Weinreben?«

Raymond schwieg. Es genügte seiner Tante als Antwort. »Verstehe.«

Nun verfielen beide in Schweigen. Raymond hätte gerne Beths Gesicht gesehen. Es war eine Vermutung, doch ihm kam es vor, als würde dieser Umstand seine Tante unglücklich machen.

»Verbieten kann ich dir nichts«, durchbrach Beth die Stille. »Doch ich bitte dich wachsam zu bleiben. Es ist auch eine gute Gelegenheit, dir das Geschenk deines Onkels mitzugeben.«

»Welches Geschenk?«

»Es liegt auf dem Schreibtisch. Du siehst es noch nicht. Es besteht aus Feinstoff. Floyd hat lange daran gearbeitet. Er wollte es an deinem Geburtstag fertig haben, doch feinstoffliche Elemente findet man auf der luziden Ebene nicht einfach so im Baumarkt. Solche Rohstoffe abzubauen ist schwer. Wie dem auch sei. Nimm es bitte mit. Es beruhigt mein Gewissen, wenn du es in deiner Seele trägst. Und bleib vorsichtig.«

Ihre Sorge fand Raymond etwas überzogen.

»Beth, wovor hast du Angst? Es sind Menschen wie du und ich. Floyd ist auch kein waschechter Walker. Er hat in die Familie eingeheiratet.«

»Dein Onkel Floyd war sippenlos«, erklärte seine Tante entschieden. »So nennen wir Menschen, deren Stammbaum zum ersten Mal eine Exkursionsseele hervorbringt. Oder schlicht und ergreifend vom Hauptstamm verstoßen wurde.«

Raymond starrte auf den Punkt, an dem er seine Tante vermutete. Nach langem Grübeln warf er die Frage in den Raum: »Warum sollte man ein Mitglied verstoßen?«

»Das kommt in den besten Familien vor.«

Er fühlte einen sanften Druck auf seinem Brustkorb. Sein Kopf bettete sich in die warmen Kissen. Ein feuchter Lappen schwebte auf seine brennende Stirn.

»Wurde Onkel Floyd verstoßen?«, wollte Raymond wissen.

Doch seine Tante verneinte. Er hätte schwören können, dass Beth schmunzelte, als sie sich zurückerinnerte. »Floyd Hodapp war das blauäugigste Irrlicht, das mir jemals über den Weg gelaufen ist. Er war der Erste in seiner Familie, mit einer luziden Begabung und streifte ahnungslos über den Universitätscampus in Seattle. Gemeinsam mit Danny habe ich den armen Kerl unter meine Fittiche genommen. Dein Onkel hielt seine Träume für besonders bodenständig.«

Raymond vernahm ein Kichern.

»Er hat neben dem Studium für eine Agentur gearbeitet. Jede Nacht verbrachte er im Büro und hat die Akten seiner Mandanten kontrolliert. Am nächsten Morgen ärgerte er sich darüber, dass ihn die Arbeit selbst im Schlaf nicht losließ.«

»Warum hat er deinen Namen angenommen?«, fiel Raymond zum ersten Mal auf. »Ist das sonst nicht umgekehrt?«

Doch Beth wich mit einem arglosen »Warum nicht?« aus.

Der Lichtschalter klickte und tauchte den Raum in Dunkelheit, während seine Tante ihn bat, heute Nacht keinen Unsinn anzustellen. »Mir wäre es lieber, du würdest in unserer Nähe bleiben. Führe niemanden vor unsere Haustür, den wir nicht kennen, Raymond. Versprochen?«

Er versprach es.

Dann verschwand ihre Präsenz aus dem Raum. Dennoch hielten ihre Worte Raymond lange wach. Er starrte auf seine Zimmerdecke und überlegte, ob sein Vater ebenfalls als sippenlos galt. Es hätte erklärt, weshalb er einen großen Teil der Familie nicht kennenlernen durfte.

Inmitten dieser Grübeleien merkte er nicht, wie seine Augenlider schwer wurden und kurz darauf fand sich Raymonds Seele neben seinem Körper. Er war dabei, den Raum zu verlassen, bis ihm der feinstoffliche Gegenstand auf dem Schreibtisch ins Auge fiel. Ein Messer mit glühender Klinge. Eine Handlänge groß und mehr Werkzeug statt Waffe. Aus einem Erz, das Raymond noch nie gesehen hatte.

Er drehte den Gegenstand neugierig zwischen den Händen, bis ihm klar wurde, wie spät es war. Das Messer war schnell einverleibt, seine Seele öffnete die Zimmertür und er lief die Stufen ins Erdgeschoss hinab. Den letzten Absatz übersprang er und ließ beim Aufkommen die Dielen vibrieren.

Seine Tante kommentierte den Radau mit der Frage: »Warum müssen junge Seelen immerzu so einen Krach machen? An euch ist doch kaum emotionaler Ballast dran.«

»Tut mir leid.«

»Sollte es auch. Sei nicht so ein Poltergeist. Du bist nicht allein in diesem Haus.« Beth stand einmal mehr am brodelnden Topf, aus dem sie in Einmachgläser ihre hauseigene Tomatensoße schöpfte. Sie deutete mahnend hinauf, wo Hana nichts ahnend schlummerte, da war Raymond schon an der Eingangstür und in seiner Wolfsgestalt in die Nacht entschwunden.

Graces Seele erkannte Raymond bereits von weitem und anders als bei ihrer Schwester wehte ihr Haar, als wäre sie ein flackerndes Flämmchen im Wind. Sie hockte auf dem Geländer der Brücke und beobachtete den vorbeiziehenden Verkehr, während Raymond sich fragte, ob ein Medium sie sehen könnte, wenn es zufällig ihren Weg kreuzte. Er hörte schon häufiger von Schauergeschichten, in denen ahnungslose Fahrer von einer unheimlichen Erscheinung am Wegesrand berichteten. Mittlerweile konnte er sich denken, woher der Ursprung dieser Legenden stammte, denn manche Menschen waren sich ihres dritten Auges nicht bewusst.

Es war das erste Mal, dass Grace sich ihm offen zu erkennen gab. Nicht als Blauhäher mit starrem Blick, sondern in ihrer filigranen Gestalt, ähnlich einer Fata Morgana. Auch ihre Seele wies an vereinzelten Stellen ein Muster auf der *Haut* auf. Anders als bei Raymond erinnerten ihre Schutzwappen aber an Mandalas.

Die hellen Linien sprühten förmlich vor Energie und Kraft. Als Grace ihn erkannte, hob sich ihr Blick von den Fingern. Dort ruhte eine Polaroid Spectra.

»Auf welchem Weg hast du die mitgeführt, ohne viel Aufsehen zu erregen?«

»Wenn man fliegen kann, ist es einfach.« Grace schmunzelte über die Frage. Raymond schaute in den wolkenverhangenen Nachthimmel und konnte sich gut vorstellen, dass das kompakte Gerät mit der schwarzen Ummantelung komplett mit der dunklen Kulisse verschmolz.

»Und es ist eine Sofortbildkamera? Wir müssen hinterher nichts entwickeln?«

Grace nickte. Ihre Finger drehten die Spectra und strichen gedankenverloren darüber. Er sah die Zweifel in ihrem Gesicht und kam sich fast bösartig vor. Wie ein Teufelchen, das dem guten Kind Flausen in den Kopf setzte.

Raymond entstieg seiner Wolfsgestalt und nahm neben der jungen Martinet Platz.

»Wir machen das Richtige«, versicherte er – wohlwissend, dass er größtenteils aus Egoismus sprach.

Sollte Adele reden, wären Graces Konsequenzen erträglich, Raymonds jedoch fatal. Die Familie Martinet konnte sich eine fehlende Wolfsseele leisten. Die Walkers nicht. Dennoch kam Raymond sich schäbig vor. Er verspürte etwas Verlegenheit, als er sagte: »Ich bin dir für deine Hilfe dankbar.«

»Um das klarzustellen. Ich bin nach wie vor der Meinung, dass du selbst an deiner Misere schuld bist«, sagte sie unmissverständlich.

Grace verstand sich auf harte Worte und Raymond hätte widersprechen können. Tat er aber nicht. Er bevorzugte, mit offenen Karten zu spielen.

»Dann habe ich wohl Glück, dass wir beide eine offene Rechnung mit deiner Schwester haben.«

»Nein! Du hattest Glück, ein gutes Argument auf deiner Seite zu haben. In einem Punkt muss ich dir leider Recht geben. Mit Adele stimmt etwas nicht. So geht man nicht mit seinen Mitmenschen um.«

Raymond haderte mit sich. Einerseits wollte er nicht zu tief in die Familiendynamik der beiden Schwestern eintauchen, andererseits interessierte ihn, wie zuverlässig seine Intuition war. »Du weißt mehr, als du zugibst, oder?«

»Das spielt jetzt keine Rolle. Lass uns …«

»Warum will Adele dich in Copperdeer festhalten, Grace?«

Das war ein Treffer. Die Art, wie schnell ihr Blick sich von der Kamera hob, verriet das Mädchen. Raymond bemerkte, wie viel einfacher es war, sie zu deuten, wenn sie nicht in der Gestalt ihres Geistführers steckte.

Ihre Brauen zogen sich zusammen und Grace fragte: »Wie lange hast du uns damals im Wald belauscht?«

»Lang genug, um zu hören, dass Adele dich in Copperdeer braucht. Aber wofür?«

Grace wirkte bedrückt. Und als die Antwort auf sich warten ließ, rief er sie beim Namen. Erst da begann sie zu erläutern. »Adele verlässt Copperdeer ungern.«

»Warum?«

»Wegen ihren Freunden. Sie späht sie in den Abendstunden aus. Jedes Geheimnis wird von ihr notiert und im richtigen Moment genutzt. Sie nennt es ihre *Asse im Ärmel*.«

Raymond blinzelte verdutzt. Er verkniff sich die Frage, ob Grace ihren Teil dazu beitrug, denn der schuldbewusste Gesichtsausdruck sprach Bände. Zwei Paar Augen sahen mehr als eins. Um das zu verstehen, musste Adele kein Genie sein.

»Wir gehen heute Nacht zum *Infinity House*«, erklärte Grace. »So nennt Adeles Clique ihren Treffpunkt. Es klingt spektakulär, ist aber bloß eine verfallene Schaffnerhütte aus den späten Fünfzigern. Der Stadtrat wird das Gebäude vergessen haben.« Grace glitt vom Geländer. »Inmitten der Wälder gibt es eine stillgelegte Bahnstrecke. Kurz bevor die Prellböcke auftauchen, geht ein schmaler Trampelpfad zwischen dem kaputten Holzzaun hoch. Dort finden wir das Häuschen.«

»Und dort wird Adele heute Nacht sein?«

»Sofern sich ihre Pläne seit heute Morgen nicht geändert haben, ja. Zumindest ist Adele nicht zuhause. Ihre gesamte Clique könnte beim Infinity House sein. Und ihr Freund Mike, der zum Abschlussjahrgang gehört. Ihn behält sie besonders im Auge. Jede Nacht. Den Mädchen, die ihm zu nahe kommen, ergeht es schlecht.«

»Im Sinne von mysteriösen *Unfällen*?«

Sie schwieg, nickte aber. Ihm fiel das erste Mal auf, was für ein besonnenes Mädchen Grace war. Das komplette Gegenteil zu ihrer und seiner eigenen Schwester. Gleichzeitig ging Raymond durch den Sinn, dass Mike gar nicht ahnte, wie weit die Eifersucht seiner Freundin reichte. Armes Schwein.

Raymond deutete auf die Kamera. »Wenn alles nach Plan läuft, haben wir im Morgengrauen beide ein Druckmittel gegen Adele.«

Graces Flügel glitten über ihm durch die Nachtluft. Raymond beobachtete, wie die Federn am Schweif bei jeder Windböe den aufkommenden Wetterbedingungen trotzten. Er war fast schon etwas neidisch, obwohl Raymond sein Seelentier für kein Geld der Welt tauschen wollte.

Da eine schwebende Polaroidkamera die nächste urbane Legende mit sich ziehen würde, mieden beide die Stadt, hielten sich auf Schotterpisten und zwischen den meterhohen Zöglingen eines Rapsfeldes auf. Es war Raymonds Glück, dass seine Begleiterin fliegen konnte, denn innerhalb des Ackers drohte er, sich zu verlaufen, bis Grace über ihm kreiste und ihm den Weg wies. Die Strecke blieb unwegsam, doch als Exkursionsseele kam Raymond schneller voran, allein deshalb, weil das fehlende Körpergewicht ihm weite

Sprünge ermöglichte. Und bald tauchten die stillgelegten Bahngleise innerhalb einer gespenstischen Waldschneise auf. Hier musste auch Grace sich neu orientieren. Sie ließ die Polaroidkamera bei Raymond zurück und flog ohne das unnötige Gewicht hinauf in die Baumwipfel.

Dort drehte ihre Erscheinung leuchtende Bahnen am Nachthimmel, bis sie von den umliegenden Bäumen verdeckt wurde. Raymond war allein und horchte in den Wald hinein. Er vernahm die Rufe eines Kauzes. Irgendwo im Schotter der Bahngleise meinte er die lederne Haut einer Blindschleiche auszumachen. Es war nichts, was Raymond sonst hemmte, dennoch fühlte er sich beobachtet. Aus seinem Maul kam ein Winseln, hervorgerufen durch seinen Geistführer. Etwas beunruhigte den Timberwolf.

Er fragte in seine Seele hinein, was seinen Begleiter störte, doch bekam keine eindeutige Antwort. Raymond wusste jedoch, dass sein Geistführer empfindlich reagierte, wenn er unbekanntes Terrain betrat. Womöglich steckte das alte Revierverhalten zu tief in seiner Seele. Die Unruhe besserte sich, als Graces helle Silhouette am Nachthimmel auftauchte. Sie landete neben der Polaroid und erklärte: »Der Weg ist nicht weit. Er führt über einen Bachlauf.«

»Wunderbar. Jetzt geht meine Seele auch baden …«

»Bitte?«

Abweisend schüttelte er den Kopf. »Die Geschichte erzähle ich dir vielleicht ein anderes Mal. Wir haben keine Zeit für Anekdoten.«

Als Grace die Flügel spreizte, hielt sie plötzlich in ihrer Bewegung inne. Die perlenförmigen Augen fokussierten einen Punkt tief zwischen dem Dickicht des Waldes. Sie stieß einen Warnruf aus, gefolgt von kurzen, kräftigen Flügelschlägen, die einer Drohgebärde glichen. Es raschelte hinter ihnen und Äste brachen. Mit viel Radau entschwand etwas im Zickzacksprint in die Dunkelheit.

»Was war das?«

»Eine Zecke.« Das musste metaphorisch gemeint sein, denn dafür war das Geschöpf viel zu groß. Doch Grace riet ihm: »Die Wälder um das Häuschen herum sind gefährlich. Schwermütige Menschen fangen sich hier gern etwas ein. Diese Biester ernähren sich von emotionalem Ballast. Papá meinte, es gab deshalb schon Selbstmorde hier. Ich mag diesen Ort nicht. Du solltest wirklich einen Bogen um ihn machen. Und bitte hör dieses Mal auf mich.«

»Ja, mache ich.« Er kam sich bevormundet vor, auch wenn er die gute Absicht dahinter erkannte. Mit der Polaroidkamera in den Krallen stieß Grace sich in die Luft und endlich verstand Raymond, was seinen Wolf besorgte. Offenbar mochte er kein Ungeziefer. Graces Flughöhe lag dicht über den Gleisen, was es Raymond erlaubte, gemächlich neben ihr zu traben. Er wusste, sie konnte schneller fliegen und war dankbar, dass Grace es unterließ.

Beide erreichten den Bach, den Raymond mit einem Sprung überquerte. Wie Grace schilderte, tauchte ein Zaun auf, der definitiv bessere Jahre gesehen hatte und an dem Wildwuchs hochkletterte. Der Trampelpfad maß weniger als einen halben Meter und Raymond hörte den Lärm einer Schnellstraße in der Ferne. Es existierte ein Feldweg um das alte Schaffnerhäuschen auch mit dem Auto zu erreichen. Bald verdrängte der Bass von lauter Musik die Stille und als Raymond an der Böschung aufschaute, rauschten die Scheinwerfer eines klapprigen Nissans vorbei. Der Besitzer schien viel von sich zu halten, denn er kündigte sein Eintreffen mit penetrantem Hupen an.

Grace gab ein Murren von sich. Ihr missfiel der Krach und auch Raymonds Wolf reagierte empfindlich auf die laute Geräuschkulisse.

Dann erhaschte auch er die Hütte im Wald. Eine der Dachseiten war den Jahren und dem Wetter zum Opfer gefallen, weshalb sie notdürftig mit Pressspannplatten geflickt wurde. Die andere Seite wies noch den alten Ziegelbau auf, der verwittert und mit Moss behangen war. Direkt vor der Wand sammelten sich die kaputten Tonscherben, deren Terrakottasplitter durch unzählige Schuhsohlen in den lehmigen Boden eingearbeitet wurden. Aufgesprühtes Graffiti verunstaltete eine Wand. Es war nicht die Art von Kunst, die jemand sehen wollte. Der Übeltäter frönte seiner Fixierung auf weibliche Brüste, denn er hatte zwei Kreise gezeichnet mit jeweils einem Punkt in der Mitte. Darunter eine obszöne Botschaft, die alle Frauen einer gewissen Berufssparte zuordnete. Ansonsten war das spartanische Gebäude gut in Schuss. Auch wenn die Wände durch die altertümliche Bauweise etwas schief geraten wirkten, stand alles noch fest und dem einzigen Fenster hatte einer der Besucher eine verschnörkelte Bordüre verpasst. Aus dem kleinen Haus dröhnte ein heftiger Beat, sodass sich Raymond fragte, weshalb die Pressspanplatten nicht im Takt wippten und die Schrauben lockerten. Nichtsdestotrotz war der Ort clever gewählt, denn die Lichter der Stadt lagen weit hinter den Äckern der Familie Fitzner. Das Gebäude lud förmlich dazu ein, gelangweilten Jugendlichen Obdach zu bieten und den zerbrochenen Flaschenhälsen nach zu urteilen, hatte man Spaß ohne Rücksicht auf Verluste.

Der Nissan parkte ungelenk am Straßenrand, ohne sich darum zu scheren, dass die übrigen Autos nicht mehr herauskamen. Aus dem Wagen entstieg eine Schar Jugendlicher, allesamt High-School Schüler der Leroy Marshall - bis auf einen.

Raymond erkannte zwischen ihnen Eds älteren Bruder Foster, der die Schule bereits abgebrochen hatte und sich dennoch gerne auf dem Gelände der Leroy Marshall herumtrieb. Es wurde gemunkelt, er stünde auf *junges Gemüse*.

Als sich die Tür zum Häuschen öffnete, ließ das Licht Fosters Haare entflammen. Er war definitiv der ansehnlichere der Brady-Brüder. Hochgewachsen, schlank und mit weniger Sommersprossen im Gesicht geplagt. Dennoch blieb es Geschmackssache, ob man ihn als Schönheit bezeichnen wollte, denn auch er besaß den blassen Teint und die charakteristischen fleischigen Lippen der Bradys. Raymond wandte sich an Grace und nickte zur Hütte, wo die eingetroffene Truppe vor der Tür ihre Witze riss.

»Deine Schwester gibt sich mit dem ab?«

»Kennst du ihn?«

»Ja, er ist der Bruder von Ed Brady.«

»Der sagt mir nichts.«

Das wunderte Raymond nicht. Die meisten von Eds Opfern waren hagere Jungen. An Mädchen vergriff er sich seltener, obwohl sich das Gerücht hielt, dass Ed einer Klassenkameradin einmal den Rock lüpfte, weil sie ihn vor versammelter Mannschaft als Idioten beschimpfte. Dafür soll er einen Schulverweis bekommen haben. Das hielt ihn jedoch nicht davon ab, drei Monate später mit derselben Schülerin die gleiche Schikane zu treiben. Inzwischen hieß es, sie trage nur noch Hosen.

Mit der offenen Tür traten Dampfschwaden in die kühle Nacht und dem pflanzlichen Geruch nach zu urteilen, befand sich Raymond auf der richtigen Spur. Er wollte aus dem Dickicht herauskommen, als Grace ihn zurückhielt.

»Was tust du?«

»Wir gehen hinein.«

»Adele wird uns sehen. Wir müssen unauffällig bleiben.«

»Wird sie nicht. Sie ist ein Blindfisch. Ich hätte heute Morgen vor ihr tanzen können, die hätte mich nicht bemerkt.«

»Das war tagsüber. Seelen sind nachts besser auszumachen. Wenn du sie auf frischer Tat erwischen willst, darfst du meine Schwester nicht unterschätzen.«

Raymond starrte Grace an und konnte sich nicht erinnern, dass ihm dieser Umstand jemals bewusst aufgefallen war. Dann dachte er an Hana, die heute Morgen schielte, weil sie seine Präsenz spürte, jedoch Probleme damit besaß, ihn zu erkennen. Er fragte Grace: »Wie steht es denn um Adeles drittes Auge? Ist sie besser als du?«

»Das kann ich so nicht beantworten. Großvater meint, sie sieht besser, als sie hört. Er sagt aber auch, sie hat eine Konzentrationsschwäche.«

Den Gerüchen nach zu urteilen, konnte sich Raymond denken, woher die mangelnde Konzentration kam. Allerdings bekam er den Eindruck, dass Grace ihrer älteren

Schwester ohnehin voraus war, behielt die Vermutung aber für sich. Eine Flasche klirrte vor dem Haus. Er schaute mit gerümpfter Nase zum Treffpunkt und sprach: »Bei dem Lärm könnte eine Bombe hochgehen. Niemand würde es merken.«

»Ich würde jedenfalls nicht kopflos hinein gehen.« Graces Kralle klopfte auf den Fotoapparat. »Es wird schwierig, unauffällig Bilder zu machen, wenn die Kamera im Raum schwebt.«

»Könnte doch witzig werden«, scherzte Raymond. Ihm gefiel die Vorstellung, der grölenden Meute einen Schreck einzujagen. Davon hielt Grace aber wenig.

»Adele wird sofort den Braten riechen, selbst wenn der Großteil der Besucher in Panik den Raum verlässt. Mit etwas Pech wird sie dir die Kamera abnehmen und wir stehen ohne Fotos da. Danach eilt sie zu Papá.«

Raymond nickte zum Haus. »Dann muss es wohl das Fenster werden.«

»Es muss das Fenster werden«, stimmte Grace zu. Sie überlegte und bat ihn, einen Moment, zu warten. Dann huschte der flinke Blauhäher empor und landete mit zwei schwungvollen Flügelschlägen auf dem Dach. Von dort aus spähte Grace durch den Ritz zwischen den Pressspanplatten.

Raymond sah ihre leuchtende Gestalt auf dem Dach zur Seite hüpfen, die Augen nach jedem Spalt suchend, der ihr einen neuen Blickwinkel auf das Treiben im Haus verschaffte. Schließlich winkte Grace mit dem Flügel in seine Richtung. Adele war im Haus.

Nun waren Hände gefragt. Raymond entstieg seiner Wolfsgestalt. Er umfasste die Kamera und überwand mit einem weiten Satz die Büsche, die ihn vom Gebäude trennten. Zunächst spähte er durch die schmierige Scheibe und erblickte eine achtköpfige Truppe. Die Jugendlichen hatten sich heimisch eingerichtet. Es gab eine zerfledderte Couch, deren abgenutztes Leder tiefe Risse an den Nähten aufwies und einen handbaren Generator, an den ein Ghettoblaster angeschlossen war.

Die Couch flankierten zwei Sitzsäcke und davor lagen mehrere Pflastersteine gestapelt, die mit derselben Platte vom Dach zu einem Tisch umfunktioniert wurden. Jetzt wusste Raymond auch, weshalb die Bradys regelmäßig im Baumarkt klauten. Auf dem Provisorium lagen die verräterischen Indizien des vorangegangenen Trinkgelages gemeinsam mit einer krümeligen Spur aus Pott und einem Aschenbecher, der bereits seit Monaten geleert gehörte.

In einer anderen Ecke lag sich ein Pärchen verträumt in den Armen. Das Mädchen hob schwerfällig den Arm gen Himmel und grinste dümmlich.

Und auf der Couch rekelte sich Adele wie eine träge Katze. Der Junge neben ihr musste der arme Tropf namens Mike sein, der an ihrem Hals knabberte und sie hysterisch zum Kichern brachte. Interessanterweise handelte es sich nicht um ihren Begleiter vom Schulhof. Der rauchte in einem Sitzsack und starrte an die Decke, fasziniert von dem Anblick der ringförmigen Rauchschwaden, die er mit seinem Mund formte. Sein Blick war glasig.

Obwohl die Musik bis zum Anschlag aufgedreht war, tanzte nur eine der Besucherinnen und das in einem Takt, der nicht zum Beat passte. Ihre trägen Bewegungen wirkten bizarr, die Augen stumpf und sie reckte den Hals wie bei schlimmen Nackenbeschwerden.

Das alles wäre Raymond herzlich egal gewesen, wäre Foster nicht in den einzigen Raum getreten. Seine Ankunft löste Beifall aus, als er eine durchsichtige Tüte so groß wie seine Handfläche in die Höhe hielt.

»Eine frische Lieferung aus Portland«, waren seine Worte dazu. Dann forderte er die Gruppe auf, ihren Anteil herauszurücken.

Schwerfällig kam die Truppe in Bewegung. Sie zückten ihre Geldbeutel, kramten in Jeanstaschen und auf eine murrende Bemerkung versetzte Foster einem der Motzer einen unwirschen Klaps gegen den Hinterkopf. Sobald der Zahltag über die Bühne gebracht war, hob einer von Fosters Begleitern eine lose Bodendiele an. Er holte einen luftdichten Plastikbehälter aus dem Erdloch und verstaute die Tüte darin. Raymond blinzelte auf die vielen starren Augenpaare, dazwischen floss reichlich Bier, und so dachte er sich seinen Teil. Sowohl das eine als auch das andere war in Oregon für Heranwachsende verboten, ganz zu schweigen von Adeles Freund, der auf Raymond viel zu alt wirkte. Er drehte die Spectra in seinen Händen, setzte an, doch bevor er loslegte, ermahnte ihn Grace: »Vergiss nicht das Blitzlicht auszuschalten!«

»Gut mitgedacht.«

Raymond drehte noch einmal die Kamera und fand eine Reihe weiterer Funktionen. Tatsächlich hielt ihn Grace von einem schwerwiegenden Fehler ab. Mit wenig Druck klappte der Schieber in die andere Richtung, darüber tauchte ein Symbol mit einem durchgestrichenen Blitz auf.

Raymond setzte wieder an und es hätte nicht besser laufen können. Bevor der Plastikbehälter seinen Inhalt verbarg, war das erste Foto geschossen. Auf dem nächsten Motiv verschwand der Behälter in seinem Versteck, während eines der Mädchen im Hintergrund breit grinste. Doch sein Hauptaugenmerk blieb auf Adele, deren benebelter Blick zwischen den leeren Bierflaschen ein Bild für die Götter abgab. Mike beugte sich süßholzraspelnd zu ihren Lippen. Sie tauschten Küsse aus, die Raymond mit einem murrenden Laut kommentierte.

»Mmm lecker«, flüsterte er sarkastisch. Er stellte sich vor, die rauchige Zunge zu schmecken und wusste, dass eine solche Frau für ihn niemals infrage kam.

»Sei nicht so albern!«, ermahnte ihn Grace.

Das hielt ihn nicht davon ab, gespielte Kotzlaute von sich zu geben. Erst recht nicht, als Mike seine Zunge in Adeles Mund schob. Raymond wünschte sich Herold herbei, denn offensichtlich teilte Grace nicht seinen Humor. Sie schüttelte über ihn den Kopf.

»Du bist immer so ernst. Kannst du überhaupt lachen?«

»Ich bin bei der Sache. Das täte dir auch gut. Deine Fähigkeiten machen dich übermütig«, antwortete Grace vom

Dach aus, was er lediglich mit einem achtlosen Schulterzucken quittierte.

Die entwickelten Polaroids stürzten zu Boden. Ein kleiner Plastikhaufen bildete sich zu Raymonds Füßen. Als Grace wissen wollte, ob es nicht genug sei, erklärte er: »Wir
müssen Adele mit den Drogen in der Hand erwischen. Sonst
kann sie immer noch behaupten, nicht mitgeraucht zu haben.«

Da tauchte ein Hinterkopf vor dem Fenster auf, der Raymonds Sicht auf Adele verdeckte. Verärgert schnalzte er mit
der Zunge. »Was ist passiert?«, fragte Grace prompt.

»Eine der Hühner verdeckt das Fenster.«

»Hm. Da hilft wohl nur Geduld.«

Davon hatte Raymond selbst unter günstigeren Bedin-
gungen wenig. Genervt lehnte er sich gegen die Wand neben
dem Fenster und hörte, wie das Mädchen Foster lallend
um den Hals fiel. Das Liebesglück und der Alkohol ließen
ihre Stimme schrill hallen und bestimmt spielten noch andere Einflüsse eine Rolle. Raymond fand das affig. Doch
von Romantik verstand er nichts und es lag nicht in seinem
Ermessen, andere dafür zu verurteilen. Im Prinzip war es
ihm gleich, wie viel Alkohol sich die Gruppe zu Gemüte
führte, es ging ihm lediglich darum, sein Druckmittel zu
bekommen.

Doch das Mädchen wollte sich nicht von Foster trennen
und bald tanzten beide umschlungen zu dem Beat der Anlage, während seine Hände nach ihrem Hintern grapschten.
Das Gerücht bezüglich Fosters Frauengeschmacks schien
sich zu bewahrheiten. Raymond spielte grübelnd mit der
Kamera in seiner Hand, als ein Blitzlicht die Nacht erhellte
und die Spectra geräuschvoll summte. Vor Schreck ließ er
die Kamera fallen und auch Grace wurde durch das grelle
Leuchten aufgescheucht, ebenso wie der Rest der Partybe-
sucher.

Der Blauhäher stürzte zu Boden und begann so viele Fotos auf einen Haufen zu sortieren, wie der winzige Schnabel
tragen konnte. Raymond hielt es ebenso, er nahm alle Fotos

in Gewahrsam. Die Tür sprang auf und eilige Schritte näherten sich um die Ecke. Grace flatterte davon auf einen höhergelegenen Ast, während Raymond im Dickicht verschwand. Sein feinstofflicher Körper glitt problemlos hindurch, doch die Kamera scheiterte an den Hürden der physischen Ebene. Innerhalb einer dichteren Verästelung steckte sie plötzlich fest, ohne dass Raymond die Möglichkeit besaß, durch sein ruckartiges Ziehen kein Aufhebens zu machen.

Der Erste, der alarmiert angestürmt kam, war Foster. Kurz darauf folgte Mike mit zerzauster Schmalzlocke und einem schwankenden Gang. Die beiden Jungen durchsuchten die Umgebung, obwohl der eine es mit mehr Elan tat als der andere. Eine dritte Person gesellte sich dazu, die Raymond noch nie auf dem Schulhof sah. Foster bellte ins Haus: »Macht doch mal die scheiß Musik aus, ihr blöden Schnepfen!«

Raymond erkannte sofort, woher Ed das lose Mundwerk hatte. Sein älterer Bruder geizte nicht mit Beschimpfungen. Man hörte, wer die gemeinsame Mutter war.

»Mike, lauf nicht ins Haus! Hier draußen ist jemand.«

»Ich soll doch die Anlage ausschalten …«

»Das soll eines von den Weibern machen!« Foster haute gegen die Hauswand und brüllte: »Ausschalten! Los!«

Als der Bass verstummte, hörte man Adeles gereizte Stimme herausschallen und Fosters Freundin eilte mit einer Taschenlampe herbei, die er ohne ein Wort des Dankes entgegennahm. Ein Lichtkegel traf Raymond. Er rührte sich nicht, wohlwissend, dass Adele sich noch faul auf der Couch rekelte, während Grace von ihrem Ast aus wachsam das Geschehen beobachtete, bis sie näher heran flatterte. Das Geräusch ließ Foster ruckartig die Baumwipfel inspizieren, doch das Licht fand nicht den Verursacher.

»Hast du das gehört?«

»Ich höre gar nichts.«

»Doch. Da war ein Geräusch.«

Ihn wunderte, dass Foster überhaupt etwas von Grace mitbekam, schließlich befanden sich beide auf der luziden Ebene. Dagegen schien bei Mike nichts anzukommen.

»Vielleicht eine Fledermaus?«, vermutete er.

Und wie erwartet wurde Foster auch am Boden nicht fündig. Der Lichtkegel seiner Taschenlampe glitt durch Raymond. Die Einzige, welche in der Lage gewesen wäre, den ungebetenen Besuch zu erkennen, machte offenbar keine Anstalten herauszukommen. Womöglich war Adeles Hirn zu zermatscht dafür. Sie nörgelte hörbar im Haus: »Macht mal jemand die Musik an?«

»Nein! Da war jemand«, Foster ignorierte ihre Forderung.

»Glaub ich nicht. Ist doch alles super«, sprach Mike.

»Hältst du mich für bescheuert? Ich weiß, was ich gesehen habe. Da war ein Licht! Wie von einer Kamera.«

»Ich habe nichts gemerkt.«

»Weil du bis oben hin bekifft bist. Ein Grund, warum ich die Finger von meinem eigenen Stoff lasse.« Foster schnaubte verächtlich. »Jemand hat ein Foto geschossen.«

»Einbildung«, hörte Raymond vom Dritten im Bunde.

»Und wenn nicht?«, fragte Foster gereizt. »Ich habe zu viele Punkte auf meinem Register, um für die verwöhnte High Society aus Copperdeer in den Bau zu wandern. Meine Familie darf sich aktuell keinen Mist erlauben. Klare Ansage vom Sheriff.«

Mike versicherte ihm: »Hey Foster, niemand würde dich verraten. Wir brauchen dich, Junge. Alles ist schön. Alles ist gut. Wir lieben dich!«

Mike war definitiv high und Foster von seinen Liebesbekundungen unbeeindruckt. Er spie mit einem »Drauf geschissen« aus. Der Lichtkegel traf seinen Nebenmann direkt ins Gesicht.

»Uncool!«, jammerte Mike.

Raymond erhaschte einen schläfrigen Blick, der gegen das Licht ankämpfte, während Foster sprach: »Ich rate dir, deine eigenen Worte nicht zu vergessen, *mein Freund*.« Er betonte den letzten Teil überdeutlich. »Wenn ich mitbekomme, dass ihr mich linken wollt, könnt ihr etwas erleben. Verstanden?«

»Klar Kumpel. Verstanden!«

Raymond war sich gar nicht sicher, ob Mike in seinem Zustand überhaupt etwas verstand. Es kam ihm wie hirnloses Gebrabbel vor. Doch er versicherte mehrfach ein Mann von Ehre zu sein. Da biss sich Raymond auf die Zunge, als Fosters Taschenlampe die Verglasung an der Polaroidkamera zum Reflektieren brachte. Sein Mund stand offen. Er starrte auf die Stelle, wackelte mit seinem Licht, bis er vorsichtig ans Gebüsch kroch und die Kamera zu fassen bekam.

»Was ist das?«

Er zog an dem Gehäuse. Auch Raymond packte fester zu. Es entstand ein Tauziehen um die Kamera, bis sich Raymond nicht besser zu helfen wusste, als einen der Zweige unauffällig zu verbiegen und ihn geradewegs gegen Fosters Handrücken schnallen zu lassen. Ein Brüllen klang durch die Nacht und die Taschenlampe stürzte flackernd zu Boden.

Foster hielt sich die schmerzende Handfläche. »Ich wurde gebissen.« Der peitschenartige Klang musste ihn an eine Schlange erinnert haben. Er landete auf dem Hosenboden, während seine Freundin ihm helfend unter die Arme griff. »Die war bestimmt giftig!«

»Sieht aber nicht wie ein Schlangenbiss aus.«

»Woher willst du blöde Kuh das wissen?! Saug das Gift heraus!«

Und schon entbrannte eine Diskussion. Selbstverständlich ging die junge Liebe nicht weit genug, um Leib und Leben dafür zu gefährden. Während das Traumpaar in Spee sich in den Haaren lag, wusste Raymond die Gelegenheit zu nutzen. Er umgriff die Polaroid und löste sie mit einem kraftvollen Ruck aus ihrer ungünstigen Haltung. Zweige brachen. Das Rascheln ließ Foster aufspringen, ebenso wie seine kreischende Freundin, die nun beide »Schlange!« brüllten.

Dann nahm Raymond die Beine in die Hand und hörte den Flügelschlag von Grace direkt auf den Fersen. Der Trampelpfad war überwunden, der Bach ebenfalls. Und schon schlitterte er die Böschung hinab zu den Gleisen.

Inmitten seines Sprints klemmte Raymond die Fotos zwischen seine Lippen und stürzte vorwärts auf alle viere, um die Schnelligkeit seines Geistführers zu beschwören. Jedoch vergaß er die Kamera in seiner Hand, die durch die fehlenden Finger von der Wolfstatze rutschte und geräuschvoll hinter ihm auf den Gleisen landete.

Grace stürzte in einem ringförmigen Steilflug kopfüber auf die Kamera zu, als ein flackerndes Licht, so groß wie die Flamme über einem Kerzendocht, dicht darüber auftauchte. Sie floh in das nächste Gebüsch, dessen feinstoffliche Triebe in alle Richtungen abstanden und kauerte sich dort zusammen.

»Versteck dich!«, vernahm er ihre Aufforderung, kam dieser jedoch zögerlich nach. Er hörte Grace »Feu follet« sagen, wusste damit aber nichts anzufangen.

Irritiert blickte er auf den Punkt, der auf die Größe eines Tennisballs anschwoll und sich regelrecht aufblähte, bis ihm Gliedmaßen entwuchsen. Eine Astralreise. Jemand manifestierte sich dort. Als er endlich entschied, sich zu verstecken, war es bereits zu spät.

Silbrig flackernde Finger legten sich um das Gehäuse der Kamera. Sie schwebte einen Meter über dem Boden und Raymond sah Adele fragend darauf starren, wenngleich ihre Augen in dieser Nacht absonderlich wirkten. Es waren nur noch zwei farblose Strudel, die sich direkt in die Leere ihres Hinterkopfs fraßen. Der Anblick jagte seinem physischen Körper daheim eine Gänsehaut über den Rücken. Er spie die Fotos auf den Boden und setzte seine Wolfstatze darauf.

»Was ist denn mit dir passiert?«, fragte er.

»Was soll schon sein?«, wiederholte Adele den Satz. Ganze dreimal. Und einen Moment flackerte ihre Seele, als wollte ihr der eigene Zustand entgleiten.

Raymond brauchte nicht lange, um sich einen Reim daraus zu machen. Er dachte an die Worte seines Vaters und dass der Körper ein Tempel sei. Adele hatte ihrem Tempel heute Nacht das Fundament entrissen und wirkte nicht in der Lage, sich gezielt an Ort und Stelle zu manifestieren.

Ihre Seele schwebte in Sphären, die sich ihrer Kontrolle entzogen. Dennoch blieb sie geistesgegenwärtig genug, um sich einen Reim aus der Kamera zu machen.

»Das ist echt fies, Walker. Richtig fies.« Adele schaute sich um. Ihr Blick schweifte hinauf zu den Baumwipfeln und sie wollte wissen: »Hat dich meine Schwester dazu angestiftet? Natürlich hat sie. Die kleine Prinzessin weiß genau, wo sich der Treffpunkt befindet.«

Raymond dachte kurz nach und in seiner Vorstellung sah er Graces Körper in ihrem Bett schlummern. Einen Flur weiter lebte diese *liebreizende* Schwester. Er schüttelte den Kopf und setzte ein verwegenes Grienen auf. »Als ob! Die Mimose brauche ich nicht. Deine Fähigkeiten sind Mist. Ich bin sogar diesen Morgen neben dir herumstolziert, ohne dass du die geringste Ahnung hattest, dass ich neben dir stand. Wie blöd bist du eigentlich?«

»Heute Morgen?«

»Ich war krank und hatte genug Zeit, dich auszuspionieren. Dich und deine bekiffte Clique dort hinten im Haus. Heute Abend musste ich nur noch Fosters Freundin folgen. Die Idioten haben nicht einmal bemerkt, dass ich im selben Wagen saß!«

Er lachte ihr ins Gesicht. Adeles Lippen öffneten sich, doch lange Zeit kam keine Antwort. Sie schwankte auf der Stelle. Ihre betäubte Seele überprüfte seine Lüge auf Logikfehler, scheiterte jedoch an dem erlahmten Verstand ihres Körpers. Sie gab ein unzufriedenes Murren von sich. An seiner fehlenden Skrupel schien Adele sich kaum zu stören, vielmehr an seinem Einfallsreichtum. Und dem Alter.

»Du bist ja eine gemeingefährliche Rotznase.«

»Wer das Spielchen anfängt, darf hinterher nicht jammern.«

»Dafür bringe ich es zu Ende. Her mit den Fotos.« Sie winkte ihn mit der Handfläche herbei.

Doch Raymond schnaubte und schüttelte den Kopf. Adele konnte ihm nichts anhaben, dessen blieb er sicher. Seine

Tatze schob den Fotostapel näher heran und Raymond fragte sie: »Warum sollte ich mich selbst ans Messer liefern?«

Von Adele kam ein müdes Lächeln.

»Ich behalte dein Geheimnis im Gegenzug für mich.«

Alles, was Raymond bei diesem Versprechen durch den Sinn ging, war das Gelächter ihrer Clique.

»Lass mal! Dein Lästermaul hält doch nicht still.«

»Was für eine gemeine Unterstellung.«

»Ich durfte gestern miterleben, wie du deinen Freunden von dem Missgeschick deiner Schwester erzählt hast. Du hast ihr bestimmt dieselben Versprechungen gemacht. So einen dämlichen Fehler mache ich nicht.« Seine Tatze klopfte auf den Fotostapel. »Ich habe alle deine schmutzigen Geheimnisse hier, Adele. Ein Foto mit dir und Mikes Zunge. Ein Foto mit dir und dem Alkohol. Du kannst dir aber bestimmt denken, welches Foto deinem *Papá* am übelsten aufstoßen wird, oder?«

Selbstverständlich wusste sie das. Was Adele jedoch nicht ahnte war, dass Raymond in zwei von drei Fällen log. Denn die Illusion genügte, um ihr Angst einzujagen. Sie wusste selbst am besten, welche Leichen in ihrem Keller lagen.

»Okay, genug gespielt. Gib die Fotos her!«

»Nein! Und sobald du deinem Vater auch nur ein Wort zwitscherst, werden die Fotos in Umlauf gebracht. Fotokopien überall. In der Schule, in der Stadt, vielleicht sogar daheim in eurem Briefkasten? Du wirst den Schnabel halten, Adele! Und wehe, du hetzt mir deine blöde Schwester auf den Hals. Mit Grace werde ich ebenso kurzen Prozess machen wie mit dir. Hast du verstanden?«

»Mir geht die Geduld aus.«

»Dein Pech. Du hast mir nichts zu bieten«, wiederholte er bewusst ihre Worte. Er fügte dem Satz eine süffisante Note hinzu, denn damit traf er einen wunden Punkt.

Adeles Lippen wurden zu einer schmalen Linie. Ihr Abbild flackerte wie bei einem Kurzschluss. Dann begann sie wahrhaftig zu köcheln. Aus den Tiefen ihrer Seele entstiegen brodelnde Bläschen, die sich an der Oberfläche zu einem hässlichen Geschwür aus Pusteln formten.

Der Zorn stand ihr nicht.

»Gib sie her! Gib die Fotos her!« Das süße Stimmchen verkam zu einem unheilvollen Grollen, doch Raymonds finale Antwort blieb dieselbe. »Du kannst mich mal!«

Er schnappte nach den Polaroids und würgte sie demonstrativ vor ihren Augen seine Kehle hinab – absorbierte sie mit seiner Seele. »Jetzt musst du dem bösen Wolf erst dem Bauch aufschneiden, Rotkäppchen.« Adeles ausgestreckte Hand zitterte. Sie war entsetzt, während Raymond ihr das gefletschte Gebiss präsentierte und erklärte: »Wer Intrigen knüpft, macht sich Feinde. Das hast du dir selbst zuzuschreiben!«

Damit fegten seine Füße über den Boden und er rannte mit ausladenden Schritten von dannen in der Hoffnung, Adele möge ihm als Elster hinterherflattern. Fort von Grace, denn die Kamera war ihm gleich.

Das Blätterwerk um ihn herum rauschte und unglücklicherweise erschwerte der heftige Gegenwind seinen Trab. Wenig später ließ ein Grollen seine Wolfsohren zucken. Ein unkontrolliertes Schnaufen folgte. Es klang, als wäre ihm der Leibhaftige auf den Fersen. Als Raymond einen Blick hinter sich wagte, jagte ihm eine Kreatur hinterher mit vier spindeldürren Beinen und einem wulstigen Leib aus köchelnden Pusteln.

Panik überfiel Raymond. Er legte einen Gang zu und gewann Abstand. Das Ungetüm sperrte das Maul auf und verursachte einen Sog, der die Baumwipfel geräuschvoll zum Wanken brachte. Durch den Gegenstrom verlor Raymond an Geschwindigkeit und vernahm ein Schnappen dicht hinter seinem Hinterlauf. Er wollte gar nicht wissen, wie es sich anfühlte, von einer anderen Seele verschluckt zu werden.

Da war er sich mit seinem Timberwolf einig. Dessen Überlebensinstinkt gewann die Oberhand und mit einem Mal bekam Raymond einen Schub, den er sich selbst kaum erklären konnte. Seine Beine rauschten kraftvoll über die Gleise, dass die Gesteinsbrocken unter seinen Füßen nur so durch die Luft stoben.

Dann vernahm Raymond ein Krähen. Es knallte. Das Geräusch erinnerte ihn an einen platzenden Ballon, aber weitaus lauter. Das groteske Gebilde löste sich hinter ihm auf, als sich die Schnabelspitze des Blauhähers wie ein Pfeil durch den massigen Leib des Ungetüms bohrte. Adeles aufgedunsener Körper verpuffte. Die Überbleibsel ihrer von Raserei befallenen Seele stürzten als feiner Staub herab und versickerten im Erdreich.

Raymond legte eine Vollbremsung ein, dass der Kies unter seinen Tatzen nur so staubte. Er starrte auf den Punkt, an dem Adeles Reste vom trockenen Boden aufgesogen wurden. »Was zur Hölle war das?«

»Zu viel Temperament!«, war Graces Antwort.

Da durchschnitt ein Kreischen die nächtliche Ruhe, markerschütternd und aus Richtung des Schaffnerhäuschens. Adele war aufgewacht und das mit einem Zorn im Herzen, den sie in die Welt schrie.

»Schnell, suchen wir das Weite!«, schlug Raymond vor.

Nach einem knappen Nicken flog Grace voraus in die Nacht.

DER POLTERGEIST

Als Raymond an jenem Abend heimkehrte, tauchten über den Ausläufern des Mount Hood die ersten Anzeichen der Morgenröte auf. Sowie Grace es beschrieb, wurden ihre Konturen im Antlitz der aufkommenden Sonnenstrahlen blasser und schwieriger zu deuten. Beinahe so, als würden ihre Gestalten vom Tageslicht verschluckt werden.

Bald mussten beide aufwachen, was Raymond mit einer unangenehmen Frage zurückließ. »Hast du nicht Angst, dass deine Schwester heimkommt und gegen deine Zimmertür trommelt?«

»Nein! Ich glaube, du hast sie auf die falsche Fährte gelockt. Die Rolle des abgebrühten Rüpels hast du gut gespielt.« Es war das erste Mal in dieser Nacht, dass Grace lächelte. Wie er großspurig vor Adele verkündete, eine Art Mastermind zu sein, amüsierte sie. »Meine Schwester muss sich ohnehin hüten, in ihrer jetzigen Verfassung heimzukommen. Der Gestank von Bier und Pott ist nichts, was sich durch einen einfachen Nachtspaziergang abwaschen lässt. Außerdem hat sie gegenüber meiner Familie behauptet, sich bei einer Freundin aufzuhalten. Ihr Alibi heißt Trish.«

Raymond kannte das Mädchen. Sie gab Nachhilfestunden und war bei der Spendenaktion für Anita Brouwer Schatzmeisterin gewesen. »Trish Lawrence? Die passt doch gar nicht zu Adeles Clique.«

»Sie ist auch nicht Teil davon. Adele hat Trish dabei beobachtet, wie sie während eines Gottesdienstes etwas Geld aus der Kollekte entwendet hat. Anscheinend ist die Familie finanziell nicht gut aufgestellt.«

»Verstehe. Ein weiteres Ass für Adele.«

Grace nickte. Ihre Schwester pickte sich die Opfer nach Nutzen heraus, stocherte in deren Wunden, bis sie sich zu etwas hinreißen ließen, womit Adele sie erpressen konnte.

Sie war der hinterhältige Teufel auf der Schulter.

Die Vorstellung brannte sich in seinen Kopf. »Können wir andere Menschen mit unseren Fähigkeiten in ihrem Handeln beeinflussen?«

»Diesen Gedanken solltest du nicht einmal aussprechen. Viel wichtiger ist, wie man Menschen wie Adele

unter Kontrolle hält.« Sie deutete auf seinen feinstofflichen Leib, in dem seit geraumer Zeit die Fotos im Bauch verschwunden waren. »Übrigens habe ich so etwas noch nie erlebt. Diese Methode, Dinge zu befördern, ist so simpel, dass ich mich frage, weshalb ich nicht selbst darauf gekommen bin.«

»Mein Onkel hat es mir beigebracht.«

»Erstaunlich.«

Über ihre offenkundige Bewunderung grinste Raymond. Grace stand ihm im Wissensdurst in nichts nach. Seitdem beide ihrer Geistführergestalt entstiegen waren, übte sie ohne Erfolg an einem Kieselstein. Doch wann immer Grace den Stein verschluckte, stürzte er durch ihren feinstofflichen Leib hindurch, als besäße ihre Seele nicht genügend Masse, um ihn zu halten.

»Wir haben nur ein Problem«, fiel Raymond ein. »Du kommst aktuell nicht an die Aufnahmen heran. Jedenfalls nicht, bevor ich aufwache.« Er hätte es an Ort und Stelle tun können, aber eigentlich wäre ihm lieber die Fotos sicher verwahrt, innerhalb der Blutlinie des Petaluma-Anwesens zu wissen. Doch Grace schüttelte den Kopf. »Das war von Anfang an dein Kampf. Behalte die Fotos. Adele durchstöbert manchmal meine Sachen. Sie sind bei mir nicht sicher.«

»Etwas übergriffig, die Gute.«

Grace beklagte sich nicht. Sie zuckte mit den Schultern, als hätte sie sich mit dem Umstand abgefunden.

»Es war zwar knapp, aber ich bin froh über den heutigen Ausgang. Durch diese Aktion wird meine Schwester in Zukunft auf der Hut bleiben. Sie kennt dein Gesicht nicht und muss Acht geben, wem sie in der Schule auf den Schlips tritt.«

Sie waren an der Lunéville Bridge angekommen. Raymond lehnte sich über das Geländer und schaute in die reißende Strömung unter sich. »Glaubst du, Adele hat gemerkt, dass du sie hinterrücks geweckt hast?«

»Ich glaube, in ihrer Raserei hat Adele gar nichts gemerkt. Jedenfalls habe ich meine Schwester noch nie so erlebt. Das war beängstigend.«

Wenn Grace Angst gehabt hatte, konnte sie es gut verbergen. Ihre Attacke auf Adele kam so rasant, Raymond gestand sich ein etwas neidisch zu sein. Es war offensichtlich, dass hinter diesen präzisen Angriffen jahrelange Erfahrung steckte. Er wollte fragen, wie lange Grace bereits ihren Geistführer besaß, doch sie kam ihm mit einem anderen Thema zuvor.

»Übrigens sollten wir uns in der Schule nicht ansprechen.«

»Warum?« Er blinzelte verdutzt.

»Es ist gut möglich, dass Adele mich die nächsten Tage beobachtet, um deine Identität herauszufinden. Du hast ihr deutlich zu verstehen gegeben, dass du mich persönlich kennst. Dass es sich umgekehrt genauso verhält, ist naheliegend.« Grace ließ den Stein mit einem Seufzen fallen. »Es ist generell klüger, auf der luziden Ebene die Gestalt deines Geistführers zu haben. Behalte das im Hinterkopf.«

Das hörte Raymond nicht zum ersten Mal. Er war trotzdem etwas enttäuscht. Die einzigen Exkursionsseelen seines Jahrgangs befanden sich entweder in Montana oder mieden bewusst den Kontakt zu ihm.

»Ein *Hallo* auf dem Schulflur ist doch drin, oder?«

Grace lächelte, schwieg aber.

Raymond kannte die Antwort. Sofern Adeles Augen nicht auf ihn gerichtet waren, ging es in Ordnung. Bevor sie sich verabschiedete, überlegte Raymond, ob er Grace daran erinnern musste, dass sein Druckmittel nur so lange funktionierte, wie sie still blieb. Doch die Frage kam ihm überflüssig vor. Grace Martinet wusste ihre Geheimnisse zu hüten.

Wenig später ging Raymond an der Küche vorbei, um zu seinem Körper ins Obergeschoss zu schleichen. Tante Beth war draußen im Kräuterbeet zugange. Dort wucherten aus einem der Kellerfenster die Triebe des Familienstamms, der allmählich eine imposante Größe erreichte. Bereits die Nächte zuvor war Raymond aufgefallen, wie rasch die Pflanze gedieh, als habe sie es eilig, mit ihren Wurzeln die Welt zu umspannen. Der Keller sah faszinierend, aber auch gruselig aus. Überall sprossen die glimmenden Auswüchse.

Er hörte die vermeintlich führerlose Gartenschere seiner Tante das überflüssige Geäst fortschneiden und erinnerte sich an Beths Worte, dass man den jungen Trieben die Kraft nicht rauben dürfe.

Das Alte muss gehen, damit das Neue kommen kann, hatte Beth ihm einmal gesagt. So sei auch der Tod nie sinnlos.

Raymond schlich sich zurück in seinen Körper. Kurz darauf wachte er mit einem Stapel Polaroids auf dem Brustkorb auf. Im Licht der Morgensonne begutachtete er die Qualität der Bilder und nickte zufrieden. Die Beweislast war erdrückend. Zum Zeitpunkt der Aufnahme war Raymond nicht aufgefallen, dass Mike seine Hand unter Adeles Hosenbund geschoben hatte. Sie grinste dabei. *Papás* kleines Mädchen war ganz schön versaut. Raymond betrachtete das obszöne Motiv und erfreute sich am Gedanken, das den intriganten Spielen damit Einhalt geboten wurde. Zuvor kam sich Adele furchtbar schlau vor. Nun war sie mit ihren eigenen Mitteln mundtot gemacht worden. Grace dürfte diese Ironie ebenso gefallen.

Inmitten dieser Überlegung ertappte sich Raymond dabei, wie er die Gesichter der beiden Schwestern anhand der Aufnahmen verglich. Im Kern ähnelten sie sich. Beide besaßen dieselben Lippen und eine hübsche Stupsnase, nur hatte Grace ein helles Augenpaar, blass wie ein Sommerhimmel. Ihre Figur wirkte noch kindlich. Die Betonung lag auf *noch*. Raymond beschlich der Eindruck damit den Ursprung von Adeles Anfeindungen gefunden zu haben. Sein Timberwolf bestärkte ihn in diesem Verdacht. Es war wie eine Fährte, deren Witterung er aufnahm.

Adele glich einer Katze, die ihren Sonnenplatz nicht teilte und doch wuchs ihre gefährlichste Kontrahentin in ihrem Schatten heran. Er grübelte über dem Foto. Sein Blick blieb an den Lippen hängen.

Irgendwann zuckte er zusammen, denn Tante Beths Präsenz kam die Treppe hinauf, womöglich um seine Temperatur zu messen. Damit seine Intrige nicht ans Licht kam, versteckte er die Fotos hektisch unter der Matratze, da schwang seine Zimmertür wie von selbst auf.

»Du bist wach?«, hörte er Beth.

»Ja, mein Hals kratzt.« Er tippte auf die Stelle und tatsächlich war das nicht einmal gelogen. Seine Stimme klang wie die eines Kettenrauchers. Der Verschluss seiner Medizin drehte sich geräuschvoll auf der Kommode und schon wenig später schwebte ein Löffel mit Bronchientropfen zu seinen Lippen.

»Wie war dein Streifzug?«, fragte Beth.

»Erfolgreich.« Raymond grinste.

Der Samstagmorgen blieb ereignislos und keine Edelkarosserie nahm den beschwerlichen Weg zum Petaluma-Anwesen auf sich, obwohl Raymond von Grace wusste, dass ihr Vater an jenem Tag zurückerwartet wurde.

Raymond fühlte sich besser. Dennoch zog er seinen Nutzen aus der Situation und mimte zu den passenden Gelegenheiten gerne den Kranken. Vorzugsweise, wenn es darum ging, seine Schwester zu hüten. Auch wenn er wusste, dass seine Tante tagsüber nicht vorbeikommen konnte, löste das Thema zwischen seinem Vater um ihm eine Diskussion aus, die Raymond deshalb verlor, weil er dabei erwischt wurde, wie er mit Hana ums Haus tollte.

»Aber ich bin doch krank!«

»Wer seine Schwester um den Zaun jagt, kann nicht krank sein.«

Ertappt legte sich Raymond auf die Wohnzimmercouch und simulierte ein aufkommendes Schwindelgefühl. Sein Vater reagierte mit Augenrollen. »Himmel, hör sich einer diese Schmierenkomödie an! Mir ist unbegreiflich, weshalb du nicht auf deine Schwester achtgeben willst.«

»Mich stört es nicht, nach ihr zu schauen. Ich habe aber keine Lust, etwas zu kochen. Falls es dir entgangen ist, unsere Königin wird wählerisch. Ständig beklagt sie sich. Ich kann Tante Beths Pancakes nicht nachmachen. Woher auch?«

So versprach sein Vater, ihnen etwas von *White Castle* mitzubringen, woraufhin Raymond ihm eine Liste aus Forderungen diktierte.

In den wenigen Stunden, die sein Vater abwesend war, beschäftigten sich die Geschwister mit einem Puzzle und Brettspielen, die Raymond allesamt gewann, weil Hana noch nicht die Spielregeln verstand. Es war kinderleicht, ihr einen Bären aufzubinden. Selbst wenn ihre Figur auf dem Wort *Ziel* landete, erfand Raymond eine List, um sich hinterrücks einen Sieg zu ergaunern.

Mit Mister Hoberman hatte sein Vater vereinbart, sich heute lediglich für vier Stunden auf der Baustelle aufzuhalten. Dort wollte er auch nach dem Irrlicht Ausschau halten. Raymond wusste von seinem Vater, dass bereits vor dem Umzug nach Copperdeer der Haussegen bei den Hobermans schief hing. Er dachte an das bockige Irrlicht zurück und konnte sich gut vorstellen, dass Joshuas Eltern mit ihm alle Hände voll zu tun hatten. Sein Unfall machte die Situation nicht besser.

Raymond war am Zug. Er würfelte einen Pasch und erfreute sich an Hanas Schmollmund, als die Tür zum

Eingangsbereich schwerfällig aufging. Die Geschwister schauten sich fragend an, bis Raymond seine Spielfigur vor Schreck aus den Fingern glitt. Sein Vater kam hereingetorkelt. Auf seiner Stirn klebte ein Pflaster in der Größe eines Papiertaschentuchs, an dem an einer Stelle ein roter Fleck durchsickerte.

»Was ist denn mit dir passiert?« Raymond sprang von seinem Stuhl. Doch sein Vater hängte lediglich seine Jacke an den Haken und murrte: »Joshua Hoberman wirft gerne mit Werkzeugen.«

Raymonds Vater ließ sich nicht abschrecken. Das Wochenende zog vorbei und trotz seiner Verletzung arbeitete er weiterhin für die Hobermans. Selbst dann noch, als Raymond seinen Missmut darüber äußerte. Das hatte auch seinen Grund. Es verging kein Wochenende auf der Baustelle, an dem sein Vater nicht mit irgendwelchen Blessuren heimkehrte. Mal quetschte er sich den Finger, holte sich ein blaues Auge oder kam humpelnd zurück, weil ein Hammer auf seinem Fuß landete.

Was immer Joshua an dem Umzug grämte, er ließ seinen Missmut darüber an den Arbeitern aus und wie Raymond von seinem Vater erfuhr, wurde die Zahl der freiwilligen Helfer von Woche zu Woche weniger. Niemand sprach es laut aus, jeder behauptete nicht abergläubisch zu sein. Doch insgeheim wurden die Phänomene auf dem Bau diskutiert.

Auf seinem Schulweg spähte Raymond täglich durch das Schaufenster von *Hobermans Delikatessenladen*, auf der Suche nach dem boshaften Irrlicht, das Schuld an den Unfällen trug. Er meinte sogar einmal, dessen Präsenz zu fühlen, die sich ihm jedoch rasch entzog. Tatsächlich beobachtete Raymond im Laufe der nächsten Wochen eine schrumpfende Arbeiterschaft.

Einer der wenigen, die weitermachten, war sein Vater. Raymond empfand dessen Absichten zwar als edelmütig, doch er runzelte jedes Mal besorgt die Stirn, wenn er samstags zur Baustelle aufbrach.

Mittlerweile verbrachte sein Vater auch werktags seine Zeit dort. Zumindest auf der luziden Ebene. Sobald er von seiner Nachtschicht in Salem zurückkehrte, legte er sich morgens schlafen und eilte als feinstoffliche Gestalt zu Hobermans Delikatessenladen.

Das wusste Raymond, weil ihn einmal auf dem Schulweg seine Neugierde übermannte und er die Baustelle betreten wollte. Während er Hana ermahnte, auf der gegenüberliegenden Straßenseite zu warten, näherte sich Raymond dem Bruch in der Fensterscheibe, welches schon dem Bericht aus dem *Mountain-Echo* als Titelbild diente. Das klaffende Loch wurde provisorisch mit einer Zeitung geflickt. Auch Raymond sah ein, wie schade es um das kunstvolle Bleiglasfenster mit seinen farbenfrohen Stücken war, das sich wie ein Puzzle zusammenfügte. An den verlöteten Stellen klebten einzelne Splitter und vom ehemaligen Motiv war nicht viel zu erkennen, außer einem Hahnenkamm und dessen grellen Läufern. Sein Vater bezeichnete diese Technik einmal als ein aussterbendes Handwerk und Raymond wollte sich gar nicht ausmalen, wie viel Mister Hoberman in die Restaurierung investiert hatte.

Von seiner Intuition geleitet, wollte er prüfen, ob die Eingangstür abgeschlossen war. Doch Raymond kam nicht einmal bis zur Türschwelle, da stieß ihn etwas mit einem knurrenden Laut zurück. Irritiert versuchte er es ein weiteres Mal, landete jedoch mit einem unwirschen Ruck auf dem Hosenboden. Er hob sich mit hochrotem Kopf vom Gehweg, klopfte den Straßendreck von seiner Jeans und huschte an den gaffenden Passanten vorbei zu seiner Schwester, die ihm erklärte, dass der *große Hund* ihn nicht dort drinnen haben wolle. Was Hana für einen Hund hielt, konnte nur der Rocky Mountain Wolf seines Vaters sein. Die Erkenntnis grämte Raymond insgeheim. Zum einen, weil er sich ausgeschlossen fühlte und zum anderen, weil sein Vater sich nur noch mit Joshua befasste. Einem Jungen, der nicht gefunden werden wollte.

Die Tage darauf zogen sich die Arbeiten auf der Baustelle schleppend dahin und auch seinem Vater merkte Raymond die Frustration darüber an. Er wirkte müde und erschöpft. Die beiden Jobs zerrten an seiner Substanz, zumal er auf der luziden Ebene nun ebenfalls dem Irrlicht hinterher jagte. Dort wirkte seine Seele dünn wie Papier, als habe er kaum noch Feinstoff, um sich in Form zu halten. Er erinnerte Raymond an eine herunterbrennende Kerze. Ausgezehrt war wohl der richtige Begriff. Und doch fühlte sich sein Vater Walter Hoberman so sehr verpflichtet, um sämtliche Freizeit dafür aufzuwenden, dessen Sohn zu finden.

»Hast du nicht gemeint, dass unser Körper ein Tempel ist? Warum predigst du mir davon, wenn du selbst nicht auf dich achtest?«, fragte Raymond seinen Vater eines Abends verärgert, als dieser gerade dabei war, sich zu einer weiteren Nachtschicht nach Salem zu schleppen.

Seine Antwort war ein Gähnen – Raymond war nicht einmal sicher, ob seine Worte überhaupt zu ihm durchdrangen. Obwohl er sich über das Verhalten seines Vaters ärgerte, blieb auch die Sorge, er könne am Steuer einschlafen, zumal er mit zwei unterschiedlichen Schuhen aus dem Haus schlurfte.

Seine Bedenken darüber vertraute Raymond in jener Nacht Beth bei einer Tasse Tee an, die sich stöhnend über die Nasenwurzel fuhr. Beide saßen mit ihren Seelen am Küchentisch. Beth hatte etwas Wasser aufgebrüht, dem sie ihre feinstofflichen Kräuter beimischte, an denen auch Raymond langsam Gefallen fand. Seine Tante nannte das Gemisch einfach *Soulfood*. Es wirkte belebend und reinigte den Geist. »Das ist so typisch für meinen Bruder. Wenn Danny in seiner Arbeitsspirale steckt, funktioniert er, ohne den Kopf zu benutzen.«

Seine Tante ergriff Raymonds Hand. »Ich werde mit ihm reden. Mach dir keine Sorgen, ja?«

»Bitte. Auf mich hört er nicht«, gab Raymond frustriert von sich. Und seine Tante sollte Wort halten.

Eines Abends manifestierte Beth sich zeitiger ins Haus, noch bevor sein Vater zu seiner Nachtschicht aufbrach. Raymond war noch nicht zu Bett gegangen. Er saß am Küchentisch über seinen Schulaufgaben und beobachtete voller Argwohn seinen zerstreuten Vater, der im Overall gekleidet, nach seinem Autoschlüssel suchte. Sein Vater wurde fündig. Im Kühlschrank.

Der unangemessene Fundort war für Beth die perfekte Vorlage, um mit ihrem Bruder ein ernstes Wort zu wechseln.

»Danny, nimm bitte Platz. Wir müssen reden.«

»Nicht jetzt. Siehst du nicht? Ich bin in Eile.«

»Setzen, Daniel!«

Raymond wusste, dass Beth seinen Vater beim richtigen Namen rief, sobald sie sich über ihn ärgerte. Das war ihm offensichtlich auch klar, denn er nahm am Küchentisch Platz mit einem Gesichtsausdruck, als sei er sich keiner Schuld bewusst. »Was ist denn los?«

»Was du hier treibst, ist nicht gesund.«

»Was mache ich denn?«

»Du steigerst dich in die Sache mit dem Irrlicht hinein. Das scheint dir nahezugehen. Rede dir den Kummer von der Seele. Vielleicht finden wir gemeinsam eine Lösung.«

Raymond horchte aufmerksam zu, während Beth seinem erschöpften Vater einen extra starken Kaffee aufbrühte. Die Familie Hoberman blieb ein Dauerthema und Raymond wusste, dass Joshuas Verhalten auch Beth zu denken gab. Als Mutter von drei lebhaften Söhnen wollte sie sich gar nicht ausmalen, wie elend es den Eltern des komatösen Jungen erging. Es war wohl der Grund, warum sein Vater von der Sache nicht ablassen wollte. Sobald der Kaffee seine Wirkung zeigte und er über seine Sorgen sprach, stand ihm der Frust ins Gesicht geschrieben.

»Die Hobermans machen das seit einem halben Jahr mit. Gott allein weiß, woher sie die Kraft dafür nehmen. Laura heißt die Mutter. Sie wacht jeden Tag am Krankenbett ihres Sohnes. Und was tut Joshua? Als Irrlicht den Laden der Familie demolieren.« Sein Vater fuhr sich frustriert über die

Schläfe. »Bei der letzten Sturmwarnung habe ich gemeinsam mit Walter die Fenster an seinem Haus verbarrikadiert. Am Morgen darauf lagen alle Bretter gesplittert auf dem Boden. Nicht genug, dass der Laden zerstört wird, jetzt richtet der Junge seinen Zorn auch gegen das Elternhaus. Und die Hobermans ahnen nicht einmal, dass ihr eigener Sohn dahintersteckt.«

Raymond vernahm Beths Summen. Er war sicher, dass ihre Söhne regelmäßig Grund zum Groll gaben. »Kinder können ignorant sein. Jamie hat auf der luziden Ebene auch Mist gebaut. Ich habe ihn erwischt und seitdem wirft er mir an den Kopf, ich sei eine kontrollierende Hexe. Ich würde sein Leben ruinieren.« Ein trockenes Lachen war zu hören. »Der Unterschied zu den Hobermans ist, dass wir ebenfalls Exkursionsseelen sind. Wir bekommen mit, was unsere Kinder auf der luziden Ebene treiben. Joshuas Eltern haben keine Ahnung. Und sie können ihm nicht auf die luzide Ebene folgen. Das macht eine Aussprache schwierig.«

»Der Junge gerät außer Kontrolle. Letztens habe ich eine der Holzschnitzereien im Laden restauriert. Eine wunderschöne Madonnenskulptur, die um die siebzig Jahre alt war. Joshua hat mit einem Permanentmarker einen Hitlerbart auf die Jungfrau Maria gemalt. Ich dachte, ich falle aus allen Wolken.«

Raymond schmunzelte darüber. Offensichtlich hatte Joshua Hoberman nichts mit Religion am Hut. Dieses Verhalten war geradezu blasphemisch. Beth gab einen erschrockenen Ausruf von sich. »Dem Jungen ist wohl nichts heilig!«

»Nicht im Geringsten. Die Witwe Houbert kam vorbei und hat die Schnitzerei gesehen. Jetzt zerreißt sich die Nachbarschaft das Maul darüber, dass wir gottlose Nazis in der Stadt haben. Das Ganze fängt an, die Runde zu machen.«

Raymond blickte zu seiner Tante, die mit dem Abwasch begann. Der Wasserhahn drehte sich auf. Aus der Spüle stieg heißer Dampf. »Hast du den Jungen schon zur Rede stellen können? Womöglich hat ihn der Unfall traumatisiert.«

»Nein! Joshua weiß, was er tut.«

»Woher willst du das wissen?«

»An meinem ersten Tag wollte er meinen Schraubenzieher klauen. Ich habe rechtzeitig danach gegriffen und ihm zugeflüstert, dass ich ihn sehen kann. Danach hat Joshua mir die hier verpasst.« Sein Vater tippte auf die Stirn. Die Überbleibsel der Verletzung verkrusteten inzwischen. »Der Junge hat vor Schreck das Werkzeug nach mir geschmissen. Es ist im Affekt passiert.«

Die Geschichte ließ Beth seufzen, wie so oft, wenn ihr etwas missfiel. Dann hörte Raymond ein wissendes *Aha.*

»Da fühlt sich jemand seiner Sache zu sicher.«

»Inwiefern?«

»Der Junge hat sich ertappt gefühlt. In einem Moment, indem er überlegen sein wollte. Sein erster Impuls kam aus purer Panik heraus. Jamie verhält sich genauso kopflos.«

Sein Vater sah das Ganze jedoch kritischer. »Ich rede nicht von harmlosen Ausrutschern, Beth. Was Joshua fabriziert, sind waschechte Poltergeistaktivitäten. Die Mittel der Hobermans sind nicht endlos. Handwerker, Baumaterial, Krankenhausrechnungen … Wo soll das alles hinführen, wenn der Junge seine Eltern weiterhin boykottiert?«

»Vielleicht kann er nicht zurück? Bei neurologischen Schäden kann das vorkommen.«

»Nein, ich kenne den Unterschied. Der Junge ist bei klarem Verstand. Seelen mit solchen Schäden stehen neben sich. Das war bei Isabelle genauso.«

Es wurde einen Moment still. Sein Vater hing seinen Gedanken nach, bis Beth fragte: »Hast du versucht ihn zu fangen?«

»Habe ich. Doch sein Irrlicht ist flink. Er verschwindet durch Wasserleitungen wie andere durch die Hintertür. So kann ich ihm gar nicht folgen. Selbst als Wolf.«

»Kinder sind emotionalem Ballast weniger ausgesetzt. Das macht ihre Seele leichter. Sie halten sich im Hinterkopf nicht mit physischen Barrieren auf.«

Raymond fragte arglos in die Gruppe hinein: »Macht es dann nicht Sinn, einen Altersgenossen auf Joshua loszulassen? Ich könnte versuchen, mit ihm zu reden.«

Doch die Antwort war ein entschiedenes *Nein!* Von beiden Erwachsenen. Raymond schaute vorwurfsvoll. »Warum nicht? Dad, lass mich doch helfen!«

Doch sein Vater schüttelte sich und erklärte: »So wie Joshua drauf ist auf keinen Fall! Der Ausdruck Seelenschmerz kommt nicht von ungefähr, Raymond.«

Und auch seine Tante mischte sich ein: »Der Junge wirft mit energetisch geladenen Gegenständen. Die können auf beiden Ebenen Schaden anrichten! Du besitzt noch nicht die nötige Erfahrung, um dich vor derlei Geschossen zu schützen.«

Der Ausdruck war Raymond nicht geläufig. Er schaute irritiert und fragte: »Was kann denn passieren?«

»Ein Teil von Joshuas Groll könnte auf deine Seele abfärben. Oder dich deiner Kraft berauben. Halt dich fern von dem Jungen, Raymond!«

Die Dringlichkeit, mit der sein Vater sprach, verwunderte ihn. Raymond dachte an Adele und wie Grace die tobende Seele ihrer Schwester zum Platzen brachte. Daher besaß er eine ungefähre Vorstellung davon, was seine Familie meinen könnte. Nach langem Für und Wider entschieden Beth und sein Vater, dass die Irrlichterjagd im Rudel besser funktioniere. Sie einigten sich auf einen Tag, der sich mit Beruf und Kindern vereinbaren ließ. Zudem sollte Onkel Floyd zur Hilfe geholt werden.

»Hat der alte Braunbär es noch drauf?«, wollte sein Vater von Beth wissen.

Raymond vernahm ein Schnauben und die Antwort.

»Er ist etwas träge geworden. Den alten Jagdtrieb aus ihm herauszukitzeln, tut seiner Seele ganz gut.« Dann wandte sich Beths Stimme Raymond zu. »Bist du so lieb und schaust nach deiner Schwester? Ich glaube, ich habe ein Geräusch von oben gehört.«

Raymond nickte und ging der Bitte nach. Auf den Stufen zum Obergeschoss bemerkte er jedoch, dass er einer Finte zum Opfer gefallen war, denn Beth nutzte die Gelegenheit, um seinen Vater zu ermahnen.

»Gib besser auf dich acht! Dein Junge ist klug, Danny. Und wachsam. Er merkt, wenn du strauchelst.«

DIE IRRLICHTERJAGD

Zum ersten Mal, seitdem Raymonds Vater die Stelle in Salem antrat, meldete er sich krank. Das Gespräch mit Tante Beth fruchtete und wie Raymond die Sache sah, hatte sein Vater die Pause auch bitter nötig. Den Großteil seiner freien Zeit verbrachte dessen Körper schlummernd auf der Couch vor dem Kamin, während sein Rocky Mountain Wolf – oder wie Hana ihn nannte der *große Hund* - zusammengerollt auf dem Dielenboden daneben lag.

Hanas drittes Auge wirkte unbeirrbar. Sie konnte den Geistführer ihres Vaters auch tagsüber erkennen und versuchte mit ihm zu spielen. In Hanas kindlicher Vorstellung besaßen die Walkers ein Haustier.

Ihre Angst vor der *weißen Dame* legte sich. Wenn Beth doch versehentlich auf Hana traf, bemerkte seine Schwester die Parallelen zu ihrer Tante. Einmal bat sie ihren Vater, dieselbe Frisur wie der Hausgeist zu bekommen.

Das unverhoffte Haustier taufte Hana auf den Namen *Rex* und ihr Vater ließ sie in dem Glauben, ein übergroßer Hund zu sein, auch wenn Raymond skeptisch blieb, was er davon halten sollte.

Er beobachtete an einem Nachmittag, wie Hana im Hof mit *Rex* Apportieren übte. Wann immer sie ihren Birkenzweig warf, rotierte er durch die Luft, bis er inmitten des Flugs stoppte und auf wundersame Weise zurück vor Hanas

Füße flog. Dann lobte sie den Gehorsam des Wolfes. Einmal mehr grämte sich Raymond, dass seine Schwester ihm so weit voraus war. An seinem dritten Auge hatte sich nichts verbessert. Sein physischer Leib wirkte unfähig, ein luzides Wesen mit bloßem Auge zu erkennen. Alles, was Raymond gelang, war eine Präsenz zu erfühlen und die Arglosigkeit, mit der Hana ihre Fähigkeiten im Alltag einsetzte, bereitete ihm Sorgen. In seinem Kopf malte er sich aus, was passieren könnte, würde seine Schwester einer Klassenkameradin von ihrem neuen Haustier erzählen. Galten Menschen sonst nicht als verrückt, wenn sie Dinge sahen, die anderen verborgen blieben? Lag der Ursprung dieses Wahnsinns womöglich bei seinesgleichen? Diesen Gedanken vertraute Raymond eines Abends seinem Vater an, als sie beide gemeinsam vor dem Kamin saßen.

»In Hanas Alter ist es nicht ungewöhnlich, einen imaginären Freund zu haben«, versicherte der ihm. »Dennoch gebe ich dir recht. In baldiger Zukunft muss ich mir Gedanken machen, wie ich deiner Schwester die Besonderheit unseres Daseins näherbringe, ohne dass sie unsere Familiengeheimnisse in die Welt hinausposaunt.« Sein Vater schmunzelte. »Meine Kinder sind eben speziell.«

Seine letzten Worte hätten auch gut als Beleidigung gemeint sein können. Doch Raymond hörte den väterlichen Stolz heraus und kam nicht umhin, ebenso zu empfinden.

Im Spätsommer 1996 dominierte nicht allein der Wahlkampf die Medien, sondern auch die Olympischen Spiele in Atlanta. Das Land ächzte unter einer Hitzewelle und es glich einem unmöglichen Unterfangen, die schwüle Luft aus dem Petaluma-Anwesen zu bekommen. Immerhin erholte sich Raymonds Vater von den Anzeichen eines bevorstehenden Burnouts. Er nährte seinen ausgelaugten Leib mit herzhaften Mahlzeiten und einem erquickenden Schlaf, bis seine feinstoffliche Gestalt wieder vor Vitalität sprühte. Die brauchte sein Vater auch, denn der Tag der Irrlichterjagd rückte näher. Wie nicht anders zu erwarten, untersagte er

Raymond die Teilnahme daran, trotz jeglichem Bitten und Betteln. Raymond war gekränkt, dass sein Vater ausgerechnet ein Zeitfenster wählte, indem er sich im Unterricht befand und nicht bis zu den Sommerferien warten wollte, die in wenigen Tagen begannen.

Mit einem amüsierten Grienen, erklärte ihm sein Vater, mit Absicht so gehandelt zu haben, schließlich sei Raymond nach wie vor minderjährig.

»Was wäre ich für ein Elternteil, wenn ich meinen Sohn einem Poltergeist aussetze?«

»Ich dachte, es gibt keine Geister«, sprach Raymond altklug, was sein Vater mit einem Zucken abtat. »Das ist nur eine Floskel. Ähnlich wie wenn man sagt, dass sich jemand wie ein Elefant im Porzellanladen verhält.«

Das änderte nichts an Raymonds Meinung. Er fand es unfair, immer dann als Kind abgestempelt zu werden, wenn seiner Familie der Sinn danach stand. In den letzten Monaten erwischte er seinen Vater wiederholt dabei, wie er die Altersgrenze zu seinen Gunsten verschob. Außerdem hing ihm im Hinterkopf, wie weit die Martinet-Töchter ihre Fähigkeiten bereits ausgebaut hatten, während ihm mancher Kniff noch nicht gelang. Es war wie bei einem Marathonlauf, bei dem er drohte, den letzten Platz zu belegen.

Als der besagte Morgen kam und Raymond seine Schwester im Kindergarten ablieferte, während sein Vater daheim sämtliche Vorbereitungen für die Irrlichterjagd traf, war er griesgrämig und präsentierte sich seinen Mitschülern gegenüber relativ wortkarg. Die steckten im Klassenraum bereits die Köpfe zusammen und tuschelten, bis Mitchel sich zu Raymond umdrehte, mit einem Blick, der begierig darauf war, den neuesten Tratsch heranzutragen.

»Hast du es schon mitbekommen?«

»Was denn?«

»Ed Brady ist zurück.«

Raymond war gerade dabei gewesen, seine Schulbücher auf dem Tisch abzustellen, hielt nach der Information aber in seiner Bewegung inne. Ein knappes »Oh!« folgte. Es war jetzt fast ein halbes Jahr vergangen, seitdem ihm Brady unter die Augen kam und mittlerweile war klar, dass er das Schuljahr wiederholen musste – in welcher Klasse stand noch nicht fest.

Ed würde damit zum zweiten Mal in Folge sitzen bleiben. Die Zeit seiner Abwesenheit sprengte jeglichen Rahmen und jeder munkelte, dass Ed bloß deshalb in die Schule kam, weil die Aufsichtsbehörde Elisabeth Brady mit einer Geldbuße drohte. Die finale Verwarnung war höchstpersönlich von Sheriff Reynolds überbracht worden und führte zu einer heftigen Diskussion zwischen ihm und Curtis, der den widerwärtigen *Kommunistenstaat* der Schikane bezichtigte.

»Er wollte sogar auf Reynolds losgehen! Der Mann hat echt Nerven aus Stahl, hat sich nicht einschüchtern lassen«, berichtete Mitchel der Runde.

Raymond bemerkte anhand seines Grinsens Mitchels Bewunderung für den örtlichen Sheriff. Mit geschwollener Brust ahmte er die Gangart seines Idols nach, steckte die Daumen vorne in den Hosenbund und spielte die Szene mit erhobenem Kinn nach.

»Reynolds hat Curtis bloß angeschaut und gesagt ‚Überleg dir gut, was du tust, Jungchen. Ich halte dir vielleicht einmal die Wange hin, doch bevor du die Hand ein weiteres Mal hebst, sitzt du im Bau'.«

Im Klassenraum bildete sich eine Zuhörerschaft und Matthys Freundin Nicole gab ein anerkennendes »Wow« von sich. Raymond bekam einmal mit, wie sie von Männern in Uniform schwärmte, was Matthys eifersüchtig machte.

Devin ließ sich davon aber nicht beeindrucken.

»Findet ihr es nicht eigenartig, dass Ed überhaupt so lange fehlen konnte? Ganz ohne Konsequenzen?«

»Seine Mutter ist Elisabeth Brady. Was erwartest du?« Raymond schüttelte von seinem Platz aus den Kopf. »Der Frau ist herzlich egal, ob ihr Junge in die Schule geht. Solange es keine Kosten verursacht.«

»Trotzdem. Wir müssen nun die Misere ausbaden. Reynolds hat so lange gezögert, dass das Schuljahr fast vorbei ist. Hätte er früher reagiert, hätte Ed vielleicht bestanden und würde in seiner Klasse bleiben.«

Mitchel prustete los. »Dein Optimismus ist köstlich, Devin. Als wüssten wir nicht alle, dass Eds Anwesenheit nicht ausreicht, um in der Schule weiterzukommen. Der Junge ist so hell wie ein Eimer Kohle.«

»Du kannst darüber Witze reißen. Deine Familie haben die Bradys nicht im Visier, Mitchel!«

Der Junge hatte Angst. Und dafür besaß Raymond Verständnis. Auch er sah dem neuen Schuljahr mit gemischten Gefühlen entgegen, wollte sich davon aber nicht abschrecken lassen. »Ed hat keine Freunde in diesem Raum. Im Ernstfall zieht er den Kürzeren. Wir dürfen uns nicht einschüchtern lassen.« Sprach Raymond zuversichtlich. Für Devin blieb das aber ein schwacher Trost. Er schüttelte den Kopf und sprach: »Wenn solche Leute Opfer suchen, werden sie fündig. Curtis nennt man nicht umsonst die *Dogge*. Er sagt, dass der Nächste, der einen Stein auf sein Haus wirft, tot im Vorgarten liegt.«

Die Warnung löste vielsagende Blicke unter den Beteiligten aus. Dennoch fühlte Raymond sich nicht bedroht. Er besaß Mittel und Wege, um sich an den Bradys zu rächen und konnte sich bei der Vorstellung kaum ein Feixen verkneifen. Er wartete darauf, einen Grund geliefert zu bekommen. Vor seinem inneren Auge sah er Curtis hilflos mit einer Taschenlampe um das Grundstück herumirren, bis Raymond ihm als Timberwolf das Knie zerfetzte.

»Das kann Curtis gerne versuchen«, war sein einziger Kommentar. Als die Lehrkraft eintrat, bewunderte ihn Devin noch für seinen Mut. »Dein Selbstbewusstsein hätte ich gerne.«

Tatsächlich fiel Raymond auf, wie viel sicherer er sich fühlte, seit er sich seiner Exkursionsseele bewusst war. Schon möglich, dass die Menschen von Copperdeer seine Familie für absonderlich hielten, doch Raymond wollte keine andere haben. Das konnte ihm nicht einmal die Anwesenheit seines persönlichen Nemesis vermiesen.

In den letzten Monaten war Ed aus dem Gedächtnis der Schülerschaft verschwunden wie ein verblassender Albtraum. Nicht einmal Miller trauerte ihm nach. Zu Raymonds Verwunderung beobachtete er während der Mittagspause in der Schulkantine, wie sich beide aus dem Weg gingen und Ed allein in einer Ecke Platz nahm. Dort stocherte er lustlos in seinem Essen – mit einem Blick, der in alle Richtungen huschte. Interessant war auch seine körperliche Verfassung. Er hatte stark abgebaut. Die speckigen Arme wirkten ausgemergelt und um seinen Hosenboden lag ein ausrangierter Gürtel eingefädelt, dessen Stoff am Ende fledderte. Doch es war vor allem seine Präsenz, die Raymond fragend mit den Brauen zucken ließ. Ed ähnelte einem gehetzten Tier. Da er jedoch keinerlei Sympathie für einen Brady besaß, war das kein Problem, was Raymond zu seinem Eigenen machen wollte. Ohnehin hatte er an diesem Tag anderes vor. Denn obwohl sein Vater ihm untersagte, an der Irrlichterjagd teilzunehmen, war nie die Rede davon gewesen, dass sich ihre Wege nicht zufällig kreuzen durften.

Obwohl der Eröffnungstermin von *Hobermans Delikatessenladen* seit Monaten in den Sternen stand, lockte er an jenem Nachmittag einen Menschendrang an, der Raymond bereits von weitem nichts Gutes erahnen ließ. Nach Schulschluss holte er eiligst seine Schwester ab, die nun neben ihm hertrottete. Ihre schwitzige Hand ruhte zwischen seinen Fingern, während Raymond auf dem Rücken seine Tasche gesattelt hielt. Hana jammerte über die sommerliche Hitze, doch Raymonds Aufmerksamkeit galt in erster Linie der gaffenden Zuschauerschar, wo ihn einige bekannte Gesichter erwarteten.

Die Witwe Houbert stach mit ihrer rot umrahmten Brille hervor, ebenso wie die Mutter seines Schulkameraden Christopher Denning, deren Hände hysterisch durch die Luft flatterten, als würde sie nach Mücken schlagen. Gegen ihre Stimme kamen die übrigen Schaulustigen kaum an, zumal sich ihre Tonlage regelrecht überschlug. Raymond fiel in jenem Moment ein, dass die Dennings wenige Häuser weiter wohnten, in einem Altbau, dessen Ladenfläche sie an einen Boutiquebetreiber vermieteten. Er sah den geringen Abstand zu den Hobermans und noch bevor die Erkenntnis in seinem Kopf Gestalt annahm, hörte Raymond Misses Denning mit ihrem Gatten streiten.

»Ich schwöre dir, dort drinnen haust der Leibhaftige!«

»Sei nicht albern, Teri.«

»Glaub mir doch! Ich habe es gesehen. Dort wackeln die Möbel seit Stunden. Etwas schoss durch die Luft. Es sah aus wie ein Bohrer. Nein, kein Bohrer! Wie heißt dieses Gerät, mit dem du Holz abträgst?«

»Eine Fräse?«

»Was fragst du mich? Du bist der Mann!«

Mister Denning hob resignierend die Hände.

Raymond wusste nicht, wie lange dessen Frau bereits tobte, doch er wirkte mit seinem Latein am Ende. Die Witwe Houbert öffnete den Mund für eine spitzfindige Bemerkung, doch Misses Denning fiel ihr ins Wort, nicht in der Stimmung für eine Debatte zum Thema Emanzipation.

Der Mund der Witwe verzog sich kurz. Dann sprach sie in ihrer typischen nasalen Tonlage: »Ich vermute eine Taube im Laden. Diese geflügelten Ratten brüten doch überall und durch das Loch in der Scheibe sind die bestimmt hineingeschlüpft.«

»Das Fenster ist doch abgeklebt.«

»Siehst du nicht das Loch dort, Teri? Wer von uns braucht jetzt eine Brille?«

»Ich kann einen Vogel von einer Fräse unterscheiden, Ada!«

»Sicher? Für mich klang das gerade so, als könntest du eine Fräse noch nicht einmal von einem Bohrer unterscheiden. Das kommt davon, wenn man den ganzen Tag hinterm Herd verbringt, Liebes.«

»O bitte, komm von deinem hohen Ross herunter!« Wahrscheinlich spielte sie darauf an, dass die alte Witwe Houbert ihre Kinder ohne Mann aufziehen musste, nachdem er an Darmkrebs verstorben war. »Du brauchst nicht jede Frau zu verurteilen, deren Mann nicht über den Jordan gegangen ist.«

Ein Raunen ging durch die Gruppe und bevor ausfallende Worte fielen, schob sich Mister Denning zwischen die Frauen und ermahnte: »Meine Damen, wir wollen uns doch nicht zu solch harschen Worten hinreißen lassen!«

Doch er kämpfte gegen Windmühlen, bis etwas lautstark im Haus schepperte, dass sämtliche Passanten auf dem Gehweg zurückweichen ließ. Raymond meinte Onkel Floyds donnernde Stimme zu vernehmen, gefolgt von Tante Beth.

»Sei nicht so ein Weichei! Schnapp dir den Bengel!«

Offenbar wehrte sich Joshua mit Geisteskräften gegen die Eindringlinge und wie Raymond das beurteilen konnte, verlief die Irrlichterjagd zu dessen Gunsten.

Hana kicherte über das aufgeschnappte Schimpfwort. Ein Wort, das nur er und seine Schwester mitbekamen.

Misses Denning lamentierte mittlerweile weiter: »Das halte ich nicht mehr aus! Seit Wochen kriege ich kein Auge zu. Nachts kommen Geräusche aus dem Laden, als ob der Teufel persönlich einen Walzer dort drinnen tanzt!«

Raymond dachte an seinen Vater und den Anteil, den er womöglich daran trug. Bereits die letzte Irrlichterjagd war nicht unbemerkt geblieben und auch heute machte seine Familie auf sich aufmerksam.

Misses Denning forderte ihren Mann auf, den Inhaber des Ladens zur Rede zu stellen. »Seit die Hobermans in den Ort gezogen sind, höre ich von sonderbaren Geschichten. Nächtliches Kinderlachen, Klopfen an Haustüren, man wird auf offener Straße berührt, ohne dass jemand in der Nähe ist. Und jetzt poltert es schon zur Mittagszeit dort drinnen! Wann finden wir endlich unsere Ruhe?«

Die nächste Schimpftirade verstummte, als sich eine hochgewachsene Gestalt durch die Massen schob.

»Entschuldigung, darf ich durch? Das ist mein Laden. Meine Nachbarn sind gern gesehene Gäste, aber leider haben wir noch nicht geöffnet. Geld dürfen sie trotzdem da lassen.« Der Scherz fand keinen Anklang. Walter Hoberman schaute sich hilflos um. »Kann ich weiterhelfen? Wo liegt denn das Problem?«

Zunächst blieb die Zuschauerschar stumm und Raymond erhaschte zum ersten Mal einen Blick auf Walter Hoberman, der mit seinen flachsblonden Haaren eine heitere Erscheinung abgegeben hätte, wären da nicht die tiefdunklen Furchen um seine Augen herum. Die Überbleibsel eines kräftezehrenden Jahres ohne Aussicht auf Besserung.

Er blinzelte seine schweigende Nachbarschaft an, von Gesicht zu Gesicht, und zwischen all den Gestalten traf sein Blick für einen Moment Raymonds. Der Anblick der beiden Geschwister schien Walter Hobermans Gefühlswelt auf den Kopf zu stellen, denn obwohl er es zu verbergen wusste, überkam Raymond eine Trauer, die er in dieser Intensität schon länger nicht mehr wahrnahm. Aus einem Reflex heraus umgriff er die Finger seiner Schwester mit beiden Händen, als könnte ihm ihre kleine Gestalt genügend Halt geben. Dann hörte er Walter Hoberman seine Frage wiederholen. »Also? Was ist los? Ich helfe gerne, aber Gedankenlesen kann ich nicht. Wir müssen miteinander reden.«

Misses Denning schaute fordernd zu ihrem Mann, der unwillig den Kopf schüttelte. Sie gab ein Geräusch von sich, das einer fauchenden Katze glich.

»Na schön! So viel zum Familienoberhaupt.« Dann erklärte sie Walter Hoberman: »In deinem Laden geht es nicht mit rechten Dingen zu. Seit dem späten Vormittag kommt ein Poltern und Scheppern aus dem Verkaufsraum!«

Walters irritierter Blick streifte die Häuserfassade. Mit einer Hand kramte er in den Hosentaschen seines Overalls nach dem Schlüssel. »Okay, verstehe. Ich entschuldige mich für den Lärm. Natürlich schaue ich nach.«

Das reichte Misses Denning nicht.

»Was geht dort drinnen vor, Walter?«

»Ich weiß nicht. Ich war den ganzen Vormittag im Krankenhaus bei meiner Frau.«

»Und wer ist dort drinnen?«

»Ich sehe nach, versprochen. Vielleicht sind die Handwerker zugange.«

Doch an seinen hochgezogenen Brauen erkannte Raymond, dass er sich selbst darüber wunderte. Als hätte Misses Denning seine Gedanken geahnt, wetterte sie los. »Wir wissen beide, dass dem nicht so ist. Kein Handwerker traut sich noch in dieses Horrorhaus hinein!«

Walter Hoberman schaute sie verstört an, unschlüssig, welche Botschaft dahintersteckte.

»Was willst du mir damit sagen?«

Ein hilfesuchender Blick traf Mister Denning, doch seine Brauen waren zusammengezogen. Er schüttelte den Kopf. Ein warnender Ausdruck lag auf seinem Gesicht, den seine Frau geflissentlich ignorierte.

»Schön. Jeder denkt es, doch keiner will es aussprechen. Ich will keine schlechte Nachbarin sein, Walter. Du und Laura seid uns wirklich ans Herz gewachsen und wir fühlen mit dem Schicksal deiner Familie mit. Doch wir hatten noch nie solche Probleme mit den Vorbesitzern des Ladens.« Der plötzliche Griff ihres Mannes konnte nicht verhindern, dass Misses Denning sich lossagte. Mit einer unwirschen Bewegung scheuchte sie ihren Gatten davon. »An eurer Familie haftet etwas Unheilvolles. Als gute Christin ist es meine Pflicht, euch darüber in Kenntnis zu setzen. Ich würde dir raten, einen Priester das Haus weihen zu lassen. Sofort!«

Der Satz war kaum über ihre Lippen gekommen, als es im Obergeschoss krachte. Die Menschen stoben auseinander, Hana schrie und als Raymond sie eiligst mitzog, landete wenige Meter neben ihnen ein Baustrahler auf dem Bordstein. Ihm folgte ein Regen aus prasselnden Scherben, von dem sich einige Passanten mit erhobenen Armen zu schützen versuchten. Jemand bekam einen Splitter ab. Sein Fluchen erfüllte den gesamten Platz und prompt lebte die nächste Tirade von Misses Denning auf. Einer der Nachbarn kündigte an: »Es reicht! Ich rufe den Deputy!«

Die Witwe Houbert eilte herbei, um Raymond und Hana zu verscheuchen. »Bring deine Schwester heim, Junge. Schnell!«

Doch etwas brannte sich in Raymonds Auge ein. Aus Walter Hobermans Schulter ragte eine Scherbe, so groß wie eine Walnuss. Der Stoff darunter verfärbte sich hellrot und als er sich stöhnend gegen die Häuserfassade lehnte, sprang die Eingangstür von selbst auf. Inmitten der alarmierten Meute vernahm Raymond eine Jungenstimme, die nach seinem Vater rief. Einige Nachbarn eilten herbei und dirigierten den verletzten Walter Hoberman ins Nebengebäude. Raymond starrte ihm mit aschfahlem Gesicht hinterher, während die Witwe Houbert ihn und Hana in sichere Entfernung zog.

»Ich sage es ungern, doch Teri Denning hat recht. Hier geht es wirklich nicht mit rechten Dingen zu!«

Raymond konnte kaum glauben, dass es in Joshuas Ermessen lag, seinem Vater in diesem Ausmaß zu schaden.

Da drang ein wesenloses Wimmern an sein Ohr.

Das wollte ich nicht! Das wollte ich nicht!

Joshuas Präsenz verließ den Ort. Fluchtartig. Nein, so war das definitiv nicht geplant.

NÄCHTLICHER BESUCHER

Der Zwischenfall in der Stadt sollte hohe Wellen schlagen und wie Raymond am nächsten Morgen aus dem *Mountain-Echo* erfuhr, sprach ein Deputy von einem vermeintlichen Gasleck, der den meisten Bewohnern von Copperdeer jedoch wie eine fadenscheinige Ausrede vorkam.

Selbst Raymonds Vater saß am Küchentisch vor der Zeitung und rollte mit den Augen. »Ich hätte dem Sheriff Department mehr Verstand zugetraut. Auch wenn ich nachvollziehen kann, dass den Leuten dort die Erklärungen ausgehen. Aber diese Aussage hier … Die ist purer Mist! Niemand wird das glauben. Ein Gasleck hinterlässt andere Spuren.«

Inzwischen wusste Raymond aus erster Hand, was in den Verkaufsräumen vorgefallen war und auch, wie es um den Zustand von Walter Hoberman stand. Dessen Verletzung musste im Krankenhaus genäht werden, doch die Ärzte sprachen davon, dass keine Sehne durchtrennt wurde.

Hana hatte bereits aufgegessen. Sie befand sich oben im Badezimmer, während Raymond sich noch ein Brötchen schmierte und erklärte: »Kann es sein, dass Joshua das Haus verlassen hat? Ich bin mir sicher, ihn gehört zu haben.«

»Er ist fluchtartig getürmt. Was für eine Sauerei.«

Sein Vater betrachtete das Foto, während Raymond einen Blick über dessen Schulter wagte. Die Hobermans schafften es auf die Titelseite. Auf dem Foto war ihr Laden abgebildet, mit den geborstenen Fensterscheiben und dem verbeulten Baustrahler.

Raymonds Vater erklärte ihm zuvor, dass Joshua in eine Art *Raserei* verfallen sei, was die Umgebung negativ beeinflusst hatte. Dabei handelte es sich um einen Zustand, bei dem gerade junge Irrlichter keine Impulskontrolle besaßen. In der Pubertät käme das häufig vor. Sie steigerten sich in eine Emotion hinein, die vom physischen Körper sonst in einem verhältnismäßig sicheren Rahmen gehalten wurde.

»Und wie läuft so eine Raserei ab?« Raymond blinzelte seinen Vater an, der an seinem verwirrten Blick erkannte, dass noch weiterer Erklärungsbedarf nötig war. Er legte die Zeitung beiseite. »Wie beschreibe ich das nur?«

Nach kurzer Überlegung veranschaulichte sein Vater die Sachlage anhand eines gefüllten Wasserglases, das er im Zentrum des Tisches platzierte. Er versetzte dem Tischbein mehrere Tritte. Raymond nahm die Ellbogen von der Platte, denn die ovale Oberfläche vibrierte. Der Inhalt des Glases wippte im Takt, doch nur wenige Tropfen schafften es über den Rand hinaus.

»Stell dir vor, dieses Glas ist ein Mensch. Die Seele ist das Wasser. Das Glas sein Körper. Meine Tritte sind die negativen Emotionen, die vom Behälter im Rahmen gehalten werden. Das ist der Normalzustand eines Menschen. Bis auf ein paar Tränen kommt nichts über den Rand hinaus. Nimm dein Frühstück vom Tisch.«

Raymond gehorchte mit fragendem Ausdruck. Kurz darauf drapierte sein Vater etwas Besteck um das Glas herum und kippte das Wasser ohne Vorwarnung über dem Küchentisch aus.

»Hey, ich frühstücke noch!« Raymond schob fluchend seinen Stuhl zurück, denn die Lache floss auf seinen Schoß zu.

Doch sein Vater ermahnte ihn: »Präg dir dieses Bild gut ein! Denn in etwa so läuft eine Raserei ab. Alles im Umfeld der tobenden Seele wird von dieser einzelnen Emotion besudelt. Und so wie du einen Gegenstand auf der luziden Ebene hochhalten kannst, wird eine tobende Seele von einfach allem in ihrer Umgebung unkontrolliert Besitz ergreifen. Als wären hundert Hände zugleich zugange.«

Raymond beäugte das Buttermesser auf dem Küchentisch, auf dessen metallener Klinge sich die perlenförmigen Tropfen sammelten und meinte offen heraus: »Ist das gefährlich?«

Sein Vater schaute ihn lange an. »Was glaubst du?«

Es war typisch für seinen Vater, ihn zum Nachdenken zu animieren. Als Raymond sich an den Vorfall mit Adele zurückerinnerte, an ihren aufgedunsenen, grotesken Zustand, der ihn mitten im Wald vor sich hertrieb, kam er selbst zu dem Schluss, dass es sicher nichts Gutes heißen konnte. Er tippte gegen das Messer.

»Und das hier wäre dann ein Energiegegenstand?«

»Energetisch geladener Gegenstand«, korrigierte ihn sein Vater. »Und ja, genau das ist es. Mit so etwas ist nicht zu spaßen, mein Junge. Egal in welchem Zustand. Deshalb wollte ich euch nicht in der Nähe von Hobermans Laden wissen.«

Sein Vater nahm ein Tuch und begann die Lache vom Tisch zu wischen. Er wirkte grimmig.

»Diese Irrlichterjagd … Die lief gar nicht gut. So hatten wir uns das nicht vorgestellt. Joshua mag geflüchtet sein, die Hobermans werden von seinen Schikanen nun verschont bleiben. Doch der optimale Ausgang wäre gewesen, wenn er zurück in seinen Körper geschlüpft wäre. Allein das Aufsehen, was wir verursacht haben. Hoffentlich zieht das keine Konsequenzen mit sich.«

Nachdem der Tisch gesäubert wurde, nahm Raymond nachdenklich mit seinem Teller Platz. Er wusste nicht, was er von Joshua halten sollte. Irgendwann bemerkte er, wie der Blick seines Vaters an ihm klebte. »Was ist?«

»Nichts. Ich bin nur froh, dass du mir nicht solchen Ärger machst.«

Am Donnerstagabend manifestierte sich Beth gemeinsam mit Onkel Floyd in ihr Heim. Die Frage stand im Raum, ob sie sich weiterhin an Joshuas Fersen heften wollten, nun, da er den elterlichen Laden verlassen hatte.

Sie gestatteten Raymond beizuwohnen, um den Erwachsenen bei ihrem Kriegsrat zu lauschen. Zwar machte es in ihren Kreisen keinen Unterschied, ob jemand im wachen oder schlafenden Zustand anwesend war, dennoch empfand Raymond sich als zugehörig, zumal sein Vater darauf bestand, dass er blieb. Es schien ihm wichtig zu sein, dass Raymond begriff, welche Tücken seine Fähigkeiten bargen und Joshuas Fall wirkte wie das perfekte Paradebeispiel, wie es nicht funktionieren sollte. Dass Adele ihm bereits einen Vorgeschmack darauf gegeben hatte, davon wusste sein Vater nichts. Drum horchte er geduldig auf der Couch vor dem Kaminfeuer zu, während Onkel Floyds gedämpfte Stimme zwischen den Wohnzimmerwänden hallte.

»Mich irritiert die Vehemenz mit der Joshua sich geweigert hat, in seinen Körper heimzukehren. Natürlich kann ich den Jungen auch irgendwo verstehen.«

»Du kannst verstehen, wenn ein Junge sein Heim verwüstet?« Sein Vater klang irritiert. Er war gerade dabei, einen Holzscheit in den Kamin zu werfen, dessen Feuer eine angenehme Wärme spendete. Doch Onkel Floyd ruderte bei seinen Worten zurück. »Das verstehst du falsch, Danny. Ich meine das Gefühl, wenn man das erste Mal sein Debüt tut. Gerade als Sippenloser ist es eine faszinierende Erfahrung.«

»Für unsere Kinder war es genauso aufregend«, hörte Raymond seine Tante amüsiert sagen.

»Trotzdem kann man das nicht vergleichen. Die luzide Ebene zieht sich durch die Walker-Familienchronik wie ein roter Faden. Für Sippenlose wie mich fühlt sich der Moment des Erwachens an, als würde ein grauer Schleier vom Alltag fallen. Mit einem Schlag wirkt die Welt viel größer. Und spannender.«

»Du meinst also, es ist dem Jungen zu Kopf gestiegen?«, fragte Raymonds Vater nachdenklich. Floyds immaterielle Stimme entgegnete: »Vielleicht. Ich kann bloß nicht verstehen, warum der arme Walter darunter leiden muss. War der Streit um den Umzug so brisant, dass der Junge seinen Vater in diesem Maße drangsalieren möchte?«

»Ich kenne die Details nicht. Joshua war nicht erfreut, doch Walter meinte, er käme klar.«

Einen Moment kehrte Stille ein, bis Raymond zögerlich seine Zweifel darüber äußerte. »Joshua hat seinen Vater nicht absichtlich verletzt.« Auf die Nachfrage seiner Tante erklärte er: »Ich habe sein Wimmern vor dem Haus gehört. Joshua war entsetzt darüber, was er angerichtet hat.«

»Wenn dem so war, muss die Einsicht erst gekommen sein, nachdem der Junge aus dem Haus gestürmt ist.«

»Du meinst, nachdem er uns wie ein Schrapnell durchsiebt hat und wir hyperventilierend in unserem Bett aufgewacht sind?«, fragte Floyd seine Frau.

Sie seufzte schwer. »Genau da. Doch wir sollten uns eine andere Frage stellen. Danny, du hast dich mit Walter angefreundet und deine Hilfsbereitschaft ehrt dich. Doch im Prinzip hast du erreicht, was du wolltest. Joshua ist aus dem Laden vertrieben worden.«

Raymond fragte sich insgeheim, was Joshua daran hindern sollte, zurückzukehren. Doch die Worte seiner Tante klangen entschieden. »Wenn Joshua in diesem Zustand bleiben will, scheint das seine Absicht zu sein. Dann stellt sich die Frage, ob wir ihm überhaupt noch helfen sollen. Er liegt seit mehreren Monaten im Koma. Es kann gut sein, dass er sich bloß hier auffällt, weil er sich im Zwielicht befindet. Womöglich ist er nicht einmal einer von uns, sondern lediglich ein Echo.«

Raymond vernahm den tiefen Atemzug seines Vaters, der mit dem Gedanken haderte. »Tante Beth, was meinst du damit?«

Sie zauderte. »Am Todestag deines Freundes Herold bist du schon mal einem Echo begegnet.«

Mit einem Schlag lebte das Bild vor Raymonds inneren Auge auf. Die gräulich starre Gestalt in seinem Zimmer, die ihn darum bat, den letzten Willen seines Freundes zu erfüllen. Er blinzelte das schmerzliche Bild davon.

»Joshua benimmt sich nicht wie ein typisches Echo«, meinte sein Vater. »Der Junge ist zu lange hier, in ihm steckt so viel Kraft, das kommt mir eigenartig vor.«

Doch Beth versicherte ihm: »Die moderne Medizin kann einen Komapatienten ewig am Leben halten, sofern sein Zustand stabil bleibt. Die Frage drängt sich mir auf, ob es das wert ist. Nehmen wir an, wir bringen Joshuas Seele mit Gewalt zurück, dann steckt er möglicherweise in einer Hülle fest, die kaum lebensfähig ist. Tun wir ihm damit wirklich einen Gefallen?«

»Wir sind keine Ärzte, Danny. Wenn der Tempel kaputt ist, muss die Seele weichen. Und vielleicht lassen wir ihm lieber diese letzten Erfahrungen auf der luziden Ebene als eingepfercht in einem kaputten Gefäß. Die Natur wird ihren Teil tun. Das kommt mir gnädiger vor«, war Onkel Floyds Meinung dazu. Und nach kurzem Zögern: »Es kommt uns beiden gnädiger vor.«

Offenbar hatte sich das Paar zu diesem Thema im Vorfeld abgestimmt, was Raymond unfair fand, denn auch wenn die Stimme seines Onkels betroffen klang, überrumpelten sie seinen Vater damit.

»Wir sollen ihn im Stich lassen, bis er verblasst?«

»Das haben wir nicht gesagt. Doch Danny, eine solche Entscheidung …« Floyd rang um Worte. »Ich beneide niemanden darum, aber im Prinzip obliegt es den Hobermans, was mit dem Jungen passiert. Sollte er ein Echo sein, werden sie irgendwann einsehen, dass die Geräte abgeschaltet gehören.«

»Sie hoffen. Sie werden ihn ewig am Leben halten.«

»Dann ist es so. Aber dann haben die Hobermans es entschieden. Er ist ihr Sohn, nicht deiner.«

Sein Vater dachte über diesen Satz nach. Er starrte in die Flammen und Raymond wusste selbst nicht genau, wie er zu diesem Thema stand. Es kam ihm zu komplex vor. Als gäbe es keinen richtigen Weg. Die Stimme seines Vaters durchbrach die aufgekommene Stille: »Joshua sollte wenigstens die Konsequenzen kennen. Egal in welchem Zustand er weitermachen möchte.«

»Das kannst du gern versuchen, Danny«, erklärte Floyd. »Doch der Junge ist ein flinkes Wiesel. Wir wissen weder, wo er sich aufhält, noch ist ein handtellergroßes Irrlicht leicht zu finden, gerade in der Wildnis um Copperdeer.« Und Tante Beth fügte hinzu: »Wir würden die berühmte Nadel im Heuhaufen suchen.«

Sein Vater fuhr sich über das unrasierte Kinn und Raymond konnte beobachten, wie sich die Zahnräder hinter seiner gekräuselten Stirn drehten und drehten. Die finale Antwort blieb den Beteiligten verwehrt, denn alles horchte auf, als das Knirschen von Autoreifen auf der Schotterpiste ein nahendes Fahrzeug ankündigte.

»Erwartest du zu noch Gäste? So spät?«, fragte Beth verwundert. Selbstverständlich schüttelte sein Vater den Kopf. Das einfallende Scheinwerferlicht veranlasste ihn, sich aus dem Sessel zu erheben. »Raymond, du bleibst bei Beth und Floyd.«

Er sah seinen Vater hinter dem Türbogen in den Eingangsbereich verschwinden und wenig später brachte eine angenehme Sommerbrise die Jacken an der Garderobe in leichte Schräglage. Eine Autotür schlug draußen zu und als Raymond eine ihm unbekannte Stimme vernahm, hielt es ihn nicht mehr auf den Polstern. Er sprang von der Couch.

»Du hast deinen Vater gehört.«

»Ich will aus dem Fenster schauen, Beth!«

Doch von dort aus ließ das grelle Scheinwerferlicht keinen genauen Blick auf den Neuankömmling zu, lediglich die geringere Statur war zu erahnen. Der Motor lief noch. Den Worten nach zu urteilen, war man sich vertraut, allerdings auch ungewöhnlich unterkühlt.

»Was verschafft mir die Ehre, Philippe?«

»Eine Stippvisite. Wir haben lange nicht gesprochen.«

»Ich dachte, das hätte sich mit Isabelle auch erledigt.«

»Wir leben in keiner Weltmetropole, da läuft man sich zwangsläufig über den Weg. Aber gut, es ist spät, ich komme gleich auf den Punkt. Du hast gehört, was im Stadtzentrum passiert ist?« Ein Murren war die Antwort, dass Philippe so oder so deuten konnte. Er ließ sich davon nicht beirren. »Warst du daran beteiligt?«

Raymond hörte seine Tante zischeln und hinter ihm auf der Couch wurde plötzlich angeregt diskutiert. Dann vernahm er Floyds wuchtige Tritte auf den Dielen und ihm war, als würde die Präsenz seines Onkels hinausmarschieren, um seinem Vater Rückhalt zu geben. Zu Raymonds Verwunderung merkte Philippe kurz darauf an: »Sieh an. Ich störe scheinbar beim Familienbesuch.«

Er besaß also das dritte Auge.

»Hier stört niemand. Und ja, unglücklicherweise geht das auf unser Konto.«

Philippe wirkte nicht überrascht. »Bedauerlich. Darf ich erfahren, ob es einen Grund gibt, warum du alte Vereinbarungen über den Haufen wirfst? Ich dachte, wir wären soweit konform.«

»Wir sind konform. Was in der Stadt passiert ist, war eine Irrlichterjagd, die nach hinten losgegangen ist. Vielleicht auch ein letztes Echo. Darüber diskutieren wir noch.«

»Ein Echo?«

»Du hast von Joshua Hoberman gehört?«

»Ja?« Die lang gezogene Antwort klang wie eine Aufforderung, ins Detail zu gehen. Also berichtete Raymonds Vater von dem Aufeinandertreffen und seinem misslungenen Versuch, Joshua dazu zu bewegen, in seinen Körper zurückzukehren. Mit dem bedauerlichen Endergebnis, dass die Seele des Jungen sich davongestohlen habe.

»Klingt nach einem fiesen Poltergeist«, merkte Philippe an. Er wirkte ungerührt. Vielleicht sogar gelangweilt.

»So wird man das in Copperdeer bestimmt bald nennen«, versicherte sein Vater widerwillig. »Zumindest wenn Joshua weiterhin im Zwielicht wandelt.«

»Du hättest uns den Vorfall melden müssen«, warf Philippe ihm vor. »Die Angelegenheit zieht unangenehme Kreise, die sich nicht mehr vertuschen lassen.«

»Dazu sah ich keinen Grund. Mir war nicht klar, dass den Martinets ihre Mitmenschen so am Herzen liegen.«

Der Vorwurf kam harsch. Beim Klang des Familiennamens zog Raymond prompt den Kopf zurück und presste sich gegen die Wand, als könne jeder ihm den Diebstahl des Timberwolfs an der Stirn ablesen.

»Warum versteckst du dich?«, fragte Beth.

»Ich will nicht darüber sprechen.« Raymond schüttelte den Kopf. Auch als seine Tante noch einmal nachhakte. Durch die Ablenkung verpasste Raymond einen Teil der Konversation.

»Ich muss der nächsten Instanz davon berichten«, beendete Philippe seinen Satz. Da half auch Onkel Floyds Entschuldigung nichts, die er mit einem verlegenen Lachen vortrug, als könne er dadurch die ernsthafte Stimmung auflockern. »Dieses Chaos war nicht unsere Absicht. Vielleicht kann man darüber hinwegschauen?«

»Könnte man. Melden, werde ich es trotzdem.« Doch gab sich Philippe erfreut, dass die alte Vereinbarung noch gültig war. Trotzdem ermahnte er Raymonds Vater, die Regeln zu respektieren. »Wir haben dir gestattet, hier anzusiedeln. Doch einen Aufruhr wie letztens können wir nicht in unserem Revier dulden. Unsereins sollte nicht hausieren gehen. Lassen wir die braven Bürger von Copperdeer in dem Glauben, dass wir eine gottesfürchtige Gemeinde sind, die nichts verbrochen hat, um den Teufel in die Stadt zu holen.«

»Wir können nicht kontrollieren, was der Junge in seiner Raserei anrichtet«, hörte Raymond seinen Vater sagen. »Er ist ungeschult und ohne Mentor. Wir müssen ihn unterweisen.«

Doch von Philippe kam ein Schnauben. »Ich bezweifle, dass der Schaden in Hobermans Laden allein durch den *kleinen Poltergeist* entstand und ein Echo bedarf keiner Unterweisung. Die verschwinden von selbst. Ohnehin ist das nicht dein Problem, Daniel. Das ist unsere Stadt. Wir kümmern uns um den Unruhestifter.«

»Er ist flink. Wenn wir ihn nicht fangen konnten, schafft ihr es auch nicht.«

»Wir sind keine Walkers. Wir sind die Martinets. Unsere Methoden sind bewährt, also unterschätze nicht unsere Möglichkeiten. Ein Echo ist schnell gefunden.«

»Und dann?«

Philippe schwieg. Kurz darauf vernahm Raymond das Öffnen der Wagentür. Er wagte einen prüfenden Blick. Noch immer blendete das Scheinwerferlicht, warf eine helle Schneise inmitten der nächtlichen Waldlichtung. Er erkannte eine weitere Person im Wagen, die teilnahmslos auf der Beifahrerseite hockte und eine glühende Zigarette aus dem offenen Fenster hielt. Philippes dunkle Statur wollte einsteigen, hielt jedoch für einen Moment inne.

»Ach, und was deinen Vorwurf betrifft. Denk bitte daran, wir haben mehr getan als deine eigene Sippe. Bleib fair, Daniel.«

Damit verabschiedete sich der nächtliche Besucher. Der geräumige Wagen wackelte beim Einsteigen und wendete geräuschvoll in ihrer Einfahrt. Raymond beobachtete, wie die Bäume um den Schotterweg die Lichtkegel langsam verschluckten. Die kühle Nachtbrise im Haus erstarb, sobald sein Vater hereinkam und die Tür hinter sich zuknallte. Er war wütend. Sein breiter Kiefer mahlte förmlich.

»Hört sich fast so an, als würde jemand die Entscheidung für uns fällen«, merkte Beth an.

Sein Vater murrte und bat Raymond zu Bett zu gehen, immerhin habe er morgen Unterricht. Diese Finte war ihm vertraut. Er kam der väterlichen Bitte zwar nach, hielt sich aber im Obergeschoss in Hörreichweite auf.

Beth raunte unten. »Du kennst die Martinet besser als wir. Wie gehen sie in solchen Fällen vor?«

»Nicht zimperlich. Ihre Diskretion hat sie erst so groß gemacht. Ich bezweifle, dass sie von ihren *bewährten* Methoden abweichen.«

»Was heißt das?«

»Das ich den Kinderbeerdigungen überdrüssig geworden bin.« Sein Vater klang bitter. Onkel Floyds schweres Seufzen erfüllte die Halle. »Schade, dass ich auf der luziden Ebene keinen Scotch trinken kann.«

IM SCHATTEN DER BERGE

Als Raymond im Bett lag, starrte er lange auf die Schatten, die sich an seiner Zimmerdecke bewegten. Ihm ging vieles durch den Kopf. Dinge, die ihm zu groß für seinen jungen Geist schienen und Sorgen, deren Lösung er als Aufgabe der Erwachsenen ansah. Sein Körper drehte sich in den Laken, auf der Suche nach der angenehmsten Schlafposition. Verwundert stellte er fest, dass er noch nie solche Schwierigkeiten besaß, den Weg in die luzide Ebene zu finden. Seiner Familie kam das offenbar zugute. Aus dem Erdgeschoss waren die gedämpften Stimmen noch zu hören. Er hegte keinen Zweifel daran, dass Joshua Hobermann nicht vom Tagespunkt gestrichen wurde. Inmitten dieser Überlegung fragte sich Raymond, weshalb der Gedanke an das vorlaute Irrlicht ihm solche Bauchschmerzen bereitete.

Nach andauernden Grübeleien kam er selbst auf die Lösung. Vor nicht allzu langer Zeit saß er in diesem Raum, als die bleiche Gestalt von Herold ihn nach seinem Tod aufsuchte. Ein Junge voller Hoffnungen. Jemand, der die Zukunft vor sich hatte. Alles verschwand mit seinem letzten Echo. Die Erinnerung daran ließ schmerzhafte Gefühle in ihm aufleben. Er dachte an Anita Brouwer. Ihre gebückte Gestalt, die bei der Trauerrede am Grab ihres Sohnes von Vater und Mutter gehalten werden musste. Wie eine Ertrinkende, deren Kopf man aus den Fluten hob, damit sie nach Luft schnappen konnte – als würde der Schmerz ihre Seele ertränken.

Nun war da dieser andere Junge, Joshua Hoberman. Ebenfalls mit einer Mutter, die hoffnungsvoll an seinem Bett wachte. Samt einem Vater, der sich an den Wunsch klammerte, seiner Familie ein friedliches Leben in ihrer Stadt zu ermöglichen. Und sofern Raymond richtig verstand, würden sich nun die Martinets der Sache annehmen, was seinen Vater beunruhigte. Warum?

Ein tieferer Instinkt veranlasste ihn ebenso wenig erfreut darauf zu reagieren. Bis er spürte, dass diese Gedankengänge in erster Linie von seinem Geistführer stammten, der sich von der Unruhe seines Vaters anstecken ließ. Raymond senkte die Augenlider und horchte in seine Seelen hinein, wollte wissen, was sein Timberwolf an seiner Stelle tun würde. Dessen Antwort war, sein Rudel zur Hilfe zu holen. So etwas besaß Raymond jedoch in diesem Sinne nicht. Er besaß eine Familie, die ihm offensichtlich noch nicht genug Talent zumaß, um sich für ihre Sache starkzumachen. Sonst würde sein Vater ihn nicht zu den unpassendsten Momenten ausschließen. Die bedeutungsvollen Entscheidungen der Walkers blieben Sache der Erwachsenen. Und tatsächlich fühlte Raymond sich der Situation kaum gewachsen. Sein Geistführer blieb lange Zeit stumm, bis er ihm eine Eingebung sandte. Ein Bild entstand vor seinem inneren Auge, von einem flinken Blauhäher in den Wäldern des Mount Hood, der spielerisch mit Wesen wie dem Fliegenfänger zurechtkam.

Darüber dachte Raymond nach. Wenn seine Familie ihm manche Antworten verwehrte, gab es zumindest eine Martinet, die ihm weiterhelfen könnte. Also erinnerte sich Raymond beim Einschlafen an das hölzerne Palisadentor vor dem Wildtiergehege im National Forest mit dem Schild vor dem Eingang, auf dem der Name der Martinets eingraviert war.

In den Wäldern des Mount Hood herrschte eine laue Sommernacht, die gerade das Käfervolk aktiver machte. Die Zikaden zirpten zwischen den Halmen der trockenen Wiesen, während das anmutige Tänzeln der Glühwürmchen auf gespenstische Art dazu aufforderte, sich in die angenehme Kühle des Waldes zu begeben. Seinen Geistführer erinnerte diese Stimmung an lebendigere Tage. Als Raymond einen Waschbär erblickte, der sich unerlaubt Zutritt auf dessen altes Revier verschaffte, übernahm sein Timberwolf unerlaubt die Oberhand über sein Bewusstsein, um gegenüber dem Eindringling seinen Unmut zu äußern. Er fletschte die Zähne. Da es jedoch nur auf der luziden Ebene passierte, zuckte das freche Geschöpf nichts ahnend mit den Ohren und verschwand mit bebenden Nüstern in einem Brombeerstrauch. Hinein in seine dornige Nahrungsquelle. Der Timberwolf wollte ihm hinterherjagen, doch Raymond übernahm rechtzeitig die Kontrolle, noch bevor sein Hinterlauf zu einem Sprung ansetzen konnte. Er drängte seinen Geistführer dazu, sich an Grace Fersen zu heften und ärgerte sich darüber, wie schnell dessen alte Instinkte bei ihnen das Ruder übernahmen.

Seine Tante meinte einmal, das sei nichts Absonderliches. Trotzdem sollten sie dieses Verhalten im Auge behalten, gerade weil Raymond in so jungen Jahren eine Verbindung mit einem Seelentier eingegangen war. Sie beschrieb die Verknüpfung als eine Ehe, bei der man sich an die Eigenheiten seines Partners erst gewöhnen müsse. Ähnlich wie bei Onkel Floyd, den Beth anfangs für einen Traummann hielt, bis er sich mit seinen persönlichen Düften nicht mehr zurücknahm.

Raymond hatte länger gebraucht, um die Bedeutung von Beths Aussage zu begreifen. Als er den Witz verstand, prustete er gackernd in seine Cornflakesschüssel. Beth schmunzelte damals darüber, ermahnte jedoch, dass die tierischen Eigenheiten nicht zu starken Einfluss auf seine Charakterentwicklung bekommen sollten.

Heute Nacht erkannte er den Wahrheitsgehalt hinter ihren Worten, denn sein Timberwolf forderte mehr Entscheidungsgewalt. Besonders Revierkämpfe nahm er sehr ernst, was auf seine Instinkte zurückging.

Grace. Konzentrieren wir uns auf sie.

Kurz darauf zogen beide am selben Strang. Raymond beugte sein Haupt, um die Witterung aufzunehmen. Die Wolfschnauze dicht über dem moosigen Untergrund, fand er den Duft einer Präsenz, die einer kühlen Bergbrise glich, mit einem Hauch von Lupinen. Er nahm die Fährte auf und unterließ weite Sprünge, um seine Spur durch einen unachtsamen Fehltritt nicht zu verlieren. Zu seiner Überraschung hielt sich Grace an jenem Abend außerhalb des Geheges auf, denn nach einstündiger Suche überwand er die Rückseite des Palisadenzauns. Dort erklomm Raymond einen Hang aus groben Andesit, hüpfte von einer Formation zur nächsten wie eine Bergziege an einem Steilhang und fand die kniende Gestalt von Grace oben vor.

Während Raymond umständlich die letzten Meter hochkraxelte, fielen ihm drei Bündel aus feinstofflichen Trieben ins Auge, die zusammengeschnürt auf einem Haufen lagen. Er beobachtete, wie Graces Finger einen Setzling aus dem Bündel zogen und ihn behutsam in der Erde einbetteten. Ein Murmeln begleitete ihre Arbeit. Es klang wie ein Gebet in einer ihm unbekannten Sprache. Sie wirkte so vertieft, dass er zunächst glaubte, sein Erscheinen sei unbemerkt geblieben, bis Grace das Wort ergriff – ohne einen Blick über ihre Schulter zu werfen.

»Mir kam deine Präsenz gleich bekannt vor.«

»Was treibst du hier?«

»Grenzschutz.«

»Gegen Diebe?«

»Gegen den Fliegenfänger.«

»Der ist doch tot.«

Sie schüttelte den Kopf. »Es ist ein neues Exemplar aufgetaucht.«

Raymond blinzelte nachdenklich auf eines der Bündel. Dann richtete er seinen Blick hinab ins Gehege. Eine Schneise aus Hemlocktannen und Douglasien trugen trotz der hervorragenden Wettergegebenheiten der letzten Tage ein staubiges Nadelgeäst, als würde das berühmte

Damoklesschwert knapp über ihren Wipfeln schweben. Außerhalb des Palisadenwalls pflanzte Grace in mühseliger Handarbeit die luziden Sprösslinge ihrer eigenen Sippe an. In einem Abstand von ungefähr zwei Metern bildeten die Setzlinge eine leuchtende Linie im Wald, die Raymond an die nächtliche Landebahn eines Flughafens erinnerte. Er wunderte sich, dass keine physischen Pflanzen für den Blutkreis nötig waren, wie es bei Beths Hybriden der Fall war. Sobald eines der Martinet-Setzlinge im Untergrund eingebettet lag, umschlossen seine Ranken den Körper der nächstgelegenen Fauna wie eine Schlange, die ihren Würgegriff ausübte. Die Vorgehensweise wirkte äußerst aggressiv. Sie glich einer invasiven Art, welche die Kontrolle über das Gebiet übernahm. Eine Daumendicke tiefer vernetzten sich die glühenden Wurzeln langsam untereinander, was er selbst durch die Schicht aus Moos und trockenem Torf gut erkennen konnte. Auf Raymond machte es den Eindruck, als würden die Setzlinge ihre Arme spreizen, um ihresgleichen die Hände zu reichen. Sie ähnelten Weinranken, ganz im Sinne des Hauses Martinet. Dennoch lag sein Interesse mehr auf dem neuen Fliegenfänger.

»Und wo kommt dieses Exemplar auf einmal her?«

»Ich vermutete ein Nest in unserer Nachbarschaft, vielleicht aus den Gemeinden um Portland herum. Jedenfalls habe ich auf der Route 26 einen ausmachen können.«

Grace gab ein Frösteln von sich. Dann berichtete sie von ihrer Beobachtung. »Es ist ein gespenstischer Anblick. Der neue Fliegenfänger macht sich den Highway zunutze und bekommt jedes Mal einen Geschwindigkeitsschub, wenn auf der physischen Ebene ein Wagen seinen feinstofflichen Leib durchquert. Ich möchte gar nicht wissen, wie sich die Insassen danach fühlen. Dieser Fliegenfänger ist schneller und kleiner als der vorherige, er sieht auch anders aus. Doch die Grundessenz kommt mir ähnlich vor. Und er fühlt sich von den Wäldern des Mount Hood angezogen.«

»Merkwürdig. Wie entstehen diese Wesen?«

Grace zuckte ratlos mit den Schultern. »Ich weiß es nicht. Meine Sippe bleibt meistens innerhalb ihres Reviers. Eine neue Art kommt bei uns seltener vor.«

»Eine neue Art?«

»Das passiert manchmal auf der luziden Ebene. Wenn sich unterschiedliche Feinstoffe kreuzen, können daraus neue Lebensformen entspringen. Doch diese nennt Papá eine *Anomalie*. Eine, die lebende Tiere als Hauptnahrungsquelle sieht und an den Trinkstätten des Geheges eine Wurzelfäulnis verursacht, ist laut seiner Meinung abnorm.«

Von Botanik verstand Raymond nicht viel. Ohnehin kam es ihm so vor, als würde Grace sich ebenfalls mit Angelegenheiten plagen, die ihrem Alter voraus waren. Er schaute auf die Grenze und eine Frage drängte sich ihm auf. »Werde ich nicht ausgesperrt, wenn diese *Dinger* hier wachsen?«

Grace hielt inne. Sie war gerade dabei, einen Setzling einzugraben, doch nach kurzem Zaudern gab sie zu: »Ich fürchte ja. Damit enden wohl deine Ausflüge.«

»Autsch. Das tut weh.«

»Nimm es nicht persönlich. Ich muss diesen Ort schützen.«

»Spielt dir auch gar nicht in die Hände, weil du mich immer aus dem Gehege draußen halten wolltest.«

Ein Seufzen drang aus ihrer Kehle und anstelle darauf einzugehen, wollte sie wissen: »Bist du zum Streiten gekommen? Oder hast du schon wieder etwas angestellt?«

Raymond schüttelte den Kopf und beließ das Thema für einen späteren Zeitpunkt. Stattdessen erzählte er von dem nächtlichen Besuch am Petaluma-Anwesen und Joshua Hoberman, dessen Koma und seine Angriffe auf die Handwerker samt der Boykottierung des Umbaus von Hobermans Delikatessenladen. Zu seiner Verwunderung hatte sie von Joshuas Namen nie gehört – Raymond konnte sie sich auch nicht mit einer Morgenzeitung vorstellen.

»Von dem Vorfall im Stadtzentrum weiß ich. Großvater hat sich darüber aufgeregt. Er kann solche Zwischenfälle nicht leiden. Sie verursachen zu viel Aufsehen. Adele hat beim Abendessen dann gefragt, ob man nicht bei den Walkers nachhaken sollte. Sie wollte dem Wagen folgen. Als Elster.«

»Hat sie das?«

»Großvater hat es nicht gestattet.«

Ein Glück. Irgendwann würde Adele seine Identität erfahren, da gab sich Raymond keinen Illusionen hin. Dennoch verdrehte er die Augen. Natürlich konnte Adele daheim nicht offen über ihre Probleme sprechen, doch die Gelegenheit, ihm aus der Ferne eine Spitze zu verpassen, ließ sie sich nicht nehmen. »Warum wundert mich das nicht?«

»Es war naheliegend. Ich dachte mir auch, dass du dahinterstecken könntest.«

»Damit hatte ich nichts zu tun! Das war Joshua. Meine Familie wollte ihn überreden, den Laden seiner Eltern in Ruhe zu lassen, bis er in Raserei verfallen ist.«

»Klingt nicht nach einem Erfolg.«

»Er ist immerhin weg.«

»Und die Ortschaft in Panik.« Ihre Stimme klang belehrend, die Gesichtszüge wurden aristokratisch streng. Vor allem, als sie ihn darauf hinwies, welch gefährliches Spiel seine Familie gerade trieb. »Wir leben besser, wenn wir verborgen bleiben. Das solltet ihr euch hinter die Fahne schreiben. Sprechen die ersten Stimmen von Spuk, heißt es Füße stillhalten. Sagt Großvater zumindest.«

»Deine Schwester spioniert ihre Freunde aus und erpresst sie hinterher. Ich bin mir sicher, dass unsere Absichten wenigstens ehrlich waren.«

Darauf wusste sie keine Entgegnung, jedenfalls kam keine. Raymond empfand das als Genugtuung. Nach kurzem Zögern erklärte Grace: »Ich zweifle auch nicht an den Absichten deiner Familie. Doch die Vergangenheit hat gezeigt, dass Menschen unruhig werden, wenn sich solche Vorfälle in der Nachbarschaft häufen. Die ersten meiner Mitschüler verabreden sich zu nächtlichen Séancen. Die halten das für den puren Nervenkitzel.«

»Sollten wir uns nicht um Joshua sorgen, anstatt darüber, was die Stadt denkt? Mir ist es herzlich egal, ob ein paar Schüler einem Hexenbrett Fragen stellen.«

»Meine Familie wird sich schon um ihn kümmern.«

»Das ist die entscheidende Frage. *Wie* wird sie sich um Joshua kümmern? Mein Vater ist beunruhigt.«

Grace unterbrach ihre Tätigkeit. Raymond meinte einen bitteren Zug, um ihre Mundwinkel zu sehen. Er hätte alles darum gegeben, um zu wissen, was sich hinter der nachdenklichen Stirn abspielte, welche Bilder dort entstanden. Etwas widerwillig antwortete sie: »Lass dir das besser von deiner eigenen Sippe erklären.«

Doch damit wollte sich Raymond nicht zufriedengeben. »Wie Grace? Antworte mir!«, forderte er mit Nachdruck.

»Du brauchst nicht aufbrausend werden.«

»Gib mir Antworten, dann habe ich keinen Grund dazu. Also los! Was wird mit Joshua passieren?«

»Das du immer so stur bist.« Ihre Brauen zogen sich verstimmt zusammen. »Das hängt davon ab, was genau der Junge ist? Irrlicht oder Echo.«

»Nehmen wir an, er ist ein Echo.«

»Auch das noch …«, sie klang bedauernd, aber nicht überrascht. »Das mag für dich hart klingen, aber ein Echo ist im Grunde keine echte Seele mehr. Höchstens noch ein Tropfen davon. Als hättest du ein leeres Glas mit Konfitüre vor dir, an dessen Innenseite Reste kleben. Das bisschen, was von Joshua Hoberman noch anwesend ist, klammert sich an das Gefäß, aber ein Großteil des Inhalts ist verzehrt.«

Und leere Behälter wurden entsorgt. Vor seinem inneren Auge sah Raymond Joshuas Körper hinter dem Reißverschluss eines Leichensacks verschwinden. Grace verstand es, die Dinge bildlich zu erklären und er vermutete hinter dieser Ausdrucksweise Jahre intensiven Unterrichts. Jemand im Hause Martinet nahm sich offenbar sehr früh Zeit, die Zöglinge der Familie in die facettenreiche Welt der luziden Ebene einzuführen. Es hätte Raymond nicht gewundert, wenn es schon aus der Wiege heraus passierte. Er dachte ausgiebig über ihre Worte nach und schüttelte den Kopf. »Das ist nicht richtig.«

»Du meinst, es ist nicht fair.«

»Nicht richtig. Nicht fair. Wo liegt da der Unterschied?«

»Etwas kann für den Einzelnen unfair sein, für die Stadt aber richtig. Du hast selbst gesagt, dass der Junge nicht mit sich reden lässt. Er hat der Nachbarschaft geschadet. Er schadet den Handwerkern, der eigenen Familie. Selbst deinen Vater hat er verletzt. Das muss ein Ende haben, bevor der Tratsch über die Stadtgrenze hinausposaunt wird.«

»Sind das die Worte deines Vaters oder deine eigenen?«

Sie schwieg dazu. Er hatte einen Nerv getroffen und sah ihre geschürzten Lippen.

»Geh jetzt!«

»Nein!«

»Hör zu, ich habe meine eigenen Probleme. Wegen dem Aufruhr in der Stadt will mir niemand aus der Familie mit dem Bannkreis helfen. Niemanden schert der Wald! Aber kaum kündigt sich ein leichtsinniges Echo an, rennen alle. Das ein Fliegenfänger unsere Tiere krank macht…« Grace stockte, dann sprach sie bitter. »Es ist so typisch.«

Raymond betrachtete sie. Endlich erhaschte er einen winzigen Einblick in Graces Gedankenwelt. Beide kämpften auf ihre Art, von ihren Familien anerkannt zu werden. Das konnte er nachempfinden. Doch auch Raymond sah Joshuas Wohlergehen als oberste Priorität. Etwas milder gestimmt, erklärte er: »Das tut mir leid. Aber Grace, denk bitte nach. Joshua könnte in seinen Körper zurück.«

»Dafür hatte er monatelang Zeit.«

»Vielleicht versteht er es nicht?«

»Dann ist er begriffsstutzig.«

»Er kann nichts für seinen Zustand, Grace!«

»Darüber brauchen wir gar nicht streiten. Das weiß ich selbst!«

Sie wirkte ungehalten. An ihrem Verhalten erkannte Raymond einen inneren Zwiespalt, der ihm zugutekam. Daher fragte er: »Wie präzise kannst du sagen, ob es sich bei Joshua um ein Echo oder ein Irrlicht handelt?«

»Das du einfach nicht aufhören kannst.« Sie warf einen der Setzlinge grollend auf das mitgebrachte Bündel zurück. Doch immerhin dachte Grace nach. »Schwer zu sagen. Papá sagt, man muss die Person über einen längeren Zeitraum observieren. Wenn die Seele von Woche zu Woche blasser wirkt, ihre Konturen verschwimmen, ist das ein starkes Indiz dafür, dass der Körper sich in einem kritischen Zustand befindet. Dann sprechen wir wahrscheinlich von einem Echo.«

Raymond erinnerte sich an seine erste Begegnung mit Joshua und das wenige Monate zurückliegende zweite Treffen. Er hatte zum damaligen Zeitpunkt keinen Unterschied an dessen Seele bemerkt, doch das lag lange zurück. »Glaubst du, deine Familie wird sich dafür die Zeit nehmen?«

»Ich … Ich schätze schon«, haspelte Grace. Doch es klang wie ein Wunschgedanke. Da lag noch mehr im Argen.

»Davon bist du doch selbst nicht überzeugt.«

»Hör zu Walker, ich muss …«

»Nein, weich nicht aus! Wirf *du* einen Blick auf ihn!«

»Ich?« Sie klang bestürzt. »Warum gerade ich?«

»Du kannst fliegen. Von dort oben wirst du ihn schneller finden als wir.«

»Das liegt bei uns in der Familie. Das könnte jeder andere Martinet auch.«

»Trotzdem mach du es. Dir traue ich es zu.«

Grace schien das aber nicht, denn sie fragte: »Welchen Unterschied macht es, wenn ich oder ein Verwandter sich der Sache annimmt?«

Raymond hätte antworten können, dass er ihre Sippe nicht kannte. Dass dieser Philippe ihm unsympathisch, unterkühlt und berechnend vorkam, obwohl er lediglich einen gesichtslosen Schatten in seinem Kopf abgab. Er hätte ebenso sagen können, dass er die junge Martinet inzwischen durchschaute und ihm klar wurde, dass er bei seinen ersten Streifzügen zum National Forest von ihr observiert wurde.

364

Damals fand sich Grace wahrscheinlich vor derselben Frage wie Raymond heute bei Joshua.

Jedoch verschwieg er seinen Verdacht und antwortete mit einer Gegenfrage. »Könntest du es mit deinem Gewissen vereinbaren, wenn er kein Echo wäre?«

MENTOR

Als sie nach Copperdeer aufbrachen, war sich Raymond ziemlich sicher, dass Grace Martinet ihn zum Teufel wünschte. Er verspürte eine eisige Stimmung zwischen ihnen.

Zugegeben, Raymond hatte sie die letzte Stunde bedrängt. Den Einwand, dass Grace nicht ständig ihrer Familie in den Rücken fallen wollte, konnte er ebenso nicht gelten lassen wie ihre Bemerkung, dass sie ihn für lästig hielt.

Als könnten wir schaffen, was allen anderen nicht gelingt, behauptete Grace. Raymond ermahnte sie zu mehr Optimismus. Entweder wurde Grace von Haus aus klein gehalten oder ihr war tatsächlich nicht bewusst, wie immens ihr Vorsprung zu seinen eigenen Fähigkeiten war.

Dennoch konnte sich Raymond auf die Schultern klopfen. Er hatte Grace überzeugt. Mit einer eingeschnappten Martinet konnte er leben, mit einer tatenlosen nicht. Und Grace Familie schien das ebenso zu sehen.

In Copperdeers Straßen angekommen, sprang Raymond schnell ins Auge, dass der Himmel über ihnen geschäftiger wirkte als sonst. Die Nacht war erfüllt von geflügelten Geistführern jeglicher Art. Drei Krähen kreuzten beinahe ihren Weg, ließen Raymond und Grace hinter einem geparkten Wagen Schutz suchen. Ihre Ankunft brachte Unruhe in den beschaulichen Ort, denn das Blätterwerk der Hecken und Bäume begann unheilvoll zu rauschen.

»Sind das Verwandte von dir?«

»Meine Tante mit ihren Töchtern. Die Sturmkrähen.«

Der Name wurde ihnen gerecht. Raymond drängte sich der Eindruck auf, sich nicht mit ihnen anlegen zu wollen. Das Ziel der Sturmkrähen war das Martinet-Anwesen, hoch oben auf den Hängen über Copperdeer. Ihr Krächzen schallte noch lange durch die Gassen und Raymond fiel auf, dass, wann immer eine der Krähen einer elektrischen Quelle zu nahekam, deren Licht zu flackern begann. Als sie an ihrem Versteck vorbeizogen, konnte Raymond beobachten, wie so manche Laterne die Straße hinauf, ihr flirrendes Licht gab.

Der Anblick schien Grace ohnehin angespannte Stimmung anzukratzen. »Wir müssen uns beeilen. Normalerweise bespricht sich meine Familie zuerst. Danach könnte die Suchaktion sofort starten.«

»Also jetzt oder nie.«

»Jetzt oder nie. Wohin hast du Joshuas Präsenz laufen sehen?«

»Ich habe ihn nicht wirklich laufen sehen«, erklärte Raymond. »Mein drittes Auge ist nicht so gut, aber ich konnte fühlen, dass er vom Laden aus in Richtung Saint Bradly Road verschwunden ist.«

»Dein drittes Auge ist nicht so gut?«

Er hätte schwören können eine amüsierte Unternote herauszuhören und da er sich in ihrer *ach so überlegen* Gegenwart ohnehin etwas minderwertig vorkam, ließ ihn das gereizt bejahen. »Kein Wunder bettelst du immer um Hilfe.«

»Das konntest du dir jetzt nicht verkneifen?«

»Nein. Dann lass mich mal suchen.« Damit flog Grace los und übernahm von da an die Führung. Ihr kräftiger Flügelschlag baute einen weiten Abstand zum Boden auf und von ihrem luftigen Standpunkt aus inspizierte sie die Umgebung in ausladenden Kreisen, während Raymond etwas gekränkt in seinem Versteck zurückblieb. Er redete sich ein, dass ihre Worte an ihm abprallten. Taten sie aber nicht. Um nicht teilnahmslos zu warten, spitzte er sein Wolfsgehör. Zumindest ein Vorteil, den er gegenüber seiner Begleiterin besaß. Er lauschte nach einem bösartigen Kinderkichern, fühlte sich durch den vorbeifahrenden Straßenverkehr jedoch gestört. Sowohl sein Timberwolf als auch er bevorzugten eine natürliche Geräuschkulisse.

Dann und wann entschwand die lichte Gestalt am Himmel aus seinem Sichtfeld, hinter die kühlen Fassade der städtischen Bibliothek, den hohen Zinnen der presbyterianischen Kirche und dem angrenzenden Mischwäldchen am Arbeiterviertel, das von den stillgelegten Gleisen gespalten wurde. Raymond versuchte Grace im Blick zu behalten. Sobald ihr Blauhäher entschwand, suchte er nach der nächsten höchstgelegenen Möglichkeit. Über der Schneise bei den alten Bahngleisen verbrachte Grace auffällig viel Zeit. Irgendwann machte sie eine scharfe Kurve. Die geflogene Spirale verengte sich und das fortwährende Tänzeln um dieselbe Stelle gab Raymond das Signal, in Bewegung zu kommen.

Er sprintete los, überwand Gassen und Straßen, huschte durch die akkuraten Vorgärten des Arbeiterviertels. Raymond kannte diese Ecke und die dazugehörigen Schleichpfade. Deshalb gelang es ihm zügig voranzukommen. Er nahm eine Abkürzung durch den Garten der Witwe Houbert, die mit einer Freundin an einem runden Tisch saß und sich gemeinsam ein Schnäpschen genehmigte. Eine der beiden Frauen gab ein quirliges »Komm her, Bello!« von sich.

Raymond hielt irritiert inne, doch die beschwipste Stimmung ließ ihn annehmen, dass sie sein Erscheinen als eine Sinnestäuschung abtun würden. Dass eine der älteren Damen eine bessere Veranlagung besaß, um feinstoffliche Wesen mit bloßem Auge zu erkennen, gab seiner angesäuerten Stimmung einen weiteren Dämpfer. Schnell huschte er durch die Hecke und ignorierte den Gesprächsverlauf darüber, ob die Damen tatsächlich einen Streuner im Garten hatten oder einfach zu tief ins Glas schauten.

Kaum dass seine Schritte sich von der Wohnsiedlung entfernten, stiegen ihm andere Gerüche in die Nüstern. Abendblühende Fauna, trockene Rinde und Kiefernharz lagen in der Luft. Dann näherte sich eine Bergbrise. Kühl und leicht. Ein Flattern gesellte sich zum nächtlichen Zirpen der Zikaden. Der Klang ließ Raymonds Ohren zucken und sein Blick schnellte hoch hinauf zu Grace, die auf einem Birkenzweig landete.

»Drei Echos waren heute in der Stadt.«

»Gleich drei?«

»Das ist nicht ungewöhnlich. Menschen sterben auch hier.«

»Mir sind nie so viele an einem Abend unterkommen.«

»Wahrscheinlich, weil du die Stadt aus einer anderen Perspektive betrachtest.«

»Verstehe. Welcher Spur sollen wir folgen?«

»Eines der Echos ist bereits ziemlich blass. Es streunt um ein Beerdigungsinstitut und redet wirres Zeug. Die Stimme klingt alt. Ich vermute, dieser Spur brauchen wir nicht nachgehen. Wahrscheinlich ein alter Mann.« Der Kopf des Blauhähers nickte Richtung Osten. »Ein anderes Echo sitzt an einer Bushaltestelle. Ganz in der Nähe von den Feldern der Familie Fitzner. Das sollten wir uns mal anschauen.«

Raymond richtete seinen Blick dorthin und folgte einem Wildtierpfad durch die Wälder, der sich erst vor dem Hof der Familie Fitzner lichtete. Grace flog ihm hinterher.

Die Einfahrt zum Hof bestand aus einem sandigen Untergrund mit dutzenden staubigen Bodenwellen, angereichert mit Kies und Schotter. Raymond erblickte das Halteschild und schon aus der Ferne fiel ihm das bleiche Licht auf, das über der moosgrünen Holzbank schwebte. Es besaß kaum noch Konturen wie ein ausgeblichenes Bild. Man musste schon ganz genau hinschauen, um irgendwelche Gliedmaßen oder gar ein Gesicht zu erkennen.

»Das ist er nicht.«

»Bist du sicher?«

»Ja! Ich weiß es einfach. Das ist er nicht«, wiederholte Raymond. »Als ich Joshuas Irrlicht zum ersten Mal sah, war seine Seele wie eine Miniatursonne. Voller Stoßwellen.«

»Wenn er im Koma lag, könnte sich das mit den Monaten gelegt haben. Desto näher er dem Tod kommt ...«, erklärte Grace, ohne den Satz zu beenden.

Beide blickten ratlos auf die schwebende Gestalt, bis Raymond sich einen Ruck gab und sich dem Objekt näherte. Er witterte Salbei mit Ringelblume und vernahm ein Summen wie von einem altertümlichen Wiegenlied.

»Joshua?«

Das Summen erstarb und die Stimme, welche antwortete, klang weiblich, gebrechlich und vom Alter gezeichnet. Die Sätze, die folgten, wirkten wirr und ohne jeglichen Zusammenhang. »Ich mache Kürbiskuchen mit Nüssen. Archibald liebt Kürbiskuchen mit Nüssen. Bald kommt er heim, mein Junge.«

Grace atmete auf. Kurz darauf erklärte sie: »Du hast Recht. Das kann er nicht sein. Das ist Großmutter Fitzner.« Raymond meinte in ihrer Stimme eine Art Beklemmung herauszuhören. »Ich glaube, sie ist heute Nacht gestorben.«

»Hast du sie gekannt?«

»Nicht so gut. Aber mein Großvater...«

Die Art, wie Grace reagierte, ließ Raymond vermuten, es handle sich um eine alte Freundin des Familienoberhaupts. »Wer ist Archibald?«

Doch sie antwortete nicht. Der Anblick schien ihr nahe zu gehen, denn auf einmal drängte Grace, den Ort zu verlassen.

»Geh die Straße entlang. Ich komme gleich nach.«

»Was hast du vor?«

»Geh einfach.«

Raymond gehorchte, wenn auch mit gerunzelter Stirn. Er eilte einige Schritte voraus, als ihn die Neugierde übermannte und er einen Blick hinter seine Schulter wagte. Grace saß auf der Bank, ihrem Geistführer entstiegen. Das Echo löste sich auf. Seine glimmenden Partikel wurden vom Wind davon getragen.

Durch die Geschwindigkeit und Ausdauer seines Geistführers war Raymond sehr schnell auf der asphaltierten Landstraße vorangekommen. Der schnelle Spurt war genau nach seinem Geschmack und erinnerte ihn an das letzte Sportfest, bei dem er seinen Mitschülern beim Staffellauf förmlich davonrannte. Grace stieß dazu. Ihre Flügel spannten sich dicht über Raymonds Wolfsschädel und auch er konnte die Fährte von Joshuas Irrlicht in der Luft wittern.

Joshuas Seele roch verspielt. Nach gebrannten Nüssen und kandierten Äpfeln. Es erinnerte Raymond an ihren ersten Zusammenstoß vor dem Rathausplatz, mitten im Getümmel des Weihnachtsdorfes.

Raymonds Mühe sollte sich lohnen, denn der helle Lichtpunkt, der sich auf dem flachen Asphalt am Horizont abzeichnete, war vielversprechend. Joshuas Seele hüpfte. Eine winzige Sonne. Mit kraftvollen Farben, voller Energie und Tatendrang.

»Das ist er!«, gab er Grace zu verstehen.

Ihre helle Gestalt nickte, legte an Tempo zu, um mit ihm Schritt zu halten. Auf der Ebene, ohne jegliche Hindernisse, die es zu umgehen galt, war Raymond in voller Fahrt kaum einzuholen.

Es mochte an dem geschärften Sehvermögen ihres Geistführers liegen, doch auf einmal verkündete Grace, Raymond habe richtig mit seiner Vermutung gelegen.

»Das ist definitiv kein Echo! Wenn er kurz zuvor in Raserei verfallen ist, müsste Joshua jetzt auf allen vieren kriechen. Er hüpft aber flink herum, wie ein Reh auf der Wiese.«

»Dann fühlen wir dem kleinen Poltergeist mal auf den Zahn«, verkündete Raymond.

»Ja! Kannst du ihn ablenken? Ich habe eine Idee.«

»Wie denn?«

»Können Wölfe nicht heulen?«

Damit stieß Grace sich kerzengerade empor und verschwand aus seinem Sichtfeld. Raymond machte mit zwei kurzen Lauten auf sich aufmerksam. In einer anderen Situation wäre der Anblick erheiternd gewesen.

Joshua wandte sich um und die beiden Strudel in seinem Kern weiteten sich, als würde er große Augen machen. Dann wurde sein Licht hektisch, sauste nach links und wieder nach rechts, etwas unschlüssig, wohin die Reise gehen sollte. Bis er sich entschied, in das Getreidefeld neben ihm zu huschen, schnell weg von dem herannahendem Wolf.

Raymond brauchte gar nicht nachzusetzen. Joshua rechnete mit allem, aber nicht damit, dass die Gefahr über ihm lauerte. Grace stürzte wie ein Peitschenhieb auf ihn herab. Er wurde zurück auf die Straße geworfen. Ihr Angriff ähnelte einem blauen Blitz. Das Irrlicht schlitterte über den Asphalt. Raymond sah, wie es sich aufpumpte und die Pusteln aus Zorn und Ärger in seiner Seele übersprudelten.

Nicht dieses Mal, dachte Raymond.

Kaum angekommenen, warf er sich gegen das Irrlicht und rang es zu Boden. Joshuas Seele versuchte sich zu befreien, seinem Irrlicht entwuchsen rankenartige Arme. Doch Raymond fletschte aus einem inneren Impuls heraus die Zähne. Mit seiner aggressiven Drohgebärde beugte er sein Haupt dicht über dem Irrlicht. Raymond fühlte, wie seine Augäpfel aus den Höhlen ragten, weit aufgesperrt und vor Mordlust sprühend. Wären seinem luziden Leib die feinen Blutäderchen in den Augen nicht fremd gewesen, hätte sich das Weiß darin sicherlich rot verfärbt. Joshua zerrte am Griff. Doch Raymond knurrte. Sein Vater hatte es bei dem Irrlicht mit Worten versucht. Diesen Fehler wollte Raymond nicht tun. Bei jedem unnötigen Zucken kläffte er. Die Pusteln des Irrlichts verpufften, seine Oberfläche glättete sich und Joshuas Seele verlor an Masse, als würde er sich furchtsam ducken.

»Tu mir nichts…«

Der Satz ließ Raymond zur Ruhe kommen und an seiner angriffsbereiten Haltung begriff er, wie bösartig sein Auftreten wirken musste. Im Grunde war er hier, um Joshua zur Vernunft zu bringen, nicht um ihn im metaphorischen Sinne die Hosen einnässen zu lassen. Er blinzelte zu Grace, die ihn ungerührt vom Pfahl eines Zauns beobachtete. Sie war weder eingeschüchtert noch überrascht. Dieses Mädchen konnte nichts aus der Ruhe bringen.

»Ich denke, die Botschaft ist angekommen«, meinte sie.

Als Raymond von Joshua abließ, wich er bis zum nächsten Pfahl zurück und kauerte dort wie ein Trauerkloß. Die feinen Eruptionen ergriffen das Holz wie Hände an einem rettenden Anker und der Ausdruck einer *verlorenen Seele* fand in ihm ein Paradebeispiel.

Zunächst kam Stille zwischen ihnen auf. Joshua wirkte mit seinen Ängsten beschäftigt, während Raymond nicht wusste, was die günstigste Herangehensweise war. Tatsächlich dachte er immer daran, das Irrlicht zu schnappen, an das *Danach* war nie ein Gedanke verschwendet worden. Er bemerkte, dass Grace ihn beobachtete. Sie hob den Flügel als deutende Geste und nickte zu dem Irrlicht.

Hier ist er also. Wie du es wolltest. Und nun?

Raymond entschloss sich neben dem zitternden Irrlicht Platz zu nehmen. »Du bist Joshua Hoberman, nicht wahr?«

Das war allen klar, doch Raymond wollte irgendwie das Eis zwischen ihnen brechen. Die Reaktion blieb ein kurz angebundenes »Josh«.

Der Junge bevorzugte die Kurzform seines Namens. Raymond schaute etwas nachdenklich zu Grace, erinnerte sich an ihr erstes Zusammentreffen und fragte sich, was ihm geholfen hätte, um seine damalige Situation besser zu verstehen. Die Wahrheit. Also entstieg er seinem Geistführer, wurde zu dem Jungen hinter der Wolfsmaske und setzte sich im Schneidersitz dicht neben Joshua an den Pfahl. Es verfehlte nicht seine Wirkung. Die strudelförmigen Augen starrten ihn an und Raymond hätte schwören können, ein kurzes Blinzeln zu erhaschen, obwohl das ein Reflex war, der einem fleischlichen Körper vorenthalten blieb.

»Ich bin Raymond. Erinnerst du dich an mich?«

»Woher sollte ich?«

»Wir sind uns schon zweimal begegnet. Kurz vor dem Jahreswechsel und danach. Du hast in der Stadt einer Frau unter den Rock geschaut.«

Der Satz ließ Grace einen empörten Laut machen und es hätte ihn nicht gewundert, wenn sie ihre Mithilfe bereute. Wahrscheinlich hielt sie Joshua für einen Perversen.

»Ja, stimmt! Ich erinnere mich.« Nach langem Zögern fragte er: »Was bist du? Ein Dämon, Geist, eine Wahnvorstellung?« Sein Repertoire an übernatürlichen Gestalten war groß, denn er zählte noch weitere auf. Interessant war jedoch, dass Joshua die Möglichkeit ausschloss, Raymond könne ein Schutzengel sein. Zumindest hielt er ihn für nichts Gutes.

»Ich bin wie du.«

»Nein! Bist du nicht. Ich bin kein Monster.« Er klang vorwurfsvoll, beinahe etwas angewidert. »Ich bin ein Junge. Ein normaler Teenager. Ich liege im Koma und das seit einem dreiviertel Jahr.«

»Dann verstehst du, was mit dir passiert ist?«

»Klar.«

»Warum kehrst du dann nicht in deinen Körper zurück?«

»Ich glaube, ich stecke im Limbus fest. Neulich haben mich Höllenhunde verfolgt.«

Das Wort kannte Raymond nicht. Er blinzelte irritiert, bis Grace ihm erklärte: »Ein Aberglaube von Christen. So eine Art Vorhölle.«

Raymond fand das eigenartig, denn er meinte sich zu erinnern, dass sein Vater die Hobermans nicht als religiös beschrieb. Sie blieben den örtlichen Kirchengemeinden fern.

»Woher hast du das mit dem Limbus?«

Ein Zucken ging durch das Irrlicht, als würde Joshua arglos die Schultern heben. »Von hier und dort«, war seine Antwort. »Aber hauptsächlich aus Horrorfilmen und der Serie *Twillight Zone*.«

Davon hatte Raymond noch nie gehört.

Grace gab ein Seufzen von sich und erklärte Joshua: »Du irrst dich. Hier gibt es weder Limbus noch Höllenhunde. Deine Seele hat durch den Unfall bloß den Körper verlassen. Wahrscheinlich ist dir diese Fähigkeit nicht angeboren. So wie manche Menschen nach einem Unfall plötzlich Klavier spielen können.«

Selbstverständlich verstand Joshua nur Bahnhof und Raymond fügte hinzu: »Du bist eine Exkursionsseele. So wie wir. Unsere Seelen wandeln auf der Erde, wann immer wir schlafen.«

»Ist das nicht der Inbegriff des Limbus?« Joshua schüttelte sich. »Als ruheloser Geist umherzustreifen, ohne Aussicht auf Erlösung? Für immer verdammt? Vielleicht sind wir alle hier gefangen. Vielleicht wisst ihr es selbst nicht?«

»Niemand ist hier gefangen. Ich besuche tagsüber die High School.«

»Vielleicht lässt man dich das glauben? Alles ist eine Illusion. Und überhaupt, in einen Wolf kann ich mich nicht verwandeln. In eine Blaumeise schon gar nicht.«

Grace ließ sich die kränkende Verwechslung nicht anmerken. Stattdessen fragte sie: »Würde dir der Gedanke an den Limbus so viel mehr gefallen, als die naheliegendere Lösung in Betracht zu ziehen? Für einen religiösen Eiferer bist du doch etwas zu jung.«

»Was meinst du damit?«

»Sie meint, dass du dein Koma heute Nacht beenden könntest.« Raymond sah ihn drängend an. »Geh zurück in deinen Körper, damit du aufwachen kannst. Hör auf, deine Familie zu quälen.«

Das Irrlicht atmete. Zumindest hörte und sah Raymond, wie es sich für wenige Sekunden aufblähte, als würde es einen tiefen Zug nehmen. »Josh, was da in eurem Laden passiert ist, kann doch niemals deine Absicht gewesen sein, oder?«

»Nein natürlich nicht! Ich war selbst überrascht, was ich angerichtet habe. Ich wusste nicht einmal, dass ich das kann.«

Die Stimme des Irrlichts überschlug sich, begann sich zu rechtfertigen. Joshua gewann an Größe, ließ vom Pfeiler ab.

»Ich wollte meinen Zustand bloß so lange ausnutzen, bis meine Eltern zurück nach Vancouver ziehen. Dort lebt auch der neurologische Spezialist. Das hätte wunderbar gepasst. Ich will nicht so weit weg von meinen Freunden leben! Ich vermisse Grandma, meine alte Klasse und überhaupt sind die Menschen in Copperdeer hochgradige Bauerntrampel!«

»Das ist ein gemeines Urteil.« Warf Grace ein. »Du kennst die Menschen hier gar nicht.«

»Ach ja? Erst gestern habe ich miterlebt, wie eine besoffene Frau von ihrer Veranda aus ein Mädchen angebrüllt hat, nur weil sie eine *Ausländerfresse* besaß. Gastfreundschaft sieht anders aus!«

Raymond musste nicht lange überlegen, um das Gesicht hinter dieser Erzählung zu finden. Er rümpfte die Nase, hörte heraus, wie Joshua um Fassung rang und ja, Elisabeth Brady war wohl kein gutes Beispiel für ein gelungenes Empfangskomitee.

Das hielt Grace nicht davon ab, ihm Vorwürfe zu machen. »Dein Zustand ist kein Scherz. Deine Eltern wissen nicht, dass du dich quicklebendig auf der luziden Ebene herumtreibst. Sie könnten jeden Tag die Hoffnung verlieren und deine Geräte abschalten.«

»Mama würde das niemals zulassen.«

»Trotzdem. Das ist ihnen gegenüber nicht fair.«

Joshua schwieg. Sehr lange. Dann gestand er: »Diese Stadt macht mir Angst.«

»Warum?«, wollte Raymond wissen.

»Kann ich nicht sagen.« Darüber wollte er offensichtlich nicht reden. Da er keine Anstalten machte, sich zu erklären, meinte Grace: »Gut. Wir wollen dich zu nichts zwingen. Doch du musst heute zurückkehren.«

»Das ist Zwang.«

»Nein! Wir wollen dir helfen.«

»Und wenn ich nicht zurück will?«

»Wirst du Probleme bekommen. Die anderen Seelen waren gestern nachsichtig mit dir. Wir beide heute Nacht auch. Doch es werden andere nach dir Ausschau halten und…«, Grace stockte. »Sie werden nicht feinfühlig mit dir umspringen. Du hast für Ärger gesorgt und das mögen diese Leute nicht. Desto schneller du das begreifst, desto besser.«

Raymond versuchte einen Blick mit ihr auszutauschen, doch der Blauhäher wandte sich ab. »Auch hier auf der luziden Ebene gibt es Spielregeln, Joshua. An die müssen sich alle halten, um ein friedliches Miteinander zu erreichen. Du bist da keine Ausnahme. Deine Unwissenheit wird dich nicht schützen.« Dann »Hast du einen Mentor?«, hörte Raymond sie die altbekannte Frage stellen.

Joshua verneinte. »Was denn für ein Mentor? Wofür? Ich weiß gar nicht, wovon du redest! Was für Spielregeln?«

Der arme Tropf verstand die Welt nicht mehr und wusste nichts auf Graces kryptische Prophezeiung zu antworten.

»Nun hat er einen«, entschied Raymond einfach. »Und jetzt lass uns zu deinem Körper gehen. Für Joshua Hoberman wird es Zeit aufzuwachen.«

BÖSES ERWACHEN

Um den Weg zum Virginia Medical Center zu verkürzen, durchmaß die Gruppe die Waldschneise an den stillgelegten Gleisen und den Pfad zum Fluss, über den weiter aufwärts die Lunéville Bridge in schwindelnder Höhe ragte.

Raymond erhaschte zwischen den borkigen Stämmen die Seitenansicht auf die Brücke mit der stark abfallenden Schräge daneben. Es ließ die seelische und vor allem schmerzhafte Narbe an seinen verblichenen Freund heftig zwicken. Auch Grace erinnerte die Brücke an Herold Brouwer. Während sie die Gruppe in einem galanten Flug leitete, ließ sich der Blauhäher dazu hinreißen, den Blick nachdenklich auf die Unfallstelle zu richten.

Raymond hielt inne. Es war eigenartig. Die Wunde über den Verlust des Freundes fühlte sich heute rissiger an und ohne es kontrollieren zu können, entwich ihm ein kurzes Winseln. Sein Geistführer trug seine Gefühle nah an der Oberfläche und Joshua bemerkte seine Reaktion.

»Dort ist ein Junge gestorben.«

»Ich weiß. Er war mein bester Freund.«

Seine Worte ließen die kleinen Wirbel in Joshuas Kern größer werden. »Das wusste ich nicht. Das ... das tut mir leid. Entschuldige.«

»Wofür entschuldigst du dich? Es war nicht deine Schuld.«

Joshua lag etwas auf der Zunge. Doch was immer es war, es geriet in Vergessenheit. An Raymonds Wolfsohren klang das Krähen und Fiepen eines Vogelschwarms, als hätte ein Paukenschlag sie wachgerüttelt.

Von Grace kam ein »Mist!«. Dann: »Geht in Deckung! Sie sind losgeflogen.«

»Wer?«

»Nicht jetzt, Josh. Komm in die Büsche!« Raymond drängte ihn zur Eile und das Dreiergespann fand Zuflucht in einem Abschnitt des Waldes, dessen dichtes Blätterwerk sie von den Blicken der fliegenden Geistführer abschirmte. Eine Welle aus luziden Vögeln zog über Copperdeer hinweg. Die Martinets waren aufgebrochen, um Joshua Hoberman zu suchen. Dabei war das Ziel noch eine gute Viertelstunde von ihrem Standpunkt entfernt.

»Grace, wie viele sind es?«, wollte Raymond von ihr wissen.

Ihre Antwort klang ernst. »Ich fürchte zu viele. Die Verwandtschaft aus Idaho scheint dazugestoßen zu sein. Ich habe keine Ahnung, wie wir ungesehen zum Medical Center hochkommen wollen.«

»Was ist denn das Problem?«, drängte Joshua nach Antworten. Raymond nickte aufwärts.

»Die dort oben sind das Problem.«

Eine winzige Lücke im Blätterwerk ließ einen Blick auf den Nachthimmel zu. Dort zog einer der leuchtenden Späher seine Bahnen. Raymond vernahm das Krächzen bis in ihr Versteck. Die gespannte Silhouette tauchte zwischen den Lücken in den Baumwipfeln auf, während Raymond laut überlegte. »Wir könnten abwarten, bis die Nacht vorbei ist. Wenn alle anderen aufwachen …«

»Das funktioniert nicht. Wir müssen zur Schule. Die dort oben können sich ihren Zeitplan einteilen, wie sie wollen«, unterbrach ihn Grace. »Unsere Eltern werden uns wecken. Dann steht Joshua ganz allein im Wald herum.«

»Wartet, ihr wollt mich allein lassen?«

Auf Joshuas Panik versicherte Raymond: »Niemand will das. Es gibt nur ungeahnte Probleme.«

»Nenn die Dinge beim Namen, Walker. Er sollte wissen, was los ist«, sprach Grace bitter und wandte sich direkt an das Irrlicht. »Deine Poltergeistaktion in der Stadt ist einigen Leuten ein Dorn im Auge. Und das dort oben ist die Konsequenz daraus.«

»Nun mal halblang! Ich bin doch kein Poltergeist.«

»Laut Definition schon«, erklärte Grace. »Sachbeschädigung, Körperverletzung, die unerklärliche Entweihung einer Madonnenstatue mit einem Hiterbart.«

»Das war ein Chaplinbart!«

»Dir ist klar, dass das derselbe ist?«, fragte Raymond. »Immerhin hat Chaplin sogar Hitler parodiert.«

»Es war *kein* Hitlerbart!«, betonte Joshua erneut. »Ich habe der Statue noch eine Melone aufgesetzt. Kann ich doch nichts dafür, wenn im Getümmel der Hut wegfliegt.«

Grace gab ein gereiztes Fauchen von sich.

»Das spielt jetzt auch keine Rolle! Du hast die falschen Leute wütend gemacht. Wenn wir Pech haben, spielt die nächste Folge von Twillight Zone in unserem Ort.«

»Es war nur ein Spaß …«, murrte Joshua.

Raymond sollte Graces Entgegnung nicht mitbekommen. Ihre Worte gingen in einem lauten Rauschen unter. Um sie herum lebte das Geäst auf, als hätte der Wald einen zornigen Gesang angestimmt. Die Baumwipfel neigten sich in jede Richtung und gaben in manchen Momenten den Blick auf die Gruppe frei. Raymond duckte sich, als er meinte, eine der Sturmkrähen dicht über ihnen krächzen zu hören. Sein Blick suchte nach einem günstigeren Versteck, bis er Grace ansah. Nicht nur ihre Stimme kämpfte gegen den Sturm. Ihr Blauhäher, so fein und federleicht, bekam Schwierigkeiten, trotz geduckter Haltung nicht davon geweht zu werden.

»Es hilft nichts«, rief sie. »Ich muss dort hoch. Früher oder später wird uns jemand finden. Ich werde für Ablenkung sorgen. Falls ich es schaffe, musst du allein mit Joshua hinauf zum Medical Center rennen.«

Raymond nickte und rief gegen den Sturm: »Viel Glück!«

Er vergaß ihr zu danken. Da kämpfte sich Grace auch schon aus dem Dickicht hervor. Hinauf zu ihrer Tante. Inmitten der Windböe meinte Raymond, einen Namen herauszuhören. *Camille.* Der Name einer Sturmkrähe?

Beide Jungen hielten sich bedeckt, bis das Krähen alarmierend wurde, wie ein Ruf, der den Schwarm zusammentrommelte. Um sie herum erstarben die Böen.

Raymond kraxelte aus dem Versteck hervor und erspähte, wie sich der Schwarm am Nachthimmel neu formierte. Mit zusammengekniffenem Blick erkannte er Grace an vorderster Front, die ihre Verwandtschaft auf die falsche Fährte lockte. Weg vom Medical Center, hinüber zur alten Landstraße, die zur Route 26 führte. Raymond wollte Joshua bereits mitteilen, dass die Gelegenheit günstig sei, als er einen leuchtenden Punkt ausmachte, der sich vom Schwarm distanzierte.

Eine Elster näherte sich ihrem Versteck. Adele.

»Das geht doch nicht mit rechten Dingen zu«, hörte Raymond sie schimpfen. »Die bindet uns doch einen Bären auf. Wo kam das Biest überhaupt so plötzlich her?« Ihrer wütenden Tirade nach zu urteilen, hatte Adele berechtigte Zweifel an der Geschichte ihrer Schwester.

Raymond dirigierte Joshua zurück ins Dickicht und überlegte. Das Irrlicht flüsterte neben ihm: »Es ist doch bloß eine Elster. Warum verstecken wir uns?«

Raymond dachte an Adeles Wutausbruch und schnaubte mit einem: »Wenn du wüsstest.« Doch tatsächlich ging ihm durch den Sinn, dass es Grace spielerisch gelungen war, ihre Schwester zu wecken. Adele kam ihm wie das kleinere Übel vor, er musste lediglich ihre Seele aufscheuchen.

»Josh, bei deiner Raserei, wie hast du meine Familie in die Flucht geschlagen?«

»Welche Raserei?«

»Mein Vater meinte, du hättest im Laden mit energetischen Gegenständen um dich geschlagen. Und mein Onkel hat sich beklagt, dass ein Treffer sich angefühlt hätte, als würde seine Seele von einem Schrapnell durchsiebt werden. Er ist davon mit Schnappatmung aufgewacht.«

»Wirklich?«

»Erinnerst du dich, wie du das angestellt hast?«

»Ich weiß nicht. Da war nur noch Zorn. Ich wollte Abstand gewinnen. Ich weiß noch, wie ich nach etwas gegriffen habe. Irgendetwas, um mich zu wehren. Ich habe mich selbst gewundert, als so viele Gegenstände durch die Luft flogen.«

Raymond erinnerte sich, wie sein Vater ihm die Raserei schilderte. *Als wären hundert Hände zugleich zugange.* Er dachte an Floyds Geschenk. Doch Raymond besaß Skrupel, das Messer zu verwenden. Er hatte keine Ahnung, welchen Schaden es einer Seele zufügen konnte, da es aus einem Erz bestand, dass ihm unbekannt war. Außerdem benötigte er ein Wurfgeschoss, um Adele vom Himmel zu holen. Ein energetischer Gegenstand kam ihm klüger vor. Raymond schaute sich um und fand wenige Zentimeter außerhalb ihres Verstecks einen Steinbrocken. Vorsichtig entstieg er seinem Geistführer, seine Tatzen wurden zu Fingern und ergriffen den Klumpen aus Basalt, der weniger als sein Handteller maß. Er presste die Finger um das Gestein. Dann versuchte Raymond seinen Zorn zu steigern.

Er dachte an Ed Bradys Schikanen. Wie Ed seine Stirn gegen den Spind prügelte. Wie er versuchte, ihm sein Geld zu klauen. Und wie Ed gemeinsam mit Miller Raymonds Kopf im gefüllten Waschbecken tunkte.

Der Zorn floss durch seine Venen. Er nahm keine unkontrollierten Ausmaße an, wie bei Joshua, doch Raymond gelang es die negativen Emotionen so zu lenken, dass sie sich wie eine glühende Schicht um den Stein legten.

Als Adele drohte sich zu entfernen, ließ Raymond einen Pfiff ertönen. Die Elster kam meckernd zurück.

»Hoberman, komm raus! Ich weiß, dass Grace dich deckt! Du bist geliefert, du kleine …«

Raymond warf. Und traf. Adeles Seele löste sich mit einem erschrockenen Ausruf auf. Ihre Partikel verflogen mit dem Wind und Raymond rief: »Schnell weiter!«

Die beiden Jungen krochen aus ihrem Versteck. Raymond scheuchte das erstaunte Irrlicht vor sich her. Etwas zwickte ihn, doch er ignorierte den Schmerz. Denn heute Nacht war nichts wichtiger, als Joshua Hoberman erwachen zu lassen.

Laura Hoberman besaß platt gedrückte Korkenzieherlocken, die an den Schläfen von hellgrauen Linien durchbrochen wurden. Ihr Sitzplatz wirkte unbequem. Das schlummernde Gesicht der Frau ruhte auf ihrer Schulter. Eine der Zeitschriften war von Laura Hobermans Schoß auf den Boden gestürzt und hing zwischen den Kabeln des Beatmungsgeräts. Joshuas Gestalt wirkte unter der dicken Daunendecke seines Bettes schmächtig und blass. Seine Haut hatte schon länger keine Sonne gesehen und trotz der umsichtigen Betreuung seiner Mutter konnte weder sie noch das Personal vermeiden, dass sich an seinen Unterarmen Druckstellen bildeten. Die Einstichnadeln der Sonden hinterließen veilchenfarbene Flecken.

Das Beatmungsgerät vernahm Raymond bereits vom Flur aus. Es war sonderbar mitzuerleben, wie es auf unnatürliche Art Joshuas Lunge mit Luft füllte, bis das Maximalvolumen erreicht wurde. Dann senkte sich der Brustkorb und der Kreislauf startete von neuem.

Beim Betreten des sterilen Raums fiel Raymond die Zögerlichkeit auf, mit der Joshua sich umschaute. Als sein Irrlicht so verloren im Zimmer stand – zwischen all der lebenserhaltenden Elektronik, die sich allein um sein Dasein drehte – gestand er, diesen Ort gemieden zu haben.

»Es war hart für mich und meine arme Mutter ist so gealtert. Ihr fehlt die Pflege und der perfekt sitzende Lippenstift.« Raymond blickte auf Laura Hobermans Finger mit den abgeknabberten Nägeln, während sich Joshua zu den Furchen äußerte. »Die waren vor einem Jahr noch nicht da.«

»Ich verstehe nicht, wie du das ignorieren konntest«, fragte Raymond.

Doch Joshua gestand: »Ich habe den Raum einfach nicht mehr betreten. So konnte ich mir den Anblick ersparen.«

Raymond beugte sich vorsichtig über die schlafende Frau. Ihr trauriger Anblick erinnerte ihn an Anita Brouwer.

Er stellte sich vor, wie ihr Gesicht strahlen würde, wenn der totgeglaubte Sohn aufwachte, obwohl die Ärzte ihn aufgaben.

»Gib ihr einen Grund zu lächeln«, war Raymonds Entgegnung. Dennoch zögerte Joshua. Etwas hielt ihn zurück. Raymond bekam Angst, der Junge könne sich umentscheiden.

Da wandte sich Joshua ihm zu. »Wie hieß dein Freund?«

»Herold. Herold Brouwer.«

»Und was sagt man über seinen Tod?«

»Es war ein Unfall. Im Winter entsteht auf dem Gehweg bei der Brücke eine matschige Schliere. Er ist ausgerutscht und den Abhang hinuntergestürzt. Die Brüstung beginnt zu spät und er … Er konnte sich nirgendwo festhalten.«

Eine beklemmende Ruhe kam auf, die durch den Klang des Beatmungsgeräts durchbrochen wurde. Da begann Joshua zu erzählen. »Weißt du, die ersten Tage nach meinem Unfall war ich ziemlich traumatisiert. Ich bin fest davon ausgegangen, bald sterben zu müssen und das schon in dem Moment, als der Lastwagen sich unserem Jeep näherte. Ich konnte ihn sehen. Den entsetzten Gesichtsausdruck des Fahrers. Als die Kollision dann kam … man sieht wirklich sein Leben an einem vorbeiziehen. Und meines kam mir so kurz vor. Ich dachte an die Tickets für das nächste Spiel der Portland Trail Blazers und das ich es niemals mit meinem Vater anschauen könnte. Als der Wagen uns schließlich rammte, hat mich der Schmerz gelähmt. Ich wurde ohnmächtig und lange blieb alles schwarz, bis ich in den Fluren dieses Krankenhauses stand.«

Aus dem Kern des Irrlichts entwuchs eine Hand, die sich mitfühlend auf die Wange seiner Mutter legte. »Damals habe ich sie ebenso schlafend vorgefunden. Dann sah ich meinen Körper. Er war in einem schlimmeren Zustand. Der Verband am Kopf ist weg, doch an diesem Tag sah ich aus wie Frankensteins Monster. Ich wollte zurück in meinen Körper. Ich lag wirklich schon drinnen. Doch als ich die Augen aufschlagen wollte, waren da diese Schmerzen. Das habe ich einfach nicht ausgehalten.«

»Dann war das der Grund?« Das verstand Raymond sogar. Und das Irrlicht schüttelte sich. »Anfangs schon. Ich nahm an, dass ich erst gesund werden muss. Also habe ich die ersten Tage im Zimmer oder in den Fluren verbracht. Da sind andere *Wesen* aufgetaucht, allerdings nie für lange Zeit. Manche verpufften nach wenigen gesprochenen Sätzen vor meinen Augen. Das war … eigenartig. Sie hatten immer diesen starren Blick. Und bald wurden mir die Räume unheimlich, also habe ich meine Ausflüge in die Stadt unternommen. Ich hatte anfangs kein Problem mit Copperdeer. Die ersten Ausflüge in den Ort waren nett. Langweilig, aber nett. Die Häuser kamen mir wie von Postkarten eines Schweizer Skigebiets vor und der Mount Hood war aus der Nähe betrachtet, weitaus beeindruckender als von Portland aus. Die Wälder sind etwas düster, doch damit hatte ich mich schnell abgefunden. Vor allem nach meinem Unfall haben sie mich magisch angezogen, als würden sie regelrecht nach mir rufen. Es war aufregend. Für wenige Wochen war ich sicher, dass Copperdeer ein schönes neues Zuhause abgeben könnte. Ich wartete auf meine Genesung und spielte bereits mit dem Gedanken, mit meinen Eltern die Wanderpfade zu erforschen.«

Joshua stockte und Raymond blickte ihn fragend an. Er hatte das Gefühl, das Irrlicht wollte sich etwas von der Seele reden. »Aber dann kam dieser Tag. Dieser eine Winterabend. Als ich miterleben musste, wie zwei Männer diesen Jungen über die Brüstung der Brücke warfen.«

Es kehrte Stille ein. Daheim in seinem Bett wich sämtliches Blut aus Raymonds Adern. Eine Schockstarre überfiel ihn. Lähmend, betäubend, als stünde er kurz vor dem Aufprall, nachdem ihm der Boden unter den Füßen weggezogen wurde.

»Du … Du warst dort?«

»Nein, nicht wirklich. Ich war damals schon in diesem Zustand. Etwas hat mich in die Wälder gerufen. Ich spazierte oberhalb eines Berghanges auf einem der Wanderpfade und konnte von dort aus den Blick auf die Stadt bewundern.

Die beiden Kirchturmspitzen, das verschneite Dach des Rathauses und auf derselben Höhe war die Brücke auszumachen. Dort fielen mir dann die Männer auf. Vielleicht waren es aber auch Jugendliche? Ich weiß es nicht. Sie standen sich gegenüber - ein Dicker und ein Dünner - und machten eine merkwürdige Bewegung, als würden sie etwas zwischen sich schwingen. Ich dachte zuerst, es sei ein Sack voller Müll. Und dann stürzte etwas über die Brüstung. Ein kleiner, gelber Fleck mit zappelnden Armen und Beinen.«

Joshuas Stimme klang erstickt und auch Raymond konnte nicht verhindern, dass daheim eine Gänsehaut über seinen Nacken kroch. Seine Vorstellungskraft zeichnete ein Bild, das ihm lebhafter vorkam, als ihm lieb war. Das seine Psyche gar nicht ertrug.

»Dieser gelbe Punkt … Er rutschte den Hang hinunter, rotierte um sich selbst. Ich schaute ihm nach. Etwas kam mir falsch vor. Und die zwei oberhalb der Brücke rannten los, während ich den Punkt fallen sah. Ich hörte einen Motor. Zumindest glaube ich, dass es einer war. Ich habe immer auf den gelben Punkt gestarrt, weil ich einfach nicht fassen konnte, was dort unten passierte. Und ich bekam Angst … Solche Angst. Denn da kraxelte etwas aus dem gelben Fleck heraus, das mir ähnelte. Es jammerte. Es schrie. Es weinte. Und dann flog es in eine der Wohnsiedlungen davon.«

Joshua hielt lange inne. Sein Schweigen wurde unerträglich, doch der Junge wirkte gefangen in einer Erinnerung, die ihn noch heute in Schrecken versetzte, bis sein Flüstern messerscharf die Stille schnitt.

»Diesen Schrei werde ich nie vergessen.«

»Warum hast du das nicht früher erzählt?« Raymond konnte den anklagenden Tonfall nicht vermeiden.

Überwältigt von der neuen Erkenntnis, wallte ein unsagbarer Zorn in seiner Seele auf. Was zuvor Adele vorenthalten blieb - die mangelnde Selbstbeherrschung, für die Raymond sie so lange belächelte - machte sich nun auch bei ihm bemerkbar. Er fühlte eine unkontrollierte Wut in seiner

Seele aufsteigen, wie ein bösartiges Geschwür, das um sich schlug. Züngelnd und heiß wie Fegefeuer. Er wollte Joshua packen und schütteln.

»Ich hatte Angst.«

»Das ist keine Ausrede!«

»Es tut mir leid. Ich wollte nur noch weg von hier! Dann hörte ich wie du …«

Auf einmal spürte Raymond einen Ruck. Jemand zerrte an seinem Körper, ermahnte ihn aufzustehen, um den Unterricht nicht zu versäumen. Die Stimme seines Vaters drang an sein Ohr, nannte ihn eine Schlafmütze und während seine Worte immer weiter an Intensität gewannen, verkamen Joshua Hobermans Silben zu einem fernen Raunen. Das Bild vor Raymonds Augen verblasste und irgendwann blinzelte er verstört in das Gesicht seines Vaters, als seine Seele gewaltsam in seinen Körper zurückkam.

Noch bevor er Raymond tadeln konnte, richtete er sich abrupt auf, schlug die väterlichen Hände von sich und brüllte einen Zorn hinaus, der seine Schwester im Flur zum Weinen brachte.

GUTE GRÜNDE

Das Wissen um die Begebenheit des damaligen Tages machte Raymond nicht glücklicher. Denn als er seinem Vater mit von Zorn verzerrter Stimme von dem Irrlicht berichtete und von Joshuas eigentlichen Beweggründen, weshalb er die Stadt verlassen wollte, hinterließen seine verkrallten Finger tiefe Furchen auf der Decke. Mit viel Mühe und Not gelang es seinem Vater, ihn zu besänftigen. Hana hörte erst mit dem Plärren auf, nachdem sie Raymonds Zustand als untypisch erkannte. Ihre Finger strichen liebevoll über seinen Arm und der Kopf legte sich auf seinen Handrücken. Die Geste war heilend, fühlte sich wie Balsam auf seiner verwundeten Seele an und bald fand Raymond genug Kraft, um die Trauer zu überwinden.

Doch die Wut blieb.

»Wir müssen etwas tun«, forderte er.

Sein Vater schaute bestürzt, die ersehnte Lösung konnte er aber nicht aus dem Hut zaubern. Womöglich war das sogar zu viel verlangt. Zwar wirkte er von der neuen Sachlage betroffen, doch Raymond war verärgert. Er wollte etwas unternehmen, erwartete von ihm mehr Tatendrang. Sein Vater sollte aufspringen und die Täter augenblicklich zur Rechenschaft ziehen. Zur Not in Wolfsgestalt, womit Raymond ihm gerne behilflich wäre. Im Geiste sah er Vater und Sohn als rächendes Duo die Straßen von Copperdeer durchforsten, auf der Suche nach den Schuldigen an Herold Brouwers Tod. Doch sein Vater antwortete: »Ich muss nachdenken.«

»Was gibt es da zu überlegen? Lass uns zu Reynolds gehen!«

»Mit welcher Begründung?«

»Mord!«

»Und die Täter?«

»Ich kenne sie nicht, aber Joshua bestimmt. Er war dort.«

»Himmel, Raymond! Denk einen Moment nach, was du da sprichst! Wenn wir Reynolds erklären, dass ein Irrlicht Zeuge war, wirft er uns hochkant aus dem Department!«

Natürlich hatte sein Vater Recht. Doch das war nicht, was Raymond zu jenem Zeitpunkt hören wollte. In seiner jugendlichen Vorstellung gehörte diese Ungerechtigkeit sofort gesühnt. Die Täter mit dieser Sache davonkommen zu lassen, war ein Gedanke, den er kaum ertrug – selbst nach der Ermahnung seines Vaters, den Fall aus den Augen von Sheriff Reynolds zu betrachten, der als rationaler Mensch die luzide Ebene nicht kannte.

»Dann war es das? Wir wollen nichts tun?«

»Das habe ich nicht gesagt.«

»Und was nun?«

»Du stehst auf und richtest dich für die Schule. Sprich mit niemanden über diesen Vorfall. Ich werde mir Gedanken machen, wie wir am besten vorgehen. Wir müssen jetzt Vorsicht walten lassen. Das sind harte Beschuldigungen!«

Raymond klappte die Kinnlade hinunter. Er nahm an, es sei selbsterklärend, dass der Unterricht heute zweitrangig blieb, selbst wenn es die letzte Woche vor den Sommerferien war. Doch sein Vater erinnerte ihn an die Zeugnisvergabe, was ihn persönlich herzlich wenig interessierte. Er war nicht versetzungsgefährdet, weshalb also den Fokus auf solche Nebensächlichkeiten legen, wenn doch so Gravierendes ans Tageslicht gekommen war. Geradezu störrisch verzog Raymond das Gesicht, schüttelte unwillig den Kopf, da fühlte er die Hände seines Vaters an seinen Schultern ruckeln.

»Ich verstehe dich. Wirklich, Raymond, glaub mir. Du bist wütend. Du willst mit wehendem Banner eine regelrechte Hetzjagd starten. Doch so einfach ist das nicht, Junge! Wir können nicht wahllos unsere Nachbarn und Freunde beschuldigen.«

»Reynolds muss den Fall wieder aufnehmen.« Und die Möglichkeit, ihn dazu zu bewegen, war in Raymonds Augen schnell gefunden. Er packte den Arm seines Vaters und flehte: »Bitte dring in seine Träume ein. Schick ihm die Botschaft, dass sich der Vorfall so nicht abgespielt haben kann. Gordens Onkel hast du auch manipuliert. Warum nicht auch den Sheriff?«

»Weil der Zweck nicht die Mittel heiligt.« Sein Vater schüttelte vehement den Kopf. »Was du von mir verlangst, ist ein herber Eingriff in die Psyche eines Menschen. Das kann nach hinten losgehen.«

»Willst du überhaupt helfen?«, entfuhr es Raymond ungnädig.

»Natürlich! Doch schau, ich kann ihm nicht im Traum erscheinen und sagen, du hast dich geirrt. Wir brauchen mehr. Und selbst wenn Joshua gesehen hat, was passiert ist, er bleibt der denkbar schlechteste Zeuge, den wir haben könnten. Offiziell lag er zu diesem Zeitpunkt im Koma. Womöglich ist er auch noch gar nicht wach.«

Raymond schnaufte. Die Wut kochte in ihm hoch. Die Kraft aufzubringen, sie zu unterdrücken, glich einer Heraklesaufgabe. Er wollte etwas packen und gegen die Wand werfen. Stattdessen stierte er seinen Vater an, dem ein bitterer Zug um die Mundwinkel huschte.

»Gott, Raymond, sieh mich bitte nicht so an. Natürlich ist es mir möglich, Reynolds auf der luziden Ebene gewisse Geistesblitze zu senden, doch ohne die nötigen Beweise würde die Eingebung bei ihm verpuffen. Er wird es als zusammenhanglosen Traum abtun. Bestenfalls bleibt es für ihn ein Erinnerungsschnipsel aus einem tragischen Fall. Beweise. Wir brauchen Beweise, mein Junge!«

Raymond vernahm das Wort so häufig aus dem Mund seines Vaters, dass es einen hilflosen Nachgeschmack hinterließ. Es gab keine Beweise. Jedenfalls wusste Raymond von keinen. Wie denn auch, er war nicht der ermittelnde Sheriff und er konnte sich bloß auf das verlassen, was ihm Joshua als Augenzeuge schilderte. Seine Nüstern blähten sich. Er schnaufte, starrte auf seine zittrigen Finger, die so gerne mehr getan hätten, als sich in seinem Laken zu verkrallen. »Werden wir eine Lösung finden?«

Sein Vater schwieg. Selbstverständlich kannte er die Antwort, die Raymond sich erhoffte, wie hätte er auch nicht?

Doch die grausame Wahrheit, die beide kaum zu denken wagten, war, dass bereits Monate über das Land gezogen waren, ohne dass jemand den Sachverhalt skeptisch hinterfragte. Es war nicht der erste Zwischenfall dieser Art, was der Tod von Evelyn Conrad bewies, und Raymond zweifelte nicht daran, dass dieser Umstand den Tätern in die Karten gespielt hatte.

Raymonds Magengrube zog sich schmerzlich zusammen und für einen Moment wurde ihm speiübel. Obwohl Reynolds kaum Schuld an dem Elend trug, begann er den örtlichen Sheriff zu verteufeln.

Dummer Stümper, ging es Raymond durch den Sinn. *Trottel. Idiot. Ein Junge wurde ermordet. Mein bester Freund und du hast es nicht erkannt.* Die wütenden Stimmen in seinem Kopf überschlugen sich mit Schimpf und Schande. Die Mörder liefen in ihrer beschaulichen Stadt herum und alles, was Raymond tun konnte, war, seine Jeans anzuziehen, um sich für die Schule vorzubereiten. Mit guter Miene zum bösen Spiel, obwohl sein nach Rache dürstender Wolf grollend die Zähne fletschte.

Zwei Stunden später saß Raymond bei der Zeugnisvergabe im Klassenraum und blickte ohne jegliche Empfindungen auf das beglaubigte Dokument zwischen seinen Fingern, was seine Versetzung bestätigte und sogar einige lobende Worte für den verbesserten Notendurchschnitt fand. Selbst wenn sein Verhalten noch immer als vorlaut, störrisch und eigenbrötlerisch beschrieben wurde – Miss Petrova bemängelte sein Desinteresse an extracurricularen Aktivitäten - konnte man Tante Beth zugutehalten, dass sie ganze Arbeit an ihm geleistet hatte. Ihre nächtlichen Nachhilfestunden waren von Erfolg gekrönt und zum ersten Mal seit seiner Einschulung würde Raymond mit gutem Gewissen sein Zeugnis vorzeigen können. Gewiss gehörte er noch nicht zu den besten, jedoch zeichnete sich ab, dass er die Kurve erfolgreich genommen hatte.

Dennoch gelang es ihm nicht, sich in irgendeine Form von Euphorie hineinzusteigern. Es fühlte sich wie ein schaler Sieg an. Seine dunklen Pupillen huschten über die Zeilen, nur um bedauernd festzustellen, dass er sich nicht auf den Inhalt konzentrieren konnte. Es gab andere Gedanken, die seinen Kopf füllten und die Gegenwart verdrängten.

Der heutige Tag kam ihm wie eine Posse vor, als spielte sich sein wahrhaftiges Dasein nur noch auf der luziden Ebene ab, mit gelegentlichen Unterbrechungen durch den Aufenthalt innerhalb dieser Räumlichkeiten. Womöglich lag es daran, dass sein Geistführer bereits ein vollständiges Leben gelebt hatte, doch Raymond kam sich gealtert vor. Konfrontiert mit Mord, Totschlag und sämtlichen Grausamkeiten der Welt, diesem Zimmer entwachsen und seinen kindlichen Sorgen beraubt.

Brachte sein Dasein das zwangsläufig mit sich? Reifte sein Geist schneller, weil er tagsüber - doch speziell des Nachts – unzählige Erfahrungen sammelte, während andere seines Jahrgangs behütet träumten?

Aktuell häuften sich die negativen Ereignisse und er hätte gerne eine Pause von alldem gehabt. Ein traumloser Schlaf kam ihm verlockend vor. Sein Blick huschte über die Landkarten an der Wand, den farbenfrohen handgeschriebenen Plakaten und den Lehrbüchern, die in den altmodischen Schränken aufgereiht standen.

Welch eine Maskerade. Während er seine Wolfsseele hinter diesem fleischlichen Gefäß verbarg, verheimlichte jemand in dieser Stadt den Mord an Herold Brouwer mit derselben Unschuldsmiene. Inmitten seiner rotierenden

Gedanken fiel ihm kaum auf, wie das Leuten der Schulglocke die Stunde beendete. Das Scharren der Stühle auf dem zerkratzten Linoleum drang dumpf an seine Ohren, ebenso wie das auflebende Stimmengewirr, sobald die Lehrkraft den Raum verließ. Ein Surren ging durch seinen Gehörgang, ähnlich wie bei einem Tinnitus, der sich allmählich in seinem Kopf heimisch einnistete. Raymond rieb sich über die Schläfe. Sein abwesender Zustand, mit dem er seine Noten anstarrte und der schon mehrere Minuten anhielt, wurde offenbar missverstanden. Denn Matthys Neleman lehnte sich mit einem prüfenden Blick über seine Schulter, um das Ergebnis auf Raymonds Zeugnis zu begutachten. Ein bedauerndes Brummen folgte.

»Da ist noch Luft nach oben, Walker.«

Die Tonart ließ Raymonds Braue zucken. Er vernahm einen Hauch zu viel Spott, der ihn triggerte. Er packte sein Zeugnis ein und riet Matthys beiläufig, seine *dumme Schnauze* zu halten, wenn er bis heute Nachmittag seine Zähne behalten wolle.

Die Grüppchen in unmittelbarer Hörreichweite verstummten.

Christopher fragte seinen Nebenmann etwas dümmlich: »Hab ich was verpasst? Was hat Matthys davor gesagt?«

Er wollte wissen, ob es die pampige Wortwahl wert war. Doch das hielt Raymond nicht davon ab, Matthys mit einem Blick zu strafen, der das nahende Unheil ankündigte.

Nelemans Unterlippe bebte vor Zorn. Aber er schluckte seine Empörung hinunter, schob sämtliche tadelnde Worte beiseite, um des guten Friedens willen. Irgendwann hoben sich seine Hände. »Ganz ruhig, Walker. Das war bloß ein Scherz.«

»Und ich lache nicht.«

»Entschuldige.«

»Angenommen. Jetzt halt die Klappe und setz dich!« Raymond klang wie ein Feldwebel beim Militär. Das Gesicht vor ihm wurde zu einer wütenden Grimasse. Matthys Faust zuckte. Miss Petrovas erneutes Auftauchen im Türrahmen ersparte beiden ein bevorstehendes Gerangel. Die Lehrerin schäkerte mit dem Referendar. Dieser hatte in der Jahresmitte an der Leroy Marshall begonnen und mit seinen dunklen Locken samt dem äußerst enthusiastischen Auftreten passte er perfekt in Miss Petrovas Beuteschema. Es war typisch, dass sie ihn unter die Fittiche nahm und ihre auffällige Liebäugelei ließ aus vereinzelten Ecken des Klassenraums Gekicher aufleben, zumal ihre letzte Beziehung wieder in die Brüche gegangen war. Raymond blieb es gleich.

Als die Schülerschaft an ihre Plätze eilte, spürte er Matthys Zorn im Nacken und beinahe überfiel ihn eine gewisse Wehmut, weil er den Streit nicht auf die Spitze provozieren konnte. Eine Tracht Prügel täte dem vorlauten Mundwerk gut. Er hatte genug von Matthys. Raymond sinnierte über Joshuas Aussage, mit gelegentlichen Unterbrechungen durch Miss Petrovas Fragen.

Die Stunde zog dahin.

Über einem karierten Block gebeugt, machte Raymond sich Notizen mit Punkten, die es zu beantworten galt. Davon gab es reichlich. Und alles hing von Joshuas Erinnerungsvermögen ab. Dass Raymond ihn heute Nacht aufsuchen wollte, war selbsterklärend, allein um eine detaillierte Beschreibung der Männer zu erhalten. Sein verfeinertes Hörvermögen ließ ihn das Getuschel hinter seinem Rücken vernehmen. Matthys äußerte sich missfällig über sein affiges Verhalten, bis Miss Petrova ihn mit scharfem Ton zur Ordnung rief. Von da an herrschte hinter Raymond eisiges Schweigen und die Zeilen auf dem Block füllten sich weiter.

Wie viele Täter? Mindestens zwei.

Das stand fest, denn sonst hätte man Herolds Leichnam gar nicht über die Brücke schwingen können. Die Aussicht auf einen Komplizen fand Raymond beunruhigend, denn damit war klar, dass mindestens zwei faule Äpfel in ihrer Stadt hausten. Er stellte sich Herold vor, wie er auf sich allein gestellt, erfolglos um sein Leben kämpfte. Seine Faust ballte sich, zitterte schmerzhaft über seinem Pult.

Wie sahen sie aus? Ein dicker und ein dünner.

Das waren dürftige Details. Er brauchte noch viel mehr. *Wie alt?*

Darüber dachte Raymond besonders gründlich nach, denn er meinte sich zu erinnern, dass Joshua gesagt habe, aus der damaligen Entfernung nicht beurteilen zu können, ob es sich um Männer oder Jugendliche handelte. Letzteres jagte Raymond eine Gänsehaut über den Rücken. In Copperdeer existierten zwei Grundschulen. Eine davon besuchten Herold und er im Arbeiterviertel. Für Middle und High School gab es nur eine Anlaufstelle und darin saß Raymond gerade, was bedeutete, dass – im Falle von minderjährigen Tätern – jemand innerhalb dieser Gänge am Mord beteiligt gewesen sein könnte.

Er wollte sich nicht vorstellen, wer zu solch einem Gewaltverbrechen fähig war. Raymond erinnerte sich an die große Anteilnahme. Es wurden Kerzen angezündet, Gottesdienste abgehalten, eine Mahnwache mit vielen Helfern fand statt und die Lehrerschaft protestierte mit einigen Schülern vor dem Bürgerhaus, um die Brücke für Passanten sicherer zu gestalten. Einige organisierten damals sogar eine Spendenaktion, deren Erlöse an Anita Brouwer ging, um sie mit den Beerdigungskosten ihres Sohnes zu unterstützen. Sein Verdacht kam Raymond zu gewaltig vor. Er wollte das nicht glauben und strich kopfschüttelnd das Wort *Jugendliche* durch.

Ein dicker und ein dünner, hatte Joshua gesagt. In seinem Kopf ging er sämtliche ihm bekannten Bewohner aus dem Arbeiterviertel durch, doch diese Beschreibung hätte auf einige zutreffen können und wer konnte schon ausschließen, dass die Täter nicht vom anderen Ufer des Copper Rivers stammten.

Welche Uhrzeit?

Auch darüber grübelte Raymond. Die Miene seines Stiftes tippte nachdenklich auf den Punkt unter dem Fragezeichen. Er fragte sich, ob er den Unfallzeitpunkt nicht selbst einkreisen könnte. Die damaligen Ausgaben des *Mountain-Echo* hatten darüber berichtet, doch natürlich besaß er kein Exemplar griffbereit. Unauffällig schob Raymond seine Hand in den Rucksack und holte Beths Geschenk hervor. Die scherzhaften Kritzeleien seines Freundes zwischen den Seiten vorzufinden, war in den ersten Monaten nach dessen Tod zu verstörend gewesen. So blieb der Kalender lange Zeit ein unangetastetes Ballaststück, das er nicht wagte, aus der Tasche zu entfernen.

Er blätterte in den Seiten versehentlich zu weit zurück und blinzelte überrascht, als er auf dem Kalenderblatt vor Heiligabend die Zeichnung von Hammer und Säge fand, mit der ungelenken Anmerkung, er solle den Tag nicht vergessen. Dieser Eintrag von Herold war ihm durch die Feiertage entgangen und hinterließ einen seltsamen Beigeschmack bei Raymond. Als habe er eine verspätete Nachricht aus dem Jenseits erhalten. Unter der Zeichnung wurden vier Personen skizziert, die Herold namentlich benannt hatte. Raymond, Hana, Mister Walker und er selbst.

Das Bücherregal. Raymond begann sich zu erinnern. Am Morgen vor Heiligabend hatte die Familie gemeinsam mit seinem Freund daran getüftelt. Raymond erinnerte sich auch an den bangen Ausdruck auf Herolds Gesicht, als er ihm im Schuppen gestand, sich in die kleine Martinet verguckt zu haben. Einem Mädchen, mit dem Raymond damals kaum etwas zu tun haben wollte, sie heute jedoch umso häufiger sah. Das Leben war schon sonderbar.

Raymond besann sich seiner Sorge, durch Herolds seltsame Gefühlswelt gezwungenermaßen Zeit mit ihr verbringen zu müssen und sogar daran, etwas Eifersucht empfunden zu haben. Denn immerhin betrat sein Freund zum ersten Mal ein Terrain, das Raymond nicht nachvollziehen konnte. Womöglich sah er damals ihre Freundschaft gefährdet, das gestand sich Raymond heute ein. Zumindest seitdem er Grace besser kannte.

Etwas deprimiert blätterte er zur nächsten Seite und erinnerte sich an den Heiligabend in der Bibliothek. Der Gedanke entlockte ihm ein kurzes Schnauben und er schielte zu Miss Petrova, die womöglich deshalb Mister Andrew den Laufpass gab, weil er sich in jener Nacht ziemlich untadelig verhielt. Ein Mann sollte nicht in höheren Tönen kreischen als die Frau an seiner Seite. So sah es Raymond jedenfalls und ja, jetzt wusste er es wieder, am Morgen darauf weckte sein Vater ihn, um ihm Tante Beth vorzustellen. Das Geheimnis der weißen Dame. Gelüftet. Er hätte geschmunzelt, doch als Raymond das Datum auf dem oberen Seitenrand sah - den ersten Weihnachtsabend - der für ihn auf ewig mit dem Mord an seinem Freund verbunden sein würde, musste er schwer schlucken. Da spielte die Tatsache kaum noch eine Rolle, dass Ed und Miller zuvor sein Heim mit Steinen bewarfen. Raymond erinnerte sich an ihre Gestalten, wie Bradys speckige Statur neben seinem schlaksigen Companion vom Hof des Petaluma-Anwesen rannte, aufgescheucht durch die vermeintlich paranormalen Begebenheiten seines Vaters. Es wunderte ihn, dass beide auf dem Heimweg nicht mitbekamen, dass Herold tot unterhalb der Brücke lag.

Der Gedanke kam und ging. *Ein dicker und ein dünner*, hörte Raymond Joshuas Stimme sagen, in einer Endlosschleife. Ed hatte abgebaut. Miller und er sprachen nicht mehr miteinander. Warum?

Ein dicker und ein dünner, sprach Joshua erneut. Ed war nicht in die Schule gekommen. Sehr lange nicht. Warum?

Sein gehetzter Blick. Raymond sah Bradys Ausdruck vor Augen, als würde er ihm von Angesicht zu Angesicht gegenüberstehen. Wie konnte Ed auf dem Heimweg nichts mitbekommen? Sie mussten die Brücke überquert haben. Herold trug seine verhasste zitronengelbe Winterjacke. *Damit er von weitem gesehen wird*, hatte Anita Brouwer damals gesagt.

Joshua sah ihn von weitem. Ed und Miller aber nicht?

Die Erkenntnis schlug wie ein Blitz ein. Der nächste Atemzug in seinem Brustkorb füllte sich, doch gelangte nicht aus seinem Körper hinaus, als würde er gegen eine Barriere in seiner Lunge prallen. Wie von einem dumpfen Schlag getroffen, umfasste Raymond schwindelnd seine Tischkante und ging im Geiste die Veränderungen um Ed

Brady durch, die mit einem Mal an mehr Relevanz gewannen. Wovon er anfangs glaubte, nicht betroffen zu sein, schien ihn mehr anzugehen, als ihm lieb war. Die vergangenen Monate von Bradys Abwesenheit, die Abkopplung seines einstigen Kumpans, der gehetzte Ausdruck. Inmitten einer Erläuterung von Miss Petrova unterbrach Raymonds hochschnellende Hand ihren Monolog. »Mir ist übel. Darf ich die Toilette aufsuchen?«

»Der Unterricht dauert noch zehn Minuten.«

»Wenn sie mich nicht lassen, kotze ich ihnen vor die Füße.«

»Nicht so melodramatisch. Mikey, gehst du bitte mit?«

Aus einem Winkel des Klassenraums erhaschte Raymond eine Bewegung, von der er nicht erwartete, dass sie mit ihm Schritt hielt. Er hörte noch Matthys Raunen, das ihm wohl ein Furz querhänge, bevor er aus dem Raum stürmte.

Durch die leeren Gänge eilte er zur Jungentoiletten und versetzte der Tür eine solche Wucht, dass sie krachend gegen die Wand prallte. Raymond beugte sich über das Waschbecken und atmete schwer. Er stierte in den Spiegel auf sein Antlitz, dem jegliche Farbe fehlte.

Die Tür schwang ein weiteres Mal auf und der Referendar fragte, ob Raymond sich erbrechen müsse. Er schüttelte den Kopf, senkte ihn über das Becken. Atemnot traf es besser.

»Gut siehst du trotzdem nicht aus. Hast du manchmal Kreislaufprobleme?«

Raymond hatte gerade *ganz andere* Probleme. Sein Timberwolf meldete sich mit einer Vehemenz zu Wort, die er bis zu diesem Zeitpunkt noch nie erlebte. Er bellte nach Vergeltung. Was passiert war, sei unverzeihlich, drang es tückisch an sein Ohr. Hätte dieser Vorfall unter seinesgleichen stattgefunden, wäre ein Wolfsrudel mit ganz anderer Härte gegen die Übeltäter vorgegangen. Raymond wusste nun, was er zu tun habe, doch er schüttelte unwillig den Kopf, unterdrückte den Impuls, laut zu debattieren. Selbstgespräche waren kein Zeichen von gesunder geistiger Verfassung.

Sein zögerliches Verhalten war seinem Seelentier ein Rätsel, denn gewissermaßen sei Herold doch Teil seines Rudels gewesen. Dem konnte Raymond schlecht widersprechen.

Er tat einen tiefen Atemzug, senkte seine Lider. Einen Wimpernschlag später starrte er wieder sein bleiches Abbild im Spiegel an. Seine Augen besaßen eine längst vergessene Färbung, von reinstem flüssigen Silber. Raymond blinzelte perplex, doch das Trugbild blieb. Er fragte sich, ob das etwas mit seinem dritten Auge zu tun hatte. Dicht neben seinem Kopf reflektierte die Erscheinung des Referendars, der noch immer eine Antwort erwartete, von dem markanten Wandel seiner Iris jedoch unbeeindruckt blieb. »Du klappst mir doch nicht zusammen, oder? Vielleicht legst du dich besser hin.«

»Ich lege mich bestimmt nicht auf den Toilettenboden.«

»Ich weiß, es ist nicht schön. Aber wenn du dich hinlegst und die Beine anwinkelst, hilft das bei Kreis …«

»Ich habe keine Kreislaufprobleme!«, bellte Raymond über seine Schulter hinweg.

»Gut, dann lass uns zur Schulschwester gehen.«

»Nein! Ich brauche nur meine Ruhe.«

Doch das Drängeln ließ nicht ab, bis der Referendar den Vorschlag machte, seinen Vater zu verständigen. Der andauernden Fragerei überdrüssig, nickte Raymond zustimmend, während seine Finger sich um den Rand des Waschbeckens krallten, bis die Handknöchel hell hervorstachen. Der Referendar entschwand, um seinen Worten Taten folgen zu lassen. Unterdessen kämpfte Raymond innerhalb der aufkommenden Stille mit seinem inneren Zwiespalt.

»Was wirst du tun?«, tauchte die Frage in seinem Hinterkopf auf.

»Was kann ich tun?«, war Raymonds Gegenfrage.

Nach wie vor blieb die Beweislage dünn. Und doch, in seiner Vorstellung ergab alles Sinn. Er konnte sich gut ausmalen, wie frustriert Ed gewesen sein musste, nachdem am Petaluma-Anwesen die Fäuste flogen. Auf dem Heimweg Herold anzutreffen, den ahnungslosen Tropf, der so gar nichts mit der Prügelei am Hut hatte, dessen einziges

Verbrechen seine Freundschaft zu Raymond war, musste Bradys Finger zum Jucken gebracht haben. Ein Unfall vielleicht. Im Winter war der Gehweg rutschig.

Es war Mord, meinte sein Timberwolf dazu. Er lechzte nach Rache. Raymond konnte nicht vermeiden, dass sein Kiefer bei dem Gedanken schmerzhaft knackte. Seine Zähne knirschten.

Die Schulglocke läutete. Auf den Gängen lebte die Geräuschkulisse von Aberhunderten von Schritten auf und es kam Raymond wie ein Wink des Schicksals vor, als die Tür aufschwang und Eds ehemaliger Companion Miller eintrat.

Sie blickten sich nicht direkt an. Dennoch lag ihr Fokus aufeinander. Miller starrte auf seine Gestalt am Waschbecken, während Raymond dessen Spiegelbild und die kleinste seiner Regungen taxierte. Die Mimik im schmalen Gesicht verzog sich verunsichert. Millers Nase besaß eine unschöne Krümmung, deren Nüstern zuckten wie bei einer Ratte, die nach Abfällen witterte. Zunächst haderte der Junge mit sich. Seine Augen huschten sehnsüchtig zum Urinal. Er wirkte unbeholfen. Doch der Ruf der Natur war stärker. Womöglich wiegten ihn die Monate ohne aufkommende Anschuldigungen aber auch in Sicherheit. Miller wandte sich dem Urinal zu, ohne den skeptischen Blick in Raymonds Richtung vermeiden zu können. Der harrte einen Moment aus.

Er dachte an seinen Vater, der ihm nahegelegt hatte, sich vorerst zurückzuhalten. Doch die Stimme seines Wolfes sah eine Chance, die er nicht verstreichen lassen wollte. Sobald Millers Augenmerk auf seinem Hosenbund lag, stieß Raymond sich vom Waschbecken und tauchte auf leisen Sohlen neben ihm auf. Es dauerte eine Sekunde, bis der Junge zusammenzuckte und ihn böse anfunkelte.

»Wer linst, ist schwul, Walker!«

»Erinnerst du dich an den Vorfall vor meinem Haus?«

»Lass mich pissen!«

»Was habt ihr auf dem Heimweg getrieben?«

Miller verzog verständnislos das Gesicht. Doch einen Wimpernschlag später begriff auch er, worauf Raymond hinauswollte. Die Reaktion sprach für sich. Zuerst blinzelte Miller oft und viel. Er schaute hilfesuchend zur Seite, begann zu stottern. Im nächsten Moment erstarb der Urinstrahl, als würde sich sein Schwanz zu einem Stummelchen zusammenziehen. Ruckartig senkte Miller den Kopf zum Hosenbund, zog den Reißverschluss hoch.

»Keine Ahnung, wovon du redest.«

Als er an ihm vorbei wollte, packte Raymond sein Handgelenk und vollführte eine rotierende Bewegung. Er wusste selbst nicht, woher die Kraft kam. Miller prallte mit dem Kopf voraus gegen die Wand, auf einer der Kacheln blieb ein Sprung zurück.

»Du warst dort!«, klagte Raymond ihn an.

»Ich weiß von nichts!«

»Ihr beide wart es.«

»Lass mich in Ruhe!«

»Wo ist Brady?«

»Will ich gar nicht wissen. Mit dem bin ich fertig!« Miller war einen guten Kopf größer als Raymond, dennoch kauerte er in der Ecke mit ausgestreckten Händen, die den Abstand zwischen ihnen sichern sollten.

Die klägliche Deckung war schnell durchbrochen. Raymond packte ihn am Kragen. Er wusste nicht, welchen Anblick er gab. Es hätte ihn nicht gewundert, wenn er eine schlimme Fratze präsentierte, die den Wasserspeiern auf den Zinnen der heimischen Kirchen glich. Zwischen einem gefletschten Gebiss forderte er: »Raus mit der Wahrheit! Was ist Herold zugestoßen?«

Doch der Blick des Jungen weitete sich im puren Entsetzen, sobald der Name über seine Lippen kam. Und alles, was Raymond hörte, war ein furchtsames: »Ich weiß von nichts!«

Der Satz kam so häufig aus Millers Mund, dass er jegliche Wirkung verlor. Es musste eine Lüge sein. Raymond rüttelte an ihm, drängte ihn gegen die Wand. Miller versuchte sich zu befreien, nannte ihn einen »Irren«. Und als das ewige »Ich weiß von nichts!« sein Limit erreichte, holte Raymond mit geballter Faust aus und traf Millers ramponierte Nase. Doch der Junge hielt dicht.

»Ich weiß von nichts!«

Raymond schlug zu.

»Ich weiß von nichts!«

Miller hielt so hartnäckig daran fest, dass Raymond den Zorn in sein Gesicht brüllte, mit der Drohung, die Wahrheit aus ihm heraus zu prügeln. Miller riss sich los, gelangte aber nicht aus der Ecke. Seine Hände schützend vor dem Gesicht, drosch Raymond so lange auf ihn ein, um den verlogenen Satz aus Millers Mund zu tilgen.

Die Tür schwang auf. Einmal, zweimal, vielleicht auch öfters. Jemand brüllte, man solle eine Lehrkraft holen.

Sekunden oder auch Minuten später zerrten Hände an Raymonds Kragen. Jemand beschimpfte ihn als tollwütigen Hund.

SPUK IN DER CLAREMONT AVE

Raymonds letzte Schulwoche endete mit einer Autofahrt, deren Insassen eisiges Schweigen zelebrierten, und einem Schulverweis, über den er bloß verächtlich schnaubte. Direktor Neleman hatte auf Raymonds gehässige Reaktion mahnend über seinen Brillenrand geschaut und klargestellt, dass Millers Geständnis, er habe ihn provoziert, die einzigen mildernden Umstände für sein Verhalten waren. Doch Raymond ahnte die tatsächliche Absicht dahinter.

Miller wollte kein Aufsehen erregen, keine Nachfragen. Lieber nahm er die Prügel in Kauf und galt als Verlierer einer nach hinten gegangenen Mobbing-Aktion, als zu riskieren, eine weitaus schlimmere Tat ans Licht kommen zu lassen. Hinzu gesellte sich die Aussage vom Referendar, der bestätigte, dass Raymond kurz zuvor mit seiner Gesundheit kämpfte, was seine schweißnasse Stirn mit den klebenden Strähnen unterstrich. Gewissermaßen hatte er Glück gehabt, wenn auch fragliches. Sein Vater stellte bereits im Schulflur klar, dass das letzte Wort zu dieser Sache noch nicht gesprochen sei.

»Ich habe gerade so viele Baustellen. Da musst du mir nicht noch weitere Stolpersteine legen.«

»Darf ich mich verteidigen?«, fragte Raymond gereizt, was sein Vater in seinem Groll nicht gestattete.

So herrschte dicke Luft im Wagen, die sich spürbar auf ihre beiden Gemüter senkte. Als der Jeep der Familie in die Buckhill Road bog, fand Raymond nicht einmal am satten Grün seiner Umgebung gefallen. Heute kam ihm alles trist und scheiße vor. Als der Motor auf ihrem Hof verstummte, ergriff Raymond wortlos den Türhebel.

»Bleib sitzen!«, befahl sein Vater.

Raymond murrte, lehnte sich jedoch zurück in Erwartung der kommenden Standpauke.

Zunächst ruhten seine Hände auf dem Lenkrad. Ein Zeigefinger tippte einen unstetigen Takt auf dem Lederbezug. Nachdem sein Vater lange mit sich rang, erklärte er: »Die Ereignisse im Ort überschlagen sich. Mein Bauchgefühl verheißt Ungutes und ich wittere förmlich einen aufkommenden Sturm. Deshalb habe ich den Entschluss gefasst, dass du und Hana über die Sommermonate Copperdeer verlassen werdet. Gerade bei dir sehe ich die Notwendigkeit einer Auszeit.«

»Wie soll ich das verstehen?«

»Du wirst die Ferien bei deiner Tante verbringen.«

Vor wenigen Monaten hätte Raymond alles darum gegeben, die väterliche Seite seiner Verwandtschaft kennenzulernen. Für einen flüchtigen Moment sah er sich in Wolfsgestalt mit seinen Vettern auf üppigen Weideflächen toben und von Beth erhielt er weitere Unterweisungen zu ihren Forschungen der luziden Ebene. Er wollte ihre Hexenküche sehen, die von ihren feinstofflichen Hybriden umsäumte Ranch und die Werkbank seines Onkels, mit dem er seine scharfkantigen Messer schmiedete und schliff. Doch ausgerechnet jetzt die Stadt zu verlassen, kam ihm wie eine feige Flucht vor. Zumal er über Wissen verfügte, was sein Vater nicht besaß.

»Ich kann jetzt nicht weg«, sprach Raymond.

Doch sein Vater entschied: »Das steht nicht zur Debatte. Genaugenommen ist es beschlossene Sache! Ich will mich auf die merkwürdigen Vorfälle in der Stadt konzentrieren. Das ist aber nicht möglich, wenn mein eigener Sohn durch den Ort rennt, mit haltlosen Verdächtigungen um sich wirft und sogar seine Mitschüler attackiert.«

Raymonds Mund öffnete sich empört, bis ihm klar wurde, dass sein Vater im Bilde darüber war, welche Beweggründe ihn zu der Prügelei trieben, noch bevor er sich erklären konnte.

»Du wusstest, dass die beiden etwas damit zu tun hatten?«

»Ich weiß gar nichts!«, fuhr sein Vater ihm dazwischen. »Doch, ob du es glaubst oder nicht, deine Überlegung – in welche Richtung sie auch immer gehen mag – hatte dein alter Herr am Tag von Herolds Tod ebenfalls. Mir kam der Gedanke, sie hätten auf dem Heimweg etwas sehen müssen.«

»Und was hast du getan?«, wollte Raymond wissen.

»Mit Reynolds gesprochen. Er versicherte mir, die Jungen hätten nichts mit der Sache zu tun. Die Gerichtsmediziner sind sich einig, dass der Zeitpunkt des Todes gegen Abend war. Da hat Reynolds beide Jungen vor dem örtlichen Schnapsladen gefunden, weil dem Besitzer ihre gefälschten Pässe aufgefallen sind. Sie kommen noch nicht einmal als Zeugen infrage.«

»Lüge!«, brauste Raymond auf. »Miller weiß etwas, ich habe es in seinen Augen gesehen. Er wurde panisch, als ich ihn darauf angesprochen habe. Ich konnte seine Angst förmlich riechen!«

»War das nachdem oder bevor du sein Gesicht mit der Faust bearbeitet hast?«

Raymond blieb stumm. Seine Lippen fest zusammengepresst, stierte er vor sich hin und schnaufte. »Ich gehe nicht. Solange Herolds Mordfall nicht aufgeklärt ist, bleibe ich hier. Das ist eine Frage der Ehre!«

Sein Vater lachte. Es klang freudlos. Offensichtlich gestand man ihm kein Mitspracherecht zu.

»Heute Nachmittag werde ich mit deinem Onkel telefonieren. Wir werden uns überlegen, wie wir deinen Hintern nach Montana verfrachten, wo er keinen weiteren Schaden anrichten kann.«

»Soll das bedeuten, ich bin das Problem?«

»Nein, aber ich kann aktuell nicht alle Brände bekämpfen. Wenn ich auf dem Weg ins Krankenhaus bin, um Joshuas Irrlicht zu befragen, möchte ich nicht von einem Anruf deines Direktors geweckt werden. Ich muss mich auf *eine* Sache konzentrieren können.«

»Dann melde dich krank.«

»Nicht schon wieder. Verdammt, Raymond! Uns fehlt diesen Monat ein kompletter Wochenlohn. Sollen wir von Luft und Liebe leben?«

»Dann gehe ich ins Krankenhaus.«

»Ganz bestimmt nicht.«

»Warum?«

»Du bist die Axt im Walde. Hinterher verfällst du in Raserei. So wie du dich aufführst …«

»Das ist nicht fair! Meinetwegen ist Joshua überhaupt erst zurück. Ich habe geschafft, was drei erwachsene Seelen nicht hinbekommen haben. Und von mir weißt du erst, was er gesehen hat. Ohne mich wären die Martinets hinter ihm her!«

Es wäre fairer gewesen, zumindest zuzugeben, dass Grace ihn bei seiner Suche unterstützt hatte, doch Raymond würde den Teufel tun, als seine Leistung vor seinem Vater zu schmälern. Dessen ungnädige Meinung war: »Und das steigt dir jetzt zu Kopf? Du hast kein Recht, unschuldige Mitschüler zu verprügeln!«

»Unschuldig?«, entfuhr es Raymond.

»Du denkst nicht nach! Du bist unbeherrscht. Und einfach noch zu unerfahren. Offensichtlich kontrolliert dein Wolf dich aktuell mehr als du ihn. Das sind immer noch Raubtiere, Raymond. Also lass dich von keinen niederen Instinkten leiten.«

Die Worte drangen kaum an sein Ohr, als sein Seelentier mit einem wütenden Kläffen darauf reagierte. Es hallte in seinem Kopf nach. Ein klares *Nein*! Und Raymond hätte schwören können, dass sein Vater es auch vernahm. Er starrte seinen Sohn an, mit den dichten Brauen tief ins Gesicht gezogen.

»Nimm deinen Geistführer an die Leine!«, forderte er. Seine Stimme war ein kühles Zischen. Dann entschied sein Vater: »Es ist höchste Zeit, dass du Abstand von Copperdeer gewinnst. Zur Not liefere ich dich selbst in Montana ab, mir egal, ob mein Boss mir die zwölfstündige Autofahrt gestattet. Eher nehme ich eine Kündigung in Kauf, als das du noch einen Tag hier herumschleichst.«

»Arschloch!«, entfuhr es Raymond.

Der Blick seines Vaters verschärfte sich. Es gab nicht viele Momente, in denen er bösartig wirkte, doch hier war einer. Und so, wie sein Vater hören konnte, wenn Raymonds Seelentier sich zu Wort meldete, drang das Knurren seines Rocky Mountain Wolf an Raymonds Ohr. Dunkel und drohend.

Raymond erhaschte eine Reflexion in der sonst moosgrünen Iris. Ein öliger Film. Als würden sich die Pupillen seines Vaters mit einer zähen, teerfarbenen Flüssigkeit füllen.

Sein drittes Auge schien in zornigen Momenten besser zu funktionieren. Beide taxierten sich, bis sein Vater die Wagentür öffnete.

»Ich habe lange gezögert, dir deinen Großvater vorzustellen, aber ich denke, es wird Zeit dich zu erden. Du hältst mich für ein Arschloch? Warte ab, bis du den Teufel in Person kennenlernst. Und bis du abfährst, bleibst du jede Nacht daheim. Halt dich von den Bradys fern. Die Baracke bleibt Sperrgebiet für dich!«

Mit diesem Machtwort entstieg er dem Wagen. Die schallende Autotür brachte das Gefährt zum Straucheln, doch Raymond schnaubte auf die väterliche Ansage kaltschnäuzig. Das Wunderbare an einer Exkursionsseele war, dass sie beinahe keine Grenzen kannte. Wer sollte ihn aufhalten?

Eines der wenigen elektronischen Geräte in ihrem Heim war ein altes Radio, das sein Vater aus Nostalgie auf einem Flohmarkt gekauft und repariert hatte. Es besaß eine hölzerne Fassung in Kofferform mit überproportionalen Reglern und einem breiten Bereich für den Lautsprecher. An jenem

Abend war es eingeschaltet – wie sonst auch, wenn durch einen vorangegangenen Streit eine unangenehme Stille im Petaluma-Anwesen herrschte.

Der Nachrichtensprecher berichtete von den ersten Goldmedaillen bei den Olympischen Sommerspielen und von neuesten Untersuchungsergebnissen einer im Juli abgestürzten Boing 747 vor der Küste Long Island. Von all diesen Ereignissen blieb ihre verschlafene Ortschaft weitestgehend unberührt. Was die öffentlichen Medien berichteten, brachte Raymond nicht so sehr in Rage wie der Mord an seinem Kindheitsfreund Herold Brouwer. Einem Ereignis, dem niemand im Ort einen hohen Stellenwert zumaß - außer ihm.

Seine Übellaunigkeit ließ er an der Familie aus. So blaffte er Hana an, weil sie ihn einen Trampel schimpfte, denn als Raymond von seinem Vater aufgefordert wurde, den alten Lederkoffer aus der Dachstube zu holen, tat er das, wie ihm gerade zumute war. Mit viel Lärm. Die Scharniere der Klappleiter schepperten lauter als sonst, seine Schritte hämmerten auf den Sprossen, der Koffer schleifte über dem Boden der Dachstube und landete im Flur. Er hörte seinen Vater sagen, was für ein Teufel er doch sei, und kurz darauf erklärte er Raymond, seine Auszeit im eigenen Zimmer beginnen zu dürfen. Von dort aus hörte er die Vorbereitungen für seine Abreise.

Sein Vater wirkte so erpicht darauf, ihn nach Montana zu verfrachten, dass seine Eile auf Raymond wie eine Beleidigung wirkte, während Hana die Aussicht auf die Familienranch eher in Verzückung versetzte. Als sie vom Vater erfuhr, dass dort Pferde auf der Weide grasten und sie wie eine elegante Prinzessin auf ihnen reiten könne, klatschte seine Schwester in die Hände.

Später vernahm Raymond deutlich, wie sein Vater mit Onkel Floyd telefonierte. Glücklicherweise erwähnte er nicht ihren vorangegangenen Streit, sonst hätte Raymond augenblicklich aus dem Obergeschoss herunterprotestiert. Er wollte nicht als das schwarze Schaf der Familie gelten. Womöglich lag es an seinem Seelentier, doch während

Raymond griesgrämig auf seinem Bett lag, kam ihm das Haus viel hellhöriger vor als sonst. Was aber daran liegen könnte, dass er sich stärker auf das Treiben unten im Erdgeschoss konzentrierte. Er hörte Papier im Eingangsbereich rascheln und sah vor seinem inneren Auge, wie sich sein Vater über die ausgefalteten Exemplare der Zugverbindungen von Portland beugte, direkt neben ihrem Wähltelefon. Inzwischen wandelte sich sein Tonfall in ein Wispern und getreu dem Credo *Wer flüstert, der lügt!* spitzte Raymond die Ohren, um aufzuschnappen, was es dort unten zu tuscheln gab. Er sprang vom Bett und riss die Tür auf. In dem Moment wurde der Hörer aufgelegt.

Zufall? Wohl kaum. Da war sich Raymond mit seinem Geistführer einig. Er sah den Schatten seines Vaters, wie er den Eingangsbereich Richtung Küche durchmaß. Wer etwas verheimlichte, tat gut daran, sich geschäftig zu geben, ging es Raymond durch den Sinn. Obwohl der Gedanke auch von seinem Timberwolf stammen könnte. Er machte kehrt und legte sich ins Bett, während der innere Dialog in die nächste Phase ging.

Mutmaßungen spukten ihm durch den Kopf, wilde Spekulationen. Joshuas Worte gesellten sich dazu. Seine Beschreibung, wie Herolds lebloser Körper über das Brückengeländer geschleudert wurde. Er schwitzte. Die Vorstellung seiner schmächtigen Gestalt in der grellgelben Jacke jagte Raymond eine kalte Gänsehaut über den Rücken. Er verstand nicht, wie sein Vater den Ernst der Lage nicht begreifen konnte. Als wäre er blind gegenüber jeglichen Indizien.

Millers angstverzerrte Augen tauchten vor ihm auf. Dann das speckige Gesicht von Ed. Sein gehetzter Ausdruck, die sorgenvoll gekräuselte Stirn, wohinter sich ganz offensichtlich Details bargen, die Raymond nicht kannte. Er hätte alles darum gegeben, in diesen dummen Kopf hineinzugreifen und all das Wissen aus ihm herauszuzerren. Mit diesem Gedanken senkte er die Augenlider und stellte sich die Baracke der Bradys vor.

Verwahrlosung. Dieses Wort ging den meisten Menschen durch den Sinn, die den Gehweg auf der Claremont Ave passierten und zwischen den geschniegelten Grundstücken das klaffende Loch fanden, was so gar nicht mit den umliegenden Häusern harmonierte. Selbst heute Abend, als die untergehende Sonne mit ihren tiefroten Tönen der Nachbarschaft schmeichelte, beäugte Raymond naserümpfend das merklich vernachlässigte Grundstück. Die verwitterte Farbe, die bröckelnde Fassade, eine rostige Regenrinne, die jederzeit drohte, aus ihrer Halterung zu brechen. Die Fenster waren von einer trüben Schmiere verschmutzt. Dutzende Pollenflüge hatten sich über die Jahre auf der Scheibe festgesetzt, färbten den einst perlweißen Rahmen in eine gelbliche Nuance, die Raymond an die strapazierten Zähne eines Kettenrauchers erinnerten. Der Garten sah nicht besser aus. Unkraut wucherte überall, in einer Ecke des Zauns stapelte sich Geröll, darunter ein Fahrrad, dessen ursprüngliche Farbe er nur noch erahnen konnte. Rost und Witterung nahmen ihm den einstigen Glanz, ebenso wie die fehlende Kette. Der hohle Kopf einer Barbiepuppe lag auf dem Weg. Vom Komposthaufen brachte der ungünstige Wind einen schlechten Geruch mit. Dort schien einiges zu modern, nur nicht Laub. Das meiste davon waren Essensreste und Küchenabfälle, wie verschimmelte Joghurtbecher und Pizzaschachteln.

Raymond betrat den Weg mit den gesprungenen Basaltplatten, die offensichtlich bessere Tage kannten. Gelegentlich fehlte ein Stein in der Formation. Gerüchten zufolge sah es nicht immer so bei den Bradys aus. Elisabeth habe sich anfangs als gute Hausfrau gegeben, bis ihr Ex-Mann sie verließ. Da brannte eine Sicherung durch. Raymond starrte auf einen Sprung zu seinen Füßen und fand ihn sinnbildlich für die geistige Verfassung der Frau. Etwas war an jenem Tag in ihr geborsten. Ein Fass aus purem Wahnsinn.

Aus dem Haus hörte er gelegentliches Fluchen. Auf der Veranda hockte Elisabeths neuer Liebhaber, der gemäß den Erzählungen jeden Abend dort schaukelte und seine Schrotflinte polierte, als stumme Warnung an die Nachbarschaft.

Ein Passant wechselte vor dem Haus die Straßenseite, seinen Hund zur Eile drängend.

»Ja, genau. Verpiss dich.« Hörte Raymond Curtis murmeln. Dieses Sinnbild eines gesellschaftlichen Bodensatz kam sich mit seiner Waffe so stark vor. Raymond bestieg mit düsterem Blick die hölzerne Treppe zur Veranda, brachte die Dielen zum Knarzen und Curtis Gesicht schnellte hoch. Er hob die Flinte, reckte den Hals. Mit einem diebischen Zug um seine Mundwinkel erfreute sich Raymond an dem Gedanken, dass die hagere Gestalt im Schaukelstuhl glotzen konnte, so viel sie wollte. Er blieb für Curtis unsichtbar. Es war das erste Mal, dass sie sich gegenüberstanden.

Er war kein schöner Anblick, dieser Curtis Owens. Das Unattraktivste an ihm waren seine hervorquellenden Augäpfel, rot umrändert. Etwas mehr Nahrung statt Alkohol hätte ihm nicht geschadet. Er erinnerte Raymond an ein Chamäleon, stank nach kaltem Rauch und Bier. Für Elisabeth Brady eine passende Partie.

Aus purer Bosheit und weil Raymond es konnte, flüsterte er Curtis ein einziges Wort ins Ohr: Schlappschwanz.

»Wer ist da?« Curtis sprang auf. Durch die heftige Bewegung geriet der Stuhl in eine gefährliche Schräglage. An einem der Pfeiler hingen die Überreste einer toten Kletterpflanze. Raymond ergriff einen der Zweige und brach ihn hörbar. Das trockene Holz stürzte zu Boden.

»Zeig dich!«

Eine wüste Beschimpfung folgte. Davon unbeeindruckt ließ Raymond seine Schritte auf den alten Dielen knarren. Da er den Ursprung des Geräusches nicht ausmachen konnte, wurde Curtis wütend. Er sprang von der Veranda und blickte in den Hohlraum darunter – mit der Vermutung, etwas sei ins Fundament gekrochen. Raymond hörte ihn rätseln, ob ein Waschbär dort wieder zugange sei. Doch als er sich zum Gartentor begab und es quietschend öffnete, lockte das Geräusch Curtis aus seinem Loch.

Raymond scheuchte sein Opfer auf, indem er die Büsche am Zaun lebhaft rascheln ließ, als würde dort etwas herumhuschen. Das brachte Curtis auf die Füße und was hatte dieses Schandmaul für ein reiches Repertoire an Beleidigungen gegen seine Mutter. Curtis stürzte durch das offene Gartentor und sah sich um. Erneut nannte Raymond ihn einen *Schlappschwanz*. Curtis setzte die Flinte an und zielte ins Leere, ohne zu schießen. Warum auch? Da war nichts. Jedenfalls nichts, was er sehen konnte. Also rauschte er am Zaun entlang, um dem Trampelpfad hinter dem Haus zu folgen, von wo aus schon einmal eine Gruppe Jugendlicher eine Fuhre Steine auf die Bradys warf. Damit war einer der Bewohner vom Grundstück verschwunden.

Im Inneren der Baracke zeichnete sich ein ähnliches Bild wie draußen, nur kam jetzt noch der schale Biergeruch hinzu. Die gebrauchten Möbel sonderten etwas ab, dass Raymond an Schimmel erinnerte. An einigen Stellen im Haus, an denen sich die Feuchtigkeit hinter der gewellten Tapete sammelte, bestätigte sich sein Verdacht.

Die Einrichtung war funktionell und reparaturbedürftig. Raymond hatte noch nie erlebt, dass die Isolierung der Deckenlampe provisorisch mit Klebeband geflickt wurde. Vor der Kochnische existierte eine erhöhte Sitzecke mit Barhockern, deren Verkleidung merkwürdige Flecken besaß. Er hoffte, es sei Tomatensoße.

Einen der Stühle schob Raymond mit angeekeltem Blick geräuschvoll vor sich her. Das Gestell war so wackelig, es hätte ihn gewundert, wenn die letzten Jahre überhaupt noch jemand darauf saß. Das laute Knarzen brachte ein Stöhnen mit sich und auf einer angeranzten Couchgarnitur, die ebenso gut aus dem Schaffnerhäuschen im Wald hätte stammen können, lag die magere Gestalt von Elisabeth im Höschen und übergroßem Shirt, bedruckt mit einem verblichenen Metallica-Motiv. Vom Beistelltisch zog sich ein dünner Rauchfaden hoch zur Decke, während die Mutter des Hauses sturzbetrunken nach einer der vielen Bierdosen neben dem Aschenbecher schnappte. Elisabeths Augen sahen offenbar doppelt und ermöglichten ihr nicht, gezielt zu greifen. Sie schwenkte jede Dose, in der Hoffnung noch etwas von dem Inhalt vorzufinden.

Der Fernseher lief. Als er sich Elisabeth näherte, bemerkte Raymond aus den Augenwinkeln heraus, wie der Bildschirm neben ihm flackerte. Er hob die Hand und platzierte sie auf dem Gehäuse. Es fühlte sich eigenartig an, als würde die Elektrizität ihn aufladen.

Fasziniert hob Raymond seine Hand. Mit jeder weiteren Berührung verdunkelte sich der Bildschirm.

»Diese Scheißkiste!«, fluchte Elisabeth von der Couch aus. Jetzt tastete sie nach der Fernbedienung. Mit einem blechernen Klang verteilte sie die Dosen auf dem Boden. Es gelang ihr ebenso wenig die Fernbedienung zu ergreifen. Sie war so hilflos. Raymond machte sich einen Spaß aus Elisabeths misslicher Situation und hob eine der Dosen vor ihrem leeren Blick. Der Mund der alten Hexe klappte auf. Ihre spröden Lippen zitterten und er kippte die abgestandene Flüssigkeit auf ihren Flickenteppich. Durch die gelbliche Färbung wirkte es wie ein Pinkelstrahl.

»Was zum …«, mehr brachte Elisabeth nicht heraus. Sie traute den Augen kaum, die sich bald darauf verdrehten. Ihr Kopf kippte zur Seite mit sperrangelweit geöffnetem Rachen. *Saufkoma*, ging es Raymond durch den Sinn, während sein Blick das Haus durchsuchte und nach Foster Ausschau hielt.

Sein Wagen stand nicht in der Einfahrt. Somit könnte sich der gesuchte Brady hinter der geschlossenen Tür am Ende des Flurs befinden. Mit dem aufgeklebten Plakat des Films Heavy Metall, dass eine vollbusige Blondine im knappen Outfit und erhobenem Schwert präsentierte. Von der anderen Seite der Tür drang dumpfe Musik heraus. Ein deprimierender Beat und ein Sänger, der seine Frustration mit zorngeschwängerten Zeilen in die Welt brüllte. Zuerst legte Raymond seine Hand auf das Holz, um seine Seele durch die Ritzen zu schieben. Doch ihm war gar nicht danach unauffällig zu bleiben. Also ergriff er die Klinke und öffnete die Tür.

Zu seinem Bedauern fand er Brady nicht schlafend vor, was ihm die Möglichkeit nahm, sich das erste Mal daran zu versuchen, in den Traum eines Menschen einzusteigen. Er saß am Schreibtisch. Raymond trat unbemerkt hinter ihn und bemerkte die vielen Skizzen schwerbewaffneter Soldaten an den Wänden, die in patriotischer Pose eine Schusswaffe hielten, deren Gewicht bloß ein Herakles stemmen konnte. Die Kriegsnarren besaßen Muskeln, die wahrscheinlich selbst Muskeln hatten. Raymond blieb vor einer Zeichnung stehen. Ihm fielen gewisse Parallelen zu heutigen Schauspielern auf, die für ihren Körperbau bekannt waren, allerdings weniger für ihre Intelligenz. Er fand es charakteristisch für Brady, sich an Dummheit zu orientieren.

Sein Blick streifte den Raum. Die wirren Skizzen, die für die Gewaltfantasien des Jungen sprachen, bedeckten das Elend. Bradys Familienmitglieder bekamen an einer Seite ebenfalls ihr Fett ab. An der Innenseite der Tür hingen deren Fotos, die Ed mit Dartpfeilen bewarf. An den Dartstichen erkannte Raymond, wer den meisten Zorn auf sich zog. Interessanterweise weniger seine Mutter. Die Fotos von Foster und Curtis waren nur noch Fetzen.

Mitchel erwähnte ihm gegenüber einmal, dass Ed Comics mochte. Er hatte ihn verprügelt, um an Mitchels Ausgabe irgendeiner Barbarenreihe zu kommen, in der der Protagonist gegen ein bösartiges Regime kämpfte. Bei einer Zeichnung musste Raymond schnauben, denn der abgebildete Junge befand sich in einer ähnlichen Szenerie - aber auf dem Schulhof. Mit einem Schwert, dessen Klinge keinen logischen Maßstab besaß, hieb sein zeichnerisches Ebenbild auf eine gut erkennbare Karikatur-Version von Raymond ein.

So sah sich Brady also: Als Kämpfer gegen seine Unterdrücker.

Das war interessant. Ein Blick über dessen Schulter ließ Raymond sein neuestes Werk begutachten. Scheinbar besaß Ed eine Wut auf das Sheriff Department, denn in seiner Zeichnung brannte es lichterloh, während aus den züngelnden Flammen ein schmelzendes Abzeichen hervortrat, von Kugeln durchsiebt. Der Junge stierte konzentriert auf seine Zeichnung. Raymond überlegte. Einer der Stifte balancierte gefährlich nah an der Tischkante. Er versetzte ihm den finalen Schnips. Der Stift stürzte zu Boden und mit einem Tritt beförderte Raymond ihn unter den Schreibtisch.

Ed fluchte. Wie es aussah, lag es in der Familie, leblose Gegenstände zu beschimpfen. Er schob geräuschvoll den Stuhl zurück, der keine intakte Lehne besaß und kraxelte unter die Tischplatte. Unterdessen machte sich Raymond an seinem Werk zu schaffen. Er notierte ein einzelnes Wort und als Ed aus der Versenkung auftauchte, den Stuhl heranschob, starrte er auf das aufgetauchte Wort.

Mörder.

Es mussten die längsten Sekunden in seinem Leben sein. Raymond beugte sich dicht zu Eds Gesicht herab und beobachtete genau, wie er auf das anklagende Wort reagierte. Ob der Junge sich verriet? Hier in Raymonds persönlichem Verhörraum. Eds Augen hafteten an den sechs Buchstaben, seine Lippen zitterten, bis er sich kopfschüttelnd durchs Haar fuhr und murmelte. »Nein!«

An Eds Stelle hätte er an seinem Verstand gezweifelt und tatsächlich brummte er etwas Ähnliches. Er packte den nächstbesten Stift und übermalte das Wort, als wollte Ed es aus seinem Bewusstsein tilgen. Dann vergrub er sein Gesicht in den Händen. Er weinte nicht, rang lediglich um Fassung, sein Atemzug rasselte zwischen den Fingern. Also nutzte Raymond den Moment, um sein Spielchen fortzusetzen. Wieder stürzte ein Stift, kam mit einem hölzernen Klang auf dem zerkratzten Dielenboden auf.

Ed haute genervt auf die Tischplatte. Er beugte sich hinab - dieses Mal fluchte er über die Mutter seines Werkzeugs - und sobald sein Kopf unterhalb der Platte hervorkroch, machte Ed einen gewaltigen Satz zurück. Das Wort stand wieder auf der Zeichnung. Dieses Mal mit Ausrufezeichen.

Mörder!

Sein Stuhl kippte zurück, landete auf dem Boden.

Kopfschütteln. Fassungslosigkeit. Dann ergriff Ed der Fluchtinstinkt.

Er stürzte zur Tür. Raymond ebenfalls. Und als sich dort ein Spalt auftat, warf er sich dagegen. Die Tür fiel geräuschvoll zurück ins Schloss. Brady rüttelte daran, doch es tat sich nichts. Ed trommelte gegen das Holz.

»Verdammt! Mum, hilf mir!«

Doch auf die alte Schnapsdrossel hoffte Ed vergebens. Bald gab er Ruhe. Mit zitterndem Atem schaute er sich im Raum um, den Blick weit aufgesperrt. Ed hyperventilierte, und das beunruhigend stark. Für eine Sekunde wich Raymond zurück, hinterfragte sein Handeln, um sich bei den nächsten Worten bestärkt zu sehen.

»Herold? Herold Brouwer, bist du das?«

Raymond witterte die kriechende Verzweiflung.

Ed wimmerte: »Es war nicht so gemeint. Ich wollte nicht, dass so etwas passiert. Ich habe selbst Angst. Es tut mir leid. Ich weiß auch nicht, was ich tun soll. Kannst du das nicht verstehen, Kumpel?«

Als wären die beiden Kumpels gewesen. Raymond spürte die Reaktion seines Körpers daheim. Sein Kiefer mahlte so stark, er hatte das Gefühl, sein Zahnbelag könnte Sprünge bekommen. Auf einmal sah er rot, als würde sein Blickfeld von einem Schleier getrübt werden. Er hatte es gewusst. Er hatte es geahnt. Er hatte es seinem Vater gesagt. Und nun brauchte Raymond bloß das Geständnis. Schriftlich.

Vor Eds bangem Blick drehte sich der Schlüssel und rastete unheilvoll im Schloss ein. Kein Entrinnen. Ed stürzte weg, als habe er sich an der Tür verbrannt. Um nicht die Hoffnung aufkommen zu lassen, Ed könne ihm entkommen, packte Raymond das klapprige Bettgestell und warf das Möbelstück auf die Seite. Damit blockierte er das einzige Fenster im Raum.

»Mum!« Ed brüllte los. In schierer Panik. Sein Rücken prallte gegen ein Regal und die wenigen Habseligkeiten, die dort vorzufinden waren, wankten gefährlich an ihrem Platz, während Raymond den Schlüssel zog und tat, was er schon einmal mit Adeles Fotos machte. Den Kiefer unnatürlich weit aufgesperrt, verschluckte er den Schlüssel, auf dass Ed nicht mehr herankam.

Der Schlüssel verschwand. Direkt vor Eds Augen.

»Das passiert nicht. Das ist nicht wahr!«

Der Junge zitterte. Panik, Angst, Verzweiflung. Das alles schien Raymond eine gute Basis, um die Wahrheit aus Ed herauszubekommen. Auf dem Weg zum Schreibtisch versetzte Raymond jedem Gegenstand im Regal einen beiläufigen Stups. Eins nach dem anderen landete knapp vor Eds Füßen. Eine muskulöse Actionfigur, ein unangetastetes Dinosaurierbuch in Originalverpackung, seine vergilbten Comicbücher und die Attrappe einer M4-Karabiner.

Als würde Raymond ihn mit gezielten Schüssen knapp vor den Zehen treffen, tänzelte Ed zurück wie ein Äffchen, das sich mit Gewaltandrohung zu Kunststücken animieren ließ. Als Ed sich neben seinem Schreibtisch befand, richtete Raymond den Stuhl und packte seinen Nacken. Ein kehliger Laut entwich Ed.

»Das tut weh! Kalt!«

Raymond wollte gar nicht wissen, welche Auswirkung seine Berührung auf einen Menschen hatte, doch er konnte Eds Furcht förmlich auf der Zunge schmecken. Mit brachialer Gewalt zwang er ihn vor die Tischplatte, tastete nach einem Stift und kreiste das entscheidende Wort auf der Skizze ein.

Mörder!

»Nein!«, schrie Ed. Er stemmte die Hände gegen die Kante, um sich hochzukommen. Doch Raymond presste dagegen, bis Ed sich seiner aussichtslosen Lage klar wurde. Jemand trommelte an die Tür. Elisabeth war nicht aufgewacht, doch der Tumult im Zimmer lockte Curtis aus dem Dickicht hinterm Haus hervor. Dessen ungeachtet brachte Raymond ein weiteres Wort zu Papier.

Gestehe!

Doch wieder nur ein »Nein!« von Brady. »Das ist nicht fair. Es ist nicht meine Schuld.«

Da packte Raymond seine Hand, bis die Finger zwischen seinem Griff brechend nachgaben und in einer abstrakten Form zurückblieben. Ed brüllte. Durch sein gefletschtes

Gebiss spie Raymond einen Satz hervor, mit einer verzerrten Stimme, die selbst auf ihn gespenstisch wirkte. »Gesteh endlich, Ed!«

Unter Zwang formten sich langsam die Wörter auf dem Papier.

Ich, Ed Brady, bin der Mörder von Herold Brouwer.

Der Satz war kaum vollendet, da sprang die Tür hinter ihnen aus den Angeln. Curtis hatte sich mit der Schulter dagegen geworfen. Gesplittertes Holz regnete auf einen schäbigen Teppichläufer und nachdem Raymond sein Geständnis bekam, ließ er von Ed ab. Dessen Kopf stürzte voraus. Auf seinem Nacken blieb ein schwarzer Handabdruck zurück.

Da lag er nun. Bewusstlos, verängstigt und dem Geruch nach zu urteilen, auch eingenässt. Der Schrecken der Leroy Marshall School. Speichel tropfte ihm aus dem Mund.

»Junge, was hast du?«

Curtis hob Eds Kopf von der Tischplatte, tätschelte seine Wange, während Elisabeth aus dem Flur getorkelt kam. Der geborstene Türrahmen machte ihr anfangs mehr Sorgen, als dass ihr Jüngster mit schlaffer Zunge und einem Speichelfaden dem Delirium frönte. Den Tumult nutzend, schob Raymond seinen Finger zum Papier, bis ein Ruck ihn ergriff.

Er rutschte auf den Sohlen einen halben Meter zurück, blinzelte irritiert, wiederholte die Bewegung. Doch etwas zog ihn vom Geständnis. Ein Keuchen entrang sich seiner Kehle. Sowohl er als auch sein Wolf kämpften gegen den Sog und ein Blick hinter seine Schulter offenbarte das Problem.

Ein silberner Strang, so fein wie der Faden einer Spinne, war hinter seinem Rücken aufgetaucht. Wann immer die Leine erschlaffte, versuchte Raymond vorwärtszustürmen. Er zerrte an dem hauchdünnen Faden, kaute wie ein wildes Tier darauf herum, doch es wollte nicht reißen. Es zog seinen Geist aus der Haustür hinaus, während sich Raymonds Finger am nächstbesten Pfeiler verkrallten. Auch dort blieb ein schwarzer Abdruck zurück, ähnlich wie an Eds Nacken.

Die offene Zimmertür, er konnte sie noch sehen. Elisabeth lamentierte, kreischte, begriff den Zustand ihres Jüngsten, während Curtis sich über den Schreibtisch beugte und mit fragendem Ausdruck das Geständnis zur Hand nahm.

Bei dem Anblick brüllte Raymond seine Frustration hinaus.

Der Sog wurde heftiger und dieses Mal löste sich sein Griff. Copperdeers Straßen, beleuchtet von Laternen, rauschte an ihm vorbei. Kalte Nachtluft, ein sternenklarer Himmel, hohe Baumwipfel und der Schotterweg zu seinen Füßen vermischten sich zu einem Strudel aus dunklen Farbtönen, mit gelegentlichen Lichtflecken. Bald erhaschte Raymond die geschlossenen Pforten des Petaluma-Anwesens. Das Haus schien zu atmen und mit jedem Lungenzug wurde er hineingesaugt. Vom Eingangsbereich Richtung Küche, auf direktem Weg durch die Kellertür, die dunklen Stufen hinab in die Kammer mit dem Blutkreis, wo er endlich zur Ruhe kam.

Raymond roch den erdigen Untergrund, aber auch einen verwesenden Geruch. Als er den staubigen Boden zwischen seinen Fingern fühlte, wagte er, sich auf die wackligen Knie zu heben. Ein Teil der luziden Gestalt seines Vaters tauchte vor seinem Sichtfeld auf, zwischen den Fingern jenen silbernen Faden haltend, der aus dem Familienstamm spross. Raymond schrie seinen Ärger hinaus, schlug mit der Faust auf den Boden.

»Verdammt, verdammt, verdammt!«, war alles, was er zustande brachte. »Du blöder Idiot! Ich hatte ihn!«

»Das hättest du nicht tun dürfen«, grollte sein Vater.

Mit trotzigem Ausdruck hob Raymond den Blick und wich schockiert zurück. Sein Vater, der helle Lichtblick in seinem Leben, zu dem er sonst immer aufgeschaut hatte, war zu einer Gestalt verkommen, deren Augenhöhlen von einem teerartigen Geflecht befallen waren. Als habe sich etwas in dessen Schädel eingenistet. Geschwüre, ähnlich wie denen von Adele.

PARASIT

Raymond starrte auf ihren Familienstamm und was immer seinen Vater ergriffen hatte, schien auch die Pflanze zu befallen. Alle Ranken waren von einem öligen Film benetzt. Jener Faden, der Raymond herführte, glomm wie ein einzelnes weißes Haar auf einem sonst pechschwarzen Scheitel. Sein Blick durchmaß den Raum und wo vor wenigen Tagen die zarten Ausläufer der luziden Triebe die Decke wie eine wärmende Dichtung umschlossen, entfaltete sich etwas, dass Raymond wie das Nest einer unheilvollen Lebensform vorkam. Er hörte brodelnde Laute. Als würden die Auswüchse köcheln, mit hässlichen Krebsgeschwüren an der Oberfläche, die geräuschvoll platzten.

»Was ist das?«

»Bleib ruhig! Deine Tante ist bald da.«

Die Hände seines Vaters hoben sich in einer beschwichtigenden Geste, während Raymond sich fragte, wie er ihn überhaupt sehen konnte. Sein Blick wurde von den faulenden Verästelungen aus seinen Augenhöhlen getrübt. Obwohl er in feinstofflicher Gestalt vor ihm stand, glich seine Seele mehr dem wandelnden Tod. Sein Abbild war fahl. Es besaß Äderchen. Sein Geist wirkte fast schon menschlich, mit einer dünnen Hautschicht, worunter sich die Sehnen abzeichneten, wie ein veilchenblauer Pinselstrich auf blankem Papier. Anstelle seines typischen Geruchs von Kiefernharz,

Moos und trockenem Geäst stieg Raymond eine säuerliche Note in die Nase, dessen Intensität bei ihm Übelkeit verursachte. Zwei Stockwerke über ihnen begann sein Körper im Bett zu würgen. Raymond fühlte die Galle seinen Rachen aufsteigen und hoffte, er möge nicht im Schlaf an seinem eigenen Erbrochenem ersticken.

Bei jedem Schritt, den sein Vater tat, wich Raymond zurück, bis er die Kellerwand in seinem Rücken spürte. Offenbar verstand sein Vater den Wink. Er hielt Abstand. Aus dessen Blick konnte Raymond seinen Gemütszustand nicht lesen, doch seine Mundwinkel - kummervoll verzogen - ließen den Unmut ob der unangenehmen Situation erahnen.

»Du warst bei der Baracke, richtig?«

»Ja!«

»Ich hatte dir verboten, die Bradys aufzusuchen.«

»Ed war es. Der Beweis liegt in seinem Zimmer.«

»Der Beweis?«

»Sein Geständnis.« Raymond hob sich auf die Füße und sein Seelentier ermahnte ihn, die klebenden Auswüchse nicht zu berühren. Sie seien schlecht. Unrein. Das war auch für Raymond offensichtlich. Die Natur besaß ein Händchen dafür, ihre roten Flaggen zu platzieren. »Du wolltest mir nicht glauben.«

Das Kinn seines Vaters klappte auf. Sorgenvoll. »Was hast du getan?«

»Ich habe es selbst in die Hand genommen.«

»Was hast du getan, Raymond?«

»Was nötig war.«

»Du enttäuscht mich.«

»Was schert es dich? Du hast doch ganz andere Probleme!«

»Andere?«

»Dad, schau dich an!«

Sein Kopf senkte sich, er drehte die Handflächen, doch was immer sein Vater dachte, sie kamen auf keinen gemeinsamen Nenner. »Beth!«, schrie er die Treppe hoch. »Beeil dich!«

Aus der Küche drang Klappern nach unten. »Ich brauche noch zwei Minuten.« Eine verzerrte Stimme - alt und gebrechlich. Ihr fehlte jegliche Jugendlichkeit.

»Wer ist das?«

»Das erkennst du nicht?«

»Nach Tante Beth klingt das nicht.«

Darauf kam keine Antwort. Raymond schaute misstrauisch. Ihm kam der Gedanke, ob dieses Ding ihm gegenüber überhaupt noch sein Vater war. Einen wirren Moment später folgte der Verdacht. War das hier womöglich ein *echter* Traum? Das, wovon Grace Martinet sprach, er könne es niemals erleben.

»Ist das hier echt?«

»Du bist verwirrt. Deine Tante hilft dir gleich.«

Sein Geistführer kläffte wütend. Etwas ging hier nicht mit rechten Dingen zu. Raymond fand, er täte gut daran, niemanden an sich heranzulassen. Sein Timberwolf wollte die Kontrolle übernehmen, ihn dazu nötigen, in seine tierische Gestalt zu schlüpfen, was er mit Müh und Not unterband. Raymond kroch bereits auf allen vieren. Sein Wolf geriet in Rage aus einer instinktiven Angst heraus, dessen Ursprung er selbst nicht erkannte. Die Tür zum Keller öffnete sich und mit bleiernen Schritten kam eine Gestalt herab, die weit davon entfernt war, an Beths Liebreiz heranzukommen. Ihre Füße auf den Stufen waren abgekaut, als hätten Nager daran geknabbert, besaßen den Geräuschen nach zu urteilen, dennoch ein rätselhaftes Gewicht. Als die knochige Hüfte in seinem Sichtfeld auftauchte, erkannte Raymond auf gleicher Höhe Beths freiliegende Arme, deren verkohlte Haut in ledernen Fetzen herabhing – ebenso wie das dünne Leinenhemd, was er noch nie zuvor an ihr sah. Es folgten Brustkorb und Schädel. Das eine war flach, ohne weibliche Kurven, der Kopf kahl mit wenigen grauen Strähnen. Lang, blass und dünn.

Raymond verzog angewidert die Nase. Kein Duft von Lavendel erfüllte den Raum. Nur Verwesung, schlammiger Morast und Tod.

»Bewach die Tür, Floyd! Lass niemanden hinunter!«

»Falls etwas sein sollte, ich bin einen Ruf entfernt.«

Raymond beugte sich vor und erkannte ein angeschwollenes Paar Füße am oberen Treppenabsatz. Nackt, von bläulicher Färbung. Wenn das Floyd war, musste er gestern in der Badewanne ertrunken sein.

Zwischen Beths gebrechlichen Händen erkannte er einen Mörser. Wo das Gerippe die Kraft hernahm, um das Marmorutensil zwischen den spindeldürren Fingern zu halten, vermochte Raymond nicht zu sagen.

»Ich beginne mit einer Tinktur aus Baldrian, Melisse und luzidem Rittersporn.« Unten im Keller angelangt, stellte Beths groteskes Abbild den Mörser auf einer der Stufen ab, um den verarbeiteten Inhalt zu einer klebenden Kugel zu drehen. Die schmierige Färbung ließ nichts Gutes erahnen. »Halte ihn, Danny.«

»Lass uns nicht mit der Tür ins Haus fallen. Mit Vernunft habe ich ihn immer bekommen.«

»Vernunft? Dieses Ding?« Ein knöcherner Finger deutete auf Raymond. »Den bekommst du ohne Anstrengung nicht mehr zur Ruhe. Da hast du ordentlich geschlafen, mein Lieber.«

»Mich bringt hier niemand zur Ruhe!«, fauchte Raymond. Doch eigentlich antwortete sein Timberwolf, nutzte ihn als Medium, seine eigene Stimme als Sprachrohr in die Außenwelt. »Weg von mir! Vor allem du!«

»Sprich nicht so mit deiner Tante.«

»Dieser tote Klumpen ist nicht meine Tante!«

»Gib nichts auf seine Worte. Hör nicht hin, Danny.«

Sein Vater nickte. Warum nickte er? Empört fuhr Raymond ihn an: »Wie kannst du mir weniger glauben? Ich bin dein verdammter Sohn! Dein Fleisch und Blut!«

Doch Raymond kam von selbst auf die Lösung. Es war Beth gewesen, die den Familienstamm in ihr Heim brachte. Sie experimentierte mit Freuden an feinstofflichen Setzlingen und einer davon musste verdorben sein. Oder war es Absicht? Sie war eine Hexe wie aus dem Lehrbuch.

Etwas wisperte in seinem Hinterkopf und raunte Raymond zu, diesem Geschöpf nicht zu trauen. Hexen seien tückisch und listig, gaben sich liebreizend und freundlich. Er hielt Beth niemals für eine Hexe, doch nun saß er hier und der Gedanke kam ihm logisch vor. Sein Blick huschte zum Familienstamm. Was auch immer dort herausstob, zog Fäden wie eine Spinne, hielt die Seelen der Familie am Ort gefangen und trübte die Sicht seines Vaters. Er erkannte einen hellen Faden, der die Treppe hinaufführte.

Hana!

Sie saß mit diesen grotesken Gestalten fest und ihr Milchzahn lag dort zwischen den Wurzeln begraben.

Hol ihn heraus!

Er stürmte auf die Pflanze zu. Doch bevor seine Finger sie entwurzeln konnten, stieß ihn sein Vater zurück. Er stürzte gegen die Kellerwand.

»Sei vorsichtig! Er darf den Stamm nicht verletzen«, erklärte Beth seinem Vater.

Der fragte: »Bringen wir ihn hoch?«

»In seinem Zustand? Mit einem schlafenden Kind oben? Das wird gefährlich.«

Auf Händen kriechend fühlte Raymond, wie seine Seele zwanghaft in seine Tierform abdriftete. Schwarzes Fell wuchs auf seinem Rücken, zog sich jedoch zurück in seine Haut, sobald er die Oberhand gewann. Raymond brauchte alle Kraft den Impuls zu unterdrücken. Er konnte es sich nicht leisten, auf die Panik seines Geistführers einzugehen und verspürte den Wunsch, hinter den sicheren Wänden seines schlummernden Körpers zu verschwinden.

»Tollwut?«, fragte sein Vater.

Beths schauerliches Antlitz wiegte den Schädel. »Wir werden sehen. Halt ihn!«

Dieses Mal zögerte er nicht. Sein Vater trat vorwärts, während Raymond von einer Seite der Kellerwand zur nächsten auswich. Das Spielchen dauerte nicht lange, denn mit einem raschen Schlenker bekam sein Vater ihn zu fassen. Manchmal vergaß Raymond, dass auch er eine Wolfsseele besaß, mit der er nach Belieben ein Jagdmanöver einleiten konnte. Raymond zerrte am Griff. Er trat um sich und biss wie im Wahn zu, ungeachtet der Tatsache ein enges Familienmitglied zu attackieren. In seiner defensiven Lage besaß er kaum Mittel, um sich zu lösen. Seine Faust flog durch die Luft. Er forderte: »Finger weg!«

Sein Vater war noch nie so übergriffig geworden.

Dessen Mundwinkel verzogen sich. Die Verästelungen um die Augenränder pumpten, als würde das Blut darin ins Stocken geraten, die Flüssigkeit jedoch weiterkochen, ohne Möglichkeit zu entweichen.

Als sein Vater ihn in die Knie zwang, war es um seine Selbstbeherrschung geschehen. Raymonds Seele schlüpfte in seine Wolfsgestalt, während sein Vater ihn mit den breiten Pranken zu Boden rang, ihn im Schwitzkasten hielt. Er wehrte sich. Doch sein Hinterlauf trat ins Leere und als sein schnappender Kiefer mit dem scharfen Gebiss sich seinem Vater näherte, eilte auch Beths grausiges Abbild hinzu. Die Aussicht auf ihre Berührung brachte Raymond in Raserei. Etwas in ihm begehrte dagegen auf. Er wollte nicht von diesem Wesen angefasst werden. Sein Instinkt war da sehr präzise und sein Seelentier sprach davon, sich schützen zu wollen.

Ihre Finger packten zu und Raymond jaulte auf. Die Berührung fühlte sich an wie das brennende Eisen bei einer Viehmarkierung. Der Schmerz war so stark, dass es seinem Körper zwei Etagen über ihnen die Tränen in die Augen trieb.

»Geh ins Schlafzimmer und schau nach ihm, Floyd!«, krakelte Beths Stimme die Treppe hinauf. Er würde zu Raymonds Körper gehen. Ihm graute vor dem Gedanken. Beth hielt seinen Nacken und während Raymond von dem Gefühl überwältigt wurde, nutzte sein Vater die Gelegenheit, um die Finger zwischen seinem versperrten Kiefer zu schieben und eine Lücke im Gebiss zu erzwingen. Inmitten seiner getrübten Wahrnehmung erkannte Raymond, wie die gebrechlichen Hände nach der Kräuterkugel tasteten.

Er war sicher, dass das, was auch immer Beth zusammen-
gemischt hatte, nichts Gutes verhieß.

Er erschlaffte. Sein Vater sprach lobende Worte aus. »Gut.
So machst du es uns allen leichter.«

Doch als sein Griff sich etwas lockerte, sich in vermeintli-
cher Sicherheit wiegte, schnappte Raymonds Kiefer zu. Sein
Vater zerrte den Arm zwischen dem Wolfsgebiss heraus,
fluchte und schimpfte, während er selbst die Gelegenheit
nutzte, um sich mit dem Kopf voraus gegen ihn zu werfen.

Beths Stimme echote. »Halt ihn, Danny! Halt ihn!«

Doch Raymond verpasste ihr einen Schulterhieb. Die
Kräuterkugel entglitt ihren Händen. Beth tastete danach.
Da war Raymond schon die Treppe hinauf gepoltert und
gab der Kellertür hinter sich einen Tritt. In der Küche schepperten die Töpfe und Pfannen. Das Regal mit den Gewür-
zen ruckelte. Der Riegel geriet in Bewegung und klappte
zu. Manchmal spielte das Glück eben mit. Das würde zwei
luzide Seelen allerdings nicht aufhalten. Doch zumindest
hatte Raymond Zeit, um nach Hana zu schauen. Er trabte
eiligst ins Obergeschoss hinauf und warf sich gegen Hanas
Zimmertür. Dort hielt sich ihr Irrlicht mit der Ragdoll-Pup-
pe am Puppenhaus auf. Bei Raymonds plötzlicher Ankunft
kreischte sie aus voller Kehle. Ihr Körper im Bett ebenfalls.
Dann verpuffte das Irrlicht. Hana wurde wach, saß kerzengerade im Bett und heulte nach ihrem Vater.

»Bleib weg von ihr!«, donnerte eine Stimme.

Raymond drehte sich auf allen Vieren. Eine wulstige Gestalt versperrte den Weg in sein Zimmer. Aus offenen Wunden trat schwarzer Äther aus, jener der auch seinen Vater befallen hatte. Als Raymonds Blick zu seinem Körper schnellte,
zuckte dieser im Schlaf, als hätte er einen epileptischen Anfall.
Er vernahm Schritte. Nicht nur von der Treppe, auch das Ungetüm aus seinem Zimmer eilte mit wuchtigen Tritten auf ihn
zu. Raymond wich aus. Von links nach rechts.

Die grapschenden Finger bekamen ihn nicht zu fassen
und er stürzte voraus zu seinem Körper. Er musste mit Hana
aus dem Haus verschwinden, was im schlafenden Zustand

nicht möglich war. Raymond huschte zwischen den Beinen des Ungetüms hindurch. Es brüllte nach Beth, die erklärte: »Schon gut. Der kommt nicht weit.«

Das werden wir sehen, dachte Raymond trotzig. Die Gestalten aus dem Keller kamen heraufgeilt. Sein Vater schloss kommentarlos Hanas Zimmertür, während Raymond mit einem beherzten Sprung in seinen Leib zurückkehrte.

Doch etwas stimmte nicht. Es vergingen Sekunden und alles, was Raymond fühlte, war, wie seine Lider im Bett unkontrolliert flackerten. Er konnte seinen Körper nicht bewegen. Mehr als ein Fingerzucken gelang ihm nicht. Zwischen den Rändern seiner flatternden Augenlider beobachtete er, wie sich die Gestalten aus dem Flur über ihn beugten.

Sie warteten auf ihn. Lauerten. Während sein eigener Körper ihm wie ein Grab vorkam, das seine Seele eingezwängt hielt.

»Eine Panikattacke«, stellte Beth fest.

Das traf es ganz gut. Raymond belastete die Enge. Da ergriff sein Vater seinen Arm. Er fühlte Raymonds Puls. Sein grausiges Abbild klang ungehalten. »Wir müssen abbrechen.«

»Nein!« Beths Stimme klang entschieden. »Das hält er nicht aus. Er wird hinauskommen.«

Und das tat Raymond. Seine Seele befreite sich mit einem Aufschrei aus dem Körper. Er stürzte auf allen vieren auf den Boden, bekam aber keine Gelegenheit, sich in einen Wolf zu verwandeln. Raymond wurde gepackt. Von vielen Händen. Sie pressten ihn zu Boden und hielten seinen brüllenden Kiefer im Zaun, während die losen Gegenstände in seinem Zimmer erzitterten. Bücher stürzten aus dem Regal. Raymonds Augen huschten wirr durch den Raum, hefteten sich an einen Blister, der auf seinem Nachtschrank lag. *Ambien.*

Sein Vater hatte ihm Schlaftabletten eingeflößt. Ohne seine Erlaubnis. Dieses Ausmaß an Übergriffigkeit konnte er nicht fassen. Er tobte, befreite seinen Kopf aus dem Griff. Die Deckenleuchte begann selbständig zu flackern.

»Was bist du für ein Vater? Du Arschloch!«

Noch während seiner Hasstirade geschah es. Beths Finger schoben ihm die Kräuterkugel in den Mund. Sein Kiefer wollte sich öffnen, den Inhalt ausspeien. Doch Floyd hielt ihn fest verschlossen. Durch die wulstigen Finger bekam er das Gefühl seine Seele könne ersticken. Dann wurde er auf den Boden gepinnt. Er wechselte zwischen seiner Wolfsform und der eines Jungen, trat im Zorn um sich, bis die Kugel schwer und bleiern seine Kehle hinunterglitt. Die Mixtur brannte sich in das Zentrum seiner Seele. Von dort aus verteilte sich das feinstoffliche Sekret.

Raymond erkannte etwas das an Blutbahnen erinnerte. Etwas pumpte durch seine Seele. Feinstoff, der sich durch die Kräuterkugel verfärbte und in Höhe seines Brustkorbs etwas offenbarte, was ihm bisher verborgen blieb. Das erst jetzt zutage trat. Es besaß einen langen Schweif, der wie ein Dorn in seiner Seele steckte. Viele Füße, ähnlich einem Krustentier. Es zehrte an Raymonds Geist, denn der verfärbte Feinstoff in seinem Kreislauf ließ das Wesen angewidert ächzen und zappeln.

»Was ist das?«, schrie er.

»Der Ursprung allen Übels.« Sein Vater stand über ihm gebeugt. Er packte nach dem Ungeziefer, zerrte mit brachialer Gewalt daran, denn es wollte sich nicht von Raymond lösen.

Mit jedem Ruck flackerte die Umgebung um ihn herum. Es war wie ein Kurzschluss. Wann immer das Biest von ihm abließ, veränderte sich Raymonds Umfeld. Von Leichen zu Menschen. Von bösartig zu gut. Das Gesicht seines Vaters, von wutverzerrt zu sorgenvoll. »Raus aus meinem Sohn!«

Und endlich verstand auch Raymond. Nicht seine Umgebung hatte sich verändert, seine eigene Wahrnehmung spielte ihm einen Streich. Durch den kleinen Parasiten, der sich in seiner Wolfsseele eingenistet hatte, sich an seinem emotionalen Ballast labte und ihn mehrte. Eine Zecke, jene aus Graces Warnung. Sie musste sich während der Suche nach Joshua an ihn geheftet haben.

»Schneid es raus!«

»Nein!«, keuchte Beth. Ihr Antlitz flackerte. »Es könnte etwas zurückbleiben. Wir müssen vorsichtig sein.«

»Schneid es raus!«, brüllte Raymond sie an.

Sein Vater hielt ihn am Boden. Er tauschte einen besorgten Blick mit Onkel Floyd aus. Dann umfasste er Raymonds Kopf: »Das wird weh tun. Doch es muss sein! Vertrau mir einfach, mein Junge.«

Sein Körper im Bett versteifte sich. Raymonds Seele ebenfalls. Beth holte eines von Floyds Messern hervor, nickte ihren Helfern zu, während sein Vater dem Biest den Hals lang zog und Onkel Floyd ihn am Boden hielt. Die Füße der Zecke peitschten um die Gesichter seiner Verwandten herum. Raymond sah wie Beth die Zähne zusammenbiss. Es genügte ein Schnitt. Dann war die Zecke tot.

DAS VERSPRECHEN

Die nächsten Tage blieb Raymond fiebrig im Bett. Sein Vater kümmerte sich um sein leibliches Wohl und Beth um die Verletzungen an seiner Seele. Der Kopf der Zecke war wie befürchtet in seinem Feinstoff stecken geblieben. Es bedurfte mehrerer Anläufe, um den Parasiten restlos zu entfernen. Raymond hatte viele Fieberträume in dieser Zeit.

Beth erklärte ihm, solche Träume würden sich auf eine Exkursionsseele anders auswirken als auf herkömmliche Menschen, weil Raymond seinen kritischen Zustand von außen beobachten musste. Hilflos. Und manchmal auch etwas verwirrt. Er stand neben sich, im metaphorischen sowie im wortwörtlichen Sinne mit merkwürdigen Gefühlsschwankungen. In einem Moment glaubte er sich über den Berg, als ihn am nächsten Morgen nichts mehr aus dem Bett locken konnte. Wenn er schlief, saß seine Seele teilnahmslos neben seinem kränkelnden Leib, schwafelte zusammenhangloses Zeug und Raymond ahnte, wie sein Vater sich gefühlt haben musste, als sein Geist vor Erschöpfung nicht oben von unten unterscheiden konnte. Er strotzte sonst vor Vitalität, doch seine Finger, Beine, Gliedmaßen, alles an ihm wirkte in jenen Tagen ausgezehrt. Die Ornamente auf seiner Seele waren verblasst und wenn Raymond seine Tante richtig verstand, hatte die Zecke seine Psyche so stark angegriffen, dass deren Wirkung hinüber war. Wie bei einer

Impfung die aufgefrischt werden musste. Doch Raymond besaß kaum erkennbaren Feinstoff, um die neuen Ornamente einzuarbeiten. Er war energielos, ohne Antrieb. Wie ein Flämmchen, das herunterbrannte.

»Seelische Leiden sind manchmal schlimmer als die körperlichen«, erklärte Beth ihm während einem seiner wachen Momente. »Du hast Glück, in eine luzide Familie hineingeboren worden zu sein. Uns ist ein tieferer Einblick in dein Seelenleben gestattet. Es wird alles gut werden, Schätzchen. Vertrau uns!«

Und das tat es auch. Zwar langsam, doch es wurde besser. Keine grausigen Gestalten mehr, kein verdorbener Familienstamm, die negativen Gedanken nahmen ab. Der Keller wurde frei von widerwärtigen Auswüchsen, ebenso wie seine Gedanken von Zorn und Trauer gegenüber seinen Mitmenschen. Und bald besaß Raymond die Kraft, die ersten Fragen zu stellen.

An einem Wochenende, als seine Seele sich nachts mühsam die Stufen hinunter in ihre Wohnstube schleppte, saß sein Vater auf der Couch. Zu seinen Füßen ruhte der Rocky Mountain Wolf. Seine Ohren zuckten, als Raymond eintrat, doch er blieb unbeirrt liegen. Die Seele seines Vaters hantierte gedankenversunken im Inhalt einer Schachtel.

Seit ihrem Streit waren beide nicht in der Lage gewesen, sich auszusprechen. Raymond fühlte sich schlecht. Für all die unfairen Beschuldigungen, die seinem Mund entsprungen waren. Er konnte sich nicht vorstellen, dass all die Gemeinheiten allein auf das Konto des Parasiten gingen. Irgendwo in seinem Inneren hauste ein Tier, das manchmal wahllos um sich schlug. Die dunkle Seite seiner Seele. Und damit war nicht der Timberwolf gemeint.

Sein Vater hob den Blick. Er schmunzelte. »Ich beiße nicht. Tritt ein, mein Junge.«

Etwas zaudernd überwand er den Abstand zwischen ihnen. Als Raymond neben seinem Vater Platz nahm, bemerkte er zu seiner Verwunderung, dass in der Schachtel ein Fotostapel lag. Die Bilder besaßen unterschiedliche Formate.

»Was hast du da?«

»Deine Kinderfotos.«

»Ich dachte, wir hätten keine?«

»Nur weil ich keine Geduld habe, eure Fotos in ein Album zu kleben, heißt das nicht, dass ich keine Bilder von euch sammle.«

Raymond spähte auf die Hände seines Vaters. Dort hielt er ein Foto von Herold und ihm. Es war von ihrer Einschulung an der Elementary School. Das Motiv ließ einen Kloß in Raymond aufsteigen.

»Anita hat immer die die Fotos von euch gemacht«, sprach sein Vater. »Ich habe sie dafür entwickeln lassen. Es war eine Art Vereinbarung zwischen uns. Wenn ich eine Kamera in den Händen halte, ist das Ergebnis ein verhunztes Bild mit einem dicken Daumenschatten am Rand. Doch Anita war zu jener Zeit so eine große Stütze. Sie frisch geschieden. Ich allein mit dir und so froh, dass du in Herold einen Freund gefunden hattest.«

Raymond gab ein Seufzen von sich. Es war Spätsommer und die Feuerstelle im Kamin nicht in Gebrauch. Das machte den Raum sehr still. Wenn man genau horchte, vernahm man das leise Ticken der Wanduhr aus der Küche.

»Ihr beide seid wie Brüder aufgewachsen«, begann sein Vater irgendwann. In seiner Stimme schwang Wehmut. »Mir hätte klar sein müssen, dass die Zeit diese Wunde nicht so schnell heilt. Du warst ein gefundenes Fressen für die Zecke.«

»Es war nicht deine Schuld, Dad.«

»Doch, irgendwie schon. Du bist mein Sohn. Mir hätte auffallen müssen, dass du dich schlagartig verändert hast. Sicher, du bist aufbrausend. Ein kleiner Raufbold. Aber so wie am Tag deines Schulverweises hattest du nie mit mir gesprochen. Ich war so wütend auf dich. Und auch zu beschäftigt damit, von einem Brandherd zum nächsten zu eilen. Da hatte ich vergessen, zwischen den Zeilen zu lesen. Vielleicht ist das so ein Problem von uns Walkermännern. Wir tragen unsere Gefühle nicht auf der Zunge.« Sein Vater legte das Foto zurück in die Schachtel. »Ich gebe zu, das liegt mir nicht. Das hat schon Isabelle von mir behauptet.«

Raymond dachte darüber nach. »Ist dir das auch einmal passiert? Das mit der Zecke, meine ich.«

Sein Vater schüttelte den Kopf. Raymond starrte auf seine Finger. Es hätte ihn aufgemuntert, wenn sein Vater ihm eine ähnliche Erfahrung schildern würde.

Stattdessen antwortete er: »Es wundert mich aber nicht. Du warst schon angezählt. Diese Wunde, die dein Freund hinterlassen hat, die war erst am Heilen. Joshuas Aussage ließ die Nähte wieder platzen. Manchmal ist Unwissenheit doch ein Segen.«

»Warum hat mich die Zecke diese Dinge sehen lassen?«

»Ein Schutzmechanismus«, erklärte sein Vater. »Zecken sind deshalb so tückisch, weil sie genau erkennen, was ihnen schadet. Menschen mit einem stabilen Rückhalt sind schwerer zu besetzen. Wie bei einem starken Immunsystem. Kranke Pflanzen werden auch schneller von Ungeziefer befallen. Hier ist es nicht anders. Die Zecke wusste, was deiner Seele Linderung verschafft und wollte die Heilung verhindern, um ihre Nahrungsquelle zu halten. Andernfalls hätte deine Seele sie abgestoßen. Ich nehme an, deine Tante Beth hat auf dich am grotesken gewirkt?«

»Sie sah schauderhaft aus.« Raymond fröstelte bei dem Gedanken. »Ich habe sie kaum wiedererkannt. Und der Geruch - mir wurde übel davon.«

»Deine Tante arbeitet regelmäßig mit luziden Kräutern. Der Duft haftet permanent an ihrer Seele wie eine zweite Haut. Das erträgt eine Zecke nicht. Im Prinzip war deine Tante ihr persönlicher Nemesis. Ihr Endgegner.«

Das ergab Sinn. Die Erschaffung des Antibiotika musste auf die Welt der Bakterien auch wie eine bedrohliche Massenvernichtungswaffe wirken. Raymond erinnerte sich noch an seinen Ekel, den irrationalen Abscheu Beth gegenüber, als sei seine Tante die leibhaftige Verkörperung allen Übels. Noch lange nachdem die Zecke entfernt wurde, verabreichte Beth ihm ihre Kräuterkugeln. Im Grunde roch die Medizin gut mit einer milden Salbeinote. Der luzide Rittersporn verlieh der Kugel eine Art heilsamen Blauglimmer und auch in seiner Tante erkannte er jenes mitfühlende Wesen wieder, dass ihm über den Tod von Herold Brouwer hinweggeholfen hatte. Als hätte die Zecke einen Schleier auf seine Augen gelegt.

»Ich schäme mich, wie ich Beth behandelt habe.«

»Sie wird dir vergeben. Wenn sie das nicht schon hat.«

»Ich schäme mich auch, wie ich *dich* behandelt habe.«

»Und das wirst du noch ein paar Mal in deinem Leben«, lachte sein Vater amüsiert. Er schloss die Schachtel. »Wir sind eine Familie, Raymond. Die Zecke hat dich daran zweifeln lassen. Und weißt du was? Das kann dir auch ohne Zecke passieren. Wenn das Jammertal groß ist, du dich von allen missverstanden fühlst und jeder gut gemeinte Ratschlag, wie scharfzüngige Kritik klingt, dann steckt so manches Mal die eigene Unzufriedenheit dahinter. Die Zecke war nie der Grund für deinen Groll. Sie hat die Symptome verstärkt.« Sein Vater hob sich aus den Polstern. Er stellte die Schachtel in den großen Eichenschrank, der in ihrer Wohnstube stand. »Ich möchte, dass du eines nie vergisst. So sehr wir auch streiten und zanken, ich bin froh, dass du mein Sohn bist. Es schmerzt mich, wenn du leidest. Und wenn Herolds Ermordung der Grund dafür ist, werde ich alles mir Mögliche tun, damit ihm Gerechtigkeit widerfährt. Du musst mir nur die Zeit dazu lassen.«

Am 04 August 1996 verkündete der *Mountain-Echo* mit einem etwas hochtrabenden Titel, dass der junge Joshua Hoberman, von den Toten auferstanden war. Der Artikel unterstrich lang und breit, wie gering seine Chancen waren, ging auf den tränenreichen Glücksmoment seiner Eltern ein und es hieß, dass seine ersten Worte seinem Vater galten, bei dem sich Joshua entschuldigte. Aus welchen Gründen wusste niemand. Die Presse porträtierte einen herzensguten Jungen, der von Schuldgefühlen geplagt wurde, weil seine Eltern seinetwegen so lange im Ungewissen lagen.

Raymond sah die Wahrheit irgendwo dazwischen. Er faltete die Morgenzeitung und reichte sie seinem Vater, der neben ihm auf der Bank im Krankenhausflur saß. Eins weiter ließ Hana gelangweilt die Beine baumeln und hielt die Schachtel von Millies Bakery Store.

Die Krankenschwester hatte ihnen zuvor erklärt, dass der junge Patient sich gerade seiner Therapiestunde widmete. Monate der Bettlägerigkeit hätten dazu geführt, dass Joshuas Muskulatur abgebaut hatte und die ersten Schritte schwerfällig kamen. Er befand sich gerade bei einem Physiotherapeut, der ihn dabei unterstützte, seine motorischen Fähigkeiten zu trainieren. Die Walkers erwarteten ihn in den nächsten Minuten zurück.

Als Raymond seinen Blick den Flur hinunter von den Therapieräumen lenkte, wo die offene Tür die Sicht auf Joshua zuließ, kam er nicht umhin, sich dem Jungen verbunden zu fühlen. Die vergangenen Tage verbrachte Raymond damit, sich auf eine andere Art ins Leben zurückzukämpfen. Es war sein erster Morgen, an dem er sich fit genug fühlte, um ihre trauten Vierwände zu verlassen.

Der Mord an Herold Brouwer blieb ungeklärt. Der Vorfall bei den Bradys besaß für Ed weitreichende Konsequenzen. Nach einem Besuch von Mitchel erfuhr Raymond, was sich abspielte, nachdem er die Brady Baracke verließ.

Ed wurde von einem Krankenwagen abtransportiert. Angeblich wegen einem epileptischen Anfall. Raymond erinnerte sich, wie seine Hand schwarze Spuren an Eds Nacken hinterließ und musste bei Mitchels Schilderung schwer schlucken. Er starrte auf seine Finger. Das eine Seele einem Menschen solche Verletzungen zufügen konnte, war ihm unbegreiflich. Inzwischen wusste er auch, was sein Vater durch Joshuas Befragung herausgefunden hatte.

Es blieben nach wie vor zwei Täter. Ein Dicker und ein Dünner. Bei dieser Aussage änderte sich nichts. Doch der Dicke war in einen Pick-up gestiegen - auf der Fahrerseite. Ed Brady besaß keinen Führerschein.

Und es türmten sich weitere Ungereimtheiten auf. Beispielweise kristallisierte sich heraus, dass Joshua die Tat bei Sonnenuntergang beobachtete, was bedeutete, dass Herold lediglich an der Lunéville Bridge entsorgt wurde. Die Brücke war nicht der Tatort, aber Mittel zum Zweck, weil in der Vergangenheit dort schon einmal ein Unfall dieser Art passierte. Doch sofern man Ed und Millers ausweichendes Verhalten richtig interpretierte, waren die Jungen nicht an seinem Tod beteiligt - hatten aber etwas gesehen. Womöglich wo der Mord tatsächlich stattfand?

Das machte Ed nicht zum Täter, sondern zum Zeugen. Ein Zeuge, der seit dem Abend von Raymonds Besuch nicht mehr in der Claremont Ave gesichtet wurde. Er fragte sich, was mit Ed Brady passiert war. Niemals hätte Raymond geglaubt, ihm gegenüber ein schlechtes Gewissen empfinden zu können.

Inmitten dieser Überlegung starrte Raymond mit gekreuzten Armen an die gepunktete Decke und schnaufte. Sein Vater hob den Blick von der Zeitung und fragte: »Alles in Ordnung?

»Ja. Ich kann mich aktuell nur selbst nicht leiden.«

»Das Gefühl kenne ich.«

Raymond fiel es wieder ein. Einst hatte sein Vater einen ähnlichen Fehler begangen, mit fataleren Konsequenzen. Raymond konnte bloß hoffen, dass es nicht so weit kam wie bei Gordens Onkel. Nicht unbedingt wegen seines schlechten Gewissens, sondern in erster Linie, weil er einen wichtigen Zeugen mit Ed verlieren würde. Ein Zeuge, der womöglich wusste, was mit Herold passiert war.

»Du wolltest helfen. Aber manchmal sind gute Absichten das Gegenteil von gut«, erklärte sein Vater neben ihm bedauernd. »Unsere Fähigkeiten mögen uns anders machen, doch dein Urteilsvermögen bleibt menschlich. Und Menschen irren sich.«

Raymond schenkte ihm ein müdes Lächeln, als eine kleine Kolonne sich aus den Therapieräumen entfernte. Im Zentrum stand der schmächtige Joshua Hoberman, der von seinen Eltern flankiert, einen mühseligen Schritt nach dem anderen tat. Die Hobermans strahlten. In Laura Hobermans

Augen schwammen Freudentränen. Ihren Sohn im Reich der Lebenden zu sehen, schickte sie auf eine Achterbahnfahrt der Gefühle und das jeden Tag aufs Neue.

Raymonds Vater erhob sich und öffnete hilfsbereit die Tür zum Zimmer 104, mit dem Schild was den Namen *Hoberman* aufwies. Die freundliche Geste ließ Walter den Blick prüfend heben. Ein breites Grinsen stahl sich über die Mundwinkel, als er seinen Helfer vom Bau erkannte.

»Daniel! Du treue Seele. Du kommst uns besuchen?«

»Nicht allein. Ich dachte mir, Joshua könnte sich über weiteren Besuch freuen.«

Das war Raymonds Stichwort. Er hob sich von der Sitzbank und näherte sich mit Hana dem Jungen auf den wackligen Beinen, der in seinem luftigen Krankenkittel verlegen auf der Stelle trat.

Hana hielt die Schachtel mit Naschereien in den Händen und hatte vor der Autofahrt darauf bestanden, dass Geschenk übergeben zu dürfen. Mittlerweile fehlte an den Cupcakes etwas Frosting und den verräterischen Buttercremespuren an ihren Fingern nach zu urteilen, war sie die denkbar schlechteste Wahl für die sicherere Verwahrung. Sie leckte sich ungeniert die Reste vom Finger.

Die geöffnete Schachtel sorgte für ausgelassene Witzelei unter den Erwachsenen, nur Joshua starrte Raymond verwirrt und etwas zu intensiv an. Er befand sich an einem Punkt, an dem die ständige Frage in seinem Hinterkopf irrte, was Traum und was Realität sein mochte. Ein Zustand, den Raymond kannte.

Er wusste nicht, inwieweit Joshua von seinem Vater bei ihrem letzten Treffen auf der luziden Ebene aufgeklärt wurde. Doch er wusste, dass Joshua einen Freund brauchte. Daher streckte Raymond dem jungen Hoberman seine Hand entgegen und lächelte.

»Willkommen in Copperdeer, Josh.«

ENDE

DANKSAGUNG

»Trau dich.«

Das war der Wortlaut meines Partners, als ich ihm meinen Wunsch gestand, die Geschichten in meinem Kopf zum Leben zu erwecken. Einen Partner zu haben, der mich in meinem Schaffungsprozess unterstützt und sagt »Wir finden eine Lösung« ist so wertvoll. Daher geht der größte Dank an meinen Tino. Wenn meine Selbstzweifel ein Asteroidenfeld wären, wärst du der Steuermann, der meine Gedanken in sichere Gefilde lenkt.

Du hast einen Stein ins Rollen gebracht, durch den sich weitere Unterstützer gefunden haben. Entweder durch ihren Erfahrungsschatz (Danke an dieser Stelle an meine Lektorin Nicola Nüchter, du bist der Obi-Wan Kenobi meines Vertrauens) oder weil sie ein offenes Ohr für mich hatten, wie meine kleine Schwester und meine beste Freundin Naile.

Danke ihr beiden für eure Geduld. Eine meiner Hirnhälften war im letzten Jahr pausenlos bei diesem Buch. Ihr wart entweder die Ablenkung, die ich dringend brauchte, das ehrliche Feedback oder die Lösung, wenn ich vor einem Problem stand.

Danke an Sabine von inspired books für das wunderschöne Cover und auch an Davina für deinen professionellen

Blick beim Buchssatz. Ohne eure Hilfe wäre dieses Buch niemals in der Qualität entstanden, wie sie jeder Leser verdient.

Und damit sind wir bei euch: den Menschen, die diesem Buch eine Chance gegeben haben.

Ganz gleich, wie ihr an dieses Exemplar gekommen seid – ob als Buchblogger, über Gewinnspiele, BookOnDemand, Amazon oder den Handel – ich weiß jeden einzelnen Kauf zu schätzen. Hinter mir steht kein Verlag und das macht eure Entscheidung umso wertvoller. Ihr schenkt mir euer Vertrauen, und ich hoffe, euch nicht enttäuscht zu haben.

Falls euch die luzide Ebene beeindruckt hat, könnt ihr mich unterstützen, indem ihr eure Bewertung hinterlasst. Egal auf welcher Plattform. Eure Meinung hilft mir nicht nur, mehr Menschen zu erreichen, sondern ebnet auch den Weg zum zweiten Band. Den Fortschritt könnt ihr auf Instagram unter *soulsofcopperdeer* oder Patreon *DieSeelenVonCopperdeer* verfolgen.

Mit herzlichem Dank und den besten Grüßen

Eure Sophia T. Barrett